Sabrina Qunaj

Elfenkrieg

atb aufbau taschenbuch

SABRINA QUNAJ, Jahrgang 1986, wuchs in einer Kleinstadt der Steiermark auf. Nach der Matura an der Handelsakademie arbeitete sie als Studentenbetreuerin in einem internationalen College für Tourismus, ehe sie eine Familie gründete und das Schreiben zum Beruf machte. Sie lebt mit ihrem Mann und ihren zwei Kindern in der Steiermark.
www.sabrina-qunaj.at

Kein Jahrhundert nach dem großen Elfenkrieg brennen wieder die Städte Elvions, doch dieses Mal sind es Drachen, die in den Krieg ziehen. Sie zerstören die Tempel und greifen die Wächter an, ehe Nebel aufzieht und graue Schemen die Priesterinnen und Orakel vernichten. Als Aurün, die Königin der Drachenelfen, bei Königin Liadan eintrifft und vom Überfall auf ihr Volk berichtet, wird das Ausmaß der Katastrophe erst wirklich klar. Die Nebelgestalten stahlen das Drachenherz und haben damit die Drachen unter Kontrolle. Einzig Aurün konnte den Angreifern entkommen. Sie sucht Hilfe bei Eamon, der sie aus der Welt der Menschen zurück nach Elvion begleitet, um den Kampf um das Drachenherz aufzunehmen.

»Dieses Buch ist das BESTE, das ich je gelesen habe.«
Anna Milo, Clee's Bücherwelt

Sabrina Qunaj

Elfenkrieg

Roman

aufbau taschenbuch

FSC
www.fsc.org
MIX
Papier aus verantwortungsvollen Quellen
FSC® C083411

ISBN 978-3-7466-2837-0 | Aufbau Taschenbuch ist eine Marke der Aufbau Verlag GmbH & Co. KG | 1. Auflage 2012 | Umschlaggestaltung morgen, Kai Dieterich | unter Verwendung mehrerer Motive von iStockphoto: © Toltek und © Giorgio Fochesato, sowie eines Motivs von © Dave Curtis/trevillion images | Druck und Binden CPI – Clausen & Bosse, Leck | Printed in Germany | www.aufbau-verlag.de

Für meinen kleinen Prinzen Robin

Elvion
Schneegebirge
Valdoreen
Derial
Acre im Sonnental
Ueden
Averdun
Versenkungsbu
Riniel

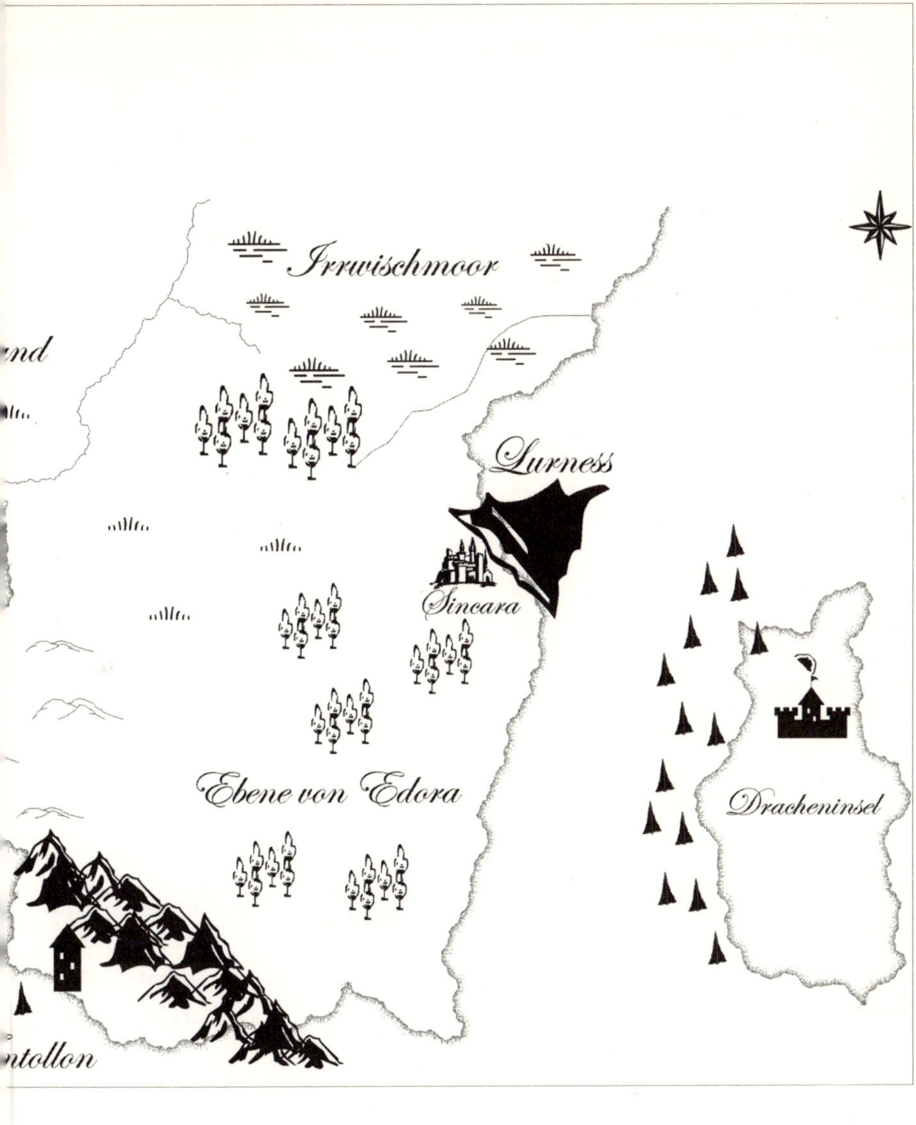

Irrwischmoor
nd
Lurness
Sincara
Ebene von Edora
Dracheninsel
ntollon

Prolog

Welche ist die grausamere Tat? Ein Leben zu beenden oder eines zu retten?

Wenn es kein Zurück mehr gibt und die Erinnerung alles ist, was übrigbleibt – wie Festhalten an den Bruchstücken eines Seins?

Der Klang des Falls bleibt ungehört. Die dunklen Abgründe der Augen flehen immer noch um Gnade. Straucheln, um zu stehen und die letzten Schritte zu gehen, das Leben und den Tod in Händen. Doch der Körper verharrt, das Herz erzittert, es versteht noch immer nicht den Klang des Falls.

Welche ist die grausamere Tat? Loszulassen oder festzuhalten, da das Herz nicht imstande ist zu begreifen?

Die zweite Seite einer Münze, die Dunkelheit zum Licht, der Hass zur Liebe und der Abschied zur niemals weichenden Hoffnung. Die Freiheit in den zitternden Händen.

Der Klang des Falls.

Ardemir

Es brannte. Die kreisförmigen Holzhütten mit Dächern aus Stroh, die Ställe, der Getreidespeicher. Die halbe Tempelstadt stand in Flammen, erleuchtete die Nacht und war als matter Schein selbst von Acre, der Hauptstadt des Sonnentals, zu sehen. Der Wind blies die sengend heiße Luft durch die Gassen, immer wieder erzitterten die Flammen unter dem Brüllen des Drachen. Mit verzweifelter Anstrengung führten die Ritter der Königin und die Krieger der Fürstenbrüder die Bewohner in den Tempel. Sie versuchten nicht mehr, die Brände zu löschen. Dafür war es zu spät. In erster Linie mussten sie die Elfen in Sicherheit bringen, und die steinerne Halle im Süden des Dorfes bot den größtmöglichen Schutz.

»Er kommt zurück!«

Ardemir blickte in den Nachthimmel hinauf und erkannte die schwarze Silhouette des Drachen, der aus dem grauen Dunst schoss.

»Schildwall!«, rief Nevliin, der Befehlshaber der Königin, über die panischen Schreie.

Sofort sammelten sich die Ritter und bildeten in erfahrener Disziplin eine Reihe. Holzschilde, überzogen mit Drachenschuppen krachten aufeinander, ließen eine eiserne Wand, bestickt mit Speerspitzen entstehen. Die Ritter duckten sich hinter den rechteckigen Schutz, der in seiner Größe einen stehenden Elfen leicht verdecken konnte. Ardemir begab sich in die zweite Reihe, kniete mit einem Bein nieder. Über ihm schlugen weitere der schweren Schilde übereinander. Jeder Atemzug verbrannte ihm schier die Kehle.

Mit ruhiger Hand zog er einen Pfeil hinter seiner Schulter hervor, legte ihn an die Sehne und hielt ihn mit dem Daumen fest. Seine Konzentration galt einzig der Lücke über ihm, durch die er den Drachen sehen konnte.

Um sie herum bildeten die Priesterinnen des Orakels einen Kreis und fassten sich an den Händen. Sie alle waren mächtige Magierinnen – durch ein blutiges Ritual in den Kreis der Dienenden aufgenommen. Die Novizinnen waren bereits alle im Tempel. Zumindest hoffte Ardemir das.

»Wartet«, kam es vom Befehlshaber in der ersten Reihe. Er stand eingezwängt zwischen den anderen Rittern, die Breitseite des erhobenen Schwertes gegen die Stirn gelegt, die Augen geschlossen. Der Drache näherte sich schnell und hatte die eben zur Verstärkung hinzugekommenen Ritter bereits entdeckt.

Ardemir zog den Pfeil mit der Spitze aus einer Legierung von Elfenstahl und Drachenpanzer zurück. Der Bogen, der noch einer der letzten mit dem Holz eines Baumriesen des Dunkelwaldes war, ächzte unter der Belastung. Die Kraft, welche es erforderte, die Hand bis zum rechten Ohr zurückzuführen, kostete ihn nach Abertausenden von Jahren keine Mühe mehr. Die Schreie um ihn herum verschwammen zu einem leisen Surren, wurden durch den heftigen Schlag seines Herzens übertönt. Aus den Augenwinkeln erkannte Ardemir vage die Bewegungen der anderen Bogenschützen, die sich bereitmachten.

»Wartet!«

Mit angelegten Flügeln schoss der Drache auf sie zu, öffnete sein qualmendes Maul.

»Jetzt!«

Ardemir ließ los, die Sehne zischte entlang seinem von Metallplatten geschützten Unterarm vor. Er sah nur noch das gefiederte Ende des Pfeils, das in den Flammen verschwand, ehe sich die Lücke über ihm schloss.

Das Brüllen des Drachen dröhnte ihm in den Ohren und pochte selbst in seiner Brust. Gleich einer magischen Explosion war das Vibrieren der Luft zu spüren, als die Priesterinnen ihre Kraft freisetzten. Sengend heißer Wind fauchte durch winzige Ritzen zwischen den Schilden, als die Flammen gegen den magischen Wall trafen. Die Luft erhitzte sich in nur einem Herzschlag ins Unerträgliche, auch wenn der Großteil der Hitze nicht bis zu ihnen durchkam.

Mit geschlossenen Augen und gesenktem Kopf wartete Ardemir die wenigen Augenblicke der Qual ab, ehe der Befehlshaber zum Angriff rief.

Die Schilde verschwanden, die Ritter sprangen auf und drehten sich um. Speere flogen über Ardemirs Kopf hinweg. Einer davon traf den Drachen am Bein, doch der stieg unbeirrt weiter durch den Rauch auf. Immer noch züngelten Flammen als orange glühende Häufchen über die Pflastersteine um die Ritter und Priesterinnen herum. Einer von den Sonnentaler Kämpfern hatte den letzten Angriff nicht überlebt. Das Gesicht des Elfen war zu einer schwarz verkohlten Masse zerflossen. Ein Feuerstrahl musste ihn am Schild vorbei getroffen haben. Er war außerhalb des Kreises gewesen. Keiner von den hiesigen Kriegern hatte Erfahrung im Kampf gegen Drachen. Es fehlte ihnen an Disziplin und vor allem an Kaltblütigkeit im Angesicht dieser Ungetüme.

»Weiter!«, rief der Befehlshaber über den Lärm, woraufhin die Ritter sofort wieder auseinanderstoben.

Von den brennenden Häusern zogen sie die Bewohner fort, die in letzter Verzweiflung versuchten, ihr Heim zu retten. Gleichzeitig hielten sie nach dem in Dunkelheit und Rauch verhüllten Drachen Ausschau.

Ardemir nahm ein kleines Mädchen auf den Arm, das orientierungslos umherirrte, und hetzte über den weiten Platz auf den Tempel zu. Mit zusammengekniffenen Augen bahnte er sich einen Weg zwischen dem Durcheinander aus freilaufenden Pferden und Flüchtenden. Er ignorierte die glühende Asche, die ihm ins Gesicht wehte, und konzentrierte sich nur auf die steinernen Stufen, welche auf der anderen Seite des Platzes in die Höhe ragten. Er hatte sein Ziel beinahe erreicht, als er erneut das Schlagen der Schwingen vernahm.

Das Mädchen vergrub sein Gesicht an seiner Schulter, es klammerte sich verzweifelt an ihn, während er seine Schritte beschleunigte.

»Ardemir!«

Ohne stehen zu bleiben, wandte er sich um. Der Befehlshaber deutete mit dem Schwert in den Himmel, und als Ardemir aufblickte, erkannte er, dass der Drache direkt auf ihn zuflog. »Nein, Nevliin!«, rief er, doch der Befehlshaber stürmte bereits auf ihn zu, um ihm zu helfen.

Ardemir stellte das Mädchen auf die Füße. »Lauf!«, rief er gegen den tosenden Lärm der Flammen und die Schreie der Verwundeten. »Schnell hinein!«

Das Mädchen sah ihn einen Moment lang aus weit aufgerissenen Augen an, drehte sich dann jedoch um und lief die Treppe hinauf.

»Weiter!« Nevliin packte ihn am Arm, wollte ihn zu einem am Boden liegenden Schild ziehen, als der Drache sie auch schon eingeholt hatte.

In Erwartung der tödlichen Flammen kniff Ardemir seine Augen zusammen und konnte den Schmerz beinahe schon spüren. Die gepanzerte Hand an seinem Arm wurde eiskalt und sandte stechenden Frost durch seine Adern. Er wusste, Nevliin aktivierte seine Magie des Wassers, doch dies würde ihnen nicht helfen, träfe sie jetzt ein Feuerstrahl des Drachen.

Der dumpfe Laut eines Horns hallte durch die Luft.

Mit angehaltenem Atem hob Ardemir seinen Kopf und sah in die grün leuchtenden Augen des ebenso grünen Drachen, der mit schweren Flügelschlägen knapp über ihnen schwebte. Die messerscharfen Klauen von der Länge eines Elfen blitzten im Schein des Feuers wie Schwerter.

Nevliin, der ihn immer noch am Arm festhielt, verstärkte seinen Griff, blickte ebenfalls hoch. »Auf mein Zeichen hin«, flüsterte er. »Ein Pfeil.«

Ardemir streckte seine Finger und machte sich bereit. Nevliins Hand verschwand von seinem Arm. Der Drache legte seinen Kopf schief, sah ihm direkt in die Augen.

»Jetzt!«

Ohne den Blick vom Drachen zu nehmen, riss Ardemir einen Pfeil aus dem Köcher und legte ihn an. Nevliin sprang gleichzeitig hoch, holte mit dem Schwert aus und zerschnitt mit der Klinge lediglich die Luft. Der Drache verschwand, erhob sich immer schneller in die Luft und tauchte schließlich gänzlich in die dunklen Wolken ein, die vor dem Angriff wie aus dem Nichts erschienen waren.

Ardemir ließ seine Hände sinken und starrte in die grauen Schleier hoch, die sich langsam mit dem Wind auflösten. Er wusste, es war noch nicht vorbei.

»Zurück zu den anderen!«, befahl Nevliin. »Sie kommen.«

Ardemir drehte sich um und erkannte den undurchsichtigen Nebel, der zwischen den Häusern entlang auf sie zu kroch.

Die Drachen waren lediglich die Vorboten gewesen. Wegbereiter für die schemenhaften Gestalten, die mit dem Nebel über das Dorf hinwegzogen und nur ein Ziel kannten: das Orakel und ihre Dienerinnen mit allen Novizinnen zu vernichten.

Bisher war es ihnen ausnahmslos gelungen. Sie bewegten sich, als bestünden sie selbst aus dem Rauch, der sie umgab, und lieferten kein Ziel für die Schwerter der Ritter. Genauso schnell, wie sie kamen, verschwanden sie auch wieder und hinterließen die Tempeldiener mit durchgeschnittenen Kehlen. Krieger wurden verwundet, getötet oder verschwanden spurlos. Orakel wurden geblendet und hingestreckt. Nichts konnte sie aufhalten. Die Leute sprachen schon von Dämonen und bösartigen Geistern, doch im Angesicht des Nebels wollte jetzt niemand daran denken.

Ardemir und Nevliin scheuchten die letzten Priesterinnen in den Tempel und befahlen ihnen, das schwere Bronzetor zu schließen. Als der Querbalken eingelegt worden war, formierten sich die Ritter zu einem Schildwall am Fuße der Treppe. Die anderen Krieger nahmen oben vor dem Tor Aufstellung ein. Sie bildeten die zweite Verteidigungslinie, und die Erfahrung mit den Nebelgestalten hatte Ardemir gelehrt, dass sie auch zum Einsatz kommen würden.

Zwei der Tempelwachen mischten sich unter Nevliins Ritter und versuchten, in den engstehenden Reihen unterzutauchen. Damit störten sie die erprobte Aufstellung, und im Kampf wären sie vermutlich noch hinderlicher.

»Zurück zu euren Leuten!«, fuhr Ardemir sie an und stieß sie mit seinem Kriegsbogen zurück. »Ihr habt hier nichts zu suchen.«

Einer der beiden Wachen trat auf ihn zu und baute sich vor ihm auf. »Ihr habt leicht reden«, sagte er. »Ihr werdet ja auch nicht abgeschlachtet. Euch Ritter haben sie noch nie angerührt.«

»Zurück – sofort!«

Jetzt wandte sich ihnen auch Nevliin zu. Eine Einmischung, die Ardemir zu vermeiden versucht hatte, denn den Befehlshaber zu reizen war niemals eine gute Idee.

»Niemand wird hier abgeschlachtet«, sagte Nevliin mit seiner tödlich ruhigen Stimme. »Niemand außer diesen *Geistern*. Und jetzt zurück mit euch!«

Der Elf starrte Nevliin an. Genauso wie alle Tempelkrieger Elvions war sein Kopf bis auf einen dünnen Pferdeschwanz am Hinterkopf kahl geschoren. Es verlieh ihm etwas Kriegerisches, doch im Vergleich zu Nevliin wirkte er wie ein verletzliches Kind.

Niemand, der noch einen Funken Verstand besaß und in das Gesicht des Befehlshabers sah, wagte es, ihm zu widersprechen. Die schwarzen Augen verfehlten niemals ihre Wirkung, und die von einer langen Narbe entstellte linke Gesichtshälfte verlieh ihm einen martialischen Ausdruck. Doch es war weniger sein Äußeres, was ihn so furchteinflößend machte. Es war die Kälte, die er verströmte. Allein seine Anwesenheit war eine Drohung, und wer nicht mit ihm umzugehen wusste, merkte schnell, dass aus Drohungen leicht Taten werden konnten.

Der Krieger hatte wohl noch etwas Verstand, denn er wandte sich ab und lief mit seinem Kumpan die Stufen hinauf zu den anderen.

Seine Angst hatte einen guten Grund. Die Tempelwachen waren bei anderen Angriffen ausnahmslos niedergemacht worden. Andere Krieger des Sonnentals wurden mitunter ebenso getötet, doch die enge Formation der Ritter blieb stets unbeschädigt. Vielleicht lag es an ihren aufwendig verarbeiteten Rüstungen oder ihrem offensichtlichen Kampfgeschick. Womöglich boten die anderen Krieger auch nur zu leichte Ziele, um einzeln nacheinander getötet zu werden. Sie behielten niemals die Nerven und stoben nach dem ersten Toten auseinander, aus Angst, sie würden der Nächste sein. Sie veranstalteten Lärm und waren im Nebel so gut wie blind.

Jeder der Ritter war auf seinem Platz, als der Todesnebel sie auch schon erreichte. Weder Schritte noch Stimmen waren zu hören, als sie vom Weiß eingehüllt wurden – Schild an Schild mit einem anderen Kämpfer, wartend und lauschend. Es gab keinen Weg an ihnen vorbei zum Tempel.

Die Formation der Ritter anzugreifen war für die geisterhaften Gestalten hochgradig riskant. Selbst wenn sie einen von ihnen in der Reihe niedermachen wollten, hätte der Nebenmann sofort sein Schwert vorgestoßen. Doch auch wenn es leichtsinnig war, sich so nahe heranzutrauen, gelang es den Feinden immer wieder an der vordersten Kampflinie vorbeizukommen – als wären sie tatsächlich Rauch, der durch die geringen Lücken zog.

Vielleicht sprangen sie auch von den Seiten auf das Geländer der Treppe, doch dies müsste ein Geräusch verursachen, was nicht der Fall war.

Es war mühsam und sinnlos, sich über das Unvermeidliche Gedanken zu machen. Die Nebelgestalten kamen, und sie siegten. Die Ritter schienen sie nicht zu interessieren, und auch wenn es von Ardemir wenig ritterlich war, verspürte er über diese Tatsache doch Erleichterung. Sie taten ihr Bestes, doch wieso sollten sie sich töten lassen?

Nevliin schien anderer Meinung zu sein. Er trat plötzlich entgegen seinen eigenen Anordnungen und Gewohnheiten einen Schritt aus der Reihe und wurde sogleich vom Nebel verschlungen.

Ardemir starrte einen Moment lang reglos in dieses dichte Weiß – zu verblüfft, um zu begreifen, was sein Freund da eben getan hatte. Dann schob er sich aus der hinteren Reihe der Bogenschützen nach vorn.

»Stellung halten!«, befahl er als Nevliins Stellvertreter und trat ebenfalls aus der Formation. Er machte nur wenige Schritte, da konnte er die anderen Ritter hinter sich bereits nicht mehr sehen. Um ihn herum war nichts als Rauch.

An Ort und Stelle verharrend, versuchte er etwas auszumachen. Eine Bewegung, ein Geräusch. Doch da war nichts.

So lautlos wie möglich hängte er sich den Bogen um die Schulter und nahm sein Kampfmesser vom Gürtel. Diese Waffe würde ihm hier ohne Ziel vor Augen nützlicher sein.

»Nevliin«, flüsterte er schließlich und hielt die Klinge vor sich, bereit, zuzustechen. Er ging weiter und erkannte schon bald die dunkelgrüne Drachenpanzerung von Nevliins Rüstung. Dieser stand reglos, das Schwert hielt er senkrecht, die Spitze zeigte in die Höhe.

Einen Fluch unterdrückend, ging Ardemir auf ihn zu, und als er ihn genauer sehen konnte, legte Nevliin einen Finger an die Lippen.

Ardemir erstarrte. Was führte dieser verfluchte Mistkerl nur wieder im Schilde?

Konzentriert beobachtete er den Befehlshaber, der sich mit geschlossenen Augen langsam um die eigene Achse drehte, den Kopf leicht zur Seite geneigt. Die Breitseite der Klinge war an der rechten Schulter abgelegt – bereit, einen Streich auszuführen. Seine Stirn zog sich leicht in Falten, er blieb stehen, und im nächsten Moment fuhr die geschwungene Klinge herab. Ein weiblich klingendes Stöhnen war zu hören, nichts sonst. Kein Schrei, kein Ausdruck des Schmerzes. Eher hatte es überrascht geklungen.

Ardemir klappte der Mund auf, doch Nevliin war gefasst. Er riss das Schwert zurück, streckte die Hand aus, um das Opfer zu ergreifen, und zog eine schemenhafte Gestalt zu sich heran.

Der Nebel begann sich erstaunlich schnell aufzulösen und gab blondes Haar preis, das in Wellen bis zur Hüfte der Frau reichte. Die weite Kleidung schien selbst aus Nebel zu bestehen und wurde lediglich durch eine Kordel an der Taille zusammengehalten. Ein simpler Haarreifen hielt die atemberaubende Haarpracht zurück, von dem ein Schleier über das Gesicht der Frau herabfiel und sich mit denen an ihrem Körper verband. Beide waren aus demselben hellblauen Tuch und erinnerten Ardemir an den Wind, der den Nebel fortblies.

Hätte er es nicht besser gewusst, hätte Ardemir gemeint, eine Göttin aus den Menschensagen vor sich zu haben, auch wenn er das Gesicht der Frau nicht sah.

Dann starrte er wie unter einem Bann stehend auf Nevliins gepanzerte Hand, die langsam von der Schulter seines Opfers herabglitt und schlaff an seine Seite sank.

Es waren nur wenige Herzschläge vergangen, seit Nevliin sein Schwert vorgestoßen hatte, und so schnell, wie die Gestalt vor ihnen erschienen war, verschwand sie auch wieder. Fremde Hände packten sie an den Armen und zogen sie zurück in das, was vom Nebel noch übrig war.

Nevliin senkte in unwirklicher Langsamkeit den Blick und starrte auf das Blut auf seiner Klinge.

Hinter ihnen beim Tempel brach Jubel aus. Niemand hier konnte so richtig glauben, dass der Nebel aus der Tempelstadt wich, ohne dass es Tote gegeben hatte. Am allerwenigsten Ardemir selbst.

»Sie sind aus Fleisch und Blut!«, rief eine Elfe von den Rittern. »Seht das Blut!« Die Tempelwachen stürmten jubelnd die Treppe herab. Auch das Tor wurde wieder geöffnet, und die Priesterinnen wagten sich heraus.

»Es muss eine der Anführerinnen gewesen sein«, sagte Ardemir, während er sich in der plötzlich wieder klaren Nacht umsah. »Eine Magierin, die den Nebel gebracht hat. Ihre Wunde hat den Zauber …«

Nevliin drehte sich so abrupt um, als wäre er von einer unsichtbaren Macht herumgerissen worden. Er steckte das Schwert zurück in die Scheide und trabte los, den Blick auf den Boden gerichtet.

Ardemir seufzte. »In Ordnung«, murmelte er, als er die Blutstropfen auf dem hellen Pflaster des Hofs erkannte. »Wir verfolgen die mordgierigen Magier also.«

Er drehte sich zum Tempel um und befahl den Rittern, die Verwundeten zu versorgen, dann folgte er Nevliin.

»Lass sie gehen«, sagte er, als er den Befehlshaber einholte. »Du hast eine von ihnen verwundet. Die anderen wissen, dass es keine Geister sind. Es ist genug.«

»Sie ist es.«

»Wer?«

Nevliin blieb stehen und sah ihn an. Die Antwort war ein Strahl aus den schwarzen Augen, der einen Einblick in seine dunkle Seele bot. Nevliins blondes Haar, das er stets im Nacken zusammengebunden hatte, war grau durch all den Ruß, genauso wie sein Gesicht, doch das war es nicht, das plötzlich so fürchterlich an ihm war.

Ardemir kannte diesen Blick. Er kannte den Befehlshaber zu gut, als dass ihm dieser winzige Funke der Entschlossenheit in den immerzu kalten Augen entgehen könnte.

»Vanora.«

Mit diesem Namen auf den Lippen setzte Nevliin seinen Laufschritt fort. Ardemir folgte ihm vollkommen verwirrt. In achtzig Jahren war ihm einiges Verrücktes mit Nevliin passiert, doch das hier übertraf selbst den üblichen Wahnsinn des Befehlshabers.

Sie verließen den Tempelplatz und tauchten in den immer noch brennenden Teil des Dorfes ein.

»Und wenn wir die anderen finden?«, fragte Ardemir schließlich. Er hatte immer noch Hoffnung, dass irgendwo verborgen in dem Befehlshaber ein Rest Verstand vorhanden war. Oder hatte er seinen Verstand endgültig verloren? So wie es die Königin und die Ritter bereits lange fürchteten? »Willst du dich allein mit einem Haufen Magier anlegen, gegen die noch nicht einmal die Tempelpriesterinnen etwas ausrichten konnten? Keiner von ihnen konnte den Nebel vertreiben. Sie sind zu stark, Nevliin.«

»Dann geh zurück.« Nevliin bog um eine Hütte. Ardemir folgte ihm und blieb genauso wie sein Befehlshaber abrupt stehen.

»O bei den Sternen!«, seufzte er, als er den brennenden Stall vor sich erblickte. Aus der Heukammer im Dachboden schlugen hohe Flammen. Nicht mehr lange und das gesamte Holzlanghaus würde in sich zusammenstürzen. Eine Blutspur führte durch das Tor. »Du willst da jetzt nicht hineingehen, oder?«, fragte er, auch wenn er die Antwort bereits kannte. »Nevliin.« Er packte ihn am Oberarm. Trotzdem stürmte der Befehlshaber auf das brennende Haus zu. Mit einem Fluch auf den Lippen folgte Ardemir dem Todessehnsüchtigen.

Die Hitze, die vom brennenden Haus ausging, war unerträglich. Im Laufen riss Ardemir sich die Brust- und Schulterplatten der Rüstung vom Körper, um nicht völlig darunter geschmort zu werden, und duckte sich schließlich unter einem quer liegenden Balken hindurch, der zum Dachstuhl gehört hatte. Seine Augen tränten, als er den brennenden Stall betrat, der Rauch nahm ihm den Atem.

»Nevliin!«, rief er hustend und versuchte, in dem Trümmerfeld etwas zu erkennen oder durch das Tosen der Flammen etwas zu hören, doch nicht einmal die Blutspur konnte er mehr erkennen. Um ihn herum knisterte und ächzte das Holz, glühende Asche und brennendes Stroh rieselten auf ihn herab und versengten ihm die Haut.

Ardemir bemühte sich, schnell weiterzukommen, er schob sich durch einen halb eingestürzten Türrahmen und entdeckte schließlich eine Treppe, die auf den Heuboden führte. Das Bild der lodernden Flammen kehrte vor sein geistiges Auge zurück und ließ ihn einen Moment lang zögern. Doch die Blutspur führte dorthin, was bedeutete, dass auch Nevliin in dieser Feuerhölle war.

Einzelne Stufen schwelten, doch Ardemir musste es versuchen.

Geistesabwesend schlug er mit der Hand einen Funken an seinem Waffenrock aus und lief auf die Treppe zu. »Nevliin!«, rief er noch einmal und verfluchte ihn gleichzeitig für seine Torheit. »Nevliin!«

Es kam keine Antwort, doch Ardemir bezweifelte, dass er, selbst wenn Nevliin geantwortet hätte, durch den Lärm irgendetwas gehört hätte.

Vorsichtig trat er auf die erste Stufe, dann auf die nächste. Jeder Atemzug war eine Qual. Er versuchte, sich kaltes Wasser vorzustellen, kalten Wind, Eis, Schnee. Es nützte nichts. Die Haut an seinen Händen begann Blasen zu schlagen. Er konnte sich nicht so wie Nevliin mit einem Zauber schützen. Als Dunkelelf verfügte er nur über ein sehr geringes Maß an Magie.

Erneut fing der Stoff seiner Hose Feuer. Ardemir befand sich auf halbem Weg auf der Treppe und bückte sich, um die Flammen an seinem Bein zu ersticken, als über ihm ein ächzendes Geräusch ertönte. Er blickte hoch und sah gerade noch den glühenden Dachbalken, der auf ihn zuschoss. Ein gewaltiger Knall folgte. Die Treppe brach unter ihm zusammen.

Ardemir krachte auf herabgestürzte Bretter und stöhnte vor Schmerzen laut auf. Rauch und Tränen nahmen ihm die Sicht. Er versuchte, sich zu bewegen, doch jede Kraft hatte ihn verlassen. Sein Kopf dröhnte, er konnte kaum noch etwas wahrnehmen. Es bedurfte einer enormen Anstrengung, überhaupt noch zu denken. Er versuchte, Nevliin zu rufen, doch er konnte seine Lippen nicht bewegen. Seine Augen fielen zu, oder vielleicht wurde es auch nur plötzlich ganz dunkel um ihn herum.

Jemand packte seine Arme, kleine Hände mit festem Griff. Sie schleiften ihn über Trümmer, ließen ihn fallen. Eine verschwommene Gestalt beugte sich über ihn. Blaugrau und gleichzeitig glühend wie der Rauch, dunkles Haar. Seine Augen waren also doch noch offen, oder phantasierte er bereits?

Sein Waffenrock wurde hochgezogen, kühle Finger tasteten über seine Brust. Ardemir blinzelte, versuchte seinen Blick zu klären, doch er sah nichts als Umrisse.

»Ganz ruhig«, drang eine weibliche Stimme an sein Ohr.

Ardemir versuchte zu sprechen, brachte jedoch keinen Laut heraus.

»Ganz ruhig. Ihr Ritter sollt euch nicht einmischen. Es ist nicht euer Krieg. Jetzt müssen wir euch weh tun.« Die Finger hielten über seinem Herzen inne, ein brennender Schmerz folgte, warmes Blut floss über seine Haut.

Ardemir riss die Augen auf, er wollte sich wehren, doch er konnte sich nicht bewegen. Etwas Scharfes, Dünnes drang in sein Fleisch. Eine Nadel vielleicht.

»Ihr habt uns angegriffen. Jetzt nehmen wir einen von euch.«

Ardemir keuchte auf. Die eiskalte Nadel bohrte sich immer weiter in seinen Körper, drang in seine Brust zu seinem Herzen. Er bäumte sich auf, warf den Kopf in den Nacken. Eine unerträgliche Hitze ging von seinem Herzen aus, als würde es kochendes Blut in die Adern pumpen. Das vernichtende Feuer um ihn herum wütete plötzlich in ihm. Grelles Licht blendete ihn, zeigte die Fremde als verschleierte Silhouette. Die Hitze in seinem Körper wurde immer schlimmer. Seine Hände und Beine begannen zu zittern, sein gesamter Körper zuckte, selbst seine Zähne schlugen aufeinander. Ardemir keuchte. Fürchterliche Laute des Schmerzes steckten in seiner Kehle, und doch konnte er nicht schreien. Eingehüllt in dieses blendende Licht versuchte er sich zu bewegen, zu fliehen, doch er war machtlos. Der Schmerz nahm ihm jede Möglichkeit, zu denken, trieb ihn immer weiter an den Rand des Wahnsinns. Ein leises Summen mischte sich unter das wilde Pochen seines Herzens. Ein Flüstern. Es war wieder dieselbe Stimme, die unverständliche Worte murmelte.

Ardemir bäumte sich auf. Die Knochen seines Körpers dehnten sich, drohten zu zerbersten. Sein eigener qualvoller Schrei gellte in seinen Ohren, und mit diesem Laut verschwand das Licht. Die Stimme verstummte, die Gestalt verschwand.

Aus weiter Entfernung hörte er plötzlich eine andere Stimme. Immer und immer wieder hallte sie durch die Dunkelheit. Es war Nevliin.

»Ardemir! Kannst du mich hören? Ardemir!«

Sein Blick klärte sich. Nevliins rußschwarzes Gesicht erschien, über ihm loderten immer noch die Flammen.

»Ich …« Ardemir versuchte sich aufzusetzen.

»Du warst bewusstlos. Wir müssen hier fort.«

»Die Frau.«

»Es ist niemand da.« Einen flüchtigen Moment lang sahen sie sich in die Augen. Es war nicht Wahnsinn, den Ardemir in den Augen seines Freundes erblickte. Es war Schmerz.

Nevliin legte sich seinen Arm um die Schultern und hob ihn hoch. Hustend und keuchend stemmte er sich Ardemir auf die Schulter und bewegte sich langsam auf den Ausgang zu.

Immer wieder fielen einzelne brennende Bretter neben ihnen zu Boden, hüllten sie ein in glühende Asche. Eine halbe Ewigkeit verging, bis sie endlich ins Freie gelangten.

Die Luft hier war verhältnismäßig kühl und klar. Ardemir atmete gierig ein, auch wenn jeder Atemzug schmerzte. Ein paar Ritter liefen ihnen entgegen, trugen ihn von den Flammen fort und legten ihn schließlich vor dem Tempel auf den kühlen Boden. Ein Ritter goss ihm Wasser in den Mund.

Ardemir fasste sich an die Brust, er versuchte zu begreifen, was in dem Haus geschehen war. Die Hitze in seinem Körper wich langsam mit jedem Atemzug. Nevliin ließ sich neben ihm auf den Boden fallen, trank ebenfalls etwas Wasser und wusch sich den Ruß aus dem Gesicht.

»Du bist ein verdammter Idiot«, keuchte Ardemir unter entsetzlichen Schmerzen.

Nevliin sah zu ihm hinunter, ausdruckslos und kalt, und wandte schließlich seinen Blick wieder ab. So konnte es nicht mit ihm weitergehen. Etwas musste geschehen, doch darüber wollte Ardemir sich im Moment keine Gedanken machen. Er würde mit Liadan nach einer Lösung suchen, später.

»Ardemir.« Einer der Ritter kniete neben ihm nieder. »Du bist schwer verletzt. Ich werde dich heilen.«

Ardemir nickte nur. Er warf noch einen flüchtigen Blick zu Nevliin und stellte fest, dass der Befehlshaber kaum einen Kratzer davongetragen hatte. Er wusste nicht, wie es dieser verfluchte Elf anstellte, stets schneller und wendiger zu sein, doch selbst wenn Nevliin schwerer verletzt wäre, würde ihn niemand auch nur danach fragen, ihn zu heilen. Es war allgemein bekannt, dass er sich niemals auf magische Weise heilen ließ. Eine weitere seiner Eigenheiten.

Der Ritter half Ardemir, sich aufzusetzen und gegen die Tempelmauer zu lehnen. Er befreite ihn vom Rest des Waffenrocks, der ohnehin nur noch in Fetzen von seinem Körper hing, und legte ihm die Hände auf die Brust.

Ardemir sah an sich herab, betrachtete die roten Brandflecken und berührte vorsichtig mit der Hand sein Herz. Es war nichts zu sehen. Er war sicher gewesen, dass er geblutet hatte, dass seine Haut aufgeschnitten worden war. Doch da war nichts, nicht der kleinste Einstich. Seine Phantasie hatte ihm also doch einen Streich gespielt. Die merkwürdige Begegnung im Nebel, die Bewusstlosigkeit …

»Bereit?«

Ardemir blickte auf und nickte. Er konnte immer noch nicht verstehen, was mit ihm geschehen war, doch noch ehe er sich weitere Gedanken darüber machen konnte, strömte kühle Energie durch seinen Körper. Der Ritter stöhnte vor Schmerz auf, hielt jedoch tapfer durch. Die Brandblasen verschwanden, die Haut glättete sich. Es war, als würde sein Innerstes vom Rauch reingewaschen, seine Lungen, seine Kehle – die Schmerzen verschwanden. Ardemir konzentrierte sich auf die heilende Macht, als der Ritter plötzlich seine Hand zurückzog, so schnell, als hätte er sich an seiner Haut verbrannt. Mit weit aufgerissenen Augen sah er ihn an.

»Was ist los?« Ardemir blickte noch einmal an sich herab. Die Spuren des Feuers waren verschwunden, doch die seltsame Reaktion des Ritters war nicht unbemerkt geblieben. Nevliin wandte sich ihnen zu, sah zwischen den beiden hin und her.

»Da war …« Der Ritter sah auf seine Hände hinab. »Es ist wohl nichts.«

»Was ist los?«, fragte Nevliin mit leicht gereiztem Unterton.

»Nichts.« Der Ritter schüttelte seinen Kopf. »Irgendetwas war anders, ich weiß nicht, was es war. Bestimmt nur der Kampf. Ich war geschwächt.«

»Was hast du gesehen?« Nevliin machte sich nicht die Mühe, seine Ungeduld zu verbergen.

»Ein Drache«, sagte der Ritter mit gezwungen fester Stimme. »Er war direkt vor mir. Ein gewaltiger Drache. So einen habe ich noch nie zuvor gesehen, und er …«

»Was?«

»Er hat mich verbrannt.«

Nevliin sah zu Ardemir, dessen Herz immer schneller schlug. Die schwarzen Augen des Befehlshabers durchbohrten ihn, dann wandte er sich an den Ritter. »Der Kampf mit dem Drachen war schrecklich«, sagte er ohne Gefühl in der Stimme. »Du hast deine oder Ardemirs Ängste gesehen.«

»Ja«, antwortete der Ritter schnell und wagte es immer noch nicht, Ardemir anzusehen. »Ja, bestimmt.« Als wäre er auf der Flucht, sprang er auf und begab sich zu anderen Verwundeten, die seine Hilfe benötigten.

Ardemir sah ihm hinterher, blickte noch einmal an sich herab und berührte seine Brust. Da war nichts.

»Du hast niemanden gefunden?«, fragte er schließlich, ohne aufzusehen, an Nevliin gewandt.

»Das Haus war verlassen.« Eine unangenehme Pause entstand, bevor Nevliin fortfuhr. »Hast du denn jemanden gesehen?«

Ardemir blickte auf, sah in das vernarbte Gesicht seines Freundes, das durch den Schein der Flammen selbst für ihn unheimlich wirkte. Doch im Moment war nichts so unheimlich wie seine Gedanken.

»Nein«, sagte er.

Die Königin wirkte an der verlassenen Tafel verloren. Sie waren alleine im Empfangsraum ihrer Gemächer, Ardemir und seine Cousine. Die Sorgen der letzten Wochen waren ihr deutlich anzusehen. Zudem war sie äußerst schweigsam. Sie schien ständig in Gedanken versunken zu sein und sprach nur noch das Nötigste. So schwieg sie auch jetzt, als Ardemir an eine der Säulen lehnte und auf eine Reaktion auf seinen Bericht wartete.

»Der achte Angriff«, sagte sie nach einer gefühlten Ewigkeit. »Der achte Angriff in nur einem Monat.«

»Es war derselbe Drache wie schon zu Beginn der Kämpfe. Bisher konnte ich drei von ihnen unterscheiden.«

Liadan sah auf. Ihr schwarzes Haar, durch das sich silberne Strähnen zogen, war zu einer kunstvollen Frisur hochgesteckt und wurde durch ein silbernes Diadem gehalten. Sie sah aus wie eine Königin, und doch wirkten ihre grauen Augen unsagbar müde. »Wo sind die anderen Drachen?«, fragte sie so hilflos, wie er sie nur selten erlebte. »Wohin sind sie verschwunden? Wo sind die Drachenelfen? Sind sie die Nebelgestalten? Wieso fliegen sie dann nicht mit den Drachen, wie üblich? Was ist mit König Hafnir geschehen? Wer steckt dahinter? Wieso die Orakel?«

Ardemir schwieg. Er hatte für keine der Fragen eine Antwort. Die Dracheninsel war verlassen. Sie hatten bereits nach dem ersten Angriff ein Schiff dorthin entsandt. Es gab keinen Hinweis auf einen Kampf. Die Drachen waren einfach alle fort. Man sollte glauben, solch riesige Geschöpfe würden auffallen, zumal wenn das gesamte Volk verschwunden war, doch es gab nicht den geringsten Hinweis. Es war noch nicht einmal möglich, jene Drachen, welche die Angriffe auf die Orakel führten, zu verfolgen, da sie stets in den mysteriösen Wolken verschwanden, die kurz vor deren Angriff erschienen und sich danach wieder auflösten. Alle waren sich einig, dass ein gewaltiges Ausmaß an Magie vonnöten war, um einen solchen Nebel zu erschaffen. Dies schränkte die Auswahl an Verdächtigen zumindest etwas ein. Die Tatsache, dass die Drachen stets allein, ohne die Drachenelfen angriffen, war ebenso sonderbar wie beunruhigend. Was nur war mit ihnen geschehen?

»Du sagst, der Nebel löste sich auf, nachdem Nevliin einen von ihnen erwischt hatte?« Liadan richtete sich in dem Stuhl auf und strich mit der Hand über ihre Stirn.

»Ja«, antwortete Ardemir nicht weniger verwirrt als seine Königin. »Ohne Kampf, einfach so. Er muss einen Volltreffer gelandet haben. Frag mich nicht, wie. Da war nichts zu sehen, nichts zu hören.«

»Aber wir wissen immer noch nicht, wer sie sind. Deine Beschreibung … Es könnte jeder sein. Wir müssen die Drachen finden, Ardemir. Etwas Schreckliches passiert, und es wird noch viel schlimmer werden.« Sie erhob sich und ging auf den kalten Kamin zu. »Das Sonnental wurde am stärksten getroffen. Fürst Daeron und Menavor wollen weitere Unterstützung. Soll ich ihnen mehr Ritter senden?« Liadan wandte sich zu Ardemir um. »Soll ich Lurness wirklich noch weiter schwächen? Was, wenn wir die Nächsten sind? Will König Hafnir mir den Krieg erklären? Er war uns immer freundlich gesinnt, ich habe ihm oder seinem Volk nichts getan. Ich …«

»Liadan«, Ardemir ging auf sie zu, legte seine Hände auf ihre Schultern und sah ihr tief in die Augen, »wir werden die Antworten finden. Wir werden erfahren, welches Spiel hier gespielt wird.«

Die Königin trat einen Schritt zurück. »Das ist kein Spiel, Ardemir. Elfen sterben. Wie viele waren es heute? Zwei Krieger und ein halbes Dutzend Zivilisten?« Sie ließ sich wieder auf den Stuhl sinken. »Und da wären wir beim nächsten Problem«, sagte sie so leise, dass er sie beinahe nicht verstanden hätte.

Ardemir atmete tief durch. »Es wird immer schwieriger mit Nevliin. Das gestern war …«

»Ich weiß. So kann es nicht weitergehen.«

»Die Ritter fürchten ihn. Entweder ist er aggressiv, oder er macht irgendwelche Dummheiten ... so wie gestern. Ich fürchte wirklich um seinen Verstand.«

Liadan sah wieder zu Ardemir auf. Es war ihr anzusehen, dass sie dieses Thema mindestens genauso zermürbte wie die Drachenangriffe. Nevliins Zustand schmerzte sie, und sosehr sie sich bemühte, an ihn heranzukommen, um ihm zu helfen, so sehr traf er sie mit seiner Gleichgültigkeit. »Soll ich ihm die Befehlsgewalt nehmen?«, fragte sie ratlos.

Ardemir ließ sich ihr gegenüber nieder, er strich sich mit der Hand durch das, was nach dem Brand von dem schwarzen Haar übriggeblieben war. »Nevliin ist einer der erfahrensten Kämpfer, einer der besten, *der* beste.«

»Ist oder war?«

»Er kennt sich im Kampf gegen Drachen aus wie niemand sonst.« Ardemir seufzte. »Er wird nicht zurück nach Valdoreen gehen. Wir haben es versucht. Solange er eine Aufgabe hat ... In Valdoreen würde er zugrunde gehen.«

»Schlimmer als jetzt?« Liadan lehnte sich zurück, sie schloss einen kurzen Augenblick die Augen, dann sah sie ihn wieder an. »Es sind vierundachtzig Jahre, Ardemir. Sie starb vor vierundachtzig Jahren.«

»Ich dachte auch, es würde besser werden, aber er will sich nicht helfen lassen.«

»Ich werde noch einmal mit ihm sprechen.«

»Nein.« Ardemir nahm die Hand seiner Cousine, doch sie entzog sie ihm sofort wieder.

»Ich kann Nevliin nicht so weitermachen lassen«, sagte sie. »Er zerstört sich selbst. Er bringt andere in Gefahr.«

»Vielleicht braucht er mehr Zeit.«

Liadan zog ihre Augenbrauen hoch, schüttelte leicht den Kopf. Es war hoffnungslos, wie sie selbst wusste. Nevliin war immer schon eine dunkle Seele gewesen, bei allen als kalt und distanziert bekannt, doch seit Vanoras Tod war er unberechenbar geworden. Liadan konnte nicht ewig über seine Eskapaden hinwegsehen und ihn stets bevorzugt behandeln. Die Ritter sahen zu ihm auf, zumindest war dies früher so gewesen, doch seine Launen und vor allem die immer häufiger und heftiger ausartenden Wutausbrüche säten Furcht unter seinen Kriegern. Sie alle wussten, wozu er fähig war. Bisher hatte Ardemir – zumeist mit Hilfe des Kobolds Bienli – das Schlimmste verhindern können, doch wie lange noch?

»Er zerstört sich«, flüsterte Liadan und holte ihn damit wieder aus seinen Gedanken.

Ardemir richtete sich auf und ließ erneut sein versengtes Haar durch die Finger gleiten. »Ist er das nicht längst?«, fragte er, wohl wissend, dass er Liadan damit weh tat. Doch er konnte Nevliins Zustand nicht schönreden. Genauso wenig wie er Liadans Gefühle für den gebrochenen Elfen übersehen konnte. Sie war schon immer in ihn verliebt gewesen – schon als Kind, als Nevliin in Lurness gelebt hatte, als bester Freund ihres älteren Bruders Eamon. Schon damals hatte sie für ihn geschwärmt wie wohl jede junge Elfe. Der großartige Weiße Ritter, ein Krieger, ein Held. Doch Liadan hatte ihren Gefühlen niemals nachgegeben, sondern sich immer nur um das allgemeine Wohl gesorgt, nicht um ihr eigenes. Mit Sicherheit würde sie es nicht zugeben, doch Ardemir kannte sie seit ihrer Geburt. Er sah, mit welchen Augen sie Nevliin immer schon angesehen hatte, er sah, dass sein Zustand ihr das Herz brach. Vielleicht wusste selbst Nevliin davon, aber der behandelte sie mit einer Kälte, zu welcher nur er fähig war, denn insgeheim machte er sie für den Tod seiner Liebe verantwortlich. Liadan hatte ihn davon abgehalten, Vanora zu retten, um sein Leben zu schützen. Würde er sie dafür hassen, wäre es für Liadan vielleicht noch eher zu verkraften, doch die Gleichgültigkeit, mit der er sie behandelte, war schlimmer.

»Wenn die Drachen erneut angreifen«, unterbrach Liadan das Schweigen, »wirst du über die Ritter befehligen.«

Ardemir blickte auf. »Du traust ihm wirklich nicht mehr.«

»Nein. Er hat eine von den Nebelgestalten verwundet oder getötet – das ist gut, aber …«

Die Tür flog auf, krachte gegen die Wand und prallte daran zurück. Einer der Silberritter stürzte in den Saal und deutete aufgeregt hinter sich. »Eure Majestät«, brachte er mit überschlagender Stimme hervor, »eine Drachenelfe!«

Liadan sprang auf, der Stuhl kippte zurück. »Was? Wo?«

Auch Ardemir erhob sich, er blickte fassungslos zu dem aufgeregten Ritter, der sich bemühte, seine Worte zu sortieren.

»Sie kam aus der Drachenschlucht, Herrin. Sie ist kaum ansprechbar, die Ritter bringen sie zu Finola.«

Die Verzweiflung und Niedergeschlagenheit verschwanden aus Liadans Gesicht. Als wäre die Müdigkeit fortgewischt, kehrte die Königin in ihr zurück, stark und sicher. »Wurde bereits nach Heilern geschickt?«, fragte sie, als sie auch schon auf die Tür zulief.

Ardemir folgte ihr, er konnte nicht glauben, was er eben gehört hatte.

»Ja, Herrin.« Der Ritter bemühte sich, mit der Königin Schritt zu halten. »Herrin?«

Liadan blieb stehen, wandte sich zu dem Ritter um. »Was ist?«, fragte sie, ohne ihre Ungeduld zu verbergen.

Der Ritter sah zwischen Ardemir und der Königin hin und her. »Herrin.« Er atmete tief ein. »Wir glauben, es ist die Prinzessin.«

Aurün

Dutzende Stimmen hallten aus der Ferne an ihr Ohr. Sie klangen aufgeregt, so dass die Worte nicht zu verstehen waren. Das grelle Sonnenlicht blendete selbst durch die geschlossenen Lider. Ihr Körper wurde bewegt, getragen. Sie spürte die vielen Hände, die sie betasteten. Etwas Kaltes floss in ihren Mund. Unwillkürlich schluckte sie das köstliche Wasser. Kurz darauf veränderte es jedoch den Geschmack, brannte in der Kehle, schmeckte nach Kräutern, Minze und auch Alkohol. Eine meckernde Stimme übertönte das Gemurmel der anderen. Ihr Körper lag still auf einem harten Untergrund. Das Licht war nun nicht mehr ganz so grell.

»Aurün?« Die Stimme war klar und sehr nah, und sie klang vertraut und sanft. Auch die Schwingungen dieser Person hatte sie bereits einmal gespürt – klare Linien, ein starker Geist.

»Aurün, könnt Ihr mich hören?«

Ihre Lider flatterten im Versuch, die Augen zu öffnen. Die Erschöpfung wich mit jedem Atemzug. Was auch immer es gewesen war, das sie eben getrunken hatte, es half ihr.

»Aurün?«

Der dunkle Schleier fiel. Langsam öffnete sie die Augen, blickte in bekannte und auch unbekannte Elfengesichter, die sie allesamt anstarrten. Direkt über ihr klärte sich das Gesicht der Elfenkönigin, deren Energie Aurün bereits gespürt hatte. Liadan beugte sich weit über sie und betastete ihre Stirn. Es schmerzte. Aurün konnte sich an den Felsvorsprung erinnern, der ihr in die Quere gekommen war und sie beinahe hätte abstürzen lassen.

Mit letzter Anstrengung versuchte sie sich aufzurichten, doch plötzlich erschien das kleine spitznasige Gesicht einer Koboldfrau, die sie mit der Kraft eines Riesen niederdrückte.

»Noch nicht«, sagte die Koboldfrau, und Aurün erkannte in ihr die meckernde Stimme. »Zuerst müsst Ihr das hier trinken.«

Ein schlankes, mit giftig grüner Flüssigkeit gefülltes Fläschchen tanzte vor ihrem Gesicht. Es war geöffnet und verströmte den bereits bekannten Geruch von Minze.

Aurün nickte und trank die Tinktur, welche ihr die Koboldfrau einflößte. Mit ungeheurer Macht strömte die heilende Wirkung durch ihren Körper, stärkte ihren Herzschlag, vertrieb die Müdigkeit. Diesmal hinderte sie niemand daran, als sie sich in dem Bett aufrichtete. Sie befand sich in einem kreisrunden Raum, in dem sich bis zur Tür Kobolde und Elfen, hauptsächlich Wachen, drängten.

»Was ist passiert?«, fragte Liadan und trug eine Salbe auf Aurüns Stirn auf, die wie Feuer brannte.

Aurün bemerkte das leichte Lächeln und anschließende Kopfschütteln der Koboldfrau, als diese bemerkte, was die Königin eben getan hatte. Doch noch nicht einmal Liadans Freundlichkeit konnte die dunklen Bilder aus ihrem Gedächtnis bannen. Die Erinnerung ließ sie frösteln.

»Ein Angriff«, sagte sie heiser und sah die verschleierten Gestalten vor sich, die über das Meer gekommen waren.

»Ein Angriff?« Liadan blickte sich um und machte eine flüchtige Handbewegung, woraufhin die Kobolde und ein Großteil der Elfen den Raum verließen. Einzig Ardemir, ihr Vetter und noch zwei Wachen an der Tür blieben zurück.

»Wer hat Euch angegriffen?«

Aurün schüttelte ihren Kopf. »Ich weiß es nicht.« Sie fasste an ihre Stirn, spürte die raue Kruste, welche sich über der Wunde gebildet hatte.

»Schon gut.« Liadan nahm ihre Hand. »Lasst Euch Zeit.«

Ardemir schob sich einen Stuhl ans Bett. Er sah mitgenommen aus. Sie hatte ihn lange nicht mehr gesehen, zuletzt bei Liadans Krönung. Er schien selbst aus einem Kampf zu kommen. Sein schwarzes Haar war ungleichmäßig abgeschnitten, fiel verschieden lang in Stirn und Nacken. Es war nicht zu übersehen, dass dieses Kunstwerk in Eile und vermutlich auch noch mit einem stumpfen Messer vollbracht worden war. Auch seine dunklen Augen, die früher immerzu einen heiteren Ausdruck gehabt hatten, verrieten seine Erschöpfung.

»Ich weiß nicht, wer uns angegriffen hat«, fuhr Aurün schließlich fort. »Frauen mit Schleiern. Graugewandete Männer mit Schwertern an der Seite. Sie trugen Masken.«

»Masken?« Liadan und Ardemir tauschten einen kurzen Blick, dann sahen sie Aurün wieder an.

»Ja, graue Masken mit eigentümlichen Zeichen darauf. Und sie kamen mit Schiffen. Es geschah alles gleichzeitig. Ich weiß nicht …« Sie atmete tief durch. »Mein Vater …« Ihre Stimme zitterte. »Ich fand ihn im Thronsaal. Ich dachte, er würde schlafen … aber er war tot.«

»Vergiftet.« Liadan wurde blass. Ihr eigener Vater war vor langer Zeit vergiftet und ebenfalls im Thronsaal gefunden worden. Bis heute wusste niemand, wer dafür verantwortlich gewesen war.

Aurün nickte. »Ich weiß nicht, wer es gewesen ist. Bestimmt niemand von unseren Leuten. Kurz nachdem ich Vater gefunden hatte, begann es.«

»Es begann?«, fragte Ardemir.

»Ja. Die Wachen schlugen Alarm. Ein sonderbarer Nebel zog über die See. Erst im letzten Moment gab er die Schiffe frei. Wir riefen die Drachen, doch wir konnten sie nicht erreichen ... Sie waren einfach nicht mehr da, nicht mehr in unseren Gedanken. Liadan, wir sind eins mit den Drachen, aber sie hörten uns nicht, und wir konnten sie nicht hören, genauso wenig wie ich jetzt irgendjemanden aus meinem Volk wahrnehmen kann. Die Drachen flogen einfach fort, und da wusste ich, was geschehen ist.«

»Wie meint Ihr das?«

»Einer von denen muss sich bei uns eingeschlichen haben. Er hat zuerst meinen Vater getötet und dann Ureliigs Herz gestohlen.«

Liadan riss ihre Augen auf, während Ardemir verwirrt zwischen ihnen hin und her sah.

»Was ist Ureliigs Herz?«, fragte er.

Die Königin wandte sich ihm zu. »Bevor es die Drachenelfen gab«, erklärte sie, »verliebte sich der Drache Ureliig in die Elfe Rinuviel. Er schenkte ihr eines seiner beiden Herzen, und Rinuviel gab ihm dafür ihre Seele.«

»Ja, und seither wird mit jedem Drachen ein Elf geboren, der sich die Seele mit ihm teilt. Sie waren die Begründer der Drachenelfen.«

»Und Ureliigs Herz befand sich immer bei euch auf der Dracheninsel?«, fragte Ardemir.

Aurün nickte. »Wir hielten es in Ehren, beschützten es davor, benutzt zu werden.«

»Bis es gestohlen wurde«, beendete Liadan den Satz.

Ardemir strich sich mit der Hand durch das schwarze Haar. »Was meint Ihr mit benutzen?«, fragte er. »Wieso wurde es gestohlen?«

»Wer Ureliigs Herz besitzt«, antwortete Liadan, »verfügt über die Drachen und kann über sie befehlen.« Sie ließ sich auf einen Stuhl sinken. »Was ist mit den anderen Drachenelfen?«

»Ich weiß es nicht. Wir waren nur noch wenige. Ohne die Drachen … Ich glaube, sie haben sich ergeben.«

»Wie seid Ihr entkommen? Euer Drache ist doch ebenfalls fortgeflogen oder nicht?«

»Ja, ich konnte durch eine Geheimtür im Herzraum entkommen. Ich war dort, als die Krieger das Schloss erreichten, da ich nach dem Herzen sehen wollte. Die Geheimtür führt direkt zum Abstieg in die Tunnel, die unterirdisch zur Drachenschlucht führen.«

Ardemir riss seine Augen auf. »Ihr seid den ganzen Weg bis zur Drachenschlucht gelaufen? Und dann? Wie seid Ihr hochgekommen? Man benötigt drei Tage, mit einem guten Seil.«

Aurün senkte ihren Blick, sie betrachtete ihre blutigen Finger und das, was von den Fingernägeln übrig geblieben war. »Ich bin geklettert«, sagte sie und blickte hoch, in die entsetzten Gesichter der beiden Elfen. »Die Wände sind rau, es gibt viele Krater und Felsvorsprünge, an denen ich mich ausruhen konnte. Es hat wohl Wochen gedauert.« Sie atmete tief durch, wollte nicht an die vielen verzweifelten Stunden denken, in denen sie allein gegen den Schmerz, den Hunger und Durst, aber auch gegen die Angst gekämpft hatte.

Liadan, die ihr wohl ansah, dass sie nicht weiter darüber sprechen wollte, wandte sich ihrem Vetter zu. »Das erklärt die Angriffe«, sagte sie.

»Angriffe?« Aurün sah von ihren geschundenen Händen auf. »Was für Angriffe?«

»Die Drachen«, erklärte Ardemir, »greifen die Tempelstädte an, zuletzt war es Derial. Sie verbreiten Chaos und Tod, dann verschwinden sie, und die Nebelgestalten kommen. Diese töten die Orakel und all ihre Diener. Bisher traf es hauptsächlich das Sonnental. Es ist ein Fürstentum der Magier und Orakel – vielleicht können sie es deswegen nicht leiden.«

»Das ist nicht möglich.« Aurün starrte die beiden an. »Die Drachen würden niemals …« Sie betrachtete ihre Arme; die Stichwunden waren unter dem Stoff ihres Kleides verborgen, und plötzlich wurde ihr einiges klar. Auch bei ihrem Vater hatte sie eine Wunde am Arm entdeckt. Einen winzigen Blutfleck.

»Ihr habt selbst gesagt, dass Ureliigs Herz fort ist. Jemand benutzt die Drachen«, sagte Liadan.

»Das meine ich nicht. Um das Herz zu benutzen, benötigt man den Schlüssel.«

»Was für einen Schlüssel?«, fragte diesmal Ardemir und warf Liadan einen kurzen Blick zu, doch die Königin wusste selbst nichts davon.

»Ohne den Schlüssel«, erklärte Aurün, »kann das Herz nicht benutzt werden. Sie müssen einen mächtigen Magier unter sich haben.«

»Solch einen haben sie bestimmt.« Liadan erhob sich und wanderte unruhig durch den Raum. »Das heißt, jemand hat das Drachenherz gestohlen, zwingt damit die Drachen zu Angriffen und versucht die Orakel zu vernichten.« Sie blieb stehen und sah Aurün in die Augen. »Die Frage ist nur: wieso?«

Aurün erwiderte den Blick. »Viel wichtiger wäre noch – wer?«

»Ich weiß es nicht.« Liadan ließ sich wieder auf den Stuhl sinken. »Der gesamte Osten – das einstige Schattenreich – ist mir treu ergeben, ebenso Valdoreen. Fürst Nevliin ist einer meiner Ritter.«

»Blieben nur das Sonnental und Riniel«, überlegte Ardemir laut. »Den Fürsten vom Sonnental würde ich so etwas zutrauen.«

»Es ist ihr Land, das angegriffen wird«, erwiderte Liadan. »Sie hätten keinen Grund dazu.«

Ardemir lachte auf. »Daeron und Menavor brauchen keinen

Grund, um ihre eigenen Leute zu vernichten. Sieh dir Acre an und wie es den Elfen dort ergeht. Vielleicht sind ihnen der Einfluss der Orakel und der Priesterinnen zu viel geworden. Sie räumen sie aus dem Weg und stellen sich selbst als Opfer dar. Zudem ist Meara Thesalis an ihrer Seite. Sie ist eine mächtige Magierin, wenn nicht *die* mächtigste Elvions.«

»Was ist mit den Drachenelfen?«, fragte Liadan an Aurün gewandt. »Wirkt die Macht des Herzens auch auf Euch?«

»Nein.« Aurün schüttelte ihren Kopf. »Nur auf die Drachen, doch sollte einem von ihnen etwas zustoßen, geschieht dasselbe mit dessen Seelenpartner.« Unbewusst strich sie wieder über die Wunden an ihren Armen. »Ich kann mir immer noch nicht vorstellen, wie irgendjemand das Herz ohne Schlüssel benutzen könnte«, sagte sie, auch wenn sie bereits einen Verdacht hegte, den sie im Moment jedoch noch geheim halten wollte.

»Noch nicht einmal eine Magierin wie Meara oder die Fürsten?« Liadan riss ihre Augen auf. »Und wenn sie den Schlüssel bereits haben?«

»Nein.« Zum ersten Mal seit langem konnte Aurün lächeln. »Sie haben den Schlüssel bestimmt nicht. Der ist gut verwahrt.«

»Und wo?«, fragte Ardemir, woraufhin Liadan ihm jedoch die Hand auf den Arm legte.

»Das geht uns nichts an, Ardemir.« Sie wandte sich wieder an Aurün. »Es tut mir leid. Ihr seid die Prinzessin, entschuldigt, die Königin der Drachenelfen, und Eurem Volk ist Schreckliches widerfahren. Ich werde alles Mögliche unternehmen, um Euch zu helfen, sie wieder zu befreien. So lange seid Ihr in Lurness willkommen.«

Es waren die Worte einer Königin, doch aus Liadans Mund wirkten sie echt und tröstend. Es war kein Versprechen, das sie nur aussprach, weil sie selbst und ihr eigenes Volk durch die unbekannte Bedrohung in Gefahr waren. Sie hätte Aurün auch so geholfen. Zumindest nahm Aurün dies an. Eamon hätte es getan.

»Als Erstes müssen wir sicherstellen, dass der Schlüssel außer Gefahr ist«, sagte Aurün. »Und wir müssen herausfinden, wer meine Leute gefangen hält, wer ihnen so etwas antut.«

Liadan nickte. »Die Nebelgestalten müssen von jemandem beauftragt sein. Jemandem mit Macht.«

»Wo ist der Schlüssel?«, fragte Ardemir noch einmal, den mahnenden Blick seiner Cousine ignorierend.

Aurün lächelte. »Ich habe ihn einem Freund anvertraut. Vor nicht ganz vierundachtzig Jahren.«

»Vor …« Liadan kniff ihre Augen zusammen. »Ihr habt ihn Eamon gegeben.«

Aurün nickte. Nach dem Tod ihres Bruders in der Schlacht bei Edora hatte sie die Verantwortung über den Schlüssel bekommen. Es war ihr zu gefährlich gewesen, diesen in der Nähe des Herzens aufzubewahren, und so hatte sie ihn dem einzigen Elfen gegeben, dem sie uneingeschränkt vertraute. Niemand würde jemals bei ihm nach dem Schlüssel suchen – zumal er sich nicht einmal in dieser Welt aufhielt.

Ardemir presste sich die Hand an die Stirn. »Sieht so aus, als müssten wir eine lange Reise antreten«, sagte er und erhob sich.

»Du hast recht.« Liadan richtete sich ebenfalls auf. »Eamon muss gewarnt werden. Ich will, dass du das machst, unser Verdacht soll vorerst unter uns bleiben und …« Sie warf einen kurzen Seitenblick auf Aurün, wandte sich jedoch sofort wieder ihrem Vetter zu. »Sag ihm, dass wir seine Hilfe brauchen, nicht nur der Drachen wegen.«

»Ja. Eamon könnte ihm vielleicht helfen. Sie stehen sich nah. Wenn nicht er, wüsste ich nicht, wer sonst.«

»Ich werde Euch begleiten«, sagte Aurün und wagte es, aufzustehen. Sie fühlte sich noch etwas schwach, doch das würde schnell vorbeigehen. »Eamon besitzt den Schlüssel zum Herzen des letzten Drachenkönigs. Ich muss selbst mit ihm sprechen.« Sie sprach die Wahrheit, doch ebenso wusste sie, dass dies nicht der einzige Grund war, Ardemir zu begleiten. So lange hatte sie Eamon nicht mehr gesehen, und doch war kein Tag vergangen, an dem sie nicht an den einstigen König der Dunkelelfen, an Liadans älteren Bruder gedacht hatte. Er hatte sie vom ersten Augenblick an verzaubert. Niemals zuvor war ihr jemand mit reinerem Herzen begegnet, jemand, der so gütig und freundlich war und zugleich mutig und stark. Nach der Wiedervereinigung Elvions war er in die Welt der Menschen gegangen. Er hatte ihre Gefühle niemals erwidert, denn er war genauso wie Nevliin in Vanora verliebt gewesen, doch seither war viel Zeit vergangen. Zeit, die einen Funken Hoffnung in ihr weckte.

»Das ist Eure Entscheidung«, sagte Liadan. »Ihr seid jetzt Königin der Drachenelfen. Ihr solltet Euch ausruhen. Finola wird später noch einmal nach Euch sehen.«

»Ich muss ohnehin zuerst ins Sonnental«, warf Ardemir ein. »Ich will mit Vin sprechen. Falls die Fürsten etwas mit dem Verschwinden der Drachen zu tun haben, kann sie uns vielleicht helfen.«

»Vinae Thesalis«, schnaubte Liadan. »Du warst doch erst vor kurzem bei ihr. Hätte sie nicht längst etwas erwähnen müssen? Drachen können doch nicht so einfach übersehen werden. Sie müssten nach den Angriffen im Sonnental beobachtet worden sein.«

»Thesalis?«, fragte Aurün, die durch den Namen hellhörig geworden war. »Etwa wie *Meara* Thesalis?«

»Sie ist ihre Tochter«, antwortete Liadan immer noch in verächtlichem Tonfall.

»Ihre Tochter, die nichts mit Meara gemeinsam hat«, stellte Ardemir sofort richtig. »Sie ist auf unserer Seite. Du weißt, dass sie uns schon oft geholfen hat.« Er wandte sich an Aurün. »Sie ist so etwas wie unser eigener kleiner Spion im Sonnental«, erklärte er lächelnd, und dieses Lächeln und die blitzenden Augen verrieten, dass sie für Ardemir weit mehr war als nur ein Spion.

»Ich wusste nicht, dass Meara eine Tochter hat«, sagte sie. »Wer ist der Vater?«

»Das weiß niemand.« Liadan zuckte mit den Schultern. »Vermutlich einer der Fürsten, mit denen Meara so gut steht.«

»Nein.« Ardemir verschränkte seine Arme vor der Brust. Er war nicht besonders groß für einen Elfen, selbst Liadan überragte ihn, und doch bot er einen respekteinflößenden Anblick mit der breiten Brust eines Schützen, dem Bogen und den gefiederten Enden der Pfeile, die hinter seiner Schulter emporragten. »Keiner der beiden Fürsten ist der Vater.«

Liadan wandte sich ganz ihrem Vetter zu. »Es ist allgemein bekannt, dass Fürst Daeron ihr sehr zugetan ist. Vielleicht weil sie seine Tochter ist.«

Ardemirs Ausdruck verfinsterte sich. »Daeron ist ihr auf andere Weise zugetan«, knurrte er. »Er hätte sie gern zur Frau.«

»Ein weiterer Grund, ihr nicht zu vertrauen. Eine Verbindung des Fürsten mit einer Thesalis ist gefährlicher, als wir es uns vorstellen mögen. Vielleicht haben wir hier die Antwort auf all unsere Fragen.«

»Vin ist dir treu ergeben, Liadan. Sie verdient es nicht, dass du so über sie sprichst. Hast du überhaupt eine Ahnung, welche Opfer sie für dich bringt? Du solltest dankbarer sein.«

Liadan hob eine Augenbraue, sie lächelte und sah zu Aurün, die ebenfalls angesichts von Ardemirs Wut schmunzeln musste.

»Was gibt es da zu lachen?«, schnaubte Ardemir und fuhr

zu Aurün herum, die sich ein Kichern nicht mehr verkneifen konnte. Zumindest etwas Gutes war in dieser dunklen Zeit geblieben. Dies war die wunderbare Eigenschaft der Liebe. Sie blühte selbst, wenn um sie herum alles von Tod bedroht wurde.

»Ihr und diese Thesalis«, fragte Aurün schließlich, »ihr beide seid … ein Liebespaar?«

Ardemir riss seine Augen auf. »Wir sind Freunde, mehr nicht.« Er sah zwischen den beiden grinsenden Elfen hin und her. »Natürlich habe ich sie gern, als Freund.«

»Natürlich.« Liadan warf Aurün einen vielsagenden Blick zu, der ihr zeigte, dass auch sie schon länger anderer Ansicht war.

»Gibt es nicht Wichtigeres, worüber wir uns Gedanken machen sollten?«

»Gibt es.« Liadan winkte einem der Wachen. »Fürst Nevliin soll zu mir kommen«, sagte sie und wandte sich wieder ihrem Vetter zu. »Er wird mit dir in die Menschenwelt gehen. Er muss von hier weg, zumindest für eine Weile.«

»Das wird ihm nicht gefallen.«

Vinae

Die roten Striemen zogen von den Handinnenflächen hinauf bis zu den Ellbogen. Die Fingerkuppen hatten sich bereits schwarz verfärbt. Selbst das Weiß der Augen war mit blutroten Äderchen durchsetzt.

»Wird sie wieder gesund?«

Vinae blickte auf. Der Anblick der besorgten Mutter war beinahe schlimmer als jener des zitternden Mädchens. »Die Tinktur wird ihr helfen«, sagte sie. »Aber sie darf nicht mehr zurück auf die Felder.«

»Das ist nicht möglich, wie Ihr wisst.« Die Elfe nahm die Hand ihrer Tochter und kniete neben ihr nieder. »Fürst Daeron würde die gesamte Familie bestrafen. Es sind nur ein paar Monate. Sie wird die Ernte doch überstehen?«

Vinae betrachtete das Fläschchen in ihrer Hand. Es war beinahe alles aufgebraucht. Sie wusste nicht, ob es ihr noch einmal gelingen würde, Gegengift zu stehlen. Es waren noch so viele andere zu behandeln, und die Ernte hatte gerade erst begonnen. Das Gift war zu aggressiv, fraß sich selbst durch die Handschuhe. Dieses Jahr würde es noch mehr Tote geben. Den Winter über hatte es kaum geregnet, und die Sonne war zu stark. Für den Fürsten Daeron durchaus günstige Wetterverhältnisse, aber für die Elfen, die das hochkonzentrierte Gift aus der Artiluspflanze pressen mussten, ein Todesurteil. Der Regen hätte der Substanz zumindest einen Teil der Stärke genommen.

»Herrin Thesalis? Sie wird es doch überstehen?«

Vinae atmete tief ein und ließ das Fläschchen an der Innenseite ihres Umhangs verschwinden. »Ich werde wiederkommen«, versprach sie und erhob sich. »In der Zwischenzeit umwickelt ihre Hände mit Verbänden aus Mondsichelkraut und zieht ihr darüber die Handschuhe an. Sagt auch den anderen Bescheid. Es wird das Gift etwas aufhalten.«

»Ich danke Euch.« Die Elfe kniete vor ihr auf dem mit Stroh bedeckten Boden. »Wir alle verdanken Euch so vieles.«

Nicht genug. Es war niemals genug. Sie konnte nicht allein gegen all das Leid bestehen. Es waren zu viele Opfer zu beklagen. So viele, denen sie nicht helfen konnte.

Der langanhaltende Klang des Gongs auf dem Marktplatz hallte aus der Ferne zu der Siedlung vor den Stadtmauern. Der Laut schwang noch einige Augenblicke lang in der unbewegten Luft, ehe erneut Stille einkehrte.

Vinae trat aus der Hütte und blinzelte in das grelle Licht der Sonne in Richtung Acre, der Hauptstadt des Sonnentals, die sich in ihrer weißen Pracht an eine Hügelflanke klammerte und von dort das Tal überblickte.

»Was mag das bedeuten?« Die Feldarbeiterin gesellte sich zu ihr und hielt sich die Hand an die Stirn, um nicht geblendet zu werden.

»Ich weiß es nicht.« Doch es verhieß bestimmt nichts Gutes. Dieser Klang hatte nur selten etwas Gutes zu bedeuten.

Mit flauem Gefühl im Magen sah Vinae sich in der Siedlung um, welche nicht mehr als eine Ansammlung provisorischer Holzhütten war, die sich unweit der Stadt vor den Feldern ausbreiteten. Solche Siedlungen gab es hier auf dem flachen Land überall, und in jeder herrschte Leid.

Das Signal war kaum jemandem entgangen, denn immer mehr Elfen strömten hinaus in die Nachmittagssonne und blickten mit einer Mischung aus Angst und Neugierde in Richtung Osten. Dorthin, wo sich in der flimmernden Hitze ein Reiter gegen den hellen Stein der Stadtmauern am Fuße des Hügels abzeichnete. Er preschte aus dem offen stehenden Tor und verließ sofort die gepflasterte Straße, die in einem Bogen nach Süden führte, fort von den Feldern. Über einen der vielen Trampelpfade, welche die Wiesen durchzogen, kam er direkt auf die Siedlung zu. »Deremirs Hinrichtung!«, rief er und hob seinen Arm, bevor er eine Schleife ritt und in die andere Richtung davonstürmte. »Deremirs Hinrichtung!«

Vinae erstarrte. Das war doch nicht möglich! Die letzte öffentliche Hinrichtung lag Jahre zurück, seit die Königin ein neues Gesetz erlassen hatte, dass nur sie selbst ein Todesurteil verhängen durfte und über jeden Angeklagten durch einen ihrer Abgesandten Gericht gehalten werden musste. Zuvor waren Hinrichtungen Teil des Alltags gewesen, doch seit diesem Erlass gab es kaum noch Gefangene, die zum Tode verurteilt wurden. Die Zahl der Vermissten war jedoch drastisch gestiegen.

»Lasst das Mädchen noch etwas ruhen«, sagte sie zu der Elfe neben ihr und stürmte auf ihr Pferd zu, das angebunden an einem Pfahl neben der Hütte stand. Sie durfte keine Zeit verlieren.

»Herrin Thesalis?« Die Frau lief ihr hinterher. »Tut das nicht. Ihr riskiert zu viel für uns.«

»Es ist noch lange nicht genug.« Vinae schwang sich in den Sattel und ließ dem Pferd die Zügel frei, das sofort loslief.

Wie der Wind flog sie an den Hütten vorbei, quer durch das Flachland und erreichte die Straße, die durch das Tor in die Stadt führte. Die Wachen an den Wehrgängen hatten keine Gelegenheit, ihr zuzunicken, wie sie es für gewöhnlich taten, denn Vinae zischte bereits an ihnen vorbei, folgte der leicht ansteigenden Straße in Richtung Schloss, wo sie schon bald von der

Menge verschluckt wurde. Die Elfen drängten sich so dicht auf dieser einzigen Straße, dass ein Weiterkommen zu Pferde unmöglich war. Zumindest nicht, ohne jemanden zu verletzen. Deshalb sprang Vinae aus dem Sattel, ließ ihr Pferd zurück und lief in eine der dunklen Seitengassen hinein, welche in der gesamten Stadt so schmal waren, dass sich die Wände der Häuser beinahe berührten und sie diese mit ausgestreckten Armen zu beiden Seiten anfassen könnte. Die Häuser von Acre waren allesamt aus weißem Stein erbaut und boten mit ihren flachen Dächern ein schnelles und diskretes Fortkommen, das Vinae auch dieses Mal nutzte.

Dort, wo die Mauern besonders schmal zueinanderführten, sprang sie an eine der Hauswände, stieß sich ab und landete an der gegenüberliegenden Seite. Dies wiederholte sie einige Male, bis sie hoch genug war, um die Regenrinne zu erreichen. Mit beiden Händen klammerte sie sich daran fest, biss die Zähne bei der Berührung des heißen Metalls zusammen und nutzte sogleich den Schwung ihres letzten Sprungs, um ihre Beine nach oben zu werfen und mit einem Überschlag auf dem Dach zu landen. Um das Gleichgewicht zu halten, federte sie leicht in die Knie, lief dann jedoch sofort weiter. Von einem Dach zum anderen springend stürmte sie weiter hinauf zum Hügelkamm, dorthin, wo das Schloss an den Marktplatz angrenzte und über dem Sonnental thronte. Ein jeder Weg hier führte früher oder später zum Marktplatz, und Vinae kannte sich in den engverwinkelten Gassen aus wie nirgends sonst. Doch irgendwann wäre die Menge der verstopften Hauptstraße in die umliegenden Gassen zurückgedrängt worden und hätte sie aufgehalten.

Im Laufen zog Vinae noch die Kapuze ihres dunklen Umhangs über den Kopf. Zum Glück trug sie wie meistens eine Hose, so dass sie schnell laufen konnte.

Der rhythmische Klang der Trommeln, der sich unter die aufgeregten Stimmen von der Straße mischte, drang zu ihr. Die Zeit schien sie zu verhöhnen, ließ sie nicht weiterkommen, trieb jedoch gleichzeitig den unheilvollen Laut immer schneller an. Die Hitze hier oben auf den Dächern war unerträglich, und der ansteigende Weg zehrte an ihren Kräften. In der Ferne blitzten bereits die metallenen Speerspitzen der Wachen auf der Schlossmauer in der Sonne. Der Trommelschlag wurde immer schneller.

Vinae sprang auf das letzte Dach und überblickte rasch das Geschehen unter ihr auf dem weitläufigen Platz, der von Häusern und dem Schloss gesäumt wurde. Es galt keine Zeit mehr zu verlieren. Mit Anlauf trat sie an die Kante, stieß sich ab und landete direkt auf dem Schafott, das hier niemals abgebaut wurde, da es ohnehin immer jemanden zu bestrafen gab. Der Tod war nicht das Schlimmste, was einem Elfen im Sonnental widerfahren konnte. Der Pranger, Auspeitschungen und Verstümmlungen waren hier an der Tagesordnung.

Vinae erkannte Deremir sofort, der vor einem Richtblock kniete, den Kopf bereits auf das Holz abgelegt. Neben ihm wurden seine Gefährtin und ihr Sohn mit Speeren in Schach gehalten, während der maskierte Henker die Axt wieder sinken ließ.

Ein Aufschrei schwappte wie eine Welle durch die zusammengedrängte Menge, als Vinae sich auf dem hölzernen Podest aufrichtete und die Kapuze ihres Umhangs zurückwarf. Sie blickte hoch zum Erker an der Schlossmauer, von welchem aus man die abfallende Stadt, aber auch die Siedlungen und Felder am Fuße des Hügels überblicken konnten, und hob ihre Hand, um dieser Hinrichtung Einhalt zu gebieten.

»Das darf doch nicht wahr sein.«

Die beiden Fürsten Daeron und Menavor, die sich zusammen mit ein paar Wachen und ihrer Mutter Meara dort oben aufhielten, sahen zu ihr herab.

»Vinae Thesalis!« Fürst Menavor bedeutete den Wachen, die auf sie zugelaufen kamen, innezuhalten. »Welch unerfreuliche Überraschung an diesem wundervollen Nachmittag!«

»Dieser Mann ist unschuldig!«

»Vinae!« Der kleine Nefgáld versuchte, zu ihr zu laufen, doch die Wachen hielten ihn fest. Sein Vater Deremir hingegen bewegte sich nicht, starrte lediglich vor sich hin.

»Ich bin da«, sagte sie zu dem Jungen, der immer noch versuchte, sich zu befreien.

Meara trat inzwischen unauffällig einen Schritt vom Geländer zurück, so dass sie nicht direkt zu ihrer größten Schande hinabsehen musste. Sie hatte ihrer Tochter nicht umsonst den Namen Vinae gegeben, denn dieser bedeutete »Unglück«. In Kombination mit dem Namen Thesalis, welcher »die Mächtige« bedeutete, trat der Sinn dieser Namenswahl noch stärker hervor. Vinae Thesalis – das mächtige Unglück. Wie passend! Deswegen sagten Freunde auch Vin zu ihr, was wiederum Glück bedeutete.

»Es tut mir leid, dich enttäuschen zu müssen, Vinae«, unterbrach Fürst Menavor das Raunen der Menge. »Dieser Mann hat sich gegen die Königin verschworen. Er hat ihre Ermordung geplant.«

»Das ist nicht wahr!« Vinae drehte sich zu Deremir um, der sie nicht registrierte. Seine Familie stand mit vor Entsetzen aufgerissenen Augen immer noch neben ihm. »Ihr kennt Deremir, Fürst Menavor!«, rief sie über das Gemurmel der Menge. »Er ist seit Jahrhunderten eine Eurer besten Wachen. Er würde niemals …«

»Du langweilst mich.« Menavor betrachtete die Spitzen seines silberfarbenen Haars. »Dein Einsatz für diesen einst treuen

Diener in allen Ehren. Glaube mir, ich selbst konnte kaum glauben, welch heimtückisches Wesen sich in ihm verbarg, aber …« Er zuckte mit den Schultern, schüttelte leicht seinen Kopf. »Nicht alle sind so brave Bürger, wie wir es uns wünschen.«

»Was ist mit ihnen?« Vinae zeigte auf die Frau und den Jungen. Nefgáld war gerade einmal dreizehn Jahre alt. »Sie haben nichts damit zu tun.«

»Natürlich haben sie das.«

»Er ist noch ein Kind!«

»Ach, Vinae.« Menavor lehnte sich etwas über das Geländer. »Deine Wunden sind noch nicht verheilt, und schon bettelst du erneut um den Kerker.«

Vinae ließ den Stoff des Umhangs über ihre Hände fallen. Die Abschürfungen der Eisenringe an ihren Handgelenken schmerzten immer noch, aber dies war ein geringer Preis.

»Wo wir gerade davon sprechen«, fuhr Menavor fort. »Wir konnten die Mirin wieder einfangen. Jeden Einzelnen der kleinen Flattermänner. Es tut mir leid, dass du dir umsonst solche Mühe gemacht hast.«

»Mir nicht. Lasst Deremir gehen!«

Menavor lachte. »Woher hast du nur deinen Sinn für Humor?« Er deutete mit seinem Kopf zu Meara. »Von deiner Mutter bestimmt nicht.«

»Bitte.« Vinae kannte den Fürsten gut genug, um zu wissen, dass er sich nicht würde erweichen lassen, doch wenn sie Deremir schon nicht retten konnte, dann wenigstens seine Familie, auch wenn sie es hasste, solche Kompromisse einzugehen. Die Zeit in diesem von Grausamkeit beherrschten Land hatte sie jedoch gelehrt, dass es nicht anders ging. »Nefgáld und seine Mutter haben nichts damit zu tun.« Sie sah zu Fürst Daeron, der schweigend und mit ausdruckslosem Blick zu ihr herabsah.

Die Sonne ließ sein honigfarbenes Haar wie gesponnenes Gold schimmern und verlieh seiner gesamten Erscheinung eine erhabene Ausstrahlung. Eine Täuschung. »Bitte«, flehte Vinae und sah ihm in die Augen. »Er ist noch ein Kind. Fürst Daeron, ich flehe Euch an. Zeigt Gnade.«

Einen winzigen Augenblick lang flackerte etwas in den braunen Augen des Fürsten auf, ehe er seinen Blick abwandte.

»Ich bitte dich, Vinae«, ertönte sofort wieder Menavors Stimme. »Da kommen einem doch die Tränen. Sieh meinen Bruder nicht mit so großen Augen an.«

Vinae atmete tief durch. Sie wusste, dass sie nicht hilfesuchend zu ihrer Mutter blicken musste. Fürst Daeron war ihre einzige Hoffnung, und sie war noch nicht bereit, aufzugeben. »Ich bitte Euch, Fürst Daeron.« Sie beachtete Menavors schweres Seufzen nicht. »Diese Frau und dieses Kind haben nichts getan, verschont sie.«

»Langweilig.« Menavor nickte den Wachen zu. Gepanzerte Hände packten Vinae an den Armen. »Bringt sie in den Kerker«, befahl der Fürst mit einer flüchtigen Handbewegung.

»Nein!« Vinae blickte zu Daeron, der sie mit starrem Ausdruck ansah. »Ich bitte Euch, Fürst Daeron. Habt Erbarmen. Sie sind unschuldig. Ich bitte Euch. Fürst Daeron!«

Die beiden Wachen hoben sie vom Podest, hielten sie jeder an einem Arm fest und trugen sie über den Marktplatz. Ihre Füße baumelten in der Luft, der Schmerz der gepanzerten Griffe fuhr durch ihren Körper, doch Vinae wehrte sich nicht mehr. Sie wollte den Fürsten nicht die Genugtuung einer verzweifelten Szene bieten.

Während die beiden Elfen sie über die Brücke trugen, die über einem flachen Graben in den Schlosshof führte, nahm der Lärm der Menge zu. Auch der Trommelschlag setzte wieder ein.

»Lasst mich los!«, zischte Vinae den beiden Wachen zu, die bereits das Schlosstor passierten und sie durch den schattigen Gang unter der Mauer hindurchtrugen, in dem ihre Stimme leer und verloren klang. »Ich kann ihnen noch helfen.«

»Verzeiht, Herrin Thesalis.« Die Männer beschleunigten ihren Schritt und traten aus dem kühlen Gewölbe in den sonnenbeschienenen Schlosshof. Dieser Hof wurde zu allen vier Seiten von den weißen Gebäuden eingeschlossen, und in deren oberen Geschossen führten prächtige Arkadengänge um das Areal herum.

Einzelne Elfen, die sich dort oben aufhielten, blieben stehen und blickten herab, doch die meisten Wachen und Bewohner waren diesen Anblick bereits gewohnt und schenkten ihnen keine Aufmerksamkeit. Vinae Thesalis wurde wieder in den Kerker gebracht. Dieses Bild konnte niemanden mehr erschüttern.

Der Trommelschlag wurde immer schneller. Dann verstummte er abrupt. Das erneute Aufkreischen der Menge drang vom Marktplatz.

Vinae schloss einen Moment lang ihre Augen und versuchte, ruhig weiterzuatmen. Sie fragte sich nicht, wie das nur hatte geschehen können.

Die Wachen trugen sie weiter, eilten über den weiß gepflasterten Hof in die Schatten eines weiteren Bogengangs, durch welchen die Gärten zu erreichen waren. In diesem kühlen Gewölbe unter dem Wohngebäude hielten die Wachen inne, stießen die schwere Holztür zur rechten Seite auf und zogen Vinae die Treppe hinunter in die Dunkelheit. Der modrige Gestank der feuchten Wände sowie der Geruch von Verwesung und Blut drangen auf sie ein. Vinae kannte den Weg gut genug und würde wohl blind zu ihrem Verlies finden. Sie wusste, wo die Folterkammern und wo manche von Daerons Räume lagen, in denen er seine Gifte mischte. Es war ihr jedoch noch nicht gelungen, tiefer in das unterirdische Labyrinth vorzudringen.

Ein von Fackeln beleuchteter Gang folgte, der ihre Schatten weit vorauswarf, während das Licht an den kargen Wänden flackerte und die Luft noch stickiger werden ließ. Sie kamen an einigen geschlossenen Türen vorbei, hinter denen sich Vorratsräume für Elixiere befanden, und erreichten schließlich einen Wachraum, der mit einem Tisch, ein paar Stühlen und einigen Regalen an den Wänden ausgestattet war. Die beiden Elfen, die dort beim Kartenspiel saßen, blickten kurz auf, grinsten und widmeten sich wieder ihrem Zeitvertreib.

Durch einen schmaleren, kurzen Durchgang erreichten sie den Vinae bestens bekannten Raum, welcher durch Gitterstäbe zu beiden Seiten in einzelne Zellen unterteilt war. Von diesem Raum aus ging es noch unendlich weiter, doch Vinae wurde stets hier in dieser ersten Kammer festgehalten. Sie befand sich damit ein gutes Stück von den Folterkammern und den Todeszellen entfernt. Hier gab es nur einen einzigen Gefangenen, dessen Ketten klirrten, als er etwas näher an die Gitterstäbe kroch, um zu hören, wen die Wachen brachten.

»Vinae? Bist du das?«, fragte er heiser.

»Still!« Einer der Wächter schlug mit dem Schwert nach dem Gefangenen, der schnell zurückwich und stöhnend zu Boden sank.

»Ihr seid Barbaren!«, zischte Vinae, als sie ihre Arme ausstreckte, um zu zeigen, dass sie unbewaffnet war.

»Den Umhang«, sagte der Wächter, der nach dem Gefangenen geschlagen hatte.

Vinae hob ihren Kopf. Sie war genauso wie ihre Mutter kleiner als die meisten Elfen, aber kaum jemand wagte es, sich mit ihr anzulegen. »Es ist kalt.« Sie sah dem Wächter in die Augen. »Wollt Ihr, dass ich erfriere?«

»Habt Ihr Waffen, Nahrungsmittel oder Medizin bei Euch?«

»Nein.«

»Den Umhang, oder ich muss Euch durchsuchen.«

Vinae breitete ihre Arme aus. »Nur zu. Ich bin neugierig, was Fürst Daeron dazu sagen wird.«

Die beiden Wächter tauschten einen flüchtigen Blick, woraufhin der andere kaum merklich den Kopf schüttelte.

»Also gut.« Der Elf packte sie grob am Arm und zerrte sie in die Zelle. »Ihr kennt ja das Spiel.«

Vinae schenkte ihm ein düsteres Lächeln und hielt ihm ihre Hände entgegen, so dass er die Eisenringe anbringen konnte. Der kalte Stahl fühlte sich im ersten Moment angenehm auf ihren Wunden an, doch als der Wächter die Ringe eng zusammenzog, musste sie sich ein Aufkeuchen verkneifen.

»Ich wünsche eine angenehme Nacht«, sagte der Wächter. Er schloss die Zellentür und verließ schließlich kopfschüttelnd mit dem anderen Elfen den Raum. Vinae konnte hören, dass die beiden draußen bei den anderen Platz nahmen, und auch das Raunen ihrer Gespräche, die zweifellos um die kleine Thesalis kreisten, die sie wieder einmal bewachen durften.

Doch Vinae schenkte ihnen keine Beachtung mehr. Kaum waren die Wächter verschwunden, kroch sie über den feuchten Boden zu der anderen Zelle. Die Ketten, die sie an die Wand fesselten, ließen sie nicht bis zu den rostigen Stäben vor, aber sie kam immerhin nah genug, um ihren Nachbarn zu sehen.

»Aden?« flüsterte sie. »Geht es Euch gut?«

Die ausgemergelte Gestalt bewegte sich und kroch auf sie zu. Sein Anblick war jedes Mal aufs Neue erschreckend. Vinae wusste nicht, ob alle Menschen ab einem gewissen Alter so fürchterlich aussahen, doch Aden hatte nichts mehr von einem menschlichen Lebewesen an sich. Das weiße Haar hing ihm wie Spinnweben in das eingefallene, von Falten und Runzeln durchzogene Gesicht. Seine Lippen waren kaum noch zu sehen, umso deutlicher stachen die milchigen Augen hervor.

Aden war blind, und dass er noch am Leben war, verdankte er einzig der Boshaftigkeit der beiden Fürsten. Sie hielten es für angemessen, den alten Menschen, der als einer der wenigen die Arbeit auf dem Feld überlebt hatte, im Verlies schmoren zu lassen, anstatt ihn wie alle anderen, die ihnen lästig wurden, einfach hinrichten zu lassen.

»Vinae?«, keuchte er und tastete mit den dürren Fingern durch die Gitterstäbe. »Was machst du denn schon wieder hier, Kind?«

Vinae schmunzelte. Er nannte sie immerzu Kind, obwohl sie doch viel älter war als er. In gewisser Weise hatte er aber recht. Sie war für eine Elfe noch sehr jung, knapp über achtzig Jahre alt, und Aden erschien ihr allein durch seine Erscheinung viel älter, so dass ihr die Bezeichnung »Kind« aus seinem Mund nicht so seltsam erschien.

»Deremir«, flüsterte sie und beantwortete damit seine Frage.

Der Alte seufzte schwer. »Sie haben ihn hingerichtet, nicht wahr?«

»Ihn und seine Familie.« Vinae stemmte sich gegen die Ketten, um etwas näher zu kommen, auch wenn der Schmerz an den Handgelenken dadurch nur noch schlimmer wurde. »Wisst Ihr etwas darüber?«, fragte sie. »Was hat er verbrochen?«

Ein fürchterliches Husten und Röcheln drang aus der Dunkelheit. Es dauerte einige Augenblicke lang, bis sich Aden wieder einigermaßen gefangen hatte.

Vinae lehnte sich ein wenig vor, spähte in das Licht, das durch den Nebenraum hereindrang und lauschte. Die Wachen unterhielten sich, waren in ein Gespräch vertieft. Sie würden nicht so schnell zurückkommen. Daher schob sie ihren Umhang zur Seite, nahm ein flaches Fläschchen aus der eingenähten Tasche an der Innenseite heraus und versuchte, es Aden zu reichen. »Streckt Eure Hand aus«, sagte sie. »Ich habe Wasser für Euch.«

»Wasser?« Aden rutschte näher, fuchtelte wild mit den Händen. Die Fürsten gaben ihm stets nur so viel zu essen und zu trinken, um ihn am Leben zu erhalten, doch Vinae wusste, dass sein Tod nicht mehr fern war.

Den brennenden Schmerz ignorierend, stemmte sie sich gegen die Ketten, versuchte, die suchenden Finger des Alten zu erreichen, und schließlich gelang es ihm, das Fläschchen zu umfassen. Schneller, als sie es diesem gebrechlichen Körper zugetraut hätte, ließ er sich zurückfallen, öffnete geschickt den Verschluss und trank gierig den gesamten Inhalt auf einmal, wobei ihm gut die Hälfte aus den Mundwinkeln floss.

»Ich danke dir«, keuchte er. »Aber du solltest besser auf dich achtgeben. Dies ist kein Ort für ein junges Mädchen.« Er schob das Fläschchen vorsichtig, um keinen unnötigen Lärm zu verursachen, zurück in ihre Zelle, und Vinae ließ es wieder unter ihrem Umhang verschwinden.

»Wisst Ihr, was mit Deremir passiert ist?«, fragte sie noch einmal.

Aden kroch wieder etwas näher. »Sie haben ihn gestern gebracht«, sagte er. »Angeblich haben sie ihn in Derial gefangen genommen.«

»In Derial?« Vinae kniff ihre Augen zusammen. »In der Tempelstadt? Was hat er dort gemacht?«

»Angeblich einen Mordanschlag auf die Königin geplant.«

»Das kann nicht sein. Hat er irgendetwas gesagt?«

»Nein.« Aden seufzte schwer. »Du weißt, sie haben ihm welche von Daerons Giften gegeben. Er wusste nicht, was um ihn herum geschah, aber warte.« Der alte Mann senkte seine Stimme, die weißen Augen starrten sie an. »Er hat immer wieder von einer Nachricht gesprochen.«

»Einer Nachricht? Was für einer?«

»Ich weiß nicht … Nein, doch … ›*Der wahre Glaube*‹. Ja, das hat er immer wieder gesagt.«

Vinae ließ sich zurücksinken und lehnte sich gegen die feuchte Wand. Sie wusste nicht, was das alles zu bedeuten hatte, aber *dass* es etwas bedeutete, war ihr klar. Sie musste Ardemir fragen, ob er oder vielleicht die Königin irgendetwas von Deremirs Gefangennahme wussten.

Die Nacht verging wie stets im Kerker unendlich langsam. Trotz des Umhangs fror sie. Der Gestank war fürchterlich, und Aden war zu schwach, um noch weiterzureden. So war sie allein in der Dunkelheit, dachte an Nefgáld und seine Eltern, die sie nicht hatte retten können, an das kleine Mädchen, das vom Gift der Artiluspflanze krank war, und an alle anderen, die sich für die beiden Fürsten und Meara zugrunde richten ließen. Es musste etwas geschehen. Dieses Reich war dem Untergang geweiht, und Königin Liadan saß in Lurness in ihrer Festung und unternahm nichts dagegen. Zugegeben, sie verschloss zumindest nicht ihre Augen vor den Problemen im Sonnental. Sie dachte, durch die neuen Gesetze etwas zu erreichen. Gerechte Prozesse, das Sicherstellen der Schlüssel für die Weltentore, um den Handel mit den Menschen einzustellen, doch was nützte es? Die Fürsten gaben nichts auf diese Gesetze. Sie interessierten sich nicht für Prozesse. Sie brauchten keine Menschen, um das Gift auf ihren Feldern zu ernten. Die Königin war machtlos. Sie konnte nicht überall gleichzeitig sein. Doch es musste sich etwas ändern. All dieses Leid! Wie lange würde das Volk des Sonnentals noch durchhalten? Wie lange hielt es bereits durch? Wie hatte es früher hier ausgesehen, als es noch das Lichtreich gegeben hatte? Unter der alten Königin? War das Leid immer schon so groß gewesen?

Das Klirren eines schweren Schlüsselbundes holte Vinae aus den Gedanken. Die Nacht war vorüber, und wieder hatte sie nichts erreicht.

Vinae blickte auf, erwartete die Wächter vom Vortag zu sehen, sie wurde jedoch überrascht, als sie den schwarzen, mit Goldfäden durchzogenen Mantel erkannte, den sich nur jemand von hohem Rang leisten konnte. Es war Daeron, der vor ihrer Zelle stehen blieb und mit ernster Miene zu ihr herab sah. Das braune Haar, ähnlich der Farbe von dunklem Honig, umrahmte sein markantes Gesicht mit der hohen Stirn und der schmalen, etwas zu langen Greifvogelnase. Die Augenbrauen lagen knapp über den ebenfalls honigfarbenen Augen, wobei sie etwas schräg nach oben verliefen und seinen grimmigen Ausdruck noch unterstrichen.

»Die Sonne ist aufgegangen«, sagte er, als er die Tür aufschloss. »Du kannst gehen.«

Vinae rappelte sich auf, streckte ihre steif gewordenen Glieder und hielt ihre Hände vor sich. Es kam selten vor, dass der Fürst sie selbst aus dem Kerker entließ, doch sie kümmerte sich nicht darum. Sie wollte ihn noch nicht einmal ansehen.

Daeron schloss die Eisenringe auf und betrachtete die aufgeschürfte, teilweise blutige Haut an ihren Handgelenken. »Ich kann deine Wunden heilen«, sagte er und strich vorsichtig mit einem Finger darüber.

Vinae zog ihre Hände zurück, richtete sich auf und ließ ihn all ihre Verachtung mit nur einem Blick spüren, bevor sie nach einem Knicks an ihm vorbei, aus der Zelle ging. »Ich komme wieder«, flüsterte sie zu Aden und ging durch den Durchgang in den verlassenen Wachraum.

»Vinae.«

Seufzend blieb sie stehen, wandte sich jedoch nicht um. »Du wirst nicht wiederkommen«, sagte Daeron und trat hinter sie. Er legte seine Hand auf ihre Schulter und drehte sie langsam zu sich herum. »Ich werde nicht zulassen, dass du noch einmal in den Kerker kommst.« Er sprach langsam und eindringlich, und als Vinae ihren Blick abwenden wollte, fasste er unter ihr Kinn und hob ihren Kopf. »Haben wir uns verstanden? Du wirst damit aufhören.«

Vinae riss ihren Kopf zurück, so dass Daeron von ihr abließ. Sie wandte sich um und wollte fortgehen, als sie eine Bewegung im schwach beleuchteten Gang sah.

»Vinae!«, drang die kindliche Stimme aus der Dunkelheit.

»Nefgáld?« Vinae drehte sich nun endgültig um und schlug beim Anblick des Kindes die Hand vor den Mund. Der Junge, der zwar beinahe so groß wie sie selbst war, fiel ihr in die Arme. »Du lebst.« Sie drückte ihn an sich und konnte nicht glauben, dass er tatsächlich hier war. Diesen Jungen kannte sie bereits sein Leben lang. Seiner Mutter hatte sie bei der Geburt geholfen, und die ganze Nacht über hatte sie gedacht, er sei tot.

»Enra wird sich um ihn kümmern«, hörte sie Daeron. »Sie hat einen Sohn in seinem Alter.«

Vinae blickte auf, hielt den Jungen immer noch fest, der sein Gesicht an ihre Schulter presste. »Danke«, flüsterte sie vor Freude strahlend. Ihre Worte waren ernst gemeint. Sie wusste, dass es nicht leicht für Daeron gewesen war. Sie wusste, dass er nicht von Grund auf schlecht war.

Daeron nickte und winkte den Wachmann zu sich, der mit Nefgáld gekommen war. »Bring den Jungen wieder zu Enra«, befahl er, woraufhin Nefgáld sofort herumfuhr.

»Nein, Vinae. Komm mit.«

»Ich werde dich besuchen«, versprach sie. Sie küsste den

Jungen auf die Stirn und richtete sich auf. »Enra wird gut auf dich aufpassen.«

Der Junge machte ein grimmiges Gesicht, er versuchte, tapfer zu sein, und ließ sich schließlich fortführen.

Vinae wandte sich um und sah zum Fürsten auf, der sie aus leicht zusammengekniffenen Augen musterte.

»Ihr habt ihn verschont«, sagte sie zugleich verwundert und gerührt, wohl wissend, dass sie nicht nach den Eltern des Jungen fragen musste. Sie kannte deren Schicksal.

»Vinae.« Daeron hob seine Hand, berührte leicht ihre Wange, wodurch sie sich unwillkürlich anspannte, jedoch nichts dagegen unternahm. Sie hasste es, musste ihn aber gewähren lassen. So rührte sie sich auch nicht, als er sich zu ihr herabbeugte und auf die Wange küsste. »Hast du über meinen Vorschlag nachgedacht?« Er strich ihr eine Haarsträhne zurück und näherte sich langsam ihren Lippen.

»Ich kann nicht im Schloss leben«, antwortete sie schnell und wich kaum merklich ein Stück zurück. »Mein Platz ist bei meiner Mutter.«

Daeron seufzte. »Dein Platz ist bei mir, Vinae. Komm zu mir.«

Jedes seiner Worte war wie Gift, kroch als eiskalter Schauer ihren Rücken hinab. »Ich kann nicht«, sagte sie, so sanft es ihr nur möglich war. »Ich möchte dem Tempel in Averdun beitreten. Ihr wisst das.« Sie drehte sich um, damit er ihr nicht noch näher kommen konnte, doch Daeron hielt sie am Arm fest. Ihm gefielen ihre Pläne nicht. Die Priesterinnen von Averdun waren allesamt mächtige Magierinnen und hofften dadurch auf Vinaes Unterstützung. Sie versuchten – genauso wie Vinae hier in Acre –, das Leid, das die Fürsten unter die Leute brachten, zu lindern. In keinem anderen Fürstentum wurden die Orakel – die Stimmen des Schicksals – so häufig aufgesucht wie im Sonnental. Die Elfen suchten nach Trost und einem Wegweiser. Gleichzeitig benötigten sie die heilenden Kräfte der Priesterinnen. Mit ihrem einhundertsten Geburtstag würde Vinae in den Tempel gehen, fort von ihrer Mutter und den Fürstenbrüdern. Sie würde das tun, was sie am besten konnte und was leider auch am nötigsten war: helfen. Eine Zukunft, die Daeron für sie so nicht geplant hatte.

»Wir haben uns doch verstanden«, sagte er kalt und zog sie mit einem Ruck näher an sich, so dass sein Gesicht so nahe war, um den Atem auf der Haut zu spüren. »Du gehst nicht mehr zurück in den Kerker, Vinae. *Nie wieder!* Du wirst dich nie wieder gegen mich oder meinen Bruder stellen, hast du verstanden?«

Vinae funkelte ihn wütend an. Sie kannte diese Worte, hörte sie nicht zum ersten Mal, und so versuchte sie sich loszureißen, doch Daeron hielt ihren Arm fest umklammert. »Die Arbeiter, draußen im Dorf.« Er sah sie mit den honigfarbenen Augen an. »Es wäre doch schade, sie wegen Diebstahls einer meiner Tinkturen anzuklagen.« Vinae riss die Augen auf. Der schmerzhafte Griff um ihren Arm wurde noch stärker. »Der Junge kommt in ein gefährliches Alter. Er ist übermütig. Unfälle geschehen schnell.« Er ließ sie los. »Du gehst nicht mehr in den Kerker.«

Einen Augenblick lang starrte sie den Fürsten noch an, drehte sich dann jedoch nach einem flüchtigen Knicks um und ging durch den zwielichtigen Tunnel davon, der den Gestank des Todes in sich trug. Den Gestank des Sonnentals.

Das Pferd konnte nicht schnell genug laufen, um ihr durch den schneidenden Wind der Geschwindigkeit ein Gefühl von Freiheit zu vermitteln. Die letzte Siedlung von Acre lag längst hinter ihr, und doch war Vinae immer noch eine Gefangene jenes

Ortes, an welchem Daeron und Menavor herrschten. In halsbrecherischem Tempo galoppierte sie über die Ebene, vorbei an den weitläufigen Feldern der rosa blühenden Artiluspflanzen, die den süßen Duft von Vanille verströmten. Ihr Weg führte sie immer weiter Richtung Westen, dorthin, wo sich das Schneegebirge dem Himmel entgegenstreckte.

Das Sonnental war ein wunderschönes Land – die weite Graslandschaft, vor ihr die bewaldeten Berge, hinter denen sich noch höhere aus hellem Gestein emporhoben, deren schneebedeckte Gipfel über zarte Wolkenfetzen hinausragten. Doch die Schönheit konnte nicht darüber hinwegtäuschen, dass alles hier vergiftet war. Durch die Seuche der Fürstenbrüder und ihrer Mutter.

Vinae erreichte die ersten Ausläufer des Gebirges, verlangsamte das Tempo und bahnte sich einen Weg zwischen den steil aufragenden Felsen und den immer dichter stehenden Bäumen hindurch, die sich inmitten des Gerölls an die Bergflanke klammerten.

Bevor der Pfad steiler wurde und sich ein Dickicht aus Birken, Haselnusssträuchern und Brombeerhecken zu einem wild verwachsenen Wald schloss, passierte Vinae noch den Siberstreif – einen Nebenfluss des Rivendel, der bei Riniel ins Meer mündete. Sie kannte die Tücken dieses launischen Gewässers, das sich in hellem Grün zwischen tiefhängenden Weiden und kahlen Steilwänden hindurchwand. Nur wenige Stellen waren ruhig genug, um einen Übergang zu wagen, doch sie kannte sie alle und nahm niemals den Umweg zur Brücke.

Von zahlreich verstreuten Felsblöcken gelenkt, beschleunigte sich das Wasser zu weiß schäumenden Stromschnellen, welche die Strahlen der Sonne reflektierten und einem weniger vorsichtigen Reisenden zum Verhängnis werden konnten. Doch der Hengst lief in leichtem Galopp über den unsicheren

Untergrund und hüllte Vinae dabei in glitzernde Tropfen, die ihr Gesicht und die Kleider benetzten. Durch Kies und Löwenzahn gelangte sie an das andere Ufer und wurde sofort wieder vom Wald verschluckt. Von hier aus führte ihr Weg nun steiler den Hang hinauf, wo sie das Pferd nach einer Weile wendete und durch Heidelbeersträucher gen Süden ritt. Vinae kannte den Weg, sie würde sich hier niemals verirren. Das Weltentor lag in der entgegengesetzten Richtung an einem Pfad in der Nähe der Brücke, doch es war zu gefährlich, sich dort zu treffen. Auch wenn durch das neue Gesetz der Königin nur noch ihre Ritter unter ihrem Befehl durch die Weißen Hallen schreiten konnten, war Vinae lieber vorsichtig und beließ den Treffpunkt am alten Ort. Sie selbst war noch niemals in dieser Zwischenwelt gewesen, durch die ein schnelles Reisen in die verschiedenen Welten möglich war. Ardemir hatte ihr erzählt, die Weißen Hallen bestünden nur aus Licht, über das man wandelte, als würde man schweben. Durch verschiedene Höhlengänge gelangte man von dort schließlich in eine weitere Halle der jeweiligen Welt, wo sich an den Wänden die Zugänge wie riesige bunte Wandgemälde befanden. Mit einem Schritt dort hindurch war tagelanges Reisen auf einen kurzen Augenblick verkürzt. Vor der Wiedervereinigung Elvions, als der Osten und Westen des Reiches noch durch eine Barriere ins Schatten- und Lichtreich geteilt gewesen waren, hatte es auch eigene Zugänge für die jeweilige Welt in den Weißen Hallen gegeben. Heute befanden sich die Wandbilder jedoch in derselben, denn die Hallen waren mit dem Verschwinden der Barriere wieder zusammengeschmolzen und vereint. Ein Unwissender wäre wohl nicht einmal in der Lage, ein Weltentor von einem gewöhnlichen Felsen zu unterscheiden, doch jene Elfen mit hohem magischem Potential spürten die Energie selbst aus großer Entfernung.

Vinaes Weg führte sie jedoch in eine andere Richtung. Die Lichtung war nicht allzu weit entfernt, durch das dichte Gestrüpp jedoch schwer zu finden.

Dort angekommen, stieg sie vom Pferd und sah sich zwischen den weißen Stämmen der Bäume um, durch deren gelbgrünes Blätterdach einzelne Lichtstrahlen fielen und eine märchenhafte Atmosphäre schufen. Vinae zog die Kapuze des Umhangs zurück und rückte das silberne Haarband zurecht, das sich glitzernd hell von ihrem schwarzen Haar abhob. Sie trug es zumeist straff am Hinterkopf zusammengebunden, da es ihr so weniger im Weg war, auch wenn es ihre Mutter nicht gern sah. Meara sah ohnehin nichts gern, was sie tat. So gefiel es ihr auch nicht, dass ihre Tochter stets wie eine Kriegerin und nicht wie eine Magierin gekleidet war.

»Du bist spät.«

Vinae lächelte, als sie die vertraute Stimme hörte, und drehte sich um.

Ardemir trat als Erster aus dem Dickicht, wobei nicht ein Zweig unter seinen Füßen brach. Ihr fiel sofort das kurze Haar auf, das mehr an einen Unfall denn an eine Frisur erinnerte. Doch noch bevor sie sich weitere Gedanken darüber machen konnte, sah sie die hochgewachsene Frau, die dicht hinter ihm erschien. Die Augen der Fremden funkelten selbst aus dieser Entfernung in einem grellen Grün, und auch das feuerrote Haar, welches in großen Wellen beinahe bis zur Taille reichte, strahlte ungewöhnlich intensiv. Ihre weiße Haut wirkte transparent und schien einen Hauch von Grün in sich zu tragen, als wäre sie Teil des Waldes.

Vinae wusste sofort, dass dies eine Drachenelfe war, auch wenn sie niemals zuvor jemandem aus diesem Volk begegnet war.

Die Frau lächelte freundlich, und Vinae fielen die Schürfwunden an der Stirn und Wange auf. Sie hatte Mühe, das Lächeln zu erwidern und die grellen Augen nicht zu offensichtlich anzustarren, doch zu ihrem Glück erschien Fürst Nevliin von Valdoreen auf der Lichtung, der ihr kurz zunickte. Es war nicht schwer, ihm ein Lächeln zu schenken. Er war nicht besonders gesprächig oder höflich, aber sie mochte ihn trotzdem. Sie wusste nicht wieso, doch seine Schwermut hatte schon bei ihrer ersten Begegnung ihr Herz berührt. Sie hatte sich nie vor ihm gefürchtet, wie so viele andere es taten. Im Gegenteil. Solange sie zurückdenken konnte, war sie seine größte Bewunderin gewesen. Er hatte ihr einige Finten mit dem Schwert gezeigt, auch wenn sie wahrlich keine Kämpferin war und sich lieber über Magie mit ihm unterhielt. Was meistens so verlief, dass sie sprach und er nickte, doch das machte ihr nichts aus. Er war ein begnadeter Magier, und sie ließ sich lieber von ihm etwas beibringen als von ihrer Mutter, zumal er genau wie sie selbst dem Element des Wassers zugehörig war. Er strebte nicht danach, sich die weiteren Elemente anzueignen wie viele ambitionierte Magier. Er begnügte sich mit dem, was zu ihm gehörte und ein Teil von ihm war. Er konzentrierte sich ganz und gar darauf – anders als Meara, die bereits eine Magierin der »Vier« war und damit den höchsten Rang erreicht hatte. Vinae kannte niemanden sonst, der das je geschafft hatte.

»Wir warten seit Sonnenaufgang«, sagte Ardemir und kam mit einem strahlenden Lächeln auf sie zu, welches die Trostlosigkeit der Stadt plötzlich weit entfernt wirken ließ. Wenn Ardemir sie ansah, dann lachten und strahlten auch seine dunklen Augen.

»Du warst in Derial?«, fragte Vinae und deutete auf das, was von seinem ehemals langen Haar übriggeblieben war. »Was ist passiert?«

»Wurde etwas angesengt. Ich musste es abschneiden.« Er klopfte mit der Hand an den Dolch, den er am Gürtel trug.

»Ja, so sieht es auch aus.« Sie sah wieder zu der Drachenelfe, die anders als Nevliin und Ardemir keine silberne Rüstung, sondern ein smaragdgrünes Kleid trug. Ardemir folgte ihrem Blick. »Ich möchte dir Aurün vorstellen«, sagte er. »Die Prin... Königin der Drachenelfen.«

»Die Königin?« Vinae wollte sofort in einen Knicks sinken, doch die Drachenelfe ergriff sie an den Schultern und zog sie wieder hoch.

»Nicht«, sagte sie. »Du bist doch selbst von nobler Geburt. Und es scheint mir«, sie warf einen flüchtigen Blick zu Ardemir und lächelte geheimnisvoll, »wir werden uns noch häufiger begegnen. Wir sollten Freundinnen sein.«

Vinae wusste im ersten Moment nicht, was sie sagen sollte. Sie war überwältigt, zum einen überhaupt einer Drachenelfe zu begegnen und zum anderen auch noch deren Königin, die so ungewohnt freundlich war und deren Augen gütig wirkten. »Natürlich«, brachte sie schließlich hervor und wandte sich wieder an Ardemir, der sich bereits an seinem Lieblingsplatz, dem alten Baumstumpf, niedergelassen hatte. »Ich habe von Derial gehört«, sagte sie und warf noch einmal einen bedauernden Blick auf Ardemirs kurzes Haar, obwohl sie zugeben musste, dass er damit nicht so schlecht aussah. Es ließ ihn verwegen wirken. »Das Feuer war bis Acre zu sehen. Doch es ist glimpflich ausgegangen, nicht wahr? Ihr habt einen Sieg errungen.«

»So etwas in der Art, ja«, antwortete Ardemir und warf Nevliin einen kurzen Seitenblick zu. »Jetzt wissen wir zumindest, dass die Drachen zu den Angriffen gezwungen werden.« Er deutete auf Aurün und erzählte schließlich vom Angriff auf ihr Volk und vom Diebstahl des Drachenherzens. Vinae ließ sich vor ihm auf einem mit Moos bewachsenen Fels nieder und hörte mit immer größer werdendem Staunen zu. Sie war von der Beschreibung der Nebelgestalt fasziniert, auch wenn sie sich genauso wenig vorstellen konnte, um was für Elfen es sich dabei handeln mochte.

»Ihr werdet also in die Menschenwelt gehen?«, fragte sie und bemerkte aus den Augenwinkeln, dass Nevliin, der an einen Baum gelehnt saß und weißblaue Flammen um seine Hand tanzen ließ, plötzlich innehielt. Einen Moment lang, bevor er sich wieder der Magie widmete.

»Ja, noch heute.« Ardemir sah durch die Baumkronen hinauf zur Sonne. »Und hier wurden tatsächlich keine Drachen gesehen?«

»Würde hier nur irgendjemand *glauben,* einen Drachen zu sehen, würde die gesamte Stadt davon reden. Außerdem kann ich mir nicht vorstellen, dass die Fürsten ... oder auch meine Mutter etwas damit zu tun haben.« Vinae wandte sich an Aurün, die sich neben ihr niedergelassen hatte. »Daeron und Menavor sind grausam, aber solch eine Tat würde nicht einmal ich ihnen zutrauen.«

»Und das?« Ardemir packte ihren Unterarm, schob den Stoff des Umhangs etwas nach oben und riss mit einem Ruck den Verband von ihrem Handgelenk. »Deswegen bist du so spät gekommen. Du warst schon wieder im Kerker.«

Vinae zog ihre Hand zurück. »Das ist etwas anderes.«

»Etwas anderes«, schnaubte Ardemir. »Was hast du diesmal Fürchterliches verbrochen, um so bestraft zu werden?«

Seine Worte versetzten ihr einen Stich. »Ich habe einem Jungen das Leben gerettet«, antwortete sie mit bebender Stimme. »Was ist diese oberflächliche Wunde im Vergleich dazu?«

»Allein die Notwendigkeit, ein *Kind* zu retten, beweist doch deren Skrupellosigkeit. Siehst du denn nicht, Vin, dass diese drei zu allem fähig sind? Gerade du müsstest es doch wissen.«

»Nein. Der Kerker beweist, dass in ihnen, wenn auch verborgen, ein Funke Güte lebt. Sie lassen mich nicht töten, weil ich ihnen etwas bedeute. Wäre es so, wie du sagst, wäre ich längst tot.«

Ardemir strich sich mit der Hand über die Stirn und atmete tief durch. »Und das wirst du auch bald sein, wenn du so weitermachst. Du setzt dich zu großer Gefahr aus. Und dass sie dich nicht töten, liegt allein daran, dass sie hoffen, dich eines Tages benutzen zu können.« Er hob noch einmal ihre Hand – diesmal sanfter – und begutachtete kopfschüttelnd ihre Wunden. »Vin, du kannst diese Welt nicht ändern. Heute hast du den Jungen gerettet, und in einer Woche wird er im Feld sterben.«

Vinae entzog ihm ihre Hand. Zu oft hatten sie dieses Gespräch bereits geführt. Er würde niemals verstehen, dass sie nicht tatenlos auf all das Leid blicken konnte und dass es niemand anderen gab als sie selbst, um für eine bessere Welt zu kämpfen. Sie war allein, und sosehr sie sich Hilfe wünschte, so genau wusste sie, dass sie immer allein kämpfen würde. Ardemirs Erscheinen hatte dies nur bestätigt. Die Königin hatte andere Sorgen.

»Ich werde mich umhören«, sagte Vinae, da sie sich nicht schon wieder auf einen Streit über den Sinn ihrer Bemühungen einlassen wollte. »Vielleicht erfahre ich etwas von Daeron.«

»Damit bist du uns eine große Hilfe«, sagte Aurün, noch bevor Ardemir antworten konnte. »Wir alle sind uns der Gefahr bewusst, der du dich damit aussetzt.«

»Das Risiko ist zu groß«, ließ sich Ardemir nun doch vernehmen. »Wenn sie herausfinden, dass du für uns …«

»Sie werden es nicht herausfinden.« Vinae richtete sich auf

und klopfte ihren Umhang ab. »Ich kann recht unauffällig sein, wenn ich will.«

Ardemir erhob sich ebenfalls, er lächelte, und der verschmitzte Ausdruck in seinem Gesicht kehrte zurück. »Du wirst niemals unauffällig sein«, sagte er und schob eine Strähne ihres Haares zurück unter das Band. »Aber versuch es nur.«

»Das werde ich.« Sie boxte ihm leicht gegen die Brust, bevor sie ebenfalls hinauf in die Baumkronen sah, um den Stand der Sonne zu überprüfen. »Wann werdet ihr wiederkommen?«

»In einer Woche. Kannst du dich wieder fortschleichen?«

Vinae grinste. »Natürlich.« Sie wandte sich der Königin zu. »Es war mir eine große Freude«, sagte sie und deutete einen Knicks an, ehe sie sich an Nevliin wandte, der sich die ganze Zeit über etwas abseits gehalten hatte. Sie nickte ihm kurz zu, woraufhin der Fürst den rechten Mundwinkel nach oben zog und ihr ein misslungenes Lächeln schenkte. Ohne ein Wort drehte er sich um und verschwand zwischen den Bäumen.

Aurün folgte ihm, einzig Ardemir blieb noch und begleitete Vinae zu ihrem Pferd.

»Dieser Junge«, sagte er in versöhnlichem Ton. »Wieso hätte er hingerichtet werden sollen?«

Vinae nahm die Zügel des Hengstes in die Hand und drehte sich zu Ardemir um. »Sein Vater hat angeblich den Tod der Königin geplant.« Sie seufzte. »Die Fürsten bevorzugen es in solchen Fällen, die gesamte Familie auszulöschen.«

»Glaubst du, dass er schuldig war? Dass er Liadan tatsächlich töten wollte?«

»Nein.« Vinae sah an ihm vorbei in den golden erhellten Wald, welcher so friedlich wirkte. »Ich kannte ihn. Er war ein guter Mann. Vielleicht etwas … beschränkt. Er führte nur seine Befehle aus.« Sie sah wieder zu Ardemir auf. »Er wäre nicht dazu fähig gewesen, selbst wenn etwas Bösartiges in ihm gesteckt hätte. Es heißt, sie haben ihn vor zwei Tagen in Derial gefangen genommen. Ich kann mir nicht erklären, was er dort wollte.«

Ardemirs Ausdruck verfinsterte sich. »In Derial?«, fragte er und zog seine Augenbrauen zusammen.

»Ja, so wurde es mir gesagt. Wieso?«

Er schwieg einige Augenblicke lang, sah gedankenverloren an sich herab und berührte seine Brust.

»Ardemir?«

Wie vom Blitz getroffen, zuckte er zusammen und sah sie wieder an. »Ich … Nichts. Ich meine nur, du hast selbst gesagt, dass dieser Mann Befehle ausführte, ohne darüber nachzudenken. Was, wenn ihn die Fürsten benutzt haben, wenn sie ihn beseitigen mussten, da er Dinge wusste, die zu gefährlich waren, um ihn weiterleben zu lassen? Der letzte Angriff war in Derial – vor zwei Tagen. Ein Zufall?«

Ihre Brust zog sich zusammen. Sie konnte nicht glauben, was sie da hörte. »Es sieht so aus, als müsste ich dringender mit Daeron sprechen, als ich dachte«, sagte sie tonlos und blickte zu Ardemir auf. »Ich werde es herausfinden.«

Vinae musste sich trotz all der Sorgen, die sie ständig begleiteten, bemühen, nicht völlig in den kastanienbraunen Augen unterzugehen, die im Licht der Sonne golden glitzerten.

»Versprich mir, dass du vorsichtig sein wirst«, sagte Ardemir, wobei er ihren Blick gefangen hielt.

»Das bin ich doch immer.«

»Vin.« Er nahm ihr Gesicht in seine Hände, küsste sie auf die Stirn und verharrte so in diesem Kuss. Sie konnte ihn einatmen hören, leise seufzen, und als er sie schließlich wieder losließ, hatte sein Ausdruck etwas Zärtliches an sich. »Pass auf dich auf«, sagte er. »Du willst eine Tempeldienerin werden. Gefährliche Zeiten für solch ein Streben.«

Vinae nickte. »Ich passe schon auf mich auf.«

Wenig beruhigt, aber mit einem Lächeln ging er ebenfalls fort, um sich auf den Weg in die Welt der Menschen zu machen und den einstigen König der Dunkelelfen zu treffen.

Vinae blieb noch einige Augenblicke reglos stehen und konzentrierte sich auf das schwächer werdende Gefühl seiner Lippen auf ihrer Stirn, ehe sie sich auf den Rückweg machte.

Zu ihrer Mutter und den Fürsten.

Eamon

Die Nacht war sternenklar, die schmale Mondsichel spendete kaum Licht, jedoch genug, um das Haus der Gräfin Berill als schwarzen Schatten zu erkennen. Das vierstöckige Gebäude mit seinen vielen Erkern und Türmchen thronte an der Steilküste und überblickte von dort aus das Meer, das als schwarzer Schleier gegen die Klippen donnerte. Es waren nur vereinzelt Lichter durch die Fenster zu erkennen. Die Bewohner schliefen noch, während sich der Horizont hinter den Hügeln langsam rot zu färben begann.

Eamon hatte es nicht eilig, zurückzugehen, und überwand gemächlich die letzten Schritte des Pfads, der von der Bucht die Klippen hinaufführte.

Matt leuchtende Eiskristalle überzogen das Gras und verströmten den Geruch von Schnee. Der Winter hatte sich noch nicht gänzlich verabschiedet, auch wenn bereits die ersten Blumen blühten. Der Weg bis zum Haus war nicht weit, ein kleines Fleckchen Grün, welchem die Gräfin all ihre Liebe schenkte, indem sie sich um jede einzelne Pflanze kümmerte.

Leise, um niemanden zu wecken, öffnete Eamon die Hintertür des Hauses und schlich in den dunklen Raum, in dem sich zumeist Bedienstete aufhielten. Von dort ging er weiter in die Eingangshalle, von der zu beiden Seiten Treppen in die oberen Stockwerke führten. Über ihm funkelte das vergoldete Geländer der Galerie im Schein der Wandleuchten, der Kronleuchter war noch nicht entzündet.

Es war sein Zuhause, er hatte es erbaut, als Heim für jene, denen der Krieg alles genommen hatte. Für und mit seinem Freund Graem und dessen Frau Miadora, die längst gestorben waren. Eamon hatte ihnen beigestanden, als der Herzog sie wegen ihres Reichtums bedroht hatte. Er hatte Graems Enkeltochter auf ihrem Weg zur Gräfin von Vinelba begleitet und stand ihr immer noch zur Seite, jetzt, wo auch ihr Leben langsam zu Ende ging. Sie war beinahe siebzig Jahre alt, und in dieser Welt war dies wahrlich selten. Eamon vermutete, dass es die Zwillinge waren, die sie noch an dieses Leben banden – ihre Enkeltöchter. Die beiden Mädchen, welche ihre Eltern nie hatten kennenlernen dürfen. Ihre Mutter war bei der Geburt gestorben, und ihr Vater hatte sich kurz darauf das Leben genommen. So waren sie hier im Haus an den Klippen aufgewachsen, bei Eamon.

»Schleich da nicht so herum. Du machst mich nervös.«

Eamon hielt an der Tür zum Salon inne und spähte hinein. Dort saß die Gräfin Berill in ihrem Lehnstuhl am Kamin.

»Ich wusste nicht, dass du wach bist, Rosa.« Er trat in den zwielichtigen Raum, der einzig durch das Feuer im Kamin und ein paar wenige Kerzen beleuchtet wurde, und blickte zu der zarten Gestalt, die in dem Schaukelstuhl zu verschwinden drohte. Das weiße Haar hatte sie wie immer zu einem Zopf geflochten, ein Fell schützte sie vor der Kälte in den Nächten. Ihr Gesicht war schmal und von Falten übersät, doch die grünen Augen hatten sich immer noch etwas Jugendliches bewahrt.

»Es war das Tor, nicht wahr?« Die Gräfin deutete auf einen Stuhl ihr gegenüber. Eamon ließ sich seufzend nieder und nickte.

»Es war ein Bote meiner Schwester«, sagte er, immer noch aufgewühlt von den Informationen, die er eben erhalten hatte.

»Du siehst nicht aus, als wären es gute Neuigkeiten, die er gebracht hat.«

Eamon schüttelte den Kopf. »Es gibt Kämpfe. Ich fürchte, Elvion steht Krieg bevor.«

»Und du musst zurückgehen?« Rosa versuchte, verständnisvoll zu klingen, aber Eamon kannte sie zu gut, um die Furcht in ihrer Stimme zu überhören.

»Ich weiß es nicht.« Er strich sich mit der Hand über die Stirn. »Wir werden Besuch bekommen, heute Abend. Dann werde ich Genaueres erfahren.«

»Du siehst auch nicht aus, als würdest du dich über diesen Besuch besonders freuen. Wer ist es, der zu uns kommt, dass du so ein Gesicht machst?«

Eamon blickte auf, er musste beim Anblick der alten Frau schmunzeln, die er seit ihrer Geburt kannte und die ihn mit den arglosen Augen eines Kindes ansah. »Es ist Ardemir«, sagte er. »Du kennst ihn. Er war bereits einmal hier.«

»Ardemir.« Rosa lächelte. Die Falten an ihren Augen und um die Mundwinkel vertieften sich, ließen sie jedoch nur noch freundlicher aussehen. »Ich erinnere mich. Ich war noch ein Kind, als er hier war. Er hat mich zum Lachen gebracht.«

»Ja, darauf versteht er sich.«

»Und wer begleitet ihn?«

Eamon schüttelte erneut den Kopf. »Du kennst mich zu gut.« Er lehnte sich im Stuhl zurück und verdeckte mit den Händen die Augen. So verharrte er einige Augenblicke, ehe er sich wieder aufrichtete und zu Rosa blickte, die ihn erwartungsvoll ansah. »Eine alte Bekannte wird mit ihm kommen, Aurün, eine Drachenelfe.«

»Also eine Frau.« Sie lächelte. »Und wer kommt noch?«

Eamon seufzte schwer. »Ein … Freund.«

»Aha.« Die kleine Gestalt stützte sich mit den Händen an

den Armlehnen ab und zog sich ein Stück nach vorn. »Ich nehme an, besagter Freund ist ein berühmter Ritter und hat dir einst das Mädchen gestohlen? Ein Freund, der Erinnerungen in dir weckt, die du lieber nicht wieder ausgraben möchtest?«

»Ich habe ihn nicht mehr gesehen, seit ...«

»Du wusstest, dass dieser Tag kommen würde, Eamon.«

»Ja.« Er beugte sich vor, stützte seine Ellbogen auf die Knie und legte seine Stirn in die Hände. Mit geschlossenen Augen versuchte er, die Gefühle zu verdrängen, die diese Nachricht in ihm weckte.

»Du kannst nicht ewig weglaufen.«

»Ich weiß.«

»Vielleicht solltest du wirklich zurückgehen.«

Eamon blickte auf.

»Nur für eine Weile. Du bist einfach fortgegangen. Elvion ist dein Zuhause. Dort ist deine Familie.«

»Nein.« Er lehnte sich vor, nahm die kalte Hand der Frau, die einst wie eine Tochter für ihn war, später wie eine Schwester und Freundin und jetzt wie eine Mutter. »Elvion war niemals mein Zuhause«, sagte er. »Ich bin ein Dunkelelf, egal, was jetzt ist. Das Schattenreich existiert nicht mehr, ich habe in Elvion keine Familie. Hier ist mein Zuhause. Hier ist meine Familie.«

»Ach, Eamon.« Rosa legte ihre Hand auf seine. »Du musst deiner Schwester vergeben. Um deinetwillen. Stell dich deinem Freund. Dies hier«, sie deutete mit der Hand durch den Raum, »wird alles noch hier sein. Du wirst hier immer ein Heim haben, aber vergiss deine Wurzeln nicht.«

»Ich bin Tausende von Jahren alt. Wieso musst du immer so weise sein?«

»Ich bin ein Mensch.« Sie lachte, und in diesem Moment

war das Mädchen in ihr wiederzuerkennen. »Wir haben nicht so lange Zeit. Bei uns geht alles etwas schneller.«

»Ja.« Eamon senkte seinen Blick. Er wusste, dass ihr nur noch wenige Jahre blieben, wenn überhaupt. Er hatte sich immer noch nicht daran gewöhnt, Abschied zu nehmen. Doch so schwer das Leben hier in der Menschenwelt auch war, so schmerzvoll es war, diejenigen, die er liebgewonnen hatte, zu begraben, es war immer noch leichter, als zurückzugehen. Elvion war nicht mehr seine Welt. Er gehörte nicht dorthin, und er hatte auch nicht vor zurückzugehen.

»Deinem Freund wird es auch nicht unbedingt bessergehen«, sagte Rosa und tätschelte seine Hand. »Aber du wirst sehen, ihr werdet euch beide freuen.«

»Das bezweifle ich.« Eamon seufzte. »Nevliin dient meiner Schwester. Ich verstehe nicht, wie er das tun kann, nach allem … Er ist ein Ritter, immer noch, als wäre nichts geschehen.«

»Was weißt du über sein Leben? Du hast ihn nicht mehr getroffen. Alles, was du weißt, ist eine flüchtige Nachricht irgendeines Boten.«

»Er hätte nach Valdoreen zurückgehen können, er ist der Fürst, dort ist seine Heimat.«

»So wie deine in Lurness?« Rosa schüttelte ihren Kopf. »Ihr beide scheint euch sehr ähnlich zu sein.«

»Nein.« Eamon lachte gequält. »Das sind wir nicht, nicht im Entferntesten.«

»Nun.« Rosa zog das Fell beiseite und richtete sich auf. »Ich werde ihn heute Abend kennenlernen«, sagte sie mit neckischem Lächeln, »und mir selbst eine Meinung bilden.«

»Wen kennenlernen?«

Eamon sah an der Rückenlehne des Stuhls vorbei zur Tür, durch die Isla und Mairi den Salon betraten. Die beiden rothaarigen Mädchen, deren grüne Augen denen ihrer Großmutter glichen, waren letzten Winter sechzehn Jahre alt geworden und ließen es in dem Haus niemals langweilig werden.

»Eamon bekommt Besuch aus Elvion«, sagte Rosa und deckte sich wieder zu, da sie wohl erkannte, dass sie doch nicht so schnell wegkommen würde.

»Elfen?« Isla, die kaum nennenswert größer als ihre Schwester war, riss ihre Augen auf und ließ sich freudestrahlend, in eine Decke gehüllt, neben Eamons Stuhl zu Boden sinken. Auch Mairi hatte durch diese Neuigkeit aufgemerkt, wirkte jedoch etwas angespannt. Sie ging zu ihrer Großmutter und rückte die Felldecke zurecht, ehe sie sich zu deren Füßen hinsetzte. Gespielt konzentriert streichelte sie Rosas Hand, nur um Eamons Blick auszuweichen. Sie war anders als ihre Schwester – ruhiger und wohl auch vernünftiger. Der Umstand, mit einem Elfen zusammenzuleben, gefiel ihr weit weniger als der aufgeweckten Isla, die ihn in regelmäßigen Abständen anflehte, sie nach Elvion zu bringen. Mairi war bereits jetzt für den Tag angezogen und hatte das dichte Haar zu einem Zopf geflochten, während Isla immer noch ihr Schlafkleid trug und die Haare unfrisiert über die Schultern fallen ließ. Sie spielte mit einer Haarsträhne, als sie zu Eamon aufsah. »Wann werden sie kommen?«, fragte Isla. »Wie viele? Ist es deine Familie? Wie lange werden sie bleiben? Sprechen sie unsere Sprache?«

»Ja.« Eamon kniff seine Augen zusammen, als ihm klar wurde, dass er sich lediglich auf die letzte der vielen Fragen bezogen hatte. »Es wird mein Vetter Ardemir sein, die Prinzessin, nein, sie ist jetzt Königin der Drachenelfen und«, er warf einen kurzen Blick zu Rosa, die ihn mit geschürzten Lippen betrachtete, »und ein alter Freund. Sie sprechen alle unsere Sprache und …« Er überlegte, welche Frage er noch nicht beantwortet hatte, und fuhr schließlich fort: »Sie kommen heute Abend.«

»Eine Drachenelfe?«, rief Isla. »Mit einem Drachen?«

»Heute Abend?« fragte Mairi, ohne ihre aufgeregte Schwester zu beachten. »So spontan?«

»Hat ein Drache hier überhaupt Platz?«

»Nein.« Eamon strich sich mit der Hand über die Augen. »Nein, Aurün wird allein kommen, ohne Drachen. Und ja, sie kommen heute Abend. Es ist wichtig.«

Mairi wandte ihren Blick wieder ab, zwirbelte das lange Haar des Bärenfells zwischen ihren Fingern, während Isla noch etwas näher rückte.

»Ich habe von ihnen gelesen«, sagte sie. »Von den Drachenelfen, von deinem Vetter und von diesem Freund … Ist das der Weiße Ritter?« Eamon nickte, woraufhin Isla so schnell aufsprang, dass selbst er einen Moment lang überrascht war. »Ich kann es gar nicht erwarten, ihn kennenzulernen. Sieht er so aus wie auf deinen Zeichnungen?« Sie lief auf ihre Großmutter zu. »Hast du das gehört? All die Elfen aus Eamons Buch kommen zu uns. Wir werden sie kennenlernen.«

Mairi verzog keine Miene, sondern spielte weiterhin mit dem Fell. Eamon lehnte sich im Stuhl zurück. Nach der Fertigstellung des Hauses hatte er nach einer Aufgabe gesucht, und da Graem und Miadora die Sprache der Elfen hatten lernen wollen und ihn immer wieder nach Geschichten aus seiner Welt gefragt hatten, war ihm die Idee eines Buches gekommen. Er hatte Zeichnungen von seiner Familie, von Schlachten und Bildern erstellt, die ihm in seinem Leben untergekommen waren. Er hatte Ereignisse erzählt, die ihm widerfahren waren, aber auch alles über den letzten Krieg aufgeschrieben. Dieses Buch war seine Geschichte, und Graem hatte es an seine Kinder und an deren Kinder weitergegeben. Graem hatte darauf bestanden, dass auch diese die Sprache der Elfen lernten, und während Isla mit Begeisterung jedes Wort aufsog, hatte Rosa ihre zweite

Enkeltochter oft überreden müssen. Mairi war intelligent, und sie lernte schnell, doch tat sie es nur, weil es ihre Großmutter verlangte.

»Wir werden ein Festmahl zubereiten«, sagte Rosa und stieß Mairi mit dem Fuß an. »Schließlich bekommen wir nicht jeden Tag solch noblen Besuch.«

»Das ist nicht nötig«, wandte Eamon ein, doch Rosa winkte sofort ab.

»Ich will es so«, sagte sie mit gespielt strengem Blick und warf das Fell wieder zur Seite. »Also los! Wir haben noch viel zu tun bis heute Abend, und du Eamon«, sie lächelte, »du wirst uns helfen und dich gefälligst auf unseren Besuch freuen, hast du verstanden?«

Eamon nickte widerwillig und half ihr aus dem Stuhl. Er konnte zumindest so tun, als würde ihn der bevorstehende Besuch nicht derart aufwühlen.

Der Tag verging viel zu schnell. Die gesamte Dienerschaft wurde von Rosa ununterbrochen herumgescheucht. Die Zwillinge waren auch nur schwer auszuhalten. Selbst Mairi wurde mit zunehmender Stunde aufgeregter. Isla holte Eamons Buch aus der Bibliothek und erzählte ihrer Schwester die Geschichte der Wiedervereinigung Elvions, wobei sich Eamon bemühte, nicht zuzuhören.

Es war ihm leichtgefallen, all die Erlebnisse aufzuschreiben, als wäre er lediglich ein Beobachter gewesen und nicht unmittelbar beteiligt. Wie ein Märchen, das er den Kindern erzählte und ihn nicht selbst betraf. Doch jetzt, mit dem plötzlichen Erscheinen der Figuren aus dieser Geschichte, wurde es wieder zur Wirklichkeit. Das Buch erwähnte nichts von seinen Gefühlen für Vanora, schilderte jedoch ihre Beziehung zu Nevliin. Ein Märchen, das er hatte festhalten wollen, was ihm wohl als eine Art Wiedergutmachung erschienen war.

Und obwohl Eamon sich bemühte, Islas Erzählungen keine Aufmerksamkeit zu widmen, entging ihm ihre Schwärmerei für den Weißen Ritter nicht. Sie konnte sein Bildnis stundenlang ansehen, ohne dass es ihr langweilig wurde, und nun versuchte sie auch ihre Schwester für ihn zu begeistern, indem sie all seine Vorzüge aufzählte. Der berühmte Weiße Ritter und seine Prinzessin. Ein Märchen.

Eamon wusste nicht, wann genau die Besucher aus Elvion eintreffen würden. Daher wurde er von Stunde zu Stunde unruhiger. Die Sonne verschwand hinter dem golden glitzernden Meer, und mit der Dunkelheit öffnete sich das Tor an der Bucht. Isla bemerkte es als Erste, da sie bereits seit Sonnenuntergang am Fenster saß und in den Garten hinausblickte. »Ein weißes Licht!«, rief sie mit schriller Stimme und ließ damit Eamons Herz schneller schlagen.

Rosa musste sie zurückhalten, damit sie nicht sofort nach draußen lief, und so machten sie sich schließlich gemächlichen Schrittes auf, um seine Freunde zu empfangen. Mairi stützte ihre Großmutter, die mindestens ebenso aufgeregt wie ihre Enkeltöchter war, und führte sie durch das feuchte Gras in Richtung Steilküste.

Natürlich sah Eamon die drei Silhouetten lange vor den anderen, und dieses Mal wünschte er sich, er hätte die Augen von Menschen. Er lebte wohl schon zu lange unter ihnen, da selbst er vom Erscheinen der Elfen beeindruckt war – von der Art, wie sie über das Gras zu schweben schienen, mit einer Leichtigkeit und Anmut, die nichts mit den Leuten hier in der Stadt gemein hatte. Alle drei führten ihr Pferd am Zügel und näherten sich schnell. Aurün stach mit ihrem smaragdgrünen Kleid zwischen den beiden Silberrittern hervor, und auch das Leuchten ihrer Augen war schon von weitem zu erkennen. Nevliins Silberrüstung war ein ungewohnter Anblick, da Eamon sich ihn nur schwer ohne seine weiße Rüstung hatte vorstellen können.

»Einfach unglaublich«, flüsterte Isla, der es offensichtlich schwerfiel, an der Seite ihrer Großmutter zu bleiben und sich ihrem Tempo anzupassen.

Rosa, deren weißes Haar im Mondlicht schimmerte, starrte gebannt nach vorn. »Das ist es«, sagte sie, ohne ihren Blick abzuwenden, was Eamon ein Schmunzeln entlockte. Es freute ihn, dass sich ihr langersehnter Wunsch nun erfüllte, noch einmal Elfen zu begegnen.

»Eamon!«, rief Ardemir schon von weitem und löste sich von den anderen. Es war diese Stimme, die Eamon lachen und das ungute Gefühl sofort verschwinden ließ. Auch er beschleunigte seine Schritte und ließ Rosa und die Zwillinge hinter sich.

»Du siehst furchtbar aus«, sagte er, als er seinen Vetter in die Arme schloss, woraufhin Ardemir ihn in die Seite boxte.

»Und du, werter Vetter, siehst aus wie ein Mensch.« Er zerzauste ihm das struppige Haar, was Eamon so merkwürdig vertraut war, dass es ihm einen Moment lang vorkam, als wäre er niemals fort gewesen.

»Lass dich nicht ärgern«, hörte er plötzlich eine weitere vertraute Stimme. »Er ist nur wütend, weil er jetzt auch so aussieht.«

Eamon wandte seinen Blick von Ardemir und sah in die grünen Augen der Drachenelfe. Auch sie löste ein überraschend warmes Gefühl in ihm aus, das all seine Ängste vor diesem Abend lächerlich wirken ließ.

»Hallo, Aurün«, sagte er mit einem ehrlichen Lächeln und verneigte sich leicht. Sie hatte sich nicht im Geringsten verändert, wenn man von den verblassten Blessuren in ihrem Gesicht absah. Selbst in der Dunkelheit schien ihr Haar in Flammen zu stehen, und die vollen Lippen lächelten genauso freundlich, wie er es an ihr kannte.

»Hallo, Eamon.« Sie sah ihm tief in die Augen, betrachtete ihn, als wäre er tatsächlich zu einem Menschen geworden. »Danke, dass du uns hier empfängst.«

Eamon löste seinen Blick. »Ich freue mich, dass ihr alle hier seid«, sagte er. Dann blickte er zur Seite. Eine winzige Bewegung, die ihm auf schmerzhafte Weise bewusst machte, dass er sich zu früh gefreut hatte, dass das ungute Gefühl, welches plötzlich in seinem Magen explodierte, nicht ohne Grund den ganzen Tag über an ihm genagt hatte.

Sein Herz versetzte ihm einen Stich, als er in das von Schatten verhüllte Gesicht seines Freundes blickte. Die schwarzen Augen glänzten in der Dunkelheit und ließen Eamon zum ersten Mal seit Verlassen des Hauses die Kälte der ersten Frühlingsnächte spüren. Er hätte mit allem gerechnet, selbst mit dem grausamen Schmerz der Erinnerung, doch der Anblick dieser *Kreatur* machte es ihm unmöglich, auch nur ein Wort zu sagen. Allein der Anblick der langen Narbe, die knapp an Nevliins Auge vorbei über den Wangenknochen führte, überflutete ihn mit den fürchterlichsten Bildern. Bildern des gebrochenen Elfen, der blutend den reglosen Körper seiner Liebe in den Armen hielt. Erinnerungen an die fürchterlichen Schreie, das herzzerreißende Weinen, den Wahnsinn, als sie ihn fortgeschleift hatten. All das brach mit der Kraft einer Brandung über ihn herein, die donnernd an die Felsen schlug. Er hatte nichts vergessen. Es war alles noch da und überspülte ihn, ohne dass er sich wehren konnte, in dem nur winzigen Moment, in dem sich ihre Blicke trafen.

Um ihn herum war alles still. Die anderen existierten nicht. Niemand wagte es zu sprechen. Es schien, als hätten sie aufgehört zu atmen. Auch Eamon fiel es schwer, Luft zu holen.

Mechanisch streckte er seine Hand aus, konnte seinen Blick nicht von Nevliin abwenden. Er spürte nur den eisernen Griff, der sein Handgelenk umfasste, und seine eigenen Finger, die Nevliins Unterarm umschlossen.

Eine gefühlte Ewigkeit verging. Das Schweigen um ihn herum war lauter, als es jedes Wort hätte sein können. Die Blicke, die auf ihnen ruhten, waren schärfer als die Klinge eines Dolchs.

Es war Ardemir, der den Bann brach. »Ihr müsst die Gräfin Berill sein«, sagte er übertrieben laut, wobei Eamon nicht wusste, ob sein Vetter ihn und Nevliin aus der Starre reißen wollte oder ob er Rosa für taub hielt.

Zumindest verfehlte er seine Wirkung nicht, denn Eamon und Nevliin lösten beinahe gleichzeitig ihren Griff und wandten ihre Blicke ab.

»Es ist mir eine Ehre, Euch kennenzulernen«, fuhr Ardemir lächelnd fort. Er nahm Rosas Hand und deutete einen Handkuss an.

»Ich …« Rosa strahlte. »Die Freude ist ganz auf meiner Seite … Ardemir. Ihr könnt Euch vermutlich nicht erinnern, doch wir sind uns bereits einmal begegnet.«

Ardemir warf Eamon einen kurzen fragenden Blick zu, der kaum merklich nickte, und wandte sich wieder an Rosa. »Natürlich, erinnere ich mich an Euch, Gräfin«, sagte er mit seinem typischen jungenhaften Lächeln, mit dem er jeden für sich gewinnen konnte. »Ihr habt Euch nicht verändert.«

Eamon kniff seine Augen zusammen und hörte Aurün leise kichern.

»Ich weiß nicht genau, ob dies ein Kompliment war«, sagte Rosa lachend. »Aber keine Sorge, ich nehme Euch nicht übel, dass Ihr Euch nicht erinnert. Ich war noch ein kleines Kind.«

»Ein Kind?« Ardemir sah einen flüchtigen Moment lang

verwirrt aus, es war ihm deutlich anzusehen, dass er in Gedanken rechnete, diese Versuche jedoch sofort wieder verwarf. Stattdessen tat er, was er am besten konnte: Er ließ weiter seinen Charme spielen. »Aber was ist das?«, fragte er mit gespielt entsetztem Ausdruck. »Meine Augen spielen mir wohl erneut einen Streich, oder sehe ich tatsächlich doppelt?« Er verbeugte sich vor Isla und küsste auch ihre Hand, dann wandte er sich an Mairi, die er tatsächlich für sich hatte gewinnen können und die ihm lächelnd ihre Hand reichte. Nachdem er auch diese geküsst hatte, richtete er sich schließlich auf und zwinkerte Eamon kurz zu. »Ardemir«, sagte er ernst, legte die Hand auf sein Herz und verbeugte sich wieder. »Zu euren Diensten.«

Die Mädchen und Rosa strahlten, selbst Eamon gewann sein Lächeln zurück. Er hatte seinen Vetter vermisst und dessen Gabe, jede noch so heikle Situation in eine angenehme Richtung zu lenken.

»Und dies, meine Damen, ist Aurün, auch bekannt als Königin der Drachenelfen.«

Aurün machte einen eleganten Knicks, sah jedoch nicht die drei Menschenfrauen an, sondern blickte strahlend zu Eamon, der nicht anders konnte, als ihr Lächeln zu erwidern. Ihr Anblick in diesem wundervollen Kleid hielt ihn einen Augenblick lang gefangen, ehe Ardemir fortfuhr.

»Kommen wir nun zu unserem Prachtexemplar«, sagte er und klopfte Nevliin auf die Schulter, der sich jedoch nicht regte. »Der Weiße Ritter von Valdoreen … Nun ja. Nicht mehr ganz so weiß, aber er ist immer noch Fürst von Valdoreen.«

Nevliin sah zu Ardemir hinab, er hob eine Augenbraue und richtete sich schließlich wieder auf.

Eamon wusste nicht, was es war, doch Nevliins Erscheinung machte ihn auf eine Art nervös, die nichts mit der Vergangenheit zu tun hatte.

»Das Pferd ist wundervoll!«, rief Isla plötzlich und ging mutig auf Nevliin zu. Die Narbe in seinem Gesicht schien sie nicht zu schrecken. Auch jetzt war Nevliin noch in einem Sinn schön, wie es kaum ein Elf war; es war sein Blick, der ihn für Eamon hässlich wirken ließ. »Ich habe noch nie ein so schönes Pferd gesehen. So reinweiß, als wäre es aus Wolken.« Nevliin trat einen Schritt zur Seite, als Isla sich direkt vor ihn stellte und das Pferd streichelte, doch sie war zu aufgeregt, um die steife Haltung des Ritters zu bemerken. »Wie heißt es denn?«, fragte sie und drehte sich zu Nevliin um.

»Schneeglöckchen.«

Isla starrte ihn mit weitaufgerissenen Augen an, dann begann sie zu lachen. »Ist das Euer Ernst?«, prustete sie. »Wer gibt denn diesem prachtvollen Tier solch einen dummen Namen?«

»Isla«, flüsterte Rosa tadelnd, doch sie verstummte sofort, genauso wie alle anderen.

In diesem Moment geschah etwas mit Nevliin, eine kaum merkbare Veränderung, und doch entging sie niemandem und ließ allen den Atem stocken.

Sein Kiefer spannte sich derart heftig, dass die Sehnen seines Halses hervortraten und die Muskeln an seinen Wangen zuckten; seine Hand rutschte zur linken Seite und umklammerte den Knauf des Schwertes so fest, dass die Fingerknöchel im schwachen Licht des Mondes weiß hervorstachen. Und seine Augen, diese kalten, schwarzen Augen sahen Isla auf eine Weise an, die keinen Zweifel an seinen Absichten ließ.

Ihr Lachen verstummte. Es war der Tod, der ihr ins Gesicht blickte, gefühllos, gleichgültig und dermaßen furchtbar, dass selbst Eamon unfähig war, sich zu bewegen.

Alles, was er tun konnte, war, wie aus weiter Ferne Ardemir zu beobachten, der sich Nevliin auffällig langsam näherte und noch vorsichtiger seine Hand auf dessen Schulter legte.

»Ein wahrlich schönes Tier«, sagte sein Vetter, verstärkte deutlich den Griff und schob Nevliin kaum merklich ein Stück von Isla fort, »aber Glitnir hier«, er deutete mit dem Kopf zu dem schwarzen Hengst, »würde sich auch über etwas Aufmerksamkeit freuen.«

Isla sah zu Ardemir auf, Tränen standen in ihren Augen, ihre Hände zitterten, und Eamon konnte immer noch nichts anderes tun, als fassungslos auf diese Szenerie zu starren.

»Komm!«, sagte Ardemir. Er schob sich langsam vor Nevliin und streckte Isla seine Hand entgegen. »Glitnir war einst der Gefährte eines berühmten Ritters. Noch viel berühmter als dieser hier«, fügte er flüsternd hinzu. »Und lustiger.«

Isla lächelte zaghaft, ließ sich von ihm zu dem Pferd führen und bemerkte nicht den eindringlichen Blick, den Ardemir Eamon über die Schulter zuwarf.

Langsam gewann Eamon seine Fassung wieder, er sah zu Mairi und Rosa, die beide ebenfalls reglos dastanden und Nevliin anstarrten. Was auch immer mit seinem Freund vorging, Ardemir war es nicht neu, wie sein Blick vorhin gezeigt hatte.

»Wir sollten die Pferde versorgen«, meldete sich Aurün zu Wort und sah Eamon mit bedauerndem Ausdruck an.

»Richtig.« Rosa blickte ebenfalls zu Eamon hoch. »Und dann werden wir essen, ja, essen ist immer gut, um …« Sie sah zurück zu Nevliin, der, die anderen ignorierend, mit hingebungsvoller Zärtlichkeit die Stirn des weißen Pferdes streichelte.

»Ich führe sie zu den Ställen«, bot Eamon an, woraufhin Rosa nickte und sich langsam abwandte. Sie stützte sich auf Mairi, die, bevor sie weggingen, Eamon einen vernichtenden Blick zuwarf. Sie hatte ihn niemals leiden können, und was eben geschehen war, machte es bestimmt nicht besser.

Und als wäre der Abend nicht schon schlimm genug, erzählten Ardemir und Aurün während des Essens von den Drachenangriffen und den Nebelgestalten. Sie schilderten Eamon das gesamte Ausmaß der Katastrophe, die sich in Elvion anbahnte. Vierundachtzig Jahre hatte der Frieden gehalten. Zeit der Vorbereitung auf einen neuen Krieg, Zeit, in der er naiv genug gewesen war, zu glauben, der Welt der Elfen für immer entgehen zu können.

Niemand erwähnte Nevliins Verhalten draußen an der Küste, obwohl dieser nicht beim Essen erschienen war. Erst als Rosa und die Zwillinge zu Bett gingen und sich die drei Elfen im Salon einfanden, griff Ardemir das Thema auf.

»Liadan braucht dich«, sagte er. »Nicht nur wegen der Drachen.«

Eamon lehnte sich in dem Stuhl zurück und versuchte, Ardemirs und Aurüns Blicke zu ignorieren, die ihm gegenüber auf der mit grünem Samt bezogenen Bank saßen.

»Wir wissen nicht mehr, was wir tun können, Eamon.«

»Was meinst du?« Eamon sah vom Inhalt seines Weinpokals auf. »Was ist los mit ihm? Wie lange geht das schon so?«

Ardemir lachte unglücklich auf. »Es war nie anders. Gut, vielleicht nicht so schlimm wie jetzt, aber er war immer schon …« Er seufzte. »Anfangs wollte Liadan ihn zurück nach Valdoreen schicken, doch Nevliin weigerte sich, blieb weiterhin Befehlshaber. Er war unruhig, nahm jeden noch so kleinen Auftrag an. Wir dachten uns nichts dabei. Er wollte sich ablenken, das war nur verständlich, und Liadan versuchte, ihn beschäftigt zu halten, doch dann wurde es immer schlimmer.«

»Inwiefern?« Eamon versuchte, sich nichts anmerken zu lassen, und doch hatte er das Gefühl, zu ersticken. Seine Hand klammerte sich an den Pokal. Jedes Wort seines Vetters war eine Nadel, die in sein Herz stach.

»Er wurde ... leichtsinnig, brachte sich ständig in Gefahr. Er ist geschickt, aber wenn er doch einmal verletzt wird, lässt er sich nicht heilen. Es ist, als suche er den Schmerz.«

»Nein.« Eamon atmete tief durch. »Er sucht den Tod.«

Ardemir zog seine Augenbrauen zusammen. So ernst sah man ihn selten, und allein das bewies schon, wie schlimm es um Nevliin stand. »Wenn es nur das wäre«, sagte er, und Eamon musste sich ein gequältes Lachen verkneifen. »Du hast ihn gesehen. Er ist gefährlich. Ich habe gelernt, mit ihm umzugehen, aber ich weiß nicht, wie lange ich ihn noch unter Kontrolle halten kann. Liadan weiß nicht, wie lange wir ihn noch unter Kontrolle halten können. Er ist labil, und wir wissen nicht mehr weiter.«

»Was meinst du mit *gefährlich*?«

»Das Mädchen. Du hast ihn gesehen. Was hat sie Schlimmes gesagt? Sie ist noch ein Kind. Nevliin hat andere in solchen Momenten schon getötet.«

»Getötet?« Eamon sah zwischen Aurün und Ardemir hin und her, er konnte nicht glauben, was er da hörte. Doch Ardemirs finstere Miene bewies, dass er sich nicht verhört hatte.

»Er hat zwei Gefangene getötet, die eine Elfe verprügelt haben. Er sollte sie nach Lurness vor Gericht bringen, doch er hat sie getötet, ohne mit der Wimper zu zucken. Ein anderes Mal war es ein Dieb, den er hätte festnehmen sollen. Der Elf hat irgendetwas zu ihm gesagt, ich weiß nicht mehr, was genau, aber es war lächerlich, und noch ehe ich reagieren konnte, hatte er ein Schwert in der Brust. Willst du noch mehr hören?«

»Das kann nicht sein.« Eamon strich sich mit der Hand über die Augen. »Es waren Verbrecher«, sagte er schließlich, um sich selbst zu beruhigen, um nicht zuzugeben, was aus Nevliin geworden war.

Ardemir lehnte sich etwas vor. »Nevliin hat bereits mehrere seiner Ritter angegriffen. Sie haben es überlebt, aber ... Es kümmert ihn nicht, wen er tötet. Er geht leichtsinnig mit Magie um, benutzt sie vorschnell.«

»Mit Magie? Das kann nicht sein. Nevliin ...« Eamon verstummte. Er hatte sagen wollen, dass es Nevliin stets für unehrenhaft gehalten hatte, Magie im Kampf einzusetzen, doch wer war dieser Nevliin jetzt?

»Er hat einen Ritter durch ein Fenster des Thronsaals geschleudert. Mit einer winzigen Handbewegung.«

»Er muss doch seine Gründe gehabt haben«, sagte Eamon in verzweifelter Hoffnung, dass der Ritter Nevliin vielleicht angegriffen hatte.

»Er hatte seine Gründe, ja.« Ardemir sah ihm mit einem Ausdruck von Bitterkeit in die Augen. »Der Ritter sprach über den Angriff der Nebelgestalten und dass sie zu besiegen wären, wo doch selbst ein Kind von unreinem Blut Alkariel vernichtet hätte. Im nächsten Moment flog er aus der Burg. Es war lange unklar, ob er überlebt.«

Eamon starrte seinen Vetter an. Er hatte sich vor dem Besuch gefürchtet, vor den Erinnerungen an den Krieg, an Vanora, an alles, was ihn einst im Schattenreich gehalten hatte. Doch jetzt kamen ihm diese Ängste lächerlich vor, und er wünschte sich, es wären nur diese, die ihn hier und jetzt befielen. Stattdessen hörte er vom Diebstahl des Drachenherzens, von einem unbekannten Feind, der es auf die Orakel abgesehen hatte, und von einem Freund, der keiner mehr war. »Nevliin trauert immer noch um sie«, sagte er mehr zu sich selbst als zu den beiden. »Er ist verzweifelt, aber deswegen doch nicht *böse*. Er braucht Zeit.«

Ardemir richtete sich auf. »Nein, Eamon. Ich habe mir lange eingeredet, dass es ihm eines Tages bessergehen würde, dass er nur Zeit bräuchte, um zu trauern. Aber so ist es nicht. In Derial hat er eine Magierin erwischt – eine von den Nebelgestalten. Sie trug einen Schleier, halb durchsichtig, in Ordnung, aber Nevliin war fest davon überzeugt, es wäre Vanora.«

»Was?« Sein Herz pochte schmerzhaft gegen die Brust. »Er weiß, dass so etwas nicht möglich ist.«

»Sag ihm das.«

»Aber Vanora hat ihr Schicksal erfüllt. Sie ging zu den Sternen und kann nicht zurück – noch nicht einmal durch Wiedergeburt. Nevliin weiß das doch!«

»Sieh ihm in die Augen! Sieh ihn an! Da ist nichts mehr, nur Leere. In Nevliin ist nichts mehr übrig, keine Güte, keine Freundlichkeit, kein Mitleid. Er ist bereits tot.«

Vinae

Die Schlangenschilde waren das Erste, was Vinae sah, als sie aus dem Wald in den Hof des abgelegenen Hauses trat, des Hauses, in dem sie gemeinsam mit ihrer Mutter lebte, außerhalb der Stadt, mitten im Nirgendwo – nicht, dass sie das irgendwann gestört hätte. Doch jetzt waren dort sechs von Daerons persönlichen Kriegern und trugen Leinenbeutel aus dem Haus zur Kutsche, vor die bereits zwei Pferde gespannt waren. Besonders ihrer vergifteten Waffen wegen wurden diese Kämpfer überall gefürchtet; obendrein waren sie Daeron so loyal ergeben, als hätten sie keine eigene Persönlichkeit.

Im nächsten Moment trat auch schon Meara in den Hof. Wie üblich trug sie ein weißes Kleid – das Kleid einer Magierin höchsten Ranges. In das dunkle Haar, das die Farbe von Kastanien hatte, waren weiße Bänder geflochten. Sie war hübsch – äußerlich. Die gütigen braunen Augen waren trügerisch, denn die Seele ihrer Mutter war hässlich.

»Wo warst du?«, begrüßte Meara ihre Tochter schon von weitem und eilte auf sie zu.

Vinae schwang sich aus dem Sattel. Sie ließ noch einmal ihren Blick über die Schlangenschilde schweifen, auf deren Brust die blutrote Schlange auf die schwarzen Waffenröcke aufgenäht war, und sah schließlich zurück zu ihrer Mutter, die sie auch schon am Arm packte und in Richtung Haus zerrte.

»Was ist los?« Vinae versuchte sich loszureißen, doch ihre Mutter zog sie immer weiter.

»Ich muss fort«, sagte Meara und deutete auf eine der Wachen. »Es wird wieder eine längere Reise werden, Fürst Menavor wird mich begleiten.«

Vinae lief neben ihrer Mutter her. Die Nachricht kam ihr nur recht. Sie war die *Reisen* ihrer Mutter gewohnt und hatte es mittlerweile aufgegeben, zu fragen, wohin sie denn ging. Hauptsache, sie war fort. Damit war auch die Anwesenheit der Wachen erklärt, die als Mearas Laufburschen dienten. Doch einer von ihnen trug einen Beutel mit Vinaes Habe.

Verblüfft sah Vinae den bekannten Kleidungsstücken hinterher, die in der Kutsche verschwanden, und stemmte sich gegen Mearas Griff.

»Das sind meine Sachen!«, rief sie und wollte auf die Kutsche zulaufen, doch Meara zog sie ins Haus zurück.

»Ganz richtig.« Meara deutete in die Richtung, in der Vinaes Kammer lag. »Hast du irgendetwas, das dir besonders am Herzen liegt?«

»Was meinst du damit?«

Meara zog sie ein Stück näher. »Glaubst du wirklich, ich lasse dich ewig so weitermachen?«, zischte sie, ohne ihre Wut zu verbergen. »Glaubst du, ich lasse dich hier allein, damit du tun kannst, was dir gerade einfällt?« Sie ließ ihren Arm los und scheuchte mit einer Handbewegung eines der Schlangenschilde nach draußen. »Ich habe mit Menavor und Daeron gesprochen. Wir sind uns einig. Du wirst im Schloss wohnen, mindestens so lange, bis ich wieder da bin.«

Vinae riss die Augen auf, sie fühlte sich, als hätte ihre Mutter sie geschlagen. »Das ist nicht dein Ernst!«, rief sie und lief ihrer Mutter hinterher, die bereits auf dem Weg in ihr Zimmer war. »Ich war jedes Mal allein hier. Im Schloss? Lieber würde ich noch im Wald leben.«

Meara blieb stehen und fuhr zu Vinae herum. »Du törichtes

Ding! Was glaubst du, wie lange die Fürsten deine Eskapaden noch hinnehmen? Du hast es dir selbst zuzuschreiben. Du hast oft genug bewiesen, dass ich dich nicht allein lassen kann.«

»Was soll ich denn sonst machen?«, rief Vinae außer sich. »Du und deine geliebten Fürsten. Ihr richtet dieses Land zugrunde!«

Meara schüttelte leicht ihren Kopf und sah sie mit all ihrer Verachtung an. »Du bist genauso gefühlsduselig wie dein Vater«, sagte sie ruhig. »Alles könntest du haben, Macht, aber du …« Sie wandte sich wieder ab und ging weiter in Vinaes Zimmer, das eher einer Elixierkammer glich als einem Schlafplatz.

Der Vergleich mit ihrem Vater war Mearas liebstes Schimpfwort, doch Vinae nahm es stets als Kompliment auf. Sie wusste nicht, wer ihr Vater war, doch er war immerhin so vernünftig gewesen, sich nicht weiter mit Meara abzugeben, und die Art, wie ihre Mutter über ihn sprach, ließ ihn noch viel sympathischer wirken. Eines Tages würde sie ihn kennenlernen, falls er noch lebte, und herausfinden, wer ihr die stahlblauen Augen vererbt hatte, die bewiesen, dass sie nichts mit ihrer Mutter gemein hatte.

»Ich werde nicht ins Schloss gehen«, sagte Vinae und verschränkte ihre Arme vor der Brust, »damit Daeron die ganze Zeit um mich herumschleichen kann.«

Meara drehte sich zu ihr um. »Du hast Glück, dass Daeron sich um dich kümmert, ansonsten wärst du längst tot.«

Vinae bezweifelte das, obwohl sie zugeben musste, dass Daerons Gefühle für sie manchmal durchaus praktisch waren. In erster Linie verdankte sie jedoch ihrem Namen, dass sie sich Dinge erlauben konnte, die andere geradewegs zum Henker führen würden. Sie war eine Thesalis, und die Fürsten erhofften sich, ihre Macht eines Tages benutzen zu können.

Ihre Mutter zog sie wieder am Handgelenk. »Du wirst dich

zusammenreißen, und du wirst dich Daeron gegenüber freundlicher verhalten.«

»Freundlicher!« Vinae lachte auf. »Ich soll ihn an mich heranlassen. Das meinst du damit.«

Mearas Augen funkelten wütend. »Was glaubst du, wie lange er sich noch von dir zum Narren halten lässt? Glaubst du, er wird dir ewig hinterherlaufen?«

»Hoffentlich nicht. Im Tempel werde ich wohl meine Ruhe vor ihm haben.«

»Glaub ja nicht, dass du bei den Priesterinnen versauerst. Du wirst dich um ihn bemühen, hast du verstanden?«

»Ich werde überhaupt nicht ins Schloss gehen. Ich habe Besseres zu tun, als mich von Daeron belauern zu lassen.«

»Deswegen sind auch die Schlangenschilde hier. Sie werden sicherstellen, dass du im Schloss ankommst. Ich habe keine Zeit, dein Kindermädchen zu spielen.«

Vinae sah zum Fenster hinaus, durch das sie die Wachen im Hof sehen konnte. Vielleicht würde sie ihnen entkommen, aber das hatte keinen Sinn. Sie könnte sich nicht ewig verstecken. Außerdem konnte es ihr womöglich doch nützlich sein, im Schloss zu wohnen. Sie könnte etwas über den Verbleib der Drachen herausfinden.

»Also gut.« Vinae schenkte ihrer Mutter ein falsches Lächeln und ging an ihr vorbei. Sie nahm zwei Phiolen mit durchsichtigem Inhalt und ließ sie in der Tasche des Umhangs verschwinden. Mearas Augen verengten sich sofort, doch Vinae zuckte nur mit den Schultern. »Nur für den Fall, dass Daeron auf dumme Gedanken kommt«, sagte sie und lächelte maliziös.

❧

Der Weg in die Stadt wollte nicht enden. Die Kutsche kam nur langsam voran, doch die Schlangenschilde bestanden darauf, dass sie damit gebracht wurde und nicht selbst ritt. Vermutlich fürchteten sie, Vinae könnte davonlaufen.

So flankierten sie das Gefährt und brachten sie über den holprigen Pfad durch den Wald, weiter auf die Hauptstraße zur Stadt.

Vinae sah nicht zum Fenster hinaus, sondern ließ den dicken Vorhang vorgezogen. Sie kannte all das Leid in den Siedlungen vor den Stadttoren, sie musste es nicht von dieser prächtigen Kutsche aus betrachten.

Mit geschlossenen Augen lehnte sie sich in dem Sitz zurück und konzentrierte sich auf das unregelmäßige Poltern, während sie mit der Hand immer wieder über den Umhang strich, wo sie die Tinktur zur vorübergehenden Lähmung aufbewahrte. Der Lärm der Straße in der Stadt drang nur gedämpft zu ihr, umso lauter waren die Stimmen der Wachen, die sich ihren Weg bahnten. Es fiel Vinae schwer, nicht auszusteigen und die Schlangenschilde zurechtzuweisen, doch sie war jetzt die wohlerzogene Tochter von Meara Thesalis. Sie musste herausfinden, ob die Fürsten tatsächlich etwas mit den Drachenangriffen zu tun hatten.

Vinae vernahm, wie sich die Geräusche veränderten, als die Kutsche über die hölzerne Brücke rollte, dann hörte sie das Jammern der Bettler darunter und schließlich das Echo der Räder, als sie durch den Bogengang in den Hof fuhren. Vinae atmete tief durch und setzte ein freundliches Lächeln auf, als sich auch schon die Tür der Kutsche öffnete und Daeron in seinem schwarzen Mantel erschien. Das goldbraune Haar glänzte auf dem dunklen Stoff, unter dem ein weißes, mit Goldfäden durchzogenes Hemd hervorblitzte.

»Vinae, du bist hier.« Er verbeugte sich in all seiner Vornehmheit und reichte ihr die vielfach beringte Hand.

»Ich bin hier«, antwortete sie, bemüht, freundlich zu klingen, und ließ sich beim Aussteigen helfen. »Vielen Dank, dass Ihr mich bei Euch aufnehmt.« Sie sank in einen Knicks und blickte unter gesenkten Lidern hoch in die bernsteinfarbenen Augen, die Augen eines Raubvogels, die sie jedoch mit echter Freude ansahen.

»Du bist hier immer willkommen.« Daeron gab den Dienern ein Zeichen, die sich sogleich daranmachten, ihr Gepäck auszuladen, und schob sie sanft weiter über den weiß gepflasterten Schlosshof, vorbei an dem aus Kalkstein entstandenen Springbrunnen, in dessen Mitte ein aufbäumendes Einhorn thronte. »Wie könnte ich dich der Einsamkeit draußen im Wald aussetzen?«

»Ich bin gerne nur für mich.«

Daeron lächelte nachdenklich, beinahe verträumt. Ein seltener Anblick. Wer ihn so sah, würde sich nicht vorstellen können, welch ein Monster sich in ihm verbarg und stets darum kämpfte, an die Oberfläche zu gelangen. »Das verstehe ich«, sagte er nach kurzem Schweigen und führte sie schließlich die Treppen hinauf in die lichtdurchfluteten Hallen mit den bodentiefen Bogenfenstern. »Von Zeit zu Zeit bin ich des Trubels hier im Schloss auch überdrüssig.«

»Und was macht Ihr, um dem zu entgehen?«

»Arbeiten, experimentieren.«

Vinae schluckte die spitze Bemerkung hinunter, die ihr auf der Zunge lag. Seine Arbeit war die Erstellung von Giften, das Verbreiten des Todes. Da konnte er sie mit noch so honigsüßem Lächeln ansehen – sie würde es niemals vergessen.

»Ich würde den Ort gerne einmal sehen, an welchem Ihr Eure Ruhe findet.« Sie hätte sich auf die Zunge beißen können – das war wohl etwas zu viel des Guten gewesen, um hinter die Geheimnisse seiner Giftkämmerchen zu kommen. Zumal er sehr wohl wusste, dass sie manche davon bereits kannte, wenn auch nicht durch ihn. Seine Anspielung auf die gestohlenen Gegengifte an diesem Morgen war mehr als deutlich gewesen, und das langsame Nicken mit diesem leichten, wissenden Lächeln bewies, dass er soeben dasselbe dachte.

»Ich werde ihn dir gerne zeigen – beizeiten.« Daeron sah auf sie mit einem Ausdruck herab, der klarstellte, dass sie mit ihren Worten tatsächlich den Bogen überspannt hatte. Doch sie musste in die Verliese vordringen. Unter dem Schloss herrschte ein weitreichendes Tunnelsystem, eine eigene unterirdische Welt, groß genug, um das gesamte Volk der Drachenelfen dort zu verstecken. Bisher hatte Vinae nur einen winzigen Teil davon gesehen.

»Das würde mich sehr freuen.« Vinae ging etwas schneller, um der Berührung von Daerons Hand auf ihrem Rücken zu entgehen. Plötzlich blieb er stehen. »Vinae«, sagte er, woraufhin sie ebenfalls stehen blieb, kurz die Augen schloss, tief durchatmete und sich langsam zu ihm umdrehte. Die Diener gingen an ihnen vorüber, sie schienen zu wissen, wohin sie mussten. Daeron beachtete sie auch nicht weiter.

»Ich weiß«, begann er in eindringlichem Ton. »Wir sind nicht immer einer Meinung gewesen. In der Vergangenheit …« Er zog sie etwas zur Seite, auf eines der Bogenfenster zu. »In der Vergangenheit ist böses Blut zwischen uns geflossen.« Vinae senkte unwillkürlich den Blick und sah auf die Wunden an ihren Handgelenken. Daeron ergriff ihre Hand und hob sie an seine Brust. »Es fällt uns schwer, den anderen zu verstehen«, fuhr er fort. »Aber wir können es lernen. Die Zukunft …« Er strich mit dem Daumen über ihren Handrücken, und Vinae musste sich zusammenreißen, um sie nicht wegzuziehen, »wird anders werden. Ich habe Pläne, Visionen. Von uns, Vinae.«

»Fürst Daeron.« Mit sanfter Kraft versuchte sie ihre Hand zu befreien, doch er hielt sie eisern fest.

»Nein.« Daeron warf einen Blick auf die Diener, die immer noch eilig an ihnen vorüberzogen, und fuhr mit gedämpfter Stimme fort: »Ich weiß, dass du dort draußen im Wald bei deiner Mutter nicht glücklich bist. Ihr seid zu verschieden. Aber hier hast du ein Zuhause. Bei mir wird dir niemals Leid geschehen. Als meine Frau ...«

»Fürst Daeron.« Mit nun deutlich größerem Kraftaufwand entzog sie ihm die Hand, erinnerte sich jedoch sofort wieder an ihr Lächeln. »Ich habe Euch meine Antwort bereits gegeben«, sagte sie in versöhnlichem Ton. »Ich muss darüber nachdenken.«

Daeron lächelte auf eine Weise, die sie mehr denn je an ein Raubtier erinnerte. An einen Falken, welcher der Maus erzählt, sie müsse sich in seiner Nähe nicht fürchten. »Hör auf zu denken. Wir beide, Vinae.« Er beugte sich zu ihr vor. »Stell es dir vor: wir beide vereint.« Dies war das Letzte, das sie sich vorstellen wollte, und irgendetwas in ihrem Gesicht musste diesen Gedanken verraten haben, denn Daeron wurde plötzlich wieder ernst. »Ich bin kein Narr, Vinae.« Er richtete sich auf. »Ich weiß, dass du mit manchen meiner ... Methoden nicht einverstanden bist. Du hältst mich für grausam, und manche Taten sind es wohl auch. Doch sie sind notwendig ...«

»Notwendig?« Vinae konnte nicht länger an sich halten. »Worin besteht die Notwendigkeit, Eure Leute zu quälen? Ihr seid der Fürst, Ihr solltet sie vor Leid beschützen, stattdessen schickt Ihr sie auf Eure Giftfelder, wo sie langsam sterben.«

Daeron lachte. »Niemand stirbt, Vinae.« Er streckte seine Hand nach ihr aus, doch Vinae wich zurück. »Niemand stirbt. Sie tragen Schutzkleidung.«

»Die reicht nicht aus.«

»Und was soll ich deiner Meinung nach tun? Die Essenz der Artiluspflanze dient als Heilmittel, nicht nur als Gift. Sie besiegt Krankheiten der Menschen. Wie viele Leben wurden dadurch bereits gerettet?«

»Der Handel mit den Menschen wurde verboten, Fürst Daeron.«

»Und welchen Schaden richtet die Königin damit an? Die Menschen brauchen unsere Medizin.«

Vinae senkte ihren Blick, sie verkniff sich die vielen Argumente, die ihr auf der Zunge lagen. Sie durfte jetzt keinen Streit beginnen, so schwer es ihr auch fiel. Es war nicht der erste Versuch, Daeron davon zu überzeugen, zumindest die Arbeitsbedingungen zu verbessern, wenn er schon nicht die Ernte des Giftes einstellte.

»Lass uns nicht davon sprechen«, sagte Daeron schließlich. »Die Zukunft wird alles ändern.«

»Die Zukunft?« Vinae blickte wieder auf. »Was meint Ihr damit?«

»Wir beide werden vergessen, was war. Die Welt verändert sich, für uns alle hier wird sich vieles ändern. Und vielleicht … eines Tages wirst du sehen, dass hier dein Zuhause ist.«

»Ich bin hier, Fürst Daeron. Wie Ihr es wolltet.« Mit diesen Worten ging sie nach einem höflichen Kopfsenken an ihm vorbei und folgte den Elfen mit ihrem Gepäck. Es war zu schwer, in seiner Gegenwart ruhig zu bleiben und freundlich zu lächeln. Irgendwo in Daeron gab es bestimmt etwas Gutes, doch vermutlich waren es nur seine Gefühle für sie.

Musste ein Herz, das zu lieben fähig war, nicht auch Mitleid und Güte kennen? Oder war seine Liebe zu ihr das Einzige, das ihn von einem Dämon unterschied?

Zu ihrem Bedauern schloss Daeron sofort wieder zu ihr auf, begleitete sie weiter in die oberen Stockwerke und über die Arkadengänge, die als offene Galerie um den gesamten Hof verliefen. Zumindest griff er das leidige Thema nicht wieder auf und schwieg. Erst als sie den kleinen Palast erreichten, in welchem die Diener mit dem Gepäck verschwanden, meldete sich Daeron wieder zu Wort. Er gab knappe Befehle an die herumschwirrenden Elfen, während sich Vinae staunend umsah. Sie musste zugeben, dass dieser Raum wundervoll war. Allein das riesige, von einem Baldachin überspannte Bett und der weiße Marmorkamin ließen den Gedanken, hier zu leben, sofort freundlicher erscheinen.

»Dies wird in nächster Zeit dein Zuhause sein. Ich hoffe es gefällt dir.«

»Es ist wundervoll.«

»Ich bin in der Nähe, falls du mich brauchst.« Daeron deutete mit dem Kopf zum Gang hinaus, und sofort verlor der Raum all seinen Reiz. Wie nahe hatte er damit wohl gemeint? War sein Raum gleich der nächste, oder wahrte er zumindest den Anschein von Anstand und ließ doch etwas Entfernung dazwischen?

»Das ist sehr beruhigend.« Vinae ging auf eine Kommode zu, über der ein ovaler Spiegel in einer Goldfassung angebracht war, und sah in ihm Daeron, der sich knapp hinter ihr hielt. Er betrachtete sie im Spiegel, und als er seine Hand nach ihr ausstreckte, zuckte sie zusammen. Sie drehte sich zu ihm herum und verfluchte sich selbst dafür, in diese Falle gelaufen zu sein. An die Kommode gepresst, blickte sie zu ihm auf und wünschte sich, sie könnte mit dem Möbelstück in ihrem Rücken verschmelzen. Zu ihrem Glück blieb Daeron einen Schritt vor ihr stehen und machte auch keine Anstalten, näher zu kommen. Stattdessen holte er etwas aus der Manteltasche und streckte es ihr entgegen.

»Ein Geschenk«, sagte er. »Ein Willkommensgeschenk.«

Vinae nahm den kleinen Gegenstand entgegen und erkannte darin einen schlichten, fingerdicken Armreif in einem matten

Silber. In dem Reif befand sich ein leuchtender Rubin, von dem auf eine beunruhigende Art leise Magie ausging. »Was ist das?«, fragte sie und drehte den Reif in ihren Händen.

Daeron sah sie mit seinem Falkenblick an. »Ich möchte, dass du ihn trägst«, sagte er rau.

Vinae wollte zurückweichen, stieß jedoch lediglich schmerzhaft gegen die Kommode. »Ihr haltet mich hier gefangen.« Sie konnte kaum noch sprechen. »Die Kerkerketten nehmt Ihr mir und wagt es das hier«, sie hielt den Armreif hoch, »ein Geschenk zu nennen?« Sie wollte zur Seite ausweichen und an ihm vorbeigehen, doch Daeron kam blitzschnell vor und legte seine Hand gegen den Spiegel, so dass sein Arm ihr den Weg versperrte.

»Ich verstehe deinen Unmut«, sagte er und beugte sich viel zu nah über sie. »Aber du musst ihn ertragen.«

»Meinen Unmut?« Der Versuchung, ihn anzuspucken, widerstand sie kaum. Was hatte sie sich nur dabei gedacht, zum Schloss zu kommen? Sie hätte fortlaufen sollen! In den Siedlungen außerhalb der Stadt gab es genügend Familien, die sie eine Zeitlang versteckt hätten. Aber sie wusste immer noch nichts über die Drachenelfen. »Ihr sperrt mich in dieses Schloss«, sagte sie mit bebender Stimme. »Unmut ist wohl etwas untertrieben.«

Daeron seufzte und nahm ihr den Armreif aus der Hand. Dann hob er ihren Arm, und im nächsten Moment erklang ein Klicken, und die magische Fessel hatte sich um ihr Handgelenk geschlossen. »Du bist nicht im Schloss gefangen«, sagte er und trat einen winzigen Schritt zurück, so dass sich Vinae zumindest wieder aufrichten konnte. »Du darfst dich im Schloss, aber auch in der Stadt frei bewegen«, erklärte er. »Gehst du jedoch weiter als bis zu den Stadtmauern, werde ich es wissen, und von da an werde ich auch sehen, wohin du gehst. Versuchst du den Armreif abzunehmen, werde ich auch das wissen und, Vinae …« Er sah ihr in die Augen. »Ich vertraue darauf, nicht wiederholen zu müssen, was ich dir heute Morgen gesagt habe.«

Vinae stand da wie vom Blitz getroffen. Diese Drohung erschreckte sie. Sie hatte nicht vergessen, dass er sich für jede ihrer Taten an Nefgáld oder anderen rächen wollte. »Ich habe verstanden«, sagte sie mit Verachtung in der Stimme. »Ihr habt Euch klar ausgedrückt, Fürst Daeron, glasklar.«

Daeron sah sie noch einen Moment lang mit so etwas wie Bedauern an, dann verbeugte er sich knapp vor ihr und verließ mit eiligen Schritten das Zimmer. Die Tür schloss sich, und Vinae starrte immer noch geradeaus, unfähig, sich zu rühren.

Es war alles verloren. Wie sollte sie mit diesem verfluchten Ding am Arm zu den Siedlungen außerhalb der Stadt gelangen, um den Bewohnern dort zu helfen? Wie sollte sie zum Treffpunkt mit Ardemir reiten?

Vinae raffte sich auf und durchschritt das Gemach. Sie riss die Tür auf und lief beinahe in zwei Wachen, die sich dort postiert hatten.

»Herrin Thesalis.« Die Schlangenschilde verneigten sich kurz und traten etwas zur Seite. Fassungslos sah Vinae zwischen den beiden hin und her. Dann stürmte sie an ihnen vorbei. Sie lief den Korridor entlang, durch den sie gekommen war, hinaus zu den weißen Bogengängen und beschleunigte ihre Schritte, als sie Daeron weiter vorne erblickte.

»Wachen?«, rief sie, wodurch der Fürst stehen blieb und sich zu ihr umdrehte. »Ihr postiert Wachen vor meinem Zimmer?«

Daeron sah an ihr vorbei zu den Schlangenschilden, die Vinae gefolgt waren. »Du solltest dich beruhigen, Vinae«, sagte er.

Wutschnaubend hielt Vinae vor ihm inne, die Hände zu Fäusten geballt und den Wunsch unterdrückend, sie gegen seine Brust zu hämmern.

»Beruhigen?« Sie hob ihren Arm und hielt ihm den Rubin vors Gesicht. »Wozu die Wachen? Ist das hier denn nicht genug?«

»Die Wachen dienen deinem Schutz.«

»Meinem Schutz? Schutz vor wem?«

»Vor dir selbst.«

Vinae öffnete ihren Mund, bereit, die wildesten Beschimpfungen auszustoßen, und starrte ihn doch nur an. Sie hatte dem Fürsten vieles zugetraut, aber das hier übertraf ihre wildesten Vorstellungen. Er sperrte sie tatsächlich ein! Ihre Mutter war fort, Menavor ebenfalls, und Daeron hielt sie hier als Gefangene.

»Und all das Gerede«, brachte sie schließlich heraus, »darüber, dass wir die Vergangenheit hinter uns lassen, Eure Vision über unsere glorreiche Zukunft.« Sie lachte auf. »Ich bin froh, dass ich nicht eher Euren Bitten nachgegeben habe und hierhergekommen bin.«

»Es war ernst gemeint.« Daeron wirkte beinahe verletzt. »Wir beide *haben* eine Zukunft, Vinae.«

Sie hob ihren Arm. »Als Eure Gefangene?«

»Ich will das genauso wenig wie du, aber deine Taten …«

»Ja. Ich habe es mir selbst zuzuschreiben, verstanden. Nur gut, dass Ihr jetzt Euer wahres Gesicht zeigt.« Sie drehte sich um, doch Daeron hielt sie am Arm fest.

»Es ist nur vorübergehend. Du bist noch furchtbar jung und auch … verblendet.« Vinae riss die Augen auf, doch Daeron fuhr unbeirrt fort. »Wenn wir uns sicher sein können, dass du keine Dummheiten mehr begehst, wird sich alles ändern. Wir möchten dir vertrauen, Vinae. *Ich* möchte dir vertrauen.«

Sie sah über die Schulter zurück in seine Augen, die sie mit solch einem verzweifelten Ausdruck durchbohrten, dass ihr beinahe das Herz schwer wurde. »Fast hätte ich Euren Worten geglaubt«, sagte sie mit brüchiger Stimme. »Doch Ihr habt recht. Ich bin noch jung. Es wird Zeit für mich, erwachsen zu werden.« Sie riss ihren Arm los und stürmte, gefolgt von den zwei Schlangenschilden zurück in ihr Gemach, wo sie die Vase, die ihr als Erstes in die Augen fiel, von der Kommode nahm und sie gegen den Spiegel mit Daerons Handabdruck schleuderte. Die Wachen waren klug genug, nur einen raschen Blick in ihr Zimmer zu werfen und sofort wieder zu verschwinden.

Dann sank Vinae vor dem Bett zu Boden, immer noch zitternd vor Zorn, und starrte auf den pulsierenden Rubin an ihrem Handgelenk.

Es dauerte mehrere Stunden, in denen mehrere Dienstboten versucht hatten, sie zu einem Essen mit Daeron abzuholen, bis Vinae sich wieder ein wenig beruhigt hatte. Sie war eingesperrt und musste das Beste daraus machen. Es gab immer eine Lösung, und bis sie eine solche gefunden hatte, würde sie ihre Zeit nützlich verbringen.

Die Schlangenschilde standen wie erwartet vor ihrer Kammer, als Vinae die Tür öffnete und in den Gang hinaustrat. Sie folgten ihr in einem höflichen Abstand zur Küche, wo Vinae von den köstlichsten Düften eingehüllt wurde.

»Wen bringst du denn da?«, fragte Enra und sah kurz an ihr vorbei, ehe sie sich wieder dem Schneiden von Gemüse widmete.

»Aufpasser.« Vinae lehnte sich gegen den Küchentresen und nahm sich eine Karotte, was ihr einen gespielt strengen Blick der Küchenmeisterin einbrachte.

»Hab schon gehört, dass du uns länger beehren wirst«, sagte

Enra und blickte noch einmal zu den beiden Schlangenschilden, die sich neben der Tür postiert hatten, um sich dann wieder kopfschüttelnd ihrer Arbeit zu widmen. »Ich bin froh, dass du hier bist«, fuhr sie fort, »aber ich kann nicht behaupten, dass das besonders klug von dir war.«

»Wem sagst du das?« Vinae ergriff die nächste Karotte. »Aber ich hatte nicht wirklich eine Wahl, und wie es aussieht, wird sich an meiner Unterkunft sobald auch nichts ändern.« Sie hob ihren Arm, so dass die Küchenmeisterin den Armreif sehen konnte. Bei dem entsetzten Ausdruck ihrer Freundin, die ihr immer eine Art Muttterersatz gewesen war, musste Vinae schmunzeln.

»Nein«, sagte Enra nur und starrte auf den Rubin.

»Doch.«

»Nein.« Enra packte ihre Hand und drehte sie herum, als suche sie eine Möglichkeit, ihr das fürchterliche Ding abzunehmen, doch Vinae zog den Arm wieder zurück.

»Das hat keinen Sinn«, sagte sie. »Er würde es wissen.« Sie bemühte sich zu lächeln. »Und so kann ich mehr Zeit bei euch hier verbringen.«

»Er schreckt auch vor nichts zurück.« Enra berührte Vinaes Wange und beugte sich zu ihr hinab, da sie ein gutes Stück größer war, so wie eigentlich alle Elfen. »Versprich mir, Vinae«, sagte sie ernst, »dass du niemals so dumm sein wirst, ihm nachzugeben. Wenn er dich erst einmal hat …«

»Wo denkst du hin?« Vinae lachte auf. »Eher würde ich sein Gift schlucken.«

»Ich befürchte, dazu wird es kommen, wenn er anfängt ungeduldig zu werden.«

»Ach was! Er braucht mich. Ich bin eine Thesalis.«

Enra verdrehte ihre Augen. »Deine Mutter ist wieder einmal unterwegs«, stellte sie fest, ohne ihre Abneigung der Magierin gegenüber zu verbergen. »Und sie lässt zu, dass er so etwas mit dir macht?«

»Es würde mich nicht wundern, wenn es ihre Idee gewesen wäre.« Vinae sah sich in der Küche um. »Wo ist eigentlich Nefgáld?«, fragte sie und versuchte den Jungen zwischen den vielen Küchentresen und herumschwirrenden Elfen zu erkennen.

»Irgendwo unterwegs«, antwortete Enra seufzend, dann hielt sie eine der Mägde auf, um sie nach ihm zu schicken. »Ist kaum zu fassen, was ihm passiert ist, nicht wahr?«, fügte sie flüsternd hinzu, als die Magd gegangen war. »Beide Eltern mit einem Schlag verloren.«

»Das Traurige daran ist, dass es sehr wohl zu fassen ist.« Vinae nickte einer Elfe zu, die ihr mit einem Knicks einen Becher Früchtesaft reichte, und wandte sich wieder an die Küchenmeisterin. »Gut für ihn, dass er dich hat.«

Enra schnaubte. »Wie könnte ich ihn nicht aufnehmen? Der arme Junge ist jetzt völlig allein auf der Welt. Wollten mir befehlen, die Fürsten. Als hätte ich ihn nicht auch ohne ihre finsteren Mienen zu mir genommen.« Sie hackte so heftig das Gemüse, dass einiges davon zu Boden fiel. »Wenn die Fürsten so weitermachen«, setzte sie flüsternd hinzu, »haben sie bald niemanden mehr, der ihre Felder bestellt oder ihr Essen zubereitet.« Sie sammelte das Gemüse vom Boden wieder auf und warf es in die Schüssel. »Wenn ich nur daran denke, dass sie ihn auch …«

»Denke nicht daran. Nefgáld lebt, und jetzt ist er bei dir.«

»Ja, aber wie lange noch? Es geht bergab mit diesem Land, das sieht ein Blinder, und ich fürchte auch um meine Familie. Elrohir soll nicht so aufwachsen.«

»Ich weiß, was du meinst.« Vinae seufzte. »Manchmal wünsche ich mir, das Schneegebirge würde einfach verschwinden und uns mit Valdoreen verbinden.«

Enra lachte auf und schob wieder eine Ladung Gemüse in die Schüssel. »Wieso ein Übel durch ein anderes ersetzen?«, fragte sie, während sie weiterschnippelte.

»Du redest Unsinn«, stellte Vinae empört fest. »Was soll an Valdoreen schlecht sein?«

»Na, ich behalte mir lieber die Brüder, als dass ich in die Kälte gehe, wo ein Irrer regiert.«

Vinae stemmte eine Hand in die Hüfte. »Nevliin ist doch kein Irrer!« Enra sah zu ihr auf, hob ihre Augenbrauen und fuhr kopfschüttelnd mit ihrer Arbeit fort. »Nevliin ist nicht irre!«, beharrte Vinae. »Und Valdoreen ist das wohlhabendste und bestimmt auch glücklichste aller Fürstentürmer in ganz Elvion.«

»Ja, weil der Irre sich dort nie blicken lässt. Valdoreen verdankt seinen Wohlstand seinem Vetter Vlidarin und nicht Nevliin.«

»Und wenn schon.« Vinae wusste, sie würde die Küchenmeisterin nicht von ihrer Meinung abbringen können. »Valdoreen geht es trotzdem besser als uns.«

»Da magst du recht haben.«

»Vinae!«

Sie drehte sich zur Tür um, wo in diesem Moment Nefgáld an den beiden Schlangenschilden vorbeilief. Freudestrahlend blieb der Junge vor ihr stehen, nahm sie in den Arm und stahl gleichzeitig ein Plätzchen.

»Die habe ich nicht gesehen«, bemerkte Vinae mit einem bedauernden Blick auf ihre Karotte und nahm sich ebenfalls eines.

»Jetzt ist aber genug«, murrte Enra und deutete mit dem Kopf zu dem alten Holztisch in der Ecke, an welchem drei wackelige Stühle standen. »Wenn ihr Hunger habt, esst was Richtiges. Und wo ist Elrohir schon wieder?«, fügte sie an Nefgáld gewandt hinzu. »Ich dachte, ihr wärt zusammen?«

Der blonde Junge winkte mit seinem Plätzchen in der Hand ab. »Elrohir ist bei Nidresar im Stall geblieben. Der hat ihm erlaubt, einen von Menavors Hengsten zu führen.«

Enra schnaubte. »Irgendwann bricht sich der Junge noch den Hals mit seinen Pferden.« Sie scheuchte Nefgáld vom Tresen fort. »Aber jetzt setzt euch hin«, sagte sie und schob auch Vinae auf den Tisch zu. Erst jetzt, wo sich die Wut langsam legte, bemerkte sie, wie hungrig sie tatsächlich war, und sie wollte ohnehin mit Nefgáld sprechen.

Eine der Mägde brachte ihnen Linseneintopf, verneigte sich vor Vinae und verschwand wieder, während Enra weiterhin mit ihrem Gemüse beschäftigt war. Eine gute Gelegenheit, befand Vinae und versuchte nach ein paar Löffeln Eintopf, das Thema vorsichtig anzuschneiden.

»Das mit deinen Eltern tut mir sehr leid«, sagte sie, auch wenn ihr bewusst war, wie leer die Worte für diesen Waisen klingen mussten.

Nefgáld sah von seiner Schüssel auf und zerkrümelte das Brot in seiner Hand. »Muss es nicht«, sagte er ernst. »Du warst es ja nicht.«

»Nein.« Vinae aß wieder einige Bissen, warf einen flüchtigen Blick zu den beiden Schlangenschilden, die sich von einer Magd mit Plätzchen versorgen ließen, und wandte sich wieder an den Jungen. »Die Fürsten sagen, er hätte sich gegen die Königin verschworen«, fuhr sie leise fort.

»Das hat er nicht!«

»Sch, sch.« Vinae sah wieder zu den Wachen, die jedoch beschäftigt waren. »Ich weiß«, sagte sie und berührte leicht Nefgálds Arm, um ihn zu beruhigen. »Deswegen habe ich ja versucht, ihn zu retten, aber …« Der Junge ließ den Löffel sinken und funkelte sie mit seinen blauen Augen an.

»Aber?«, fragte er mit offensichtlich vergangenem Appetit.

»Ihm und deiner Mutter ist Unrecht geschehen. Ich muss wissen, wieso.«

Nefgáld schüttelte den Kopf. »Seit wann brauchen die Fürsten einen Grund, um Unschuldige abzuschlachten?«, fragte er gefährlich laut, was ihm noch einen eindringlichen Blick von Vinae einbrachte.

»Weißt du, wieso dein Vater in Derial war?«, fragte sie leise.

»Nein.« Er zuckte mit den Schultern. »Er hat nie etwas von seiner Arbeit erzählt. Weder mir noch Mutter. Nur, dass er dort jemanden treffen sollte.«

»Weißt du wen? Und wieso?«

Nefgáld schüttelte den Kopf. »Angeblich ist dort ein Drache aufgekreuzt und hat die halbe Stadt in Schutt und Asche gelegt. Ich glaube, mein Vater hat seinen Auftrag deshalb nicht ausführen können. Er sah ziemlich schlimm aus, als er nach Hause kam, bevor … bevor ihn die Schlangenschilde geholt haben. Vermutlich haben sie ihn für sein Versagen hinrichten lassen.«

Vinae sah den Jungen fassungslos an. Die nüchterne Weise, in welcher er sprach, und das gefährliche Funkeln in seinen Augen machten ihr Angst. Doch seine Worte ergaben einen Sinn, sofern man versuchte, wie einer der Fürsten und nicht wie ein Lebewesen mit Herz zu denken. Deremir hatte eine Botschaft überbringen müssen und es wegen der Drachen nicht geschafft. Nur wen hätte er treffen sollen und zu welchem Zweck? Hatte der Drachenangriff etwas damit zu tun? So wie Vinae die Fürsten kannte, war Deremir zum Tode verurteilt gewesen in dem Moment, in dem er den Auftrag erhalten hatte. Selbst wenn sein Vorhaben geglückt wäre – er hätte nicht mit diesem Wissen weiterleben dürfen.

Es war zum Verzweifeln. Sie musste mehr erfahren, doch nicht von Nefgáld. Der Junge wusste nichts mehr, und sie wollte ihn nicht weiter quälen.

»Du verstehst dich doch mit Elrohir?«, fragte Vinae, um das Thema zu wechseln.

Nefgáld nickte. »Er ist ganz in Ordnung ... und Enra auch. Es tut mir nur leid, dass sie mich jetzt am Hals hat.«

»Sag so etwas nicht.«

»Ist ja auch egal.« Nefgáld löffelte wieder weiter. »Irgendwann holen einen die Taten immer wieder ein«, sagte er zwischen zwei Bissen. »Das hat mein Vater immer gesagt. Egal, ob die guten oder schlechten. Die Fürsten werden schon sehen, was sie davon haben.«

Er sah Vinae nicht an. Das ungute Gefühl in ihr wurde immer schlimmer. »Was meinst du damit?«, fragte sie, bemüht, gleichgültig zu klingen.

»Dass niemand ewig lebt.« Nefgáld sah sie an. »Was ist? Du bist doch auch froh, wenn Daeron dich in Ruhe lässt oder etwa nicht? Jeder weiß, wie er dir ständig nachschleicht.«

»Das ist meine Sache, Nefgáld, und auch wenn dir Schlimmes widerfahren ist ...«

»Keine Sorge, Vin. Ich kümmere mich darum.« Er sah ihr in die Augen, und plötzlich wirkte er nicht mehr wie ein dreizehnjähriger Junge. Er rutschte im Stuhl etwas zur Seite und hob sein Hemd an.

Vinae schnappte nach Luft, als sie den Dolch sah, der in seinem Hosenbund steckte, und sah sich schnell in der Küche um. »Bist du denn wahnsinnig?«, zischte sie, als sie sich ihm wieder zuwandte. »Wo hast du den her?«

»Meine Sache.«

»Nefgáld! Wenn dich jemand damit erwischt, bist du tot!«

»Mir egal.«

»Nefgáld! Sieh mich an, verflucht.« Er blickte wieder von seinem Teller auf, sagte jedoch nichts. »Du weißt, einfache Leute dürfen keine Waffen tragen«, fuhr sie ihn wütend an,

»und dass das, was du vorhast, einfach nur Wahnsinn ist, muss ich dir wohl nicht sagen, oder?«

»Wieso? Ich erweise diesem Land damit einen Dienst.«

»Indem du dich töten lässt? Glaubst du etwa, das hätten deine Eltern gewollt?« Der trotzige Ausdruck des Jungen wich, Schmerz legte sich in seine Augen. »Es würde dir niemals gelingen, Nefgáld«, sagte Vinae ernst, »und selbst wenn. Willst du dich wirklich zum Mörder machen?«

»Du hast recht«, antwortete er zerknirscht, doch diese Einsicht kam etwas zu schnell, um glaubwürdig zu sein. »Ich bin einfach noch etwas durcheinander. Das ist alles.«

»Ich würde dir den Dolch wegnehmen«, sagte sie und deutete mit dem Kopf unauffällig zu den Schlangenschilden. »Aber du versprichst, dass du ihn selbst wegschaffst, bevor dich wirklich noch jemand damit sieht.«

»Ja, ich verspreche es.«

Vinae glaubte ihm kein Wort, doch mehr, als Enra zu warnen, konnte sie im Moment nicht tun.

Aurün

»Das letzte Mal, als wir uns gesehen haben, blickten wir ebenso in die Ferne.« Eamon nahm seine Ellbogen vom Geländer des Balkons und richtete sich auf. »Lange her«, sagte er und wandte sich Aurün zu.

Die nebelblauen Augen waren immer noch von derselben Wärme, die sie noch bei keinem anderen Elfen entdeckt hatte, und auch jetzt noch berührten sie ihr Herz. Aurün war froh, Eamon endlich allein angetroffen zu haben, auch wenn er abwesend und auch etwas traurig wirkte. Der Grund war als undeutlicher Schemen in der Ferne zu erkennen. Dort, wo das graue Meer in der Dunkelheit an die Küste schlug, saß Nevliin und rührte sich nicht. Das rosa Licht des Sonnenaufgangs in ihrem Rücken hatte ihn noch nicht erreicht, und so verschmolz er mit der Düsternis der letzten Momente der Nacht.

»Ich bedaure sehr, was mit Nevliin geschehen ist«, sagte Aurün, während sie ihn gedankenverloren beobachtete. Sie war nie ein Freund des Weißen Ritters gewesen, denn was er ihrem Volk nach den Drachenkriegen angetan hatte, konnte sie nicht so leicht vergessen. Doch solch eine Dunkelheit, wie sie sie in seiner Seele spürte, wünschte sie niemandem.

»Ich auch«, seufzte Eamon und lehnte sich mit dem Rücken an das Geländer, wodurch er ihn nicht mehr sehen konnte. »Ich bedaure auch sehr, was dir passiert ist, Aurün. Und den Tod deines Vaters.«

Sie wandte ihren Blick vom Meer ab und sah ihn an, diesen

Inbegriff der Güte, dem sie ihr Leben, ihre Seele anvertrauen würde, ohne auch nur eine Sekunde zu zögern. »Danke.« Sie nickte und versuchte, nicht an die Qualen der letzten Wochen zu denken, doch es war unmöglich. Niemals zuvor hatte sie sich so allein gefühlt. Die Gegenwart ihrer Seelenschwester, aber auch die der anderen Drachen und Drachenelfen waren ein fester Bestandteil ihres Geistes gewesen, doch jetzt waren sie nicht mehr da. Ausgelöscht. Ihr Vater war tot, und sie war allein zurückgeblieben.

»Mein Vater hat dich immer geschätzt«, fuhr sie schließlich fort, und die Erinnerung an ihn schmerzte. »Er konnte dich sehen.« *Genauso, wie ich dich sehen kann.*

»Das bedeutet mir sehr viel.« Eamon lächelte zaghaft. »Er war ein guter Mann, ein gerechter König. Es tut mir leid, dass ich keine Gelegenheit hatte, ihn besser kennenzulernen.« Er sah ihr in die Augen, und sie wusste, dass er es ehrlich meinte. »Aber ich freue mich, dass du hier bist, Aurün. Ich kann mich nicht erinnern, je einer tapfereren Elfe begegnet zu sein.«

Aurün senkte ihren Blick. »Ich bin meines Vaters Tochter«, sagte sie, wissend, dass sie in naher Zukunft noch oft Gelegenheit bekommen würde, tapfer zu sein, und ihr eine harte Prüfung bevorstand. »Ich bin jetzt die Königin.«

»Aurün …«

Sie sah wieder zu ihm auf, und ihr Herz schlug schneller, als er sie zu sich umdrehte, einen Arm um ihre Schultern legte und sie zu sich zog.

»Erzähl mir, was passiert ist«, sagte er sanft.

»Das habe ich doch schon, vorhin mit Ardemir und …«

»Nein. Erzähl mir jetzt, was wirklich passiert ist. Jeden Moment, in dem du allein in der Dunkelheit warst.«

Sie wandte ihren Kopf zur Seite, um ihn anzusehen, denn plötzlich war sie nicht mehr allein.

Eamon nickte auffordernd, und so begann sie zu erzählen.

Ihr gesamter Körper zitterte, während sie sprach und die Bilder ihres toten Vaters, der Schiffe und des leeren Herzraums erneut vor sich sah. Sie erzählte von ihrer Angst, von den Schmerzen und der Einsamkeit während ihres Aufstiegs. Nicht zu wissen, was mit den anderen geschah, sie nicht zu spüren. Und Eamon hörte zu. Er unterbrach sie nicht, stellte keine Fragen, hörte einfach nur aufmerksam zu, während er ihren Arm streichelte. Es war schrecklich, all die Erlebnisse noch einmal aufleben zu lassen, doch kaum dass sie diese ausgesprochen hatte, ging es ihr besser.

Es war Ewigkeiten her, seit sie Eamon das letzte Mal nahe gewesen war, und doch konnte sie sich noch genau daran erinnern. An jene Nacht, in welcher der Frieden zwischen ihren Völkern geschlossen worden war.

Und da es Eamon war und sie ihm vertrauen konnte, musste er alles erfahren.

»Du bist der Einzige, der vom Schlüssel weiß«, sagte Aurün und löste sich von ihm, um ihn anzusehen. »Nur du weißt, wo er ist.«

Eamon nickte. »Ich habe ihn hier.« Er zog eine kleine Schatulle aus einer Tasche seines Umhangs und reichte sie ihr. »Ich dachte, du würdest ihn sehen wollen.«

»Du hast ihn hier.« Mit klammen Fingern nahm sie das schlichte Kästchen entgegen und öffnete den Deckel. Wie immer, wenn sie auf die kleine Phiole blickte, stockte ihr der Atem. »Ureliigs Blut«, flüsterte sie ehrfürchtig. »Der Schlüssel zu seinem Herzen.«

»Weißt du, wie es gelingen könnte, die Drachen ohne das Blut zu beherrschen?«

Aurün klappte den Deckel zu und blickte auf. »Ja. Ja, das weiß ich.« Sie schob den Stoff ihres Kleides zurück und entblößte ihren Unterarm, an dessen Innenseite zahlreiche Einstiche waren.

»Du meine Güte, Aurün.« Eamon packte ihre Hand und schob den Stoff noch etwas weiter zurück, um die Wunden genauer zu betrachten. »Wie ist das passiert?«

»Sie nehmen meiner Seelenschwester, dem Drachen, Blut ab – Ureliigs Blut. Sie ist die letzte direkte Nachfahrin. Die letzte aus dem Geschlecht des Drachenkönigs.«

Die Finger an ihrem Arm lösten sich, und Eamon schaute sie aus großen Augen an. »Wieso hast du nicht schon früher etwas davon gesagt?« Er sah an ihr vorbei in den Salon. »Ardemir hat kein Wort davon erwähnt.«

»Weil er nichts davon weiß. Niemand weiß es.«

Eamon richtete sich abrupt auf. »Du hättest es meiner Schwester sagen müssen! All das mit dem Blut, dem Schlüssel.«

Aurün hob ihren Kopf. »Nein, Eamon. Die Königin, dein Vetter, Nevliin – sie sind Fremde. Sie waren freundlich zu mir, aber es bleiben Fremde, und *ich* entscheide, wem ich das Wissen und die Geheimnisse meines Volkes anvertraue.«

»Wie sollen wir dir helfen, wenn wir nichts wissen?«

»*Du* weißt es.«

»Ich bin hier, Aurün. In einer anderen Welt.«

»Noch.«

Eamon blieb der Mund offen stehen. Es dauerte einige Augenblicke, bis er ihr antwortete. »Ich weiß noch nicht, ob ich zurückgehe«, sagte er schließlich. »Du brauchst Freunde, Aurün. Du kannst Ardemir vertrauen, und …« Er hielt inne und warf einen flüchtigen Blick zurück über die Schulter, dorthin, wo Nevliin immer noch an den Klippen saß und im zunehmenden Licht des Tages nun deutlicher zu sehen war. »Liadan kannst du auch vertrauen«, beendete er schließlich den Satz, als er sich wieder ihr zuwandte.

Aurün nickte langsam. »Mag sein. Aber noch will ich nicht, dass irgendjemand weiß, was der Schlüssel zur Macht über alle Drachenelfen ist. Wir wissen nicht, wer die Nebelgestalten sind und wer sie beauftragt hat. Das verstehst du doch, oder?«

Die flüchtige Wut in seinen Augen verblasste. Aurün konnte seine Gedanken nachvollziehen. Es wäre einfacher, wüssten all ihre neuen Verbündeten von Ureliigs Blut, doch es war zu gefährlich, und auch Eamon schien jetzt die Verantwortung, die sie tragen musste, zu verstehen. »Du hast recht«, sagte er. »Verzeih. Deine … Verletzungen. Sie haben mich etwas schockiert.«

»Du musst dich nicht entschuldigen. Und ich vertraue *dir*, Eamon. Du sollst alles wissen. Später werden wir zusammen entscheiden, wen wir einweihen.«

Der prüfende Blick, mit dem Eamon sie jetzt ansah, war ihr neu, und sie wusste nicht, ob ihr dieser Ausdruck gefiel, doch sie konnte auch nicht länger darüber nachdenken, da er sofort wieder ernst wurde.

»Dann brauchen sie den Schlüssel also nicht«, sagte er bitter. »Mit deinem Blut …«

»Es scheint so. Sie haben meinem Vater Blut abgenommen und danach das Herz gestohlen. So haben sie die Drachen noch vor dem Angriff von uns weggeholt. Jetzt nehmen sie mein Blut, eine kleine Menge.«

Eamon lehnte sich wieder an das Geländer. »Was haben sie nur vor?«, flüsterte er und wandte sich ihr wieder zu. »Das Blut – wie funktioniert es?«

»Es dürfte überhaupt nicht funktionieren.« Aurün atmete tief durch. »Um mit dem Blut das Herz und damit die Drachen zu beherrschen, muss es in den Organismus. Es müsste getrunken werden.«

Eamon verzog angewidert sein Gesicht. »Das heißt, irgendjemand trinkt dein – Aurünliigs Blut.«

»In geringen Mengen.« Aurün wies auf die Schatulle. »Ein Elf, der das hier einfach so zu sich nähme, würde daran sterben. Der Körper eines Elfen kann kein Drachenblut aushalten – nicht in dieser Konzentration. Deswegen habe ich auch niemals befürchtet, jemand könnte es benutzen. Ein Elf würde an dem Versuch sterben.«

»Und Aurünliigs Blut?«

»Irgendjemand nimmt es offensichtlich in sich auf. Ich vermute, er oder sie nimmt es in geringen Dosen zu sich. Es muss schon ein enormes Maß an Magie mitwirken, um die Drachen durch so wenig Blut einer Nachfahrin zu beherrschen.«

»Hm.« Eamon legte seine Hand ans Kinn und blickte zu Boden. »Irgendjemand da draußen«, sagte er nachdenklich, »hat Drachenblut in sich, gering, aber doch eine Spur von Ureliigs Blut, und dieser Jemand kann die Drachen gedanklich …?« Er sah fragend zu Aurün, die ihm mit einem Nicken zustimmte. »Also gedanklich durch das gestohlene Drachenherz kontrollieren«, fuhr er fort. »Er oder sie verfügt selbst über ein gewaltiges Ausmaß an Magie oder ist mit solch einem Magier verbündet, um die Drachen von der telepathischen Kommunikation untereinander abzuschirmen, wodurch du sie nicht mehr spüren kannst. Er lässt die Drachen durch Wolken verschwinden, um eine Verfolgung zu verhindern, während der Nebel die wahren Mörder verdeckt.«

»Das ist die Zusammenfassung unseres mageren Wissens«, seufzte Aurün und bemühte sich zu einem Lächeln. »Die große Frage ist nur: Wer?«

»Ich weiß es nicht.« Eamon sah auf ihren Arm. »Was mich im Moment jedoch eher beschäftigt, ist die Tatsache, dass sie dich und dein gesamtes Volk in der Hand haben. Noch ist die Menge des Blutes gering, aber was wenn sie mehr brauchen, Aurün? Was wenn sie dich …« Seine Stimme versagte, was sie so sehr rührte, dass sie die Hand an seine Wange legte. Sie war beinahe auf Augenhöhe mit ihm und suchte nun seinen Blick, um ihren Worten Nachdruck zu verleihen.

»Sie brauchen mich«, flüsterte sie und sah ihm tief in die blauen Augen. »Solange sie den Schlüssel nicht haben, brauchen sie Aurünliigs Blut.«

Eamon legte seine Hand auf die ihre. »Wenn ich weiß, wer dahintersteckt, Aurün, dann …«

»Die Königin glaubt, es wäre das Sonnental. Meara ist eine mächtige Magierin.«

Die Veränderung, die Eamons Gesicht bei der Erwähnung dieses Namens durchlief, war erschreckend. Er ging einen Schritt zurück und sah Aurün so entgeistert an, als hätte sie den nahen Weltuntergang verkündet.

»Meara«, knurrte er. In seinen Augen loderte ein Hass auf, den sie nie für möglich gehalten hätte. Doch da war noch etwas anderes, als er an ihr vorbei ins Leere blickte.

»Eamon?« Er reagierte nicht, und so sagte Aurün seinen Namen noch einmal, ehe er schließlich zusammenzuckte und sie verwirrt ansah. »Eamon, glaubst du, sie wäre dazu in der Lage?«

»Ja.« Er sah durch sie hindurch. »Ja. Mit Sicherheit.«

»Vielleicht kann uns ihre Tochter weiterhelfen. Sie meinte …«

»Tochter?« Plötzlich war er wieder aufmerksam, und sein Ausdruck ließ vermuten, dass er ebenfalls nichts von der Weiterführung des Geschlechts der Thesalis gewusst hatte.

»Ja. Vinae. Sie …«

»Vinae?« Er schnaubte. »Wer gibt einem Kind solch einen Namen?«

»Nun. Meara Thesalis!«

»Vinae Thesalis«, murmelte er. »Das ist selbst für Meara abscheulich.«

»Ja, aber Vinae ist wirklich ein gutes Mädchen. Das habe ich sofort erkannt, als ich …«

»Du hast sie kennengelernt?«

Aurün hob ihren Kopf und musterte ihn. »Was regt dich denn so auf?« Mittlerweile war sie selbst schon etwas gereizt, da er sie keinen Satz zu Ende sprechen ließ, doch Eamon winkte nur flüchtig ab.

»Wer ist Vinaes Vater?«, fragte er schließlich, nicht minder aufgeregt.

»Das weiß niemand. Eamon, was ist …«

»Wie alt, sagtest du noch mal, ist sie?«

»Ich sagte gar nichts, aber ich glaube, sie ist so Anfang achtzig.«

Eamon lachte. Er hielt sich die Hand über die Augen und lachte einfach nur. Es dauerte einige Augenblicke, bis er sich beruhigt hatte. »Wie sieht sie aus?«, fragte er schließlich mit einem Mal wieder so ernst, dass es schon beängstigend wurde.

»Hübsch«, antwortete sie. »Wie die Mutter. Ein kleines, zartes Ding. Ardemir ist in sie verliebt.«

»Was?« Eamon riss die Augen auf und sah zum Salon, wo vorhin noch Ardemir in einem Schaukelstuhl gedöst hatte.

»Ich weiß.« Aurün zuckte mit den Schultern. »Deine Schwester ist auch nicht begeistert, weil sie nun einmal eine Thesalis ist, und Ardemir gibt es auch nicht zu, aber dass er in sie vernarrt ist, sieht ein Blinder.«

»Ardemir liebt alle Frauen.«

»Bei ihr scheint es anders zu sein.«

Eamon fuhr sich mit beiden Händen durch sein Haar. »Ich wusste nicht, dass Meara eine Tochter hat«, sagte er schließlich leise.

»Das habe ich mir gedacht.« Aurün wollte ihn soeben noch

einmal fragen, was an dieser Nachricht denn so fürchterlich war, als Ardemir zu ihnen auf den Balkon trat.

»Es ist schon hell«, stellte er fest und streckte sich mit einem lauten Gähnen, doch als er Eamons abwesenden Blick und Aurüns Hilflosigkeit darüber sah, hielt er mit erhobenen Armen inne und kniff seine Augen zusammen. »Störe ich?«, fragte er und sah zwischen den beiden hin und her.

»Nein.« Eamon richtete sich auf. »Nein, ganz und gar nicht. Aurün hat mich nur über den letzten Stand der Dinge aufgeklärt.« Er wirkte wieder völlig normal, und auch das war merkwürdig.

»Ah.« Ardemir sah an den beiden vorbei. »Und seit wann sitzt der da schon?«

Eamon und Aurün drehten sich gleichzeitig um und sahen zu Nevliin, der in seinem dunklen Umhang immer noch reglos dasaß.

»Ich weiß nicht«, antwortete Eamon. »Ich glaube, er war noch nirgends anders.«

Ardemir nickte. »Du solltest mit ihm reden, Eamon.« Er deutete mit dem Kopf zum Salon, und gemeinsam gingen sie in den warmen Raum, wo bereits ein Feuer im Kamin brannte.

Eamon schloss die Glastüren und ließ sich auf einem gepolsterten Stuhl nieder. Aurün und Ardemir nahmen ihm gegenüber auf einer Bank Platz.

»Ich wüsste nicht, was ich ihm sagen sollte«, antwortete Eamon. »Nein, wirklich nicht.«

Aurün beugte sich etwas vor. »Du bist der einzige Freund, den er noch hat, Eamon. Sag ihm, dass es so nicht weitergehen kann.«

Er lachte. »Ja, ich kann mir seine Reaktion bildlich vorstellen.«

»Aber irgendetwas muss geschehen«, erwiderte Ardemir.

Das kurze Haar ließ ihn fremd aussehen, irgendwie härter. Vielleicht lag es auch nur an den Sorgen, die ihm etwas von seiner Unerschütterlichkeit nahmen. »Vielleicht schlägst du ihm vor, dass er nach Valdoreen zurückgeht.«

»Ich dachte, das hättet ihr schon versucht?«

»Und wenn du mit ihm über … Vanora sprichst?«

Eamons Ausdruck veränderte sich nicht im Geringsten, als sein Vetter ihren Namen erwähnte, er sah ihn immer noch genauso unverwandt an, und doch war jetzt etwas völlig anders an ihm. Seine Augen wurden kälter.

»Ihr Tod liegt Jahrzehnte zurück«, fuhr Ardemir fort. »Nevliin muss über sie hinwegkommen. Er zerstört sich … und andere ebenso. Ich weiß, dass er sie geliebt hat, aber glaubst du, sie hätte das gewollt? Sag ihm, dass sie wünschte, ihn glücklich zu sehen. Er soll wieder leben, verflucht noch mal. Er soll sich ja nicht gleich eine andere Frau nehmen, aber es sind vierundachtzig Jahre vergangen, Eamon.«

»Du hast recht.« Eamons Stimme klang eisig. »Es ist lange her. Ich muss mit ihm reden.«

»Du bist der Einzige, der mit ihm über Vanora reden kann«, drängte Ardemir weiter. »Ich habe es versucht, und du kannst dir vorstellen, dass er mich noch nicht einmal eines Blicks gewürdigt hat, als ich ihren Namen erwähnte. Aber du stehst ihm nahe. Du standst Vanora nahe.«

»Ja.«

»Er ist dein Freund.«

»Ja.« Eamon erhob sich und ging vor den Bücherregalen, die eine gesamte Wand einnahmen, auf und ab. »Ich hätte nicht gedacht, dass es ihn so zerstören würde«, sagte er und klang dabei, als spräche er zu sich selbst. »Natürlich wusste ich, dass er sie geliebt hat, mehr noch. Es war *Faelnuír,* Seelenverwandtschaft, aber was aus ihm geworden ist …« Er seufzte. »Die

Trauer verschwindet nicht. Das Gefühl der Leere, aber es gibt immer auch Freude. Er darf sich nicht völlig verlieren, er darf nicht andere in seinen Schmerz hineinziehen.«

»Er ist zu weit gegangen«, stimmte Ardemir zu. »Elfen sind tot und verletzt. Das kann nicht mehr …«

Ein zweistimmiges Aufschreien ließ sie alle herumfahren. Eamon war in drei großen Sätzen an der Tür und riss sie auf. Auch Aurün und Ardemir liefen ihm sofort hinterher und erblickten die beiden Menschenmädchen Mairi und Isla, die kreidebleich zu Nevliin aufsahen, der neben ihnen stand.

»Eamon, Ardemir … Eure Hoheit.« Nevliin ging seelenruhig an ihnen vorbei in den Salon, den Blick ausdruckslos wie eh und je, die Narbe als Zeichen seiner inneren Verletzungen.

»Was ist los?« Eamon legte seine Hand auf die Schulter des größeren Mädchens, das sich langsam zu ihm umdrehte.

»Nichts«, sagte sie stockend, ehe die Kleinere sie unterbrach.

»Wir wollten nicht lauschen«, erklärte diese, ebenfalls etwas zittrig, doch fand sie schneller wieder ihre Fassung. »Wir haben euch gehört und wollten fragen, ob wir die Pferde besuchen dürfen und dann …«

»Habt ihr doch gelauscht«, beendete Eamon den Satz für sie mit einer Strenge, die Aurün nicht verstand. Schließlich hatten sie in der Sprache der Elfen gesprochen. Was hätten die beiden Kinder da schon mithören können?

»Und dann?«, fragte Eamon etwas leiser. »Wieso habt ihr geschrien?«

Die beiden Mädchen tauschten einen kurzen Blick, dann fuhr wieder die Kleinere fort. »Wir haben uns nur erschreckt. Er war auf einmal da. Wir haben ihn nicht gehört.«

»Weil ihr gelauscht habt.«

Sie warf Eamon einen düsteren Blick zu. »Ja«, antwortete

sie eisig. »Und dann war er plötzlich da. Er hat …« Sie sah an ihnen vorbei in den Salon, wo Nevliin sich auf einem Stuhl niedergelassen hatte, und blickte schließlich wieder zu Eamon auf. »Er hat ›Guten Morgen‹ gesagt.«

»Guten Morgen.«

»Ja.«

Ardemir kicherte, drehte sich um und gesellte sich zu Nevliin, während Eamon die beiden Mädchen fortschickte, um Rosa beim Frühstück zu helfen. Aurün wollte sich soeben ebenfalls abwenden, als sie noch die Kleinere hörte, die Eamon aufhielt.

»Er ist nicht böse«, flüsterte Mairi in eindringlichem Ton und sah Eamon tief in die Augen. »Er hat nur ein gebrochenes Herz.«

Aurün blieb stehen. Die Worte dieser einfühlsamen, traurigen Stimme des Menschenmädchens berührten sie bis tief ins Herz. Auch Eamon sah Mairi einige Momente lang nur fassungslos an, ehe er sich abwandte und die Tür vor dem Mädchen schloss.

Gemeinsam gingen sie auf die Sitzgruppe zu, und während Aurün wieder neben Ardemir Platz nahm, blieb Eamon stehen.

»Du hast sie erschreckt«, unterbrach er die Stille, die sich unheilvoll über ihnen ausgebreitet hatte. »Du machst ihnen Angst.«

Nevliin sah zu ihm auf, sagte jedoch nichts.

»Du bist hier zu Gast«, fuhr Eamon in einem etwas schärferen Ton fort. »Die Mädchen mögen dein Verhalten noch eher verkraften, aber wenn du Rosa auch nur …«

»Was?« Nevliins Stimme war so eisig, dass sie den ganzen Raum mit Frost zu überziehen schien. »Was habe ich ihnen getan, *Eamon*?«

»Du machst ihnen Angst. Begreifst du das nicht?«

»Menschen sind leicht zu erschrecken.«

»Nicht die Menschen, die ich liebe.«

Die beiden durchbohrten sich mit Blicken, die allein schon schärfer als die Klingen von Schwertern waren.

Aurün sah zu Ardemir, dessen beunruhigtes Gesicht nicht gerade zu ihrem Wohlgefühl beitrug.

»Wir machen uns Sorgen«, erklärte Ardemir dann mit vorwurfsvoller Stimme.

Nevliin wandte sich ihm zu. »Ach«, sagte er. »Woher das wohl kommt!«

»Von uns allen«, antwortete Eamon anstelle seines Vetters. Er setzte sich auf die Armlehne eines Stuhls und sah Nevliin mit echtem Bedauern an. »Du hast getötet.«

»Tatsächlich?« Nevliin lachte. »Ihr solltet Euch Sorgen machen, wäre es anders. Ich habe mein Leben lang nichts anderes getan.«

»Unschuldige.«

Nevliin schnaubte und schüttelte den Kopf. »Niemand ist wirklich unschuldig, Eamon. Das wissen wir beide.«

»Du bist Liadans Befehlshaber«, ergriff nun Ardemir wieder das Wort. »Solch ein Verhalten …«

»Liadan«, knurrte Nevliin mit einem Hass in der Stimme, der Aurün ein Stück weiter zu Ardemir rutschen ließ. »Die Königin braucht jemanden, der für sie tötet. So war es immer schon, und so wird es immer sein. Könige machen sich nicht selbst die Hände schmutzig. Dafür haben sie mich.«

»Liadan ist nicht Alkariel«, erwiderte Eamon ruhig.

»Nein, und sie hat auch keinen Grund, sich zu beschweren. Schließlich lebt sie noch.« Nevliin sah Eamon geradewegs in die Augen.

»Du sprichst von der Königin«, brach Ardemir leise das Schweigen zwischen den beiden. »Das ist Verrat.«

Nevliin ließ sich in dem Stuhl zurücksinken und zuckte mit den Schultern. »Ist es Verrat, die Tatsache auszusprechen, dass sie es lediglich meiner Güte verdankt, noch am Leben zu sein?«

»Mir ist es gleich, ob du von Verrat sprichst«, knurrte Eamon. »Aber du bedrohst hier meine Schwester.«

»Die ich nicht getötet habe, wie sie es verdient.«

»Weil sie dein Leben gerettet hat!«

Nevliin wandte seinen Blick ab und sah aus dem Fenster.

»Ich kann ebenso wenig vergessen, was sie getan hat«, sagte Eamon schließlich resignierend. »Und ich weiß, dass du nicht so skrupellos bist, wie du es vorzugeben magst.«

»Du glaubst mich zu kennen?« Nevliin sah ihn wieder an. »Ich würde sie töten, Eamon. Jetzt sofort, ohne zu zögern. Soll ich es dir beweisen? Soll ich zurückgehen und sie töten?«

Aurün konnte nicht glauben, was sie da hörte. Nein. Sie konnte es sehr wohl glauben, und das war genau das Schlimme. Sie musste Nevliin nur ansehen und wusste, dass, wäre Liadan jetzt hier, er ihr, einzig um seine Worte zu beweisen, die Kehle durchschneiden würde. Dieses Gespräch war sinnlos. Um das zu sehen, musste sie auch nicht über die Gabe der Drachenelfen verfügen, um ins Innerste einer Seele zu blicken. Nevliin war abgrundtief böse.

»Das würdest du nicht tun«, antwortete Eamon ruhig, und doch war ihm das Entsetzen anzuhören. »Du nicht.«

»Ich nicht? Das weißt du, weil …« Nevliin machte eine auffordernde Handbewegung, doch Eamon schüttelte nur seinen Kopf. Er sah unsagbar traurig aus, und Aurün hasste Nevliin dafür. Er war nicht Eamons Freund.

»Ich will dir helfen, Nevliin«, sagte er beinahe flehend. »Auch wenn dir alles egal ist. *Du* bist mir nicht egal.«

»Seit wann? Hat es dich gekümmert, was aus uns wird? Du bist weggelaufen, Eamon, also komm mir nicht mit irgendwelchen rührseligen Geschichten von Freundschaft. Davon verstehst du genauso wenig wie ich.«

»Fürst Nevliin«, begann Aurün, da sie das nicht mehr länger mitanhören konnte, doch als er zu ihr herumfuhr und sie mit den schwarzen Augen ansah, verschlug es ihr die Sprache.

»Wir alle verstehen deine Trauer«, versuchte es nun wieder Ardemir. »Niemand verlangt von dir, freudig durch das Leben zu tanzen, aber du musst auch an …«

»Vanora ist tot.«

Es wurde totenstill. Alle starrten Eamon an, der sich wieder erhob, doch Aurün entging nicht, mit welcher Kraft Nevliin die Stuhllehne umfasste.

»Vanora ist tot«, wiederholte Eamon langsam und erwiderte den vernichtenden Blick des Ritters. »Sie wird nicht zurückkommen, egal, was du tust, egal, wie viele du tötest oder verletzt.«

»Sei vorsichtig.«

Eamon lachte gequält auf. »Sonst tötest du mich?« Er schüttelte seinen Kopf. »Nur zu, und doch werde ich die Wahrheit aussprechen. Vanora ist tot. Sie ist gegangen und hat ihr Leben für dich, mich und all die anderen gegeben. Es war nicht Liadans Schuld, auch nicht die unsere. Es war einzig Vanoras Schuld. *Sie* traf diese Entscheidung, und *niemand* hätte sie daran hindern können. Sie ist keine Nebelgestalt, auch wenn du es dir wünschst. Du warst dabei, als sie starb. Du warst dabei, als wir ihren Körper verbrannten. Sie kann nicht wiedergeboren werden – auch das weißt du. Es war ihr Schicksal, die Barriere zu zerstören. Sie hat ihre Aufgabe erfüllt und ist bei den Sternen – sie hat ihren Frieden. Schließe endlich damit ab.«

Nevliin erhob sich ganz langsam und ging um den Tisch herum auf Eamon zu. Seine Hände zitterten. Aurün sah auch das Pulsieren des Blutes an seinem Hals, wo sich die Sehnen deutlich hervorhoben, doch Eamon fuhr ungerührt fort.

»Ich habe es auch nicht sehen wollen, Nevliin«, sagte er. »Ich habe das Schicksal verflucht, ich habe alles und jeden verflucht, aber das führt zu nichts. Vanora ist fort, und irgendwann werden wir zu ihr gehen. So lange können wir nichts anderes tun, als das Beste aus unserem Leben zu machen. Wenn nicht für uns selbst, dann für sie, denn sie sieht, was du tust, Nevliin. Sie wartet auf dich, und sie wird enttäuscht sein.«

»Und jetzt?«, knurrte Nevliin, als er vor ihm stehen blieb. »Glaubst du, jetzt werde ich dir für deine Weisheiten danken und dich in die Arme schließen? Tut mir leid.« Er zeigte auf Ardemir und Aurün. »Wie schön ihr euch alles ausgedacht habt. Schließt euch zusammen, in der Mission den fehlgeleiteten Ritter zu retten. Wirklich nobel! Aber ich muss euch enttäuschen. Was auch immer ihr sagt, was auch immer ihr tut – es ist mir gleichgültig.« Mit diesen Worten drehte er sich um und ging zur Tür, was Aurün unwillkürlich vor Erleichterung aufatmen ließ. Die Angst um Eamon, während er sprach, hätte sie beinahe um den Verstand gebracht.

»Ich habe sie auch geliebt, Nevliin.«

Die Zeit blieb stehen. Erneute Stille. Nevliin hielt mit dem Türknauf in der Hand inne, und Aurün vergaß das Atmen, während Eamon seinen alten Freund mit solch tiefer Verzweiflung ansah, dass es einem das Herz brechen konnte. Im nächsten Moment krachte Eamon gegen das Bücherregal und begann zu bluten.

»Du hast sie geliebt?« Nevliin zog ihn am Hemd wieder zu sich, um ihm erneut die Faust ins Gesicht zu schlagen. »Du hast sie geliebt?«

Aurün hörte sich selbst schreien, doch es ging beinahe völlig im plötzlichen Geschrei der Mädchen und Rosas unter.

Geschirr fiel von einem Tablett zu Boden und zersplitterte. Die Schreie der Mädchen wurden noch lauter.

Ardemir sprang auf und versuchte Nevliin wegzuziehen, doch in diesem Moment ging Eamon auf Nevliin los, der soeben auf Ardemir einschlug.

»Du hast sie zerstört!«, schrie Eamon plötzlich, während der blutende Ardemir Aurün packte und zu den Menschen zog, vor die er sich schützend stellte.

Aurün konnte es nicht fassen. Eamon versuchte nicht nur, sich gegen die Schläge zu wehren – er ging selbst mit einer Brutalität auf Nevliin los, die sie ihm niemals zugetraut hätte. Die beiden schlugen aufeinander ein, krachten mit dem Tisch zusammen und stürzten über Stühle.

»Sie werden sich töten«, hörte sie Rosas zitternde Stimme neben sich, woraufhin Aurün unwillkürlich die Hand der alten Frau ergriff.

»Hört sofort auf!«, kam es nun von Ardemir, der sich das Blut von der Nase wischte und sich wieder einzumischen versuchte, doch die beiden prügelten wie wahnsinnig aufeinander ein.

»Sie war niemals dein«, hörte Aurün Eamons Stimme unter dem Stöhnen und den Schlägen. »Du hast sie zerstört.«

»Sie hat mich geliebt«, kam die schmerzverzerrte und zugleich hasserfüllte Antwort von Nevliin. »Du hast alles getan, um uns zu trennen. Du konntest sie nicht haben.«

»Sie hat mich ebenso geliebt!«

Das ohrenbetäubende Klirren von Glas ließ die Mädchen aufschreien, als die beiden Kämpfenden durch die geschlossene Tür auf den Balkon krachten. Sofort liefen sie hinterher und bekamen gerade noch mit, wie das hölzerne Geländer brach und Eamon und Nevliin zwei Stockwerke tief in den Garten fielen.

Ardemir zögerte keinen Augenblick und sprang ihnen hinterher, und auch Aurün ließ die Hand der Menschenfrau los und landete selbst weich im Gras, wo Eamon rittlings auf Nevliin saß und die Fäuste in dessen Gesicht schlug. Ardemir versuchte, ihn herunterzuzerren, als Eamon plötzlich durch eine unsichtbare Kraft fortgeschleudert wurde, mit ihm Ardemir, der stöhnend in einem Gemüsebeet landete.

»Du weißt nichts über mich«, stöhnte Nevliin und richtete sich bluttriefend auf. »Du wusstest nichts über Vanora.«

Auch Eamon richtete sich auf, doch kaum war er auf den Beinen, erfasste ihn eine weitere Kraftwelle, schleuderte ihn hoch in die Luft und gegen die Hauswand, wo er in mehreren Schritt Höhe festgehalten wurde. Das Tosen der Brandung unten bei den Klippen schien lauter zu werden, als wütete nun auch das Meer und versuchte, den Felsen zu zertrümmern. Nevliin zog seine Magie aus dem Wasser, und davon hatte er hier mehr als genug, um sich mit immer größerer Macht zu versorgen.

Die Hand nach Eamon ausgestreckt, stand er unter ihm, und seine Augen … Aurün schnappte nach Luft. Das Weiß seiner Augen war verschwunden. Es blieben nur noch schwarze Höhlen, in denen ein silberner Schein funkelte.

Aus den Augenwinkeln bemerkte sie die beiden Mädchen, die herbeigelaufen kamen und mit einem erstickten Schrei stehen blieben, und auch Ardemir, der sich Nevliin langsam zu nähern versuchte.

»Töte mich, und du wirst dir niemals verzeihen«, stöhnte Eamon so leise, dass es kaum zu hören war. Die Kraft, die ihn gegen die Wand drückte, nahm ihm auch den Atem. »Das bist nicht du.«

»Du kennst mich nicht!«, schrie Nevliin. Sein Anblick mit den magisch veränderten Augen, all dem Blut und der furchtbaren Narbe war der aus einer anderen, finsteren Welt. »Fühlst du dich besser, in deinem Versuch, mich zu retten? Ich brauche deine Hilfe nicht! Ich brauche von niemandem Hilfe!«

»Das wissen wir«, kam die ruhige Stimme von Ardemir, der sich neben ihn geschlichen hatte.

»Ihr könnt es nicht begreifen!«, schrie Nevliin nun ihn an, wodurch Eamon ein kleines Stück abrutschte, ehe er erneut mit einer Wucht gegen die Wand schlug, die Aurün unwillkürlich aufschreien ließ. »Es ist mein Schmerz! Du hast sie nicht gesehen! An diesem Abgrund, der jetzt meiner ist! Du warst nicht da, als sie ging! Du hast sie nicht brennen sehen!«

Blut floss aus Eamons Mund, was die beiden Mädchen nur noch lauter wimmern ließ, und auch Aurün konnte nicht mehr länger zusehen.

»Bitte, Fürst Nevliin«, flehte sie, wagte es jedoch nicht, sich zu nähern. »Bitte lasst ihn hinunter.«

»Wieso kannst du mich nicht am Boden lassen?«, rief Nevliin zu Eamon und ließ ihn tatsächlich ein Stück hinuntergleiten. »Es ist mein Abgrund!«, wiederholte er. »Sie war mein!«

»Sie wird immer dein sein«, versuchte es Ardemir weiter. »Ewig, Nevliin. Sie wartet auf dich. Sie sieht dich.«

»Ich will nicht gerettet werden.«

Eamon rutschte noch ein Stück weiter hinab, und Nevliins ausgestreckte Hand zitterte immer stärker, so wie seine Stimme immer schwächer wurde. »Ich will nicht gerettet werden.«

»Lass ihn hinunter«, ertönte wieder Ardemirs sanfte Stimme, und diesmal wagte er es, seine Hand auf Nevliins Schulter zu legen. »Lass ihn hinunter.«

Mit einem Schlag wurden Nevliins Augen wieder normal. Eamon krachte stöhnend zu Boden und regte sich nicht.

»Ach du meine Güte!«

Aurün bemerkte Rosa, die nun ebenfalls im Garten angekommen war, doch sie konnte den Menschen nun keine Aufmerksamkeit schenken. Sie sah noch Nevliin, der sich abwandte und mit weitausholenden Schritten zurück zu den Klippen ging, als sie auch schon auf Eamon zustürzte, sich neben ihm auf die Knie fallen ließ und ihn umdrehte.

»Ich habe sie geliebt«, keuchte er mit flatternden Lidern. »Ich habe sie …« Seine Augen fielen zu, und er wurde ohnmächtig.

Vinae

Ziellos schlenderte Vinae durch das stille, verlassen wirkende Schloss, wenn auch weniger der Bewegung willen, sondern um die Schlangenschilde zu ärgern. Die Krieger folgten ihr immer noch schweigend in geringem Abstand als lästige Schatten. Vinae überlegte, wie schnell die Schlangenschilde wohl rennen konnten, wo doch die einfachste Möglichkeit darin bestand, ihnen davonzulaufen und sie in den vielverzweigten Korridoren abzuschütteln. Die Schlangenschilde würden zuerst überrascht sein, was ihr noch etwas mehr Zeit verschaffen könnte, denn schließlich musste sie irgendwie in die Tunnel unter dem Schloss gelangen. Was anderes sollte sie tun, während sie hier eingesperrt war?

Vielleicht aber wäre es leichter, die Krieger in der Stadt abzuhängen. Es war dunkel, doch nachts herrschte nicht genug Trubel. Andererseits hatte Vinae in der Nähe des Marktplatzes, dort, wo die Mauern des Schlosses an die Häuser der Stadt grenzten, einen geheimen Einstiegsplatz in die Keller. Es war kaum mehr als eine kleine Luke zwischen den Müllplätzen, durch die sie sich pressen konnte, doch sie würde in der Nähe der Todeszellen in einer unbenutzten Abstellkammer für ausrangierte Folterinstrumente herauskommen. Dabei bestand wiederum die Gefahr, dass die Schlangenschilde sie im letzten Moment doch noch einholten und ihren geheimen Zugang damit herausfanden.

Nein, dieses Risiko konnte sie nicht eingehen. Vinae beschloss, zu den Verliesen zu gehen und Aden zu besuchen. Diese Besuche waren ihr bisher nicht verboten worden, und dort würde ihr eine Möglichkeit einfallen, die beiden Schlangenschilde loszuwerden.

Durch das Haupttor trat sie in die laue, sternenklare Nacht hinaus und folgte den wenigen Stufen hinab, um sich kurz im Hof umzusehen, der so still und verlassen irgendwie gespenstisch wirkte. Einzig das leise Plätschern des Springbrunnens und der entfernte Ruf einer Eule waren zu hören.

Vinae ging an der Treppe vorbei in den Durchgang zum Garten und öffnete auf halbem Weg die Tür, die zu den Verliesen hinabführte. Es war stockdunkel, doch sie kannte hier jede einzelne Stufe, und schon bald drang ohnehin das Licht der Fackeln zu ihr, als sie dem Tunnel zum Wachraum folgte. Die beiden Elfen, die sich dort unterhielten, sahen sie einen Moment lang skeptisch an, grüßten jedoch freundlich, und als sie Vinaes unliebsame Begleiter entdeckten, wich das Misstrauen gänzlich. Vinae schlich in den Zellenraum, wo sie die letzte Nacht verbracht hatte, und erkannte sofort, dass Aden schlief. Ein schneller Blick über die Schulter bewies, dass ihre beiden Verfolger im Wachraum geblieben waren und sich dort mit den anderen unterhielten, aber sie würden dort nur wenige Augenblicke verweilen, um ihre Pflicht nicht zu vernachlässigen. Doch dieser Moment genügte Vinae. Lautlos lief sie los, vorbei an den Zellen durch einen weiteren schmalen Durchgang, der sie in einen nur schwach beleuchteten Tunnel führte, der an Folterkammern und weiteren Verliesen entlanglief.

Als sie vor sich die zitternden Schatten von Wachen an den orange leuchtenden Wänden erkannte, hatte sie größte Mühe, langsamer zu werden. Sie wusste, dass die beiden Schlangenschilde ihr folgen würden. Das Herz klopfte ihr bis zum Hals, als sie gezwungen war, gemächlichen Schrittes weiterzugehen.

Die Wachen, die ihren Weg im Tunnel zu den Todeszellen kreuzten, senkten höflich ihre Köpfe und gingen weiter, ohne sie zu behelligen. Sie waren kaum um eine Biegung verschwunden, da stürmte Vinae bereits wieder los. Beinahe im selben Moment hörte sie auch schon aufgeregte Rufe hinter sich. Sie bog in einen dunkleren Seitengang ab. Gewiss eilten die Schlangenschilde ihr nun wie wahnsinnig hinterher, schließlich fürchteten sie Daeron, und daher lief Vinae, so schnell sie konnte, schlug Haken wie ein Hase durch die unterschiedlichsten Tunnel, die hier einem Labyrinth glichen, ohne jemandem zu begegnen. Sie versuchte, nicht daran zu denken, dass sie den Richtungen keine Aufmerksamkeit geschenkt hatte, um wieder zurückzufinden, und lediglich wusste, dass sie sich irgendwo unter dem Schloss in einem modrigen Steingewölbe befand. Es war merkwürdig, dass hier niemand unterwegs war. Das Hochgefühl über das unerwartete Gelingen ihrer Flucht schwand bald. Wo befand sie sich? Um sie hörte sie ein leises Kratzen und Fiepen am Boden. Ratten, vermutlich. Natürlich hätte sie den Weg durch ihre Magie des Wassers beleuchten können, doch sie befürchtete, damit die Aufmerksamkeit von irgendjemandem, der hier in dieser unterirdischen Welt herumirrte, auf sich zu ziehen. Zudem waren die wenigen Pfützen hier kaum ausreichend, um sie lange mit genügend Energie zu versorgen.

Ziellos tappte Vinae durch die Dunkelheit und lauschte auf Geräusche. Sie bemerkte schon bald, dass sie in eine Art Haupttunnel gelangt war, von dem schmalere Seitengänge abzweigten. Ab und zu schien leichtes Licht von deren Ende zu ihr herüber, und dumpfe Geräusche drangen zu ihr, doch noch wollte sie nicht die Richtung ändern.

Irgendwann, als sie schon nicht mehr wusste, wie lange sie bereits unterwegs war, vernahm sie aus einem Seitentunnel einen ohrenbetäubenden Lärm. Das Schlagen auf Metall, das in ihren Ohren klingelte, doch da war noch ein anderes Geräusch, das so furchtbar war, dass es ihr die Nackenhaare aufstellte. Laute, die kein ihr bekanntes Lebewesen von sich geben konnte und die von ungeheuren Qualen kündeten.

Vinae hatte die Wahl. Entweder schlug sie diesen Weg zu dem matt rötlichen Licht und dem Lärm ein, oder sie ging weiter, dorthin, wo in einiger Entfernung die metallene Klinke einer Tür in der Dunkelheit schimmerte. Angst und Neugier zogen sie gleichermaßen zu dem Licht, doch die verlassene, scheinbar harmlose Tür hatte sie in ihren Bann gezogen. Was verbarg sich dahinter? Bisher waren die Tunnel immer ineinander übergegangen, doch hier war plötzlich eine Tür. Warum?

Ohne länger darüber nachzudenken, ging sie darauf zu, drückte die Klinke herunter und holte überrascht Luft, als die Tür – zwar laut quietschend – aufschwang.

Vorsichtig schob Vinae sich durch den Spalt, lauschte und versuchte, etwas zu erkennen. Irgendwo tropfte leise Wasser, und auch hier huschten Ratten herum, doch zu sehen war kaum etwas. Der Gang, der sich anschloss, führte sie geradeaus, bis er plötzlich eine Biegung machte und Vinae sich in einem schummrig beleuchteten Gewölbe wiederfand.

Als Erstes sah sie das rostige Gitter schimmern, das den Raum vor ihr teilte, offensichtlich eine Zelle, was hier unten in den Verliesen nicht ungewöhnlich war. Es handelte sich um weiß leuchtende Kristalle, in der Größe einer Faust, die in den Winkeln der Zelle lagen und den Raum in fahles Licht hüllten.

»Hallo?« Vinae trat einen vorsichtigen Schritt weiter in den feucht-modrigen Raum. »Ist jemand hier?« Ihre Stimme klang in dieser Leere fremd und ungewöhnlich laut. Nach einem weiteren Schritt blieb sie stehen, weil sie eine Bewegung zu sehen geglaubt hatte. »Hallo?«

»Eine seltene Seele«, drang plötzlich die raue Stimme eines Mannes aus der Dunkelheit, die sie zusammenfahren ließ. »So reine Seelen gibt es nicht sehr häufig.«

»Verzeihung.« Vinae bemühte sich, wieder normal zu atmen. »Wer ist da?« Sie kniff ihre Augen leicht zusammen, doch selbst durch den Schein des weißen Lichts konnte sie nichts erkennen. »Wie ist Euer Name?«

»Mein Name?« Der Mann lachte. »Ich habe keinen Namen.«

Vinae ging noch ein Stück näher, warf noch einmal einen misstrauischen Blick auf die Kristalle und sah wieder zurück in die Richtung, aus der die Stimme gekommen war. Es gab nur wenige Schatten, und doch gelang es ihm, sich in einem zu verbergen. »Ihr müsst doch einen Namen haben.« Vinae überflog mit ihren Blicken die Zelle, die vollkommen leer zu sein schien. Noch nicht einmal eine Decke oder ein Wasserkrug waren zu sehen. »Wie werdet Ihr genannt?«

Wieder ein leises Lachen. »Die Welt hat mich vergessen«, antwortete der Fremde. »Wer sollte mich mit einem Namen ansprechen wollen?«

»Wie lange seid Ihr bereits hier?« Das Entsetzen war ihrer Stimme anzumerken. Vielleicht hatte der arme Mann seinen Namen in der Zeit der Gefangenschaft vergessen. Den Fürsten wäre alles zuzutrauen, wenngleich Vinae nicht verstand, weshalb sie jemanden so tief in den Kellern einsperren sollten – von magischen Barrieren geschützt.

»Welches Jahr haben wir denn?«, fragte er, woraufhin Vinae ihm die Zeit nannte, die seit Anbeginn des neuen Zeitalters verstrichen war. Es war das fünfundachtzigste Jahr des vereinten Elvions, was den Mann laut seufzen ließ.

»Ja, so lange bin ich schon hier«, sagte er. »Ich dachte, es wäre länger.« Er lachte gequält auf. »Und hast du einen Namen, reine Seele, oder wirst du nach dem benannt, was dich ausmacht? *Reine Seele.*«

Vinae kämpfte gegen das unangenehme Gefühl, angestarrt zu werden. Sie spürte die bohrenden Blicke, die aus der Dunkelheit nach ihr zu greifen schienen.

»Mein Name ist Enra«, antwortete sie. Ein leises Gefühl beschlich sie, dass sie ihren richtigen Namen nicht verraten sollte. Vielleicht auch, um vor Daeron zu verbergen, dass sie jemals hier gewesen war.

»Enra.«

»Ja, ich arbeite in der Küche.« Vinae blickte angestrengt in die Dunkelheit und wich, einen Aufschrei kaum unterdrückend, einen Schritt zurück, als der Gefangene plötzlich vor ihr am Gitter erschien, als wäre er aus den Schatten geflossen. Er sah sie aus goldgelben Augen an und war selbst für einen Elfen ungewöhnlich hochgewachsen. Die schwarze Kleidung zeigte keine Spuren von Schmutz oder Rissen, einzig das blonde Haar war kurz und struppig und sah aus, als hätte man Asche darunter gestreut. Dann erkannte Vinae, dass es tatsächlich kein Schmutz war, sondern diese blondgraue Farbe hatte.

»Eine Lüge«, knurrte der Gefangene. »Wieso lügst du mich an, du wunderschöne Seele?«

»Ich … Ich lüge nicht.«

Der Fremde legte seinen Kopf etwas schief und lächelte, was trotz der sanften Züge schaurig wirkte. »Jetzt fürchtest du dich«, sagte er rau. »Das musst du nicht. Ich bin doch eingesperrt.«

»Wieso?«, fragte sie, um Fassung bemüht. »Was habt Ihr verbrochen?«

Ein schreckliches Lachen hallte durch das Gewölbe. »Seit wann muss man in diesem Land etwas verbrechen, um eingesperrt zu werden?« Er zeigte auf die Kristalle. »Manchmal reicht die bloße Existenz schon aus.«

»Es tut mir leid.« Vinae ging wieder etwas näher. Sie durfte sich nicht so furchtsam benehmen. Der Mann war unheimlich, doch was war schon anderes zu erwarten, wo er bereits so lange eingesperrt war? »Ich wollte Euch nicht beleidigen.«

»Das hast du nicht, schöne Seele.« Es war, als blicke er mit den goldenen Augen tatsächlich bis in ihr Innerstes und fessele sie an Ort und Stelle. »Macht wird hier nun einmal nicht gerne gesehen. Sie fühlen sich leicht bedroht.«

»Sie? Die Fürsten?«

»Ach, diese beiden!« Der Fremde lehnte sich kopfschüttelnd an die Wand und rutschte daran zu Boden. »Die sind harmlos.«

Vinae ging auf ihn zu und kniete sich vor die Zelle, von wo aus sie ihn zwischen den Gitterstäben hindurch ansah. »Ihr seid ein Magier«, flüsterte sie und warf noch einen Blick auf das weiße Leuchten des Kristalls neben ihr, welches das Gesicht des Fremden in Licht und Schatten teilte. »Ein sehr mächtiger Magier.«

»Vermutlich.« Er lächelte sie an. »Wer weiß das schon.«

»Nun, Ihr müsst mächtig sein, wenn Ihr auf diese Weise festgehalten werdet.«

»Vermutlich.«

»Und schon so lange.«

»Ja.« Sein bohrender Blick war kaum noch auszuhalten, und er hatte etwas ... *Hungriges.*

Die Augen hielten sie in ihrem Bann. Das Gold wurde von einem schwarzen Ring umrandet, und die Pupillen waren ungewöhnlich schmal, senkrechte Schlitze, die den Gefangenen noch sonderbarer aussehen ließen, jedoch auch eine gewisse Anziehungskraft besaßen.

»Wo kommt Ihr her?«, fragte Vinae.

»Du stellst viele Fragen, schöne Seele, dafür, dass du mir noch nicht einmal deinen Namen nennst.«

»Mein Name ist Enra.«

Wieder lachte er auf diese düstere Weise. »Du bist es, die von meiner Macht überzeugt ist. Dann vertraue mir, wenn ich sage, dass ich sehe, wenn du lügst. Aber bleibe nur dabei, *Enra.*« Er streckte sich und lehnte seinen Kopf gegen die Wand, ohne jedoch seinen Blick von ihr zu nehmen.

Vinae wog inzwischen die Möglichkeit ab, ob es sich bei dem Fremden vielleicht um einen Dunkelelfen handeln könnte. Dieses Volk besaß schließlich die Gabe des Gedankenlesens, wenn auch nur bei Menschen. Außerdem verfügten sie über ein geringes Maß an Magie und konnten daher nicht als besonders mächtig angesehen werden. Oder war der Gefangene ein Drachenelf? Vinae hatte in ihrem Leben erst eine einzige Drachenelfe gesehen, doch dieses Volk verfügte über starke mentale Fähigkeiten.

»Ich sehe noch viel mehr«, unterbrach der Fremde ihre Gedanken. »Ich kenne all die Seelen, die sich hier über mir bewegen. Du wärst mir aufgefallen. Du lebst nicht im Schloss.«

»Doch«, antwortete sie, »seit kurzem.«

»Siehst du – dies entspricht wiederum der Wahrheit.«

»Wie macht Ihr das?«, fragte Vinae immer noch etwas verängstigt, zugleich jedoch auch fasziniert. »Ist es eine Gabe oder eine Art Zauber?«

»Es ist meine Natur.« Er zwinkerte ihr zu. »Und jetzt erzähl mir, was jemand wie du hier unten zu suchen hat.«

»Ich habe mich verlaufen.«

»Ah, ah, ah.« Er hob den Zeigefinger und schüttelte ihn tadelnd. »Bewahre nur deine Geheimnisse, aber lüge mich nicht an.«

»Aber es ist die Wahrheit. Ich hatte kein besonderes Ziel. Ich bin auf der Suche.«

»Wonach?«

»Das …« Vinae lächelte zum ersten Mal, seit sie hier unten war, »… ist mein Geheimnis.«

Der Fremde lachte. »Jetzt verstehst du, wie das Spiel hier läuft, auch wenn ich zugeben muss, dass du mich neugierig machst, meine schöne Seele.«

»Wieso nennt Ihr mich immer so?«

»Irgendwie muss ich dich doch nennen, wenn du mir deinen wahren Namen nicht verraten willst. So nenne ich dich nach dem, was ich sehe.«

»Und wie soll ich Euch nennen, Fremder? Etwa Schatten?«

Der Gefangene nickte lachend. »Das gefällt mir, wo ich doch die Schatten dem Licht vorziehe und hier unten wohl selbst zu einem geworden bin.«

»Dann will ich Euch Gregoran nennen – den sehenden Schatten –, bis Ihr Euch an Euren wahren Namen erinnern könnt.« Sie rutschte noch ein Stück näher, hielt jedoch mitten in der Bewegung inne, als sein Blick plötzlich *intensiver* wurde. Hungriger.

»Wieso fürchtest du dich?«, fragte er und schürte ihr ungutes Gefühl mit dieser Frage nur noch weiter. »Ich bin doch nur ein hilfloser Gefangener.«

»Verzeiht.« Vinae schüttelte den Kopf. »Ihr habt etwas an Euch. Ich kann es nicht beschreiben.«

Gregoran nickte langsam. »Ungewöhnliche Gaben und Macht wirken oftmals bedrohlich, deswegen bin ich wohl auch hier.«

Vinae blickte auf und verfluchte sich selbst für ihr dummes Verhalten. Er war ein Opfer der Fürsten wie so viele andere auch, und sie verhielt sich, als wäre er ein Verbrecher. »Ich scheine ein Talent dafür zu haben, Euch zu beleidigen.«

»Nein, meine schöne Seele, das tust du wahrlich nicht, und heute ist ohnehin ein guter Tag. Da bringt mich nichts so leicht aus der Ruhe.«

»Ein guter Tag? Inwiefern unterscheiden sich die Tage für Euch hier unten?«

»Nun. Die Fürstenhexe hat das Schloss verlassen und kommt auch nicht so bald wieder. Das, meine schöne Seele, bedeutet einen guten Tag.«

Meine Mutter?, hätte sie beinahe gefragt, doch sie konnte sich gerade noch zusammennehmen. »Ihr meint Meara Thesalis?«, fragte sie stattdessen. »Wie könnt Ihr wissen, dass sie fort ist?«

Gregoran knurrte. »Ich kenne ihre Seele. Ich kenne sie wie keine andere und spüre sie durch die dicksten Mauern, spüre sie hinaus bis in die Stadt.« Er sah Vinae an, und seine goldenen Augen schienen Funken zu sprühen. »Sie hat mich gefangen genommen, hierhergebracht. Sie hat mich gefoltert und … nein, du wunderschöne Seele, das ist nichts für deine unschuldigen Ohren.«

Vinae holte tief Luft. Natürlich waren die Taten ihrer Mutter keine Überraschung, und doch war sie ein ums andere Mal erschüttert. »Ich kenne die Grausamkeiten dieses Landes«, sagte sie mit Bitterkeit in der Stimme. »Meine Augen und Ohren haben nichts Unschuldiges mehr an sich.«

Gregoran kniff seine Augen etwas zusammen. »Erstaunlich«, sagte er und maß sie mit seinen Blicken. »Du sprichst die Wahrheit, und doch hat deine Seele nicht den geringsten Schaden an den Schrecken dieses Landes genommen. Du bist die Unschuld selbst.«

»Ihr seid Euch so sicher.« Vinae wusste nicht, ob sie verlegen oder verängstigt sein sollte.

»Natürlich bin ich mir sicher«, antwortete er ernst, »und ich lüge niemals, meine schöne Seele.«

»Und Ihr wisst tatsächlich, wann Meara Thesalis hier ist und wann nicht?« Niemals zuvor hatte sie von solch einer Fähigkeit gehört.

»Ja, gewiss. Ich habe sie mir eingeprägt in all den Stunden ...« Er hielt einen Augenblick lang inne und sah sie prüfend an, ehe er fortfuhr. »In all den Stunden der Qual.«

»Was hat sie Euch angetan?« Sie war nicht sicher, ob sie die Antwort hören wollte, doch andererseits musste sie die Wahrheit über ihre Mutter wissen.

Gregoran lehnte seinen Kopf an die Wand und seufzte. »Sie hat mir meine Macht genommen«, antwortete er bitter. »Sie und die Fürsten haben sich in ihrer Gier an mir bedient. Als hätten sie nicht genug davon. Glaub mir, meine schöne Seele, sie haben mich ausgesaugt, mir alles genommen, was mich ausmacht, und doch fürchten sie immer noch meine Rache und halten mich hier mit den magischen Barrieren gefangen.«

Vinae konnte nichts sagen. »Es tut mir so leid«, hauchte sie dann nach einer Weile und konnte immer noch nicht fassen, welcher Frau sie ihr Leben verdankte.

»Ich halte nichts von diesen Worten«, antwortete Gregoran abwinkend, als er jedoch ihren erschrockenen Ausdruck sah, hob er seine Hand und fuhr fort. »Doch da du sie mit solcher Ehrlichkeit aussprichst, sage ich dir meinen Dank dafür. Ich sage dir aber auch, dass es dir nicht leidtun muss. Der Tag der Rache wird kommen. Ich habe mir ihre Seele gemerkt, und wenn es so weit ist, wird sie sich nicht verstecken können. Ich werde sie töten und alle, die daran beteiligt waren. Das Geschlecht der Thesalis wird ausgelöscht, ausnahmslos.«

Der Hass seiner Worte ließ sie schaudern. Es war richtig gewesen, ihm nicht ihren wahren Namen zu verraten.

»Ich mache dir ja schon wieder Angst.« Der Fremde lachte. »Du musst dir keine Sorgen machen, schöne Seele. Du warst an den Gräueln vor vierundachtzig Jahren nicht beteiligt.«

»Zur Zeit des Wiedervereinigungskrieges? Da war ich noch nicht geboren.«

»Darüber solltest du dich glücklich schätzen.«

»Ja, scheint so.« Vinae wusste von der Grausamkeit dieser Zeit und auch, welche Rolle ihre Mutter dabei gespielt hatte. Wer konnte schon ahnen, wie viele Magier und Gefangene sie damals gequält hatte?

»Ich bin nur kein Freund von Rache«, erklärte sie und versuchte, sich ihre Bestürzung nicht allzu sehr anmerken zu lassen.

»Nein, das bist du nicht. Aber ich werde mir auch deine Seele merken.«

Vinae blickte auf. »Ach ja?« Wieder befiel sie eine Mischung aus Misstrauen und Verlegenheit.

»Natürlich. Solch eine Seele vergisst man nicht so schnell.«

»Dann werdet Ihr wissen, wenn ich wiederkomme. Denn ich werde wiederkommen, Gregoran und … ich kann etwas mitnehmen. Bekommt Ihr genug zu essen? Braucht Ihr Medizin?«

Gregoran lachte. »Du könntest auch einfach einen davon wegnehmen«, sagte er und deutete auf die Kristalle. »Schiebe sie einfach etwas zur Seite, und du kannst dich einer guten Tat erfreuen.«

Vinae sah ihm in die Augen, und erneut hatte sie das Gefühl, dass sein Blick mit einer Kraft in sie eindrang, die sie beinahe willenlos machte. Noch vor wenigen Tagen hätte sie nicht gezögert. Niemand verdiente es, hier unten so lange eingesperrt zu sein, gleichgültig, welches Verbrechen verübt worden war, und es wäre nicht das erste Mal, dass sie einen Gefangenen befreit hatte, doch Daeron würde sofort wissen, dass sie es gewesen war, und seine Drohung war mehr als deutlich gewesen.

»Das kann ich nicht«, sagte sie seufzend. »Es tut mir leid.«

»Du kannst nicht?« Der Fremde beugte sich blitzschnell zu ihr vor, so dass Vinae vor Schreck aus ihrer knienden Position zurückfiel. »Willst du zusehen, wie ich hier zugrunde gehe? Sie lassen mich verhungern, lassen mich hier allein in der Dunkelheit zurück und vergessen mich.«

»Es tut mir leid.« Ihre Stimme zitterte erneut. Selbst wenn Daeron ihr nicht gedroht hätte – sie würde den Fremden nicht befreien. Diese Augen, dieser lodernde Zorn! Er machte ihr Angst. »Ich kann Euch zu essen bringen«, versuchte sie den Gefangenen zu beruhigen. »Ich kann zu Euch kommen, mit Euch sprechen.«

»Verschwinde!«

»Die Fürsten würden andere für Euer Entkommen bestrafen. Bitte versteht ...«

»Du sollst verschwinden!«

Vinae sprang auf und taumelte angesichts der goldgelben Augen, die, wie ihr schien, einen Moment lang rot geglüht hatten, ein paar Schritte zurück. Mit wild klopfendem Herzen sah sie ihn noch einen Moment lang an, ehe sie sich umdrehte und fortlief. Sie blieb nicht stehen – erst als sie die Tür hinter sich geschlossen hatte, wagte sie es innezuhalten. Sie lehnte sich dagegen und atmete tief durch.

Wer auch immer dieser Elf war, er war mehr als nur ein Magier. Und er hasste ihre Mutter. Daran bestand kein Zweifel.

Vinae strich sich die gelösten Haarsträhnen zurück und ging mit weichen Knien weiter. Die qualerfüllten Laute und der Lärm des Metalls hallten immer noch aus jenem Tunnel, an dem sie vorhin vorbeigegangen war, aber sie wagte es nicht, diesem Gang zu folgen. Sie würde wiederkommen, doch für diesen Tag hatte sie genug.

Da sie nicht wusste, welchen Weg sie gekommen war, hielt

sie sich stets an den Haupttunnel. Wie auf ihrem Hinweg sah sie immer öfter Licht aus manchen der Seitengänge schimmern, und als sie bereits einige Zeitlang unterwegs war und sich einigermaßen beruhigt hatte, entschloss sie sich, doch noch nachzuprüfen, was es damit auf sich hatte.

Vorsichtig, um kein Geräusch zu verursachen, näherte Vinae sich dem rötlichen Schein eines Seitenganges. Der Gang führte nicht besonders weit vom Haupttunnel fort, und beim Näherkommen hörte sie auch dieselben Geräusche wie vorhin vor der Tür zu dem Magier. Es waren das Schlagen auf Metall und die schmerzverzerrten Geräusche irgendeines Lebewesens, das sie nicht erkennen konnte.

Der Gang machte eine leichte Biegung, nach welcher der Lärm ihr bereits so laut entgegenschlug, dass sie nur schwer dem Drang widerstand, ihre Hände auf die Ohren zu pressen. Vinae erkannte in einiger Ferne die Wände einer riesigen Höhle, über die unzählige verzerrte Schatten im roten Licht tanzten. Mit nun etwas schnelleren Schritten trat sie aus dem Tunnel auf eine schwindelerregend hohe Plattform und erstarrte, als sie in die Tiefe blickte.

Dieser Ort war größer, als Vinae es sich jemals hätte vorstellen können. An den Seitenwänden erkannte sie mehrere Ausgänge als schwarze Löcher in den Wänden, von denen Treppen hinabführten. Jeder der Tunnel, an denen sie vorbeigekommen war, musste hierher führen. Das Schloss hätte hier mit Sicherheit zweimal hereingepasst, und doch war es nicht das gewaltige Ausmaß dieses Ortes, dass ihr Herz beinahe stehen blieb.

Mit bleiernen Beinen ging Vinae die wenigen Schritte bis zum Geländer der Plattform und starrte auf das Grauen hinab. Sie musste sich festhalten, um nicht zusammenzubrechen.

Ein halbes Dutzend Drachen lagen in geringem Abstand

nebeneinander, mit Ketten an den Boden gefesselt, und selbst in diesem Zustand waren sie noch riesig, höher als ein einfaches Haus. Sie waren es, die diese fürchterlichen Schmerzenslaute von sich gaben, während eine Vielzahl von Elfen über metallene Gerüste auf ihre Rücken kletterte und … Vinae hatte das Gefühl, zu ersticken.

Mit gebogenen Klingen lösten die Elfen die smaragdgrün funkelnden Schuppen von den Panzern und legten damit das bloße Fleisch frei. An den Seiten, an den kurzen, stämmigen Beinen, überall schoben die Elfen die bluttriefenden Klingen unter die Drachenhaut und trennten sie ab.

Qualmender Rauch stieg aus den Nüstern der Drachen, doch sie schienen selbst zu kraftlos zu sein, um auch nur ihre Köpfe zu heben, während sie dieses schwere Stöhnen von sich gaben, in dem ein herzzerreißender Schmerz lag. Die schimmernden Zacken, die vom Kopf wie eine Krone den Hals der Tiere hinabführten, wurden abgesägt. Die lederartigen Flügel – ähnlich denen von Fledermäusen – waren mit Haken durchschlagen, durch die sie mit Seilen hochgezogen wurden, um den Zugang zum Panzer zu erleichtern.

All das geschah an jenem Ende der Höhle, in dessen Nähe Vinae den Tunnel vermutete, der kurz vor der Tür zu Gregoran endete. Dort war der Lärm am deutlichsten zu hören gewesen. Direkt unter ihr befand sich noch einmal dieselbe Anzahl von Drachen, zusammengepfercht in einem Käfig. Zwischen ihnen befanden sich Drachenelfen, die entweder reglos dalagen oder sich unter den Schmerzen wanden, während sich auf magische Weise ihre Haut auflöste. An der ihr gegenüberliegenden Seite sah Vinae unzählige Brennöfen und Elfen, die mit ihren Hämmern auf die Drachenschuppen einschlugen und sie formten. Hunderte Elfen in schlichten schwarzen Gewändern liefen in der Tiefe umher.

Vinae hatte geglaubt, bereits jede Grausamkeit gesehen zu haben, doch die Tatsache, dass es Elfen gab, die zu so etwas fähig waren, brach ihr schier das Herz.

»Eindrucksvoll, meinst du nicht?«

Vinae rührte sich nicht. Sie hätte erschrecken können, schließlich war die bekannte Stimme direkt an ihrem Ohr erklungen, doch sie starrte immer noch auf dieses Bild der Abscheulichkeit, während sich eine Hand auf ihre Schulter legte.

»Es ist barbarisch«, flüsterte sie, auch wenn sie wusste, dass der Lärm diese Worte verschlingen würde. Sie war nicht in der Lage, sich zu wehren, als sie herumgedreht wurde, und Daeron sie die Stufen hinabführte. Mehr noch, sie musste sich sogar an ihm festhalten, um nicht zu stürzen. Sie sah die trüben Augen der Drachen und spürte die Hitze der Brennöfen und des Drachenatems. Daeron führte sie zwischen aufgestapelten Rüstungsteilen hindurch und schließlich durch eine Tür in einen verlassenen Kellerraum, aus dem ein weiterer Tunnel abzweigte, der durch Fackeln in Halterungen an den Wänden erleuchtet wurde.

Vinae begriff, dass sie trotz des Schreckens ruhig bleiben und nachdenken musste. Sie war hier im Schloss, um Informationen zu bekommen, und musste die Fürsten von ihrer Loyalität überzeugen. Ardemir und die anderen verließen sich auf sie. Nicht auszudenken, wie die Königin Aurün auf diese Schreckensnachricht reagieren würde. Doch es waren nur zwölf Drachen hier. Wo waren die anderen? Es müssten Hunderte sein.

Nie zuvor war ihr Daerons Gegenwart mehr zuwider gewesen, und doch brauchte sie ihn.

»Ich habe nach Euch gesucht«, sagte sie, als sich die Tür zum Schrecken hinter ihr schloss und der Lärm nur noch dumpf zu ihnen drang.

Daeron drehte sich zu ihr um und musterte sie mit den bernsteinfarbenen Augen, die um einiges dunkler als jene des mysteriösen Magiers waren. »Hier?«, fragte er kühl und machte keine Anstalten, weiterzugehen.

»Ja.« Es fiel ihr nicht schwer, betroffen auszusehen, da das Entsetzen immer noch tief in ihren Knochen saß. »Ich konnte nicht schlafen, fand einfach keine Ruhe. Ich musste mit Euch sprechen, Fürst Daeron. Ich dachte, Ihr würdet in Euren ...«, sie hielt inne und überlegte, wie sie seine Giftkämmerchen nennen sollte, »... Arbeitsräumen sein. Es beschäftigte mich, wie wir auseinandergegangen sind. Ich ...« Sie atmete tief ein. Diese Worte kosteten ein beinahe unmögliches Maß an Überwindung. »... möchte mich bei Euch entschuldigen, Fürst. Ich habe übertrieben reagiert. Ihr behandelt mich stets besser, als ich es verdiene, schenkt mir so viel Güte, und ich ...« Sie breitete hilflos die Hände aus. Sie verlor bewusst kein Wort über die Drachen, denn zuerst musste sich sein Zorn legen. Hier geschah ein fürchterliches Verbrechen, doch indem sie es verurteilte, würde sie nichts erreichen.

»Du warst nicht allein, Vinae«, sagte Daeron immer noch genauso gefühllos.

»Sie waren plötzlich fort«, antwortete sie, auch wenn ihr klar war, dass er bereits einen anderen Bericht von den Schlangenschilden erhalten hatte. »Ich habe nicht auf sie geachtet. Ich war mit meinen Gedanken bereits bei Euch. Ich wollte Euch finden und habe mich hier verirrt. Es war bestimmt nicht ihre Schuld. Bei all diesen engen Biegungen und Abzweigungen. Bitte verzeiht mir! Ich habe Licht gesehen und bin darauf zugegangen, und da habt Ihr mich auch schon gefunden.«

Er sah sie immer noch genauso ernst an, und doch konnte sie erkennen, dass sein Blick etwas weicher wurde. Es war beinahe mitanzusehen, wie sehr sein Verstand mit dem Herzen rang. Natürlich wusste er, dass sie log, schließlich kannte er sie gut genug, und doch war da noch sein Herz, das daran glauben wollte, dass sie tatsächlich zu ihm gewollt hatte. Und diese Stimme in seinem Inneren musste sie nutzen. Diese Stimme war das Einzige, was sie hier bisher hatte überleben lassen.

Vinae fühlte sich keineswegs wohl dabei, seine Gefühle dermaßen zu benutzen, doch welche andere Wahl hatte sie?

»Ich will keinen Streit mit Euch«, sagte sie noch einmal und sah ihm tief in die Augen. »Ich weiß, Ihr wollt nur das Beste für mich.«

»In Zukunft fragst du eine der Wachen, wenn du mit mir sprechen willst, Vinae. Sie wissen, wo ich mich aufhalte.«

»Ja. Es tut mir leid. Ich finde mich hier noch nicht richtig zurecht.« Sie musste unwillkürlich an Gregoran denken, der genau wusste, wann sie log. Zu ihrem Glück verfügte Daeron nicht über solch eine Gabe, und solange Fürst Menavor und ihre Mutter fort waren, war Daeron auch empfänglicher für ihre geheuchelten Worte. »Ich werde jetzt in mein Zimmer gehen«, sagte sie aufgelöst. »Ich bin verwirrt.« Sie ging auf ihn zu und strich dann an ihm vorbei. Sein Ausdruck war immer noch skeptisch, doch spätestens in ein paar Augenblicken würde er alle Zweifel vergessen. Sie kannte ihn und wusste, wie sie mit ihm umgehen musste. In all den Jahren der unerwünschten Liebesbekundungen hatte sie gelernt, wie sie sich verhalten musste, wenn es notwendig war, ihn auf ihre Seite zu ziehen.

Vinae hasste es, dermaßen berechnend zu sein, doch der Gedanke an die gefangenen Drachen und daran, dass Daeron vermutlich das gesamte Volk der Drachenelfen auf diese Weise quälte, ließ sie immer weitermachen.

Daeron hielt sie wie erwartet auf. Die Gefahr, sie könnte in diesem weinerlichen Zustand von ihm fortgehen, ließ seine Skepsis sofort erlöschen. Und nun war der Zeitpunkt gekommen, die Drachen zur Sprache zu bringen. Würde sie es nicht tun, käme das Misstrauen sofort zurück, schließlich kannte auch er sie.

»Was ist los?«, fragte er sanft.

Vinae schloss die Augen, wappnete sich, als er sie zurückzog und sie zu sich umdrehte. Sie atmete tief durch und versuchte die Abscheu zu unterdrücken, ehe sie zu ihm aufblickte. »Ich wusste nicht, dass Ihr Drachen gefangen haltet«, presste sie hervor. »Ich weiß nicht, was ich davon denken soll. In der Stadt erzählt man sich …«

»Was, Vinae? Was erzählen die Leute?«

Sie konnte förmlich spüren, wie ihr Blick erkaltete, und war nicht in der Lage, es zu verhindern. »Das gesamte Volk der Drachenelfen ist verschwunden«, sagte sie. »Niemand weiß, was mit ihnen geschehen ist, und es ist allgemein bekannt, dass Ihr die Orakel nicht besonders schätzt.«

Daeron lachte. Er warf seinen Kopf zurück und legte die Hand an die Stirn, während sein Gelächter von den Wänden widerhallte.

»Ach, süße Vinae.« Er schüttelte den Kopf. »Das ist phantastisch, wirklich. Deine jugendlichen Gedanken. Auf welche Ideen du kommst! Die Feldarbeiter reden von Gerüchten, und du musst nur ein paar Drachen sehen, um zu glauben, ich würde ein gesamtes Volk entführen. Ich weiß nicht, ob ich mich geschmeichelt oder beleidigt fühlen sollte, dass du mir so etwas zutraust.«

»Ich habe sie gesehen. Ihr haltet sie fest und …« Sie ballte ihre Hände zu Fäusten und grub die Nägel in die Handflächen. Sie durfte sich nicht vergessen. Ihr Tonfall war bereits zu schrill.

»Du hast ein paar Drachen gesehen«, sagte Daeron nun wieder ernst, »die bereits seit mehreren Hundert Jahren hier sind – wenn nicht noch länger. Die Produktion von …«

»Produktion?« Vinae biss sich auf die Unterlippe und schloss ihre Augen, um wieder einmal ruhig einzuatmen. »Diese Drachen leben«, fuhr sie nun wieder etwas gefasster fort, »Ihr quält sie für Rüstungen, die niemand braucht.«

»Da irrst du dich, Vinae. Bevor die Königin Liadan – sie möge ein langes und glückliches Leben führen – den Handel mit den Menschen verbot, war diese Art der Rüstungen sehr gefragt. Und jetzt ...« Er schüttelte bedauernd den Kopf. »Die aktuellen Ereignisse beweisen leider, dass die Schuppenpanzer mehr vonnöten sind, als wir möchten. Ich habe von den Angriffen gehört, und die Ritter der Königin müssen sich schließlich schützen. Alle Krieger sollten solch einen Panzer tragen, das hat uns die Vergangenheit gelehrt. Die Drachen sind ein kriegerisches Volk, Vinae. Sobald die politische Lage unter den Elfen instabil wird, versuchen sie, einen Vorteil daraus zu ziehen. Du bist noch zu jung, um zu wissen, wie schrecklich die Drachenkriege nach der Teilung Elvions waren. Aber sie haben die Situation der einstigen Königin Alkariel auch damals sofort ausgenutzt.«

»Die Königin Liadan würde dies niemals billigen«, sagte Vinae, da sie viel zu bestürzt war, um noch einen klaren Gedanken zu fassen. »Wenn sie davon wüsste ...«

»Natürlich weiß sie davon. Was glaubst du, woher sie die Rüstungen für ihre Silberritter bekommt, die im Moment gegen die Drachen kämpfen?«

»Nein.« Das konnte nicht stimmen. Die Königin wäre niemals dermaßen grausam. Das war unmöglich. Ardemir und auch Nevliin waren ihre Ritter, und sie kämpften gegen Drachen. Sie wussten bestimmt nichts davon. »Sie leben«, flüsterte sie und sah immer nur die Bilder der trostlosen grünen Augen und der sich windenden Elfen.

»Sie spüren kaum etwas.« Daerons Finger berührten ihre

Wange, doch Vinae wich so schnell zurück, als hätte er sie geschlagen.

»Wie könnt Ihr so etwas sagen?« Ihre Stimme gehorchte ihr nicht mehr. An Spielchen konnte sie keinen Gedanken mehr verschwenden. Wie sollte sie gegen die Grausamkeit kämpfen, wenn selbst die Königin, Ardemir und alle anderen darin verwickelt waren?

»Sie sind betäubt«, hörte sie Daerons Stimme, während sie mit einem mechanischen Kopfschütteln den Boden anstarrte. »Stark betäubt, Vinae. Du weißt, ich verstehe mich auf ...«

»Gifte?« Ihr Kopf ruckte hoch. »Damit sie sich nicht wehren können?«

»Ja. Zum Schutze der Arbeiter. Du kennst das Drachenfeuer nicht, Vinae. Sie würden die Elfen, ohne zu zögern, töten, wir jedoch lassen die Drachen am Leben. Der Panzer wächst wieder nach, heilt ...«

»Bis ihr ihn wieder nehmt!«

»Richtig. Auf diese Weise sind nicht viele Drachen vonnöten. Die Produktion hält sich zwar in Grenzen und ist sehr zeitaufwendig, aber wir nehmen nicht mehr, als wir unbedingt brauchen.«

Vinae wurde übel. Sie musste sich auf ihre Atmung konzentrieren. Wie konnte Daeron sein Werk auch noch als nobel darstellen? Wie konnte solch ein Leid von all den anderen übersehen werden? Leider war sie auch, was das Verschwinden der Drachenelfen anging, keinen Schritt weitergekommen. Auch wenn es Daeron war, glaubte sie seine Geschichte. Es passte zu ihm, seinem Bruder und ihrer Mutter. Vinae war hier im tiefsten Inneren des unterirdischen Reiches des Sonnentals, und von Aurüns Volk war keine Spur zu finden – bis auf diese armen Seelen, die seit Jahrhunderten gequält wurden. Sie musste etwas unternehmen. Doch was konnte sie tun, ohne andere in Gefahr zu bringen? Daeron war nicht dumm. Er würde jeden Befreiungsversuch sofort durchschauen, genauso wie bei Gregoran.

»Verzeiht mir.« Vinae bemühte sich, wieder aufzusehen. »Ich bin müde. Ich möchte in mein Gemach.«

»Natürlich.« Daeron wies in den hell erleuchteten Gang. »Dieser Weg ist bestimmt angenehmer als diese dunklen Bauten, die niemand mehr benutzt.«

»Ja.« Sie würde sich jeden Schritt merken, um zurückzufinden. »Ich bin froh, dass Ihr mich gefunden habt.«

»Vinae.« Er legte seine Hand unter ihr Kinn und hob ihren Kopf, so dass sie gezwungen war, ihn anzusehen. »Wir leben in keinem Märchen«, sagte er in einem Ton, als wolle er sie trösten. »Als Fürst trage ich Verantwortung. Es gilt, das Land und seine Bewohner zu beschützen und sie zu verteidigen, wenn nötig. So wie jetzt. Dazu bin ich manchmal zu Taten gezwungen, die auf den ersten Blick grausam erscheinen, aber wenn du älter bist, wirst du verstehen, dass sich Gewalt nicht immer vermeiden lässt. Diese Welt funktioniert nun einmal auf diese Weise. Die Starken vernichten die Schwachen, und wir können nichts anderes tun, als uns diesem Gesetz zu beugen und zu versuchen, zu den Starken zu zählen.« Er beugte sich vor und gab ihr einen Kuss auf die Wange, was sie reglos hinnahm. Sie kannte seine Phrasen allesamt auswendig. »Für dich ist alles noch schwarz oder weiß«, fuhr er mit einem Lächeln fort, das nichts von seiner gemeinen Seele preisgab. »Gut oder böse. Du wirst sehen, dass die Welt viel bunter sein kann.«

Vinae schob ihre Schultern etwas zurück und hob ihren Kopf, um ihm tief in die Augen zu sehen. »Keine Sorge, Fürst Daeron«, sagte sie mit all ihrer Bitterkeit. »Ich glaube schon lange nicht mehr an Märchen.«

Vom nächsten Tag an wurde sie von zwei neuen Schlangenschilden bewacht.

Eämon

Das Haus wirkte leer, was seltsam war, schließlich war niemand gegangen. Rosa, die Zwillinge und all die vielen Bediensteten waren immer noch hier. Einzig Ardemir brachte gemeinsam mit Aurün die Heilerin zurück nach Lurness, sie würden jedoch bald zurückkehren. Nevliin war unauffindbar, aber auch er konnte nicht weit sein, schließlich hatte er keinen Schlüssel zum Weltentor.

»Wo sind die Mädchen?«, fragte Eamon, als er zu Rosa an den Kamin trat und ihr einen Kuss auf die Stirn gab. Er war nervös, solange Nevliin sich in ihrer Nähe aufhielt, was ihn gleichzeitig schmerzte. Auch wenn an seinem Körper dank der Heilerin nicht ein Kratzer zurückgeblieben war, konnten die Verletzungen seiner Seele nicht ausgelöscht werden, und so fürchtete er auch schon die nächste Begegnung.

»Isla ist in der Küche«, antwortete Rosa und wies ihm den Stuhl ihr gegenüber, wo er sich seufzend niederließ, genauso wie an jenem Morgen vor zwei Tagen, als er vom Besuch der Elfen erfahren hatte.

»Und Mairi?«, fragte er, da ihm die kleinere der beiden im Moment größere Sorgen bereitete.

»Sie sitzt da draußen.«

Eamon drehte sich um und sah das rothaarige Mädchen durch die gläsernen Türen im grauen Licht des Abends auf der Terrasse. Sie sah wohl zu den aufgehenden Sternen hoch, da sie dort ans Geländer gelehnt am Boden saß und nach oben blickte.

»Dir geht es also wieder gut«, stellte Rosa fest und musterte ihn, als er sich ihr erneut zuwandte. »Du hast furchtbar ausgesehen.«

»Es tut mir so leid.«

»O nein, nicht schon wieder. Es ist nicht deine Schuld, Eamon … und auch nicht *seine*.«

»Es *ist* unser beider Schuld«, beharrte er. »Du hättest verletzt werden können oder eines der Mädchen.«

Rosa winkte ab. »Ach was«, schnaubte sie. »Mir sah es eher so aus, als wäre da etwas längst Überfälliges geschehen. Männer brauchen so etwas ab und zu. Genauso wie Wein. Das habe ich gehört.«

»Du bist viel zu gut für diese Welt, Rosa.« Er beugte sich vor und nahm ihre Hand. »Und viel zu gnädig. Du solltest uns alle hinauswerfen.«

»Wieso sollte ich das tun? Mir ist auf meine alten Tage ohnehin ständig langweilig.« Sie bemühte sich, gelassen zu wirken, aber Eamon konnte ihr ansehen, dass sie der *Streit* zwischen ihm und Nevliin stark mitgenommen hatte. »Wann werden denn deine Freunde wieder zurückkommen?«

»Ich vermute morgen früh. Sie werden wohl noch mit Liadan sprechen.«

»Und dann?«

Eamon legte seine zweite Hand auf ihre. »Werde ich mit ihnen gehen«, sagte er, und das verständnisvolle, gleichzeitig traurige Nicken war beinahe zu viel für sein malträtiertes Herz. »Ardemir wird jemanden mitbringen«, fuhr er fort. »Jemanden, der hier auf euch achtgibt, während ich fort bin. Bis ich wieder zurückkomme. Einen Ritter. Damit ich erfahre, wenn … etwas nicht in Ordnung ist.«

Wieder nickte Rosa, und in diesem Moment dachten sie beide dasselbe. Dass sie nicht wussten, wie lange er fort sein und ob sie bei seiner Rückkehr noch leben würde. Solche Gedanken waren ihm fremd, die Möglichkeit, jemanden an das Alter zu verlieren. Er würde sich niemals daran gewöhnen. Es wollte einfach nicht in seinen Verstand. Es schmerzte ihn so unsagbar, zu wissen, dass ihre Zeit ablief. Und doch konnte er nichts dagegen tun. Es war der Lauf des Lebens.

»Du solltest dir ein Mädchen suchen«, brach Rosa unvermittelt das Schweigen, vermutlich, um die bedrückte Stimmung zu heben. »Diese Drachenelfe würde gut zu dir passen.«

»Nein.« Eamon schüttelte seinen Kopf. »Wir sind gute Freunde.«

»Freundschaft ist doch schon einmal eine gute Basis. Und sie ist sehr hübsch und liebenswürdig und ...«

»Ja, das alles ist sie, aber ... Ich brauche niemanden.« Er drehte sich auf dem Stuhl herum, einerseits, um diesem Gespräch zu entgehen, andererseits, da er Mairis Stimme vernahm, ihre Worte jedoch nicht verstehen konnte. »Mit wem redet sie da nur?«, fragte er, da sie immer noch genauso dasaß und nach oben blickte.

»Ich nehme an mit Nevliin. Er sitzt da auf dem Dach.«

»Was?« Eamon sprang auf und wollte sofort zu ihr laufen, doch Rosa ließ ihn abrupt innehalten.

»Du bewegst dich nicht von der Stelle!« Ihre Stimme verfügte über einen Befehlston, der so gar nicht zu ihrer zerbrechlichen Erscheinung passen wollte.

Außer sich fuhr er wieder zu ihr herum und deutete zur Terrasse. »Sie redet mit Nevliin, Rosa!«

»Ich weiß. Außerdem redet sie nicht. Sie sitzt nur da, sagt hin und wieder etwas. Er ignoriert sie ohnehin.«

»Du wusstest es und bleibst seelenruhig da sitzen?«

»Wieso nicht?«

»Er ist gefährlich!«

»Ach was! Hör ihr doch einmal zu. Er würde doch einem kleinen Mädchen nichts tun.«

Eamon verzichtete auf den Einwurf, dass Vanora nicht viel älter gewesen war, als sie in einer Schlacht gekämpft und ihr Leben geopfert hatte. »Ich hole sie da jetzt weg, ehe noch ein Unglück passiert.«

»Das wirst du schön bleibenlassen.« Rosa machte Anstalten, aufzustehen, doch Eamon war sofort bei ihr und drückte sie wieder nieder.

»Du hast gesehen, was mit Isla war«, versuchte er, sie zur Vernunft zu bringen, doch er musste nur in die grünen Augen sehen, um zu wissen, dass es sinnlos war. Diese verdammten sturen grünen Augen!

»Lass sie mit ihm sprechen«, erwiderte sie ruhig. »Du kennst Mairi. Sie ist nicht Isla. Ich habe das Gefühl, sie kann mit ihm umgehen. Vielleicht besser als du.«

Eamon schnaubte und drehte sich auf dem Absatz um.

»Versprich, dass du sie in Ruhe lässt«, hörte er noch Rosa rufen, doch er ignorierte sie, wenn er auch nicht zur Terrasse ging, zumindest nicht direkt. Stattdessen lief er zum Hinterausgang, um das Haus herum und spähte schließlich wie ein feindlicher Spion um die Ecke, um zu hören, was vor sich ging, um gegebenenfalls einzugreifen.

Es war wie verhext. Er konnte nicht gegen Rosas Wunsch handeln, schon lange nicht mehr. Ihr Alter, ihre Erscheinung flößten ihm Respekt ein, obwohl sie in seinem Volk kaum als Erwachsene ernst genommen werden würde. Doch er würde sie beschützen – sie alle –, und dafür musste er Bedrohungen fernhalten.

»Mein Nacken tut mir schon weh«, hörte er Mairi sagen. »Wollt Ihr nicht endlich herunterkommen?«

Eamon lauschte, doch es kam wie erwartet keine Antwort.

Er wunderte sich nur, wieso Nevliin immer noch da war und sich von Mairi nerven ließ. Er hätte einfach fortgehen können, zurück zu den Klippen. Genau dieses Verhalten gab ihr wohl auch das Durchhaltevermögen. Er bestärkte sie ja geradezu in ihrem Vorhaben, was auch immer sie damit bezwecken wollte.

Die Versuchung, in ihre Gedanken einzudringen, war groß, doch er hatte sich selbst gegenüber einen Schwur geleistet, diese Fähigkeit niemals bei seiner Familie anzuwenden.

»Euer Pferd ist das schönste von allen«, unternahm Mairi einen erneuten Versuch, was Eamon noch einmal zu der Frage führte, wieso sie das tat, immerhin seit Stunden. Es stand doch fest, dass sie nichts erreichen würde. »Und ich mag den Namen«, fuhr sie fort. »Ihr dürft meine Schwester nicht ernst nehmen. Ich tue es ja auch nicht. Sie sieht nun mal nicht, wie stolz Schneeglöckchen auf diesen Namen ist. Ist das eigentlich Wein, was Ihr da trinkt?«

Eamon schnappte unwillkürlich nach Luft. Nevliin trank auch noch! Das würde ihn nur noch gefährlicher machen. Und wo um alles in der Welt hatte er den Wein her? Rosa! Natürlich. Sie alle verschworen sich hier, und er war dumm genug, nichts mitzubekommen. Was war das denn hier für sie? Eine Rettungsaktion der Menschen für den Elfenritter? Das war doch lächerlich.

»Ihr macht das oft. Das sieht schön aus.«

Eamon hatte keine Ahnung, wovon sie sprach, und deswegen wagte er es, sich etwas vorzulehnen und einen kurzen Blick auf Nevliin zu werfen, der tatsächlich am Vordach über der Terrasse saß und weiße Flammen um seine Hand züngeln ließ.

Niemals zuvor hatte Eamon so etwas bei ihm gesehen. Magie war einfach nichts, mit dem er Nevliin in Verbindung bringen konnte, genauso wenig wie die Silberrüstung oder die dunkle Kleidung, die er nun trug. Der Wein, der neben ihm stand, passte da schon besser ins Bild. Auch bei Nevliin waren die meisten Blessuren ihres Zusammenstoßes so gut wie verheilt, auch wenn er sich dazu keinerlei Magie bedient hatte. Doch das war nur der erste Blick. Unter seiner Kleidung waren bestimmt noch vereinzelte Spuren der Scherben zu sehen, die sich in ihre Körper geschnitten hatten.

»Ich kann Elfen nicht leiden«, sprach Mairi unterdessen weiter. »Das konnte ich noch nie. Aber Ardemir mag ich. Er ist völlig anders als Eamon. Der ist immer so ernst und streng. Doch das macht nichts. Er mag mich ja auch nicht.«

Eamon konnte nicht glauben, was er da hörte. Wie konnte sie so etwas sagen?

»Ihr mögt Eamon auch nicht, habe ich recht? Ehrlich, das wundert mich nicht. Hat er Euch auch immer Vorschriften machen wollen? Als wüsste er immer alles besser, nur weil er älter ist?«

»Ja.«

Eamon und Mairi rissen beide gleichzeitig die Augen auf.

»Ihr sprecht ja!« Mairi richtete sich etwas auf. »Ich war mir nicht sicher, ob Ihr versteht, was ich sage. Eamon meinte, Ihr würdet unsere Sprache sprechen, aber ich wusste es nicht genau. Ich habe zwar Eure Sprache gelernt, aber ich bin nicht gut darin.« Sie wartete einige Augenblicke, da er jedoch nichts sagte, fuhr sie – nun offensichtlich motiviert – einfach fort. »Ich kann auch gerne versuchen, in der Elfensprache zu reden, aber ich kann nicht versprechen, dass Ihr dann etwas versteht. Eamon meint, dass meine Aussprache eher der von Kobolden gleicht.«

Das war doch nur Spaß gewesen! Auf liebe Weise gemeint, um sie etwas zu necken! Isla hatte seine Scherze stets verstanden.

»Eamon zeigt gerne die Fehler anderer auf«, kam plötzlich die überraschende Antwort von Nevliin, die noch dazu aus einem ganzen Satz bestand.

»Genau!« Mairi breitete ihre Arme aus. »Immer mache ich alles falsch, aber *er* ist perfekt.«

»Damit will er nur seine eigenen Unzulänglichkeiten verbergen.«

»Das glaube ich auch. Er hatte ja viel länger Zeit, das alles zu lernen. Nur weil er unsere Sprache so gut spricht, glaubt er, ich muss seine auch auf Anhieb können.«

»Eamon benötigte fünf Jahre, um deine Sprache auch nur ansatzweise zu beherrschen. Und er hat sie viel zu spät gelernt, weil er lieber den Elfen am Hof nachstellte.«

»Wirklich?« Mairis Augen wurden immer größer, und Eamon kostete es enorme Mühen, nicht vorzustürmen und diesen Elfen vom Dach zu holen. »Das hat er getan? Er redet doch immer von Pflichten und Verantwortung.«

»Das ist mir neu.«

»Ich glaube es ja nicht! Das werde ich ihm alles sagen. Wenn er mich wieder ärgert, werde ich ihm sagen, dass er gar nicht so gescheit zu tun braucht.«

»Das wird er bestimmt gerne hören.«

Eamon schüttelte den Kopf. Er konnte nichts anderes tun. Er wusste nicht, was erstaunlicher war – die Tatsache, dass Mairi in diesem Moment ein Gespräch mit Nevliin führte, oder die Art des Inhalts.

»Tut das eigentlich weh?«, fragte sie und meinte damit offensichtlich wieder die Flammen, die Nevliin immer wieder in seiner Hand aufleben ließ.

»Nur, wenn ich will.«

»Wieso solltet Ihr das wollen?«

Eamon konnte Nevliin nicht sehen, doch das Schweigen

trug seinen Blick förmlich bis zu ihm, um die schwarzen Augen und den kalten Ausdruck in seinem Geiste bildlich darzustellen.

»Ist es Magie?«, fragte Mairi schließlich weiter und ging ihm damit offensichtlich immer noch nicht auf die Nerven.

»Ja«, antwortete Nevliin, und noch ehe Eamon es richtig begriff, landete er bereits vor Mairi auf dem Boden, was sie zuerst vor Schreck zurückweichen, dann jedoch strahlen ließ. Er kniete mit einem Bein vor ihr nieder und nahm ihre Hand in seine. »Keine Angst. Es tut nicht weh«, sagte er so sanft, dass Eamon unwillkürlich den Kopf schüttelte.

Nevliin ließ erneut eine weiße Flamme in seiner Hand entstehen und ließ sie auf Mairis offene Handfläche fallen, die in seiner anderen Hand lag. Ihr entzückter Aufschrei, als die Flamme fröhlich tanzte, klang so absurd, wo sie doch mit Nevliin zusammen war. Das ganze Bild wirkte unnatürlich.

»Eamon kann das nicht«, stellte sie grinsend fest und beobachtete immer noch fasziniert Nevliins magisches Werk.

»Nein«, antwortete dieser. »Das kann er nicht.«

»Konnte *sie* es?«

Die Flamme erlosch. Nevliin hob ruckartig seinen Kopf und sah Mairi an. Eamon ging unwillkürlich einen Schritt vor und fasste an den Dolch an seinem Gürtel, doch noch ehe er weitergehen konnte, rutschte Nevliin auch schon von ihr fort. Er setzte sich an der ihr gegenüberliegenden Seite auf den Boden und lehnte sich neben der Glastür an die Wand.

Eamon schlich wieder zurück, beobachtete die beiden jedoch weiterhin. Er war weit genug entfernt, um von keinem der beiden bemerkt zu werden, während sie sich schweigend gegenübersaßen.

Es verging eine erstaunlich lange Zeit, bis Mairi wieder das Wort ergriff. »Habt Ihr eigentlich keinen Hunger?«, fragte sie, doch Nevliin reagierte nicht einmal. Er saß einfach nur da, mit ausgestreckten Beinen, die Knöchel übereinandergeschlagen und den Kopf im Nacken, während er in den Himmel blickte. »Ich habe Euch noch nie essen gesehen«, fuhr das Mädchen fort, offensichtlich nicht gewillt aufzugeben. »Oder schlafen. Braucht Ihr auch so wenig …«

»Sie konnte es.« Nevliin wandte sich Mairi zu und sah sie mit einer Härte an, die selbst bis zu Eamon zu spüren war. »Als sie in das Schattenreich kam, saß sie immer alleine in der Bibliothek und versuchte es. Es ist eine einfache Übung, die sie aber immer ärgerte.«

Mairi brauchte einige Augenblicke, ehe sie antworten konnte. »Sie lebte auch in der Welt der Menschen, nicht wahr?«, fragte sie schließlich, bemüht, sich ihre Verblüffung nicht anmerken zu lassen.

»Ja.«

Wieder folgte Schweigen, während Mairi unruhig ihre Finger aneinanderrieb. »Ich habe alles gehört«, sagte sie dann zögerlich und mit zusammengekniffenen Augen, als erwartete sie einen Schlag, doch Nevliin nickte nur. »Was die anderen über Euch gesagt haben und auch … was Ihr mit Eamon gesprochen habt. Ich habe so gut wie alles verstanden.« Sie atmete tief durch. »Hat er sie wirklich auch geliebt?«

Wieder nickte Nevliin, langsam und offenbar in Gedanken versunken.

»Ist es wahr, dass Ihr sie ihm weggenommen habt?«

Ein weiteres Nicken, während Nevliin zu Boden starrte.

»Etwa mit Absicht?«

Keine Reaktion.

»Weil Ihr ihn nicht leiden könnt?«

»Weil ich sie liebe.«

»Und sie hat Euch auch geliebt?«

»Auf ihre Weise.«

Mairi legte ihren Kopf etwas schief und überlegte wohl, da sie nicht sofort antwortete. »Eamon sagt, sie hat Euch geliebt«, sprach sie dann doch noch weiter.

»Nicht genug, um bei mir zu bleiben.«

»Er sagt, ihr wart Seelenverwandte.«

»Wir sind es noch. Der Tod kann solch ein Band nicht zerstören.«

»Aber ist das nicht gut? Macht es das nicht leichter?«

»Es macht es schwerer.«

»Das verstehe ich nicht.«

Nevliin sah abrupt auf, immer noch auf diese beängstigend *tote* Weise. Eamon musste zugeben, dass Mairi ihn beeindruckte. Jedem anderen hätte Nevliin Angst eingejagt, doch sie tat, als wäre er einer ihrer harmlosen Freunde.

»Es ist unmöglich loszulassen«, erklärte er mit seiner ruhigen Stimme. »Sie lässt mich nicht los, und solange das Band besteht ... gibt es keine Hoffnung auf Frieden.«

»Aber irgendwann ...«

»Niemals.«

Mairi nickte. »Ich kann mir nicht vorstellen, wie das ist«, sagte sie nachdenklich. »Ich habe meine Eltern verloren, aber ich kann mich nicht erinnern. Ich weiß, dass ich traurig war, keine Mutter und keinen Vater zu haben, aber mit der Zeit ging es vorüber. Ich kann mir nicht vorstellen, wie es ist, immer traurig zu sein.«

Es war nicht zu glauben. In Nevliins Gesicht lag plötzlich ein Lächeln, eher eines von der bitteren Art, aber es war ein Lächeln.

»Gibt es denn gar nichts, worauf Ihr Euch freut?«, fragte Mairi. »Gar nichts?«

»Den Tod.«

Mairi und Eamon rissen beide fassungslos die Augen auf.

»Aber so etwas dürft Ihr nicht sagen«, rief sie beinahe schon flehend aus. »Es gibt immer etwas, das einem Freude bereiten kann.«

»Ich kämpfe, ich töte. Ich existiere von einem Tag zum nächsten und befolge Befehle.«

»Das ist unfair. Es ist traurig.«

»Keine Sorge. Ich habe nie etwas anderes getan. Ein Jahr in all der Zeit meiner Existenz wurde mir zu leben geschenkt. Das ist mehr, als so manch anderer Elf erhält. Und jetzt warte ich auf das Ende meiner Zeit.«

»Wieso …« Mairi hielt inne und verschloss den Mund mit der Hand. »Entschuldigung.«

»Wieso ich mich nicht einfach selbst töte?«

Sie nickte zaghaft, was Nevliin ein grimmiges Lächeln entlockte.

»Ich wünschte, es wäre so einfach. Jeder Elf hat eine Aufgabe – vom *großartigen* Schicksal bestimmt –, und solange diese Aufgabe nicht erfüllt ist, gibt es keinen Weg zu den Sternen. Dorthin, wo … sie jetzt ist.«

»Und was ist Eure Aufgabe?«

»Wenn ich das wüsste …« Er lehnte seinen Kopf zurück und blickte wieder hinauf in den Himmel. »Nähme ich mir jetzt das Leben, dann wäre das ein Betrug am Schicksal. Ich würde wiedergeboren und könnte mich nicht mehr an dieses Leben hier erinnern. Ich würde nicht wissen, wer Vanora war, nicht, dass ich Nevliin war. Alles, was bliebe, wäre eine Leere in mir, deren Grund ich nie erfahren könnte, bis dieses neue Leben die Aufgabe erfüllt.«

»Das ist grausam.«

»Ja. Das ist es.«

»Wieso hat das Schicksal Euch keine Aufgabe gegeben, durch

die Ihr mit ihr zusammenbleiben könnt? Wieso hat es Euch füreinander bestimmt, nur um Euch dann zu trennen? Ihr müsstet beide gleichzeitig zu den Sternen gehen … oder gar nicht.«

»Weil dies hier …« Nevliin machte eine weit ausholende Geste, »meine Strafe ist. So etwas wie bei euch die Hölle. Ich habe dem Schicksal unzählige Seelen geraubt, bevor diese ihre Bestimmung erfüllen konnten.« Er lachte gequält. »Und ich tue es immer noch. Nein, das Schicksal wird es mir nicht einfach machen.«

»Ist das Schicksal bei Euch so etwas wie Gott bei uns?«

Nevliin schien einen Moment über diese Frage nachzudenken, zuckte dann jedoch mit den Schultern. »Es ist das Schicksal«, antwortete er nur.

»Ich will nicht, dass Ihr Euren Tod wünscht«, wisperte Mairi mit seltsam weinerlicher Stimme. »Ich mag Euch – lieber als alle anderen Elfen.«

Nevliin durchbohrte sie einige Momente mit den schwarzen Augen, doch dann lächelte er wieder. »Du bist ein seltsames Menschenmädchen«, sagte er kopfschüttelnd. »Du erinnerst mich an eine Elfe, die ich kenne. Sie ist genauso dumm.« Mairi öffnete überrascht den Mund, doch Nevliin ließ sie nicht zu Wort kommen. »Ihr seht beide Gutes, da, wo keines ist«, erklärte er. »Das kann gefährlich sein.«

»Ich sehe an Euch nichts Böses«, erwiderte sie im Brustton der Überzeugung, was Eamon schon wieder staunen ließ. In seinen Augen war Nevliins Anblick das Böse selbst, die Augen seelenlos. Das war schon immer so gewesen, einzig, dass es sich nach Vanoras Tod noch verstärkt hatte.

»Dann siehst du nicht richtig hin«, antwortete Nevliin, was Mairi jedoch nicht zu kümmern schien.

»Jemand, der so liebt, kann nicht böse sein«, sagte sie. »Jemand, der nur böse ist, kann *überhaupt* nicht lieben.«

»Du bist noch sehr jung.«

»Jetzt redet Ihr wie Eamon.«

Nevliin schmunzelte. »Wir müssen wohl beide zugeben, dass er manchmal recht hat.« Er zwinkerte ihr zu und erhob sich, woraufhin auch Mairi sofort aufsprang.

»Wohin geht Ihr?«

»Ardemir ist bald zurück«, antwortete Nevliin und deutete zu den Klippen. »Ich werde auf ihn warten.« Er ging auf sie zu und blieb so dicht vor ihr stehen, dass sich Mairi gegen das Geländer presste und Eamon sofort wieder alarmiert war, doch Nevliin beugte sich nur zur ihr hinab und flüsterte ihr etwas ins Ohr, ehe er in Richtung Weltentor fortging.

Mairi stand reglos da und starrte an die Stelle, an der Nevliin eben noch vor ihr gestanden hatte. Eamon wartete einige Augenblicke und ging dann schließlich auf sie zu.

»Was hat er gesagt?«

Mairi schrie auf und fuhr zu ihm herum. Der Schreck wich jedoch sofort eiskalter Ablehnung, als sie ihn erkannte. »Ein Geheimnis«, antwortete sie rau.

»Was hat er dir gesagt?« Er lehnte sich mit verschränkten Armen ans Geländer und sah zu ihr hinab, doch sie erwiderte seinen Blick mühelos.

»Ich werde es dir nicht sagen, Eamon. Das geht nur mich etwas an.«

»Du weißt, ich könnte es auch einfach in deinen Gedanken lesen.«

»Wenn du meinst.« Sie machte Anstalten, fortzugehen, doch Eamon versperrte ihr den Weg.

»Das ist kein Spiel, Mairi«, sagte er ernst. »Er ist keines deiner verletzten oder verlassenen Tiere, die du ständig nach Hause bringst, um sie zu pflegen. Du begibst dich in Gefahr. Ein Wolf kann auch beißen.«

»Bevor er hierhergekommen ist«, sagte sie mit funkelnden Augen, »dachte ich, er wäre dein Freund. Aber von dem Moment an, als er vom Tor gekommen ist, wusste ich, dass du nicht sein Freund bist.«

Eamon schluckte und versuchte, sich den Schrecken nicht anmerken zu lassen. »Ich weiß, was du von mir hältst, Mairi, und dass du mich für streng und …«

»Du hast gelauscht!«

»Ich habe auf dich aufgepasst.« Sie schnaubte verächtlich, doch Eamon fuhr ungerührt fort. »Ich passe auf dich auf, weil du mir wichtig bist, weil du mir viel bedeutest, auch wenn du es nicht glauben magst.«

»Weißt du was?« Mairi richtete sich noch etwas auf. »Ich dachte früher immer, es liegt daran, dass Elfen nun einmal so sind. Dass Elfen kaltherzig und gefühllos sind, so wie es alle Geschichten besagen, aber jetzt weiß ich, dass nur *du* so bist. Ich habe Ardemir gesehen, Aurün und auch Nevliin.«

»Nevliin.« Eamon musste sich ein Lachen verkneifen, war der Ritter doch der Inbegriff der elfischen Kaltherzigkeit.

»Ja, Nevliin«, erwiderte das Mädchen wütend. »Sieh ihm in die Augen. Da siehst du die Liebe, den Schmerz und die Traurigkeit. Jedes Wort, jede Geste beweisen seine Gefühle, auch wenn es keine schönen sind, aber er hat zumindest welche.«

»Das wäre neu, Mairi.« Eamon fuhr sich mit der Hand durch die Haare. »Er ist mein Freund, und ich sage es nicht gerne, aber Nevliin ist nun einmal gleichgültig … und brutal, Mairi. Jetzt mehr denn je.«

»Hast du *ihr* das auch gesagt?«

Eamons Herz wurde buchstäblich von einem Dolch durchbohrt.

»Als sie zu ihm gegangen ist«, fuhr sie ungeachtet seines entsetzten Ausdrucks fort, »hast du das auch zu ihr gesagt?

Dass er nichts für sie ist? Dass er keine Gefühle hat?« Sie schüttelte ihren Kopf und wandte sich ab. »Das habe ich mir gedacht.« Mit diesen Worten ging sie wieder in den Salon. Eamon sah Rosa immer noch in dem Schaukelstuhl vor dem Kamin, während sie ihn voller Bedauern ansah. Natürlich hatte sie kein Wort gehört, aber ihre Mienen mussten wohl deutlich genug gewesen sein. Sie winkte ihn zu sich, doch Eamon schüttelte den Kopf und verließ die Terrasse. Er konnte nicht mehr so weitermachen. Das alles musste endlich ein Ende finden, oder er würde daran zerbrechen.

Seine Beine waren schwer, und sein Herz wurde von einer eisernen Klaue zerdrückt, als er sich auf den Weg zu den Klippen machte, doch er musste diesen Pfad jetzt gehen. Er hatte sich vierundachtzig Jahre lang versteckt. Es wurde Zeit.

Nevliin saß am Abgrund im Gras, von wo aus er aufs graue Meer hinausblickte. Eamon ließ sich wortlos neben ihm nieder. Unter ihnen, am Ende der Klippen, befand sich die Bucht, von welcher aus das Weltentor zugänglich war. Jener Ort, an welchem er sich von Nevliin verabschiedet hatte, um die Welt der Elfen für immer zu verlassen, jener Ort, an welchem sie sich beide von Vanora verabschiedet hatten. Und genau an dieser Stelle, an der er jetzt mit Nevliin saß, war er so oft mit Vanora gewesen. Hier an diesem Ort mussten sie die Vergangenheit endlich bewältigen, denn die Zukunft hielt genügend Herausforderungen bereit.

»Ich habe dich mit Mairi sprechen hören«, begann Eamon, auch wenn er mit keiner Antwort rechnete, doch er wurde überrascht.

»Hier scheinen alle ein Problem mit privaten Gesprächen zu haben«, antwortete Nevliin, ohne seinen Blick vom letzten goldenen Schein am Rande des Meeres zu nehmen. Aus der Nähe waren zwei verblasste Schnitte in Nevliins Gesicht zu sehen, und auch um das rechte Auge lag noch ein bläulicher Schatten.

»So ist das in einer Familie«, antwortete Eamon, wenn er daraufhin auch sofort merkte, dass es die falschen Worte gewesen waren.

Nevliin quittierte sie zu seiner Erleichterung jedoch nur mit einem Nicken.

Es war schwer, einen Anfang zu finden. Sie hatten sich in ihrem Leben so oft Schmerzen zugefügt, und das auf eine Weise, die eine Wiedergutmachung lächerlich erscheinen ließ, aber er musste es versuchen. Nur zusammen konnten sie sich der neuen Bedrohung stellen. Eine Entschuldigung wäre wohl angebracht, doch Eamon wusste, Nevliin würde sie nur wie Hohn erscheinen, also ließ er sie bleiben. Stattdessen versuchte er, sich – genauso wie Mairi vorhin – mit einem harmloseren Thema langsam anzunähern.

»Du hast von einer Elfe gesprochen«, sagte er in Erinnerung an das Gespräch zwischen den beiden, »von einer Elfe, die in allem etwas Gutes sieht. Ich könnte mich nicht erinnern, solch einer jemals begegnet zu sein.«

»Das bist du auch nicht.« Nevliin sah ihn nicht an. »Es ist die kleine Thesalis. Sie glaubt, ich hätte ein gutes Herz.« Er lachte verbittert. »Keine Sorge. Dein Urteil wird nicht in Frage gestellt. Sie glaubt auch, dass in den Fürsten des Sonnentals etwas Gutes steckt, daher weißt du, wie viel du auf ihre Einschätzung geben kannst.«

Eamon nickte und fühlte sich nur noch furchtbarer. Als Freund müsste er Nevliin sagen, dass er tatsächlich ein gutes Herz hatte, dass irgendwo verborgen Güte war, doch er konnte es einfach nicht sehen. Er sah nicht, was Mairi, Rosa oder diese plötzlich erschienene Thesalis sahen, deren Name allein ihm schon Bauchschmerzen bereitete. Er hatte Meara und die Erinnerung an sie begraben. Sie hatte wie ein Fluch über ihm geschwebt, und auch wenn er es sich nicht eingestehen wollte, tat sie es noch. Die Erwähnung ihres Namens genügte, um sofort etwas in ihm zu erwecken, das er nicht zu ergründen wagte.

»Du hast Liadan ebenfalls noch nicht verziehen«, versuchte er nun langsam die heikleren Themen anzusprechen, da es sich ohnehin nicht vermeiden ließ.

»Das ist keine Frage von Verzeihen«, erwiderte Nevliin. »Es gibt nichts zu verzeihen. Ich … ertrage sie einfach nicht in meiner Nähe.«

»Und doch dienst du ihr.«

Nevliin wandte sich um, und wieder einmal musste Eamon sich zusammennehmen, um nicht zurückzuweichen. »Was sollte ich sonst tun, Eamon? Es ist das Einzige, was ich kann.«

»Du könntest nach Valdoreen zurückgehen. Auch dort hast du eine Aufgabe.«

»Dort finde ich nicht, was ich suche.«

»Den Tod.«

Nevliin nickte und wandte sich wieder ab. »Was soll das alles hier, Eamon? Es gibt nichts zu sagen … oder so viel, dass es nicht genügend Worte dafür gibt.«

»Wir haben den Vorteil der Unsterblichkeit … und somit Zeit.«

»Ja, wir sind verflucht. Meine Zeit scheint nie zu enden.«

»Darüber bin ich froh.«

Nevliin lachte auf. »Spar dir das, Eamon. Wir beide sind keine Freunde. Unsere Freundschaft endete in jenem Sommer, als ich Lurness verlassen und mich Alkariel angeschlossen habe. Es mag ein Fehler gewesen sein, aber jetzt müssen wir die Tatsache nun einmal akzeptieren.«

»Wärst du mir nicht wichtig, wäre ich jetzt nicht hier.«

»Dein Pflichtgefühl bringt dich hierher.«

»Wir wissen beide, dass das nicht wahr ist.« Eamon seufzte und strich sich mit der Hand über die Augen. »Wir haben noch vor kurzem Seite an Seite in der Schlacht gekämpft, Nevliin. Als Freunde, auch wenn wir einen eigenen Kampf auszutragen hatten. Und wie es aussieht, steht uns eine weitere Schlacht bevor.«

Nevliin wandte sich ihm wieder zu. »Was kümmern dich die Schlachten Elvions? Die Machenschaften einiger weniger? Du bist weggelaufen, Eamon. Du kannst nicht einfach zurückgehen und tun, als wäre nichts gewesen. Du hast sie alle im Stich gelassen.«

»Du meinst, ich habe *dich* im Stich gelassen.«

Nevliin sah wieder aufs Meer hinaus, das mittlerweile nur noch eine schwarze Decke war. Er musste nicht antworten, denn Eamon wusste, dass er genau das dachte, was ja auch der Wahrheit entsprach.

Nevliin war gebrochen gewesen, und das hatte Eamon Angst gemacht. Er hatte sich dem nicht stellen können, und er war geflohen. Nevliins Anblick hätte ihn jeden Tag an Vanora erinnert und daran, was er verloren hatte, ohne es jemals wirklich besessen zu haben. Ihm war bewusst gewesen, dass Nevliin ihn brauchte, doch wäre er geblieben, hätte ihn das neue Elfenreich ebenso zerstört wie Nevliin. Er wäre nicht für ihn da gewesen, selbst wenn er gewusst hätte, wie schlimm es um ihn stand. Und das war unverzeihlich.

»Es tut mir leid«, sagte Eamon leise. »Es tut mir so leid, Nevliin, dass ich dich alleingelassen habe. Dass ich nicht für dich da war. Du warst immer mein kleiner Bruder, und ich habe dich nicht beschützen können. Nicht vor deinem Onkel, nicht vor Alkariel, nicht vor mir selbst, nicht vor dem Schicksal, das so grausam zu dir war und immer noch ist.«

»Wir haben sie beide verloren.« Nevliins Hand hielt den

Stoff seines Umhangs fest umklammert. »Sie hat uns beide verlassen. Sie ist gegangen.« Seine Stimme wurde immer rauer.

»Das heißt nicht, dass sie dich nicht geliebt hat.« Eamon erinnerte sich noch gut an Nevliins Worte an Mairi, dass Vanora ihn nicht genug geliebt hätte, um zu bleiben. »Sie hat es getan, gerade weil sie dich liebte, Nevliin. Um dein, unser aller Leben zu schützen. Um das ganze Reich zu schützen.«

Nevliin lachte auf, was jedoch eher wie ein Schluchzen klang. »Das Reich«, sagte er verächtlich. »Sieh es dir doch an, Eamon! Die Tempel brennen. Die Drachenelfen sind verschwunden. Das Sonnental ist ein vergifteter Ort, und irgendjemand plant einen neuerlichen Krieg, der das Land spaltet. Dafür ist Vanora gestorben?« Er schüttelte seinen Kopf. »Solche Opfer sind nichts wert, Eamon. Auf jeden Tyrannen folgt ein neuer. Auf jeden Kampf eine weitere Schlacht. Es wird niemals aufhören.« Er sah ihm mit all seiner Verbitterung in die Augen. »Es ist mein Schicksal, zu kämpfen. Ich kämpfe immer weiter, in all den Schlachten, und irgendwann wird eine Klinge in mich fahren und es beenden, so dass andere meinen Platz einnehmen.«

»Ich hasse es, dich so reden zu hören, Nevliin.«

»Wieso, Eamon? Ich bin müde. Ich bin mein Schwert leid. Ich bin *das hier* leid.«

Eamon traute seinen Augen nicht und holte verblüfft Luft, als Nevliin plötzlich eine Kette unter seinem Hemd hervorzog und sie mit einem Ruck abriss. Er erkannte den länglichen, mit Saphiren besetzten Anhänger sofort und wusste, dass darin immer noch der Mistelzweig lag – laut Meara das Zeichen für Nevliins und Vanoras Verbindung.

»Hast du eine Ahnung, wie oft ich ihn schon in der Hand gehalten habe, um ihn zu zerbrechen?«, fragte Nevliin mit brüchiger Stimme. Seine Augen glänzten, und die Verzweiflung darin war kaum zu ertragen. »Ich habe keine Kraft mehr, Eamon.

Ich kann dieses Gewicht nicht mehr tragen. Ich vermisse sie so sehr, dass es mich zerreißt. Ich will diesen verfluchten Zweig hinaus aufs Meer schleudern, ihn in seine Einzelteile zerlegen, um diesem Wahnsinn endlich ein Ende zu bereiten, aber ich kann es nicht. Ich kann es einfach nicht, Eamon.«

»Weil sie zu dir gehört.« Eamon musste sich auf jedes Wort konzentrieren, um es über die Lippen zu bringen. Das Entsetzen fuhr ihm bis in die Knochen. »Du kannst dich nicht von ihr trennen.«

»Nein, das kann ich wirklich nicht. Aber nicht ohne Grund.« Nevliin legte die Kette wieder um und band sie im Nacken zusammen. Dann strich er sich mit der Hand über die Augen und schwieg einige Augenblicke, ehe er nach einem Seufzen fortfuhr. »Ich habe sie gesehen, Eamon«, sagte er und sah zu ihm auf. »In Derial. Sie ist mir direkt ins Schwert gelaufen. Ihr Blut war auf meinem Schwert.«

Der Kloß in Eamons Hals wollte nicht verschwinden. »Du weißt, das ist nicht möglich«, brachte er schließlich heraus. »Sie ist bei den Sternen.«

Nevliin blickte wieder in die Nacht hinaus. »Es waren ihre Augen. Sie sah mich an. Wie konnte ich wissen, wo sie ist? Mitten im Nebel? Wie konnte ich sie treffen, wenn ich sie nicht gesehen habe? Es ist das Band des Schicksals, das mich zu ihr geführt hat.« Er lachte gequält auf. »Und vermutlich habe ich sie umgebracht.«

»Du weißt selbst, dass sie es nicht war, Nevliin. Der Nebel, das Feuer. Sie war verschleiert. Es waren Erinnerungen. Ein grausamer Streich deines Herzens.«

»Weiß ich das?« Er wandte sich Eamon wieder zu. »Werde ich denn wirklich wahnsinnig, Eamon? Glaubst du, ich höre die anderen nicht reden? Was sie über mich sagen? Haben sie denn wirklich recht?«

»Ich weiß es nicht.« Eamon sah seinen Freund und konnte tatsächlich nicht sagen, welch dunklen Dinge in seinem Kopf vor sich gingen. »Aber ich weiß, du bist stark«, sagte er fest davon überzeugt. »Du wirst wieder zu dir finden. Irgendwann.«

Nevliin schüttelte den Kopf. »Sieh mich doch an, Eamon. Sieh, was aus mir geworden ist. Du hast recht. In mir ist nichts mehr übrig. Die anderen täuschen sich. Ich bin verloren. Was, wenn ich niemals zu den Sternen kann? Was, wenn meine Seele bereits zerstört ist und nach meinem Tod vergeht?«

»So etwas darfst du noch nicht einmal denken.« Er packte Nevliin an den Schultern, von einer unbeschreiblichen Angst befallen. Nevliin war immer um so viel mehr gewesen als nur ein Freund, mehr noch als ein Bruder. Niemanden auf der Welt hatte er jemals so geliebt oder gehasst wie ihn. Wo er zu Liadan niemals eine richtige Verbindung gespürt hatte, war Nevliin seine wahre Familie gewesen, sein Seelenbruder. Es hatte sich stets angefühlt, als teilten sie sich so wie die Drachenelfen eine einzige Seele, als wären sie zwei Seiten einer Münze. Und wo Eamon das Licht erhalten hatte, war Nevliin nur das Dunkel geblieben. Zwei Gegensätze, die zusammengehörten und doch nicht miteinander konnten. Schuldlos zu diesen Extremen gezwungen und dem Hass verfallen.

Natürlich war solch eine Teilung von Seelen ausgeschlossen, und doch war es die einzige Möglichkeit für Eamon, seine Gefühle für Nevliin auch nur annähernd zu beschreiben. Nur wer sich so nahe war, konnte sich dermaßen verletzen. Auch aus diesem Grund war er wohl stets vor ihm weggelaufen, anstatt ihm zu helfen.

Und nun saß Nevliin hier vor ihm, sein Freund, sein Bruder, so verzweifelt, dass er es selbst spüren konnte. Einen Schmerz, den er niemals hatte erkennen wollen.

»Deine Seele wird zu den Sternen gehen«, sagte Eamon so entschlossen, wie es ihm durch die zugeschnürte Kehle gelang. »Du gehst zu ihr. Sie wartet auf dich.«

»Auf wen soll sie warten?« Nevliin schüttelte seinen Kopf. »Du bist weitergegangen, Eamon. Du hast weitergelebt, aber ich bin immer noch da. Gefangen in der Zeit, als mir das Herz entrissen wurde. Ich habe geblutet, ohne mich um die Wunde zu kümmern, und jetzt ist nichts mehr übrig.«

Eamon verstärkte seinen Griff an Nevliins Schulter und fing seinen Blick auf. »Du *wirst* zu den Sternen gehen, Nevliin. Du wirst nicht aufgeben oder weglaufen, so wie ich. Das hast du noch nie getan. Du bist ein Kämpfer, und du wirst es zu Ende bringen.«

»Ich kann nicht mehr.« Die Leere in Nevliins Augen schien in unendliche Tiefen zu führen. »Vierundachtzig Jahre, Eamon. Wie lange will mich das Schicksal noch bestrafen? Noch weitere tausend Jahre?«

Genau das war Eamons Wunsch. Wie sollte er sich einen schnellen Tod für seinen Freund wünschen? »Es ist gleich, wann dir deine Prüfung gestellt wird, denn du wirst nicht aufgeben. Du gibst dein Leben nicht, um das eines anderen Elfen zu führen. Das bist nicht du, Nevliin. Du bist der Weiße Ritter und gehst als solcher zu den Sternen. Denn niemand sonst hat sich mehr einen Platz dort verdient als du, und er wird dir gewährt werden.«

Irgendwann.

Das blonde Haar wehte wie ein goldener Schleier im Wind, welcher kühl vom Meer heraufzog. Reglos saß sie am Abgrund der Steilklippen im Gras und blickte hinaus in diese unendliche Weite des Ozeans. Das gelbe Kleid leuchtete wie die Sonne selbst und ließ sie in ihrem Glanz erstrahlen.

Eamon erkannte es sofort, als er sich langsam näherte. Sie hatte dieses Kleid bei ihrer ersten Begegnung getragen, als sie von Graem und den anderen Raufbolden angegriffen worden und er zu ihrer Hilfe herbeigeeilt war. Nur, dass sie keiner Hilfe bedurft hatte. Niemals. Sie war immer schon zu mächtig gewesen.

Schon so oft hatte er sie hier in ihrer Heimat dabei beobachtet, wie sie an ihrem Lieblingsplatz ihren Gedanken nachhing, doch heute war etwas anders. Sie war tot, und dies hier war nur ein Traum. Er wusste es, und doch wirkte alles so verstörend echt. Bilder einer glücklicheren Zeit drängten sich ihm auf, und die Angst, aufzuwachen, verhinderte seine Freude über ihren Anblick.

Vanora blickte nicht auf, als er sich neben ihr niederließ und sie betrachtete. Nichts an ihr war verändert, sie sah genauso aus wie in jenen sorglosen Momenten, als er hier in der Menschenwelt bei ihr gelebt hatte. Nichts ließ annehmen, dass sie nicht echt sein könnte.

»Wieso kommst du zu mir?«, fragte er schließlich über den Donner der Brandung, der hier in dieser Traumwelt seine Stimme nicht zu trüben vermochte.

Doch Vanora reagierte nicht. Wie eine Statue saß sie da, und hätte nicht unentwegt das glänzende Haar in der Brise um ihr Gesicht gespielt, hätte Eamon sie auch für solch eine gehalten.

Völlig von ihrem Anblick im Bann gehalten, sah er sie nur an. Immer wieder fragte er sich, ob an diesem Traum etwas echt sein konnte, so wie damals bei den Träumen mit Meara. Auch sie hatte ihn in vermeintlichen Träumen besucht.

Könnte dieser Moment mit Vanora hier an den Klippen auch etwas Wahres haben? Hatte sie tatsächlich zu ihm finden können?

»Du musst ihn loslassen«, hörte er sich schließlich selbst

sagen, da ihm dies im Moment am wichtigsten erschien. »Halte ihn nicht mehr fest. Es zerstört ihn.«

Immer noch regte sich nichts an ihrer Haltung, auch nicht in ihrer Mimik, doch plötzlich flossen Tränen über ihre Wangen hinab, während sie immer noch genauso ausdruckslos aufs Meer hinausblickte.

Es gab so vieles, das er ihr sagen oder was er sie fragen wollte. So vieles musste er wissen, doch ehe er auch nur einen klaren Gedanken geformt hatte, regte sie sich plötzlich.

Langsam drehte sie ihren Kopf zur Seite und sah ihn an. Das Blau ihrer Augen glänzte unter den Tränen und funkelte im Licht der Sonne wie Saphire. In diese Augen hatte er sich verliebt.

»Ich kann nicht«, hauchte Vanora plötzlich mit einer Stimme wie der Wind, leise und doch viel deutlicher als das Grollen an den Klippen, »denn ich bin hier.«

Eamon riss die Augen auf und starrte plötzlich in die Dunkelheit seines Gemachs. Sein Herz schlug ihm bis zum Hals, während er ein dumpfes Dröhnen in seinen Ohren hörte.

Es war nur ein Traum gewesen, ausgelöst durch Nevliins Besuch und die Erinnerungen. Nur ein Traum.

Ardemir

Etwas war nicht in Ordnung. Das war ihm am Morgen beim Eintreffen an der Lichtung bewusst geworden, beim Vorbeiziehen der Sonne und als diese die Gipfel des Schneegebirges berührte, während er seine Kreise durch Laub, Moos und Zweige zog. Zeit, die er längst hätte nutzen können, um seinem unguten Gefühl nachzugehen, doch Ardemir war überstimmt worden. Seine Sorge, Vinae könnte bei ihrem immerhin nicht ungefährlichen Unterfangen, die Fürsten auszuspionieren, etwas passiert sein, war ignoriert worden. Er hatte schon deutlich werden und einige verwunderte Blicke hinnehmen müssen, ehe sie endlich nach Acre aufgebrochen waren.

Zugegeben, er war in letzter Zeit schnell reizbar und konnte nur schwer Geduld aufbringen, was vermutlich an den Alpträumen lag, die ihn nach jedem Augenschließen hochfahren ließen, ohne dass er sich an diese erinnern konnte. Doch erst jetzt, als sich der Tag dem Ende näherte, ließen sie die Pferde in einer der Siedlungen auf einer Koppel und mischten sich unter den stetigen Strom, der durch das Stadttor die ansteigende Straße hinauffloss.

Es war Markttag, so dass die kleine Gruppe in den dunklen Umhängen niemandem auffiel. Ohne Pferde waren sie nur herkömmliche, nicht besonders wohlhabende Passanten. Die Wachen würdigten sie noch nicht einmal eines Blicks, einzig Aurün war ein gewisses Risiko, denn ihre Augen und der grüne Schimmer ihrer Haut waren kaum zu übersehen. Die tief ins

Gesicht gezogene Kapuze und ihr stets gesenkter Blick würden hoffentlich unangenehme Zwischenfälle vermeiden. Auch sie war zwischenzeitlich in unauffällige Waldkleidung gehüllt. Ihr blieb auch nichts anderes übrig, wo sie doch darauf bestand, sie zu begleiten. Ardemir und Nevliin mischten sich nicht zum ersten Mal unter das Volk der Sonnentaler, Eamon hingegen hatte sichtlich Mühe, den Kopf gesenkt zu halten, da er sich umsah, als wäre er aus einer anderen Welt – was auch durchaus berechtigt war, schließlich war ihm die Welt der Elfen fremd. Das einstige Schattenreich konnte nicht mit dem Sonnental verglichen werden.

Die etwas heftiger ausgefallene Aussprache zwischen dem Heimkehrer und Nevliin war keinem der beiden mehr anzusehen. Irgendetwas musste vorgefallen sein, als Ardemir mit Aurün in Lurness gewesen war, doch es kümmerte ihn ohnehin nicht. Hauptsache, Nevliin war wieder so weit bei sich, dass er keine Gefahr für die Gruppe, sich selbst oder die Aufgabe darstellte. Er hatte sogar echte Freude gezeigt, als Ardemir mit dem Kobold Bienli und dessen Frau Finola zurückgekehrt war, damit sich die beiden um die Menschen kümmerten. Es machte den Anschein, als verbinde Bienli und Nevliin eine sonderbare, nicht besonders höfliche Art der Freundschaft. Eamon wäre ein Elfenritter zum Schutze der Menschen zwar lieber gewesen, aber er hatte sich schließlich überzeugen lassen. Rosa und die Mädchen fühlten sich mit den beiden sicherlich wohler als mit einem fremden Schwerbewaffneten. Noch dazu war Finola eine der besten Heilerinnen. Argumente, die Eamon schließlich nach einem traurigen Abschied doch noch beruhigt hatten abziehen lassen.

Der Lärm des Marktes erreichte sie, lange bevor sie zu diesem gelangten, genauso wie die verschiedensten Gerüche nach Kräutern, Blumen, frischgebackenem Brot … und Wein.

»Ich kann mich nicht erinnern, wann ich das letzte Mal zu meinem Vergnügen den Markt besucht habe«, sinnierte er, während sie der breiten Straße folgten und bereits die roten Stoffdächer der Stände sahen, die sich noch vor dem weitreichenden Marktplatz an die Hausmauern am Straßenrand drängten.

»Du bist auch heute nicht zu deinem Vergnügen hier«, kam Eamons Antwort, der ihn leicht mit der Schulter anrempelte. »Oder bist du schon allein vom Geruch des Weins benebelt?«

»In Lurness«, schwärmte Ardemir weiter, ohne auf Eamons Stichelei einzugehen. »Beim nächsten Markt in Lurness bin ich dabei. Da suche ich mir eine hübsche Elfe, die hübschen Beerenwein verkauft und noch eine hübsche, warme Früchtepastete dazu. Wie lange ist es her, Eamon?«

»Zu lange.«

»Da gebe ich dir ausnahmsweise einmal recht. Nevliin, kannst du dich daran erinnern, als wir noch zu dritt Lurness unsicher machten? Das sollten wir in unserem Zeitplan festlegen.« Ardemir räusperte sich. »Frauen sind dabei leider nicht erlaubt«, fügte er mit einem frechen, aber wie er wusste, unwiderstehlichen Lächeln an Aurün gewandt hinzu, die ihm unter dem Rand der Kapuze hinweg einen kurzen Blick zuwarf, der sagte: Das werden wir ja noch sehen.

Jetzt, wo er in der Stadt war, schob sich die heitere Stimmung des Marktes über seine schlechte Laune, die ihn seit neuestem immer häufiger befiel. Es war eine magische Wirkung, die selbst die vom Schicksal – oder eher von den Fürsten – gebeutelten Bewohner beflügelte.

Ardemir sah sich aufmerksam zwischen den wild herumwuselnden Elfen und den vielen Kindern um und hielt nach Vinae Ausschau. Es sah ihr nicht ähnlich, nicht zum Treffpunkt zu kommen. »Vergesst nicht«, erinnerte er die anderen. »Vinae ist klein. Ihr müsst genau nach ihr Ausschau halten. Sie mag vielleicht in der Menge untergehen.«

»Wir kennen sie, Ardemir«, raunte Aurün, während ihre Blicke über die Stände am letzten Straßenabschnitt flogen. »Und Eamon hast du sie wohl schon so oft beschrieben, dass er sie naturgetreu zeichnen könnte.«

»Wir müssen sie unbedingt finden.«

»Das werden wir.«

Die kleine Gruppe trat auf den Marktplatz. Ardemir sah zum halbmondförmigen Erker an der Schlossmauer hoch, um sicherzugehen, dass keiner der Fürsten den Ausblick genoss, was offensichtlich auch nicht der Fall war. Erst dann erlaubte er es sich, den Markt genauer in Augenschein zu nehmen. Die roten Dächer der Stände befanden sich zumeist an den weißen Hausmauern, obwohl sich auch manche etwas weiter innen ans Schafott drängten. Die Menge war dicht, doch dies tat der Stimmung – trotz der Hitze – keinen Abbruch. Das aufgeregte Geschnatter und Lachen mischte sich mit den Anpreisungen der Verkäufer. In der Nähe hörte Ardemir die erstaunten Laute der Zuschauer, die einem magischen Künstler bei seiner Vorführung zusahen, der immer wieder Rauchfiguren von galoppierenden Pferden aufsteigen ließ. Aber auch das Klirren von Schwertern zweier Schaukämpfer war zu hören. Dann vermochte er das vertraute Geräusch von Pfeilen auszumachen, die von der Sehne zischten, und er widerstand nur schwer dem Drang, sich am Bogenschießen zu beteiligen. Dass er den Bogen und einen Köcher voll Pfeile am Rücken trug, war am Markttag nichts Besonderes. Einzig Nevliins Schwert mussten sie unter dem Umhang, so gut es ging, verbergen. Es würde sofort als besonders wertvoll erkannt werden. Eamon hatte seine beiden Kurzschwerter bei den Pferden zurückgelassen, trug jedoch einen Dolch am Gürtel.

Natürlich war es dem gemeinen Volk im Sonnental nicht erlaubt, Waffen zu tragen, doch würde ein Schlangenschild sie deswegen behelligen, könnten sie immer noch ihre Herkunft preisgeben. Schließlich war es nicht verboten, einen öffentlichen Markt zu besuchen, und die Fürsten waren der Königin – zumindest nach außen hin – treu ergeben. Sie waren auch mit Sicherheit nicht die einzigen Noblen hier am Markt, und an diesem freudigen Tag nahmen es die Wachen ohnehin nicht so genau, gab es doch die verschiedensten Kampfwettbewerbe.

Ardemir bahnte sich mit Aurün entlang der rechten Seite einen Weg, während Eamon und Nevliin sich nach links durchkämpften. Sie wollten den Markt umrunden und sich dann an der Brücke zum Schloss an der gegenüberliegenden Seite wiedertreffen, in der Hoffnung, Vinae irgendwo unter den Elfen ausfindig zu machen.

Einige wenige Schlangenschilde waren in der Menge auszumachen, die meisten sammelten sich jedoch am Schlosstor, um das Geschehen von dort aus zu überblicken. Ardemir suchte nach einer kleinen Gestalt mit schwarzem Pferdeschwanz und silbernem Haarband in dunkler Kleidung, und je weiter sie erfolglos voranschritten, umso stärker kehrte das flaue Gefühl zurück. Vielleicht saß Vinae ja im Kerker. Oder Schlimmeres war passiert! Vielleicht sollte er bei ihr zu Hause vorbeisehen, auch wenn sie sich eigentlich am Markttag immer in der Stadt aufhielt.

Der Sonnenplatz, wie der kreisrunde Platz auch genannt wurde, war weitläufiger, als Ardemir es in Erinnerung gehabt hatte. Aurün hielt sich dicht an seiner Seite und bemühte sich, auffällig gewissenhaft unauffällig zu bleiben. Sie mitzunehmen war wohl keine sehr kluge Entscheidung gewesen. Ein einziger Besucher, der sie als Drachenelfe erkannte, würde genügen, um einen Tumult auszulösen. Alle wussten vom Verschwinden der

Drachen, und hier spazierte nun eine Drachenelfe fröhlich über den Markt. Sie war zwar die Königin, aber sie hätten es ihr trotzdem verbieten sollen.

»Ist sie das nicht?«

Ardemir fuhr aus seinen Gedanken und suchte mit zusammengekniffenen Augen die Menge ab. Sein Blick streifte flüchtig ein auffällig silberfarbenes Kleid, das in der Sonne wie Diamanten funkelte, flog weiter entlang den Ständen, an denen Gebäck angeboten wurde, und glitt zurück zu dem Kleid. Seine Augen drohten aus den Höhlen zu springen, als sich dieser glitzernde Traum mit einem Lächeln herumdrehte, das einen erblinden lassen konnte. Vinae sprach mit einem Elfen und holte dabei ein kleines Kräuterbündel, das mit einer Schleife zusammengehalten wurde, aus dem Korb, der an ihrem Unterarm hing.

Nein, das konnte doch unmöglich Vinae, die Waldelfe, sein. Das schwarze Haar schmiegte sich wie ein Strom der Nacht in sanften Wellen an ihren zarten Hals, floss über die schneeweißen Schultern weiter hinab, bis es sich auf dem silbernen Stoff des Kleides niederlegte, das an ihrer Brust aufwendig geschnürt war. Eine kunstvolle Art der Verschnürung, die seinen Blick länger als nötig verharren ließ, ehe er sich an ein Wort namens Anstand erinnerte.

Das schmale, silberne Haarband funkelte unter den letzten goldenen Strahlen des Tages und betonte den Kontrast zu dem rabenschwarzen Haar.

Ardemir war durchaus bewusst, dass sein Mund offen stand, doch er fühlte sich nicht dazu in der Lage, ihn zu schließen. Jedes Detail ihrer Erscheinung sprang ihn förmlich an. So registrierte er voller Erstaunen, wie wundervoll ihr ungeschmückter Hals aussah, der es nicht nötig hatte, sich mit Edelsteinen zu zieren, oder die gestickte Borte, die ihre schlanke

Taille betonte. Vinae trug das Kleid einer angehenden Magierin, das ihren hohen Stand verdeutlichte.

Lachend und mit einem leichten Kopfschütteln reichte Vinae dem unbekannten Elfen die Kräuter, der sich verbeugte und ebenso fröhlich davonging. Dann stellte sie sich auf die Zehenspitzen und hob den Kopf, um sich umzusehen, doch ihr Blick glitt über ihn hinweg. Verborgen unter der Kapuze und durch die Menge geschützt, war er nur einer von vielen Marktbesuchern.

»Soll ich Euch Luft zufächeln?«

Ardemir brauchte noch einige Herzschläge, bis er seinen Blick abwenden konnte, jedoch auch nur, weil Vinae sich umdrehte und auf den Kräuterstand zuging. Er räusperte sich und wandte sich Aurün zu, die ihn ein wenig überragte.

»Ich werde allein zu Vinae gehen«, sagte er aus trockener Kehle. »Ich versuche, sie an einen etwas ruhigeren Ort zu bringen, wo sie uns alles erzählen kann.«

Aurün nickte. »Ich warte mit den anderen in Sichtweite der Brücke.« Sie drehte sich um, hielt dann jedoch noch kurz inne und funkelte ihn mit ihren grünen Augen an. »Lasst Euch ruhig Zeit«, raunte sie grinsend. »Esst Eure Pastete und trinkt Euren Wein. Geht zu Eurem hübschen Mädchen. Wir kommen zurecht.«

Da sie die Königin war – wenn auch nicht seine –, verzichtete er auf die Entgegnung, dass sie sich schleunigst dünnemachen sollte, und schüttelte nur den Kopf, ehe er sich zwischen den schnatternden Elfen hindurchschlängelte.

Er sah Vinae an einem der Kräuterstände stehen, wo sie sich mit der Verkäuferin unterhielt und die bewundernden Blicke und Kommentare des Nebenverkäufers mit einem Lachen abtat. Ardemir trat dicht hinter sie. Sie war eine der wenigen Elfen, die er noch um ein gutes Stück überragte. Eamon hatte ihm als Kind tatsächlich eingeredet, er würde noch wachsen, wenn er sich beim Frühlingsregen in den Garten stellte. Nun, es hatte nichts genutzt. Er war nicht über die Größe eines durchschnittlichen Menschen hinausgekommen.

Ardemir beugte sich mit einem Augenzwinkern an die Verkäuferin zu Vinaes Ohr hinab. Es war immer wieder erstaunlich, welch betörenden Duft nach Vanille sie verströmte. »Verzeihung«, raunte er schließlich, was Vinae sofort erstarren ließ. »Ich suche eine kleine Waldelfe. Habt Ihr sie gesehen?«

Die Verkäuferin wandte sich kopfschüttelnd ab und begrüßte einen Kunden, während Vinae ganz leicht ihren Kopf zu ihm drehte. »Zwei Schlangenschilde beobachten mich«, flüsterte sie, »an Seritas Verkaufsstand.«

Die gute alte Serita, dachte Ardemir und richtete sich auf, um unauffällig in Richtung der Weinverkäuferin zu blicken. Tatsächlich befanden sich dort zwei von Daerons Bluthunden, jeder mit einem Becher in der Hand, witzelten mit ein paar Elfen, sahen aber immer wieder zu ihnen herüber.

»Unartig gewesen?«, fragte er und griff an Vinae vorbei, um sich an einer der kostenlos angebotenen Beeren zu bedienen. »Was soll dieser Aufzug?« Er hob eine ihrer offenen Haarsträhnen und begutachtete diese, woraufhin Vinae ihm sofort die Hand wegschlug und zu ihm herumfuhr. Sie sah mit ihren stahlblauen Augen zu ihm auf und versuchte wohl ernst auszusehen, musste bei seinem Grinsen jedoch lächeln. Winzige Grübchen bildeten sich an den Seiten ihrer erdbeerfarbenen Lippen und lösten in ihm das Verlangen aus, mit dem Finger darüber zu streichen – oder mit den Lippen.

»Ich versuche, Daeron zufriedenzustellen«, zischte sie, was den Zauber sofort brach und seine Augenbrauen in die Höhe fliegen ließ.

»Ach?«, knurrte Ardemir und musterte sie.

Vinae verdrehte die Augen. »Ich muss ihn versöhnlich stimmen.« Sie machte mit ihm ein paar Schritte zur Seite, so dass andere Kunden zum Stand gehen konnten. »Meine Mutter und Menavor sind fort. Ich musste ins Schloss ziehen. Daeron hält mich hier fest.«

»Er hält dich …« Ardemir verstummte, als Vinae auf ihre Hand hinabblickte, die sie zum Korb führte, als suche sie darin etwas in ihren Kräutern. »Was ist das für ein Armband? Es ist magisch.«

»Das ist die Leine, an der mich Daeron hält«, antwortete sie mit Bitterkeit in der Stimme.

»Ich darf die Stadt nicht verlassen. Dadurch«, sie hob noch einmal ihre Hand etwas an und warf ihm einen vielsagenden Blick zu, »stellt er sicher, dass ich gehorche. Er kann mich damit verfolgen, sobald ich die Stadt verlasse.«

Ardemir hatte Mühe, seine Stimme nicht zu erheben. »Dann nimm es ab«, sagte er und hätte es ihr am liebsten selbst sofort heruntergerissen.

»Das würde er auch mitbekommen.« Vinae seufzte und kramte weiter in ihren Kräutern. »Er droht, den Jungen von neulich und andere zu bestrafen, sollte ich nicht gehorchen.«

»Dieser …«

»Das ist noch nicht alles.« Vinae zog ein Kräuterbündel aus dem Korb und zupfte es gespielt geschäftig zurecht. »Wir müssen reden – in Ruhe. Ich kann von hier verschwinden. Die Tochter des Sattlers ist schwanger.«

»Nicht von mir«, beeilte sich Ardemir zu sagen. Er kannte seinen Ruf und musste zugeben, dass er an dessen Erlangung nicht ganz unschuldig war.

Vinae sah zu ihm auf. »Du bist wirklich ein erstaunlich großer Holzkopf«, sagte sie mit einem leichten, kaum merklichen Kopfschütteln, ehe sie sich wieder den Kräutern widmete, während Ardemir anderen Marktbesuchern zunickte und tat, als stünde er nur so in der Gegend herum. »Jetzt hör mir zu«, zischte sie. »Die Frau – die nicht von dir schwanger ist – wohnt mit ihrem Gefährten außerhalb der Stadt in der südlichen Siedlung. Geh nach Sonnenuntergang zu ihr. Sag ihr, wer du bist und dass ich dich schicke. Warte dort auf mich. Ich werde Daeron bitten, mich in die Siedlung gehen zu lassen, um nach ihr zu sehen. Er wird mir die Schlangenschilde mitschicken, aber die werden mit Sicherheit vor der Tür warten.«

»Wie kommst du darauf?«

Vinae lächelte und reichte einem Passanten das Kräuterbündel mit einem Hinweis, dass es anregend wirkte. »Sie sind Krieger«, sagte sie schließlich, wieder an ihn gewandt, »aber vor schwangeren Frauen haben sie alle Angst. Noch dazu, da die Geburt bald bevorsteht.«

Ardemir nickte. »Wo genau finde ich sie?«

Vinae erklärte ihm den Weg. »Und komm allein«, fügte sie noch hinzu. »Du kannst Nevliin nachher alles erzählen.«

»Eamon und Aurün sind ebenfalls hier.«

»Der Bruder der Königin? Er ist hier?«

Ardemir nickte. »Sie warten an der Brücke. Aber du hast recht. Es ist besser, wenn ich allein komme. Ich hoffe nur, ich finde den Weg, jetzt da ich geblendet wurde.« Er ließ seinen anerkennenden Blick über sie schweifen, wodurch Vinae ihm, mit dem Kräuterbündel in der Hand, gegen die Brust boxte. »Haben deine Schmeicheleien jemals zum Erfolg geführt?«, fragte sie und reichte ihm die Kräuter, die Ardemir skeptisch in seiner Hand drehte und begutachtete.

»Du wärst erstaunt«, sagte er mit einem gewinnenden Lächeln. »Auch wenn ich eben lediglich dem Kleid geschmeichelt habe.«

»Da wird sich Daeron freuen.« Vinae blickte noch einmal zu den Schlangenschilden, ehe sie sich ihm wieder zuwandte. »Es ist ein Geschenk von ihm.«

Ardemir knurrte. »Nun ja. Das Kleid kann ja nichts dafür.«

»Nach Sonnenuntergang.« Sie sah ihm eindringlich in die Augen. »Ich komme, so schnell ich kann.« Mit diesen Worten schlängelte sie sich an ihm vorbei und ließ es sich nicht nehmen, ihn mit der Schulter anzurempeln.

Ardemir drehte sich um. »He!«, flüsterte er und beugte sich etwas zu ihr. Vinae blickte über ihre Schulter zurück. »Wofür sollen die gut sein?« Er hob die Kräuter und wedelte damit durch die Luft.

Vinae zwinkerte ihm zu. »Sie wirken beruhigend«, flüsterte sie und verschwand in der Menge. Ardemir blickte ihr noch einige Augenblicke hinterher, ehe er sich in dieselbe Richtung aufmachte, um die anderen zu treffen. Er hatte die Brücke beinahe erreicht, als er die angehende Magierin noch einmal erblickte, wie sie gerade – gefolgt von den beiden Schlangenschilden – die Brücke hinaufging und durch das offenstehende Tor verschwand.

An irgendjemanden erinnerte Vinae ihn. In diesem Kleid, mit dem offenen Haar. Sie sah aus wie eine Prinzessin. Sie wirkte königlich.

Ardemir schluckte. Sie hatte eine gewisse Ähnlichkeit mit Liadan – auf eine unschuldige, liebreizende Weise.

»Glaubt Ihr, Ihr schafft es, Euch in den nächsten Minuten wieder zu bewegen?«

Ardemir drehte sich um und warf Aurün einen gehässigen Blick zu. »Und ich dachte, meine Cousine sei nervtötend. Eure Majestät«, fügte er mit einer spöttischen Verbeugung hinzu.

»Sie sieht anders aus«, ließ sich überraschenderweise auch

Nevliin vernehmen, der sie durch das Tor hatte verschwinden sehen.

»Vinae will Daeron bei Laune halten«, kam Ardemirs geknurrte Antwort.

Er kaufte sich endlich eine der köstlich duftenden Früchtepasteten, um seinen in letzter Zeit unstillbaren Hunger zu lindern, und erzählte den anderen von seinem Gespräch mit Vinae und auch von Daerons neuestem Einfall.

»Eine Fessel als hübsches Schmuckstück getarnt.« Er hatte plötzlich Mühe, den warmen Teig mit der süßen Füllung zu schlucken. »So etwas fällt auch nur Daeron ein.«

»Wieso geht sie nicht fort?«, fragte Eamon, der sich seit dem Wiedertreffen an der Brücke auffällig still verhalten hatte. »Sie kann sich doch nicht ewig von den Fürsten … und *Meara* schikanieren lassen.«

Ardemir sah von der Pastete auf und musterte seinen Vetter. Die Art, in welcher dieser den Namen der Thesalis ausgesprochen hatte, war schon ein Schimpfwort gewesen. Gut, er hatte auch triftigen Grund dazu, nach allem, was sie den Dunkelelfen im letzten Krieg angetan hatte, und doch sah Eamon solch ein Hass nicht ähnlich.

»Vielleicht sollten wir sie fortbringen. Nach Lurness«, überlegte Eamon weiter.

Ardemir schüttelte den Kopf. »Glaub mir, ich habe nicht nur einmal versucht, sie dazu zu überreden. Sie würde hier noch nicht einmal weggehen, täte sich die Erde auf und verschluckte das Sonnental. Es ist mehr als nur ihr Pflichtgefühl den Leuten gegenüber. Sie hängt an diesem verfluchten Ort.«

»Die Frage ist nur, wie lange Daeron zahm bleibt«, antwortete Eamon, der sich erstaunlich viele Gedanken um ein Mädchen machte, das er noch nicht einmal richtig kennengelernt hatte. War da etwa ein eifersüchtiges Ziehen in Ardemirs Bauch? Bestimmt nicht. Sie hatte heute auf dem Markt hinreißend ausgesehen, aber bei Eamon musste er sich keine Gedanken machen, und selbst wenn – es ging ihn nichts an. Sollte sich Eamon doch für sie interessieren. Was kümmerte es ihn?

Ardemir biss in die Pastete und wandte den Blick von seinem Vetter ab.

»Vinae muss etwas erfahren haben«, griff Aurün den Kernpunkt des Themas wieder auf. »Meint Ihr, sie weiß etwas über mein Volk?«

»Ich werde es herausfinden.«

Die beiden Augenpaare blickten Ardemir misstrauisch von der anderen Seite des kleinen Quadrats, das ein Wohnraum sein sollte, entgegen. Die runde Ascunsela saß mit ihrem Gefährten Krenir am Tisch und nippte an einem dampfenden Getränk, während Ardemir unter dem Fenster am Boden saß und hoffte, dass Vinae sich beeilte. Das Elfenpaar war freundlich und hatte ihm auch etwas zu trinken und zu essen angeboten, doch Ardemir wollte das alles nur schnell hinter sich bringen. Er wagte es nicht, bei den beiden am Tisch zu sitzen, wie sie es vorgeschlagen hatten, schließlich könnten die Schlangenschilde im Licht der Öllampen sehr gut hereinsehen.

Es war offensichtlich, dass sich Ascunsela und Krenir nicht wohl fühlten. Ein Ritter der Königin in der eigenen Hütte war alles andere als ein gewohnter Anblick und obendrein gefährlich, doch sie schienen Vinae wirklich sehr gern zu haben, so dass allein die Erwähnung ihres Namens genügt hatte, um ihn hereinzubitten. Genauso musste Vinae den beiden wohl vertrauen, sonst hätte sie ihn kaum hierher bestellt, und dies wiederum bedeutete, dass diese Elfen keine besonders freudigen

Anhänger der Fürsten waren, auch wenn sie sich zu keinem Kommentar diesbezüglich hinreißen ließen. Sie sprachen ohnehin kaum.

Ardemir entwich ein erleichtertes Seufzen, als es endlich leise klopfte.

Ascunsela erhob sich nach einem kurzen, nervösen Blick zu ihrem Gefährten und öffnete die Tür, die nach innen aufschwang, so dass Ardemir dahinter verschwand.

»Herrin Thesalis!«, rief Ascunsela erfreut aus. »Was für eine Überraschung! Ich habe gehofft, dass Ihr noch einmal nach uns seht, bevor ... Wollen die Herren nicht hereinkommen?«

Ardemir hätte beinahe laut aufgelacht, als er die lahmen Ausflüchte der Schlangenschilde hörte, von wegen, sie würden die Umgebung im Auge behalten und so weiter.

»Wie gut du aussiehst«, vernahm er dann auch Vinaes Stimme. »Jetzt kann es jeden Moment so weit sein.« Es folgte eine kurze Pause, in der Vinae sich offenbar zu den Aufpassern umdrehte. »Ihr könnt wirklich mitkommen«, sagte sie zuckersüß. »Das ist kein Problem. Die Untersuchungen dauern nicht so lange, und es gibt auch einen Vorhang vor dem Bett, um eure zarten Kriegerseelen zu schonen.«

»Ist schon gut, Herrin Thesalis«, sagte Krenir, der sich nun ebenfalls erhob und sich von seiner Gefährtin verabschiedete. Ardemir hörte noch, wie er den Schlangenschilden anbot, in einer der Tavernen der Stadt die Zeit totzuschlagen, ehe sich die Tür schloss und Ascunsela den Riegel vorschob.

»Du hast es geschafft«, stellte Ardemir leise fest, woraufhin sich Vinae in einer eleganten Drehung zu ihm umdrehte und bei seinem Anblick, wie er da an die Wand gelehnt am Boden saß, die Augenbrauen hob.

»Natürlich«, antwortete sie stolz, kletterte über seine ausgestreckten Beine, die er nicht vorhatte zurückzuziehen, verpasste ihm dabei einen kleinen Tritt – natürlich völlig unbeabsichtigt – und schloss die Fensterläden über ihm. »Daeron ist heute ohnehin gutgelaunt.«

Ardemir schnaubte. »Ich kann mir wahrlich vorstellen, wie er von dir überzeugt wurde.« Er zupfte am Rock des glänzenden Kleides, der jedoch sofort wieder seinen Fingern entglitt, als Vinae sich abrupt umdrehte und ihm einen vernichtenden Blick zuwarf, ehe sie die Läden des zweiten Fensters schloss. Ascunsela setzte sich wieder an den Tisch und beobachtete die beiden lächelnd über den Rand ihres Bechers hinweg.

»Verzeih meinem ungehobelten Freund«, sagte Vinae schließlich an sie gewandt. »Du weißt, ich würde dich nicht in solch eine Gefahr bringen, wäre es nicht wirklich wichtig.«

»Wir sind froh, helfen zu können, Herrin Thesalis.« Ascunsela deutete zur Tür neben sich. »Soll ich euch allein lassen, damit ihr ungestört sprechen könnt?«

»Ich …« Vinae warf Ardemir einen unsicheren Blick zu, ehe sie sich wieder an die schwangere Elfe wandte. »Wir sind hier in deinem Haus«, sagte sie zerknirscht. »Aber ich habe dem Vetter der Königin einige sehr unschöne Dinge zu berichten. Ich will nicht, dass du durch deine Mitwisserschaft in Schwierigkeiten gerätst. Entscheide selbst, ob du hören willst, was ich zu sagen habe.«

Ascunsela erhob sich. »Herrin Thesalis, uns allen hier ist bekannt, dass es im Schloss nicht mit rechten Dingen zugeht. Wir spüren die Folgen schließlich am eigenen Leib.« Sie sah mit wehmütigem Ausdruck an sich hinab und dachte wohl an ihr ungeborenes Kind. »Mein Junge soll nicht so aufwachsen«, flüsterte sie, ehe sie wieder aufblickte und mit feierlichem Ernst fortfuhr. »Ihr seid unsere einzige Hoffnung, Herrin Thesalis. Ihr habt Mut, und Ihr steht für uns ein. Ihr oder Eure Freunde seid bei uns immer willkommen, egal, ob als Gäste oder …

als Schutzsuchende. Nutzt dieses Haus als Unterschlupf! Wir werden es Euch nicht verwehren. Das ist das Mindeste, das wir im Kampf gegen diese Tyrannei tun können.« Sie nickte den beiden noch einmal zu, dann verschwand sie in den Nebenraum und schloss die Tür hinter sich.

»Dein ungehobelter Freund ist von deiner schwangeren Freundin begeistert.« Ardemir erhielt noch einen ihrer ungeduldigen Blicke, zu denen nur sie in der Lage war.

»Du siehst anders aus.« Vinae musterte ihn, während er sich erhob und an die Wand lehnte. »Irgendetwas hast du gemacht.«

Ardemir lachte und hob sein kurzes Haar. »Abgesehen davon?«, fragte er, wobei er zugeben musste, dass ihm der sorgfältig prüfende Blick seiner Freundin nicht besonders behagte. »Was ist?«, fragte er schließlich, da er das unangenehme Schweigen nicht mehr aushielt.

»Irgendetwas ist anders.« Vinae trat auf ihn zu und stellte sich so dicht vor ihn, dass der Stoff ihres Kleides bereits um seine Beine spielte. Auf den Zehenspitzen stehend, sah sie ihm tief in die Augen, während ihr Vanilleduft ihm beinahe den Verstand raubte und ihr Atem um seine Lippen strich. Das helle Blau ihrer Augen schien im schwachen Licht der Lampe intensiver, bei Tageslicht wirkte es eher grau. Die dichten schwarzen Wimpern, die ihre Augen umrahmten, verstärkten den Kontrast noch, so wie es sich auch bei ihrer weißen Haut und dem schwarzen Haar verhielt. Diese Augen konnten bis in seine Seele sehen, und genau danach suchten sie in diesem Moment.

Ardemir zuckte zusammen und drehte seinen Kopf weg. »Was soll das werden?«, fragte er in einem solch gereizten Ton, der ihn selbst einen Moment überraschte. »Bist du jetzt, nur weil du dich so anziehst, zu einer Magierin geworden?«

Vinae trat schweigend einen Schritt zurück, sah ihn jedoch immer noch auf diese misstrauische Weise an.

»Hör auf damit«, knurrte er, und es schwang tatsächlich eine Drohung mit.

»Ja.« Vinae legte in einer nachdenklichen Geste ihre Hand ans Kinn. »Irgendetwas ist anders.«

»Sieh dich doch einmal an. An mir ist nichts anders.«

»Du bist kräftiger geworden«, stellte sie fest, ohne auf seinen Tonfall einzugehen.

»Kräftiger? Willst du mir jetzt sagen, dass ich fett geworden bin?«

Vinae lächelte schwach, irgendetwas bereitete ihr tatsächlich Sorgen, denn ansonsten hätte sie laut gelacht. »Keineswegs«, antwortete sie geistesabwesend. Sie ging wieder auf ihn zu, und noch ehe er sich versah, lag ihre Hand auf seiner Brust. Mit einem Ausdruck, als wäre er ein wissenschaftliches Projekt, strich sie mit ihren schlanken Fingern über seinen Oberkörper bis zum Bauch hinab, dessen Muskeln sich unter ihrer Berührung zusammenzogen und zitterten. Einen flüchtigen Moment kam ihm der Gedanke, sie zu packen, an die Wand zu drücken und …

»Himmel, Vin! Bist du jetzt völlig wahnsinnig?« Er packte ihre Hand und nahm sie fort, ehe er sich noch vergaß. »Ich bin nicht hierhergekommen, um mich von dir betatschen zu lassen.«

»Du hast in letzter Zeit einige Kämpfe ausgetragen, nicht wahr?« Sie warf noch einmal einen Blick auf seine breiten Schultern und zurück in seine Augen. »Die Drachenangriffe fordern dich.«

Ardemir schnaubte. »Das fällt dir jetzt auf?« Er ließ ihre Hand los, die er – wie er verwundert feststellte – immer noch festgehalten hatte. »Schätzchen, ich war noch nie eines dieser zarten Elflein, wie du wohl schon bemerkt hast, aber wo wir gerade von den Drachenangriffen reden, könnten wir vielleicht beim Thema bleiben und meinen Körperbau ein andermal besprechen? Glaub mir, an einem anderen Ort, zu einer anderen Zeit können wir uns intensiv damit beschäftigen, aber jetzt muss ich erfahren, was eigentlich los ist.« Und wieder einen klaren Kopf bekommen. Nebenan befand sich schließlich eine hochschwangere Frau!

»Wie du meinst.« Vinae trat zu seiner Erleichterung wieder etwas zurück. »Aber du würdest mir doch sagen, wenn etwas nicht in Ordnung ist, nicht wahr?«

»Oh, bei den Sternen, Vinae!«

»Ist ja schon gut.« Sie rückte sich einen Stuhl so zurecht, dass sie ihn von dort aus ansehen konnte, und nahm Platz. »Ich habe Drachen gefunden«, sagte sie dann so unvermittelt, als teilte sie ihm mit, dass im Sonnental häufig die Sonne schien.

»Du hast was?« Er war plötzlich wieder ganz bei sich. »Wo?«

Vinae warf ihm einen eindringlichen Blick zu, der ihm bedeuten sollte, die Stimme zu senken, ehe sie ihm von ihrem Ausflug in die Kerker erzählte, wo sie die Drachen entdeckt hatte.

Noch bevor sie mit der schaurigen Geschichte endete, sank Ardemir ebenfalls auf einen Stuhl und konnte nicht fassen, was er da hörte.

»Und du hast nur diese zwölf Drachen gesehen?«, fragte er bestürzt.

Vinae nickte. »Zwölf Drachen und Drachenelfen.«

»Ist dir da unten sonst etwas aufgefallen? Waren noch andere Gefangene dort?«

»Nein.« Ihr Blick bekam plötzlich etwas Hartes, Undurchdringbares, doch er konnte sich auch täuschen, schließlich war das Gesprächsthema nicht besonders angenehm.

»Wie kann es sein, dass Aurün nichts davon weiß? Alle

Drachen und Drachenelfen sind doch gedanklich miteinander verbunden.«

Vinae zuckte mit den Schultern. »Magie? Sie dort unten magisch abzuschotten ist nicht schwer.«

»Ja. Genauso wie Aurün plötzlich nichts mehr vom Rest ihres Volkes mitbekommt. Dieselbe magische Abschottung? Zufall?«

»Ardemir, ich glaube wirklich nicht, dass die Fürsten etwas damit zu tun haben. Daeron sagt, sie werden hier bereits seit Jahrhunderten gefangen gehalten. Sie produzieren Rüstungen, die jetzt nötig sind. Zuvor verkauften sie sie an die Menschen.«

Ardemir hob seine Hände. »Was läge näher, Vin?«, fragte er ungeduldig, da sie das Offensichtliche nicht sah. »Drachenrüstungen an die Menschen zu verkaufen war ein gutes Geschäft. Liadan zog jedoch die Schlüssel zu den Weltentoren ein, verhinderte damit den Handel mit den Menschen, und die Fürsten sorgen jetzt dafür, dass die Rüstungen hier bei den Elfen benötigt werden. Es ergibt alles einen Sinn.«

»Und wo sind dann die anderen Drachen? Sie würden doch auffallen, und außerdem …«

»Außerdem?«

Vinae hob ihren Kopf etwas an. »Außerdem ist sich selbst die Königin über die Geschehnisse da unten in den Kellern des Schlosses im Klaren. Sie weiß von den Drachen.«

Ardemirs Augen weiteten sich. Er konnte Vinae einige Momente lang nur anstarren, ehe er zu einer Antwort fand. »Das glaubst du doch nicht wirklich.«

»Wieso nicht?« Ihr Blick bekam etwas Herausforderndes. »Ihre Ritter brauchen Rüstungen im Kampf gegen die Drachen. Woher bekommt sie diese wohl? Fallen deren Schuppen einfach so vom Himmel? Was trägst du für eine Rüstung, um dich vor den Flammen zu schützen, Ardemir?«

Ihre funkelnden Augen sagten ihm, dass es jetzt besser war, zu schweigen.

»Das ist alles, was ich weiß.« Vinae wollte sich erheben, doch Ardemir nahm ihre Hand.

»Wir Ritter«, sagte er ruhig und beugte sich etwas über den Tisch zu ihr vor, »wir tragen Rüstungen aus Drachenpanzer. Doch diese stammen noch aus dem Drachenkrieg. Kein Einziger von uns besitzt eine neue Rüstung, Vinae. Wie sollten wir auch? Die Drachenangriffe trafen uns völlig unvorbereitet.«

»Anfangs.« Vinae zog ihre Hand zurück und stand auf. »Der erste Angriff liegt Monate zurück. Wenn du sagst, dass du nichts davon wusstest, glaube ich dir. Aber du kannst nicht für die Königin sprechen.«

Nun erhob sich auch Ardemir. »Sie ist vor allem meine Cousine, und ich kenne sie«, erwiderte er erbost.

»Vielleicht nicht so gut, wie du denkst.«

»Aber Daerons Wort ist zu trauen?«

»Ja … Nein.« Vinae hob ihre Hände, und es sah aus, als würde sie sich mit den zu Krallen geformten Fingern über die Wangen kratzen wollen, doch sie schloss sie zur Faust und presste sie an die Schläfen. Mit geschlossenen Augen verharrte sie einige Augenblicke, ehe sie ihn wieder ansah. »Es ist nicht nur Daeron allein«, sagte sie schließlich ruhig. »Sein Bruder und meine Mutter sind genauso schuldig, du musst also nicht immer nur auf ihn losgehen.«

Ardemir öffnete seinen Mund, um zu widersprechen, doch Vinae hob ihre Hand und ließ ihn verstummen. »Du musst mir auch nicht ständig unter die Nase halten, wie furchtbar Daeron ist, das weiß ich wohl selbst am besten, meinst du nicht?« Sie ließ ihn nicht antworten. »Etwas anderes könnt du, Nevliin und alle anderen ohnehin nicht. Ihr kommt alle paar Wochen zu mir, um für die Königin zu spionieren, um nachzuprüfen, ob die Fürsten sich auch artig benehmen. Ihr glaubt, ihr könnt mir etwas über das Sonnental erzählen, und wisst alles besser, und das bin ich leid.« Sie musste erneut die Hand heben, um ihn von einer Erwiderung abzuhalten. »Ihr wisst nichts über uns oder unser Leben hier. Ich kämpfe allein, und nur weil es euch jetzt plötzlich auch betrifft, mischt ihr euch ein. Ansonsten ist es doch sehr bequem, einfach wegzusehen.«

»Vin, du weißt, ich kann nicht …«

»Ich weiß.« Sie schüttelte enttäuscht ihren Kopf. »Es war noch nie anders. Du hast keine Zeit für unsere Probleme hier, und ich werde weiterhin allein kämpfen. Ich komme damit klar, aber dann hör auch auf mich, wenn ich dir sage, dass die Drachen nicht hier sind.«

»Wir müssen uns sicher sein.«

»So etwas würden sie nicht tun.«

Ardemir lachte. »O Vin, was müssen sie noch alles anstellen, um dich davon zu überzeugen, wie grausam sie sind?«

»Nichts. Das weiß ich selbst gut genug, aber auch für sie gibt es Grenzen. Auch sie sind nicht *nur* böse.« Sie blickte zum Fenster und seufzte. »Ich werde natürlich weiterhin die Augen offenhalten und versuchen, mehr herauszufinden«, sagte sie dann in versöhnlichem Ton. »Ich werde in einer Woche abends wieder hier sein. Wenn ihr mit mir sprechen wollt, dann kommt hierher.«

Ardemir sank zurück auf seinen Stuhl und strich sich das verfluchte Haar aus dem Gesicht, das ihm seit der Begegnung mit seinem Dolch ständig in die Stirn hing. »Wenn das alles mit den Drachen vorbei ist«, begann er, doch Vinae ließ ihn wieder nicht zu Ende sprechen.

»Wirst du andere Aufgaben übernehmen«, beendete sie seinen Satz. »Du gehörst nicht ins Sonnental. Dein Platz ist in

Lurness. Ich weiß das, aber du musst auch verstehen, dass meiner hier ist.«

»Wenn das Problem mit den Drachen gelöst ist, werde ich dir helfen.«

Vinae schenkte ihm ein trauriges Lächeln. »Nein, wirst du nicht.«

Aurün

Niemand konnte sie aufhalten. Eamon redete beschwichtigend auf sie ein, versicherte ihr, dass er nichts von den immer noch gefangenen Drachen gewusst hatte, als er König gewesen war, und auch Ardemir sagte dasselbe. Doch das genügte ihr nicht. Für Aurün waren es nicht nur irgendwelche fremde Drachen. Sie kannte sie alle beim Namen! Sie hatte sie für tot gehalten, und nun erfuhr sie, dass es ein viel schlimmeres Schicksal war, das ihre Landsleute ereilt hatte. Und dass die Königin Liadan daran beteiligt war.

Vom Weltentor in Lurness, dort, wo einst der Dunkelwald die Burg vor Feinden geschützt hatte und jetzt das hektische Treiben der neu erbauten Stadt Sincara herrschte, lief Aurün direkt zur Festung. Über eine prachtvolle, mit geschnitzten Figuren verzierte Zugbrücke aus Eichenholz gelangte sie über die Drachenschlucht in den äußeren Hof. Ohne die Blicke der Wachen oder der zahlreichen Knechte und Bediensteten zu beachten, setzte sie ihren Weg die schmale Gasse hinauf fort, um vom Inneren Hof aus in die Burg zu gelangen.

Eamon lief neben ihr her, während Nevliin und Ardemir irgendwann zurückgeblieben waren. Sie betraten soeben die Eingangshalle, als er sie nach mehrmaligem Auffordern, stehen zu bleiben, an der Schulter packte und sie dazu zwang.

»Du solltest dich beruhigen, bevor du zu ihr gehst«, sagte Eamon und blickte Aurün dabei tief in die Augen, als wisse er, welche Wirkung sein gütiges Antlitz hatte. »Liadan ist deine

Verbündete – die einzige, die du hast, und vielleicht solltest du dir vorher überlegen, was du sagen willst.«

»Ich weiß genau, was ich sagen werde«, fuhr sie ihn an und riss ihren Arm hoch, um sich zu befreien. »Wie kannst du nur so ruhig bleiben? Was im Sonnental geschieht, ist furchtbar!«

»Unbedachte Handlungen ändern aber auch nichts daran.« Eamon winkte einem der Bediensteten, der etwas abseits auf mögliche Befehle wartete, und forderte ihn auf, die Königin über ihr Eintreffen in Kenntnis zu setzen. Eamon bat um einen Empfang in ihren Gemächern, während Aurün nur wutschnaubend neben ihm stand.

»Es ist genau so, wie Ardemir es gesagt hat«, fuhr er schließlich wieder an sie gewandt fort. »Dein Volk war in Zeiten des Drachenkrieges unser Feind, und mit dem Panzer von Gefangenen wurden Rüstungen hergestellt. Damals! Du weißt selbst, dass die Lichtelfen auch nach dem Krieg noch gegen Drachen vorgingen. Das Schattenreich hatte nichts damit zu tun, und Liadan hat sicher nicht gedacht, dass nach all der Zeit noch irgendjemand Drachen gefangen hält. Sie war zu jener Zeit ja noch nicht einmal geboren, Aurün, und sie ist auch noch nicht lange Königin. Die Taten des einstigen Lichtreichs waren uns bis vor kurzem verschlossen.«

»Das sagst du.« Aurün hasste es, dass noch nicht einmal Eamon zu ihr stand. Er war der Einzige an ihrer Seite, der ihr noch geblieben war. »Du kannst nicht wissen, was sie getan hat, während du in der Menschenwelt warst. Du kannst nicht wissen, ob sie nach den ersten Drachenangriffen mit Daeron gehandelt hat.«

»Nein. Aber ich kenne meine Schwester.«

»Das werden wir ja sehen.«

Eamon schüttelte den Kopf und sah sie an, als wäre sie hier

die Verbrecherin. Wieso konnte er nicht verstehen, dass sie die Letzte ihres Volkes in Freiheit war und die Einzige, die etwas dagegen unternehmen konnte? Wieso konnte er ihr nicht beistehen? Sie brauchte ihn, und er interessierte sich nicht dafür. Ständig war er abwesend, in irgendwelchen Gedanken versunken. Als wäre die Gefangenschaft ihrer Freunde nichts, was seine Aufmerksamkeit verdiente.

Genauso jetzt. Er beachtete sie noch nicht einmal wirklich und sah sich in der Halle um, als gäbe es hier irgendeinen Schatz zu entdecken.

Ihr Volk wurde in diesem Moment gequält! Gab es denn niemanden, der dies ernst nahm?

Das Öffnen einer Tür ließ Aurün aufhorchen. Sie bemerkte, dass sich Eamon neben ihr anspannte, und als sie in die Richtung des Geräusches blickte, erkannte sie Liadan, die nicht in ihren Gemächern wartete, sondern hierhergekommen war.

Mit strahlenden Augen, aber auch einer winzigen Spur von Misstrauen oder Angst stand die Königin am anderen Ende der Halle. »Eamon«, hauchte sie schließlich ungläubig und würdigte Aurün nicht eines Blickes. Das prunkvolle, mitternachtsblaue Kleid mit beiden Händen gerafft, ging Liadan eilig auf ihren Bruder zu, und auch Eamon setzte sich in Bewegung. Zuerst noch langsam, doch dann lief er ihr entgegen. Er breitete seine Arme aus und fing seine Schwester auf, die ihm förmlich entgegenflog. Das Gesicht an ihrem Hals vergraben, drehte er sich mit ihr im Kreis. Aurün stand immer noch reglos an derselben Stelle und beobachtete das absonderliche Bild. Ein schmerzhafter Stich fuhr durch ihr Herz. Das Gefühl, verraten zu werden, ließ sie nicht los.

Liadan hatte womöglich etwas mit den grauenhaften Taten zu tun, und Eamon stellte sie noch nicht einmal zur Rede. Hatte er nicht vor kurzem noch gesagt, dass er ihr den Verrat vom Wiedervereinigungskrieg niemals verzeihen würde? Was sollte das jetzt?

»Du bist gekommen«, sagte Liadan, nachdem Eamon sie wieder hinuntergelassen hatte. »Ich bin so froh, dass du hier bist. Nach all der Zeit.«

Eamon drückte seine Schwester noch einmal an sich. »Du bist wahrlich eine Königin«, murmelte er, während sich Aurün langsam näherte. Es sah ganz so aus, als wäre sie wieder einmal allein zurückgeblieben, aber das machte nichts. Sie war jetzt ebenso eine Königin, sie war ihres Vaters Tochter, und sie würde ihr Volk befreien.

»Ich würde gerne mit Euch sprechen, Liadan«, sagte sie kühl, aber höflich, woraufhin sich die Königin von Eamon löste und sie freudestrahlend ansah.

»Natürlich«, antwortete sie. »Es tut mir leid, Aurün. Ich habe Euch nicht gesehen. Ihr versteht, dass mich das Wiedersehen mit meinem geliebten Bruder nach mehr als achtzig Jahren einen Moment die Fassung verlieren ließ.«

»Gewiss.« Aurün lächelte. »Und Ihr versteht bestimmt, dass mich die Folter von Drachenelfen ebenfalls etwas in Aufruhr versetzt.«

Liadans fröhliches Gesicht gefror, und auch Eamon drehte sich verblüfft um. »Aurün …«, begann er in tadelndem Ton, als spräche er mit einem Kind, aber das würde sie sich nicht gefallen lassen.

»Es tut mir leid, die Wiedersehensfreude mit der Erwähnung solch grauenhafter Vergehen zu trüben«, sagte Aurün, ohne Eamon weiter zu beachten, »aber diejenigen Drachen und Elfen, die in diesem Moment vor Schmerzen schreien, haben keine Zeit.«

»Wovon sprecht Ihr überhaupt?« Liadan blickte zwischen

Eamon und ihr hin und her. »Habt Ihr etwas über den Verbleib der Drachenelfen erfahren?«

»Wir sollten das wohl nicht hier besprechen«, meinte Eamon mit einem weiteren strengen Blick an Aurün gerichtet. »Lasst uns in den Sternensaal gehen.«

»Gern.« Aurün trat einen Schritt zur Seite, um den beiden Geschwistern den Vortritt zu lassen, und folgte ihnen schließlich in jene Halle, in der sie zur Zeit des letzten Krieges das letzte Mal gewesen war. Der Anblick der leuchtenden Karte zu ihren Füßen vermochte sie zu fesseln, genauso wie der aus dem Felsgestein gewachsene Baum. Sie war jedes Mal aufs Neue von den mächtigen Ästen beeindruckt, die sich einem magischen Sternenhimmel entgegenreckten und sie vergessen ließen, dass sie sich im Inneren der Burg befand. Mit jedem Schritt über den leuchtenden Boden sank sie ein Stück weit ein, wodurch es wirkte, als wandelte sie über Wolken und blickte hinab auf die Weiten Elvions. Eamon und Liadan ließen sich linker Hand auf der in den Fels geschlagenen Treppe nieder. Aurün bevorzugte es, stehen zu bleiben und Liadans Reaktion zu beobachten, während Eamon von den Erzählungen der kleinen Thesalis berichtete. Natürlich beteuerte die Königin, nichts davon gewusst zu haben, und vielleicht hatte Aurün auch so etwas geahnt, doch die Antwort enttäuschte sie. Sie brauchte einen Schuldigen. Sie brauchte etwas, wogegen sie kämpfen und wogegen sich all ihr Zorn richten konnte.

»Was wollt Ihr dagegen unternehmen?«, fragte Aurün daher die Königin.

»Was kann ich denn dagegen unternehmen?«, antwortete Liadan so ruhig und gelassen, dass Aurün Mühe hatte, sich zu beherrschen.

»Diese Drachen und Elfen leiden«, presste sie hervor. »In

Eurem Land! Ihr müsst die Fürsten bestrafen und meine Leute befreien!«

Liadan sah sie unverwandt an. »Allein die Erwähnung der Drachen bei den Fürsten brächte Vinae Thesalis in größte Gefahr. Daeron und Menavor wüssten, dass sie Kontakt zu mir hat und mir von den Geschehnissen im Sonnental berichtet.«

»Das ist nicht Euer Ernst! Ihr könnt doch nicht einfach … Ah!« Aurün fasste an ihren Arm, von dem plötzlich ein brennender Schmerz ausging.

»Was ist los?« Eamon war sofort bei ihr, und auch Liadan erhob sich und kam auf sie zu. Alle drei blickten auf den dunklen Stoff ihrer einfachen Kleidung, der sich rasend schnell schwarz färbte.

»Sie tun es schon wieder«, flüsterte Eamon und packte ihre Hand. Er schob den Ärmel hoch und entblößte damit ihren blutigen Arm und den neuen Einstich. Noch ehe Aurün sich versah, hatte er bereits ein Stück seiner Tunika abgerissen und presste es auf die blutende Wunde.

»Das wird nicht helfen«, sagte Aurün verblüffend ruhig. »Solange Aurünliig Blut verliert, geht es mir genauso.«

»Was geht hier vor?« Liadan drängte ihren Bruder zur Seite, um Aurüns Wunde in Augenschein zu nehmen. »Was geschieht mit Euch?«

Eamon warf Aurün einen fragenden Blick zu, und als sie schließlich widerwillig nickte, erzählte er seiner Schwester von den häufigen Blutabnahmen an ihrer Seelenschwester, die sich auf sie selbst übertrugen. Auch davon, dass wohl irgendjemand mit dem Blut des letzten Nachfahren Ureliigs die Drachen zu beherrschen versuchte, um damit die Notwendigkeit des Schlüssels – dessen wahre Identität er ebenso preisgab – zu umgehen.

Liadan hörte schweigend und konzentriert zu. Sie fragte

nicht – so wie Eamon –, wieso Aurün nicht schon früher davon erzählt hatte. Solch unnütze Abschweifungen sahen ihr nicht ähnlich, stattdessen blieb sie sachlich beim Thema und versuchte, die neugewonnenen Informationen zu verwerten.

»Die Aufnahme von Drachenblut ist doch bestimmt nicht ohne Risiko«, meinte sie nachdenklich, als sie sich wieder auf der untersten Treppenstufe auf einem der Sitzpolster niederließ. »Wer könnte zu so etwas fähig sein?«

»Mächtige Magier«, meinte Eamon. Er warf einen kurzen Blick auf Aurüns Arm, um zu überprüfen, ob die Blutung aufgehört hatte, und wandte sich schließlich wieder seiner Schwester zu. »Magier, die etwas gegen die Orakel haben und sich zu verstecken wissen.«

»Aber auch eine geringe Menge des Drachenblutes kann einen Elfen töten«, warf Aurün ein, während sie den blutigen Stofffetzen abnahm. »Ich weiß nicht, wie sie das anstellen. Nur mit Magie? Da muss mehr dahinterstecken. Das Blut müsste verändert werden, aber ohne die Wirkung auf das Herz zu verlieren.«

»Womit wir wieder bei dem großen ›Wer?‹ angelangt sind.« Eamon rieb sich mit der Hand über die Augen. Er sah tatsächlich müde aus, und Aurün sorgte sich, dass er die Verletzungen – trotz der Heilerin – noch nicht richtig überstanden hatte. Nevliin hatte ihn übel zugerichtet.

»Es kann nur jemand aus dem einstigen Lichtreich sein«, antwortete sie schließlich. »Und wenn ich an Magie denke, kommt mir immer wieder der Name ›Thesalis‹ in den Sinn.«

»Meara Thesalis und die Fürsten?« Liadan nickte nachdenklich. »Sie wären dazu in der Lage, besonders da Fürst Daeron das Blut verändern könnte. Er versteht sich auf Elixiere. Doch Vinae konnte nichts dergleichen herausfinden. Nichts zeugt von einem Aufenthalt der Drachen im Sonnental. Weder in den unterirdischen Gewölben noch im Himmel sind welche zu sehen.«

»Doch.« Aurün warf der Königin einen kühlen Blick zu. »Dort unten sind Drachen, und auch wenn sie nichts mit dem eigentlichen Verschwinden meines Volkes zu tun haben, müssen sie befreit werden.«

»Verzeiht mir, Aurün«, entgegnete Liadan gelassen, »aber ich glaube, wir sollten uns auf das eigentliche Problem konzentrieren. Die Drachen, von denen Ihr sprecht, sind bereits seit geraumer Zeit gefangen, und fordern wir die Fürsten deswegen heraus, sinken unsere Möglichkeiten, etwas über die dringendere Gefahr herauszufinden. So leid es mir tut, wir dürfen den Fürsten keinen Grund zu Misstrauen geben – sollten sie denn tatsächlich etwas damit zu tun haben.«

»Ihr schlagt also vor, dass ich einfach die Augen vor den Qualen meiner Leute verschließe.«

»Ja.«

Aurün verschlug es den Atem. Mit solch direkter Antwort hatte sie nicht gerechnet, und sie wusste auch nicht, was sie darauf erwidern sollte. Liadans Gründe mochten ja vernünftig klingen, und doch waren sie nicht zu akzeptieren. »Ich werde etwas dagegen unternehmen«, sagte sie schließlich entschlossen. »Ich erwarte keine Hilfe.«

»Liadan hat recht«, kam es plötzlich von Eamon, der ihr damit ein weiteres Mal einen Hieb versetzte. »Du bist die einzige freie Drachenelfe, Aurün. Die Königin! Du kannst nicht so einfach zu den Fürsten spazieren und sie zur Herausgabe deiner Freunde zwingen. Schon gar nicht, wenn sie tatsächlich etwas mit dem Verschwinden deines Volkes zu tun haben. Außerdem hat Liadan auch in einem anderen Punkt recht: Du bringst Vinae in Gefahr.«

Schlimmer hätte es nicht kommen können. Aurün war nicht

entgangen, wie Eamon die kleine Thesalis betrachtet hatte. Was war nur mit ihm los, dass er stets von diesem zarten und unschuldig wirkenden Mädchen angezogen wurde? Zuerst die Halbelfe und jetzt auch noch eine Thesalis. Konnte er denn nicht sehen, dass er sich mit seinen Leidenschaften ins Verderben stürzte?

»Die Drachenelfen sind in Gefahr«, erwiderte sie mit leicht zitternder Stimme. »Verstehst du das denn nicht?«

»Und wie sieht dein Plan aus?«

»Ich …« Aurün schüttelte den Kopf. Sie hatte keinen Plan. Sie war ratlos und allein. »Ich werde mir etwas einfallen lassen«, antwortete sie daher, wobei sie es hasste, sich in Liadans Gegenwart stets so klein und unwürdig zu fühlen. »Ich werde mit Vinae sprechen«, fügte sie noch hinzu. »Vielleicht kann sie mich zu ihnen bringen.«

»Was für sie ein großes Risiko ist.«

Aurün fuhr zu Eamon herum. Ihr lagen mehrere Bemerkungen auf der Zunge, doch sie wollte sich hier keine Blöße geben und sich wie eine eifersüchtige Geliebte benehmen. Sollte er Vinae doch beschützen, wenn er so sehr um sie fürchtete. Das war es ohnehin, was ihn an diesem zerbrechlichen Mädchen anzog. Er wollte sie beschützen!

»Ich glaube, eine Thesalis kann selbst auf sich aufpassen«, erwiderte sie stattdessen ruhig. »Vinae wird selbst entscheiden, ob sie mir hilft.«

»Dann begleite ich dich.« Eamon warf seiner Schwester einen kurzen Blick zu, die kaum merklich nickte, ehe er sich wieder an Aurün richtete. »Wir gehen alle zurück ins Sonnental«, sagte er, ohne befehlshaberisch zu klingen, und doch duldete sein ruhiger Ton keine Widerrede. »Mir scheint, es ist der einzige Anhaltspunkt, den wir haben, und es gab auch keinen Angriff, seit Nevliin eine von ihnen verletzt hat. Die beiden

Fürsten und Meara – es passt einfach zu gut zusammen. Und wir reden noch einmal mit Vinae. Wir werden sehen, was wir für deine Freunde tun können … ohne irgendjemanden zu gefährden. Bist du damit einverstanden?«

»Natürlich.« Aurün neigte ihren Kopf etwas in Liadans Richtung. »Ich werde euch beide jetzt allein lassen«, sagte sie und hatte Mühe, ruhig zu bleiben und nicht sofort wutentbrannt hinauszustürmen. »Ihr habt bestimmt einiges zu bereden.«

Mit diesen Worten drehte sie sich um und verließ gemächlichen Schrittes den Sternensaal. Auch nachdem sich die Tür hinter ihr geschlossen hatte, blieb sie gefasst – zumindest äußerlich. Sie war als Prinzessin erzogen worden, und nun hatte das Schicksal sie zur Königin ernannt. Sie durfte sich vor niemandem gehenlassen, und hier schwirrten überall Bedienstete umher und – was noch viel schlimmer war – Angehörige adliger Familien, die sich über Tratsch vermutlich noch viel mehr freuen würden.

Nein, sie würde hocherhobenen Hauptes schreiten und die Königin sein, auf die ihr Vater stolz sein konnte, wenn er sie von den Sternen aus betrachtete. Sie würde ihr Volk wieder befreien.

Der Wächter

Schon Tage vor dem monatlichen Gang durch das Verlies hielt ihn die Angst umklammert. Anfangs hatte er es noch für eine Ehre gehalten, mit solch einer bedeutsamen Aufgabe betraut zu werden, die sowohl ein großes Ausmaß an magischer Kraft als auch Verschwiegenheit erforderte. Das Vertrauen der Fürsten in einen einfachen Elfen niederer Geburt hatte ihn mit Stolz erfüllt, doch schon bei seinem ersten Zusammentreffen mit dem geheimen Gefangenen hatte sich alles geändert.

Auch an diesem Tag schlug ihm das Herz bis zum Hals, als er die Tür in der Dunkelheit öffnete und in den matt, von weißem Licht beleuchteten Keller trat. Die Kristalle hatten etwas an Leuchtkraft verloren, doch aus diesem Grund war er schließlich hier. Er würde sie mit neuer magischer Energie versorgen, um *es* weiterhin in Schach zu halten.

Er verfluchte den Tag, an welchem er zum Wächter ernannt worden war, und er verfluchte das Wissen um die wahre Existenz des Gefangenen.

»Ihr seid spät«, hallte die raue Stimme auch schon aus den Schatten. »Ich dachte bereits, Ihr würdet mich vergessen und meine Freiheit ermöglichen.«

Der Wächter wagte es nicht, in die Zelle zu sehen, und kniete neben dem ersten Kristall nieder. Das Zittern seiner Hände konnte er nicht kontrollieren, sosehr er sich auch für seine mangelnde Beherrschung verabscheute. Mit aller Konzentration murmelte er die magischen Formeln, die den Kristall zu neuem Leben erweckten, und auch als der Gefangene direkt neben ihm erschien, ließ er sich nicht von seinem Werk ablenken.

»Ihr seid ein so einschläfernder Besucher«, hörte er den Mann knapp an seinem Ohr. »Da hilft noch nicht einmal die Angst, die Euch zittern lässt, um mich zu erheitern. Wieso weigert Ihr Euch stets, mit mir zu sprechen? Denkt Ihr etwa, ich könnte Euch mit einem Wort Böses? Wollt Ihr mir nicht erzählen, was es dort oben Neues gibt?«

Der Wächter erhob sich und ging zur anderen Seite der Zelle, wo er sich dem zweiten Kristall widmete.

»Ich habe eine neue Seele im Schloss vernommen«, fuhr der Gefangene fort, der ihm zu dieser Seite gefolgt war. »Sagt, wer ist vor ein paar Tagen hier angekommen?«

Nur einen winzigen Moment lang unterbrach der Wächter seine Konzentration. Über die Fähigkeiten des Gefangenen dürfte er sich eigentlich nicht mehr wundern, auch wenn es ihm absonderlich erschien, dass dieser hier unten in den tiefsten Winkeln des Verlieses etwas vom Kommen und Gehen im Schloss mitbekam.

»Also gut.« Der Gefangene richtete sich neben ihm auf. »Ich will offen sprechen. Jemand ist neu im Schloss, und ich will wissen, wer das ist. Gibt es ein neues Küchenmädchen? Vielleicht jemanden namens Enra?«

Nun blickte der Wächter doch noch auf. Ein Küchenmädchen? Enra? Was hatte das alles zu bedeuten? »Enra ist die Küchenmeisterin«, erklärte er, wenn er sich auch nicht wohl dabei fühlte, mit dem Gefangenen zu sprechen. »Sie ist schon seit Ewigkeiten hier und bestimmt nicht neu.«

Der Gefangene nickte langsam. »Und wer ist vor ein paar Tagen hier angekommen?«

»Das ist für Euch nicht von Belang.« Der Wächter widmete

sich dem nächsten Kristall, doch der Gefangene kam ihm an der anderen Seite der Gitterstäbe so nahe, dass es ihm immer schwerer fiel, das Zittern der Hände unter Kontrolle zu halten.

»Ihr scheint zu vergessen, dass ich etwas besitze, das für Euch von größter Wichtigkeit ist«, sagte der Gefangene mit so düsterer Stimme, dass sich ihm die Nackenhaare aufstellten.

»Was sollte das sein?«, fragte der Wächter, bemüht gleichgültig.

»Euer Leben.«

Ein überraschtes Luftholen konnte der Wächter nicht mehr unterdrücken.

»Ich weiß«, fuhr der Gefangene in unheimlicher Ruhe fort. »Ihr wiegt Euch auf der anderen Seite dieser magischen Barrieren in Sicherheit. Aber uns ist beiden bewusst, dass der Tag kommen wird, an dem ich frei sein werde. Gebt mir diese kleine Information, und ich werde es Euch mit Eurem Leben danken. Wenn es so weit ist.«

Der Wächter wandte sich dem Gefangenen widerwillig zu und blickte in die goldenen Augen. Es hatte keinen Sinn, vorzugeben, dass er glaubte, der Gefangene würde ewig eingesperrt bleiben. Die Angst vor dem Tag seiner Flucht begleitete ihn bei jedem seiner Besuche hier unten.

»Nun? Nehmt Ihr mein Angebot an?«

»Wie kommt Ihr auf Enra?«, fragte der Wächter, ohne auf die Worte des Gefangenen einzugehen. »Wie kommt Ihr hier unten an diesen Namen?«

»Die Ratten haben ihn mir geflüstert.« Das unheimliche Lächeln wurde unter dem leisen Schein der Kristalle verzerrt.

»Die Fürsten haben nicht gerne Fremde in ihrer Nähe«, erklärte der Wächter, auch wenn ihm eine leise Stimme sagte, dass er einen Fehler beging. »Es kommt niemand Neues ins Schloss.«

»Und doch ist eine unbekannte Seele hier. Eine junge Frau, wenn ich mich nicht irre.«

»Die Einzige, die in letzter Zeit ins Schloss gezogen ist, ist nicht wirklich neu.« Sollte er es dem Gefangenen wirklich verraten? Was sollte dieser mit solch einer harmlosen Information schon anstellen? War sein eigenes Leben nicht weit mehr wert? Mit Sicherheit. »Die junge Thesalis ist auf Fürst Daerons Wunsch hin ins Schloss gekommen«, sagte er schließlich. »Vinae Thesalis.«

»Vinae Thesalis.« Der Gefangene sah ihn völlig ausdruckslos an, als würde er direkt durch ihn hindurchsehen, und doch war einen flüchtigen Moment irgendetwas in den goldenen Augen aufgeblitzt.

»Sagt, mein Freund. Wie sieht diese Vinae Thesalis aus?«

Der Wächter gab ihm eine Beschreibung der angehenden Magierin. Er konnte zwar nicht nachvollziehen, wieso sich der Gefangene dermaßen für diese interessierte, doch es kümmerte ihn auch nicht weiter. Er hatte die Garantie, dass sein Leben geschützt wurde.

Vinäe

Ein klein wenig spürte Vinae die scharfen Krallen des Falken durch den Handschuh, doch es war ein geringer Preis für die Betrachtung dieses wundervollen Tieres. »Sie ist einfach umwerfend«, flüsterte sie ehrfürchtig, während sie mit der freien Hand in sanften Bewegungen über das schneeweiße Federkleid strich. »Was für ein Glück, dass sie zu Euch gekommen ist, Meister Sril.«

Dem Falkner stand der Stolz in den Augen. »Sie ist in der Tat prächtig«, bestätigte er. »Ein seltenes Exemplar. Ich wusste, dass Ihr alle es würdet sehen wollen, Herrin Thesalis.«

»Damit lagt Ihr richtig. Ich danke Euch.« Vinae sah an dem Elfen mit dem Federhut vorbei zum Falknerhof, wo auf einer Stange noch zwei weitere dieser edlen Tiere saßen. Es war bereits zu lange her, seit sie zuletzt hier gewesen war. Als Kind hatte sie ihre Zeit gerne bei Meister Sril verbracht. Jedes seiner Worte hatte sie bewundernd aufgesogen, als er ihr den richtigen Umgang erklärt und ihr einiges über die Fütterung und Pflege beigebracht hatte. »Werdet Ihr diese Dame denn behalten?«, fragte sie und streichelte den Falken auf ihrer Faust erneut.

»Ich weiß noch nicht.« Er lächelte etwas wehmütig. »Ich hörte, der Fürst von Riniel hat Interesse bekundet. Vielleicht will Fürst Menavor sie auch behalten. Wir werden sehen.«

Vinae nickte nur nachdenklich. Sie wünschte, Menavor würde den Falken behalten. Sie wusste, wie schwer es Meister Sril jedes Mal fiel, sich von einem seiner Tiere zu trennen. Er hatte ein besonderes Band zu ihnen, das wohl mehr als eine Gabe war. Es hatte bereits etwas Magisches an sich.

»Ich glaube nicht, dass sich Fürst Menavor von einem so außergewöhnlich schönen Falken trennen wird«, sagte sie schließlich, um ihn etwas aufzumuntern. »Ihr werdet sehen.«

»Ich hoffe, Ihr möget recht behalten, Herrin Thesalis.« Der freudige Ausdruck in seinem Gesicht gefror und wurde durch eine etwas hart wirkende Höflichkeit ersetzt. »Fürst Daeron.« Der Falkner verbeugte sich mit zur Seite ausgestreckten Armen. »Kann ich etwas für Euch tun?«

Vinae drehte sich langsam um, damit sie den Falken nicht erschreckte, und blickte in die bernsteinfarbenen Augen des Fürsten, die sie anlächelten. »Fürst Daeron«, begrüßte auch sie ihn und sank in einen Knicks, ohne ihren Arm zu bewegen. »Welch Überraschung, Euch hier zu sehen.«

»Wohl kaum.« Daeron führte ihre freie Hand an seine Lippen und hauchte einen Kuss darauf. »Wenn man bedenkt, dass ich nach dir gesucht habe.«

»Wie schön zu hören. Aus welchem Grund denn?« Ihr Lächeln wirkte natürlich. Mittlerweile war sie die häufigen Begegnungen mit ihm schon gewohnt. Gezwungenermaßen hatte sie gelernt, damit umzugehen. So wie sie stets mit allem umzugehen lernte.

»Deine Mutter kommt in wenigen Tagen zurück«, erklärte Daeron, während er sie in dem silberfarbenen Kleid bewundernd musterte. »Ich habe soeben die Nachricht erhalten.«

»Tatsächlich?« Vinae drehte sich um und übergab den Falken an Meister Sril, der sich daraufhin mit einer weiteren Verbeugung von ihnen verabschiedete. »Ich freue mich, das zu hören«, sagte sie, als sie sich wieder Daeron zuwandte. »Kehrt Euer Bruder, Fürst Menavor, ebenfalls zurück?«

»Ja, allerdings.« Daeron bot ihr seinen Arm, woraufhin

Vinae ihre Hand auf seinen Unterarm legte und sich von ihm fortführen ließ. Die beiden Schlangenschilde, die zu ihrem Schatten geworden waren, folgten ihnen in höflichem Abstand. »Ihr Aufenthalt wird jedoch nur von kurzer Dauer sein«, fuhr Daeron fort, während er mit ihr den Schlosshof überschritt, auf dem Knechte, Mägde und Krieger ihren Aufgaben nachgingen und den vertrauten Klang von Hufgeklapper, gebrüllten Befehlen und fröhlichen Gesprächen entstehen ließen. »Deine Mutter hat bereits eine weitere Reise angekündigt.«

Eine weitere Reise? Dies konnte für Vinae nur gut sein, doch ob es für das Sonnental etwas Positives bedeutete, war fraglich. »Das ist bedauerlich«, antwortete sie nachdenklich. »Hat meine Mutter vielleicht erwähnt, wohin sie diese Reise führen wird?«

»Erneut nach Riniel. Verträge über den Handel. Ich will dich damit nicht langweilen.« Er legte seine Hand auf die ihre auf seinem Arm. »Ich habe die Zeit mit dir hier wirklich sehr genossen, Vinae. Ich bedaure sehr, dass sich diese nun dem Ende zuneigt.«

»Dem Ende, Fürst Daeron?«

»Aber ja.« Sie passierten den kühlen Bogengang, in welchem ihre Worte ungewöhnlich laut nachhallten, und erreichten die penibel gepflegten Gärten mit den hohen Hecken, die sich einem Labyrinth gleich vor ihnen erstreckten. »Deine Mutter kehrt zurück. Du wirst wieder nach Hause gehen.«

Vinae blickte hinab auf ihr Handgelenk, um das sich noch immer das magische Armband schloss. Es war nicht so hinderlich, wie sie anfangs angenommen hatte, und im Schloss zu leben war durchaus von Vorteil. Nicht nur, dass sie Daerons Vertrauen gestärkt hatte, es öffneten sich ihr auch Türen, die sie nutzen konnte. Die Schlangenschilde waren allerdings ein Problem. Eines, das sie lösen würde.

»Fürst Daeron.« Vinae blieb stehen und nahm ihre Hand von seinem Arm. »Ich danke Euch aufrichtig für Eure Gastfreundschaft. Um ehrlich zu sein, hatte ich nicht mit einer so baldigen Rückkehr meiner Mutter gerechnet.« Er zog seine Augenbrauen etwas zusammen und sah sie durchdringend an. Etwas in ihr sagte, dass sie einen Fehler beging, aber sie sah keine andere Möglichkeit. »Es fiel mir anfangs etwas schwer, mich einzugewöhnen, aber jetzt …«

»Vinae, was willst du mir sagen?«

Sie sah ihm voller Entschlossenheit in die Augen. »Fürst Daeron, ich möchte Euch bitten, mich nicht zurückzuschicken. Ich möchte weiterhin im Schloss leben, bei Euch.«

Seine Augen leuchteten auf, fassungsloses Glück stand darin. »Ist das wirklich dein Wunsch?«, fragte er. Der Unglaube war seiner Stimme anzuhören. »Du bleibst hier bei mir?«

»Mit Eurer Erlaubnis.« Sie senkte ihren Kopf und beugte ihre Knie zu einem Knicks, doch in diesem Moment packte er sie an den Schultern und zog sie wieder hoch. Lachend hob er sie auf.

»Welch Freude du mir schenkst!«, rief er aus und stellte sie zurück auf die Füße. »Ich sende sofort einen Wagen zu deinem Haus, damit dir der Rest deiner Habe gebracht wird.«

Vinae starrte ihn immer noch aus großen Augen an und konnte seinen Worten kaum folgen. Sie benötigte einen Moment, um sich von seinem überraschenden Ausbruch zu erholen. »Vielen Dank«, brachte sie schließlich hervor und schaffte es diesmal, ihren Knicks auszuführen. »Ihr hattet recht. Das Leben hier auf der Burg sagt mir eher zu als dort draußen im Wald. Es ist sehr großzügig von Euch.«

»Vinae, ich bitte dich. Du bist hier immer willkommen, und eines Tages …« Sein Blick fuhr direkt durch sie hindurch. »All das hier wird dein Zuhause sein.«

Darauf wusste Vinae nichts zu sagen. Sie konnte lediglich ihren Kopf senken und versuchen, sich ihr ungutes Gefühl nicht anmerken zu lassen.

»Vinae.« Daeron legte seine Hand an ihre Wange, so dass sie wieder aufsehen musste. »Ich weiß, du bist jung und du brauchst Zeit. Aber bitte sag mir …« Er strich ihr Haar zurück und sah sie mit einer sehnsuchtsvollen Traurigkeit an. Jeder, der behauptete in Daeron war nichts Gutes, hatte ihm in solch einem Moment noch nicht in die Augen gesehen. »Bitte sag mir, Vinae«, fuhr er leise fort, »dass ich hoffen darf. Dass du eines Tages – wenn auch in ferner Zukunft – meine Frau wirst.«

Ihre Kehle zog sich zusammen. Welche Antwort konnte sie ihm darauf geben? In ihrem Inneren wusste sie, dass sie ihn niemals heiraten würde – unter keinen Umständen, aber das konnte sie ihm unmöglich sagen. Sie musste in seiner Gunst stehen, um den Elfen hier weiterhin helfen zu können.

»Vinae.« Er nahm ihr Gesicht in beide Hände. »Bitte sag mir, dass diese Möglichkeit besteht, wenn auch erst in sehr langer Zeit. Sag mir, dass ich hoffen darf.«

Wie eine Klinge fuhren die Worte durch sie. »Ihr dürft hoffen, Fürst Daeron«, antwortete sie und schloss ihre Augen, als er sie an sich zog und in den Arm nahm. Langsam atmete sie tief durch, während ihre Wange an seiner Brust lag und sie die glitzernden Wassertropfen des Springbrunnens betrachtete, die durch die Luft tanzten. Er musste auf ihrer Seite bleiben, besonders jetzt, da ihre Mutter und Menavor zurückkehrten und ihn gegen sie aufhetzen würden. Sie musste die Gelegenheit ergreifen.

»Ich bleibe bei Euch«, sagte Vinae und drückte sich so weit von ihm, dass sie ihm in die Augen sehen konnte. »Ich werde auch weiterhin dieses Armband tragen – wenn Ihr es denn wünscht. Doch ich bitte Euch, Fürst Daeron, zieht die Schlangenschilde zurück. Sie geben mir das Gefühl, eine Gefangene zu sein. Es ist mir unmöglich, frei zu atmen. All jene, die meine Hilfe suchen, fühlen sich von ihnen bedroht.«

Daeron sah sie einige Augenblicke schweigend an, doch dann nickte er. »Gewiss«, sagte er und lächelte, auch wenn er nicht sehr überzeugt klang. »Ich werde sie fortschicken.«

»Oh, vielen Dank.« Die Erleichterung ließ sie strahlen – genauso wie ihn, der sie nur selten in seiner Gegenwart so glücklich sah. »Ihr werdet es nicht bereuen«, fuhr sie dankbar fort. »Dieser Vertrauensbeweis bedeutet mir viel. Ihr schenkt mir damit das Gefühl, tatsächlich zu Hause zu sein.«

Da sie die Schlangenschilde nun los war, machte Vinae sich sofort auf, um den einsamen Gefangenen Gregoran zu besuchen, auch wenn sie immer noch sehr vorsichtig war und stets überprüfte, ob ihr jemand folgte.

Vinae musste ihren Umhang anlegen, um das wertvolle Kleid zu verdecken, das sofort ihre Herkunft preisgegeben hätte, doch er diente ihr nicht nur als Verkleidung.

Von Enra hatte sie Brot besorgt, welches sie in einer der Taschen versteckte, während sie – die Kapuze tief in die Stirn gezogen – hinaus zum Marktplatz lief.

Sie hatte absichtlich bis Sonnenuntergang gewartet, und so verschmolz sie glücklicherweise mit der Schwärze der Nacht, während sie sich zwischen den Holzboxen durchzwängte, in denen sich der Müll des Schlosses sammelte.

Dahinter rutschte sie – wie schon so oft zuvor – durch einen Mauerspalt, der gerade groß genug für sie war, ein Stück weit abwärts und gelangte in einen der verlassenen Abstellräume im

Keller unter der Burg. Von hier aus war es nicht weit bis zu den Todeszellen, wo sich der offizielle Zugang zu den gefangenen Drachen befand. Diesen Zugang hatte Daeron ihr bei ihrem letzten Besuch gezeigt.

Doch Vinae musste den verfallenen Tunnel finden, in den sie bei ihrer Flucht vor den Schlangenschilden gelangt war und der sie direkt zu Gregoran geführt hatte. Dieser Tunnel war verlassen, und sie würde unbemerkt zu ihm gelangen.

Zu ihrem Glück waren auch hier beim Abstellraum kaum Elfen unterwegs, und sie musste sich nur selten mit angehaltenem Atem in einer Mauernische verstecken, bis die Wachen daran vorbeigezogen waren. Und wie es der Zufall so wollte, entdeckte Vinae in genau solch einer Nische einen schmalen Zugang – einen Durchbruch in der steinernen Wand – zum alten Haupttunnel, den sie das letzte Mal benutzt hatte.

Sie erkannte ihn sofort wieder, nachdem sie sich einige Schritte lang durch einen Felsspalt hatte zwängen müssen. Die vielen Seitentunnel, von welchen die qualvollen Geräusche der Drachen drangen, waren unverkennbar. Auch um diese würde sie sich noch kümmern müssen, doch im Moment waren sie ein zu großes Problem.

Das mulmige Gefühl, das sie beschlich, als sie die Tür öffnete und nach dem kurzen Gang in den matt beleuchteten Raum trat, überraschte sie nicht besonders. Sie hatte nicht vergessen, wie der Gefangene sie das letzte Mal davongejagt hatte und dass er der ganzen Familie Thesalis den Tod wünschte.

»Ich wusste, dass du kommst«, wurde sie bereits von der hochgewachsenen Gestalt in der Zelle begrüßt, die diesmal darauf verzichtete, sich in den wenigen Schatten zu verbergen, die das Licht der Kristalle bot. »Meine schöne Seele.«

Vinae trat näher und war fest entschlossen, sich weder Zögern noch Angst zu erlauben. »Ich wusste nicht, ob Ihr mich sehen wolltet«, gestand sie und holte das Brot aus ihrer Tasche. »Ich habe Euch zu essen mitgebracht. Ich habe auch Wasser dabei.«

»Das sehe ich.« Gregoran umfasste die Gitterstäbe mit den Händen, und Vinae entging nicht, dass die Kristalle sofort einen helleren Schein annahmen. »Aber ich werde gut versorgt. Ich brauche nichts.«

»Aber Ihr müsst doch essen.« Vinae wollte ihm das Brot reichen, doch Gregoran wich zischend wie eine Schlange zurück.

»Leg es einfach dahin«, sagte er aus der entferntesten Ecke seiner Zelle. »Ich gelange schon daran.«

»Wie Ihr möchtet.« Sie kniete nieder und legte das Brot auf dem kalten Steinboden ab, wobei sie darauf achtete, dass es zwischen Kristall und Zelle lag, so dass es Gregoran auch sicher erreichen konnte. Über sein absonderliches Verhalten mochte sie sich keine Gedanken mehr machen, denn sie würde ohnehin nicht schlau aus ihm werden. Daher ließ sie sich vor den Gitterstäben nieder und bedeutete Gregoran, mit einer Handbewegung wieder näher zu kommen. Sie musste genau darauf achten, dass der Umhang den silbernen Stoff ihres Kleides verbarg, der ihren Stand als angehende Magierin, aber vor allem ihre noble Herkunft offenbaren würde.

»Ich wollte früher zu Euch kommen«, sagte sie. »Es war mir leider nicht möglich.«

»Ich weiß.« Gregoran setzte sich ihr gegenüber und lehnte sich mit dem Rücken an die Zellenwand. Seine gelbgoldenen Augen betrachteten sie nachdenklich, während er langsam mit einem Finger über die Gitterstäbe strich. »Nun erzähle mir«, brach er das kurze Schweigen, »was macht ein Mädchen wie du den lieben langen Tag? Spazierst du in der Sonne, sitzt am Brunnen und lässt dich von Minnesängern umgarnen?«

»Nichts dergleichen.« Vinae überlegte, ob sie die Geschichte der Küchenmagd weiter ausbauen sollte, doch dann fiel ihr wieder ein, dass er eine jede Lüge durchschaute. »Ich bin Heilerin«, sprach sie schließlich die unverfängliche Wahrheit aus. »In Magie und Kräuterkunde.«

»In wessen Diensten?«

»Meinen eigenen.«

»Das ist nur die halbe Wahrheit – und auch sehr ungewöhnlich. Eine Elfe niederer Geburt, die ohne einen Herrn auskommt?«

»Ich bin mir nur selbst verpflichtet. Auch wenn ich oft das Gefühl habe, ebenso nur ein Spielball von Fürsten und Königen zu sein.«

»Ja, das hast du.« Gregoran verzog seine Lippen zu einem zaghaften Lächeln. »Ich weiß, wie es ist, Macht zu besitzen und um diese beneidet zu werden. Du besitzt ebenfalls große Macht, schöne Seele, auch wenn du diese im Verborgenen hältst. Zum Schutz oder aus anderen Gründen?«

»Zum einen bestimmt, um mich zu schützen«, antwortete Vinae, stets darauf bedacht, wie viel sie preisgab, ohne jedoch in eine Lüge zu verfallen. »Magie wird hier sehr gerne missbraucht. Das Sonnental ist kein Ort für Elfen großer Macht – sofern sie nicht den Fürsten dienen wollen.«

»Und du dienst nicht den Fürsten?«

»Wenn ich muss. Ich versuche, es zu vermeiden.«

»Und der Thesalis? Wie ist dein Verhältnis zu dieser Hexe?«

Vinaes Miene blieb völlig ausdruckslos, auch wenn ihr einen Moment lang der Atem stockte. »Ich versuche, auch ihre Gegenwart zu meiden«, antwortete sie schließlich ehrlich. »Meara Thesalis ist keine Elfe, der ich nachzueifern strebe.«

»Das hast du schön gesagt – und ohne zu lügen. Ich bin beeindruckt.«

»Die Wahrheit muss niemanden beeindrucken.«

»Oh, in dieser Welt ist es leider doch so. Wer kann wem noch trauen? Du kennst dieses Spiel. Du wohnst jetzt selbst in der Burg … Wo hast du zuvor gelebt?«

»Woanders.«

»Ah, ich sehe, du erinnerst dich an die Spielregeln.« Gregoran lehnte sich etwas weiter vor und sah ihr direkt in die Augen. »Aber noch musst du lernen.«

»Da mögt Ihr recht haben.« Vinae erwiderte seinen Blick. »Ich strebe nach einer Ausbildung im Tempel von Averdun. Dort ist meine Macht von Nutzen und keine Gefahr. Dort muss ich den Fürsten nicht dienen und kann meine Fähigkeiten für das Gute einsetzen.«

»Oh, was für eine reine Seele!« Gregoran schüttelte den Kopf. »Doch ist diese Entscheidung auch weise? Dienerinnen der Orakel leben zurzeit gefährlich.«

»Wie …?«

»Ich muss nicht dort oben sein, um die Macht zu spüren, die auf euch alle zukommt«, antwortete er gleichgültig. »Eine Macht, gegen die noch nicht einmal du etwas ausrichten kannst, schöne Seele.«

Vinae spürte, wie ihr Herz immer schneller schlug. »Was wisst Ihr davon?«, fragte sie heiser vor Aufregung. »Könnt Ihr mir sagen, wer die Orakel angreift? Sind es denn tatsächlich die Fürsten?«

Da er die Seelen der Burg spürte, konnte er vielleicht tatsächlich wissen, was hier vor sich ging und was die Fürsten planten. Vielleicht sogar, ob die anderen Drachen hier irgendwo versteckt waren.

Doch Gregorans plötzliches Lachen sprach dagegen. »Die Fürsten«, wiederholte er kopfschüttelnd. »Das hätten sie wohl gerne. Bestimmt wünschen sie sich, der Diebstahl des Drachenherzens wäre ihnen selbst eingefallen. Es würde mich nicht wundern, hätten sie es sogar geplant. Doch sie waren zu langsam. Die anderen kamen ihnen zuvor.«

»Die anderen? Wen meint Ihr? Wer könnte die Orakel so sehr hassen?«

Gregoran wurde schlagartig wieder ernst und fing ihren Blick ein. »Die Orakel?«, fragte er mit einer Mischung aus Belustigung und Ungeduld. »Niemand interessiert sich für die Orakel. Sie sind lediglich ein Mittel zum Zweck – die Stimmen des Schicksals. Nur sie wissen, was das Schicksal für euch plant, sie stehen in Verbindung mit einer Macht, die größer ist, als du dir vorstellen kannst. Einer Macht, die den Weg eines jeden Bewohner Elvions bestimmt. Nein, meine schöne Seele. Niemand führt hier Krieg gegen die Orakel oder gegen Priesterinnen. Es ist ein Krieg gegen das Schicksal selbst.«

Es war, als bliebe die Zeit stehen. Vinae reagierte nicht und starrte ihn einfach nur an.

»Wer?«, brachte sie schließlich nach einer halben Ewigkeit heraus.

Gregoran lehnte seinen Kopf zurück an die Wand. »Ich würde sagen, jemand, der eine Mordswut auf das Schicksal hat«, antwortete er und fing ihren Blick wieder ein. »Du musst nicht unter den Fürsten suchen, schöne Seele. Der Nebel kommt von außerhalb.« Sein Blick schien direkt in sie zu dringen. »Wut kann eine sehr starke Macht sein.«

Vinae starrte ihn an. Sie musste diese Informationen erst richtig einzuordnen versuchen. Obendrein hatte sein Anblick etwas Fesselndes, so dass es ihr leichtfiel, ihn immerzu anzusehen, auch wenn sie dabei riskierte, die Zeit völlig zu vergessen. Es war, als verließe sie ihren Körper, der immer noch genauso reglos vor der Zelle saß, während sie selbst in seinen Augen unterging. Der Übergang von einem flüchtigen Blick in diesen schwebenden Zustand war fließend vonstattengegangen, so dass sie nicht bemerkt hatte, wie sie sich langsam unter seinem Blick aufzulösen schien.

Genauso wenig nahm sie die Bewegung ihres Armes bewusst wahr, als sie sich vorbeugte und die Hand nach ihm ausstreckte. Das gierige Aufleuchten seiner Augen hatte nichts Erschreckendes, eher verführte es sie dazu, sich noch weiter zu nähern.

Langsam und ohne den Blick von ihm abzuwenden, lehnte Vinae sich vor, führte ihre Hand an den Kristallen vorbei und durch die Gitterstäbe. Gregoran wandte seinen Blick ab und starrte auf ihre Hand, die ihn beinahe berührte.

»Was tust du da?«, fragte er plötzlich mit rauer Stimme.

»Ich … will mich verabschieden«, brachte sie schließlich hervor. »Ich muss gehen.«

»Nimm deine Hand weg.« Er sprach ruhig, aber bestimmt. »Langsam. Geh etwas zurück.«

»Aber …«

»Tu es!«

So schnell, dass sie die Bewegung kaum wahrnehmen konnte, sprang er auf und verschwand in den Schatten der Zelle.

Vinae blinzelte verwirrt, richtete sich dann jedoch langsam wieder auf. »Bitte verzeiht«, sagte sie. Sie wusste selbst nicht, wieso sie ihn hatte berühren wollen. Vermutlich, um ihm irgendwie zu zeigen, dass sie da war.

»Du solltest jetzt gehen, schöne Seele.«

Vinae blickte auf. »Ja, Ihr habt recht.«

»Ich danke dir für deinen Besuch. Es war sehr … anregend, mit dir zu sprechen.«

»Ich werde wiederkommen.«

»Ja, das wirst du, meine wunderschöne Seele.«

Es hatte Vinae etwas verwundert, dass Ardemir die Möglichkeit, mit ihr zu sprechen, nicht wahrgenommen hatte. Sie war nach den vielen Krankenbesuchen eigens noch etwas länger bei Ascunsela geblieben, so wie sie es ihm zugesagt hatte, doch vergebens. Es machte sie beinahe wahnsinnig, da sie ihm unbedingt von den Neuigkeiten berichten musste, auch wenn sie nur mager waren. Zumindest würde es ihr zukünftig wieder etwas leichterfallen, mit ihm zu sprechen, weil Daeron sein Versprechen anscheinend hielt und sich die Schlangenschilde tatsächlich zurückgezogen hatten. Vinae trug zwar immer noch das Armband, doch Daeron hatte ihr erlaubt, die Stadt zu verlassen, um nach den Siedlern zu sehen. Dies würde er auch zukünftig tun, wodurch sie Ardemir leichter treffen konnte. Beim nächsten Markttag würde er wieder ein Gespräch suchen, dessen war sie sicher, denn dort könnte er sich unauffällig in der Menge bewegen. Bis dahin würde sie vielleicht noch mehr herausfinden.

Mit der festen Absicht, Daeron beim gemeinsamen Abendessen auf den Zahn zu fühlen, ritt Vinae über die Brücke in den Schlosshof und ließ ihren verwunderten Blick über den herrschenden Trubel gleiten. Es dauerte etwas, bis einer der hektischen Bediensteten zu ihr kam und ihr das Pferd abnahm, während sie immer noch die vielen Silberritter der Königin betrachtete, die sich zu Daerons Schlangenschilden und Menavors herkömmlichen Wachen gesellt hatten. Knappen, Knechte und Pferde mit dem Banner Elvions tummelten sich hier am Hof, und unter all denen bemerkte Vinae plötzlich Glitnir und Schneeglöckchen – Ardemirs und Nevliins Pferde, die eben in die Kühle des Stalls geführt wurden.

»Was geht hier vor?«, fragte sie den ersten Elfen, der ihr begegnete. »Sind das Abgesandte der Königin?«

»Ja, Herrin Thesalis.« Der Elf, einer der Wachen, verneigte sich. »Sie trafen vor nicht einmal einer Stunde ein.«

»Wisst Ihr, was sie wollen?«

»Nein, Herrin.«

»Und wer sind die Abgesandten?« Vinae suchte noch einmal in der Menge nach bekannten Gesichtern, doch die Ritter gehörten lediglich zum Gefolge und waren ihr unbekannt.

»Der Fürst von Valdoreen«, antwortete der Elf sichtlich beeindruckt, »und auch der Bruder und der Vetter der Königin selbst.«

»Der Bruder?« Vinae konnte kaum fassen, was sie da hörte. Nicht nur, dass Nevliin und Ardemir einfach so ins Schloss zu Daeron spazierten – was ihrer Meinung nach mehr als töricht war – nein, es war auch noch der einstige König der Dunkelelfen dabei. Ardemir hatte ihr gesagt, dass dieser zurückgekehrt war, doch ihn zu treffen wagte Vinae sich noch nicht einmal vorzustellen.

»Danke«, sagte sie an den Elfen gewandt, ehe sie sich ihren Weg durch den Tumult suchte. Sie wollte eben die Stufen zum Eingangstor betreten, als ihr Veresil, der Hauptmann der Schlangenschilde, von den Arkadengängen winkte.

»Herrin Thesalis!«, rief er über den Lärm des Hofes und eilte die Treppe herab auf sie zu. »Herrin Thesalis.« Er verbeugte sich knapp, als er bei ihr ankam. »Fürst Daeron schickt nach Euch«, verkündete er zu ihrer Freude. »Ihr möget unverzüglich in den Empfangsraum kommen.«

»Natürlich.« Sie raffte ihr Kleid und ging neben ihm die Stufen hinauf. Sie konnte den Krieger trotz seiner unliebsamen Position leiden, was ihr von Ardemir lediglich ein Kopfschütteln eingebracht hätte. Ihr Freund würde darüber lachen, dass sie Veresils Augen als gütig empfand. Doch das war ihr gleichgültig. Sie wusste, dass auch die Schlangenschilde tief in ihrem Inneren ein Herz hatten. Jetzt würde sie erst mal herausfinden, was vor sich ging, und auch den legendären Eamon kennenlernen.

Veresil ging mit eiligen Schritten voraus, passierte unbehelligt die Wachen und kündigte Vinae schließlich lautstark im Empfangsraum an.

Einen Moment lang verharrte sie an der Schwelle und ließ ihren Blick über alle Anwesenden schweifen, die sich eben zu ihr umdrehten. Mit Daeron waren noch einige Schlangenschilde und Bedienstete anwesend, genauso wie die Gesandten der Königin. Ardemir und Nevliin trugen die Rüstungen der Silberritter mit dem Wappen der Königin an der Brust, was ein gewohnter Anblick war. Es waren nur leichte Harnische, da sie – anders als eine Kriegsrüstung – mehr dem Erscheinungsbild als dem Schutze dienten und somit auch bequemer zu tragen waren. Die dunkelblauen Umhänge, die sich vom Silber der Brustplatten abhoben, waren über die Schulter zurückgeworfen und mit glänzenden Broschen auf Höhe der Schlüsselbeine befestigt. Sie sahen wirklich prächtig aus und machten ihrer Königin alle Ehre. Genauso wie der dritte Mann, der bei ihnen war.

Dies war also der berühmte Eamon. Es war nicht schwer, sich vorzustellen, dass er einst König gewesen war, strahlte er doch immer noch eine unbestreitbare Würde aus. Das schwarze, halblange Haar hatte er nass zurückgekämmt, um es zu bändigen, und auch er trug über wertvolle schwarze Kleidung den dunkelblauen Umhang mit Elvions Zeichen.

Neben Ardemir wirkte er unglaublich groß und überragte selbst Nevliin.

»Ah, Vinae«, erklang Daerons Stimme. »Da bist du ja. Ich habe unseren königlichen Besuchern bereits erklärt, dass du nur schwer auffindbar bist und dich ständig herumtreibst.«

»Mein Fürst.« Vinae trat nun endlich vollständig in den Raum und verbarg ihre Verwirrung hinter einem höflichen Lächeln.

»Komm.« Daeron legte seine Hand auf ihre Schulter und drehte sie zu den Besuchern um. »Ich möchte, dass du die Gesandten der Königin begrüßt, die uns mit ihrem überraschenden Besuch ehren. Liadan sendet uns noch weitere Ritter für unser Drachenproblem. Es ist furchtbar, was mit den Orakeln und Priesterinnen geschieht. Aber bitte – den Fürsten von Valdoreen kennst du ja bereits.«

Nevliin vollführte eine traditionell Valdoreener Verbeugung, die besonders ehrerbietig und elegant war, indem er ein Knie leicht beugte und seine Hand in einer weit ausschweifenden Bewegung vom Körper weg zur Seite führte. Dabei sah er ihr die ganze Zeit über in die Augen, und auch wenn sein Blick ausdruckslos war, musste Vinae lächeln. »Natürlich«, sagte sie freudig und reichte ihm ihre Hand. »Es freut mich sehr, Euch nach so langer Zeit wiederzusehen, Fürst Nevliin.«

»Die Freude ist auf meiner Seite.«

»Und Ardemir von Lurness kennst du ebenso, wenn mich meine Erinnerung nicht täuscht.«

»Ihr liegt richtig, Fürst Daeron«, antwortete Vinae, wobei sie nur schwer ein Grinsen unterdrücken konnte, als Ardemir mit einem verstohlenen Augenzwinkern einen Kuss auf ihren Handrücken hauchte. Am liebsten hätte sie gefragt, was dieses Spiel hier sollte, doch da trat Eamon plötzlich einen Schritt vor.

»Dies hier, meine liebe Vinae«, fuhr Daeron fort, auch wenn sie seine Stimme kaum hörte, »ist Eamon von Lurness, heimgekehrt aus seinem freiwilligen Exil in der Menschenwelt.«

»Herr Eamon«, hauchte Vinae völlig überwältigt davon, solch einer Legende gegenüberzustehen, und sank in einen tiefen Knicks. Sie konnte sich nicht erinnern, jemals von solcher Ehrfurcht ergriffen gewesen zu sein. Gewiss war Nevliin ein ebensolcher Held, doch bei ihrer ersten Begegnung war sie noch ein Kind gewesen – zu jung, um sich der Ehre bewusst zu sein. Doch nun stand der Mann vor ihr, der die Dunkelelfen im Wiedervereinigungskrieg angeführt hatte. Der Mann, der sich mit nur einer Handvoll seiner Ritter gegen ein ganzes Heer von Lichtelfen geworfen hatte, um die letzte Nachfahrin der Daralee zu schützen. Ein Mann, der bereits vor Jahrtausenden in den Drachenkriegen gekämpft und Ruhm geerntet hatte und der Mentor eines der bedeutendsten Ritter – nämlich Nevliins – gewesen war. Er war älter als alle Elfen, die sie kannte, denn die vielen Kriege hatten gezeigt, dass es selbst für Unsterbliche ein Ende gab.

»Nicht«, hörte sie seine Stimme, dunkel und doch voller Wärme, als er sie auch schon sanft an den Oberarmen umfasste und hochzog. Er ließ sie nicht los, als sie ihm nun aufrecht gegenüberstand und um sie herum plötzlich Stille einkehrte.

Doch Eamon schien davon nichts zu bemerken, als er ihr ein gewinnendes Lächeln schenkte.

»Vinae Thesalis«, sagte er, als handle es sich bei ihrem Namen um einen wertvollen Schatz. »Wohin ich auch gehe, überall wird von Euch geschwärmt.«

»Das wage ich zu bezweifeln, mein Herr«, antwortete sie etwas verlegen. In ihren Augen war er immer noch so etwas wie ein König, und auch wenn ihm die Verwandtschaft zu Ardemir nicht wirklich anzusehen war, lag unter dem tiefen Blick des Elfen noch etwas von dem Schalk, den sie an Ardemir so liebte.

»Gewiss doch.« Eamon wandte sich an Daeron. »Gerade eben noch hat der Fürst über Euren unermüdlichen Einsatz im Kampf für die Gerechtigkeit gesprochen und Euer Talent der Heilung gerühmt. Und auch mein Vetter Ardemir erzählte mir von Euch.«

»Oh, dann dürft Ihr kein Wort glauben«, antwortete Vinae lachend. »Der Herr Ardemir lässt alle Frauen in blendendem

Licht erstrahlen. Er sieht stets die Rose, aber nicht die Dornen.«

»Nun.« Eamon ließ sie los und schüttelte leicht seinen Kopf, als hätte er eben erst bemerkt, dass er sie die ganze Zeit über an den Armen festgehalten hatte. »Bei Euch hat er keinesfalls übertrieben.«

»Ich sage immer, dass sie viel zu bescheiden ist«, ließ sich nun Daeron vernehmen, der erneut kaum merklich seine Hand auf ihren Arm legte, und doch lag etwas Besitzergreifendes in dieser Geste. »Darin unterscheidet sie sich von ihrer Mutter, auch wenn sie die Schönheit zweifelsohne von ihr geerbt hat.« Er sah Eamon in die Augen, und dieser erwiderte den Blick mit äußerer Gelassenheit. Trotzdem spürte Vinae die Feindseligkeit, die plötzlich in der Luft lag. Irgendetwas ging zwischen den beiden vor – etwas, das sie genauso wenig verstehen wie ignorieren konnte.

»Ihr kennt doch Meara Thesalis?«, fragte Daeron zu Vinaes Bestürzung weiter.

Wie konnte er solch eine Frage stellen, wo doch jeder wusste, was sie Eamon im Krieg angetan hatte?

»Sie wird sehr bedauern, bei Eurem Besuch nicht hier gewesen zu sein.«

Eamons Kiefer spannte sich an. Seine Augen wirkten wie Eis. »Ich bin sicher, es bietet sich noch Gelegenheit, sie zu treffen, Fürst Daeron«, antwortete er rau und wandte sich mit plötzlich wiedergekehrter Wärme an Vinae. »Fräulein Thesalis.« Er verneigte sich etwas. »Würdet Ihr mir die Ehre erweisen, mir die Stadt zu zeigen?«

Vinae warf Daeron einen fragenden Blick zu, der mit einem zärtlichen Lächeln nickte.

»Von Herzen gern«, antwortete sie daher und legte ihre Hand auf den von Eamon dargebotenen Arm. Sie sah aus den

Augenwinkeln, dass Nevliin und Ardemir ihnen folgten, und kaum hatten sie etwas Entfernung zwischen sich und Daerons Räume gebracht, schloss Ardemir zu ihnen auf.

»Aurün wartet in der Stadt«, flüsterte er, während er geradeaus blickte, als begleite er sie lediglich. Zu ihrem Glück waren nur wenige Wachen in den Gängen unterwegs. »Wie kommen wir zu den Drachen?«

»Was?« Ihre Augen weiteten sich, doch Vinae lebte bereits zu lange unter Daerons Blicken, um sich nicht weiterhin natürlich zu geben.

Ardemir ergriff ebenfalls ihre Hand und legte sie auf seinen Arm, so dass sie zwischen den beiden Männern die Treppe in den Hof hinabging, wo immer noch rege Betriebsamkeit herrschte.

»Aurün will die Drachen sehen«, raunte er, während er manchen Silberrittern zunickte. »Wir suchen nach Möglichkeiten, sie zu befreien, aber bis dahin will sie erst mal zu ihnen.«

»Das ist gefährlich. Glaubst du, ich hätte nicht nachgedacht, wie man sie befreien könnte?« Vinae lächelte zu Meister Sril, der sich am Rande des Hofes vor ihr verbeugte. »Ich verstehe nicht, wie sie es geschafft haben, die Drachen dort hinunterzubekommen, denn die Tunnel sind schmal. Die Drachen können nirgends hinaus.«

»Sie sind auch irgendwie hineingekommen.«

»Das ist Ewigkeiten her. Bestimmt wurde das neue Tunnelsystem erst nach ihrer Gefangennahme erstellt. Sie können nicht von dort weg.«

»Darum kümmern wir uns später. Sag mir nur, wie wir zu ihnen gelangen.«

Vinae verkniff sich ein Seufzen. Sie passierten das Torhaus zur Brücke, die auf den Sonnenplatz führte, während sie leise den Weg zur geheimen Einstiegsluke erklärte und wie sie von dort aus weitergehen mussten. »Aber bei den Sternen«, fügte sie noch eindringlich hinzu, »haltet euch zurück.«

»Keine Sorge.« Ardemir lächelte ihr von der Seite zu. »Wir gehen hinein und sind sofort wieder draußen. Aurün muss einfach zu ihnen.«

»Ich verstehe das.«

»Gut. Du bleibst mit Eamon hier und hältst uns den Rücken frei. Aurün, Nevliin und ich verabschieden uns in die Kerker.«

»Warte.« Vinae packte seinen Arm, ließ ihn jedoch sofort wieder los, um keine Aufmerksamkeit zu erregen. Dann erzählte sie den dreien knapp von den neuen Informationen, die Gregoran ihr gegeben hatte. Gregoran selbst erwähnte sie nicht. Noch wollte sie seine Existenz geheim halten, schließlich wusste sie selbst kaum etwas über ihn.

Nach einer kurzen Diskussion verschwand Ardemir schließlich mit Nevliin, und Vinae blieb mit Eamon zurück.

Sie wusste, weshalb Ardemir sie nicht dabeihaben wollte. Zum einen, um sie zu schützen, und zum anderen würde die Aufmerksamkeit der Schlangenschilde bei ihr und Eamon liegen, und niemand würde sich um die beiden anderen kümmern, wo doch noch weitere Silberritter im Hof und mittlerweile auch in der Stadt verstreut waren. Deswegen ging Vinae auch sofort auf Veresil zu, nachdem sich Ardemir mit Nevliin davongemacht hatte, um Eamon dem Krieger vorzustellen. Sie musste ihn etwas ablenken, und das gelang ihr auch, da Veresil sehr beeindruckt von dem heimgekehrten Elfen war. Kurze Zeit später führte sie Eamon in die Nähe der Einstiegsluke. Eine beklemmende Stille herrschte zwischen den beiden. Vinae suchte verzweifelt nach Worten.

Worüber könnte sie mit einer Legende sprechen?

»Ardemir sagte mir, Ihr wärt noch sehr jung«, brach Eamon

schließlich das Schweigen, als er sich an die Wehrmauer zum Schloss lehnte.

»Das ist richtig.«

»Und …« Er sah sie schon wieder so seltsam an, dass sie unwillkürlich den Blick senkte, »… wie alt genau?«

»Ich werde im Herbst vierundachtzig Jahre alt, Herr«, antwortete sie verwirrt.

Seit wann interessierten sich Elfen für die vergangenen Jahre seit der Geburt? Noch dazu ein Elf wie Eamon?

»Vierundachtzig Jahre«, wiederholte er leise. »Vierundachtzig Jahre, in denen Ihr es nicht leicht hattet, wie ich hörte. Unerwünscht … Ihr müsst wissen, wir sind Euch sehr dankbar für die Unterstützung. Wir sind uns der Gefahr hier sehr wohl bewusst.«

»Niemand muss mir dankbar sein«, erwiderte Vinae bereits etwas ruhiger, da zumindest das unangenehme Schweigen gebrochen war. »Ich diene lediglich der Gerechtigkeit.«

»Eure Einstellung wundert mich, wo Ihr doch bei Meara Thesalis aufgewachsen seid.«

»Ich weiß, was sie Euch angetan hat, und das ist unverzeihlich, aber … sie ist meine Mutter, und auch wenn sie es nicht zeigen kann, liebt sie mich.«

Eamons Augen verengten sich. »Ihr scheint Euch sehr sicher zu sein. Nach allem, was ich über sie hörte …«

»Verzeiht.« Vinae vergaß einen Moment lang ihre Scheu und ging einen Schritt auf ihn zu. »Sie wollte kein Kind, Herr«, erklärte sie, um ihre Mutter in Schutz zu nehmen. »Natürlich nicht, denn eine weitere Thesalis bedeutet hier eine Gefahr. Die Weiterführung ihres Blutes macht sie entbehrlich, und doch hat sie mich bekommen. Sie hat mich bei sich aufgezogen, obwohl sie mich hätte weggeben können.«

»Sie ist Eure Mutter.«

»Nicht, weil sie es gewünscht hat. Bitte, Herr, ich will kein Mitleid oder Bedauern für die Umstände, in welchen ich geboren oder aufgewachsen bin. Ich verdanke ihnen alles, was mich heute ausmacht, und wenn ich keine Bitterkeit darüber verspüre, solltet Ihr es auch nicht tun.«

Einen Moment lang sah Eamon sie einfach nur an, ehe er sich räusperte und abwandte. »Ardemir hat nicht übertrieben«, sagte er schließlich. »Ihr seid bemerkenswert.«

»Das bin ich nicht«, antwortete Vinae zutiefst verlegen. »Seht euch im Sonnental gut um. Eine Mutter, die ihr Kind nicht haben will, ist hier wahrlich keine Tragödie. Ich kenne die Dunkelheit, Herr. Ich habe sie gesehen und gefühlt, doch wo Dunkelheit ist, gibt es immer auch Licht, und wenn wir es nicht finden können, müssen wir es eben selbst erschaffen – wenn auch nur für andere, damit diese wenigstens einen Funken davon erhaschen. So wird die Hoffnung niemals sterben.«

Eamon starrte sie an, und plötzlich bemerkte Vinae, dass seine Hand zitterte. »Herr?«, fragte sie besorgt. »Habe ich etwas Falsches gesagt?«

»Nein.« Er schüttelte den Kopf und strich sich mit der Hand über die Stirn. »Bei den Sternen, nein. Es waren nur … Erinnerungen, schlechte Erinnerungen.«

Vinae nickte. Dieser Mann musste einen ganzen Berg schlechter Erinnerungen in sich tragen, bei dieser Vergangenheit und Lebensdauer.

»Und doch erstaunt mich Euer frohes Gemüt«, fuhr er fort. »Hier im Sonnental – bei den Fürsten muss es sehr einsam für Euch gewesen sein … ohne Familie.«

»O, keinesfalls.« Vinae deutete zur Stadt hinunter. »Ich habe hier sehr viele Freunde.«

»Das ist nicht schwer zu glauben.«

Sie schenkte ihm ein ehrliches Lächeln. »Ich war niemals

allein. Als ich noch ein Kind war, traf ich Ardemir und Nevliin bei ihren Besuchen im Auftrag der Königin.« Beim Gedanken an diese Zeit musste sie lachen. »Ich glaube, ich war siebzehn Jahre alt, als ich ihnen zum ersten Mal geheime Informationen gegeben habe, und seitdem treffen wir uns regelmäßig, wie Ihr bestimmt wisst. Sie sind mir wichtig. Fürst Nevliin …« Sie dachte einen Moment lang nach, wie sie ihre Gefühle für ihn beschreiben konnte. »Ihn und mich verbindet die Magie des Wassers. Er war mein Lehrer und vielleicht sogar eine Art … Vaterfigur, wenn Ihr versteht, was ich meine.«

»Nevliin?«

»Nun ja, wir waren sehr häufig zusammen, und ich glaube, seine Erfahrung und auch die Ernsthaftigkeit machten ihn für mich zu einer Autoritätsperson. Ardemir hingegen war immer ein Freund. Ihr wisst selbst, dass er niemals erwachsen wurde, und wer könnte ein Kind als Vaterfigur betrachten?«

»Nevliin«, murmelte Eamon, offensichtlich immer noch verblüfft über ihre Gedanken. »Das ist schwer vorstellbar.«

»Ihr meint, weil Ihr selbst sein Mentor wart und er jetzt eine solche Funktion angenommen hat? Ihr könnt mir glauben, er war mir der liebste Lehrer.«

Eamon lachte auf. »Ich meinte eher …«

»Sein sonniges Gemüt?«

Jetzt lachten sie beide. »O ja«, brachte Vinae kichernd hervor. »Er ist fürchterlich ungeduldig, leicht zu reizen, und ein Blick genügt, um das Blut in den Adern gefrieren zu lassen. Ist es da schwer, zu glauben, dass ich bei ihm doppelt so schnell lernte wie bei meinen Lehrern, die von den Fürsten bestimmt waren?«

»Nein.« Eamon schüttelte amüsiert den Kopf, doch er wurde schnell wieder ernst und sah sie mit diesem eindringlichen Blick an. »Ich wünschte nur, ich hätte dich schon früher kennengelernt Vin…ae«, sagte er überraschend formlos. »Es tut mir leid. Es fällt mir schwer, dich anzusehen und zugleich ›Unglück‹ zu nennen.«

»Nennt mich ruhig so«, antwortete sie lächelnd und näherte sich so weit, dass sie bereits den Kopf in den Nacken legen musste, um ihm in die Augen zu sehen. »Nicht die Namen zählen«, fuhr sie fort, »sondern was hier drin ist.« Sie legte ihre Hand an seine Brust, dort, wo das Herz schlug. »Und Euer Herz ist rein. Das sehe ich in Euren Augen.« Stahlblauen Augen.

Eämon

Die anderen hatten Mühe, mit Eamon mitzuhalten, so schnell preschte er zurück zum Weltentor, und das hatte nichts damit zu tun, dass er seinen Freund, den Hengst Antrax, vermisst hatte. Keine Sekunde länger hätte er in *ihrer* Nähe ausgehalten, und beinahe wäre er Ardemir und den anderen vor Dankbarkeit in die Arme gefallen, als diese nach Ewigkeiten zurückgekehrt waren. Aurün war am Boden zerstört gewesen, da sie eingesehen hatte, dass sie den eingesperrten Drachen vorerst nicht helfen konnte, und sie nun das Grauen mit eigenen Augen gesehen hatte. Es war ihr anzumerken gewesen, dass sie Trost bei ihm suchte, doch er konnte sich nicht um sie kümmern. Seine Gedanken rasten, der Drang, laut zu schreien, erstickte ihn beinahe. Noch nicht einmal Vinaes Erzählungen von ihrem unbekannten Informanten konnten ihn ablenken. Dabei waren sie von äußerster Wichtigkeit.

Wenn er jedoch daran dachte, sah er lediglich das Mädchen mit den blaugrauen Augen wieder vor sich.

Wie hatte Meara ihm so etwas antun können? Es einfach zu verschweigen! Er konnte es nicht glauben. Das konnte nicht wahr sein!

Im Wald am anderen Ufer des Silberstreifs angekommen, verlangsamte Antrax sein Tempo, während er dem von wild verwachsenen Brombeerhecken eingeschlossenen Pfad zum Tor folgte. Das Blätterdach über ihm raschelte in einer der wenigen leisen Brisen, welche die trockene Hitze des Sonnentals etwas milderten. Farn, Kräuter und Büsche füllten den Waldboden hüfthoch aus und schlängelten sich zwischen den weit auseinanderstehenden Stämmen hindurch.

Ardemir nutzte die Gelegenheit und schloss sofort zu Eamon auf. Vermutlich hatte er den anderen geraten, zurückzubleiben, denn diese hielten diskreten Abstand, als Eamon das Pferd schließlich zum Schritt anwies.

»Tja«, meinte sein Vetter nach kurzer Zeit des Schweigens. »Hätte es mir irgendjemand erzählt – ich hätte eher geglaubt, die Fürsten wären bei der Verteilung von Almosen gesehen worden.«

Eamon warf ihm einen vernichtenden Blick von der Seite zu, doch sie kannten sich zu lange, als dass sich Ardemir davon schrecken lassen würde. »Ich habe mir meinen Ruf schwer erarbeitet«, fuhr dieser daher auch sogleich fort. »Ich weiß also verflucht noch mal, wie Kinder entstehen. Meara? Mit allem hätte ich gerechnet – mit allem, aber das hier!« Hilflos warf er die Zügel weg und stützte sich mit den Händen auf den Sattelknauf. »Die ganze Zeit über tanzt sie mir vor den Augen herum, und ich sehe es nicht! Nichts! Natürlich nicht, denn wer kommt schon auf solch eine Idee? Meine Güte, Eamon, du hättest euch beide sehen sollen, wie ihr euch da gegenübergestanden habt. Ein Blinder hätte erkannt, dass du ihr …«

»Sei still.« Seine Stimme war so tödlich ruhig, dass Ardemir abrupt verstummte. »Du bist ein Idiot, Ardemir, und jetzt lass mich in Ruhe. Ich will nichts mehr davon hören.«

»Willst du bestreiten, mit Meara geschlafen zu haben?«

Da Eamon schwieg, schlug sich Ardemir mit einem hilflosen Aufschrei die Hand vor die Stirn. »Ich fasse es nicht!«, rief er aus. »Bist du völlig wahnsinnig? Ich verstehe das nicht. Du warst weg – zuvor war der Krieg. Vin ist keine vierundachtzig Jahre alt, das heißt … habt ihr euch abseits des Schlachtfeldes ein schmuckes Plätzchen gesucht, um der Liebe zu frönen, oder was?«

»So ungefähr.«

»Ach.« Der Spott und die Fassungslosigkeit in seiner Stimme schlugen in Zorn um. »Du meintest also, du bräuchtest, während deine Leute kämpfen, bluten und sterben, ihre Seelen verloren, ein bisschen Zerstreuung und zeugst mal so nebenher ein Kind? Eine verdammte Tochter, die ich verflucht nochmal …«

»Was?« Eamon drehte sich im Sattel zur Seite und sah seinen Vetter an, der mit einem Mal erstaunlich schweigsam war. »Die du was?«, fragte er weiter, auch wenn er die Antwort kannte.

»Ich bin hier nicht derjenige, der Fragen zu beantworten hat«, fuhr Ardemir ihn schließlich an. »Hast du Daeron nicht gesehen? Er weiß es. Natürlich weiß er es. Meara hat es den Fürsten bestimmt gesagt. Und Vinae? Hast du es ihr gesagt? Nein, habe ich recht?«

»Nein.«

»Du musst es ihr sagen.«

»Zuerst muss ich mit Meara sprechen.«

»Sag mal, hat der Zauberwürfel im Krieg damals doch mehr Schaden an dir angerichtet, als wir annahmen? Bist du da überhaupt noch drin? Was willst du denn jetzt mit Meara?«

»Ich will wissen, wie das geschehen konnte.«

»Na, das kann ich dir auch sagen.«

Erneut wurde sein Vetter von einem warnenden Blick getroffen, den er erneut ignorierte.

»Du musst mit Vin reden«, drängte Ardemir weiter. »Du kannst sie nicht anlügen – und ich auch nicht.«

»Wenn der richtige Zeitpunkt …«

»Nein, komm mir nicht damit. Diesen Zeitpunkt gibt es nicht. Sollen es alle um sie herum wissen? Was glaubst du, wie sie sich dabei fühlt? Kümmert es dich überhaupt?«

»Natürlich kümmert es mich!«

»Dann sag es ihr.«

Eamon drehte sich zu Aurün und Nevliin um, die weit zurückgefallen waren und im größtmöglichen Abstand voneinander ritten. »Wissen es die beiden?«, fragte er schließlich wieder an seinen Vetter gewandt. »Aurün war nicht dabei.«

»Aurün weiß bestimmt nichts, bei Nevliin bin ich mir nicht sicher, aber ich denke schon, dass seine Augen noch einigermaßen funktionieren. Ich habe es zumindest sofort begriffen und du auch.«

»Nein.« Eamon strich sein Haar zurück, das in der Hitze viel zu schnell getrocknet war und schon wieder kraus vom Kopf abstand. »Ich begreife nichts. Das mit Meara ... das war nicht echt.«

»Was soll das heißen?«

»Es war ein Traum – eine Art Traum. Sie war nicht hier und dann wieder doch.«

»Nun, sie war genügend hier, um schwanger zu werden.«

»Ich muss mit ihr reden.«

»Du bist verrückt. Wenn du das Bedürfnis hast, zu reden, dann geh zu Vin.«

»Verstehst du denn nicht? Ich muss wissen, ob sie überhaupt von mir ...«

Ardemir riss seine Augen auf, glühende Wut stand darin. »Ob sie überhaupt von *dir* ist?«, japste er atemlos. »Wie kannst du auch nur im Geringsten daran zweifeln? Du hast sie doch gesehen.«

»Das, was ich mit Meara hatte – es war magisch. Sie war nicht richtig hier. Was, wenn Vinae durch Magie ...«

»Nein! Sprich es nicht aus. Wage es nicht, ich warne dich.«

Eamons Blick fiel auf Ardemirs Hände, die so stark zitterten, dass die Zügel wild schlackerten. »Ardemir?«, fragte er beunruhigt, doch der ließ ihn nicht zu Wort kommen.

»Sag auch nur ein solches Wort in ihrer Nähe, Eamon, und ich schwöre dir, ich bringe dich um, Familie hin oder her.« Seine Stimme war kaum mehr als ein Knurren, und zu Eamons Entsetzen bildete sich Schweiß auf der Stirn seines Vetters, was für einen Elfen mehr als ungewöhnlich war.

»Tu ihr weh, und es wird das Letzte sein, was du tust, hast du mich verstanden? Sie braucht deine Zweifel nicht. Wie kannst du dich fragen, ob sie *echt* ist? Wie kannst du sie für etwas verantwortlich machen, was du in deiner Lüsternheit verbrochen hast?«

»Ich mache sie für nichts …« Spielte ihm das abendliche Licht hier im Wald einen Streich, oder nahmen Ardemirs braune Augen tatsächlich einen grünen Schimmer an?

»Ardemir?«, fragte er noch einmal, doch der starrte ihn immer noch mit solch einer Mordlust an, dass Eamon seinen Vetter in diesen Augen nicht mehr sehen konnte.

»Nevliin?«, rief er daher, ohne seinen Blick von Ardemir zu nehmen, und hob seinen Arm. »Nevliin!«

»Was willst du mit dem?«, knurrte Ardemir währenddessen. »Glaubst du etwa, Nevliin wird dir lobend auf die Schulter klopfen? Seine Liebe ist gestorben, und du vergnügst dich mit der …« Mit einem markerschütternden Schmerzensschrei presste er seine Hände an die Schläfen und kippte wie ein Sack Mehl seitlich aus dem Sattel in die Hecken am Wegesrand. Von dort wälzte er sich, immer noch schreiend, heraus und geriet beinahe unter die Hufe des schweren Rosses, das sofort zur Seite tänzelte.

Eamon sprang zu Boden und kniete genauso wie bereits

Nevliin, der übernatürlich schnell herangeflogen war, neben ihm nieder. »Ardemir!«, rief er und versuchte ihn festzuhalten, um ihn anzusehen. »Ardemir! Verflucht, was ist los?«

Ardemir reagierte jedoch nicht. Immer wieder presste er die Hände an seinen Kopf, nahm sie sofort wieder weg und drückte sie an die Brust, als wüsste er nicht, woher die Schmerzen kamen, während er sich im Laub hin und her wälzte.

»Ardemir, bitte!« Panik breitete sich in Eamon aus.

»Halt seine Beine fest«, hörte er dann plötzlich Nevliins Stimme, die nicht das geringste Anzeichen von Unruhe in sich trug. »Aurün, Ihr haltet seine Arme.«

Die Drachenelfe, die ebenfalls herbeigeeilt war, zögerte keinen Augenblick, packte mit erstaunlicher Kraft Ardemirs Handgelenke und hielt sie fest, während Eamon die Knöchel seines Vetters nahm.

»Feuer«, stöhnte Ardemir undeutlich, während die Schreie in atemloses Keuchen übergegangen waren. »Ich ... brenne.«

»Ich weiß.« Nevliin löste mit geschickten Fingern ein Rüstungsteil nach dem anderen von Ardemirs Körper. »Es ist bald vorbei.«

»Es zerreißt mich.« Ardemir wand sich so stark, dass es sie alle Kraft kostete, ihn festzuhalten. »Mein Kopf ... mein Herz. Stimmen ... Flüstern.«

Nevliin hielt einen Moment lang inne, doch dann zerriss er mit einem kräftigen Ruck Ardemirs Waffenrock, und alle drei starrten sie auf die dunklen, beinahe schon schwarzen Linien, die sich von seinem Herzen über die Brust ausbreiteten.

»Er ist heiß«, stellte Nevliin fest, der eine Hand darauflegte. »Glühend heiß.«

»Hast du eine Ahnung, was mit ihm los ist?« Eamon war erleichtert und zugleich erstaunt über Nevliins Sachlichkeit.

»Nein, keine«, antwortete dieser jedoch. »Aber vielleicht

kann ich ihm helfen.« Er legte eine Hand auf Ardemirs Brust und eine an dessen Stirn.

»Ich dachte, du kannst nicht heilen«, meinte Eamon, doch Nevliin ignorierte ihn, während sich das Schwarz seiner Augen auch schon ausbreitete und jegliches Weiß darin verschlang. Ein silberner Schein leuchtete auf, und Ardemirs Stöhnen wurde sogleich ruhiger, sein Atem langsamer.

»Es hilft«, flüsterte Aurün. Tatsächlich wurden die dunklen Linien, die sich wie Adern über Ardemirs Brust zogen, heller und verblassten. Einzig direkt über dem Herzen blieben sie als ineinander verschlungenes Gebilde bestehen.

»Du hast ihn geheilt.« Eamon sah ungläubig zwischen Nevliin und Ardemir hin und her. »Wie ist das ...«

»Nein. Ich habe ihn nur etwas gekühlt, was ihm wohl geholfen hat.«

»Trotzdem eine Art von Heilung.«

»Verflucht, das tat weh«, keuchte unterdessen Ardemir und versuchte sich aufzusetzen. Er warf einen kurzen Blick auf seine Brust hinab und stieß erneut unzählige Flüche aus. »Das ist nicht mehr lustig.«

»Da hast du verdammt noch mal recht.« Eamon packte seinen Vetter an den Schultern und zog ihn hoch. »Was war das eben?«

»Woher soll ich das wissen?«

»Du weißt es! Es ist dir nicht zum ersten Mal passiert.«

Der flüchtige Schrecken, der über Ardemirs Gesicht gehuscht war, bestätigte diese Annahme, und auch Nevliin sah noch düsterer zwischen dem zerfetzten Hemd und Ardemirs Gesicht hin und her.

»Seit wann?«, fragte Nevliin schließlich und trat blitzschnell einen Schritt zur Seite, als Ardemir einfach an ihm vorbeigehen wollte. »Seit wann?«, wiederholte er noch einmal in seiner kalten Ruhe, doch Ardemir drehte sich diesmal einfach um und stieg von der anderen Seite in den Sattel des Pferdes.

»Liadan erwartet uns«, sagte er und deutete in Richtung Weltentor. »Die *Königin*. Wollt ihr hier ewig herumstehen und sie warten lassen?«

Eamon ging auf ihn zu. »Wenn mit dir etwas nicht in Ordnung ist«, versuchte er Ardemir zur Vernunft zu bringen, »dann musst du uns …«

»Ach, lasst mich doch in Ruhe.« Ardemir schlug die Fersen in den Bauch des Hengstes, der unwillig mit den Vorderbeinen hochstieg, dann jedoch lospreschte und zwischen den Bäumen verschwand.

»Was war das nur?«, fragte Eamon mehr sich selbst als die anderen, während er seinem Vetter reglos hinterherblickte. »Was kann einen so zurichten?«

Er erinnerte sich an die vielen Krankheiten, mit denen er in der Menschenwelt konfrontiert gewesen war, und daran, was diese mit einem Körper machten, doch Elfen wurden nicht krank. Die einzige Möglichkeit, die ihm dazu einfiel, war Magie.

Nur an Vanora hatte er bereits einmal Ähnliches gesehen. Ihr Gesicht und ihre Arme waren unter der Magie von schwarzen Adern durchzogen gewesen, und ein Blick in Nevliins Augen bestätigte, dass ihm soeben dieselbe Erinnerung gekommen war.

»Die Magie des Feuers?«, fragte er daher, an den Ritter gewandt, der sich ebenso in den Sattel schwang. »Welchem Element ist Ardemir zugehörig?«

»Der Luft«, antwortete Nevliin und deutete zurück zur Stadt Acre. »Es könnte aber auch Gift gewesen sein. Wir waren eben bei Daeron. Hat Ardemir dort vielleicht etwas gegessen oder getrunken?«

»Das haben wir alle«, erwiderte Eamon, der nun ebenfalls wieder auf dem Pferd saß und sich mit den anderen in Bewegung setzte. »Zudem war es mit Sicherheit nicht das erste Mal. Das habe ich deutlich in Ardemirs Blick gesehen.«

»Nein. Er muss wissen, was es war. Aber die Magie des Feuers kann in ihm niemals so stark sein. Er ist ein Dunkelelf und einem anderen Element zugehörig. Es sei denn, ein Magier des Feuers verursacht es.«

Eamon drehte sich zu ihm um. »Welcher Lichtelf fällt dir dazu ein? Meara ist genauso wie ich der Erde zugehörig.«

»Sie gebietet aber über alle vier Elemente«, entgegnete Nevliin. »Außerdem wären da noch die Fürsten.«

Eamon seufzte. »Wenn wir Vinae und ihrem unbekannten Freund trauen können, haben sie nichts mit alldem zu tun. Aber so seltsam es auch ist, denke ich bei Feuer immer an Drachen.«

Nevliin drehte sich zu ihm um. »Beim Angriff auf Derial«, überlegte er. »Ein Silberritter hat etwas in Ardemir gesehen. Bei der Heilung. Ich werde mit ihm sprechen.«

»Tu das. Wir müssen wissen, was mit ihm los ist.«

»Nun, was auch immer es war«, meinte Aurün, als sie zum Felsturm an der Lichtung deutete. »Die Antwort kann uns nur Ardemir geben. Vielleicht holen wir ihn noch ein.«

Doch das taten sie nicht. Ohne die geringste Spur von ihm kamen sie in Sincara an, der Stadt vor Lurness, in der sich das Weltentor befand.

Ardemir war bei ihrem Eintreffen bereits bei Liadan gewesen und hatte beteuert, nicht zu wissen, was mit ihm vorging. Sein Versprechen, sich von einem Heiler behandeln zu lassen, nahm Eamon nicht ernst, doch sie konnten nichts tun, solange Ardemir nicht selbst zu ihnen kam. Eamon war jedoch fest entschlossen, nicht lange tatenlos Ardemirs Leiden zuzusehen.

Falls es – was auch immer *es* gewesen sein sollte – noch einmal vorkam, würde er ihn zu Antworten zwingen.

Doch jetzt suchte er erst einmal Frieden und einen Ort, an dem er seine Gedanken sortieren konnte.

Vom obersten Mauerring der Festung – der Spitze des Drachenfelsens – blickte er über das Land, welches einst sein Königreich gewesen war. Nichts erinnerte mehr an das alte Schattenreich. Die Städte, die sich um die vielen Oasen der Ebene von Edora drängten, flimmerten im gleißenden Licht der Sonne. Es war schwer vorstellbar, dass vor nicht allzu langer Zeit beständiger Nebel über ein graues Geröllfeld gekrochen war und sich da, wo nun die Häuser einer neuen Stadt in die Höhe ragten, die Baumriesen dem Himmel entgegengestreckt hatten.

Die untersten Mauerringe waren allesamt neu erbaut worden, genauso wie die Zugbrücke über die Drachenschlucht, nachdem all das im Krieg zerstört worden war. An der Festung selbst hatte sich ansonsten nicht viel getan. Immer noch schlängelte sich ein Mauerring nach dem anderen den Felsen hinauf, von wo aus die Wachen das Land überblickten.

Das Knirschen einer lockeren Bodenplatte hinter ihm holte Eamon aus seinen Gedanken. Er wusste, wer sich näherte, und auch, dass dieser gehört werden wollte. Nevliin würde beim Gehen niemals ein Geräusch verursachen, wenn er es nicht beabsichtigte.

»Hast du dich nach all den Jahren bereits an diesen Anblick gewöhnt?«, fragte Eamon, ohne sich umzudrehen, und sah weiter zur untergehenden Sonne.

Nevliin erschien neben ihm und stützte seine Ellbogen zwischen den Zinnen ab. »Ich habe dieses Bild länger gesehen als jenes zuvor. Mein Aufenthalt im Schattenreich zur Zeit des Krieges war nur von kurzer Dauer.«

»Richtig.«

»Und ich bin jeden Tag hier, sehe zur Sonne.«

»Es ist ein schönes Bild.«

»Ja, wirklich.«

»Wir werden wohl bald zurück ins Sonnental reisen.«

Nevliin nickte nur. Er verlor kein Wort über Vinae, und auch aus seinem Gesicht war nichts abzulesen. Einerseits wollte Eamon wissen, was der Ritter darüber dachte, andererseits war er auch dankbar für das Schweigen. Nach allem, was er Nevliin im Kampf um Vanoras Herz angetan hatte, wäre es schwer, zu erklären, wieso er sich auf Meara eingelassen hatte. Oder vielleicht hatte er auch gerade damit seinen Grund.

»Hast du mit dem Ritter gesprochen?«, fragte Eamon nach einer Weile, um das bedrückende Schweigen zu brechen.

»Nein.« Nevliin sah weiterhin zum glühenden Horizont. »Er ist auf Patrouille. Er wird zu mir gebracht, sobald er zurück ist.«

»Vielleicht kann er uns weiterhelfen. Ich wüsste nicht, was Vinae damit meinte: ›Der Nebel ist nicht von hier.‹ Eines scheint mir aber sicher: Die Jahre des Friedens sind nun endgültig vorbei.«

Nevliin warf ihm nur einen verächtlichen Blick zu, verkniff sich jedoch die zynische Entgegnung, dass es niemals Frieden gegeben hatte und auch niemals geben würde. Vielleicht hätte er damit sogar recht.

Eamon beugte sich etwas vor und sah hinab zur Stadt Sincara. Das Bild war ihm fremd, wie alles in Lurness. »Nichts hier zeugt von der Schlacht, die hier gefochten wurde«, sprach er seinen Gedanken laut aus. »Vom Dunkelwald. Von dem vielen Blut, mit dem die Erde getränkt wurde.«

»Die Seelen, die verlorengingen.«

Eamon nickte. »Es gab wohl nichts in der Geschichte der Elfen, was auch nur annähernd so grausam war.« Der Gedanke an Mearas Werk – den magischen Würfel, welcher mit der Kraft eines Grogons Seelen auslöschte – hatte ihn niemals losgelassen. Egal, wie hoch die Zahl der Toten in einer Schlacht auch war, nichts könnte jemals solchen Schaden verursachen.

»Ich denke häufig an jenen Tag«, brach Nevliin schließlich das kurze Schweigen. »Als ich den Würfel vor mir sah … ich war mir sicher, dass es mit mir vorbei wäre.«

»Die Wahrscheinlichkeit war nicht sehr gering.«

»Natürlich, aber daran lag es nicht. Es war Liadan.«

»Meine Schwester?«

»Kurz vor der Schlacht führte ich ein Gespräch mit ihr. Seither denke ich immer wieder über ihre Worte nach. Ich stehe hier oben, sehe an jenen Ort, an dem der Würfel seine Macht entfaltete, und suche nach der Bedeutung. Doch ich komme zu keiner Antwort.«

»Was für ein Gespräch?«

»Sie bat mich, vorsichtig zu sein.«

Eamon hob fragend die Augenbrauen, doch Nevliin fuhr ohnehin bereits fort: »Da war mehr. Die Art, wie sie mich dabei ansah. Sie wollte mir irgendetwas sagen. Ich dachte, sie hätte meinen Tod gesehen oder Schrecklicheres. Sie flehte mich förmlich an, auf mich aufzupassen.«

»Liadan kann nicht in die Zukunft blicken. Sie wollte dich einfach nur in Sicherheit wissen. Du bedeutetest ihr …«

»Ach.« Nevliin winkte mit einer ärgerlichen Geste ab. »Es war anders. Sie wusste etwas. Als ich den Würfel vor mir sah, war ich mir sicher, sie hätte die Zerstörung meiner Seele gesehen – oder gespürt. Vielleicht war es nur eine Ahnung ihrerseits, doch ich war mir sicher, dass es mein Ende sein würde.«

»Doch das war es nicht.«

»Noch nicht.«

Eamon drehte sich zur Seite, um ihn anzusehen. »Was meinst du damit?«

»Meine Seele – der Würfel fügte ihr keinen Schaden zu.« Er lachte bitter auf. »Zumindest keinen größeren, als er nicht bereits vorhanden war. Doch danach … Liadan muss etwas davon gewusst haben.«

»Das ist schwer vorstellbar.«

»Ich bin mir sicher.«

»Dann solltest du sie vielleicht fragen.«

Nevliin wandte sich ihm zu. »Es ist besser für alle, wenn ich das nicht mache.«

»Irgendwann wirst du ihr vergeben.«

»Wie gesagt. Es ist keine Sache des Verzeihens. Ich will sie einfach nicht in meiner Nähe haben.«

Eamon nickte. Er würde nicht weiter daran rühren, wo er doch selbst mehr als achtzig Jahre vermieden hatte, mit seiner Schwester zu sprechen. Noch dazu glaubte er nun endlich zu wissen, was der wahre Grund dafür war, dass Nevliin Liadan mied.

Er hatte Angst vor ihr. Er fürchtete, sie könne tatsächlich etwas über seine Seele wissen oder über seinen Tod. Er fürchtete, dass sie ihm seine wahnwitzige Angst bestätigte, die ihm einredete, niemals zu den Sternen zu können. Immer noch fürchtete er, seine Seele wäre zerstört, und Eamon wusste nicht, wie er ihm das ausreden konnte.

»Dann wirst du weiterhin hier stehen und nach Antworten suchen«, sagte er daher nur und deutete zum letzten rötlichen Schein am Horizont. »Es gibt schlechtere Orte, um seinen Gedanken nachzuhängen.«

Eamon beobachtete das ferne Glühen des Sonnenuntergangs. Es war das erste Mal, dass er mit jemandem über den Krieg sprach, der daran beteiligt gewesen war. Die Geschichten für die Menschen waren mehr ein Märchen gewesen, doch mit Nevliin darüber zu sprechen war zugleich auf sonderbare Weise niederschmetternd wie auch befreiend.

So oft hatten sie hier oben gestanden. Schon als Nevliin ein Kind gewesen war, hatten sie in den Wald geblickt und die Baumjäger auszumachen versucht, von denen es mittlerweile kaum mehr als eine Handvoll gab. Nevliins Gedanken zum Sinn all dieser Kämpfe erschienen ihm plötzlich nicht so fern, wie sie vielleicht sollten. Jetzt, wo sie hier standen, Jahrhunderte später und zerschlagen. War es das wert?

»Die Drachen werden erneut angreifen«, griff Nevliin das im Moment wichtigste Thema auf. »Es wird eine weitere Schlacht geben.«

»Ja, ich rechne damit.« Der Gedanke an einen Kampf verursachte Eamon Übelkeit. Die Erinnerungen an den Krieg waren immer noch viel zu deutlich in seinem Gedächtnis. Das Geräusch seiner Schwerter, wenn sie Panzer durchbrachen, das Beben in seinen Händen. Der Gestank nach Blut und Tod. Die Angst.

»Nur gegen wen werden wir kämpfen?«, fragte Nevliin. »Und wofür? Das Schicksal?«

»Ich weiß es nicht.«

»Natürlich nicht. Ich frage mich nur, wieso ich mein Schwert überhaupt noch heben soll. Dort draußen ist jemand, der sich gegen die Macht des Schicksals wehrt. Der es zerstören will, so dass es uns nie wieder ein Ende aufzwingen kann.« Er zuckte mit den Schultern. »Vielleicht wechsle ich die Seiten.«

Eamon drehte sich nun ganz zu ihm um, doch Nevliin sah ihn nicht an, sah weiterhin in die Ferne.

»Das würdest du nicht tun«, sagte Eamon schließlich, doch Nevliins Antwort war nur ein weiteres Schulterzucken.

Vinae

Es war kaum mehr als ein etwas besser geratener Abstellraum. Die feuchten Wände waren bis obenhin von Regalen bedeckt, auf denen sich gläserne Behältnisse unterschiedlichster Formen und Größen befanden. Natürlich mit hauptsächlich giftigem Inhalt. Der Holztisch, über den Vinae sich lehnte, hatte auch schon einmal bessere Zeiten erlebt, denn nun war er von Brand- und Säurespuren gezeichnet, die ihm ein eigentümliches Muster aus Hell und Dunkel verliehen hatten.

Es war schwer, im fahlen Licht der Miranlampen zu arbeiten, doch ihre Augen hatten sich bereits an den silbernen Schein der Glaskugeln gewöhnt.

»Und jetzt langsam die Essenz der Seelilie«, sagte Daeron neben ihr und reichte ihr das entsprechende Fläschchen.

Vinae blickte von dem köchelnden Heilsud auf, der einen solch bestialischen Schwefelgestank verströmte, dass sie beide einen Atemschutz trugen. Das dunkle Stofftuch bedeckte Daerons Mund und Nase, so dass sie nur die bernsteinfarbenen Augen sehen konnte, doch auch so erkannte sie sein Lächeln.

Natürlich war es nicht nötig, sich vor den Dämpfen dieses Mittels zu schützen, da sie in keiner Weise giftig waren, doch so fiel es ihnen leichter, zu atmen, ohne dem Drang, fortzulaufen, nachzugeben.

Vinae war bereits das dritte Mal mit Daeron in seinem Giftkämmerchen, und er brachte ihr die Herstellung und Rezepturen von Heilmitteln bei, die sie bisher noch nicht gekannt hatte. Es gab wohl niemanden in ganz Elvion, der sich auf dieses Gebiet besser als Daeron verstand. Auch wenn er diese Gabe zumeist leider aus falschen Gründen nutzte.

Es war ungewohnt, ihn bei seiner Arbeit zu beobachten, noch dazu, da es zur Abwechslung einmal keine Gifte waren. Er wirkte konzentriert und ging völlig darin auf. Sein Wissen über die verschiedensten Wirkungen von Kräutern und Pflanzen war bewundernswert. Vinae war froh, von ihm lernen zu dürfen. Dieses Interesse war wohl ihre einzige Gemeinsamkeit, doch wieso sollte sie nicht davon profitieren? So wie in diesem Moment, wo er ihr die Zubereitung eines Tranks beibrachte, der hohen Blutverlust ausgleichen konnte. Er würde Verwundete kräftigen, bis sich deren Blut neu gebildet hatte.

»Wie viel davon?«, fragte sie, als sie das Fläschchen entgegennahm und den Verschluss herauszog.

»Vier Tropfen.« Daeron lehnte sich weit zu ihr und beobachtete ihr Schaffen, ehe er zufrieden nickte. »Und jetzt muss es abkühlen«, erklärte er und ließ mit einer Handbewegung die Flammen unter der Schale erlöschen, die, eingeschlossen in einem steinernen Behältnis, gebrannt hatten. »Die nächsten Zutaten dürfen nicht mit Hitze in Berührung kommen. Wenn du nicht so lange warten willst, kannst du auch Magie anwenden.«

Vinae zuckte mit den Schultern. »Ich bin ungeduldig«, sagte sie lachend und hob ihre Hand, die sie über das dampfende Gebräu hielt. Mit Hilfe der Magie des Wassers, die ihre Augen einen Moment lang einen silbernen Schimmer annehmen ließ, brachte sie die Flüssigkeit auf Zimmertemperatur.

»Knitterzweige«, fuhr Daeron schließlich fort und reichte ihr ein Bündel spröder Holzstäbchen. »Du musst sie so klein wie möglich zerbrechen und mit der Tinktur vermischen.«

Vinae nahm die Zutaten entgegen. »Ich möchte mich noch

bei Euch bedanken«, sagte sie und warf Daeron einen kurzen Blick von der Seite zu, während sie die Zweige in ihren Händen zerbröselte. »Für Euer großzügiges Geschenk.«

»Du hast also Meister Sril getroffen?«

»Ja, bevor ich zu Euch gekommen bin. Ich gestehe, ich habe mich sofort in diese weiße Dame verliebt. Sie ist einfach märchenhaft – es gibt keinen Falken, der ihr an Schönheit gleichkommt.« Vinae hielt mit ihrer Arbeit inne und drehte sich zu ihm herum. »Vielen Dank, Fürst Daeron«, sagte sie ehrlich, denn der Anblick des freudestrahlenden Meister Sril war Gold wert gewesen. Er würde reichen Lohn für den Unterhalt dieses prächtigen Tieres erhalten, auch wenn die Freude mit Sicherheit von der Gewissheit herrührte, dass er sich nicht von dem Falken trennen musste. Ihr Verlust hätte ihn getroffen, das war ihm anzusehen gewesen.

»Ihr habt so wundervoll zusammen ausgesehen«, sagte Daeron, als sähe er das Bild tatsächlich vor sich. »Ich wusste, du würdest sie haben wollen.«

»Ihr seid sehr großzügig, Fürst.«

Daeron nickte. »Ich würde dir alles schenken, Vinae. Das weißt du doch.«

»Ich weiß.« Mit flauem Gefühl im Magen wandte sie sich wieder ihrer Arbeit zu. Das ungezwungene Beisammensein wurde plötzlich von einer Schwere erdrückt, die sie bereits gefürchtet hatte. Auf solch engem Raum mit ihm zusammen zu sein war ein Risiko, doch sie hatte einfach nicht widerstehen können, sich in der Heilkunde fortzubilden. Die letzten beiden Male war auch alles gut verlaufen, und so würde auch diesmal nichts aus dem Ruder laufen.

»Was muss ich jetzt tun?«, fragte sie, ohne aufzublicken.

»Dies ist der schwerste Part.« Daeron kramte in einem der Regale und hielt kurz darauf einen daumenhohen Krug in der

Hand. Dieser sah aus wie von Kobolden oder für Kobolde gefertigt, wobei das Messing keinen Hinweis auf den Inhalt gab. »Du musst genau die Reihenfolge einhalten«, erklärte er weiter, als er ihr das Behältnis reichte. »Dies sind die Sporen der Schuppenpilze, vermischt mit dem Blut einer Grottentänzerin. Magie liegt darin, und machst du etwas falsch, kann es verheerende Auswirkungen haben.« Er nahm den winzigen Deckel ab und führte ihre Hände über die Schale. »Zuerst zwei Tropfen, danach wartest du zwölf Herzschläge, ehe du noch acht weitere Tropfen hinzugibst. Hast du verstanden?«

Vinae nickte, auch wenn sie nicht sicher war, wie sie ihre Herzschläge zählen sollte, wo sie doch im Moment viel zu schnell gingen. Daeron stand einfach zu dicht neben ihr, zu ihrem Glück aber nahm er zumindest wieder seine Hände von den ihrigen. Ob es tatsächlich eine gute Idee gewesen war, ins Schloss zu ziehen? Vinae gab der zarten Flamme, die in ihm brannte, nur weitere Nahrung. Vielleicht sollte sie sich zurückziehen, ehe noch ein großer Brand daraus wurde.

Ein lautes Zischen erklang, gefolgt von dem hohen Ton ihres eigenen Aufschreis, als die dunkle Flüssigkeit hochschoss und sie über und über davon benetzt wurde.

»O nein!«, rief sie angesichts des Durcheinanders auf dem Tisch aus, der durch die explodierende Tinktur nicht nur fürchterlich aussah, sondern auch entsetzlich stank.

»Wo bist du mit deinen Gedanken?«, fragte Daeron lachend und zog sich den Mundschutz herunter.

»Waren es nicht zwölf Herzschläge?«

»Wohl eher fünf.« Er befreite sie ebenso von dem Tuch, das ihr Gesicht bedeckte, und strich mit dem Finger einen Tropfen neben ihrem Auge fort. »Das nächste Mal wird es dir gelingen«, sagte er sanft und tunkte den Stoff in etwas Wasser, woraufhin er die Flüssigkeit von ihrem Gesicht und dem Hals tupfte.

Die Art, wie er sie dabei ansah, konnte nichts Gutes bewirken, doch wäre er beleidigt, wenn sie jetzt zurückwich?

»Ihr wollt Euch auf ein nächstes Mal einlassen?«, fragte sie daher, um ihn etwas abzulenken. Alles wäre besser als dieser konzentrierte Ausdruck, als wäre ihre Haut eine Schatzkarte, die es zu studieren galt.

»Nur aus Fehlern kannst du lernen, Vinae. Es ist ein schwierig zuzubereitendes Elixier, und wir sind doch bereits sehr weit gekommen.«

»Ihr wollt mich trösten«, sagte sie und hob ihre Hand, um den dunklen Fleck an seiner Wange fortzuwischen. Ihre Fingerspitzen berührten kaum seine Haut, da wurde ihr die eigene Dummheit bewusst. »Verzeihung.« Sie räusperte sich und ließ ihre Hand sinken.

Doch Daeron lächelte nur triumphierend.

Falls er dachte, sie spielte sein Spiel mit, hatte er sich gehörig getäuscht. Er mochte sie ja mit seinem zärtlichen Blick und der gewissenhaften Arbeit einen Moment lang täuschen, doch er war immer noch einer der Fürstenbrüder – wenn nicht sogar der schlimmere von den beiden. Während Menavor einfach nur skrupellos war und kein Mitleid kannte, steckte in Daeron durchaus ein gewisser Hang zur Boshaftigkeit. Er konnte sich am Leid anderer erfreuen, an Rache und am Rausch des Sieges. Menavor hingegen war ein nüchterner Denker. Er bestrafte, wenn es sein musste, doch ließ er sich davon nicht berühren. Dies würde sie niemals vergessen, genauso wenig wie die Drachen, Nefgálds Eltern und so viele andere, die unter den beiden litten oder gelitten hatten.

»Willst du es noch einmal versuchen?«, fragte Daeron, wobei er zu ihrer Erleichterung einen Schritt zurücktrat. »Es ist noch Zeit bis zum Eintreffen deiner Mutter.«

»Ich …« Sein stechender Blick traf sie und stellte klar, dass er keine andere Antwort als ein Ja duldete.

»Gern«, sagte sie daher und versuchte, nicht verärgert zu klingen. Er hatte sich bei seiner Arbeit mit ihr stets zurückgehalten und ehrenhaft verhalten. Sie durfte ihn nicht ständig zurückweisen.

Sie stellte eben die angebrannte Schüssel zur Seite, als es an die Tür klopfte und Veresil von den Schlangenschilden eintrat. Dieser blieb einen Moment lang verstört stehen und ließ seinen Blick zwischen den beiden mit Elixier bespritzten Elfen schweifen, ehe er zu einer knappen Verbeugung fand. »Mein Fürst«, sagte er und richtete sich sogleich wieder auf. »Verzeiht die Störung, doch ich muss Euch in einer dringlichen Angelegenheit sprechen.« Er deutete mit einer kaum merklichen Kopfbewegung hinter sich, was wohl bedeuten sollte, dass diese Angelegenheit nicht für Vinaes Ohren bestimmt war – und damit höchst interessant.

Daeron sah zu ihr und sogleich wieder zurück zu Veresil, ehe er nickte und den Raum verließ. Er schlug die Tür hinter sich zu, die jedoch durch die Wucht des Stoßes zurückprallte und einen Spalt offen stehen blieb. Eine direkte Einladung, und da Daeron offensichtlich nichts davon bemerkte, beschloss Vinae, diese Gelegenheit zu nutzen.

Auf Zehenspitzen schlich sie durch den Raum und lehnte sich an die Wand neben der Tür. Sie konnte die geflüsterten Worte kaum verstehen und bekam nur ein paar Gesprächsfetzen mit, doch je länger sie zuhörte, umso klarer wurde das Bild.

Veresil sprach von Kristallen, einem schwächer werdenden Licht und den Sorgen des »Wächters«. Er nannte keinen Namen, was ungewöhnlich war, schließlich gab es in der Burg mehr als genug Wachen, doch Daeron schien genau zu wissen, von wem sein Kämpfer sprach. Die Kristalle verloren an Kraft, berichtete Veresil. Sie waren kaum noch mit Energie aufladbar, und neue dieser entsprechenden Art zu finden war so gut wie unmöglich. Der Name ihrer Mutter fiel, und es wurde über ihre Rückkehr gesprochen. Meara sollte einen Weg finden, das Problem zu lösen.

»Beseitigt ihn endlich«, hörte sie plötzlich Daeron knurren, der jedes Flüstern vergaß. »Soll sie zu Ende bringen, was sie angefangen hat.«

Vinae hielt den Atem an.

Gregoran! Sie konnten nur ihn meinen. Nur bei ihm gab es solche Kristalle!

Das Herz schlug ihr bis zum Hals, als sie eilig den Raum durchquerte und das Chaos auf dem Tisch zu beseitigen versuchte.

Einen Augenblick später trat auch schon Daeron ein und entschuldigte sich bei ihr, da er wichtige Vorbereitungen für die Ankunft ihrer Mutter treffen musste. Sein Lächeln, als er ihr noch einen Moment lang bei den Aufräumarbeiten zusah, ließ annehmen, dass er kein Misstrauen hegte.

Vinae überlegte nicht lange. Kaum dass Daeron fort war, stürzte sie hinaus in die dunklen Gänge der Keller, in denen sich die Giftkammern befanden. Durch den geheimen Spalt der Mauernische gelangte sie in den ungenutzten Haupttunnel, welcher zu Gregoran führte.

Das Kleid bis zu den Knien gerafft, lief sie durch die Dunkelheit. Sie konnte nicht an die Konsequenzen ihrer Tat denken. Sie wusste lediglich, dass sie etwas unternehmen musste. Das Sonnental durfte nicht ein weiteres Opfer zu beklagen haben. Er durfte nicht getötet werden, nachdem er bereits mehr als achtzig Jahre lang gelitten hatte. Es war nicht wichtig, dass er ihr bei den letzten Besuchen ebenso unheimlich erschienen war, und auch Daerons Drohung kümmerte sie nicht. Sie würde es schaffen, den Verdacht von sich zu lenken – besonders jetzt, wo sie Daeron in der Zeit ihres Aufenthalts in der Burg nähergekommen war. Gregoran würde ohne Aufhebens verschwinden, und vielleicht würde sein Fehlen erst nach Tagen entdeckt, wenn er längst über alle Berge war. Wer kam schon hier herunter in die tiefsten Winkel der Kerker?

Vinae riss die Tür zu seinem Verlies auf und stürmte in den Zellenraum. »Ihr müsst von hier fort!«, rief sie, kaum dass sie das weiße Licht der Kristalle erreichte. »Sofort!«

Gregoran erschien genauso plötzlich wie die letzten Male an den Gitterstäben und sah sie aus seinen gelbgoldenen Augen an. »Was macht dir solch eine Angst?«, fragte er ruhig, was sie erst mal schweratmend stehenbleiben ließ.

»Sie wollen Euch töten«, brachte sie schließlich heraus. »Meara Thesalis kehrt heute zurück. Sie soll Euch töten, Gregoran!«

»Ich freue mich darauf, zu sehen, wie sie es versucht.«

»Versteht Ihr denn nicht?« Vinae lief auf ihn zu und umfasste die Gitterstäbe. Dass er sofort vor ihr zurückwich, konnte sie im Moment nicht mehr beunruhigen. »Meara Thesalis ist die mächtigste Magierin weit und breit. Sie wird einen Weg finden!«

»Das hat sie in achtzig Jahren nicht geschafft.«

»Weil Ihr ihnen gleichgültig wart. Ihr wart vergessen, doch jetzt werden die Kristalle schwächer!«

Gregoran verzog seine Lippen zu einem gefährlichen Lächeln. »Ja, ich habe schon bemerkt, dass sich ihre Energie dem Ende zuneigt – nicht, dass mich das stört.«

»Hört mir zu. Es gibt einen Weg, auf dem Ihr ungesehen …«

»Du willst mich also tatsächlich befreien? Was ist mit deinen noblen Vorsätzen, schöne Seele?«

»Ich lasse Euch nicht sterben.«

Der Magier lehnte sich etwas zu ihr vor. »Wieso nicht?«, fragte er, und sein Blick vermochte es erneut, sie zu lähmen. Er zog sie zu sich, ließ eine Wärme in ihrem Inneren entstehen, die sowohl angenehm als auch brennend war.

»Ihr seid unschuldig«, keuchte Vinae schließlich und zwang sich, nicht zurückzuweichen. »Ihr seid ein Opfer der Fürsten – wie so viele andere auch. Eure Macht ist Euer Verbrechen, das habt Ihr doch selbst gesagt und … und Ihr lügt nicht. Niemals.«

»Nein.« Gregoran richtete sich auf und sah sie an. »Du bist dir sehr sicher. Dann bitte! Ich teile deine Meinung. Ich war lange genug hier. Und niemand soll jemals erfahren, dass du es warst, die mich befreit hat, schöne Seele.«

Vinae ließ sich den kurzen Moment der Verwirrung nicht anmerken, auch wenn er ihn wohl ohnehin gespürt hatte. Stattdessen ging sie auf einen der Kristalle zu und wollte ihn mit dem Fuß fortschieben. Im letzten Moment hielt sie jedoch inne. »Bevor ich Euch gehen lasse«, sagte sie und drehte sich zu Gregoran um, der vor der Zellentür stand, »müsst Ihr mir ein Versprechen geben.«

»Ein Versprechen, schöne Seele?«

»Ihr müsst mir versprechen, Meara Thesalis nichts anzutun. Ich weiß, Ihr sinnt auf Rache, doch ich bitte Euch: Lasst sie sein! Ihr werdet frei sein. Geht Eurer Wege und kommt nicht zurück.«

Gregoran durchbohrte sie einen Moment lang mit seinem Blick, ehe er nickte. »Ich verspreche dir, schöne Seele, ich werde der Frau Thesalis kein Haar krümmen. Und wenn du jetzt so freundlich wärst.« Er wies mit der Hand zum Kristall.

Vinae spürte seinen drängenden Blick wie eine Klinge in ihrem Rücken, als sie sich wieder dem leuchtenden Stein zuwandte. Gregoran war unschuldig. Sie glaubte ihm. Er würde sterben, wenn sie es nicht tat. So viele vor ihm hatte sie bereits befreit. Sie würde ihn durch den geheimen Durchschlupf zum Marktplatz in Sicherheit bringen. Sie vertraute ihm. Oft hatten sie lange Gespräche geführt, und auch wenn er durch die Zeit der Gefangenschaft etwas sonderbar geworden war, konnte dies doch kein Grund sein, ihn einfach seinem Schicksal zu überlassen. Sie vertraute ihm.

Vinae stieß den Kristall mit der Fußspitze an. Das Knirschen am rauen Steinboden hallte unnatürlich laut durch das Gewölbe, als sie die magische Barriere von der Zelle fortschob und den Zauber damit brach.

Mit angehaltenem Atem drehte sie sich zu Gregoran um, der jede ihrer Bewegungen in deutlicher Anspannung verfolgte. »Der Bann ist gebrochen«, sagte sie aus rauer Kehle und öffnete die Zellentür, welche noch nicht einmal richtig abgeschlossen war.

Gregoran stand vor ihr. Weder Metall noch Magie trennten sie noch voneinander. Einen Moment lang sahen sie sich in die Augen. Bis auf den Donner ihres Herzens in den Ohren war es totenstill. Das Leuchten seiner Augen wurde intensiver.

Im nächsten Moment hüllte sie Dunkelheit ein. Das Licht der Kristalle erlosch vollkommen, jetzt, wo die Ordnung des Zaubers gestört war, und gleichzeitig erklang plötzlich ein schriller Ton, der durch die gesamte Tunnelanlage zu hallen schien.

»Sie wissen es«, keuchte Vinae und sah sich in der Finsternis um. »Sie müssen die Kristalle mit einem Zauber belegt haben.« Jetzt zählte jeder Augenblick. Sie mussten hier fort! »Schnell! Kommt!«

Undeutlich erkannte sie, wie Gregoran einen Schritt auf sie zuging und plötzlich schwankte. Die Gefangenschaft hatte ihn zu sehr geschwächt. Er würde es nicht bis aus der Stadt schaffen.

»Kommt.« Sie streckte ihre Hände nach ihm aus, um ihn zu stützen.

»Fass mich nicht an!« Ein Knurren erfüllte die Dunkelheit bis in den letzten Winkel des Gewölbes. Er wich zur Seite aus und stieß gegen die Gitterstäbe.

Nein. Er stolperte durch sie hindurch.

Vinae erstarrte. Unfähig, zu denken, sah sie ihm in die goldenen Augen, deren Pupillen noch schmaler wurden, wie die einer Raubkatze.

»Lauf«, drang die ruhige Stimme zu ihr. »Lauf und sieh nicht zurück.«

Ihr Körper war wie gelähmt. Er war durch das Metall hindurchgeglitten.

»Lauf, Vinae!«

Der Klang ihres Namens ließ sie zurücktaumeln. Wie von einer unsichtbaren Kraft getrieben, drehte sie sich um und lief los. Mit den Händen tastend, stürmte sie durch die Dunkelheit und riss die Tür auf.

Rufe und das Klirren von Rüstungen mischten sich mit dem kreischenden Ton des Alarms, doch Vinae kümmerte es nicht. Sie lief einfach weiter, dem Lärm entgegen, stolperte über den Saum ihres Kleides, behielt ihr Gleichgewicht und torkelte weiter. Er kannte ihren Namen! Er wusste, wer sie war. *Das Geschlecht der Thesalis wird ausgelöscht, ausnahmslos.*

Ihre Füße berührten kaum noch den Boden, als sie durch den Tunnel stürzte.

Etwas war hinter ihr. Sie spürte es. Es streckte sich ihr entgegen. Heiß und sengend, wie eine Feuerwelle, die durch die Dunkelheit rauschte.

Vinae keuchte, ein Wimmern mischte sich in ihre schnellen

Atemzüge. Die Hitze zerrte an ihrem flatternden Umhang, hielt sie zurück und verlangsamte ihren Lauf.

Da erschien plötzlich Licht vor ihr. Fackeln. Das Metall der Rüstungen blitzte in deren Schein.

»Herrin Thesalis?« Es waren gewöhnliche Wachen der Burg und ein paar Schlangenschilde, die der Alarm herbeigerufen hatte. Zusammen bestimmt ein Dutzend. Der Anführer, in den sie beinahe hineingelaufen wäre, blieb vor ihr stehen und sah sie einen Moment lang fragend an, während sich Vinae hektisch umblickte und nach ihrem Verfolger Ausschau hielt. Sie war sicher, dass er direkt hinter ihr gewesen war, doch in dem schwach beleuchteten Tunnel war nichts von ihm zu erkennen. Atemlos wandte sie sich wieder dem Wachmann zu und erstarrte sogleich, als sie sein prüfender Blick traf. Die Erkenntnis verwandelte sein Gesicht in eine Maske des Schreckens.

»Ihr habt uns alle getötet«, flüsterte er fassungslos und verharrte noch einige Augenblicke lang regungslos, ehe er seinen Kämpfern ein Zeichen gab und weiter in die Tiefen der Keller lief – dorthin, wo Gregoran war. »Kehrt nicht um, Vinae Thesalis!«, hörte sie ihn noch rufen. »Egal, was Ihr hört! Lauft!«

Die Worte waren kaum ausgesprochen, da ertönten entsetzliche Schreie. Befehle und Warnungen wurden gerufen. Metall klirrte, Keuchen und Stöhnen erklangen. Die Rufe schlugen in Panik um, und dann wurde es still.

Vinae starrte in den Tunnel, sie konnte sich nicht bewegen. Der ferne Schein der Fackeln erlosch, die Dunkelheit breitete sich erneut aus – in einer Dichte, die es ihr noch nicht einmal ermöglichte, die Hand vor Augen zu sehen. Es war so still. Der Alarm hatte sich beruhigt. Die Schreie waren verstummt. Kein einziges Schwert zischte noch durch die Luft. Sie hörte lediglich das rasende Pochen in ihren Ohren.

Und Atmen. Nicht ihr eigenes. Etwas war hier.

Mit einem weiteren wimmernden Laut, den sie nicht mehr unterdrücken konnte, wich sie zurück und presste sich an die Wand. Das Geräusch kam näher, regelmäßige Atemzüge, verbunden mit einem tiefen Knurren. Die Luft wurde wärmer. Ein heißer Windhauch zog den Tunnel herauf, hüllte sie ein, blieb an ihr haften. Vinae presste die Lippen aneinander, der Druck in ihrer Brust wurde stärker.

Das Knurren war nun direkt vor ihr, die Hitze brannte auf ihrer Haut. Sie konnte nichts erkennen. Alles um sie herum war schwarz. Gregorans Worte schlichen sich in ihren Kopf. Er würde sich ihre Seele merken. Er wusste, dass sie hier war. Er wusste, wer sie war. Er war hier.

Jeder Muskel ihres Körpers schmerzte unter der Anspannung, während das leise Keuchen an ihrem Ohr erklang und die Hitze wie fremde Atemzüge ihr Haar bewegte.

Es hätten nur Sekunden oder aber auch Minuten sein können, die sie in Todesangst verbrachte, als *es* an ihr vorüberzog und sie fröstelnd zurückließ.

Niemals zuvor war sie mit dem eigenen Tod konfrontiert gewesen, und jetzt, wo sie diesem nur knapp entkommen war, konnte sie sich nicht bewegen.

Unter Aufbringung all ihrer Konzentration ließ sie die Luft aus ihren Lungen entweichen und konnte nicht verhindern, dass sie gierig nach neuer japste. Ihr wimmerndes Atemholen hallte durch die Gänge und wurde auch nicht von ihrer Hand gestoppt, die sie auf ihren Mund presste.

Mit bleiernen Beinen lief sie weiter, schlich zurück in die Gänge der Todeszellen und traf auf keine Seele. Durch ihren geheimen Zugang im Abstellraum kletterte sie zurück ans Tageslicht.

Trockene Hitze und der faulig-süße Gestank des Mülls vom Schloss schlugen ihr entgegen, als sie vorsichtig aus dem Loch spähte, um sicherzugehen, dass niemand sie sehen konnte. Zwischen den brusthohen Holzboxen richtete sie sich schließlich auf und blinzelte in die Grelle der Mittagssonne. Die vertrauten Geräusche der Stadt drangen zu ihr. Irgendwo weinte ein Kind, Elfen lachten, stritten oder führten belanglose Gespräche. Es war alles so wie immer. Nichts wies auf die Katastrophe unter der Erde hin.

Vinae lehnte sich gegen die steinerne Wehrmauer der Burg und schloss die Augen. Sie musste sich auf jeden Atemzug konzentrieren, während das Summen der Fliegen sie umhüllte.

Immer noch fühlte sie sich schwach, ihre Beine waren zittrig, und der wilde Schlag in ihrer Brust ließ sich nicht beruhigen. Sie musste zu Daeron. Die Kristalle hatten eine Warnung gesandt, doch die Soldaten waren tot. Mit Sicherheit.

»Ihr habt uns getötet.«

Das durfte nicht möglich sein! Wer war dieser Magier, dass er zu so etwas imstande war?

Vinae musste es herausfinden – und etwas gegen ihn unternehmen.

Sie stieß sich von der Wand ab und trat aus der Enge zwischen den Häusern auf den Marktplatz hinaus. Hier spielten im Schatten der weiß gekalkten Mauern ein paar Kinder. Mit geschnitzten Figuren saßen sie am Boden und lachten. Eine Gruppe Elfen mit Weidenkörben in den Händen stand in der Nähe beisammen und sprach miteinander. Alles hier war so vertraut.

Ihr Blick fiel zurück zum Schloss. Das Tor war geschlossen. Auf der Brücke waren keine Wachen zu sehen. Auch auf dem Wehrgang war niemand. Dies war keineswegs vertraut.

»Herrin Thesalis!« Eine junge Elfe winkte ihr zu und verbeugte sich. Sie hielt ihr einjähriges Kind hoch, um es ihr freudestrahlend zu zeigen. Vinae erinnerte sich, diesen Jungen wegen einer Vergiftung behandelt zu haben. Jetzt ging es ihm wieder gut.

Geistesabwesend nickte sie den beiden zu und setzte ihren Weg fort. Den Blick auf das geschlossene Tor gerichtet, schritt sie über die Brücke. Erst jetzt sah sie, dass einer der schweren Holzflügel einen Spalt weit offen stand. Ihre Hände zitterten, als sie die Handflächen auf das raue Holz legte und mit aller Kraft dagegendrückte.

Weder die klirrenden Schritte der Wachen noch das Schnauben der Pferde drang aus dem Schlosshof zu ihr. Sie hörte keine Bediensteten oder Pagen, keine Mägde oder Knechte. Einzig das Ächzen des Holzes und das Quietschen der Angeln waren zu hören, während sie das Tor aufschob.

Vinae trat in den schattigen Bogengang, der durch die Wehrmauer hindurch in den Hof führte. Ihre Schritte hallten als einziges Geräusch von den steinernen Wänden wider. Sie musste sich weiterzwingen. Die Ahnung zerquetschte ihren Magen zu einem schweren Klumpen und trieb Übelkeit hoch in ihren Hals.

Sie hatte das Ende kaum erreicht, da trugen sie ihre Beine nicht mehr weiter. Mit weit aufgerissenen Augen hielt sie inne und sah sich um. Ihr Geist verließ sie, als sie auf die vielen reglosen Körper blickte, die auf dem weißgepflasterten Hof lagen. Da war nur noch dieses Bild, ohne dass sie einen Gedanken dazu fassen konnte. Irgendwo flatterte ein Vogel vom Dachsims hoch, das Wasser des Springbrunnens gluckerte vor sich hin, Metall blitzte in der Sonne, doch nirgends war auch nur ein Tropfen Blut zu sehen. Sie alle lagen da wie umgeweht – direkt dort, wo sie eben noch gestanden hatten. Unerwartet und ohne Warnung.

Der schrille Schrei eines Falken ließ Vinae zusammenzucken. Ihr Blick flog in Richtung Falknerhof, wo vor dem Tor eine braungewandete Gestalt mit kurzgeschnittenem, dunklem Haar lag, den tannengrünen Federhut neben sich.

»Meister Sril!« Ihr Bewusstsein schnellte zurück. Das Herz drohte ihr aus der Brust zu springen, als sie quer über den Schlosshof in den Schatten der Arkadengänge lief, unter welchen der Zugang zum Falknerhof lag. »Meister Sril!« Sie fiel neben dem Elfen auf die Knie und umfasste sein fahles Gesicht mit beiden Händen. Nichts wies auf eine Verletzung hin. Die geschlossenen Lider waren dunkel, ebenso die Lippen. Er sah aus, als wäre er erfroren, und doch fühlte sich sein Körper ungewöhnlich warm an. »O Meister Sril!« Vinae presste ihre Hände an sein Herz und jauchzte überrascht auf, als sie einen schwachen Schlag spürte.

»Ihr lebt!« Hoffnungsvoll bündelte sie die heilende Kraft in ihrem Inneren und suchte nach Verletzungen, Störungen des Gleichgewichts in seinem Körper, doch es war alles in Ordnung. Bis auf die spürbare Schwäche, als wäre das Leben aus ihm gewichen – lediglich ein geringer Rest war geblieben. »Haltet durch! Ihr werdet wieder zu Kräften kommen.« Vinae konzentrierte sich auf den leisen Herzschlag in seiner Brust und sandte ihm magische Energie. Ein Lachen entfuhr ihr, als das Blut immer kräftiger durch die Adern gepumpt wurde. Die Lider des Elfen flackerten, und schließlich öffnete er auch die Augen.

»Vinae«, krächzte er und blinzelte in die Sonne. Seine Hand umklammerte ihren Arm und drückte zu. Es war nur ein Wort, das er flüsterte, doch es lehrte sie Entsetzen – das magische Wort für Schatten: »Grogon«.

Im nächsten Moment fiel er zurück in die Bewusstlosigkeit, und Vinae benötigte einige Augenblicke, um wieder richtig zu sich zu kommen. Der Falkner musste sich täuschen. So etwas war nicht möglich.

Sie sah sich im totenstillen Hof um.

Was auch immer *es* gewesen war – es hatte kein Herz.

Von den wirrsten Gedanken befallen, rappelte sie sich schließlich auf und lief zu der nächsten regungslosen Gestalt. Überall suchte sie nach dem Schlagen eines Herzens und fand unter den vielen Elfen lediglich zwei weitere, denen sie noch Leben einhauchen konnte. Die anderen Herzen waren allesamt verstummt.

Es konnte kein Grogon gewesen sein. Solche Dämonen verbrannten die Körper und mit ihnen die Seelen. Nicht umsonst wurden sie Seelenfresser genannt. An diesen Toten waren jedoch nicht die geringsten Brandwunden zu erkennen, und auch ihre Heilversuche bewiesen, dass den Körpern nichts angetan worden war. Das Leben hatte sie einfach verlassen.

Das schwere Scheppern Dutzender gerüsteter Krieger drang in den Hof.

Vinae blickte von einem der toten Knechte hoch, und im nächsten Moment flog bereits die Tür zu den Verliesen im Durchgang zum Garten auf. Heraus stürmte Fürst Daeron, gefolgt von Schlangenschilden und Wachen. Sein Gesicht war das Abbild reinster Verzweiflung, doch als er sie neben dem Springbrunnen knien sah, schob sich sofort Erleichterung darüber.

»Vinae!«, rief er aus und eilte mit weitgreifenden Schritten zu ihr.

Mit immer noch schwachen Knien richtete sie sich auf und sah sich im Feld der schreckensstarren Wachen seines Gefolges um, als er sie auch schon erreichte. Erst da sah sie die Kette mit dem weißen Kristall an seiner Brust pendeln und auch jene in seiner Hand.

»Ich hielt dich bereits für tot.« Noch bevor er sie richtig ansah, zog er ihr das Lederband über den Kopf.

Der Kristall lag kühl auf ihrer Haut und funkelte im gleißenden Licht der Sonne. »Wo warst du nur?«, fragte er, während er sich umsah. Die Schlangenschilde und Wachen hatten sich im Hof verteilt und überprüften die Toten. »Ich ließ dich in den Kellern zurück.«

»Drei leben«, antwortete sie, ohne seine Worte richtig verstanden zu haben, und deutete zu Veresil von den Schlangenschilden, der ebenso einen Kristall an der Brust trug, und die Körper überprüfte. »Die anderen sind alle tot.«

»In den Verliesen ist es nicht anders. Ich dachte, du wärst da unten, Vinae.«

»Nein.« Sie sah zu ihm auf. »Ich war in der Stadt. Ich bin da durch das Tor und hier …« Ein eiskalter Schauer schüttelte sie. »Was war das nur, Fürst Daeron?«, wimmerte sie, den Blick auf das Chaos um sie herum gerichtet. »Was hat das getan?«

»Der Grogon.«

»Der …?« Sie wich vor ihm zurück, als hätte er einen Fluch ausgesprochen. Niemals würde er auch nur vermuten, dass sie diejenige gewesen war, die den Gefangenen befreit hatte. Die Fassungslosigkeit und das Entsetzen waren zu deutlich in ihrem Gesicht abzulesen. »Das ist nicht möglich«, flüsterte sie. »Das *kann* nicht möglich sein. Wie kann ein Grogon …«

»Er war hier gefangen, Vinae. Der Wächter hat ihn befreit.«

»Der Wächter?« Wieder dieser Name. Schon Veresil hatte von einem Wächter gesprochen.

»Ja. Der Grogon muss ihn wohl dazu gebracht haben, die Kristalle zu deaktivieren. Wer weiß, was er ihm dafür versprochen hat. Es ist auch nicht wichtig, denn der Wächter liegt tot vor der Zelle. Er war wohl sein erstes Opfer.«

»Was sagt Ihr da?« Vinae konnte nicht mehr denken. Vor der Zelle war niemand gewesen. Wie sollte auch? Sie selbst war doch diejenige gewesen, die ihn befreit hatte. *Niemand soll jemals erfahren, dass du es warst, die mich befreit hat.*

Ihr stockte der Atem. Wieso das alles? Es ergab keinen Sinn. Er hätte sie töten können.

»Wer war dieser Wächter?«, fragte sie, immer noch verwirrt.

»Ein unbedeutender Elf mit mäßiger magischer Begabung. Genügend, um die Kristalle zu versorgen und nach dem Grogon zu sehen. Er ist unwichtig, Vinae.«

»Nein.« Sie zitterte erbärmlich. »Ein Grogon kann nicht eingesperrt werden, solche Dämonen sind Schatten.« Der Mann in der Zelle war ein Elf gewesen! Ein hochgewachsener, blonder Elf. Das war unmöglich. Sie konnte nicht Tag für Tag mit einem Dämon gesprochen haben, ohne es zu merken. »Die Seelen – niemand ist verbrannt.«

»Er kann keine Seelen vernichten.«

»Aber wie …«

»Vinae.« Daeron nahm ihr Gesicht in beide Hände und beugte sich zu ihr vor. »Erinnerst du dich an das, was man über den letzten Krieg sagt? Über den magischen Würfel, der Seelen vernichtet hat?«

Die Erkenntnis traf sie wie ein Schwall kaltes Wasser. Jedes der Worte des Magiers – des Grogons – ergab plötzlich Sinn. »Ihr habt ihm seine Macht genommen«, hauchte sie mit versagender Stimme und trat zurück. »Die Macht eines Dämons. Ihr habt ihn ausgesaugt und eine Waffe aus ihm erschaffen.« Sie hatte Mühe, weiterhin aufrecht stehenzubleiben. »Wie konntet Ihr …?«

»Du weißt, deine Mutter …«

»Meine Mutter.« Immer noch schüttelte sie den Kopf.

Ihre Mutter! Natürlich. Sie hatte das alles verbrochen. Wie konnte jemand so grausam sein?

»Deine Mutter«, fuhr Daeron mit sanfter Stimme fort, »nahm den Grogon gefangen. Im Krieg machte sie sich seine Macht zunutze. Sie nahm ihm seine Kraft und sperrte sie in die Würfel. Der Grogon selbst ist jedoch immer noch gefährlich, Vinae. Du musst sehr vorsichtig sein, denn er sinnt auf Rache. Du bist eine Thesalis. Er kann dank deiner Mutter keine Seelen mehr rauben, doch mit einer einzigen Berührung kann er dich töten – er saugt dir die Lebenskraft aus, von der er nun leben muss.«

»Es sei denn, man trägt den Kristall«, antwortete sie, während sie den Stein an ihrem Hals berührte. »Denselben Kristall, der ihn in seine Zelle gesperrt hat.«

Daeron nickte. »Schattenkristalle aus dem Schneegebirge bei Valdoreen. Sie halten die Macht des Grogons auf. Er konnte die Barriere nicht überschreiten und war in seinem elfischen Körper gefangen.« Er fing ihren unsteten Blick ein. »Aber jetzt kann er wieder zu einem Schatten werden«, sagte er eindringlich. »Er kann dir überall auflauern, Vinae. Deswegen darfst du den Kristall niemals abnehmen. Dein Gemach wird ebenso mit Kristallen geschützt werden. Du wärst nicht sicher. Er würde dich im Schlaf töten. Mit einer herkömmlichen Waffe.«

»Aber all die anderen …« Vinae sah sich unter den Wachen um, von denen lediglich Veresil eine schützende Kette trug. »Die Elfen der Stadt, der Siedlungen. Sie brauchen ebenso Schutz.«

Daeron schüttelte den Kopf. »Die Minen sind erschöpft. Die Zahl der Kristalle ist begrenzt. Wir müssen diejenigen schützen, die …«

»Das könnt Ihr nicht machen!« Sie taumelte zurück und stieß mit den Beinen gegen den Beckenrand des Brunnens. »Die Leute brauchen unsere Hilfe! Sie sind ihm hilflos ausgeliefert!«

»Wir haben keine Wahl.« Daeron wirkte mit einem Mal genauso verzweifelt, wie sie sich fühlte. »Deine Mutter kehrt heute zurück und …«

»Meine Mutter.« Ihr Herz stolperte unruhig. Der Grogon musste zu ihr gegangen sein. Was, wenn er sie bereits getötet hatte? Es war ihre Schuld! Sie hatte ihre Mutter getötet!

»Deine Mutter trägt einen Kristall«, beruhigte Daeron sie sofort, als hätte er ihre Gedanken gelesen. »Sie hat ihn immer bei sich – seit sie den Grogon gefangennahm. Sie kehrt heute zurück, und wir werden eine Lösung finden, um ihn zu vernichten. Aber bitte, Vinae, sei vorsichtig. Der Kristall neutralisiert jede Form der Magie. Egal, ob die des Grogons oder deine eigene. Du selbst kannst keine Magie anwenden, während du die Kette trägst, verstehst du? Genauso wenig kann Magie auf dich wirken.«

Vinae nickte geistesabwesend. Sie war eine Mörderin. Nichts anderes konnte sie noch denken. Wie viele waren bereits tot, und wie viele würden noch folgen?

Sie konnte sich nicht bewegen, als Daeron sie zu sich zog und in den Arm nahm. Ihre Wange lag an seiner Brust, und sie starrte immer noch auf all die Toten.

»Du musst dich nicht fürchten«, flüsterte Daeron nahe an ihrem Ohr. »Es wird alles wieder gut.«

Vinae konnte nicht antworten und ließ sich einfach nur von ihm festhalten, da sie ansonsten in sich zusammengefallen wäre. Das Bild der Zerstörung brannte sich in ihr Innerstes. Sie hatte diese Elfen getötet. Sie hatte den Grogon befreit.

Erst im Morgengrauen war Vinae in einen unruhigen Schlaf gesunken, da ihr Gemach immer noch nicht mit Kristallen geschützt wurde. Diese mussten erst von Mearas Haus geholt werden.

Jedes kleinste Geräusch ließ sie hochschrecken, immer wieder öffnete sie die Augen, um zu überprüfen, ob sie allein war. Der Kristall an ihrer Brust war ein Trost, doch zu wissen, dass sich ein Grogon frei im Schloss bewegte, war jenseits ihrer Vorstellungskraft.

Ihr Geist befand sich halb im Schlaf, halb im Wachzustand, als sie einen warmen Hauch an ihrer Wange verspürte. Es war, als hätte ein Sonnenstrahl sie gestreift, und ließ sie sofort aufspringen.

»Gregoran?«

Mit rasendem Herzen saß sie im Bett und sah sich wie schon so oft zuvor in dem verlassenen Raum um.

Hier war niemand. Sie war allein, und wieder einmal hatte ihr die Angst einen Streich gespielt. Diesmal versuchte sie jedoch nicht, wieder einzuschlafen, sondern verließ ihr Gemach. Sie würde ohnehin keine Ruhe finden. Mit Sicherheit war auch ihre Mutter schon zurück, und vermutlich sollte Vinae gehen und sie begrüßen. Genauso musste sie nach ihren Freunden sehen und herausfinden, ob es ihnen gutging.

Die Burg wirkte wie ausgestorben, als sie die lichtdurchfluteten Korridore entlangschritt. Ihr Kopf fuhr ständig herum, suchte in jedem Winkel nach einer Bewegung, und obwohl sie sich genau darauf einstellte, schrie sie auf, als Gregoran von einem Moment zum anderen plötzlich vor ihr stand.

Mit leicht zur Seite geneigtem Kopf und einem Lächeln auf den Lippen sah er sie an. »Hallo, schöne Seele.«

Vinae schnappte nach Luft. Für die Dauer eines Herzschlags rauschten ihr die unterschiedlichsten Gedanken durch den Kopf, um ihr zu raten, was sie tun sollte. Sinnlos, da ohnehin der Instinkt gewann.

Ohne auch nur noch einen winzigen Moment länger zu verharren, drehte sie um und lief mit gerafften Röcken davon. Ja, sie wusste, dass der Kristall sie schützte, aber kein Elf hätte im Angesicht eines Grogons anders reagiert. Es gab in ganz Elvion nichts Gefürchteteres, nichts Schrecklicheres als solch einen Dämon. Vielleicht würde sie es bis zu den Fürsten und ihrer Mutter schaffen. Auch wenn sie nicht wusste, was die gegen ihn ausrichten sollten.

So weit kam sie ohnehin nicht. Sie war kaum ein paar Schritte weit gelaufen, da versperrte er ihr erneut den Weg.

Beinahe wäre sie mit ihm zusammengeprallt. Im letzten Moment konnte sie gerade noch stehenbleiben, fuhr herum und wollte wieder in die andere Richtung laufen, als er auch da vor ihr stand.

»Hab keine Angst vor mir«, sagte er völlig tonlos, als wüsste er, dass jeder Versuch, sie zu beruhigen, ohnehin fehlschlagen würde.

Außer Atem – mehr durch Angst als durch Anstrengung – wich Vinae vor ihm zurück. Mit der Hand umklammerte sie den Kristall an ihrer Brust, der ihr nur wenig Halt gab. Sie stand einem Seelenfresser gegenüber, ob er nun noch Seelen vernichten konnte oder nicht – er war grausam und gefährlich.

»Ich trage einen Schattenkristall«, brachte sie schließlich mit zitternder Stimme hervor. »Ihr könnt mir nichts tun.«

Gregorans Miene blieb völlig unbewegt. Die goldgelben Augen verfolgten jede ihrer Bewegungen. »Wollte ich dich töten«, antwortete er mit rauer Stimme, »dann wärst du jetzt tot … *Vinae*.«

Ein eisiger Schauer kroch ihren Rücken hinab. Die Art, wie er ihren Namen aussprach, hatte etwas Lähmendes. Nicht nur, dass er wusste, wer sie war. Er ließ das Wort »Unglück« auch noch wie etwas Wertvolles klingen, was im Gegensatz zu seinem Hass auf die Thesalis stand.

»Ich verstehe deine Verwirrung …«, fuhr er schließlich fort, wodurch Vinae unwillkürlich stehenblieb.

»Ihr versteht meine Verwirrung?«, keuchte sie fassungslos über seine nüchternen Reden, als wäre er kein Dämon. »Ich habe Euch vertraut!«

»Vertraut?« Er schüttelte mit leisem Lächeln den Kopf und trat näher. »Ich bitte dich. Du hast mir niemals vertraut, schöne Seele. Du hast mir deinen Namen verschwiegen – mich belogen.«

»Zu Recht!«

»Ich habe dir nichts getan. Du weißt, ich hatte Möglichkeiten.«

Damit lag er nicht so falsch. Ihm war bewusst gewesen, wer sie war, und doch hatte er ihr niemals etwas angetan. Ein nur wenig beruhigender Gedanke, den sie nicht weiterverfolgen konnte, da sie plötzlich Stimmen und eilige Schritte hörte. Es waren Wachen, die von ihrem Schrei angelockt worden waren.

Vinae tauschte einen kurzen Blick mit Gregoran, in dessen Augen sofort wieder dieser *Hunger* stand, ehe sie an ihm vorbei zu den beiden Schlangenschilden sah, welche um die Biegung kamen. Es war nur ein winziger Augenblick, und doch geschah so vieles gleichzeitig.

Die Schlangenschilde zogen ihre Waffen, als sie Gregoran entdeckten. Dieser drehte sich um und verschwamm zu einem dunklen Schatten, der sich schneller, als das Auge folgen konnte, auf sie zubewegte. Vinae schrie und stürmte vor. Sie streckte ihre Hand aus, als könne sie den Schemen greifen und zurückhalten, doch der glitt einfach durch den Körper des einen Elfen hindurch. Dieser trug keinen Kristall, und so fiel er sofort in sich zusammen. Der andere hatte noch Zeit für einen Schwertstreich, doch da war nichts, was er hätte treffen können. Im nächsten Moment manifestierte sich Gregoran auch schon hinter ihm und packte ihn am Handgelenk. Das Schwert entglitt den gefühllosen Fingern und fiel zu Boden. Der Elf erstarrte und blickte Vinae direkt aus großen Augen an, während das Leben langsam aus ihm wich.

Gregoran konnte es in die Länge ziehen, stellte Vinae erstaunt und entsetzt zugleich fest. Er konnte in nur einem Lidschlag töten, das Leben aber auch langsam hinausfließen lassen.

»Tut es nicht«, flehte sie und kam vor den beiden zum Stehen. »Ich bitte Euch, Gregoran, lasst ihn leben. Bitte!«

»Es waren vierundachtzig.« Gregoran deutete mit dem Kopf zu dem toten Elfen zu seinen Füßen. »Die Leben von vierundachtzig Elfen nahm ich mir – für jedes Jahr im Verlies eines. Doch der hier …« Er hob die Hand des Elfen, der sich kaum noch auf den Beinen halten konnte, noch etwas höher. »Er hat uns sprechen hören, schöne Seele. Er würde dich verraten.«

Vinaes Kehle zog sich zu. »Nichts hat er gehört!«, schrie sie in ihrer Verzweiflung über die Schuld, die sie befiel. »Er hat nichts gesehen.« Sie packte den halbtoten Elfen an den Armen, um ihn zu stützen. In dem Moment, in dem sie ihn jedoch berührte, stockte ihr der Atem. Sie wollte nach Luft schnappen, doch es gelang ihr nicht. Der Kristall an ihrer Brust leuchtete auf. Mit aller Konzentration versuchte sie, die Finger von dem Elfen zu lösen, als Gregoran ihn plötzlich so heftig von sich stieß, dass sie alle beide zu Boden fielen und der Krieger sie unter sich begrub.

»Tu das nie wieder!«, brüllte Gregoran über ihr. »Der Kristall schützt dich nur bedingt!«

Vinae hob den Kopf und sah Gregoran durch den Vorhang ihres nach vorn gefallenen Haars an. Mit aller Kraft stemmte sie den Körper des mittlerweile toten Elfen von sich und kam, ohne den Blick von dem Dämon zu nehmen, auf die Beine.

»Was soll das heißen?«, fragte sie und umschloss den Kristall erneut mit ihrer Hand. »Der Kristall schützt mich.«

»Meine Kraft wird davon nicht aufgehalten, Vinae.« Gregoran deutete zu dem toten Elfen. »Ich kann dein Leben nicht mit einer Berührung nehmen. Es würde länger dauern. Stunden, vielleicht Tage, aber der Kristall kann nicht *alle* Kraft aufhalten. Irgendwann ...«

»Und die Seelen?«, fragte sie. »Nehmt Ihr sie auch?«

»Du weißt, das kann ich nicht mehr. Nicht nach dem, was deine Mutter getan hat.«

»Das einzig Richtige, scheint mir, was sie je in ihrem Leben getan hat.«

Gregoran schüttelte den Kopf, beinahe bedauernd. »Du sprichst von Dingen, von denen du nichts verstehst«, sagte er und trat über den einen Toten hinweg. »Lass sie mich dir erklären, Vinae. Lass mich dir erklären, wer ich bin.«

»Nein.« Sie ging rückwärts von ihm fort. Ihr Körper handelte von selbst, denn sie wusste ja, dass sie nicht weglaufen konnte. »Ich will nichts davon hören. Verschwindet einfach, und kommt nie wieder. Ich habe Euch befreit. Und jetzt geht.«

»Ich will dir nichts Böses, Vinae.«

»Ach nein?« Sie blieb stehen und ließ den Kristall los. »Wenn Ihr mir tatsächlich nichts Böses wollt«, sagte sie flehend, »dann geht – so weit weg wie nur irgend möglich. Geht einfach und lasst Acre vergessen, dass Ihr jemals hier gewesen seid.«

»Das kann ich nicht.«

»Wieso?« Ihre Stimme sank zu einem Flüstern herab. Das Gold seiner Augen schimmerte matt.

»Zusammen sind wir stärker«, antwortete Gregoran zu ihrer Überraschung. »Du bist eine Thesalis, mächtig. Ich bin ein Dämon, wie du mir vorzuhalten beliebst. Wir können uns behilflich sein, denn wir haben gemeinsame Feinde. Deshalb hör mich an, schöne Seele.«

»Nein.« Vinae schüttelte ihren Kopf. »Mich interessiert nicht, was Ihr zu sagen habt. Ich arbeite mit keinem *Dämon* zusammen.«

»Auch nicht, wenn ich dir sage, was es mit den Nebelgestalten auf sich hat?«

Vinae erstarrte und hatte Mühe, ihren teilnahmslosen Ausdruck aufrechtzuerhalten. Das war ein Trick, sagte sie sich. Er wollte sie zu einer Unachtsamkeit verführen. Doch andererseits hatte er tatsächlich Möglichkeiten gehabt, sie zu vernichten, und sie nicht genutzt.

»Wenn ich Euch anhöre«, sprach sie schließlich zu ihrer eigenen Überraschung diese gefährlichen Worte aus, »wenn ich in Erwägung ziehe, Euch zuzuhören, werdet Ihr mir jede Frage beantworten?«

Gregoran verzog seine Lippen zu einem Lächeln und nickte. Seine Augen mit den schmalen Pupillen vermochten es immer noch, ihren Verstand zu vernebeln. »Ich habe dir stets die Wahrheit gesagt«, antwortete er und trat näher, ohne dass Vinae diesmal zurückwich. »Ich war immer ehrlich zu dir, und so soll es auch bleiben.«

Vinae schluckte und zögerte einige Augenblicke lang. Sie versuchte, sich nicht ansehen zu lassen, wie sehr sie sein Blick zu irritieren vermochte. Eine Stimme in ihr flüsterte, dass sie einen Fehler beging. Sie sollte keinen einzigen weiteren Moment mehr in seiner Nähe bleiben, und doch trat sie mit einer einladenden Geste zur Seite.

»Folgt mir in mein Gemach«, sagte sie und fragte sich, ob er das wilde Schlagen ihres Herzens hören konnte. »Dann werdet Ihr mir sagen, wer Ihr tatsächlich seid.«

Gregoran nickte, nicht ohne jeglichen Triumph in seinem Gesicht, und ließ ihr den Vortritt.

❧

»Was wisst Ihr über die Nebelgestalten?«, fragte Vinae, nachdem sie in ihrem Gemach angekommen waren. Sie saß auf dem dreibeinigen Hocker vor der Spiegelkommode und blickte zu Gregoran auf, der an die gegenüberliegende Wand gelehnt stand. Er hielt den größtmöglichen Abstand, den dieses Gemach erlaubte, ohne die Stimmen erheben zu müssen. Dafür war sie ihm dankbar.

»Um dir das zu sagen, musst du die gesamte Geschichte hören, schöne Seele. Hör dir *meine* Geschichte an, denn sonst hast du keinen Grund, mir später zuzuhören. Du wirst es nicht bereuen.«

Er vertraute ihr nicht, bemerkte Vinae, was sie überraschenderweise bekümmerte. »Woher kommt Ihr?«, fragte sie daher, ehrlich an der Antwort interessiert.

»Wie die meisten Grogons«, antwortete er ihr und deutete zum Fenster hinaus, »stamme ich aus dem Schneegebirge. Wir sind nur noch wenige, wie du vielleicht weißt.«

»Ich weiß nichts über Euch«, gestand Vinae. Sie hasste es, wie schwer es ihr fiel, einen Dämon in diesem Elfen, diesem Mann, zu sehen. Es war gefährlich, sich stets daran erinnern zu müssen. »Ich weiß lediglich, dass niemand als Dämon geboren wird.«

»Das ist richtig.« Er stieß sich von der Wand ab und ging mit vor der Brust verschränkten Armen die Längsseite des Gemachs auf und ab – ohne ihr näher zu kommen. »Ich war ein gewöhnlicher Elf«, erzählte er ihr und lachte kurz auf. »Meine Güte, wie lang ist das her! Ich kann mich kaum daran erinnern. Doch eines weiß ich noch ganz genau: Es war die Göttin, die mich zu dem machte, was ich bin.«

»Die *Göttin*?«, fragte Vinae verblüfft. »Es gibt keine Götter, Gregoran. Die Menschen glauben an solche Hirngespinste, doch Elvion wird vom Schicksal geleitet.«

»Einem Baum, der an einem unbekannten Ort erwuchs? Dessen Äste sich nach Elvions Seelen ausstreckten, sie festhielten und ihren Weg – ihr Ende – bestimmten? Wie lang ist welcher Ast, wie viele Zweige führen davon weg? Ja, das ist das Schicksal, doch was war davor?«

»Was meint Ihr?«

»Wer erschuf all das hier?« Er machte eine weit ausholende Geste. »Wer erschuf die Elfen? Elvion?«

Vinae starrte ihn an und hatte mittlerweile tatsächlich die Gefahr vergessen, die von ihm ausging. Gespannt hing sie an seinen Lippen.

»Es war die Göttin«, fuhr Gregoran auch schon fort. »Frag mich erst gar nicht nach einem Namen, denn sie hat keinen. Sie ist, was sie ist, und danach wird sie benannt. So wie du, meine schöne Seele.« Er warf ihr einen kurzen Blick zu, ehe er seinen Gang fortsetzte. »Die Göttin erschuf Elvion, sie schuf die Elfen nach ihrem Abbild, ihre Dienerschaft. Eine wahrhaft großartige Frau, denn sie gab jeder Seele die Wahl. Du meinst, euer Weg ist vorherbestimmt, schöne Seele? Dass ihr immer wiedergeboren werdet, bis ihr eure vom Schicksal bestimmte Aufgabe erfüllt und zu den Sternen geht, wo ihr als Belohnung ewigen Frieden erlangt?« Er schüttelte seufzend den Kopf. »Das war nicht immer so. Die Göttin stellte euch diese Entscheidung frei. Hatte eine Seele beim Zeitpunkt des Todes das Gefühl, noch etwas erledigen zu müssen, etwas versäumt zu haben, zurückzumüssen, so gab sie ihr die Möglichkeit zur Wiedergeburt. Doch war die Seele zum Zeitpunkt des Todes im Einklang mit sich selbst und der Welt, hatte sie den inneren Frieden gefunden, so ging sie zu den Sternen.«

»Das ist nicht möglich«, hauchte Vinae und merkte gar nicht, wie sehr ihre Hände zitterten. Niemals zuvor hatte sie von solch einer Wahl gehört, sie wäre noch nicht einmal auf solch einen Gedanken gekommen. Jeder wusste, dass das Schicksal den Weg bestimmte. Jeder Elf, der versagte und seine Aufgabe nicht erfüllte, wurde so lange wiedergeboren, bis er sich würdig erwies, um die Ewigkeit bei den Sternen zu verbringen. Doch eine Wahl?

»Es *war* möglich«, sagte Gregoran und lehnte sich wieder gegen die Wand, von wo aus er sie unverwandt ansah. »Doch die Göttin war eingebildet. Sie zeigte sich den Elfen kaum, ließ sich lieber aus der Ferne verehren, und so begannen sich die Elfen zu fragen, was es mit der Wiedergeburt und den Sternen auf sich hat. Wieso wurden manche Seelen wiedergeboren und manche nicht? Wo lag der Sinn dahinter? War es vielleicht das Schicksal?« Ein Lächeln stahl sich in sein Gesicht, als er ihre immer größer werdenden Augen betrachtete.

»Ganz recht«, sagte er und war offenbar höchst zufrieden mit ihrer Faszination. »In Jahrhunderten, Jahrtausenden des immer stärker werdenden Glaubens an das Schicksal wurde es Wirklichkeit. Der Schicksalsbaum erwuchs, und ihr Elfen habt euch eure eigenen Fesseln erschaffen. Wurdet gebunden durch eine Macht, die *ihr* erschaffen habt, einzig durch *euren* Glauben. Eine Macht, die sich euretwegen manifestierte und der Göttin ordentlich ins Geschäft pfuschte. Denn je mehr ihr an das Schicksal glaubtet, schöne Seele, desto geringer wurde die Macht der Göttin. Ihr habt sie ausgeschlossen aus eurer Welt, die sie für euch schuf, und begeht die Wege, die das Schicksal euch weist.« Er lachte laut auf, seine Augen blitzten mutwillig. »Genauso wie ich.« Sein Ausdruck wurde wieder ernst, als er fortfuhr. »Ich lebte zu einer Zeit, da existierten sowohl der Schicksalsbaum als auch die Göttin in den Herzen der Elfen.

Das Schicksal gewann an Macht, und die Göttin begann zu schwinden, doch noch war sie da. Und sie gab nicht kampflos auf.«

»Was hat sie getan?« Vinae ahnte Böses.

»Ich gehörte zu jenen Elfen, die die ersten Tempel für das Schicksal erbauten«, erzählte Gregoran mit einem Hauch von Wehmut. »Ich glaubte an diese Macht, wie so viele andere zu dieser Zeit auch schon. Ich war mir sicher, mein Weg sei vorherbestimmt, und nur durch die Erfüllung meiner Aufgabe könne ich meinen Frieden finden. Und damit wurde ich zu einem Feind der Göttin.«

»Und sie machte Euch zum Dämon.«

Gregoran nickte. »Mich und viele andere, die den neuen Glauben, der für uns damals der einzig wahre war, so offenkundig lebten und zu stärken versuchten. Wir sollten uns nur noch von Seelen ernähren können, nichts sonst konnte unseren Hunger stillen. Denn jede Seele, die wir auslöschten, war eine Seele weniger für das Schicksal. Es war ihr letzter Versuch, die Macht des Schicksals zu mindern, doch es war bereits zu spät – für die Göttin, für Elvion, für die Elfen.«

»Und für Euch.«

Ohne nachzudenken, erhob Vinae sich von ihrem Hocker und ging auf Gregoran zu. Sie wollte die Hand nach ihm ausstrecken und ihm irgendwie Trost spenden, doch sie wusste, dass es nicht nur gefährlich war, sondern jetzt verstand sie auch, wie sehr er darunter leiden musste. Er war ein Dämon. Doch was bedeutete das überhaupt?

»Jetzt habe ich dein Weltbild durcheinandergebracht, nicht wahr?«, fragte er und ging von ihr fort, noch ehe sie ihn erreicht hatte. »Ich will dir keine Illusionen machen, Vinae. Wir Grogons raubten die Seelen, zerstörten sie, und mit jeder, die wir ins Nichts trieben, verloren wir auch unsere eigenen. Wir kennen einzig diesen Hunger nach Leben, Vinae, nach unsterblichem Leben, und ja, das machte uns zu Dämonen. Und zu Gejagten.«

»Viele wurden getötet.«

Gregoran nickte. »Die Elfen fanden Möglichkeiten, uns zu besiegen«, erklärte er, ohne stehenzubleiben, »uns einzusperren oder endgültig zu vernichten, und natürlich kamen keine neuen Grogons mehr nach. Die Göttin war fort, machtlos bei den Sternen, und wir blieben uns selbst überlassen.« Er zuckte mit den Schultern. »Es würde mich nicht wundern, wenn ich der Letzte wäre. Ich habe Jahrhunderte keinen anderen mehr getroffen.«

»Und dann hat Euch meine Mutter das angetan.«

»Das einzig Richtige, was sie je in ihrem Leben getan hat?«

Vinae presste sich die Hand vor den Mund und verfluchte sich für ihre unbedachten Worte. »Ich muss wohl noch lernen, dass jede Geschichte zwei Seiten hat«, murmelte sie und verfolgte Gregoran weiterhin mit Blicken, während er rastlos durch ihr Gemach wanderte. »Sie hat bewiesen, dass nicht nur Dämonen grausam sind. Es war Eure Macht, die damals die Seelen der Dunkelelfen vernichtete, doch der Würfel entstand durch die Hand meiner Mutter.«

Gregoran hielt inne und betrachtete Vinae einige Augenblicke lang mit fast so etwas wie Zärtlichkeit. »Ein Grogon«, fuhr er dann etwas heiser und mit gesenkter Stimme fort, »tötet, vernichtet, um sich zu ernähren, Vinae Thesalis. Deine Mutter hingegen war lediglich grausam.«

»Ja.« Vinae senkte ihren Blick und nickte. »Ja. Ich weiß.« Es war eine Wahrheit, die sie sehr gut kannte und die sie doch immer wieder erschütterte.

»Genauso tötete ich die Elfen heute, um mich zu ernähren, um zu alter Kraft zurückzufinden, Vinae.«

Ihr Kopf ruckte hoch. Die Erwähnung all der toten Elfen im Hof schien einen Zauber zu brechen, der sie in einen trüben Schleier gehüllt hatte.

»Es waren meine Freunde«, hauchte sie und verstand nicht, wieso sie noch nicht einmal einen Vorwurf in ihre Stimme legen konnte. »Sie waren unschuldig.«

»Das waren sie.« Gregoran nickte nachdenklich. »Keiner von ihnen konnte etwas dafür, dass mich deine Mutter und die Fürsten vierundachtzig Jahre lang in ein Verlies sperrten, wo ich die einzige Energie von ein paar wenigen Ratten erhielt, um mich bei Kräften zu halten. Sie hätten zumindest die zum Tode Verurteilten zu mir bringen können.«

Vinae schnappte nach Luft und starrte ihn entsetzt an.

»Was?«, fragte Gregoran. »Sie sind tot, oder etwa nicht? Ob mit abgeschlagenem Kopf, heimlich beiseite geschafft und verbrannt oder mir überlassen. Welchen Unterschied macht das?«

Keinen, und doch fand Vinae seine Worte abscheulich.

»Wie funktioniert Eure Kraft?«, fragte sie weiter.

»Bin ich in einem ausgehungerten Zustand wie noch vorhin, ist es mir nicht möglich, den Energiefluss eines Lebens aufzuhalten und langsam zu mir zu nehmen. Es geschieht alles in nur einem Herzschlag.«

»Deswegen wolltet Ihr nicht, dass ich Euch berühre.«

»Du wärst tot gewesen, noch ehe es einer von uns beiden richtig bemerkt hätte. Und das konnte ich nicht zulassen. Wir werden uns noch nützlich sein. Doch mich zu berühren, Vinae, bedeutet den Tod. Es geht lediglich langsamer, wenn ich gestärkt genug bin, um die Kraft zurückzuhalten.«

»So wie jetzt.« Es klang verächtlich, denn erneut dachte sie an die vielen Toten im Hof – seine Stärkung.

»So wie jetzt«, bestätigte Gregoran. »Ihr Elfen tötet ebenso

Pflanzen und manche selbst Tiere, um euch zu ernähren. Worin liegt der Unterschied?«

»Da ist ein Unterschied«, erklärte Vinae, auch wenn sie immer stärker spürte, dass sie ihm nichts mehr entgegenzusetzen hatte. Er war im Recht, in einer verkehrten, abscheulichen Weise, und doch im Recht. Im Moment nützte ihr diese Wahrheit jedoch wenig, denn vor allem sprach sie ja nur aus einem Grund mit ihm: um Informationen zu erhalten.

»Was hat die ganze Sache mit den Nebelgestalten auf sich?«, fragte sie daher und erntete ein nachsichtiges Lächeln, wie es Väter ihren Kindern schenkten, wenn die immer wieder dieselbe unsinnige Frage stellten.

»Hast du schon einmal von den Nebelinseln gehört?«, fragte er und schnalzte missbilligend mit der Zunge, als sie verneinend den Kopf schüttelte. »Die Nebelinseln liegen eine mehrere Wochen lange Schiffsreise von der Ostküste entfernt. Viel, viel weiter weg als die Dracheninsel. Dort leben die letzten verbliebenen Diener der Göttin. Ein seltsames Volk, sage ich dir, voller blutiger Riten und besessen in ihrem Wahn, der Göttin zu dienen.« Gregoran kam mit vor der Brust verschränkten Armen auf sie zu. Sein Blick hatte etwas Selbstgefälliges. »Meinst du, es ist Zufall, dass es Nebelgestalten sind, die ausgerechnet die Orakel des Schicksals angreifen?«

Vinae lehnte sich an die Kommode und spürte Entsetzen sowie das befreiende Gefühl, der Lösung des Rätsels nahe zu sein. »Ihr meint, das Nebelvolk von diesen Inseln steckt dahinter.«

»Im Auftrag der Göttin, ja.«

Es waren nicht die Fürsten und ihre Mutter! Sie waren unschuldig! Eine bessere Nachricht hätte es nicht geben können.

»Aber wieso jetzt?«, fragte Vinae. »Wieso hat die Göttin das Nebelvolk nicht längst angewiesen, das Schicksal anzugreifen?«

Gregoran lachte auf. »Die Nebelleute sind fanatisch«, sagte er verächtlich, »aber machtlos. Ihre Magier könnten es nicht mit den Priesterinnen der Orakel aufnehmen, mit keinem Magier Elvions oder gar einer Thesalis, …« Er zwinkerte ihr zu, als wären sie bereits Verbündete. »Die alles entscheidende Frage ist«, fuhr er fort und trat so dicht vor sie, dass sie den Kopf in den Nacken legen musste, um ihm weiterhin in die Augen zu blicken. Vinae spürte die Wärme, die von seinem Körper ausging, und widerstand nur schwer dem Drang, ihn zu berühren. Seine goldenen Augen funkelten, während er sprach: »Wie kam die Göttin zu einem solch übermächtigen Magier, der ihre Sache unterstützt und gegen das Schicksal vorgeht, wo sich doch niemand in Elvion an die Göttin erinnern kann und von den Nebelleuten niemand solche Kraft besitzt? Wo fand sie diese von Hass auf das Schicksal erfüllte Seele? Wo kommt diese neue Macht plötzlich her?«

Vinae wusste keine Antwort, und auch Gregoran konnte sie ihr nicht geben.

»Wozu dann die Drachen?«, fragte sie. »Und was machen die Nebelgestalten mit den Orakeln? Wieso werden sie vor ihrem Tod geblendet?«

Gregoran trat wieder etwas zurück und zuckte mit den Schultern. »Ich kann nur raten, schöne Seele, denn auch wenn ich die Hintergründe der Geschichte kenne, lebte ich doch die letzten Jahre in Gefangenschaft. Ich kenne die Absichten der Nebelgestalten nicht. Vernünftig klingt für mich jedoch, dass sie die Orakel blenden, um ihr Wissen in sich aufzunehmen.«

»Um alles über das Schicksal zu erfahren«, keuchte Vinae. Die sich anbahnende Katastrophe wurde immer deutlicher.

»Vor allem, wo sich der Schicksalsbaum befindet«, mutmaßte Gregoran. »Niemand steht in engerer Verbindung mit dem Schicksal als die Orakel, doch die wissen den genauen

Standort selbst nicht. Nicht genau zumindest. Sie können die Richtung der Kraft nur erahnen. Da der Schicksalsbaum bis jetzt noch nicht brennt, nehme ich an, dass die Suche bisher erfolglos war. Doch es ist nur eine Frage der Zeit, bis die Hinweise der Orakel die Nebelgestalten auf die richtige Spur führen. Und in der Zwischenzeit töten sie einfach alle treuen Anhänger des Schicksals, um den Glauben an diese Macht zu schwächen und die der Göttin damit wieder zu stärken.«

Es war ein simpler Plan und doch so kompliziert, dass Vinae meinte, Kopfschmerzen davon zu bekommen. »Und die Drachen?«, fragte sie. »Wie passen die ins Bild?«

»Als Mittel zum Zweck. Wer über das Drachenherz verfügt, verfügt über die Drachen, und welches Geschöpf könnte schneller und weiter fliegen als Drachen? Ich bin sicher, das Nebelvolk sendet die Drachen aus auf der Suche nach dem Schicksalsbaum, und ein paar behalten sie wohl für die Drecksarbeit.«

»Und wenn der Schicksalsbaum gefunden wird«, sprach Vinae die schreckliche Wahrheit aus, »dann wird er vernichtet, und das Schicksal wird es nicht mehr geben.«

»Die Göttin wird zurückkehren, ja. Ein Umstand, den ich zu vermeiden versuche, denn sie nahm mir einst das Leben, wie du weißt.«

Vinae ließ sich auf der Bettkante nieder und starrte den Boden an. Das alles waren sehr viele Informationen. Die Ereignisse schienen sich zu überschlagen, und es fiel ihr schwer, sie noch richtig zu durchschauen. Es war ihr beinahe unmöglich, Gregoran zu durchschauen.

»Was wollt Ihr von mir?«, fragte sie schließlich die im Moment wohl dringlichste aller Fragen, als sie wieder aufblickte. »Ihr habt mich am Leben gelassen, obwohl ich eine Thesalis bin …«

»Nein, nein, nein.« Gregoran lächelte wieder auf diese schaurige Weise. »*Weil* du eine Thesalis bist.«

»Ihr meint, ich könnte etwas gegen die Nebelgestalten ausrichten? Wenn es noch nicht einmal die Priesterinnen der Tempel vermögen?«

»Mit meiner Hilfe. Ich bin ein Dämon. Sie können mir nichts anhaben. Wenn wir uns zusammentun …«

»Das habe ich nie gesagt.«

»Aber du ziehst es bereits in Erwägung.« Es gelang ihm nicht länger, den Triumph aus seinen Augen herauszuhalten. »Wir brauchen uns gegenseitig, schöne Seele. Du weißt das, denn nur gemeinsam können wir den Untergang dieser Welt, wie wir sie kennen, verhindern. Jetzt sind die Elfen vielleicht an das Schicksal gebunden, doch leben sie ihr Leben allein. Willst du tatsächlich wieder der Willkür einer Göttin ausgesetzt sein, die alle, die ihr nicht gehorchen, in Dämonen verwandelt?« Sein Lächeln wurde breiter, und er nickte langsam, während er sie betrachtete. »Nein, das willst du nicht.«

Ardemir

In diesem Keller unter dem Tempel von Averdun war bestimmt Jahrtausende kein Lebewesen mehr gewesen.

Ardemir meinte, in der dünnen Luft zu ersticken, und als die Mutter Oberin neben ihm erneut eine mehrere Finger dicke Staubschicht von einem der Bücher blies, bekam er einen Niesanfall, der ihn schier zu zerreißen drohte.

»Ihr beliebt zu übertreiben«, tadelte die Oberin ihn und warf ihm einen missbilligenden Blick zu. Die Elfe in den grünen Gewändern, welche sich um ihre Füße herum wie ein kleiner See ausbreiteten, fürchtete wohl um die morschen Bücherregale, die alle vier Wände vom Boden bis zur Decke füllten und an die sich Ardemir klammerte wie ein Ertrinkender. Einzig für die niedrige Tür, bei der selbst Ardemir den Kopf hatte einziehen müssen, war eine Aussparung vorhanden.

Auf dem ebenso einsturzgefährdeten Tisch in der Mitte stapelten sich bereits verschiedene Bücher, über die sich Eamon und Aurün beugten. Nevliin wanderte inzwischen rastlos auf und ab, blieb nur ab und zu stehen, um den Titel auf einem Buchrücken zu lesen, und marschierte wieder weiter.

Bisher hatten sie kaum Brauchbares gefunden, und besonders Nevliins Ungeduld schien von nutzlosem Buch zu nutzlosem Buch zu wachsen.

»*Davor war das Nichts*«, las die Mutter Oberin den Titel eines weiteren Werks vor und reichte es an Eamon weiter. »Vielleicht findet Ihr darin, was Ihr sucht, mein Herr.«

Ardemir verzog bei dieser förmlichen Anrede das Gesicht. Ihn selbst sprach sie niemals mit »mein Herr« an, obwohl er doch ebenso als Ritter der Königin hier war. Und Eamon war noch nicht einmal Liadans Ritter. Er war einfach nur Eamon!

Die Anführerin dieser Priesterbande hatte ihre Abneigung gegenüber königlichen Rittern jedoch nicht besonders gut verborgen und beteuerte immer wieder, dass sie es allein Vinaes Fürsprache zu verdanken hatten, hier schnüffeln zu dürfen, wie sie es nannte.

Jetzt versuchten sie erst einmal, mehr über das Nebelvolk und diese Göttin herauszufinden, denn niemand verfügte über zahlreichere und ältere Bücher als die Tempel. Viele dieser Stätten waren leider bereits von den Nebelgestalten zerstört worden, doch Averdun gehörte zu einem der größten Tempel, und vielleicht würden sie hier Antworten finden.

Das seltsame Gespräch mit Vinae vor zwei Tagen bei der schwangeren Ascunsela hatte Ardemir immer noch nicht richtig verdaut. Vinae hielt geheim, woher sie ihre Informationen hatte, und so zerbrach er sich ständig den Kopf darüber. Zudem ließen ihn seine drei Bewacher keinen Moment aus den Augen, und selbst jetzt, wo er zu niesen begonnen hatte, hatte man ihn sogleich mit beunruhigten Blicken bedacht, als würde es ihn tatsächlich zerreißen. Als wäre er selbst nicht beunruhigt genug, wo er doch keinen Augenblick mehr schlafen konnte, jedes Mal sofort von wirren Träumen heimgesucht wurde und wieder aufschrak.

Seine Knochen schmerzten, als wäre er von einer berittenen Armee niedergetrampelt worden, und ständig war er damit beschäftigt, sich verstohlen den Schweiß abzuwischen, den kein Elf sehen durfte. Ja, er hatte wohl Grund zur Beunruhigung, nicht zuletzt, da ihn Vinae erneut auf so eindringliche und besorgte Weise angesehen hatte. Sie sah einfach zu genau hin.

Ständig fragten ihn alle, was mit ihm los war, und keiner kam auf die Idee, ihn einfach in Ruhe zu lassen. Selbst den Heiler der Silberritter hatten sie über ihn ausgefragt, welcher Ardemir damals in Derial behandelt hatte. Der Heiler konnte jedoch auch nicht mehr sagen, als dass er Hitze gespürt und einen Drachen gesehen hatte.

Ardemir wusste ja selbst nicht, was mit ihm nicht stimmte. Er wusste lediglich, dass es nichts Gutes zu bedeuten hatte und er selbst damit zurechtkommen musste. Wenn er auch nur ein Wort von seiner unheimlichen Begegnung in Derial erzählen würde, würden ihn Eamon und die anderen irgendwo einsperren, bis sie wussten, was mit ihm los war. Er könnte Vinae nicht mehr helfen und sie auch nicht mehr treffen. Er wäre irgendwo unter Beaufsichtigung eines Heilers und könnte an der Suche nach des Rätsels Lösung nicht teilhaben. Ausgeliefert, ohne selbst etwas gegen sein Problem unternehmen zu können.

Ein fürchterlicher Gedanke.

»Ich bezweifle, dass Ihr hier irgendetwas finden werdet, meine Herren … und Dame«, erklärte die Mutter Oberin mit einem kurzen, nicht weniger missbilligenden Blick an Aurün gerichtet. »Dies hier ist ein Tempel der Orakel des Schicksals. Ihr werdet hier nichts über eine Göttin finden.« Sie hob ihren Kopf. »Ich bezweifle ebenfalls, dass es so eine jemals gegeben hat.«

»Das versuchen wir herauszufinden, ehrwürdige Mutter«, antwortete Eamon mit einem Lächeln, welches das angespannte Gesicht der Elfe sofort wieder etwas weicher wirken ließ. »Es ist die einzige Spur, die wir haben, und wir würden gern jetzt einen Weg finden, die Nebelgestalten aufzuhalten, ehe sie hier bei Euch angreifen.«

»Natürlich.« Die Elfe sah ihm in die Augen, und Ardemir fragte sich unwillkürlich, was hier eigentlich los war. Ansonsten war er es doch immer, dem die Elfen zu Füßen lagen und unter dessen Blicken wie Wachs dahinschmolzen. In letzter Zeit wurde er jedoch gemieden, ja sogar furchtsam angesehen, als wäre er selbst eine solche Nebelgestalt. Irgendetwas stimmte hier nicht, und das hatte nichts mit dem eigentlichen Problem der Angriffe zu tun. Es war er selbst.

»Dann nehmt Euch noch dieses hier«, sagte die Mutter Oberin, inzwischen an Eamon gewandt, und reichte einen dicken Wälzer an ihn weiter. Der Ledereinband drohte bereits auseinanderzufallen. Die Pergamentseiten darin waren vergilbt und rissig.

»*Der Anfang*«, las Eamon vor und schlug das Buch mit spitzen Fingern auf. Ardemir gesellte sich zu ihm und erblickte auf der ersten Seite einen dickstämmigen Baum mit wild verwachsener Krone, ähnlich jenem Baum, der sich im Sternensaal von Lurness befand. Als Vinae ihm von den Plänen der Nebelleute erzählt hatte, war ihm sofort dieser magische Baum in den Sinn gekommen, doch der wahre Schicksalsbaum musste woanders liegen, weit entfernt und unerreichbar. Ansonsten wären die Nebelleute bestimmt schon in Lurness eingefallen. »*Vereint*«, las er die Schrift unter dem Bild laut vor. »*Durch die Wurzeln des Schicksalsbaumes sind alle Seelen Elvions, des Reichs der Göttin, miteinander verbunden.* Ha!« Er legte den Finger darauf. »Da ist unsere Göttin.« Das triumphierende Grinsen konnte er sich nicht verkneifen, als er zur Mutter Oberin aufblickte, die das Buch noch einmal hochhob und den Einband nach einem Hinweis auf das Alter absuchte.

»Es ist nichts zu finden«, murmelte sie und legte es wieder nieder. »Doch es muss sehr alt sein, wenn es diese … *Göttin* erwähnt.«

»Was steht da noch?«, fragte Aurün und schlug das Buch wieder auf.

Ardemir beugte sich darüber und fuhr fort: »*miteinander verbunden. Aus dem Stamm erwachsen die Äste der Seelen, die den Anfang und das Ende bestimmen. Manch ein Ast wächst gerade wie der Stamm, ein anderer verzweigt sich auf dem Lebensweg und findet nur schwer zum Ende.*«

»Damit sind wohl die Wiedergeburten gemeint«, mutmaßte Aurün, »und dass wir unseren Weg selbst bestimmen. Wir haben unsere Aufgabe, aber wie wir dorthingelangen, ist uns überlassen.«

Von Nevliin kam ein verächtliches Schnauben, doch Ardemir ignorierte ihn genauso wie die anderen. »*Manch anderer Ast*«, las er weiter, »*verlässt gemeinsam mit einem zweiten den Stamm. Zwei Äste, miteinander verwachsen und doch für sich allein. Verbunden vom Anfang bis zum Ende. Und darüber hinaus.*«

Ardemir blickte auf. Mit einem Mal war es beunruhigend still. Eine andere Art der Stille als eben noch, wo er gelesen hatte und die anderen gelauscht hatten. Die Luft war plötzlich noch viel schwerer zu atmen.

Alle, wie sie hier beim Buch standen, blickten zu Nevliin, der sich langsam zu ihnen umdrehte. Seine Hand fuhr in einer scheinbar geistesabwesenden Bewegung an seine Brust, wo er, so wusste Ardemir, einen Mistelzweig trug. Er starrte auf das Buch und trat näher.

»Was steht da noch?«, fragte er, doch Ardemir schüttelte den Kopf.

»Nichts«, antwortete er. »Aber es ist zweifellos *Faelnuìr* gemeint – mit diesen verwachsenen Ästen oder Seelen.«

»Was hat das mit Euch zu tun, Fürst Nevliin?«, fragte die Mutter Oberin, die in ihrem Tempel wohl nicht mitbekam, was jeder in der Welt da draußen wusste. »Habt Ihr solch einen Seelengefährten, Fürst? *Faelnuìr*?«

Nevliin tat, als hätte er nichts gehört, und nahm das Buch in die Hand. Er blickte auf das Bild mit dem Baum, wo einige solcher ineinander verschlungenen Gebilde zu sehen waren. Die Anwesenheit der anderen schien er nicht wahrzunehmen, als er mit einem Finger darüberstrich.

»Und darüber hinaus«, murmelte er für sich, als hätte er die anderen tatsächlich vergessen.

Solche Momente waren Ardemir immer unheimlich, denn er hatte schon zu oft erlebt, wie Nevliin aus solch einer Situation heraus plötzlich etwas Dummes anstellte. Da waren seine eigenen Probleme mit den Träumen und schmerzenden Knochen beinahe lächerlich im Vergleich zu den mentalen Schwierigkeiten des Fürsten.

»Was ich mich schon die ganze Zeit über frage«, unterbrach Aurün schließlich die unangenehme Situation und ließ Ardemir damit zusammenzucken – nicht zuletzt, da Nevliin das Buch sogleich mit einem Knall zuklappen ließ –, »was geschieht, wenn der Schicksalsbaum tatsächlich verbrennt? Vinae sagt, die Göttin würde zurückkehren und über uns herrschen. Aber können wir uns dessen sicher sein? Ist es wirklich die schlimmste Möglichkeit?«

»Was meinst du?«, fragte Eamon.

»Wenn wir diese Äste sind«, antwortete Aurün und deutete auf das Buch, »und wenn der Baum verbrennt, werden denn dann nicht auch unsere Seelen verbrennen? Wer sagt, dass alles wird wie zuvor?«

Jeder hier im Raum starrte die Drachenelfe an. Ihre Worte ergaben Sinn, und doch war keiner von ihnen bisher auf solch eine Idee gekommen. Alle Informationen, die sie bisher hatten, stammten von Vinae, also auch, dass die Göttin nach der Vernichtung des Baums zurückkehren und erneut über die Elfen herrschen würde. Sie hatten einzig darauf aufgebaut. Es schien ihnen die einzige Wahrheit gewesen zu sein. Bis jetzt, wo sie auf den Spuren dieser Göttin wandelten und anfingen, eins und eins zusammenzuzählen.

»Aber wenn es so wäre«, versuchte Ardemir die anderen und sich selbst zu beruhigen, »dann würde das Nebelvolk den Baum doch niemals zerstören. Deren Seelen würden genauso verbrennen.«

»Vielleicht wollen sie das auch«, meinte Aurün. »Solchen fanatischen Anhängern einer Göttin kann man wohl kaum Vernunft zuschreiben. Wer weiß, vielleicht verspricht die Göttin ihnen … ich weiß auch nicht, dass sie sie vielleicht neu erschafft oder irgendsoetwas.«

»Du meinst, sie könnte die Seelen wiederherstellen?« Ardemir stützte beide Hände auf die Tischplatte und stieß einen Fluch aus. »Sie opfern ganz Elvion, um es vom Schicksal reinzuwaschen, und bauen es dann von neuem auf. Kein sehr schöner Gedanke.«

»Das heißt«, ließ sich zur Überraschung aller plötzlich Nevliin vernehmen, der doch sonst kaum den Mund aufmachte, »auch *Faelnuìr* entstand erst mit dem Schicksal. Die verwachsenen Äste – ohne Baum kann es sie nicht gegeben haben. Erst mit der Entstehung des Schicksals fanden zwei Seelen zueinander, da sie sich einen Ast teilen.«

»Und wenn das Schicksal vernichtet ist«, schlussfolgerte Eamon weiter, »ist auch die Seelenverwandtschaft zerrissen.«

Die beiden sahen sich an, und Ardemir war es nicht möglich, zu sagen, was er in ihren Gesichtern lesen sollte. Von Nevliin hätte er vielleicht Hoffnung erwartet, da dies bedeutete, er könnte endlich diesem schmerzenden Band zu Vanora entgehen, oder aber auch Furcht, da er sie nicht verlieren wollte. Doch sein Blick war ausdruckslos, genauso wie der von Eamon.

»Die Trennung von Seelenverwandten«, sagte unterdessen

Aurün in das Schweigen, »kann wohl kaum unsere größte Sorge sein. Immerhin besteht die Gefahr der Vernichtung all unserer Seelen – egal, ob miteinander *verwachsen* oder nicht.«

»Wollen wir hoffen, dass du dich irrst.« Eamon strich sich mit der Hand über die Augen und sah schließlich wieder in die Runde. »Aber jetzt haben wir noch einen Grund mehr, diese Göttinnenverehrer aufzuhalten und vor allem den Anführer zu finden. Womöglich ist es wirklich diese Frau, die Nevliin in Derial erwischt hat. Seither gab es keinen Angriff mehr, und die Magie des Nebels war mit der Verletzung auch sofort gebrochen. Sie muss die Anführerin sein.«

»Vielleicht habt Ihr sie ja auch umgebracht, Fürst?«, meinte Aurün hoffnungsvoll, doch sie wich sofort zurück, als Nevliin einen schnellen Schritt auf sie zumachte.

Es waren nicht ihre klügsten Worte, bedachte man die ohnehin schon schwelende Feindseligkeit zwischen den beiden, und Aurüns entgeisterter Gesichtsausdruck ließ annehmen, dass sie eben zu derselben Erkenntnis gekommen war. Doch niemand hier zog auch nur in Erwägung, dass es sich bei der Nebelgestalt damals um Vanora hätte handeln können, von daher dachte auch keiner daran, Nevliin in dieser Hinsicht zu schonen.

Ein Fehler.

»Und das würde Euch so passen«, knurrte Nevliin auch schon und baute sich vor der Drachenelfe auf. »Ein bequemes Ende für ein bequemes Volk, das sich lieber versteckt, als zu kämpfen. Hat euch ja nicht viel genützt. Gekriegt haben sie euch trotzdem. Und wenn sie tatsächlich tot ist? Was ist daran so erfreulich, dass Ihr meint, Euch so freuen zu müssen? Seid ihr Drachenelfen denn noch nicht einmal in der Lage, zu denken? Das Herz ist trotzdem weg und eure geliebten Drachen ebenso. Wenn ich diese Frau in Derial getötet habe, dann macht es die Sache nur noch schlimmer. Vielleicht hättet ihr einfach einmal kämpfen sollen, statt ständig den Kopf in den Sand zu stecken, dann wäre es vermutlich überhaupt nicht so weit gekommen.«

»Was soll das heißen?« Der Schrecken wich aus dem Gesicht der Drachenelfe und wurde von Zorn ersetzt. Ardemir hatte sich schon länger gefragt, wie lange die beiden wohl noch nebeneinander sein konnten, ohne dass es zu einer Explosion kam. Aurün war offensichtlich kurz davor, in die Luft zu gehen. »Ihr nennt mich einen Feigling? Ihr! Der Ihr mein Volk gejagt und abgeschlachtet habt, als der Krieg längst vorbei war!«

»Einen Krieg, den ihr begonnen habt, wenn ich Euch erinnern darf. Verräter verdienen nichts anderes.«

»Ist es Verrat, der Unterdrückung entgehen zu wollen?«

»Ja.«

»Nevliin.« Es war Eamon, der auf die beiden zuging und den Ritter zurückzuschieben versuchte, der sich jedoch sofort wieder losriss. »Was nützen uns jetzt diese alten Geschichten?«, versuchte es Eamon trotzdem weiter. »Es hat nichts mit dem Hier und Jetzt zu tun.«

»O doch!«, fuhr Aurün auf, die Eamons eindringlichen Blick einfach nicht sah. »Ich lasse mich doch hier nicht beleidigen und bedrohen. Ich bin die Königin der Drachenelfen, und Ihr, Nevliin, wer seid Ihr schon? Was gibt Euch das Recht, ständig andere zu bedrohen und sie für Euer Leid verantwortlich zu machen?«

»Die Wahrheit, *Eure Majestät*. Niemals wolltet ihr kämpfen, im Wiedervereinigungskrieg nicht, wo ihr uns gerade mal eine Handvoll Drachen geschickt habt, damit ihr euch mit dieser großen Tat rühmen könnt. Und jetzt, wo euch die Nebelgestalten angriffen, habt ihr ebenfalls nichts getan. Einzig, als ihr euch damals nichts mehr von Alkariel habt sagen lassen wollen, brachtet ihr es fertig, euch aufzulehnen. Für eure eigene Macht.«

»Ach, darum geht es.« Aurün nickte langsam und schnitt Eamon mit einer wütenden Geste das Wort ab, noch ehe er richtig den Mund aufgemacht hatte. »Jetzt sind also die Drachen schuld am Ausgang des Wiedervereinigungskrieges. Ich hätte mir denken können, dass Ihr auf solch eine Idee kommt. Hätten wir mehr Drachen geschickt, wäre Alkariel sofort vernichtet gewesen, und Vanora wäre …«

»Aurün, es ist wirklich genug«, versuchte Ardemir sie zum Schweigen zu bringen, da er bemerkte, wie Nevliins Wangenmuskeln gefährlich zu zucken begannen. Er versuchte, sich Nevliin langsam von hinten zu nähern, um ihn gegebenenfalls von einer Dummheit abzuhalten. »Eamon hat recht. Das alles liegt lange zurück. Wir haben fast alle schon einmal auf unterschiedlichen Seiten des Schlachtfeldes gestanden und gegeneinander gekämpft. Ob jetzt im Drachen- oder im Wiedervereinigungskrieg. *Jetzt* stehen wir auf derselben Seite, und dieser alte Groll hat hier nichts zu suchen.«

»Alter Groll?« Aurün lachte auf und stierte Nevliin unbeeindruckt in die schwarzen Augen. »Wer hegt hier Groll gegen Freunde, Verbündete, die ganze Welt? Wer kann sich nicht in die Gruppe fügen? Ihr seid ein Schlächter, Nevliin, ein skrupelloser Halsabschneider, der die Freundschaft von Besseren in den Wind schlägt, nicht sieht, was er anrichtet. Das war schon immer so! Ihr habt nichts anderes bekommen als Ihr verdient.«

Ardemir erstarrte, genauso wie alle anderen. Er konnte nicht glauben, was Aurün da eben zu sagen gewagt hatte. War sie denn wahnsinnig geworden? Sie hatte doch gesehen, wohin Eamon solche Reden gebracht hatten.

Der Moment schien festgefroren zu sein – als würde er, um alles nur noch schlimmer zu machen, Aurüns Worte im Raum stehenlassen.

Nur seiner Erfahrung mit Nevliin verdankte Ardemir, dass er der Erste unter ihnen war, der reagierte. Er sah gerade noch, wie sich Nevliins Körper spannte, als wolle er gleich vorstürmen, da packte er ihn am Arm und riss ihn zurück. Er hatte mit Widerstand gerechnet, mit Beschimpfungen, Drohungen und dem Versuch, sich loszureißen, nicht jedoch mit der Faust, die ihm plötzlich gegen die Schläfe donnerte. Es lag solch eine Kraft in dem Schlag, dass Ardemir einen Moment lang weiße Lichter vor den Augen tanzten.

Sein Griff musste sich gelockert haben, denn als er wieder klar sehen konnte, hatte Nevliin Aurün bereits an der Kehle gepackt. Er schob sie zurück, drängte sie mit seinem Körper weiter, und mit einem Knall krachte die Drachenelfe gegen das Bücherregal, wo die beiden von einer Wolke aus Staub und Pergament eingehüllt wurden.

Nevliin hielt Aurün noch immer fest und drückte zu, während Eamon vorgestürmt war, um ihn abzuhalten. Auch die Mutter Oberin hatte bei der Buchlawine aufgeschrien und sammelte jetzt die flatternden Blätter ein.

Einzig Ardemir blieb an Ort und Stelle. Er rieb sich die Schläfe, wo ihn die Faust getroffen hatte, und schloss die Augen. Ein flaues Gefühl breitete sich in seinem Magen aus, seine Hände begannen zu zittern, und der Schweiß brach ihm aus allen Poren. Sein Blut schien sich zu erhitzen, strömte mit einer plötzlich unbändigen Wut durch seine Adern.

Nevliin hatte ihn einfach niedergeschlagen! Das würde er zurückbekommen. In Fetzen würde er diesen Elfen reißen.

Ardemir keuchte und riss die Augen auf. Was dachte er da nur?

Es waren wohl kaum ein paar Herzschläge vergangen, denn das Bild vor ihm hatte sich nicht verändert. Nevliin drückte Aurün die Luft ab, und Eamon wollte den Elfen eben von ihr fortstoßen.

»Ein Schritt, und ich breche ihr das Genick«, kam es dann jedoch von Nevliin, was Eamon und auch die Mutter Oberin innehalten ließ. Aurün riss die Augen auf, während der kalte Blick des Ritters auf ihr ruhte. Niemand wagte es, sich zu bewegen. Nevliin starrte sie einfach nur an, als könne er ihr allein dadurch schon Schmerzen zufügen. Er sagte kein Wort, und auch dieses Bild war für Ardemir plötzlich weit weg. Das Dröhnen in seinem Kopf wurde dafür umso realer.

Ohne es richtig zu bemerken, sackte er in die Knie, und alles, woran er noch denken konnte, war: Lass es die anderen nicht sehen.

Am Boden kauernd, versuchte er sich auf seine Atmung zu konzentrieren, als könne er das heiße Blut in seinem Körper allein durch seinen Willen wieder abkühlen. Der dumpfe Ton in seinem Kopf schien ihm aus den Ohren zu fauchen. Ardemir presste sich die Hände an die Schläfen. Lautlos kämpfte er gegen den Schmerz, biss die Zähne zusammen und wartete ab.

Es ist nichts passiert, sagte er sich immer wieder. Nichts ist geschehen. Nevliin hatte ihn geschlagen, aber das war nichts, worüber er sich aufregen musste. Es war alles in bester Ordnung.

Sein Atem beruhigte sich. Das Geräusch in seinem Kopf verstummte.

Ardemir blickte auf und stellte fest, dass die Zeit schon wieder nicht vorangerückt war. Was ihm unter Schmerzen so lang vorgekommen war, war hier kaum der Rede wert gewesen.

Nevliin beugte sich zu der Drachenelfe vor, bis sein Gesicht knapp vor ihrem war. An den hervortretenden Sehnen seiner Hand war zu erkennen, mit welcher Stärke er sie gepackt hielt.

»Ihr habt recht, Königin der Drachenelfen«, sagte er mit seiner tödlichen Ruhe, ohne sich um die Bestürzung der anderen zu scheren. »Ich habe es verdient ... aber sie nicht.«

Mit diesen Worten löste er langsam einen Finger nach dem anderen von Aurüns Hals, wo sie einen Abdruck hinterließen. Er hielt die Hand mit den ausgestreckten Fingern noch einen Augenblick lang vor ihr Gesicht, als wolle er ihr zeigen, dass er sie wirklich nicht mehr festhielt, während ihn Aurün immer noch aus großen Augen anstarrte.

Dann drehte Nevliin sich schließlich um und ließ sie stehen. Er würdigte die anderen keines Blickes, als er an ihnen vorbeiging und den Raum verließ.

Im Angesicht dieses sonderbaren Vorfalls hatte Ardemir beinahe vergessen, was eben mit ihm passiert war. Einzig seine glühende Haut und dass er sich am Boden befand, zeugten noch davon.

Eamon war sofort bei Aurün und fragte, ob mit ihr alles in Ordnung sei. Er ließ ihr noch nicht einmal Zeit für eine Antwort, da nahm er sie schon in den Arm und drückte sie fest an sich. Niemand kümmerte sich um Ardemir, worüber er froh war. Er wollte sich eben aufrichten, da bemerkte er plötzlich, dass er doch nicht so unbeobachtet war, wie er angenommen hatte.

Die Mutter Oberin sah ihn mit ernster Miene von ihrem Bücherstapel aus an. Sie sagte nichts und tat nichts, doch in ihren Augen lag ein deutlicher Vorwurf.

Ohne sich seine Beunruhigung ansehen zu lassen, erwiderte Ardemir ihren Blick und versuchte sich an einem Lächeln.

Da sie sich dadurch jedoch nicht davon abbringen ließ,

ihn anzustarren, nickte er ihr noch kurz zu und richtete sich schließlich auf.

»Lasst uns noch weitersuchen«, beschloss er und trat wieder an den Tisch mit den Büchern. Er strich sich das schweißnasse Haar zurück und hoffte, dass es nicht zu sehr auffiel. »Vielleicht finden wir einen Hinweis über die Folgen einer möglichen Zerstörung des Schicksalsbaumes.«

Eamon nickte, als er sich von Aurün löste. »Aber wir haben nicht mehr lange Zeit«, meinte er. »Liadan erwartet uns für die Vorbereitungen zur Versammlung.«

Ardemir seufzte. »Ich weiß.«

Aurün

Der Empfangsraum in den Gemächern der Königin Liadan füllte sich allmählich mit bekannten und unbekannten Gesichtern, freundlichen, skeptischen und – wie im Fall der Fürsten aus dem Sonnental – feindseligen.

Aurün nahm nicht an, dass die dunklen Schwingungen der beiden Männer irgendjemandem sonst auffielen, doch sie als Drachenelfe wurde davon geradezu angesprungen.

Sie war nicht sicher, ob sie Liadans Idee für klug hielt, alle Fürsten hier zu versammeln, um sie über die Göttin in Kenntnis zu setzen. Auch wenn Vinaes Worte dagegen sprachen, hatte Aurün bei Daeron und Menavor immer noch ein ungutes Gefühl, und das lag nicht nur daran, dass sie ihre Landsleute gefangen hielten und quälten. Die beiden waren von einer Boshaftigkeit erfüllt, welche die dunkle Drachenschlucht im Vergleich dazu wie ein strahlendes Licht aussehen ließ.

Nicht minder finster war jene Frau, welche die beiden Fürstenbrüder begleitete – Meara Thesalis.

Es war lange her, seit Aurün die Magierin zum letzten Mal gesehen hatte, doch weder Mearas Äußeres noch ihre Überheblichkeit hatten sich geändert. Sie trat in den Raum, als wäre sie hier die Königin. Das weiße Kleid einer Magierin höchsten Ranges schwang sacht mit ihren Bewegungen und leuchtete förmlich unter ihrem kastanienfarbenen Haar. Hoch erhobenen Hauptes sah sie sich in der Runde um, ihr Blick glitt über die Anwesenden hinweg, als verdiene es keiner von ihnen, ihre Aufmerksamkeit länger als einen Lidschlag lang zu erhaschen.

Doch dann plötzlich hielt sie inne, kurz bevor sie Aurün erreicht hatte.

Ein selbstgefälliges Lächeln spielte um ihre Lippen, während sie den Elfen neben Aurün betrachtete. Ihre rehbraunen Augen schienen plötzlich im silbernen Licht der Miranlampen zu leuchten. Unbeeindruckt erwiderte sie Eamons starren Blick über die Tafel hinweg. Sie sagte kein Wort des Grußes, und Eamon schwieg genauso.

Von ihm ging jedoch plötzlich eine enorme Hitze aus, die Aurün selbst gespürt hätte, hätte sie nicht so dicht neben ihm gestanden. Es war zum einen Zorn, aber dann noch etwas anderes – ein unbeschreibliches Gefühl.

Aurün sah zu Eamon auf und fragte sich, was im Moment in ihm vorging. Was war es, das sich beim Anblick dieser Frau in ihm regte und ihn so fremd erscheinen ließ?

Noch ehe sie sich jedoch weitere Gedanken darüber machen konnte, nahm Meara ihr gegenüber Platz und gab Eamon nun endlich frei. Ob es ein Zauber war? Aber was wollte sie von ihm? Sie konnten sich seit dem Krieg damals nicht mehr gesehen haben, und auch wenn die beiden sich nach den Ereignissen von vor vierundachtzig Jahren abgrundtief hassen mussten, war davon nichts zu spüren. Feindseligkeit, ja, vielleicht auch Rachsucht, aber Hass? Eher war da noch Neugierde, sogar ein Funke Freude und eben diese Hitze, die Aurün nichts anderem als Sehnsucht oder Begehren zuordnen konnte.

Manchmal wünschte sich Aurün, auf die Gabe der Drachenelfen verzichten zu können. Das Innerste einer Seele zu kennen konnte nicht immer vorteilhaft sein.

Auch Eamon ließ sich auf seinem Stuhl nieder, und so tat Aurün es ihm schließlich gleich.

An der Längsseite der Tafel saß in der Mitte die Königin Liadan, rechts neben ihr Eamon und dann Aurün. Ardemir saß zu Liadans linker Seite neben Nevliin, der bei diesem Treffen sowohl als Fürst von Valdoreen als auch als Befehlshaber der Silberritter fungierte.

Aurün war über die räumliche Trennung froh. Sie war diesen sich ewig selbst bemitleidenden Elfen gründlich leid. Andere hatten im letzten Krieg ebenso ihre Lieben verloren – sie selbst ihren Bruder und vor kurzem auch ihren Vater. Doch sie konnte sich nicht erlauben, sich so gehenzulassen. Vielleicht mochte die Trauer wegen dieses *Faelnuìr* für ihn wirklich heftiger sein, aber er könnte zumindest versuchen, sich zusammenzureißen.

Nevliin war einer der wenigen Elfen, die sie nicht spüren konnte. Als wäre er im Inneren vollkommen leer. Doch das war immer schon so gewesen, genauso bei seiner Liebe Vanora. Die innere Kälte hatte die beiden verbunden, und diese Leere hatte Aurün schon damals Angst gemacht. Nevliin befand sich nicht erst seit Vanoras Tod am Abgrund zur absoluten Dunkelheit. Vorher hatte er einfach nur nicht allein dort gestanden. Niemals könnte Aurün Eamons einstige Gefühle für Vanora nachvollziehen, denn er war stets von einer Wärme umgeben, die Sicherheit versprach. Wie konnte sich solch ein Mann von der Kälte anziehen lassen? Von einer Frau, die so leicht zu greifen war wie der Wind, unbeständig und dunkel?

Er könnte die Liebe haben, wahre Liebe mit all der Wärme und Geborgenheit, die dazugehörte. Wieso sah er es denn nur nicht? Vanora war tot.

Aurün war so sehr in Gedanken versunken, dass ihr die Begrüßungsansprache der Königin entging. Sie hörte auch nur mit halbem Ohr zu, als diese schließlich berichtete, was bisher über die Nebelgestalten und diese Göttin in Erfahrung gebracht worden war – von einer geheimen Quelle.

Vinae war ebenso anwesend und fühlte sich an ihrem Platz zwischen Fürst Daeron und ihrer Mutter sichtlich unwohl.

Ihre Gegenwart war Aurün bisher kaum aufgefallen, denn auch wenn dieses Mädchen durchaus hübsch war, stand sie doch eindeutig im Schatten von Meara. Sie hatte nicht diese alles einnehmende Präsenz, welche jedes Auge sofort auf sie lenkte. Eine zarte Knospe neben einer vollaufgeblühten Rose.

Auch Vinaes Schwingungen waren nicht annähernd so intensiv wie die der Mutter. Doch wo Meara Feindseligkeit verströmte, spürte Aurün an dem Mädchen dieselbe Wärme, die sie an Eamon kannte. Güte, Freundlichkeit und vor allem Hoffnung. Vinae hatte es nicht nötig, alle anderen zu überstrahlen, und war einfach mit dem zufrieden, was ihr zukam. Vielleicht, überlegte Aurün, wäre es wertvoll, eine Freundschaft zu dieser jungen Frau aufzubauen. Eine Freundin wie sie war bestimmt selten zu finden und für Aurün im Moment gerade das, was sie am meisten brauchte. Ohne ihre Seelenschwester und die anderen ihres Volkes fühlte sie sich, als wäre ein Teil von ihr abgeschnitten, und manchmal wollte sie einfach nur den Schmerz hinausschreien oder ihn sich zumindest von der Seele reden. Ihre Hoffnung, in Eamon solch einen Freund zu finden, musste sie wohl über kurz oder lang begraben. Er war zu sehr mit sich und seinen Problemen beschäftigt, von denen Aurün keine Ahnung hatte, da er sie ja nicht daran teilhaben ließ.

Die Gespräche an der Tafel waren inzwischen lauter geworden, da der Unglaube über die Existenz einer Göttin vielstimmig kundgetan wurde. Hier und da bestand einer der Fürsten auf der Nennung der Quelle, doch Liadan blieb hart. Die Unbeugsame hätte ihr Name eigentlich lauten sollen, denn niemals war Aurün jemand mit solch einem Willen und solch einer Durchsetzungskraft begegnet. Ihr Geist war stärker als der von vielen anderen, dafür spürte Aurün nur wenig von ihrem Herzen. Die Königin verstand es, ihr Innerstes zu verschließen.

Unwillkürlich fragte Aurün sich, welchem Mann es wohl gelingen könnte, das Herz der Königin zu stehlen, um sie von ihrer ständigen Vernunft abzubringen.

Als die Sprache schließlich auf die Drachen kam und Fürst Menavor aus dem Sonnental seine Meinung dazu kundtat, widmete Aurün sich wieder den Beobachtungen der Anwesenden. Sie durfte nicht zu genau hinhören, wollte sie verhindern, dem Fürsten die Gefangenhaltung von Angehörigen ihres Volkes vorzuwerfen. Diese Gespräche waren für sie ohnehin belanglos, da sie nichts Neues erfuhr und der Reiz einzig darin bestand, die Reaktionen der Teilnehmer des Rates zu beobachten.

»Du bist so still«, flüsterte ihr irgendwann Eamon zu, während ein flinker Kobold ihren Becher neu auffüllte. »Setzt dir die Auseinandersetzung mit Nevliin immer noch zu?«

Aurün schüttelte ihren Kopf und schenkte ihm ein Lächeln. Sie wollte ihm jetzt nicht erklären, dass diese gesamte Versammlung ihr nutzlos und noch dazu gefährlich erschien.

Jeder von ihnen könnte mit den Nebelgestalten verbündet sein oder sie gar beauftragt haben.

Valdoreen mochte wegen Nevliin treu sein, doch auch er wusste nicht, was sein Vetter Vlidarin in seiner Abwesenheit tat. Vlidarin war ebenso anwesend und übernahm hauptsächlich das Sprechen für Nevliin, da sich dieser natürlich vor allem durch Wortkargheit und finstere Blicke hervortat. Alle Fürsten des einstigen Schattenreiches waren hier, zu denen Aurün weit mehr Vertrauen hatte als zu jenen des einstigen Lichtreichs. Der Fürst von Riniel könnte leicht mit den Brüdern aus dem Sonnental zusammenarbeiten. Sie hatten gemeinsame Interessen, denn das Verbot des Handels mit den Menschen hatte besonders Riniel getroffen. Das südlichste aller Fürstentümer verdankte seinen Reichtum hauptsächlich dem Handel, und daher war Fürst Averon bestimmt nicht sehr gut auf die Königin zu sprechen.

All diese Mutmaßungen und Gedanken gingen Aurün durch den Kopf, bis sich das Gespräch langsam dem Ende zuneigte und sich immer mehr Tischnachbarn miteinander unterhielten.

Natürlich waren sie sich nicht einig geworden, was im Angesicht dieser Gefahr nun zu tun war. Der simpelste und wohl auch beste Vorschlag war in einem der wenigen Momente gekommen, in denen Nevliin seinen Mund aufgemacht hatte. Eine von den Nebelgestalten müsse gefangen genommen werden, hatte er gemeint und damit sogleich eine wilde Diskussion mit der Fürstin des Grenzlandes, Larinel, heraufbeschworen. Larinel war der Meinung, das Beste wäre, die Tempel zu räumen, die Orakel fortzubringen und eine Armee mit aller Macht Elvions aufzustellen, um den Nebelgestalten entgegenzutreten.

Es wurde hin und her gestritten, wobei die Fürstin gemeint hatte, eine Nebelgestalt könne nicht gefangen genommen werden, und selbst wenn, würde solch ein Fanatiker niemals etwas erzählen.

Nevliin hatte entgegnet, es gäbe Mittel und Wege, jeden zum Reden zu bringen, und so war es hin und her gegangen, bis Nevliin schließlich aufgestanden und gemächlich aus dem Raum geschritten war.

Zumindest hatte er diesmal keine Szene veranstaltet und ertränkte seine schlechte Laune irgendwo allein mit Wein, so wie er es für gewöhnlich tat.

Das Mitleid für ihn hielt sich bei Aurün in Grenzen. Er bräuchte doch einfach nur wieder zu leben zu beginnen. Und wenn er das schon nicht konnte, dann sollte er zumindest die anderen in Ruhe lassen.

Das Essen wurde aufgetragen, und Aurün schaffte es nun endlich, mit Vinae ins Gespräch zu kommen. Sie redeten hauptsächlich über Belangloses, um kein Misstrauen zu erwecken, doch auch jetzt schon fasste Aurün Vertrauen zu dieser Thesalis, die so anders war als die Mutter. Währenddessen entging ihr jedoch nicht, dass Eamon das Wort an Meara richtete. So unauffällig wie nur möglich lauschte sie dem Gespräch.

»Du warst auf Reisen, wie ich hörte, Meara«, sprach Eamon die Magierin an.

Meara wandte sich ihm auffällig langsam zu und schwenkte ihr Kristallglas in der Hand. »Nicht so weit und vor allem nicht so lange wie du«, antwortete sie wieder mit diesem überheblichen Lächeln im Gesicht. »Du scheinst tatsächlich Gefallen am Leben unter Menschen gefunden zu haben. Aber für Menschen hattest du ja ohnehin immer schon eine Schwäche.«

»Nein, Meara.« Eamon lag plötzlich ein ebenso bösartiges Lächeln auf den Lippen. »Nur für *eine* von ihnen.«

Einen Moment lang blitzte Zorn in den Augen seines Gegenübers auf, doch Meara hatte sich schnell wieder gefasst. »Und wie gefällt es dir zu Hause? Kommt es dir verändert vor?«

Die beiden sahen sich mit einer Intensität in die Augen, dass Aurün meinte, die Luft zwischen ihnen könne in Flammen aufgehen, ehe Eamon schließlich antwortete.

»Ich wurde so manches Mal überrascht«, meinte er und trank vom Wein. »Nicht alles ist so wie damals, als ich fortging.«

»Nun, in vierundachtzig Jahren kann einiges geschehen.«

»Das habe ich bemerkt. Fremde Feinde, eine Göttin, Angriffe … Ach, ich habe übrigens auch deine Tochter kennengelernt – Vinae.«

Bei der Erwähnung ihres Namens blickte die junge Magierin auf. Sie wirkte etwas überrascht, als sie feststellte, dass es Eamon gewesen war, der eben von ihr gesprochen hatte. Doch sie wandte sich schnell wieder ihrem Gesprächspartner, dem Fürsten Daeron, zu.

»Davon habe ich bereits gehört«, erwiderte Meara. »Ich bedaure, bei eurem Treffen nicht dabei gewesen zu sein.«

»Ich ebenso.«

Aurün konnte sich mittlerweile auf nichts anderes mehr konzentrieren als diese beiden. Der Fürst aus Tantollon neben ihr hatte es bereits aufgegeben, sie in ein Gespräch verwickeln zu wollen.

»Sie wird nicht das sein, was du erwartest hast«, sagte schließlich Meara mit einem mutwillig belustigten Blick. »Du musst wissen, sie ist furchtbar missraten, sie schlägt zu sehr dem Vater nach.«

Vinae neben ihr war kaum merklich zusammengezuckt, sprach jedoch mit höflichem Lächeln weiter mit Daeron, während Aurün Meara fassungslos anstarrte. Wie konnte eine Mutter so etwas sagen?

Eamon schien genauso entsetzt, denn er sah die Magierin mit einem leisen Kopfschütteln an, das nur noch Verachtung zum Ausdruck brachte.

»Wie konntest du ihr solch einen Namen geben?«, sagte er dann beinahe schon flüsternd, was Aurün nun doch etwas überraschte. Die Bedeutung des Namens war wohl das geringere Übel bei solch einer Mutter.

Meara wollte zu einer Antwort ansetzen, als die zweiflügelige Tür mit einem Knall aufschlug, der jedes Gespräch zum Verstummen brachte. Alle blickten in die Richtung des Geräusches und reckten ihre Hälse.

Kniehoher Nebel zog durch die offene Tür herein und brachte eine ganze Prozession grau verschleierter Gestalten mit sich. Und als wäre dieser Umstand noch nicht unheimlich genug, konnte Aurün von keinem Einzigen unter ihnen die

Energie erkennen. Es war genauso wie bei Nevliin oder Vanora damals, nur Leere. Vermutlich verstanden diese Gestalten es, ihr Innerstes abzuschotten und nicht preiszugeben. Sie waren tatsächlich unbeschreiblich mächtig.

Einige der Fürsten sprangen sofort auf und zogen ihre Schwerter, doch ein einziges Handheben von Liadan ließ sie innehalten.

Langsam erhob sich die Königin von ihrem Stuhl und blickte den fremden Elfen entgegen, die über dem Nebel zu schweben schienen. Auf der anderen Seite der Tafel, genau auf Liadans Höhe, hielten sie an, und da der Nebel nicht sehr hoch über den Boden kroch, waren sie deutlich zu erkennen.

Die Männer unter ihnen – es waren wohl kaum mehr als zehn an der Zahl – trugen Gewänder von hellgrauer Farbe, die Wolken glichen. Darüber hatten sie metallene Brustpanzer, Arm- und Beinschienen angelegt, die im Schein der Miran funkelten. Die Schwerter trugen sie auf dem Rücken, und keiner von ihnen machte Anstalten, die Waffe zu ziehen. Die Gesichter der Männer waren von grauen Masken verdeckt, das lange Haar hatten sie im Nacken zusammengebunden.

Die Männer boten einen prächtigen Anblick, wie selbst Aurün zugeben musste, doch im Moment konnte sie davon nicht beeindruckt werden. Es waren diese Leute gewesen, die ihren Vater ermordet, das Herz gestohlen und ihr Volk versklavt hatten. Sie konnte sich noch genau an sie erinnern.

Liadan stand inzwischen aufrecht, und einzig die Tafel trennte sie von diesen mächtigen Feinden. In einem für eine Königin schlichten, aber kunstvoll gearbeiteten Kleid und mit einem Diadem im schwarzen Haar sah sie den Boten von so viel Unheil entgegen, als handle es sich um irgendwelche belanglosen Gesandten. Ihre silberfarbenen Augen offenbarten nicht die geringste Gefühlsregung.

Die Fürsten, aber auch Eamon hatten auf ihre Anweisung hin wieder Platz genommen und blickten allesamt entgeistert zu diesem vollkommen überraschenden Besuch.

»Königin Liadan«, sprach schließlich einer der Männer, und wie auf ein unsichtbares Zeichen hin gingen sie allesamt auf ein Knie nieder. Einzig die verschleierten Frauen blieben stehen, reglos und doch mit stolzer Haltung.

Der vorderste der Knieenden hielt eine kleine Schachtel in den ausgestreckten Händen vor sich, die – auf ein Nicken von Liadan hin – der Fürst Averon aus Riniel entgegennahm und seiner Königin über die Tafel hinweg mit einer Verbeugung reichte. Die Nebelmänner erhoben sich daraufhin wieder und warteten.

Aurün blickte zwischen Liadan und den Neuankömmlingen hin und her. Was hatte das alles zu bedeuten? Wie war es möglich, dass sie hier waren? Wieso waren sie nicht aufgehalten worden? Wieso war keine Wache hier?

Liadan schien sich das alles nicht zu fragen, vielleicht wusste sie ohnehin, dass sie nichts gegen diese fremde Macht ausrichten konnten, und vermutlich meinte sie auch, das Schicksal ihrer Wachen zu kennen.

Ohne sich auch nur in geringster Weise Beunruhigung anmerken zu lassen, öffnete sie den goldverzierten Deckel, warf einen Blick in das Behältnis und wandte sich schließlich wieder an den vordersten Mann.

»Ein Stern?«, fragte sie, immer noch kühl, aber auch nicht unhöflich.

»Ein Geschenk«, antwortete der Fremde und gab unter seiner Maske ein Lächeln preis. »Das Geschenk der Freiheit, Eure Majestät.«

»Freiheit?« Liadan starrte dem Mann in die Augen. »Wessen Freiheit? Die der Elfen, welche Ihr ermordet habt? Die der Orakel? Soll dieser Stern hier …«, sie hob die Schachtel mit dem funkelnden Inhalt, »… mich verhöhnen? Da all diese unschuldigen Seelen Euretwegen zu den Sternen gingen? Nennt Ihr das Freiheit?«

»Nein, Majestät«, antwortete der Fremde, während sich die anderen nicht von der Stelle rührten. »Die Sterne symbolisieren die Freiheit *aller* Seelen. Es ist ein Ort des Friedens, welcher einer jeden Seele offen stehen sollte. Ein Ort, den die Göttin in ihrer Gnade für unsereins schuf und an dem sie jetzt eingeschlossen wird.«

»So schlimm kann dieses Dasein nicht sein, wenn es doch so friedlich dort ist.«

Keine der Nebelgestalten regte sich, und auch der Sprecher schien unberührt von diesen Worten. »Es ist nicht der Platz der Göttin«, antwortete er ruhig. »Die Sterne sind für unsere Seelen gedacht, doch das Schicksal verwehrt uns den Weg dorthin. Hält uns gefangen und will über unser Ende bestimmen.«

Liadan zuckte nicht mit der Wimper. »Habt Ihr deswegen mein Land angegriffen?«, fragte sie. »Als blutrünstiges Heer, das nichts als Tod bringt?«

»Wir sind ein Heer der Freiheit, Majestät«, gab der Nebelmann zurück. »Unsere Mission ist es, das Volk der Elfen zu befreien, ganz Elvion von den Fesseln zu lösen. Uns steht nicht der Sinn nach Krieg. Nicht gegen Euch.«

»Die vielen Toten würden da anderes behaupten. Und meine Wachen wohl auch.« Liadan hatte ihre Leute da draußen anscheinend doch nicht vergessen, aber der Nebelmann schüttelte den Kopf.

»Euren Wachen geht es gut«, sagte er tonlos. »Sie alle schlafen im Nebel, bis wir *unbeschadet* wieder abziehen.«

Aurün konnte sich nur schwer ein Lachen verkneifen. Die Fremden hatten ihre Macht doch längst bewiesen, wie hätte ihnen hier irgendjemand schaden können?

»Auch Eure Ritter haben wir niemals angegriffen«, sprach der Mann schließlich weiter. »Wir verteidigten uns lediglich, wenn wir von ihnen angegriffen wurden.«

»Die Priesterinnen haben Euch nichts getan.«

»Sie dienen dem Schicksal, Majestät, und sind damit unser Feind. Ihr starker Glaube lässt die Göttin nicht zurückkehren.«

Hatte hier irgendjemand noch Zweifel an der Existenz der Göttin und den Absichten dieser Gestalten, waren die nun endgültig verflogen. Vinaes Worte waren eben bestätigt worden.

Liadan schüttelte langsam ihren Kopf und starrte den Mann an, als könne sie nicht glauben, was er da sagte. »Ihr nennt Euch also unschuldig?«, fragte sie über die Köpfe der Fürsten hinweg, die immer noch angespannt, aber auch neugierig zuhörten. »Was hat Euch das Volk der Drachen angetan?« Sie deutete zu Aurün, die sich nur schwer beherrschen konnte, den Nebelmann nicht sofort anzuspringen und so lange zu verprügeln, bis er ihr sagte, wo das Herz und ihr Volk versteckt waren. »Was wollt Ihr der Königin der Drachenelfen zu Eurem Vergehen sagen?«

Der Mann sah noch nicht einmal in Aurüns Richtung und sprach immer noch direkt an Liadan gerichtet. »In einem Krieg gibt es Opfer«, erklärte er, und hätte Eamon nicht plötzlich Aurüns Hand ergriffen, wäre sie wohl tatsächlich aufgesprungen. »Die Drachen dienen nun der Befreiung Elvions, und ihnen geschieht kein Leid. Nicht durch unsere Hand. Es sind Eure Ritter, die sie angreifen.«

»Meine Ritter verteidigen die Tempel.«

»Und das macht sie zum Feind.«

Liadan hob ihren Kopf kaum merklich an. »Was wollt Ihr hier?«, fragte sie und ließ ihren Blick über die unheimliche Ansammlung schweifen.

»Wir wollen keinen Krieg mit Euch«, wiederholte der Mann, doch diesmal lachte Liadan verächtlich auf.

»Verschwindet von hier!«, sagte sie so leise, dass es kaum mehr als ein drohendes Vibrieren der Stimme war. »Verschwindet von meiner Burg, aus meinem Land! Greift Ihr noch einen einzigen Tempel an, unschuldige Priesterinnen, dann kann Euch auch Eure Göttin nicht helfen.« Sie schritt um die Tafel herum, direkt auf die Nebelgestalten zu. »Ganz Elvion wird Euch als vereinte Macht entgegentreten. Mich interessiert nicht, was Ihr zu sagen habt, ob Ihr mich als Euren Feind betrachtet. Ich wurde zu Eurem Feind mit dem ersten Toten im Tempel. Ich wurde zu Eurem Feind, mit dem ersten Tropfen Blut eines Unschuldigen.« Sie blieb vor den Fremden stehen, ihr Blick war schärfer als eine gezückte Waffe. Auch die Augen des Mannes funkelten durch die Maske, doch da er sich nicht von der Stelle rührte, erhob sich nun Eamon von seinem Stuhl und zog in demonstrierender Langsamkeit eines seiner Kurzschwerter hinter der Schulter hervor. Das Geräusch schnitt gefährlich durch die Stille.

Ardemir tat es ihm gleich und spannte seelenruhig die Sehne an seinem Bogen. Er legte ein paar Pfeile vor sich auf den Tisch, als gehörten sie zum Essbesteck.

Die anderen Fürsten rührten sich nicht, da Liadan mit einem kaum merklichen Kopfschütteln zu verstehen gab, dass sie sich heraushalten sollten. Aurün hätte sich gerne eingemischt, doch sie hatte keine Hoffnung, durch eine Frage irgendetwas über ihr Volk herauszufinden. Im Moment hoffte sie nur auf ein glimpfliches Ende dieser Begegnung mit solch einer Macht. Ein Bogen wäre auch für sie nicht schlecht gewesen. Sie konnte mit dieser Waffe umgehen, und wenn sie schon sterben sollten, wollte sie doch wenigstens ein paar von denen mit sich nehmen.

»Ihr habt die Königin gehört«, knurrte inzwischen Eamon, der jedoch noch keine Anstalten machte anzugreifen. »Ihr seid hier nicht willkommen. Nicht, solange Ihr dieses Land bedroht.«

»Dieses Land wird bedroht«, kam plötzlich eine weibliche Stimme aus der Mitte der Nebelgestalten, welche in einem ausgeprägten Singsang sprach. Irgendwie kam sie Aurün bekannt vor, und auch Eamon ließ sein Schwert sinken, als hätte er jegliche Kraft in seinem Arm verloren.

»Aber nicht von uns.« Die Nebelgestalten wichen zurück und gaben die Sprecherin frei, die nun zu Liadan trat.

Aurün erkannte auf den ersten Blick, dass es sich um jene Frau handeln musste, welche Nevliin in Derial verwundet hatte. Solch eine Erscheinung konnte es kein zweites Mal geben. Zum Glück war Nevliin jetzt nicht hier.

Die anderen Anwesenden schienen jedoch ebenso verblüfft zu sein. Alle starrten die Fremde an, welche vor Liadan stehenblieb und beinahe auf Augenhöhe mit ihr stand.

Die nebelgrauen Schleier flossen bei jeder Bewegung sanft über ihren schlanken Körper, schmiegten sich an ihn und gaben zugleich alles und nichts preis. Das Tuch wirkte durchschimmernd, zeigte die Konturen der fast schon filigran wirkenden Frau, und doch war nichts Genaues zu erkennen. Es war tatsächlich so, als wäre sie in Nebel gekleidet, nur durch eine Kordel um die Taille zusammengehalten, von wo aus das Tuch in mehreren Lagen und an den Seiten geteilt herabfiel, um das Gehen zu erleichtern. Bei jedem Schritt kam eines der langen Beine zwischen den Schleiern zum Vorschein, weiß wie Elfenbein. Ohne Schuhe, mit bloßen Füßen schwebte sie über den Nebel. Ein ganzer Schwall goldenes Haar fiel bis hinab zur Hüfte. Da es nicht glatt und in engen Wellen gekreppt war, schien es im silbernen Schein der Lampen zu tanzen. Von einem schmalen Haarreif fielen Schleier auch über das Gesicht der Frau, blaugraue Tücher, die sich nicht von denen an ihrem Körper unterschieden. Kaum etwas von der Frau war zu sehen, und doch zog sie die Blicke aller auf sich. Fürst Averon aus

Riniel hatte während den Diskussionen gemeint, durch seine Handelsbeziehungen schon einmal vom Nebelvolk gehört zu haben. Er sagte, diese Elfen trügen Schleier, da ihre Schönheit kein Auge ertragen könne, und Aurün meinte in diesem Moment, er könne womöglich recht haben. Die Gesichtskonturen der Frau waren unter dem durchscheinenden Schleier nur zu erahnen, aber nichtsdestotrotz war klar, dass sie selbst die Königin in den Schatten stellte.

»Wir kommen zu Euch als Freunde«, fuhr die Fremde schließlich in ihrem Singsang fort. »Schließt Euch diesem Kampf gegen das Schicksal an, befreit Euer Land, und es soll kein Blut mehr fließen. Gemeinsam finden wir den Schicksalsbaum und führen die Elfen zurück auf den alten Weg.«

»Es soll kein Blut mehr fließen?«, fragte Liadan. Falls sie beeindruckt von ihrem Gegenüber war, ließ sie sich zumindest nichts anmerken. »Was ist mit den Orakeln? Was mit den Priesterinnen und allen anderen Tempeldienern?«

»Das Land muss von ihnen gereinigt werden.«

Ein empörtes Raunen erklang, doch Liadan hob ihre Hand und brachte damit alle sofort wieder zum Verstummen. »Ihr seid es, die den Nebel schafft«, stellte sie schließlich in ruhigem Ton fest. »Nicht dieser Handlanger hier.« Sie deutete auf den Mann, der vorhin mit ihr gesprochen hatte, ehe sie sich wieder der Elfe zuwandte. »Ihr seid das Wasser, welches dieses Mühlrad antreibt, der Zauber hinter den Schwertern. All das ist Euer Werk. Die Toten. Die Drachen.«

»Ich lasse Euch die Wahl«, antwortete die Fremde, ohne auf die Worte der Königin einzugehen. »Wir respektieren Euch als Gebieterin über dieses Land, und daher kommen wir zu Euch. Ihr seid die Königin der Elfen, niemand der Unseren will Euch diese Würde streitig machen.«

»Ach.«

»Ihr seid weise und herrscht mit Verstand. Daher wisst Ihr auch, wie schutzlos Ihr uns gegenüber seid. Wir könnten Euch mit nur einem Gedanken vernichten. Alle hier im Raum und noch viel mehr. Wir geben Euch hiermit die Möglichkeit, auf den wahren Pfad zurückzukehren – als Eure treuen Diener und Untertanen. Die Göttin liebt ihre Geschöpfe und will keine unnötigen Opfer.«

Liadan hob ihren Kopf kaum merklich an. »Und wenn ich es nicht tue?«, fragte sie.

»Ihr seid unsere Königin«, gab die Fremde zurück, »aber die Göttin steht noch über Euch. Der Göttin sind wir in erster Linie verpflichtet, und jeder, der sich ihr widersetzt, wird zu einem Feind. Ich werde Eure Vernichtung bedauern, doch wird sie unumgänglich sein.«

Es war so still im Saal, dass Aurün ihr eigener Herzschlag ungewöhnlich laut erschien. Sie waren tot, dachte sie nur. Sie waren alle tot und konnten nichts dagegen unternehmen. Welche Macht hatte der Nebel, wenn er draußen die Wachen schlafen lassen konnte? Welche Wirkungen konnte diese Fremde noch heraufbeschwören? Könnte den Nebelgestalten irgendjemand etwas entgegensetzen? Wie viele von denen könnte Ardemir mit seinen Pfeilen erwischen? Wie viele die anderen mit ihren Schwertern, ehe sie von der Magie niedergestreckt wurden? Lag es wirklich am Nebel, oder war es eine andere Art von Zauber, welche die Wachen draußen zum Schlafen brachte?

All diese Gedanken rauschten durch ihren Kopf, als sich plötzlich Meara Thesalis von ihrem Stuhl neben der Königin erhob. Sie war zweifelsohne die mächtigste Magierin in diesem Raum, und dass sie sich nicht fürchtete, beruhigte Aurün seltsamerweise etwas.

»Wer glaubt Ihr zu sein, dass Ihr hierherkommt, um uns zu bedrohen?«, fragte Meara mit ihrem überheblichen Lächeln.

»Wie kommt Ihr auf die Idee, allein gegen ganz Elvion zu bestehen? Ihr spielt mit dem Feuer, Kind, und solltet aufpassen, dass Ihr Euch dabei nicht verbrennt.«

Die Fremde wandte sich der Magierin halb zu. »Ihr seid Meara Thesalis«, stellte sie mit Belustigung in der Stimme fest. »Eine Magierin der Vier. Welchem Element seid Ihr zugehörig? Der Erde? Ihr habt Euch die anderen Elemente gefügig gemacht, ich gratuliere, das schafft kaum jemand.«

»Über wie viele Elemente meint Ihr zu verfügen, wo Ihr so große Reden von Euch gebt?«, gab Meara zurück, die sich offensichtlich immer noch erhaben fühlte. »Oder wagt Ihr es nicht, uns darüber in Kenntnis zu setzen, genauso, wie Ihr es nicht wagt, Euer Antlitz oder Euren Namen preiszugeben? Was versteckt Ihr? Schwächen?«

Die Fremde ließ ihren Blick einen Moment lang auf der Magierin haften, dann hob sie plötzlich ihre zarten Hände und ergriff die oberste der Schleierlagen auf Höhe ihrer Brust. Provozierend langsam zog sie das dünne Tuch mit beiden Händen hoch und zurück über ihren Kopf, bis es vom Haarreif über ihr Haar nach hinten fiel.

Ein Keuchen ging durch die Anwesenden. Aurün zuckte unwillkürlich zurück, und Eamon entglitt das Schwert aus seinen Fingern, so dass es mit einem unnatürlich lauten Knall auf dem Steinboden aufschlug.

Der Fürst Averon hatte recht behalten. Diese Frau war von solch blendender Schönheit, dass Aurün spätestens jetzt an Götter geglaubt hätte. Wüsste sie nicht, wer hier vor ihr stand, wäre ihr der Gedanke gekommen, die Göttin persönlich befände sich im Saal.

Doch die Schönheit der Frau war nicht der Grund für die allgemeine Bestürzung, eher war es die Erinnerung an ein längst verstorbenes Mädchen. Sie alle erkannten die Frau wieder, auch wenn sie verändert war. Die Ohren waren jene einer Elfe und hatten die menschliche Rundung verloren. Sie war auch höher gewachsen und war nun beinahe so groß wie Liadan. Die feinen, mädchenhaften Gesichtszüge waren nun ausgeprägter, zeigten die Konturen der hohen Wangenknochen, als wären sie ins Gesicht gemeißelt. Die vormals so rosige Haut war nun winterlichem Weiß gewichen, das an Eiskristalle erinnerte. Einzig die Augen waren immer noch dieselben. Saphire im Schnee, die unter Sonnenschein funkelten. Diese blauen Augen verharrten nun auf Meara, die ebenso perplex wie alle anderen war.

Aurün konnte nur eines denken: Nevliin hatte recht gehabt. Er war nicht verrückt! Er hatte sich nicht geirrt. Sie war tatsächlich hier.

»Als Dienerin der Göttin trage ich keinen Namen«, sagte die Fremde, als würde sie die vielen starren Blicke nicht bemerken. »Ich bin eine Nebelpriesterin, und so könnt Ihr mich auch nennen, Meara Thesalis. Ich habe nichts zu verbergen, weder meine Macht noch meine Schwächen. Daher beantworte ich gern Eure Frage, wenn Ihr so dringend einer Antwort bedürft.« Sie trat einen Schritt auf die Magierin zu und sah zu ihr hinab, als wäre die beinahe mächtigste Frau Elvions nicht mehr als ein Insekt unter ihren Füßen. »Kein einziges Element habe ich mir gefügig gemacht«, hauchte sie so nahe vor Mearas Gesicht, dass sich ihre Lippen beinahe berührten. »Weder das Feuer, das Wasser, die Erde noch die Luft. Sie *alle* sind mein, in mir, vereint zu einem Ganzen. Ich trage eine Macht in mir, Meara Thesalis, von der Ihr noch nicht einmal zu träumen wagt. Ihr haltet Euch für unbesiegbar? Ein Fehler.« Sie zwinkerte der Magierin zu und richtete sich auf. Das Lächeln bekam etwas schaurig Bösartiges. Dieser Anblick konnte das Blut in den Adern gefrieren lassen, und bisher war es nur einer Person gelungen, Aurün solch ein beklemmendes Gefühl zu bereiten: Nevliin.

Einige Augenblicke lang herrschte absolute Stille. Aurün wusste nicht, was sie und alle anderen tiefer schockierte: dieser Anblick, diese *Erscheinung* oder die eben eröffnete Tatsache einer bisher nie dagewesenen Macht. Jeder Elf war *einem* Element zugehörig. Niemand konnte alle vier in sich vereinen. Es war den Elfen höchstens möglich, so wie Meara es getan hatte, sich die Kraft der anderen Elemente anzueignen.

Daher starrten sie alle zu dieser Frau, unfähig, sich zu rühren oder auch nur zu denken, bis Meara plötzlich das Schweigen brach.

»Du erinnerst dich nicht«, hauchte die Magierin fasziniert in die Stille und lehnte sich vor, als suche sie etwas im Gesicht der Nebelpriesterin. »Ich habe dich schon einmal besiegt«, flüsterte sie in fast schon liebenswürdigem Ton ins Ohr der Feindin. »Du warst ein Nichts gegen mich und bist es immer noch.« Meara richtete sich wieder auf und lächelte. »Glaub nicht, dass du gegen mich ankommst.«

Die blauen Augen der Nebelpriesterin verengten sich einen Moment lang, ehe sie den Kopf ruckartig hob und sich an Liadan wandte.

»Ich erwarte Eure Entscheidung bei Vollmond in Averdun. Dann wird der Tempel brennen.« Sie wollte sich eben abwenden, da trat Liadan einen Schritt vor.

»Meine Entscheidung lautet: ›Nein‹«, antwortete die Königin ungerührt. »*Ihr* habt Zeit bis zum Vollmond, mein Land zu verlassen, ehe ich Euch auslösche.«

Die Nebelpriesterin legte den Kopf etwas schief und lächelte dann plötzlich. Es war ein höhnisches, überlegenes Lächeln, wie es noch nicht einmal Meara Thesalis zustande brachte. Angst hing im Raum. Aurün spürte sie deutlich, und ihre eigene verstärkte sich, als die Nebelpriesterin gemächlich die Hand hob.

»Ich bedauere, das zu hören«, sagte sie, und sofort rissen die Männer ihres Gefolges die Schwerter aus den Scheiden. Schmale, gebogene Klingen, nicht länger als ein Unterarm vom Ellbogen bis zu den Fingerspitzen. Die Nebelpriesterin schloss die erhobene Hand zur Faust, sah dabei Liadan unentwegt in die Augen, als wolle sie sichergehen, dass der Königin auch nichts entging.

Nebel wallte zwischen ihren Fingern hervor und wand sich darum, während sie die Faust an die Lippen führte. Auch die Fürsten und ihre Begleiter waren zwischenzeitlich aufgesprungen und zogen ihre Waffen. Die anderen verschleierten Frauen hatten sich blitzschnell im Raum verteilt, hielten ebenso diese gebogenen Kampfmesser in beiden Händen, von denen Aurün keine Ahnung hatte, woher diese so plötzlich kamen.

Unwillkürlich wich sie von der Tafel zurück und erwartete eine Katastrophe. Jeden Moment müssten der Klang von Metall auf Metall und das Keuchen eines Sterbenden zu hören sein.

Stattdessen war es ein Wort, das durch das aufkommende Chaos brach, während allesamt gespannt wie eine Bogensehne waren und auf den Knall warteten.

»Vanora.«

Eamon stand da, immer noch ohne Schwert, und flüsterte ihren Namen wie eine magische Beschwörung.

Die Nebelpriesterin drehte langsam ihren Kopf zur Seite. Einen Moment lang zeichnete sich Entsetzen, ein tiefer Schreck, in ihrem Gesicht ab, als sie Eamon ansah. Die blauen Augen weiteten sich, und auch Eamon starrte sie an, als wäre sie eine geisterhafte Erscheinung. In gewisser Weise entsprach dies ja auch der Wahrheit, doch erst jetzt, da sie sich tatsächlich in die

Augen blickten, schien er sie tatsächlich wiederzuerkennen, die Ahnung bestätigt zu bekommen. Alles schien innegehalten zu haben, denn immer noch ertönte kein Kampflärm, und im nächsten Augenblick verschwand das schöne, aber zugleich auch von Grauen erfüllte Antlitz der Nebelpriesterin im weißen Dunst. Die Frau blies gegen ihre Faust und öffnete gleichzeitig die Finger. Der Nebel breitete sich daraufhin innerhalb weniger Herzschläge in einer undurchdringbaren Dichte aus.

Die Fürsten drehten sich mit ihren Schwertern um die eigene Achse, warteten auf einen Angriff der Bewaffneten, bis sie selbst im Weiß verschwanden.

Sie alle lauschten und warteten, jeder für sich allein mit seiner Angst. Aurün wagte nicht zu atmen, versuchte Schritte auszumachen, doch nichts geschah.

Der Nebel begann sich wieder aufzulösen und hinterließ nichts als Bestürzung. Die Fremden waren fort, ohne Schaden angerichtet zu haben. Genauso wie alle anderen sah sich Aurün im Saal um und überprüfte, ob während ihrer Blindheit irgendetwas geschehen war oder ob es Verletzte gab. Sie konnte nichts Ungewöhnliches feststellen.

Im nächsten Momente stürzten auch schon die Wachen mit gezückten Schwertern herein, gesund und munter.

Eamon rührte sich immer noch nicht, starrte dorthin, wo die Nebelpriesterin eben noch gestanden hatte, und Aurün ließ sich gegen die Wand sinken.

Vanora war zurück.

Eämon

Es fühlte sich an, als wäre er ausgehöhlt worden, von innen heraus zerstört, bis er nur noch eine leere Form war. Vierundachtzig Jahre waren vergangen, und jetzt war sie tatsächlich zurück. Vanora war hier – genauso wie sie es in seinem Traum gesagt hatte.

Eamon ließ sich auf einen Stuhl sinken. Auch die anderen Fürsten nahmen allmählich wieder Platz. Aurün neben ihm beobachtete ihn von der Seite, er spürte es deutlich, aber es war ihm gleichgültig. Immer wieder sah er dieses Bild vor sich, diese Augen, dieses Gesicht. Bei den Sternen, sie war atemberaubend gewesen, seine Vanora, und zugleich so erschütternd fremd. All das Leid, all die Kämpfe und das Blutvergießen waren durch *sie* ausgelöst worden! Sie war dieser mächtige Feind, den es zu besiegen galt, zu vernichten. Wie konnte so etwas möglich sein? Wie konnte sie wieder leben? Vor allem, wie konnte sie so etwas tun? Grausam Priesterinnen und Orakel abschlachten?

Sie hatte keinen Namen genannt. Konnte sie sich tatsächlich nicht an ihr altes Ich erinnern? Wann war sie wiedergeboren worden? Von wem? Woher kam sie nur so plötzlich?

Es war einfach zu viel. Zu viel der Fragen und zu viel der Erkenntnisse. Wie sehr ihn diese Versammlung an den letzten Krieg erinnerte und wie sehr ihm all das hier verhasst war!

»Was schlagt Ihr vor zu tun?«, brach Menavors Stimme schließlich in seine Gedanken. Der Fürst des Sonnentals wirkte gelassen und lehnte sich mit verschränkten Armen in seinem

Stuhl zurück. Das silberfarbene Haar fiel strähnig in sein Gesicht und gab ihm eine erhabene Erscheinung.

Liadan ließ sich davon jedoch nicht beeindrucken. Sie verlor bei diesem gefährlichen Elfen niemals die Vorsicht. Zumindest das hatte sie von ihrer Vorgängerin Alkariel übernommen. Auch jene Königin hatte gewusst, dass die Sonnentaler Fürsten nicht zu unterschätzen waren.

»Den Nebelpriestern, wie sie sich nennen, darf nicht nachgegeben werden«, antwortete Liadan ruhig und sicherte sich damit die volle Aufmerksamkeit aller. »Ihr Ziel ist es, den Schicksalsbaum zu vernichten, und damit droht einer jeden Seele Elvions die Vernichtung.«

»Das können wir nicht wissen«, kam es von Fürst Daeron aus dem Sonnental. »Glaubt man den Worten dieser …«

»Aber ich glaube ihnen nicht«, gab Liadan kurz angebunden zurück und erntete dafür einen verächtlichen Blick. Als sich der Fürst dessen jedoch gewahr wurde, widmete er sich schnell wieder dem Weinbecher. Eamon entging es nicht.

Menavor trug die nichtssagende Maske eines Politikers, und nichts könnte diese erschüttern, aber seinem Bruder waren die Gefühle immer leicht vom Gesicht abzulesen. Und diese Gefühle waren im Moment gefährlicher Natur.

»Planten die Nebelpriester die Vernichtung aller Seelen«, fuhr Liadan schließlich fort, »um den Glauben an das Schicksal komplett auszulöschen, würden sie es uns bestimmt nicht verraten, meint Ihr nicht?«

»Dann wären sie jedoch auch nicht hierhergekommen, um sich mit Euch zu verbünden, Majestät«, gab Menavor zurück. »Wenn sie wirklich so mächtig sind, wie sie sagen, hätten sie das nicht nötig.«

»Da gebe ich ihm recht«, kam es von Averon aus Riniel. »Diese Leute wollen ihre Göttin zurück, und dafür brauchen sie uns. Sie brauchen Elfen, die wieder anfangen, an die Göttin zu glauben. Deshalb waren sie hier.«

»Sind die Orakel erst ausgelöscht«, fügte Meara hinzu, »hat das Schicksal die größte Macht verloren. Fangen die Elfen dann auch noch an, die Göttin zu verehren, wird der Schicksalsbaum durch uns vergehen, genauso wie er einst erwuchs.«

»Wenn sie ihn nicht vorher finden und zerstören«, warf Aurün ein. »Dafür benutzen sie die Drachen. Sie schicken sie aus, auf der Suche nach dem Baum.«

Fürst Noin vom Irrwischmoor schüttelte den Kopf. Die schwarzen Tätowierungen in seinem Gesicht waren magische Zeichen zur Stärkung von Körper und Geist; Linien, die von den Wangenknochen zu den Schläfen, über das Kinn, die Stirn und auch die Nase führten.

»Das dauert Jahrhunderte«, meinte er an Aurün gewandt. »Das Meer ist weit. Wer von uns ist jemals über die Dracheninsel hinausgekommen? Die Nebelinseln erscheinen uns bereits unerreichbar fern, und die liegen nahe am Kontinent. Wir wissen nicht, was es da draußen noch alles gibt, wie viele Inseln. Dort könnte der Schicksalsbaum genauso sein wie irgendwo bei uns auf dem Kontinent.«

»Die Nebelpriester sichern sich doppelt ab«, meinte auch Liadan. »Kämpfen an zwei Fronten. Für den Fall, dass sie den Baum nicht finden, wollen sie das Volk zu Göttinnenanbetern machen und die Orakel aus dem Weg räumen, bis das Schicksal von selbst vergeht. Wird der Baum aber gefunden, beschleunigt sich dieser Prozess nur durch die Vernichtung.«

»Und gerade deswegen meine ich, dass unseren Seelen durch die Zerstörung des Baums kein Schaden entsteht«, beharrte Fürst Daeron weiterhin. »Sie würden sich nicht die Mühe machen, uns alle zu bekehren, wenn sie uns doch auch vernichten könnten.«

»Das wissen wir nicht«, gab Liadan zurück. »Wir müssen vorsichtig bleiben und dürfen uns nicht von schönen Worten über Elvions Befreiung blenden lassen.« Sie hob ihren Kopf etwas an und sah in die Runde. »Manch einer von euch mag denken, ein Leben ohne Schicksal wäre vorteilhaft, ohne Vorherbestimmung, in absoluter Freiheit, unter einer Göttin ginge es uns besser. Denen sage ich, dass ich mich klar davon distanziere. Diese Nebelpriester ermorden im Namen ihrer Göttin Unschuldige, zerstören Tempel, welche Zufluchtsstätten für Arme und Schwache sind. Ermöglichen wir der Göttin die Rückkehr, haben wir eine Macht über uns, der wir allesamt ausgesetzt sind, eine Fessel, die weit über die Vorherbestimmung hinausgeht. Hört, dass jeder, der sich den Nebelpriestern anschließt dadurch zu Elvions Feind erklärt, gnadenlos gejagt und vernichtet wird.«

»Das Sonnental hat kein Interesse den Nebelleuten zu folgen«, meinte Menavor gelangweilt, »aber dennoch frage ich mich, wie Ihr diese gnadenlose Jagd und Vernichtung bewerkstelligen wollt, Majestät? Wie vernichten wir unsere alte Freundin?«

Bei dieser Frage erwachte Eamon aus seiner Starre und zuckte kaum merklich zusammen. *Unsere alte Freundin – vernichten.*

»Wollen wir noch länger so tun, als wüssten wir nicht, wer die Anführerin dieser Bande ist?«, fuhr Menavor fort, da er von allen nur mit großen Augen angestarrt wurde. »Die kleine Halbelfe ist zurück – nur plötzlich nicht mehr ganz so klein. Wie gehen wir damit um, Majestät?«

»Was würdet Ihr mir raten?«, fragte Liadan zurück. »Mir scheint, Ihr vergesst, dass jene Seele nicht nur die von Vanora ist, sondern auch die der einstigen Königin Daralee«, fuhr sie fort, ohne eine Antwort abzuwarten. »Wenn sie tatsächlich noch einmal wiedergeboren wurde, kann sie sich an keine dieser Existenzen erinnern. Sie ist nicht mehr die kleine Halbelfe. Das haben wir gesehen.«

»Aber sie erinnerte sich an Eamon«, warf plötzlich Aurün ein, wodurch Eamon sich mit einem Mal der Aufmerksamkeit aller sicher war. Der Schreck in Vanoras Gesicht kehrte zurück in seine Erinnerung und zerquetschte sein Herz wie in einem Schraubstock. Sie hatten sich angesehen – und es war Vanora gewesen.

»Ich weiß nicht, ob sie mich erkannte«, antwortete er schließlich auf all die unausgesprochenen Fragen der Anwesenden. »Doch ich hatte das Gefühl, ja.«

»Aber wie ist das möglich?«, fragte diesmal Vinae. Sie sah dabei direkt zu Eamon, dem unter ihrem Blick immer noch bang wurde. Meine Tochter, dachte er immerzu, ich habe eine Tochter.

»Erinnerungen an ein vorheriges Leben sind ausgeschlossen«, fuhr Vinae fort, da er ihr immer noch nicht geantwortet hatte. »Sie kann Euch unmöglich erkannt haben. Sie ist jetzt eine andere.«

Sprich mich nicht immer so förmlich an, wollte Eamon sagen, du bist meine Tochter, doch er schüttelte nur den Kopf.

»Ich frage mich, wie sie Vanora so ähnlich sehen kann«, kam es nun wieder von Liadan, und zustimmendes Gemurmel folgte. »Sie ist Vanoras Ebenbild, einzig die menschliche Seite an ihr scheint verloren zu sein. Aber wie ist das möglich? Eine wiedergeborene Seele sieht der vorherigen Existenz nicht ähnlich. Sie stammt doch von anderen Eltern, einer anderen Zeit. Wie kann sie Vanoras Ebenbild sein?«

»Wie konnte sie überhaupt wiedergeboren werden?«, fragte diesmal Ardemir. Die Vernichtung der Nebelgestalten schien niemanden mehr wirklich zu interessieren. Vanoras Rückkehr war um einiges spektakulärer. »Sie hat ihr Schicksal damals erfüllt. Sie müsste bei den Sternen sein. Meara Thesalis, Ihr wart damals dabei, das Orakel bestätigte doch Vanoras Bestimmung – die Zerstörung der Barriere.«

Die Magierin nickte. »So sagte es das Orakel, ja. Mir scheint eine Wiedergeburt ebenso ausgeschlossen. Sie ist der alten Vanora zu ähnlich. Und sie *hat* Eamon wiedererkannt. Vielleicht erinnert sie sich nicht an ihr altes Leben, aber es ist noch in ihr.«

»Du meinst, sie *ist* Vanora?«, fragte Eamon, wobei er Mühe hatte, die Worte aus seiner rauen Kehle zu bekommen.

»In gewisser Weise.« Meara sah in die Runde. »Ist es nicht vollkommen egal, wie sie zurückkam und aus welchem Grund? Sie ist unser Feind. Sie muss getötet werden. Ist es nicht so, Majestät?«, fragte sie weiter, da sie nur Bestürzung als Antwort bekam. »Habt Ihr nicht eben noch gesagt, die Zerstörung der Tempel und die Ermordung Unschuldiger werden gnadenlos bestraft? Was spielt es für eine Rolle, ob sie einst *Vanora* hieß? Jetzt nennt sie sich Nebelpriesterin, und sie will das Schicksal zerstören. Das allein zählt.«

Das Schicksal zerstören. Eamon meinte zu ersticken. Natürlich! Ihr ganzes Leben lang hatte Vanora mit dem Schicksal gehadert, bis zum Ende. Wie hatte er nicht schon früher darauf kommen können? Eine neue Macht, voller Hass auf das Schicksal, der Traum! Die Wahrheit hatte ihm stets vor der Nase herumgetanzt. Wer hätte einen größeren Hass auf das Schicksal haben können als Vanora, wo es doch das Schicksal gewesen war, das ihr alles genommen hatte?

Oh, was tust du nur, Vanora?, wollte er fragen, doch dafür war es zu spät. Meara hatte recht, so unsinnig dies auch erschien. Vanora war nicht mehr die Halbelfe von einst. Jetzt war sie eine Nebelpriesterin, mordete skrupellos und grausam. Sie musste aufgehalten werden, egal, wie.

»Ihr habt recht«, sagte auch Liadan. »Wir wissen nicht, woher sie kommt, einzig, was sie tut.« Sie warf Eamon einen kurzen Blick zu, als wolle sie sichergehen, dass auch er diese Wahrheit begriffen hatte. Sein leichtes Nicken schien sie zufriedenzustellen.

»Die Nebelpriesterin muss vernichtet werden«, sprach sie schließlich die verhängnisvollen Worte, während Eamon zu vergehen meinte.

Und in diesem Schmerz kam das plötzliche Entsetzen.

»O bei den Sternen, Nevliin«, keuchte Eamon, was ihm anfangs verständnislose, dann aber ebenso erschrockene Blicke einbrachte.

»Mir scheint, Majestät«, sagte Menavor spöttisch. »Ihr werdet schon bald ein Fürstentum als Verbündeten verlieren. Fürst Nevliin wird zu ihr gehen, und damit wird Valdoreen den Nebelpriestern dienen.«

»Das wird es nicht.« Vlidarin erhob sich plötzlich und wandte sich direkt an die Königin. »Eure Majestät, ich verwalte das Fürstentum Valdoreen im Namen meines Vetters bereits seit geraumer Zeit und habe vor, dies auch zukünftig zu tun. Die Leute folgen mir, und auch wenn Nevliin sich den Göttinnenanbetern anschließen sollte, wird er allein sein.«

Liadan nickte kaum merklich, doch sie schien durch den Elfen hindurchzusehen. Nicht ein einziges Mal hatte sie die Haltung verloren, egal, wie furchtbar die Wahrheiten auch waren. Die Erscheinung der Nebelgestalten, die Begegnung mit Vanora, nichts hatte sie aus der Fassung gebracht, doch die Erwähnung Nevliins und seines möglichen Verrats schien sie vollkommen aus der Bahn zu werfen. So kannte Eamon seine Schwester nicht, und er fragte sich, was sie so sehr bestürzte.

»Wir sollten uns die nächsten Schritte überlegen«, sagte er

daher in die Stille, um die Aufmerksamkeit von Liadan zu lenken. »Wie wollen wir sie … *vernichten* und …«

»Das können wir nicht tun«, unterbrach ihn plötzlich Aurün, die in die Runde sah, als wäre sie hier noch die Einzige mit Verstand. »Vernichtet Ihr die Nebelpriesterin, ist mein Volk verloren. Wir müssen die Drachen befreien und herausfinden, wo sich das Herz befindet. Von einer Toten werden wir nichts erfahren.« Sie deutete zur Tür. »Nevliin hatte recht«, verkündete sie zu Eamons größter Überraschung. Solche Worte aus ihrem Mund zu hören war ihm neu. »Wir müssen sie gefangen nehmen und zum Reden bringen. Ohne … *Vanora* sind die anderen Nebelgestalten machtlos, sie können nichts gegen die Tempel unternehmen, und wir haben ein Druckmittel, eine Waffe und jemanden, um all unsere Fragen zu beantworten.«

»Da wäre nur ein Problem«, meinte Larinel aus dem Grenzland, die vorhin schon mit Nevliin über solch eine Möglichkeit diskutiert hatte. »Wie wollt Ihr sie gefangen nehmen? Ihr habt gehört, was sie sagte. Sie kann nicht besiegt werden. Sie vereint die vier in sich.«

»Lasst das meine Sorge sein«, ließ sich plötzlich Meara vernehmen. »Ich habe diese Göre schon einmal in die Schranken gewiesen, und ich kann es noch einmal tun.«

»Sie ist nicht mehr ein achtzehnjähriges Halbelfenmädchen«, gab Fürst Feanor aus Tantollon zu bedenken. »Sie ist um ein Vielfaches mächtiger.«

»Ich bitte Euch.« Meara lachte und breitete die Arme aus. »Schon damals hieß es, keine Macht Elvions sei größer als die unserer wundersamen Vanora. Die Nachfahrin Daralees, die größte Magierin … und wie war es wirklich? Ich habe sie ohne die kleinste Anstrengung besiegt. Das alles sind doch nur große Worte. Sie vereint die vier in sich? Das kann jeder behaupten.

Ihr sagt, sie sei so mächtig? Das hieß es auch von der alten Vanora, und wie es mit ihr endete, wissen wir.«

»Das sind nicht nur große Worte«, wandte Eamon ein. Unwillkürlich fragte er sich, was damals zwischen Meara und Vanora vorgefallen war, in den letzten Momenten vor Vanoras Tod. Nevliin war dabei gewesen, hatte jedoch nicht darüber gesprochen, und Eamon hatte einzig das Ergebnis zu Gesicht bekommen. Was hatte Meara Vanora damals angetan?

»Vanora«, fuhr er daher fort, »die Nebelpriesterin, *ist* mächtig. Wir haben es alle erlebt, und du kannst nicht ...«

»Nicht allein.« Meara sah ihm mit diesem selbstgefälligen Ausdruck in die Augen. »Ich habe noch meine Tochter, schon vergessen? Sie ist ebenso eine mächtige Magierin, und gemeinsam besiegen wir diese Rauchfigur. *Zwei* Thesalis gegen *eine* falsche Vanora.«

»Nein.« Eamon stand auf. »Du ziehst sie da nicht hinein. Das ist zu gefährlich.«

Vinae blickte zu ihm hoch. Um die Münder von so manch anderem spielte ein Lächeln, während er von Aurün angestarrt wurde, so dass er ihren Blick beinahe auf der Haut spüren konnte. Es war Eamon gleichgültig. Er würde nicht zulassen, dass Meara das Leben seiner Tochter leichtfertig aufs Spiel setzte. Ihr mochte sie ja nichts bedeuten, aber Eamon wusste schon jetzt, dass er dieses Mädchen liebte. Vierundachtzig Jahre lang hatte er sie alleingelassen, jetzt war er an der Reihe, sie zu beschützen, wenn nötig auch vor der Mutter.

»Ich werde helfen«, kam es dann jedoch plötzlich von Vinae, die ihm unverwandt in die Augen sah. »Mit meiner Mutter können wir die Nebelpriesterin gefangen nehmen, Herr. Gelingt es uns, kann all das Leid ohne weiteres Blutvergießen beendet werden.«

»Dann ist es beschlossene Sache«, erklärte Liadan, noch ehe

Eamon zu einer Erwiderung gekommen war. Bestimmt ahnte auch sie, in welchem Verhältnis er zu der jungen Thesalis stand. Natürlich, denn seiner Schwester entging niemals etwas.

»Meara und Vinae Thesalis«, rief die Königin schließlich an die beiden Magierinnen gerichtet, die beide einen schimmernden Kristall um den Hals trugen. Auch an den Fürsten des Sonnentals war ihm dieser Schmuck schon aufgefallen. Ob es eine Tradition war oder eine tiefere Bedeutung hatte? »Ich gebe Euch so viele Ritter, wie Ihr für nötig haltet«, fuhr Liadan fort. »Beim nächsten Drachenangriff werdet Ihr vor Ort sein und die Anführerin der Nebelgestalten gefangen nehmen. Ihr bringt sie zu mir nach Lurness.«

»Ich brauche einen Schlüssel für das Weltentor«, forderte Meara unverblümt und lächelte. »Ohne Schlüssel werde ich kaum rechtzeitig beim richtigen Tempel sein.«

»Ihr sollt einen bekommen.«

Liadan ließ sich weder ein Zögern noch Ärger anmerken. Bestimmt war sie nicht glücklich darüber, einer so wenig vertrauenswürdigen Person wie Meara Thesalis einen Schlüssel zu geben, welcher der Magierin ermöglichte, frei in allen Welten herumzuspazieren, doch ein Zögern wäre eine Beleidigung gewesen. Eine Beleidigung von Verbündeten war in dieser Zeit nicht ratsam. Noch dazu würde vielleicht Vinae ein Auge darauf haben, was die Aushändigung nicht ganz so gefährlich machte.

»Wir danken Euch, Eure Majestät«, sagte Vinae, da sie die angespannte Situation zwischen den beiden Frauen offenbar spürte. »Und wir werden rechtzeitig dort sein. Ich halte es für das Beste, die Nebelpriesterin in Averdun zu ergreifen. Ich kenne diesen Tempel gut und genieße das Vertrauen der Mutter Oberin. Wir wissen, die Nebelpriester wollen dorthin, bestimmt werden sie uns erwarten, doch Eure Ritter könnten sie ablenken.«

Liadan nickte. »Ich schicke sie mit Ne... Ardemir dorthin.« Sie wandte sich an ihren Vetter. »Du wirst das Kommando führen.«

Ardemir sah nicht besonders glücklich aus, stimmte jedoch zu.

»Was machen wir mit Nevliin?«, stellte schließlich Eamon die nun dringlichste Frage, welche wohl alle hier bewegte. Liadan hatte mit Ardemirs Ernennung zum Befehlshaber eben schon bewiesen, dass sie nicht mehr mit ihm rechnete.

»Was meint Ihr?«, fragte Larinel. »Er ist der Fürst von Valdoreen, was sollen wir schon machen?«

»Nun, er wird wohl kaum dabei zusehen, wie wir Vanora gefangen nehmen und ... Informationen aus ihr herausholen.« Eamon konnte selbst nicht glauben, was er da redete. Es wurde immer schlimmer. Zuerst Vanora, dann auch noch Nevliin. »Wir müssen ihn aufhalten.«

»Er muss doch gar nichts davon erfahren«, meinte Averon aus Riniel, doch Daeron schüttelte den Kopf.

»Seht Euch dieses Gesinde an«, sagte er und deutete auf die Kobolde, die abseits auf Befehle warteten, Getränke nachfüllten oder Speisen auf- und abtrugen. »Die laufen hier schon die ganze Zeit aus und ein. Bestimmt weiß schon bald die ganze Burg von Vanoras Rückkehr und dann auch von unseren Plänen.«

»Deswegen müssen wir ihn aufhalten«, wiederholte Eamon, und kaum hatte er die Worte ausgesprochen, krachte erneut die Tür auf und schlug an die Wand.

Nevliin stürmte wie von tausend Toden verfolgt in die Halle, sah sich kurz um, als wolle er sichergehen, dass Vanora tatsächlich nicht mehr hier war oder auch keine andere Nebelgestalt, aus der er Informationen herausbekommen könnte. Dann drehte er sich um und wollte schon wieder hinauslaufen, als

Eamon vom Stuhl sprang. Nevliin hatte also von Vanora erfahren. Sie durften ihn jetzt nicht gehen lassen.

»Nevliin!«, rief Eamon, und entgegen seinen Erwartungen hielt der Ritter inne. Er wandte sich um, und als er Eamon erkannte, kam er sofort mit schnellen Schritten auf ihn zu. Die anderen – sogar die Königin – ignorierte er völlig.

»Sie war es«, keuchte Nevliin, als er vor Eamon stehenblieb. Er war so angespannt, dass sein Kiefer bereits zitterte. Die schwarzen Augen wirkten riesig, wie leere Höhlen im weißen Gesicht. Ein grauenhafter Anblick. »Nicht wahr, Eamon? Sie war es. Du hast sie gesehen, sie war es. *Eamon, du hast sie gesehen!*«

Eamon nickte und verfluchte gleichzeitig das Schicksal, die Göttin und die ganze Welt. Hatte Nevliin denn nicht schon genug gelitten? Musste ihm noch nachgetreten werden, wo er schon am Boden lag?

»Ja, sie war es«, antwortete er, und erst jetzt, da er Nevliin gegenüberstand, wurde er sich der Bedeutung dieser Worte wirklich bewusst. Nevliin hatte seine Vanora zurück! Nach allem, was gewesen war. Eamon selbst hatte seine Vanora zurück, und er musste sie vernichten. Es waren doch ihre Augen gewesen! Beinahe ein Jahrhundert war sie fort gewesen, eine Zeit, in der Eamon den Verlust überwunden und Nevliin sich verloren hatte. Und jetzt kehrte Vanora zurück, um all die Wunden wieder aufzureißen und Nevliin endgültig über den Abgrund zu führen. Wie konnte sie nur? Sie musste verschwinden.

»Sie kam mit den Nebelleuten«, erzählte er schließlich seinem Freund. »Sie bot Liadan Freundschaft an.« Er berichtete lange und ausführlich von der Begegnung mit ihr, schilderte diese sagenhafte Erscheinung in allen Einzelheiten, während Nevliin jedes seiner Worte aufsog wie ein Verdurstender das

Wasser. Die anderen verhielten sich wie Statuen, still, regungslos, und doch lauschten sie. Ihnen war bewusst, was Eamon vorhatte, und keiner von ihnen wagte es, sich zu rühren.

Eamon sprach zwar, um Nevliins Aufmerksamkeit zu erhalten, gleichzeitig versuchte er jedoch, Ardemirs Gedanken zu erreichen. Es war nicht schwer, da dieser bereits darauf gewartet hatte. Als Dunkelelfen war ihnen das Lesen von Gedanken möglich, jedoch nur jene von Menschen. In den Geist eines Elfen einzudringen war durch dessen geistige Stärke unmöglich, es sei denn, er öffnete selbst seine mentalen Barrieren. Und dies tat Ardemir, genauso wie Liadan. Den Lichtelfen fehlte diese Fähigkeit, und so sahen die Fürsten des einstigen Lichtreichs schweigend dieser stummen Konversation zu. Als die Königin Daralee damals die Barriere zur Trennung Elvions erstellt hatte, war allen Elfen im östlichen Teil ein Gutteil der Magie genommen worden. Durch ihre starke Verbindung zu Daralee während des Zaubers hatten sie jedoch mentale Fähigkeiten erhalten. Die Lichtelfen waren die ursprünglichen Elfen, ohne dass sie jemals durch irgendwelche magischen Ereignisse verändert worden wären – wie in etwa auch die Drachenelfen. Daher merkte auch Nevliin als Lichtelf nichts, während er sich die Beschreibung Vanoras und die Wiederholung ihrer Worte anhörte.

Schleich dich von hinten an ihn heran, sagte Eamon unterdessen, an seinen Vetter gerichtet. *Schlag ihn nieder, aber so, dass er nicht mehr aufsteht, hast du verstanden?*

Ich soll ihm eins überziehen? Weißt du, was er mit mir macht, wenn er wieder aufwacht?

Was wird er mit uns machen, wenn wir uns Vanora holen?, mischte sich Liadan ein, die ihr Gemüse auf dem Teller zusammenschob, als gäbe es nichts Wichtigeres auf der Welt. *Tu es, Ardemir!*

O bei allen guten Geistern! Ardemir erhob sich hinter Nevliins Rücken lautlos von seinem Platz. Fürst Menavor bot ihm lächelnd über die Tafel hinweg einen Dolch an, da er wohl wusste, was der Vetter der Königin vorhatte. Ardemir klopfte jedoch nur sachte an seinen Gürtel, um zu zeigen, dass er selbst einen besaß. Dann entschied er sich jedoch anders und nahm doch noch Menavors Waffe entgegen. Vielleicht fürchtete er, beim Ziehen des Dolches ein verräterisches Geräusch zu verursachen.

Der gesamte Saal schien den Atem anzuhalten, als Ardemir an den besetzten Stühlen vorbei auf Eamon und Nevliin zukam.

»Sie sagt, wir hätten Zeit bis Vollmond bei Averdun, um uns zu entscheiden«, redete Eamon unaufhörlich weiter, er versuchte, sich auf die Zwischenfragen seines Gegenübers zu konzentrieren, und herrschte Ardemir gleichzeitig gedanklich an, es endlich zu tun.

Ardemir ließ sich nicht länger bitten. Nevliin setzte gerade zu einer Frage an, da sackte er plötzlich lautlos zusammen. Der Knauf des Dolches traf ihn mit einer Wucht am Hinterkopf, dass Eamon einen Moment lang glaubte, er müsse zur anderen Seite wieder hervortreten. Nevliin brach in die Knie und schlug mit einem Scheppern der Rüstung auf dem Boden auf.

»Bist du noch ganz bei Trost?«, fuhr Eamon seinen Vetter über den Bewusstlosen hinweg an. »Wolltest du ihn umbringen?« Er ging neben seinem Freund in die Knie und drehte ihn herum. Mit dem Ohr über Nevliins Mund und Nase lauschte er, um sicherzugehen, nicht doch einen Toten vor sich zu haben.

Inzwischen war auch Vinae um den Tisch herumgelaufen und hockte sich gleichfalls neben den Ritter. Sie war wohl als

Einzige von Ardemirs Tat überrascht gewesen, denn ihr plötzlicher Schrei hatte selbst Eamon erschreckt.

»Ich muss ihn heilen«, keuchte seine Tochter und nahm gleichzeitig ihre Halskette in die Hand, als wolle sie diese abnehmen, doch Daeron ließ sie innehalten.

»Nein, Vinae«, fuhr der Fürst sie über den Tisch hinweg unerwartet heftig an. »Die Herren wissen schon, was sie tun. Geh da weg.«

Vinae sah mit ihren großen, blauen Augen zu Eamon auf, als frage sie ihn doch tatsächlich um Erlaubnis, zurück zu ihrem Herrn zu gehen. Eamon meinte, ihm müsse das Herz vor Liebe bersten. Kein Wort brachte er heraus, und daher nickte er nur mit einem – wie er hoffte – aufmunternden Lächeln.

»Du sagtest, er solle nicht mehr aufstehen«, verteidigte sich inzwischen Ardemir, auch wenn er selbst etwas erschrocken wirkte.

»Und du solltest deine Kraft besser einzuschätzen lernen«, zischte Vinae noch, als sie an ihm vorbeiging, was Eamon ein Schmunzeln entlockte. Besonders, da es Nevliin den Umständen entsprechend gut zu gehen schien. Er würde mit Kopfschmerzen und Übelkeit aufwachen, aber das war auch schon alles – von der fürchterlichen Erkenntnis einmal abgesehen, außer Gefecht gesetzt worden zu sein.

»Entledigt Ihr Euch so Eurer Probleme?«, kam es dann spöttisch von Menavor von der anderen Seite der Tafel, »da bin ich ja froh, mit Euch auf derselben Seite zu stehen.«

Du stehst niemals auf derselben Seite mit mir, dachte Eamon grimmig und richtete sich wieder auf. Er wusste, seine Tat war unverzeihlich. Nach allem, was geschehen war, hielt er Nevliin jetzt auch noch von Vanora fern, doch er sah keine andere Möglichkeit.

»Wir müssen ihn einsperren«, sagte er bemüht gleichgültig, »am besten, wir ketten ihn auch an. Er wird nicht erfreut sein, wenn er aufwacht.«

»Wie lange willst du ihn einsperren?«, fragte Ardemir.

Eamon blickte auf den Ritter hinab. »So lange wie nötig.«

Vinae

Ohne das magische Armband fühlte sich Vinae verblüffend nackt, dabei sollte sie froh sein, es endlich los zu sein.

Daeron hatte es ihr gleich nach ihrer Rückkehr nach Acre als Zeichen seiner Zuneigung abgenommen. Anscheinend vertraute er ihr jetzt genügend, besonders nach den letzten Ereignissen mit dem Grogon und den Nebelgestalten. Und nun reiste sie ja auch bei Vollmond mit ihrer Mutter nach Averdun, um die Nebelpriesterin gefangen zu nehmen. Eine solche Zusammenarbeit war genau das, was die Fürstenbrüder wollten, und diesmal fiel es Vinae noch nicht einmal schwer, sich zu fügen. Sie wusste, es würde gefährlich werden, aber es gab keinen anderen Weg.

Einzig um Nevliin sorgte sie sich im Moment. Sie war dagegen, ihn irgendwo in einem kalten Verlies einzusperren, um ihn von seiner Liebe fernzuhalten. Etwas Grausameres hätte man sich für ihn nicht einfallen lassen können.

Natürlich verstand sie Eamons Beweggründe, aber sie hätte lieber auf Nevliins Vernunft vertraut. Die anderen hatten ja noch nicht einmal versucht, es ihm zu erklären, sondern hatten ihn einfach niedergeschlagen. Vinae mochte sich gar nicht vorstellen, was er dachte, wenn er wieder zu sich kam. Ob er Eamon jemals verzeihen würde? Schließlich war der Fürst von Valdoreen nicht gerade für seine Versöhnlichkeit bekannt. Vinae fürchtete eine Fehde zwischen den beiden. Nicht auszudenken, wohin das noch führen konnte, während sie mit den Nebelgestalten und Drachen genügend andere Probleme hatten.

»Was strengt deinen hübschen Kopf so an, schöne Seele?«

Vinae blickte ohne jede Beunruhigung auf. Sie lag in ihrem Bett und war nicht überrascht, Gregoran plötzlich vor sich stehen zu sehen, denn es war nicht das erste Mal. Ihr Gemach war auf Daerons Anweisung hin zwar mit Kristallen geschützt worden, doch Vinae hatte einen davon weggenommen, damit Gregoran zu ihr kommen konnte. Nur hier war es ihnen möglich, ungestört zu sprechen, und vor ihrer Abreise nach Lurness zum Rat war dies auch sehr häufig der Fall gewesen. Gregoran lebte bereits unvorstellbar lange und hatte ein unermüdliches Pensum an Geschichten zu erzählen, von denen Vinae zu lernen hoffte.

Noch immer fühlte sie sich in seiner Gegenwart unwohl und war stets auf der Hut, doch die panische Angst war seit der Enthüllung seines tragischen Schicksals gewichen. In erster Linie sah sie in ihm einen Mann, dem übel mitgespielt worden war, auch wenn sie sich stets daran erinnerte, es mit einem Dämon zu tun zu haben.

»Ich bin froh, dass Ihr hier seid«, antwortete sie und richtete sich auf. Sie setzte sich auf die Kante und rieb die Finger aneinander. »Ich muss mit Euch sprechen, Gregoran.«

»Weil du mit deiner Mutter nach Averdun gehst?«

»Ihr habt davon gehört.« Vinae war nicht verwundert, dass er es bereits wusste, obwohl sie erst heute Morgen angekommen war. Mit der Möglichkeit, sich unbemerkt zu bewegen, als Schatten durch die Korridore zu wandeln, ohne Grenzen und Mauern, konnte ihm wohl nicht viel hier auf der Burg entgehen. Eine beneidenswerte Gabe. Wie war es wohl, hingehen zu können, wohin man wollte? Nicht eingesperrt zu sein, vollkommen frei? Solch ein Leben würde sie wohl niemals erreichen, doch wenn sie bedachte, welche Opfer Gregoran dafür bringen musste, war es wohl auch nicht erstrebenswert.

»Hältst du dieses Vorhaben für klug?«, fragte Gregoran, während er ungerührt auf sie hinabsah. »Die Nebelleute sind mächtig.«

»Uns bleibt kaum eine andere Wahl. Wir müssen es versuchen.«

»Wieso überlässt du sie mir nicht einfach, schöne Seele? Ich habe sie alle getötet, noch ehe sie auch nur kapiert haben, dass sie schon bei den Sternen sind.«

Vinae sprang auf. »Nein!«, brüllte sie fast schon. »Ihr gabt mir Euer Wort, Gregoran. Ihr tötet keine Elfen mehr, oder unsere … Zusammenarbeit ist vorbei. Wir brauchen die Nebelpriesterin, um herauszufinden, wo das Drachenherz ist. Ein ganzes Volk ist in Gefahr. Wir müssen vorsichtig vorgehen.«

Der Grogon verschränkte die Arme vor der Brust und sah mit einem angedeuteten Lächeln auf sie herab. »Das heißt, ich soll zusehen, wie du bei diesem irrsinnigen Vorhaben stirbst? Ich glaube nicht, dass ich das tun werde.«

»Es kann Euch ohnehin gleichgültig sind. Dann seid Ihr die Thesalis auf einen Schlag los – ist es nicht das, was Ihr wollt?«

»Zum Teil.« Er ging provozierend einen Schritt auf sie zu, einzig, um zu sehen, ob sie zurückwich. Mittlerweile konnten sie seine Einschüchterungsversuche nicht mehr gar so schnell aus der Ruhe bringen. Sie wusste, er genoss ihre Angst, und sie war nicht gewillt, ihm solch eine Befriedigung zu verschaffen.

»Ich frage mich gerade«, fuhr er beiläufig fort, »wieso ich mich um diese Drachen scheren sollte. Die Göttin darf nicht zurückkehren, und wenn die Nebelleute tot sind, kann ihr das auch niemals gelingen. Wieso töte ich die Priesterinnen nicht einfach alle? Jetzt, wo ich weiß, was sie planen und wer sie wirklich sind. Es wäre ganz leicht.«

Vinae spürte ihre Brust eng werden. Gregoran sagte das mit Absicht, sie wusste es, und doch meinte sie, unter dem Blick seiner gelbgoldenen Wolfsaugen immer noch zu ihrer halben Größe zu schrumpfen. Jedes ihrer Gefühle konnte er wahrnehmen, und dies war der einzige Grund für seine Worte, zumindest sagte sie sich das. Sie musste ihm vertrauen. Er war ein wertvoller Verbündeter – solange er sich an die Abmachungen hielt.

»Ihr schuldet mir Eure Freiheit«, antwortete Vinae schließlich so bestimmt wie nur möglich. Sie legte ihren Kopf in den Nacken und nahm sich vor, nicht zurückzuweichen. »Ohne mich wärt Ihr immer noch dort unten in den Kellern oder längst tot. Die Göttin wird aufgehalten werden, aber ich bitte … ich flehe Euch an, Gregoran, tut nichts Unüberlegtes.«

»Und in die Höhle des Löwen zu gehen ist nicht unüberlegt? Sie wird dich töten, schöne Seele, ohne jede Mühe, und dann werde ich sie töten müssen.«

»Das dürft Ihr nicht.« Vinae sprach ganz ruhig und konnte doch nicht anders, als ihre Füße langsam zurückzuschieben. Die Hitze, die von ihm ausging, war einfach nicht auszuhalten, wenn sie so dicht bei ihm stand. »Ich will, dass Ihr hierbleibt. Haltet Euch fern von Averdun. Vertraut mir.«

»Ich vertraue dir, schöne Seele.« Gregoran hob seine Hand etwas an, ließ sie jedoch auf halber Strecke zu ihrem Gesicht in der Luft hängen, ehe er sie zur Faust schloss und sinken ließ. »Ich wünschte nur, du würdest mir vertrauen. Ich werde niemanden töten – nur diejenigen, die du mir erlaubst.« Er lächelte und trat nun selbst zurück. »Aber ich muss mit nach Averdun, um … auf dich aufzupassen.«

»Das ist nicht nötig.«

»Du bist eine Thesalis. Eine, die ich nicht mit jeder Faser meines Körpers hasse, und daher kann ich dich nicht sterben lassen. Du bist zu wertvoll in diesem Kampf.«

Vinae zog die Augenbrauen hoch, schüttelte dann jedoch

ihren Kopf. Sie musste endlich zur Sache kommen. Den Grund aussprechen, wieso er nicht in die Nähe von Averdun durfte und weshalb sie so nervös über diesen Auftrag war.

»Um die Nebelpriesterin zu besiegen«, sagte sie schließlich und kehrte ihm den Rücken zu, da sie seine Miene bei ihren Worten nicht sehen wollte – die Mordlust, den Hunger, »dafür brauchen meine Mutter und ich unsere Magie. Wir dürfen die Schattenkristalle nicht tragen.« Sie atmete tief durch. »Ich weiß, Ihr wartet nur auf eine Gelegenheit, die Thesalis zu vernichten, aber …«

»Du meinst, ich gehe nach Averdun und töte deine Mutter, sobald sie die Halskette abnimmt.« Seiner Stimme und der Hitze nach zu schließen, stand er bereits wieder dicht hinter ihr. »Ich muss zugeben, das war mein Plan.«

Vinae fuhr zu ihm herum und wäre fast mit ihm zusammengeprallt. »Ohne sie kann ich die Nebelpriesterin niemals besiegen!«, rief sie aus. »Gregoran, Ihr dürft meiner Mutter nichts tun.« Am liebsten hätte sie ihn irgendwie gepackt, seine Hand genommen, irgendetwas, um die Dringlichkeit ihrer Worte zu unterstreichen, und plötzlich merkte sie, wie eingeschränkt das Leben ohne jede Berührung war. »Ich weiß, welche Schuld sie trägt«, fuhr sie schließlich ruhiger, aber immer noch eindringlich fort, »und wie sehr Ihr sie hasst, aber wir stehen alle auf derselben Seite. Auch sie will die Göttin aufhalten, und sie ist unsere mächtigste Waffe. Wollt Ihr diese wirklich aus Rachsucht zerstören?«

»Du kannst nicht von mir verlangen, sie am Leben zu lassen, schöne Seele. Alles tue ich: Ich töte keine Elfen mehr, aber deine Mutter kann ich nicht verschonen.«

»Gregoran«, keuchte sie und meinte, ihre Knie würden unter ihr davonfließen. »Ich flehe Euch an. Wir dürfen die Halsbänder in Averdun nicht tragen – da könnten wir auch ein

Kind zum Kampf schicken. Versteht doch, dass wir meine Mutter brauchen.«

»Nein, Vinae.« Gregoran sprach völlig ruhig, als würde ihn die Sache in keiner Weise berühren. »Ihr braucht sie nicht. Du bist ebenso mächtig, nur weißt du es noch nicht. Du und ich werden diesen Kampf führen, aber deine Mutter muss sterben.«

»Dann werde ich mit ihr sterben.« Vinae hob ihren Kopf. Ihr blieb nichts anderes mehr übrig. »Bereitet Ihr meiner Mutter auch nur den geringsten Schaden, Gregoran, so könnt Ihr mich ebenfalls töten. Wenn Ihr es nicht tut, mach ich es selbst oder übergebe mich einfach den Nebelleuten, damit sie es tun.«

Die goldenen Augen verengten sich, die ohnehin schon schmalen Lippen waren nur noch eine dünne Linie. Ihre Worte taten ihre Wirkung.

»Lüge ich?«, fragte sie ohne jedes Zittern in der Stimme. »Ihr würdet es wissen. Lüge ich? Nein, Ihr spürt, ich spreche die Wahrheit.«

»Wieso tust du das?« Er trat zurück und lehnte sich gegen die Kommode. »Du verabscheust deine Mutter ebenso wie ich.«

»Aber sie ist meine *Mutter* – und wie ich bereits sagte: Wir brauchen sie.«

Gregorans Faust donnerte so heftig auf den Kommodentisch, dass die Parfümfläschchen darauf hochhüpften. Es war immer wieder faszinierend, mitanzusehen, wie er einmal lediglich ein Schatten ohne Form und Konsistenz war und im nächsten Moment ein Elf aus Fleisch und Blut.

»Haltet Euch fern von Averdun«, bat sie ihn noch einmal. »Macht es Euch nicht unnötig schwer. Ihr wollt mich beschützen? Dann bleibt hier. Lenkt mich nicht ab, indem ich mich ständig fragen muss, ob Ihr mir in den Rücken fallt. Lasst meine

Mutter und mich diese Sache erledigen. Wir wollen doch alle dasselbe.«

»Vinae …«

»Tötet sie, und dann tötet mich.« Sie ging auf ihn zu und nahm den Schattenkristall auf ihrer Brust in die Hand. »Wenn Ihr tatsächlich vorhabt, ihr etwas anzutun, dann könnt Ihr mich auch gleich töten.« Langsam und ohne ihren Blick von ihm zu nehmen, hob sie die Kette. Seine lodernden Augen verfolgten ihre Bewegungen, als sie den Stein von ihrer Haut nahm und die Kette über den Kopf zog. »Ich vertraue Euch«, hauchte sie und hielt ihren einzigen Schutz vor sich. Gregoran blickte darauf und dann wieder in ihre Augen; Entsetzen, aber auch den bekannten Hunger las sie darin. Vinae wusste, ihr rasender Herzschlag machte es nicht unbedingt besser, doch sie hatte keine Wahl. Er musste sehen, wie ernst es ihr war. Er hatte Möglichkeiten gehabt, ihr etwas anzutun, und sie nicht ergriffen. Sie musste ihm vertrauen.

Daher hob sie ihre Hand und ließ die Kette langsam durch ihre Finger hindurchgleiten. Mit einem dumpfen Schlag fiel der Stein auf den Boden. »Ich vertraue Euch«, wiederholte sie noch einmal flüsternd.

Ohne jeden Schutz stand sie dem Grogon gegenüber. Seine Hitze strich über ihre Haut, als stünde sie am offenen Kamin, um sich zu wärmen.

Ausdruckslos starrte er sie an.

Im nächsten Moment war er verschwunden. Vinae sah nur noch einen schwarzen Schatten durch die Wand gleiten, und sie atmete auf.

Die Kette verstaute sie in einer Lade der Kommode. Sie würde sie nicht mehr tragen.

Der Tempel von Averdun war der größte des Sonnentals und thronte auf einer Anhöhe über der Stadt. Er war wie die meisten Orakelstätten aus weißem Stein erbaut, eine langgezogene Halle mit Säulengängen an den Seiten und einem gewaltigen Bronzetor am oberen Ende der unzähligen Stufen, die vom Tal hinaufführten.

Der Mond war bereits als weiße Scheibe am bleigrauen Himmel aufgegangen, doch noch war die Nacht nicht hereingebrochen.

Die Priesterinnen waren ruhig und hatten sich im Saal der Quelle zusammengefunden, um zu meditieren. Die Tempelwachen mit den Pferdeschwänzen auf ihren kahlgeschorenen Köpfen wurden inzwischen von den Rittern der Königin unterwiesen und herumgescheucht. Die Stadtbewohner waren aufgefordert worden, sich ins Bürgerhaus zurückzuziehen, da dieses aus Stein erbaut war und einem Drachenangriff womöglich standhalten würde.

Jeder hatte seine Anweisungen, und mit dem Dunkelwerden des Horizonts nahmen sie ihre Positionen ein. Die Ritter stellten sich unter Ardemirs Befehl vor dem Tempel auf. Sie bildeten die Hauptstreitmacht und wurden von den Tempelwachen flankiert. Auch Eamon war dabei, doch auf Vinaes Frage, wie es Nevliin ergehe, hatte er nur den Kopf geschüttelt.

Die Priesterinnen kamen schließlich ebenfalls aus dem Tempel und wurden von den Rittern in die Mitte genommen. Sie waren am gefährdetsten, konnten mit ihrer Magie die Krieger jedoch auch gleichzeitig schützen.

Sie alle müssten die Drachen in die Flucht schlagen – möglichst, ohne sie zu verletzen, denn auch die Königin Aurün war erneut anwesend. Diese wachte mit Argusaugen über ihr Volk und würde nicht zulassen, dass ihm ein Leid geschah. Eine vertrackte Situation, für die Daeron eine Lösung gefunden hatte.

In unzählig vielen Arbeitsstunden hatte Vinae mit ihm gemeinsam ein Betäubungsmittel hergestellt, mit welchem die Pfeile präpariert worden waren. Die Kraft dieses Elixiers würde einen Elfen sofort töten, doch die Drachen dürften keinen ernsteren Schaden nehmen. Mit den Nebelgestalten sah es jedoch schon anders aus. Diese würden sich mit ihrer Magie gegen jeden Angriff schützen und im Nebel einfach verschwinden. Trotzdem müssten sie von den Rittern in Schach gehalten werden, während die Anführerin – vermutlich mit ein paar Begleitern – zum Orakel ging, um dessen Wissen aufzunehmen.

Und dies war Vinaes und Mearas Position. Kaum hatten die Priesterinnen den Tempel verlassen, machten sie sich auf den Weg in den Saal der unversiegbaren Quelle.

Vinae war schon einmal hier gewesen, und doch staunte sie erneut, als sie den hintersten Bereich des Tempels betrat.

Die Halle war größer, als es von außen den Anschein hatte. In der Mitte befand sich ein unergründlich tiefer See, der im Licht der Miran in einem dunklen Grün schimmerte. Er wirkte wie eine nach unten führende Smaragdsäule, nur das leise Schaukeln des Wassers schmälerte diesen Eindruck etwas. Auch um sie herum führten schmale Steinbecken an allen vier Seiten entlang, welche hüfthoch und kaum einen Schritt breit waren. Diese Becken sammelten das Wasser, das unaufhörlich an den weißen Mauern der Wände herabfloss, während es von dort in den Stein und in die Höhe zurückgezogen wurde.

Das Gluckern hier im silbernen Licht war das einzige Geräusch. Das flackernde Funkeln des Sees, welches sich an den Rinnsalen der Wände reflektierte, war zugleich irritierend und fesselnd.

Hier würden sie also auf den möglichen Tod warten. Blieb nur zu hoffen, dass die Nebelpriesterin nicht allzu viele mächtige Begleiter bei ihrem blutrünstigen Vorhaben dabeihatte.

Vinae ließ sich an einem der Seitenbecken nieder und blickte auf den See in der Mitte. Ihre Mutter nahm neben ihr Platz und zog wie beiläufig die Kette mit dem Schattenkristall über ihren Kopf. Sie legte ihn am Boden nieder und richtete sich seufzend auf.

Unwillkürlich hielt Vinae die Luft an und sah sich um. Sie hatte nichts mehr von Gregoran gehört und konnte nur hoffen, dass er ihre Worte ernst nahm und sich tatsächlich fernhielt.

Sie musste sich auf das Kommende konzentrieren und durfte nicht fürchten, er könne sich jeden Moment vor ihr materialisieren und ihre Mutter töten.

Da es jedoch immer noch genauso ruhig blieb, schien er ihr Flehen – oder ihre Drohung – tatsächlich ernst genommen zu haben. Vorerst.

So saßen sie schweigend und ungeschützt nebeneinander und lauschten. Das Warten war schlimmer, als es jeder Kampf hätte sein können. Das Orakel im See ließ sich nicht blicken, denn sie hatten schon am Morgen mit ihm gesprochen. Das Beste war, es blieb verborgen, bis die beiden Thesalis ihre Aufgabe erledigt hatten – oder sie selbst erledigt worden waren. Dann würde auch das Orakel nichts mehr retten können.

Die Warnrufe waren das Erste, was sie vom hereinbrechenden Chaos draußen wahrnahmen, kurz darauf ließ das tiefe Grollen eines Drachen das friedlich fließende Wasser erzittern. Meara und Vinae tauschten einen kurzen Blick und starrten schließlich wieder zurück zum Tor. Vielleicht wäre jetzt der Moment gewesen, sich zu sagen, wie sehr sie sich liebten, doch Vinae verspürte kein Bedürfnis danach. Sie arbeitete mit ihrer Mutter zusammen, da es der Umstand erforderte, doch zu Sentimentalitäten wollte sie sich nicht hinreißen lassen. Es stimmte, Meara war ihre Mutter, und Vinae wollte ihren Tod nicht, doch viel weiter ging ihre Tochterliebe nicht.

Dann richtete Meara das Wort an sie. »Vergiss nicht«, raunte sie, ohne den Blick von der Tür zu nehmen. »Ich kümmere mich um Vanora, und du schaltest die anderen aus.«

»Ich habe es nicht vergessen.« Vinae war es immer noch fremd, die Nebelpriesterin mit dieser Legende Vanora zu verbinden und sie mit solch einem Namen zu nennen. Für sie war die Frau ein Feind und kein unschuldiges Mädchen, das einst sein Leben zum Wohle des Landes geopfert hatte. Bei dem atemberaubenden Aussehen der Frau war es nicht verwunderlich, weshalb ihr einst Männer wie Nevliin und Eamon verfallen waren, und doch konnte Vinae deren Gefühle nicht richtig nachvollziehen. Die Nebelpriesterin war grausam und hatte nichts mit der Vorstellung einer Heldin gemein.

Vinae war auch nicht erpicht darauf, selbst in diese Rolle zu schlüpfen und die anderen Nebelleute auszuschalten. Sie verabscheute jede Form des Tötens, doch ihr blieb wohl keine andere Wahl, wollte sie nicht selbst beseitigt werden.

»Du darfst nicht zögern«, fuhr ihre Mutter auch schon fort, als hätte sie ihre Gedanken erraten. »Du musst jeden Elfen, der sie begleitet, töten. Schnell.«

»Ich habe verstanden.« Vinae warf ihrer Mutter einen Blick zu, der sagte, dass es genug war. »Ich werde alles, was sich bewegt, vernichten, während du die Nebelpriesterin festhältst.«

»Genauso wie damals Vanora.«

Vinae seufzte und strich ihr silberfarbenes Kleid glatt. Sie war nicht geübt im Umgang mit Waffen, doch nun wünschte sie, eine bei sich zu haben. Meara hatte es jedoch verboten. Sie waren Magierinnen, und dies war ihre Waffe, ihre innere Kraft und kein Stahl.

Die Kampfgeräusche draußen schwollen an. Befehle wurden gebrüllt, und immer wieder erzitterte der Tempel unter dem Angriff des Drachen. Es waren die furchtbaren Geräusche von Verwundeten und Sterbenden zu hören, das Klirren von Metall, dumpfes Donnergrollen und, wenn der Drache das Gebäude direkt angriff, das Fauchen von Flammen.

Dagegen wirkte die friedliche Idylle hier drin beinahe schon verhöhnend. Ihr Bild, wie sie so reglos dasaßen, mit der Hand durchs Wasser im Becken plätscherten und warteten, schien wie aus einer anderen Welt.

Doch Vinae wünschte sich die Kampfgeräusche zurück, als draußen plötzlich Stille einkehrte. Hier und da waren noch ein Ruf der Ritter zu hören, die Schmerzensschreie eines Verwundeten, aber der Kampf war offensichtlich vorüber. Nun würde das eigentliche Gemetzel beginnen. So war es bisher immer gewesen, wusste sie von Ardemir.

Meara neben ihr richtete sich langsam auf, und Vinae tat es ihr gleich. Sie rieb die nassen Finger aneinander und versuchte, ruhig zu atmen. Ihr Vorteil war das viele Wasser in diesem Raum, das ihre Macht stärken und sie mit Energie versorgen würde, da es ihr Element war. Gemeinsam mit ihrer Mutter wäre es wohl tatsächlich möglich zu siegen. Die Nebelpriesterin zu töten wäre wohl einfacher, als sie außer Gefecht zu setzen, doch sie hatten keine Wahl.

Eine gefühlte Ewigkeit verging, ehe die Befehle draußen anschwollen und schnell in Geschrei umschlugen. Vermutlich hatte der Nebel die Kämpfer und Priesterinnen bereits erreicht, und die Fremden machten sich an ihr grausiges Werk. Das Massaker begann. Vinae stand tatenlos da und wartete.

Jeder Moment, der verging, zerrte an ihren Nerven, der Drang, auf und ab zu laufen, irgendetwas zu tun, war beinahe übermächtig, doch sie verharrte, ohne sich zu rühren, genauso wie ihre Mutter.

Stattdessen konzentrierte sie sich auf ihren Atem, hörte das Geräusch des Luftholens und Loslassens. Ein, aus, immer wieder. Ihr Körper entspannte sich, fühlte sich so leicht an, als könne er davonschweben. Bewusst erweckte sie die Magie in ihrem Inneren, die kühl und mit einem leisen Prickeln durch ihre Adern floss, darauf wartend, losgelassen zu werden. Sie war bereit.

Und da öffnete sich mit einem kaum vernehmbaren Schleifen die Tür zum Saal der Quelle, dem Aufenthaltsort des Orakels und letzten Weg der Nebelgestalten bei den Angriffen.

Vinae und Meara hoben sofort ihre Hände, und während ihre Mutter keinen Moment zögerte und dem Neuankömmling die Urgewalt ihrer Energie entgegenschleuderte, hielt Vinae verblüfft inne. Die Nebelpriesterin kam allein. Da gab es niemanden, den sie hätte ausschalten müssen.

Die Frau, die so irritierend Vanora glich, wie behauptet wurde, war jedoch von Mearas Angriff unbeeindruckt. Sie trat in den Raum und beschrieb mit der ausgestreckten Hand beinahe beiläufig einen kleinen Kreis, als winke sie ihnen zu. Die Kraft des Sturms, der auf sie zuraste, verflog. Lediglich ein leiser Windhauch ergriff die Priesterin, fuhr durch die Schleier und ließ das goldene Haar fliegen.

»Das ist alles?«, fragte sie auflachend, wandte ihnen sorglos den Rücken zu und schloss das Tor. Sie schob den Riegel vor und verharrte einen Moment lang in dieser Position. »So bleiben wir ungestört. Ich habe euch bereits erwartet.« Sie drehte sich wieder zu ihnen um und hob mit beiden Händen den Schleier über ihren Kopf. Das scharf geschnittene Gesicht mit den leuchtend blauen Augen fesselte sie erneut, doch Vinae durfte ihre Konzentration nicht verlieren – was schwer war, bedachte sie, dass die Nebelpriesterin anscheinend von den wartenden Magierinnen gewusst hatte und trotzdem allein gekommen war. Sie musste sich ihrer Kraft sehr sicher sein.

»Reiß dich zusammen«, zischte ihre Mutter und stieß erneut die Hand vor, um die Priesterin zu treffen und ihr keine Gelegenheit zu einem Angriff zu geben.

Die Priesterin drehte sich jedoch mit fliegenden Schleiern aus grauem Nebel zur Seite, so dass die Flammen sie um Haaresbreite verfehlten und hinter ihr gegen die Tür schlugen.

»Haben sie die Thesalis geschickt, um mich zu töten?«, fragte sie sogleich lachend. »Wie schmeichelhaft! Wie töricht!« Die Priesterin ruckte ihr Kinn in Richtung See, und noch ehe Vinae sich versah, wurde Meara von den Beinen gerissen. Sich immer wieder um sich selbst drehend, flog sie als weißer Schemen durch die Luft und landete schließlich im Wasser, wo sie verschwand und nicht mehr auftauchte.

Vinae riss die Augen auf, noch nicht einmal einen Schrei brachte sie über die Lippen, doch nun war sie endlich aufgewacht. Die Sache schien schneller zu Ende zu sein, als gedacht.

»Wir wollen Euch nichts tun«, versuchte sie die Vernunft der Frau zu wecken, auch wenn sie wenig Hoffnung darauf hatte. »Gebt diesen Kampf auf, Ihr bringt Unschuldigen Schaden.«

Die Priesterin hob ihr schmales Kinn und sah ihr mit dem Blick aus Eis direkt in die Augen. »Wie viele Unschuldige werden vom Schicksal auf einen verhängnisvollen Weg geführt? In einen grausamen Tod geschickt?« Sie schritt auf Vinae zu, ihre bloßen Füße verursachten kein Geräusch auf dem Boden und schienen den Stein kaum zu berühren. »Du bist später an der Reihe, junge Thesalis«, sagte sie. Das Blau ihrer Augen verschwamm im Nebel, der darin wallte. »Ich weiß von deiner Tempeltreue und werde dich entsprechend belohnen. Doch zuerst kümmere ich mich um deine Mutter.«

Die Nebelpriesterin hatte die Worte kaum ausgesprochen, da verfehlte sie einer von Mearas magischen Blitzen einzig durch eine tänzelnde Bewegung zu einer der Säulen, welche das Gewölbe der Halle trugen. Es gab einen ohrenbetäubenden Knall, der die Wände zum Erzittern brachte, doch größeren Schaden hatte Mearas Angriff nicht verursacht. Lautlos und ohne von Vinae bemerkt zu werden, war ihre Mutter wieder aus dem Wasser gekrochen, das weiße Kleid hing nass an ihrem Körper herab. Ihre magisch goldschimmernden Augen waren voller Mordlust.

Ehe es zwischen den beiden jedoch zu einem weiteren magischen Schlagabtausch kommen konnte, erweckte nun Vinae ihre Magie und zog die Macht des Wassers aus ihrer Umgebung. Sie musste ihre Mutter endlich unterstützen und durfte nicht nur dumm in der Gegend herumstehen, egal, wie sehr es ihr widerstrebte, jemanden zu verletzen.

Die Rinnsale an den Wänden erzitterten unter ihrer Kraft, und ein Beben fuhr durch Vinaes Körper, als sie die Energie des flüssigen Elements in sich aufnahm. Ihre Augen verloren sich im silbernen Schein der Magie des Wassers. Zum ersten Mal in ihrem Leben setzte sie diese als Waffe ein. Jeden Muskel ihres Körpers angespannt, drückte sie die flachen Handflächen nach oben, als hätte sie tatsächlich ein schweres Gewicht darauf liegen. Sie zog die Kraft zu sich, ballte die Energie zu einem unsichtbaren, aber doch sehr realen Ball und schickte ihn mit einem Aufschrei des Schmerzes los.

Die Priesterin, welche sich eben auf Meara konzentriert hatte und ihre Hand zu einem Angriff hob, wurde davon mit aller Wucht getroffen und zur Seite gerissen. Meara nutzte diesen Moment und setzte sofort nach. Mit aller Kraft schleuderte sie einen magischen Feuerblitz nach dem anderen auf die Priesterin, und auch Vinae sammelte erneut ihre Stärke, um sie in all ihrer Zerstörungskraft loszuschicken.

Doch die Priesterin war zu schnell. Auf den ersten Blick

hatte sie von Vinaes Treffer bewusstlos ausgesehen, ein Bündel von Schleiern und goldenem Haar am Boden, doch in den wenigen Herzschlägen nach diesem Angriff war sie plötzlich wieder auf die Beine gekommen, führte sofort die nebelumwogende Faust zu ihrem Mund und blies genauso wie neulich in Lurness dagegen.

Die Kraft des Angriffs sowohl von Vinae als auch von Meara löste sich in den plötzlich aufwogenden grauen Schwaden auf, noch ehe die Priesterin davon erreicht wurde. Es geschah alles viel zu schnell, und Vinae war es nicht mehr möglich, zu denken, sie konnte nur noch handeln, reagieren, wollte sie nicht als Verliererin enden.

Der Nebel schoss auf sie zu wie eine wütende Rauchbestie, und nur ein Sprung zur Seite konnte sie davor bewahren, erfasst zu werden. Ein kurzer Blick zurück zeigte, dass auch ihre Mutter entkommen war, und zum Glück verging der Nebel sofort wieder und nahm ihnen nicht die Sicht.

»Wie könnt ihr nur glauben, mir trotzen zu können?«, fragte die Priesterin, die keinesfalls beunruhigt schien. Vinaes Treffer hatte sie offensichtlich kaum mitgenommen. Solch ein Angriff hätte eigentlich töten müssen, doch die Priesterin verfügte anscheinend über eine mächtige körpereigene Abwehr.

Nur zu zweit könnten sie ihr Schaden zufügen, und daher winkte Vinae ihrer Mutter. »Wasser«, sagte sie nur, da sie ja nicht wie Meara über alle Elemente verfügte, und ihre Mutter verstand. Sie streckten die Hände aus, ohne sich zu berühren, und riefen das in dieser Halle so reich vorkommende Element als Einheit.

Das Wasser an den Wänden um sie herum sprudelte unter der Berührung der Magie und löste sich vom Stein, während ein unsichtbares Band zwischen Mutter und Tochter gewoben wurde. Wie Silberhagel schossen die Tropfen in die Mitte des

Saals über den See, wo sie sich zusammenschlossen und mit dem grünen Gewässer zu einer schwindelerregend hohen Säule aufbauten, die dann mit all ihrer Zerstörungskraft auf die Priesterin zuschoss. Die Priesterin jedoch wehrte sich. Nur durch einen Sprung zur Seite konnten Vinae und ihre Mutter der mächtigen Energie entgehen, die ihnen entgegenkam. Vinae rollte sich sofort vom Boden ab und beobachtete, wie die Priesterin im Anbetracht der neuen Gefahr ihre Hand hob, als wolle sie die Flut von sich drücken. Bedrohlich beugte sich die Wassersäule über die schwächlich wirkende Frau und wollte sie unter sich begraben, als sie plötzlich über ihr zu Eis erstarrte. Ein grüner Bogen, der sich aus dem See erhob und unter den Eiskristallen glitzerte. Jedoch nur einen Moment lang, ehe die Priesterin den Mund öffnete und den Atem ausstieß, als hauche sie einen sanften Kuss, und in diesem Augenblick zersprang das Eis in Milliarden messerscharfe Splitter, welche auf die beiden Magierinnen zuflogen.

Vinae wich zur Seite aus, spürte den brennenden Schmerz der Schnitte an ihrem Arm, die ihr Kleid zerfetzten und tief ins Fleisch eindrangen. Sie verbarg sich gerade noch rechtzeitig hinter einer der Säulen, während sich ihre Mutter hingegen nicht von der Stelle gerührt hatte. Die Splitter hüllten sie ein, ohne ihr auch nur den geringsten Kratzer zuzufügen. Regungslos und mit magisch goldenen Augen stand Meara inmitten dieses eisigen Infernos, ihr Haar wehte unter dem Sturm der Splitter um ihr Gesicht, das Kleid zerrte an ihrem Körper als würde es jeden Moment davongerissen, doch dann war das Eis vorübergezogen und prasselte gegen die gegenüberliegende Wand.

Es blieb jedoch keine Zeit, erleichtert aufzuatmen, denn die Priesterin hatte sich bereits wieder Vinae zugewandt. »Du störst«, zischte sie und blies wieder einmal gegen die Nebelfaust. »Um dich kümmere ich mich noch.«

Das dichte Weiß flog auf Vinae zu und hüllte sie ein, noch ehe sie hätte reagieren können. Das Blut in ihren Adern schien zu gefrieren und stach wie Millionen Nadelstiche unter ihrer Haut. Es war ihr nicht mehr möglich, sich zu bewegen. Wie zur Statue festgefroren, stand sie da und kämpfte darum, zu blinzeln, doch noch nicht einmal diese Bewegung der Lider war ihr möglich. Sie versuchte, die Magie in sich zu rufen. Vergebens! Einzig ihre Augen konnte sie noch bewegen und in die verschiedensten Richtungen blicken, während sich schwacher Nebel um sie wand wie eine Schlange, die sie in ihrem Würgegriff hielt.

»Kommst du nicht gegen uns beide gleichzeitig an?«, spottete Meara, die Vinaes Los offenbar nicht berührte. »Du bist wohl doch nicht so stark, wie du glaubst.«

Die Priesterin schritt auf die Magierin zu. »Ich kam allein hierher«, sagte sie in ihrem singenden Tonfall, »um mich Euer gebührend anzunehmen, Meara Thesalis. Das Mädchen stört. Dies ist eine Sache zwischen uns beiden.«

Meara nickte, ein Lächeln umspielte ihre vollen Lippen, während sie der Priesterin entgegenging. »Weil du dich erinnerst, Vanora«, säuselte sie, nicht im Geringsten verunsichert. »Du erinnerst dich daran, wie ich dich besiegte, welche Schmerzen ich dir bereitete.«

»Nein.« Die Priesterin hob in einer anmutigen Bewegung ihre Schultern. »Ich weiß, ich habe noch eine Rechnung mit Euch zu begleichen, und dies werde ich jetzt tun. Ihr meint, mich schon einmal besiegt zu haben? Ich werde Euch beweisen, wie unmöglich diese Vorstellung ist.«

Die beiden Magierinnen blieben zwei Schritte voneinander entfernt stehen. »Schade«, meinte Meara und strich sich das geflochtene Haar zurück, in dem die weißen Bänder unter dem Silberlicht schimmerten. »So macht es nur halb so viel Spaß.

Du solltest dich erinnern, wie ich dich einst zusehen ließ, während dein Liebster blutete. Du solltest spüren, mit welcher Kraft du gegen mich kämpftest und doch unterlagst, *Vanora.* Doch ich kann deine Erinnerung gern wieder auffrischen.«

Die Priesterin stieß einen schrillen Schrei aus und stürzte vor. Meara wich mit einer eleganten Drehung zur Seite aus, während ihre Augen das magische Gold ihres Elements, der Erde, annahmen.

Von da an folgte Schlag auf Schlag. Es war Vinae kaum noch möglich, alles mitzubekommen. Der Stein am Boden verformte sich unter Mearas Magie, griff wie Drachenklauen nach der Priesterin, welche durch einen Hechtsprung darunter hinwegtauchte und entkam. Gleichzeitig flogen Felsblöcke von der Decke herab und wurden gegen Vinaes Mutter geschleudert. Ganze Säulen brachen aus dem Saal und flogen auf die Magierin zu. Das Gebäude begann bedenklich zu zittern, Staub rieselte herab, Gesteinsbrocken stürzten zu Boden, als Meara ihre Hand vorstieß, um den Angriff abzuwehren. Ihr Gegenschlag folgte auf dem Fuß, als sie die Luft um sich herum bündelte und mit dem Finger herumdrehte, bis sie einen Orkan auf die Priesterin losließ.

Die verschleierte Frau wurde davon erfasst und flog wie zuvor Meara in hohem Bogen ins Wasser des Sees.

Zu Vinaes Erstaunen tauchte sie nicht mehr auf.

Im nächsten Moment schoss das Wasser des Sees jedoch schon in die Höhe, und damit flog die Priesterin heraus. Sie landete weich auf den Füßen, während sich die Flut auf Meara stürzte. Die Magierin wurde fortgespült und krachte gegen das verriegelte Tor.

Von der anderen Seite waren ein Hämmern und Rufen zu hören.

Vinae riss die Augen auf, so weit es ihr in der Lähmung des

Nebels möglich war. Sie meinte, Eamons Stimme zu erkennen, war sich jedoch nicht sicher.

Meara war unterdessen wieder auf die Beine gekommen und entzündete mit nur einem Blick den Steinstaub am Boden, der aufloderte und die Priesterin beinahe in Brand gesteckt hätte, doch diese blies noch rechtzeitig ihren Nebel dagegen, der die Flammen erstickte und auch Meara erwischte.

Die Magierin erstarrte genauso, wie es bei Vinae geschehen war, und die Priesterin kam nun gemächlich auf sie zu.

»Es ist langweilig, mich mit Euch zu messen, Meara Thesalis«, sang sie beinahe schon und kam vor ihr zum Stehen. »Ich dachte, Ihr würdet mich zumindest etwas fordern. Bei Eurer Tochter, der verräterischen Tempeldienerin, darf ich wohl ebenso wenig auf Unterhaltung hoffen?«

Meara war zu keiner Antwort fähig und genauso bewegungsunfähig wie Vinae, während inzwischen ein regelmäßiger Donner von der anderen Seite der Tür in den Saal hallte. Jemand versuchte, sie aufzubrechen.

Der Stimme nach zu urteilen, war es tatsächlich Eamon, der wahnsinnig genug war, hereinkommen zu wollen, und immer wieder Vinaes und Mearas Namen brüllte. Vielleicht hatte er gehört, dass es für die beiden Thesalis im Moment nicht besonders gut stand.

»Wer will da nur etwas von uns?«, fragte die Priesterin mit so süßer Unschuld, dass Vinae doch tatsächlich schlecht werden konnte. Der Riegel des Tors flog durch einen flüchtigen Wink der Priesterin plötzlich zurück, und Eamon stolperte herein.

Hinter ihm schlug die Tür sofort wieder zu, und der Riegel nahm seinen alten Platz ein.

Eamon drehte sich nur kurz um und erkannte, dass er eingesperrt war, ehe er das Geschehen im Saal mit einem Blick zu erfassen versuchte. Gleich neben ihm befand sich die vom Nebel gefangene und bewegungsunfähige Meara, und Vinae war ein paar Schritte weiter neben einer der Säulen gefesselt.

Sie mussten wirklich einen herrlichen Anblick bieten, die beiden mächtigen Thesalis, festgefroren und mit Leichtigkeit besiegt.

»Na, wenn das nicht Eamon ist!« Die Priesterin trat von Meara zurück und schritt schwebenden Ganges auf den Elfen zu. »Der Bruder der Königin selbst – welche Ehre!«

»Ich bin mehr als das«, gab Eamon zurück, während er sich noch einmal im Saal umsah, als suche er nach weiteren Angreifern. »Ich *war* mehr als das – für dich, Vanora.«

»O nein, bitte nicht das schon wieder. Was habt ihr nur alle mit diesem Namen?«

Eamon ging furchtlos auf sie zu und baute sich vor ihr auf. »Es ist dein Name, Vanora, und du weißt es.«

»Ach ja?« Die Priesterin legte ihren Kopf schräg und hob sich ihm entgegen, als wolle sie ihn küssen. Eamon erstarrte, als hätte sie ihm ein Schwert an die Brust gesetzt. »Und was wart Ihr für mich?«, flüsterte sie eine Haaresbreite von seinen Lippen entfernt, während sie ihn mit ihren saphirblauen Augen ansah. »Was habe ich Euch gegeben, das ihr jetzt einfordern wollt, hm?«

»Etwas, das du verloren hast.«

»Was mag das wohl sein?« Ihre Hand strich durch sein Haar. »Seid nicht naiv und behauptet, mein Herz.«

»Deine Menschlichkeit.«

Die Priesterin ließ sich zurück auf die Füße sinken. »Na, das ist mal etwas Neues.« Sie sah Eamon in die Augen. Regungslos betrachteten die beiden sich, dann hauchte sie plötzlich ohne Vorwarnung ihren Nebel gegen seine Lippen. Eamons

Körper sackte augenblicklich in sich zusammen, wo ihn die Priesterin auf dem Boden herumdrehte, so dass er auf dem Rücken lag. Auch er schien sich nicht bewegen zu können und starrte sie einfach nur an.

Die ganze Sache versprach kein gutes Ende zu nehmen, und als sich die Priesterin plötzlich rittlings auf Eamons Hüfte niederließ, meinte Vinae, ihren Augen nicht trauen zu können, während Meara ihre entnervt verdrehte.

»Nun, Eamon«, säuselte die Priesterin und beugte sich zu ihm vor, um ihm das Haar zurückzustreichen. »Ihr behauptet, ich wäre einst *menschlich* gewesen? Ihr hättet mich gekannt? Vielleicht wird Euch dies hier vom Gegenteil überzeugen.«

Mit zur Seite geneigtem Kopf, als packe sie ein Geschenk aus, löste sie einen Riemen nach dem anderen und entledigte Eamon der schützenden Brustplatte, der Schulterteile und der Armschienen seiner Silberrüstung. Danach schob sie die Schleier von ihrem linken Bein bis zum Knie hoch und entblößte am Unterschenkel außer der weißen Haut auch noch einen Lederriemen, von welchem ein reichverzierter Dolch gehalten wurde. Eamon starrte darauf und fragte sich wohl, ob er diese Waffe bald in seiner Brust spüren würde. Doch die Priesterin beugte sich nur zu ihm vor und strich ihm sanft mit der Hand über die Wange.

»Fürchtet Ihr Euch?«, gurrte sie, während ihre Finger über seine Lippen strichen. »Tapferer Menschenfreund.«

In demonstrativer Langsamkeit zog sie mit der anderen Hand den Dolch aus der Scheide und drehte ihn schließlich in ihren Händen. »Wunderbar, meint Ihr nicht?«, fragte sie und setzte die Spitze der im Silberlicht blitzenden Klinge sogleich an seine Brust. Mit beiden Händen hielt sie den vergoldeten Knauf fest und verlagerte ihr Gewicht, um den Druck zu verstärken. »Ein solch anregendes Gefühl, den Stahl einer Waffe auf der Haut zu spüren.« Die Hand der Priesterin fuhr hinab, und es gab ein reißendes Geräusch.

Vinae hätte aufgeschrien, wäre es ihr möglich gewesen, doch beim genauen Hinsehen erkannte sie, dass nur der Waffenrock entzweigeschnitten, Eamon jedoch unversehrt geblieben war – noch, denn sofort lag die Schneide wieder an seiner Brust, während Eamon die Priesterin immer noch ausdruckslos anstarrte.

»Deine Schwester – die Königin«, sagte sie beinahe schon beleidigt. »Sie hat mich nicht sehr nett behandelt. Vielleicht schicke ich ihr mit dem Bruder eine Botschaft.«

Die Klinge bewegte sich in Richtung Herz. Eamons Augen weiteten sich, und dann sah Vinae ein rotes Rinnsal auf seiner weißen Haut unter dem offenen Rock hinabfließen.

Noch einmal versuchte sie sich gegen die Kraft des Nebels zu wehren, der sich um sie schlängelte und gefangen hielt, doch es war nichts zu machen. Nicht einmal ein kleines Rucken, eine winzige Bewegung des Fingers. Jede Magie schien sie verlassen zu haben, als trüge sie erneut den Schattenkristall. Sie erreichte das Wasser um sich herum nicht und war vollkommen machtlos.

Ihre Mutter und sie würden sterben.

»Tat das weh?«, fragte die Priesterin in ihrem hohen, singenden Ton und hob die Klinge an ihr Gesicht. Einen schaurigen Moment lang dachte Vinae, sie würde das Blut davon ablecken, doch stattdessen hauchte sie sanft wie einen Kuss ihren Nebel dagegen. Sofort begann der Stahl zu leuchten, zu glühen in graublauem Licht, und zu Vinaes Erleichterung erhob sich die Priesterin, ohne Eamon weiter zu verletzen.

»Nein, mein Lieber«, sagte sie, während sie auf ihn hinabblickte. »Die Klinge ist nicht für Euch bestimmt.«

Mit wallenden Schleiern drehte sie sich um und schritt mit

der Klinge in der Hand auf den See zu. Dort kniete sie nieder, und was sie dann machte, konnte Vinae nicht erkennen. Es schien ihr, als legte sie den Dolch vor sich nieder und tat dann gar nichts. Irgendetwas musste sie jedoch machen, denn der See begann plötzlich zu sprudeln, Dampfwolken stiegen hoch und verbreiteten sich wie eine schwächere Form des Nebels in der Halle, kondensierten auf ihrer Haut und verströmten Hitze.

Vinae warf einen Blick zu ihrer Mutter, doch die beobachtete, genauso unfähig, etwas zu unternehmen, das Geschehen am See.

»Komm raus, komm raus«, hörte sie die singende Stimme der Priesterin, »bevor ich dich hole.«

Vinae konzentrierte sich auf die wallende Oberfläche des Sees, doch es regte sich nichts. Blieb nur zu hoffen, dass das Wasser nicht so heiß war, wie es wirkte, denn sonst konnte das Orakel kaum noch leben.

Doch kaum hatte sich dieser Gedanke in ihren Kopf geschlichen, drang ein schriller Schrei durch die Halle.

Die Priesterin hob ihre Hände an ihre Seiten, und Nebel tanzte auf den offenen Handflächen. Wie eine Verlängerung der Arme tauchten graue Schlingen davon in den See ein und brachten das Orakel zutage. Kreischend und sich windend, wurde die nackte Frau von den nebligen Klauen aus dem Wasser gezogen und neben der Priesterin zu Boden geschleudert.

Die Priesterin erhob sich und schritt auf das zitternde, zusammengerollte Bündel zu. Das silberfarbene Haar des Orakels bedeckte zum Großteil den grün schimmernden Frauenkörper, von Brandwunden war nichts zu erkennen.

Mit der fürchterlichen Ahnung der nahenden Katastrophe versuchte Vinae, den Blick ihrer Mutter einzufangen, um irgendetwas zu unternehmen, dem Orakel zu helfen, doch Meara sah nicht zu ihr hin.

Noch einmal rief Vinae die Magie des Wassers, versuchte, den Zauber des Nebels zu brechen, doch es gelang ihr nicht. Vor ihr lag das Orakel, dem sie ab ihrem hundertsten Geburtstag hatte dienen wollen, eine zarte, zerbrechliche Gestalt, die durch den Schleier der Realität die Wege des Schicksals erkennen konnte, und jetzt sollte sie vor ihren Augen getötet werden.

Einen Moment lang wünschte sie sich Gregoran herbei, damit dieser die Priesterin aufhielt, doch dann hätten sie keine Möglichkeit mehr, das Drachenherz zurückzuerlangen.

So musste Vinae tatenlos zusehen, wie der Nebel auch das Orakel gefangen hielt und die grünen Augen der Frau voller Entsetzen zu der Priesterin aufblickten. Diese ging mit dem blendend glühenden Dolch in der Hand neben ihr auf die Knie und hielt ihn ihr vor das Gesicht.

Auch das Orakel war zu keinem Schrei fähig, doch der Schmerz in ihren Augen brüllte lauter, als es jeder Ton hätte tun können. Die Klinge strahlte immer heller, während im Blick des Orakels Nebel tanzte, der langsam auf den Dolch überfloss.

So erhielten die Priesterinnen also das Wissen der Orakel. Die Frauen wurden von der glühenden Klinge geblendet, und alles, was sich in ihnen befand, wurde wie in einen Spiegel aufgenommen.

All das dauerte nur wenige Momente, und kaum versiegte der graue Strom zwischen den Augen des Orakels und der Klinge, brach auch der Blick der Frau. Sie starrte die Priesterin immer noch an, und es war nicht zu sagen, ob noch Leben in ihr übrig war. Vermutlich ja, denn die Priesterin ließ den Dolch plötzlich in ihrer Hand kreisen und zog ihn einmal schnell von links nach rechts. Das Blut schoss förmlich aus der Kehle des Orakels und benetzte das silberne Haar und den nackten Körper auf dem weißen Stein. Und dann war es schon vorbei. Nur noch einzelne pulsierende Blutströme drangen aus der Wunde; das Orakel war tot.

Vinae fühlte ihr Herz heiß werden, als liege es im Feuer. Dies war das Orakel von Averdun gewesen, eines der bedeutsamsten Orakel Elvions, und nun war es tot. Getötet mit solcher Leichtigkeit, dass es Vinae unvorstellbar war, wie irgendetwas die Macht der Nebelpriester aufhalten können sollte.

Ihr Leben würde vielleicht nicht lange genug dauern, um sich weitere Gedanken darüber zu machen, denn schon erhob sich die Priesterin wieder und sah sich in der Halle um.

»Nun«, sagte sie, den Dolch in ihrer Hand hin und her schwenkend. »Was soll ich mit euch machen?« Sie kam vom See in die Mitte des Saals, von wo sie zwischen ihren drei Gefangenen hin und her sah. »Da wäre einmal Eamon«, säuselte sie mit einem sehnsüchtigen Blick in seine Richtung. »Der Bruder der Königin, ein Mann mit Einfluss, von den Elfen geliebt und geachtet. Kann ich Euch noch brauchen?« Sie hob die Schultern und wandte sich ab. Vinae spürte ihre Kehle enger werden, als der Blick der kalten Augen auf sie fiel.

»Eine Thesalis«, sagte die Priesterin, während sie Vinae musterte. »Eine zukünftige Tempeldienerin. Von keinem Nutzen.«

Die Priesterin drehte mit einem boshaften Lächeln den Kopf und betrachtete nun Meara. »Was Euch betrifft«, säuselte sie, »bin ich mir noch nicht sicher. Ich glaube, Ihr könntet mir noch nützlich sein. Andererseits würde ich Euch auch gern leiden sehen.« Sie lachte auf. »Ihr müsst wissen, Meara Thesalis, da ist etwas in mir, das Euch hasst, und dagegen kann ich nun einmal nichts machen.« Sie hob in einer hilflosen Geste die Hände.

Nebel zog durch das Blau ihrer Augen, und Vinaes steifer Körper sackte plötzlich zusammen. Erst begriff sie nicht, dass sie sich wieder bewegen konnte, doch als sie Eamon sah, der sich langsam aufrichtete, und auch ihre Mutter, die ihre Hände bewegte, versuchte sie nun selbst zu sehen, ob der Bann aufgehoben war. Langsam hob sie ein Bein, einen Arm und atmete erleichtert auf.

»So«, brach die Priesterin das Schweigen, »versucht erst gar nicht Eure kleinen Tricks anzuwenden. Ihr würdet ja doch nur wieder … verhindert.« Gemächlichen Schrittes ging sie auf Vinae zu. Den Dolch hielt sie mit leichtem Griff in der Hand, als wäre er nichts als ein harmloses Spielzeug.

Vinae wusste nicht, was sie tun sollte. Zurückweichen? Die Magie rufen?

Genauso regungslos wie noch vorhin stand sie da und sah der Priesterin entgegen. Ihr entging jedoch auch nicht, wie sich Eamon langsam näherte. Meara beobachtete das Geschehen hingegen aus sicherer Entfernung.

»Lass sie in Ruhe«, kam es dann aus Eamons Richtung, und auch wenn die Wahrscheinlichkeit einer Wirkung seiner Worte gering war, fühlte sich Vinae einen Moment lang getröstet. »Vanora, das bist nicht du. Versuch, dich an dein altes Leben zu erinnern.«

Die Priesterin blieb einen Schritt vor Vinae stehen und sah zu Eamon. Es war nicht zu erkennen, ob die Worte sie berührten, das Gesicht war wie aus Stein gemeißelt.

»Vanora«, fuhr Eamon eindringlich fort. Die Wunde an seiner Brust blutete nicht mehr, und seine Bewegungen zeugten von keiner Schwäche. »Ich weiß, du hasst das Schicksal. Nicht ohne Grund. Deine Seele hat sich verdunkelt. Damals nach dem Tod deines Vaters. Du hast ihn geliebt. Weißt du nicht mehr?«

Die Priesterin legte einen Moment lang den Kopf schief, dann lächelte sie. »Ich habe keine Eltern«, sagte sie.

»Nicht dieselben.« Eamon hielt in einigem Abstand vor ihr inne. »Wurdest du wiedergeboren?«, fragte er. »Rede mit mir. Wer sind deine Eltern? Wie kamst du hierher?«

»Wiedergeboren?« Die vollen Lippen der Priesterin verzogen sich zu einem Schmunzeln, die Saphire ihrer Augen blitzten. »Nein, Eamon«, sagte sie in ihrem Singsang. »Nicht wiedergeboren. Ich wurde *erschaffen*.«

Mit diesen Worten wirbelte sie herum. Vinae sah die Klinge im silbernen Miranlicht aufleuchten und wollte aufschreien, zurückweichen, da fuhr ein brennender Schmerz durch ihre Kehle, als wäre ein Blitz hindurchgefahren. Ihr Schrei wurde zu einem Gurgeln, während die Schreie Eamons und ihrer Mutter vom Gewölbe zurückgeschleudert wurden und in der Leere des Saals standen. Ohne die Bewegung bewusst wahrzunehmen, schlug Vinae die Hände an ihren Hals, und ihre ohnehin schon weit aufgerissenen Augen weiteten sich noch mehr, als sie das warme Blut zwischen ihren Fingern hindurchsickern spürte, so wie sie es eben noch beim Orakel gesehen hatte.

»Sagt Eurer Königin, die Zeit ist abgelaufen«, hörte sie wie aus weiter Ferne die Stimme der Priesterin. »Sie hat sich entschieden, genau wie ich.«

»Vinae!« Es war die Stimme ihrer Mutter, doch Vinae konnte ihr Gesicht nicht erkennen. Alles um sie herum wurde dunkel. Ihre Glieder fühlten sich kalt an. Sie hörte auch Eamon, doch er war zu weit weg. Sie selbst trieb davon. Mit jedem neuen Schwall Blut tauchte sie ein in die Finsternis.

Eamon

Die Priesterinnen waren alle tot, so auch die Tempelwachen. Niemand war den Nebelgestalten entkommen, während diese sich unsichtbar zwischen den Reihen der Ritter bewegt und ihr blutiges Werk verrichtet hatten. Kein einziger Diener des Orakels war verschont worden, einzig Liadans Gefolgsleute waren wie immer unberührt geblieben. Eine Gnade, auf die Eamon nach dem Gespräch in Lurness nicht mehr zu hoffen gewagt hatte, doch anscheinend gaben die Nebelgestalten die Bekehrung der Elfen doch noch nicht völlig auf.

Der Drache hatte sich schnell, von einem Beruhigungspfeil verwundet, davongeschleppt, ohne größeren Schaden anzurichten, doch der Tempel war auch ohne sein Zutun tot und leer.

Die Bestattungsfeuer am Tempelplatz brannten die gesamte Nacht hindurch, und obwohl Eamon nach diesem ersten Kampf seit dem Wiedervereinigungskrieg niedergeschlagen und vor allem wütend war und sich verloren fühlte, spürte er doch die Erleichterung. Nicht einmal der Gestank der verbrennenden Körper, der Geruch des Blutes der Verwundeten oder die düsteren Gesichter der Ritter konnten seine plötzliche Glückseligkeit verhindern.

Nicht, solange er Vinae betrachten konnte, die mit Ardemir zusammen auf der Treppe zum Tempel saß und mit ihm sprach. Eamon wusste nicht, ob er jemals solche Angst gehabt hatte wie in jenen Momenten, da Vinae blutend in seinen Armen gelegen hatte. In einem Moment gewann er eine Tochter, und im nächsten wäre sie ihm beinahe entrissen worden – noch ehe er die Möglichkeit gehabt hatte, sich ihr zu offenbaren.

Eamon wusste auch nicht, ob er jemals den Drang verspürt hatte, Meara Thesalis vor Dankbarkeit in die Arme zu schließen und sie zu küssen.

Sie hatte Vinae gerettet, sie geheilt, und das im allerletzten Moment. Eine durchgeschnittene Kehle tötete schnell, doch Meara hatte nicht gezögert. Das Entsetzen in ihren Augen hatte bewiesen, wie sehr sie ihre Tochter liebte, und auch wenn sofort nach der Heilung wieder Gleichgültigkeit auf ihren Zügen gelegen hatte, waren Eamon die Liebe und Sorge darin nicht entgangen.

Es war ein fremdartiges Gefühl, mit dem er die Magierin betrachtete, und auch, wenn er immer schon gewusst hatte, dass selbst in ihr Güte verborgen war, versetzte ihn die Erkenntnis darüber in Aufruhr. Beinahe ein Jahrhundert lang verfolgte sie ihn nun schon in seinen Gedanken, suchte ihn in seinen Träumen heim und erinnerte ihn an jene Nacht, da Vinae gezeugt worden war. Und jetzt war er wieder hier und wusste nicht, wie er sich verhalten, wie er fühlen sollte. Meara war sein Feind, doch jetzt kämpften sie Seite an Seite, auch wenn Eamon immer bewusst blieb, dass ihr nicht zu trauen war. Sie verfolgte ihr eigenes Ziel, gemeinsam mit den Sonnentaler Fürsten; ihre Zusammenarbeit würde nur so lange dauern, wie es ihrem Zweck diente. Und doch …

Vanoras Auftritt hingegen ließ Eamon zu seiner Überraschung verblüffend kalt. Er konnte in ihr nicht mehr das Mädchen von einst sehen; nein, er hatte lediglich eine Nebelpriesterin vor sich gehabt. Sie sah zwar aus wie Vanora, aber alles, was er an ihr geliebt hatte, war fort, tot und vergraben, und alles in Eamon sträubte sich dagegen, in der Priesterin nach Gemeinsamkeiten mit Vanora zu suchen. Er hatte versucht, sie aus dieser bösartigen Hülle zu locken, doch da war nichts mehr in ihr. Eamon durfte in ihr nicht das liebenswürdige Mädchen von einst sehen, das an den Steilklippen auf ihn gewartet hatte, denn sonst könnte er sie nicht bekämpfen.

Und wenn ihm diese Trennung der beiden unterschiedlichen Frauen schon so schwerfiel, wäre sie für Nevliin unmöglich. Nevliin musste von der Priesterin ferngehalten werden, koste es, was es wolle.

»Das war heute ein interessanter Kampf.«

Eamon drehte sich nicht um und blickte weiterhin zum Feuer in der Mitte des Platzes, wo die Priesterinnen und Tempelwachen auf einem Scheiterhaufen aufgebahrt lagen. Ihre Körper wurden eins mit den Elementen, kehrten zurück zum Ursprung. Das Feuer verwandelte die fleischlichen Hüllen in Staub, den der Wind zurück in die See und die Erde trug. Die letzte Reise.

»Ich kann deine Wunde auch heilen.«

Eamon stieß sich von der Mauerwand am Rande des Tempelplatzes ab und sah zur Seite. Mearas weißes Kleid wurde im Schein der Flammen erleuchtet, und auch die Bänder in ihrem dunklen Haar schienen zu glühen. Schon einmal hatte er sie so gesehen, vom Feuer des Kamins beleuchtet, und wohin das geführt hatte, sah er nur allzu bildlich vor sich. Zu genau wusste er noch, wie sich dieser zarte Körper unter seinen Händen angefühlt hatte. Da er fürchtete, seine Gedanken könnten ihm ins Gesicht geschrieben sein, wandte er sich schnell wieder ab.

»Nur ein Kratzer«, brachte er aus der vom Rauch trockenen Kehle hervor. Niemals hätte er gedacht, sie wiederzusehen könne ihn derart aufbringen. Es war doch schon so lange her, und wo ihm Vanoras Anblick schmerzhaft durch die Knochen gefahren war, als hätte er sie noch einmal verloren, erfüllte ihn Mearas Anblick mit der Sehnsucht nach Trost.

Kein sehr angenehmer Gedanke, denn er wusste, dass er zu nichts führte.

»Ihr geht es offensichtlich wieder gut.« Meara deutete zum Tempelaufgang, wo Vinae immer noch mit Ardemir zusammen war. »Sie scheint einen Narren an deinem Vetter gefressen zu haben.«

»Jeder mag Ardemir.« Mit einem Seufzer wandte Eamon sich nun wieder ganz Meara zu. »Was willst du hier?«, fragte er, müde vom Kampf. »Willst du mir erklären, wie ich plötzlich zu einer Tochter komme?«

Meara lächelte. »Du hast es sofort erkannt, hm?«

»Das war nicht sehr schwer.«

»Ja, sie sieht dir viel zu ähnlich. Schade um sie.«

»Macht dir das Spaß?«

Ihn erstaunte immer wieder, zu welch unschuldigem Ausdruck dieses ausgekochte Luder fähig war. Wie sanft die rehbraunen Augen ihn ansehen konnten, als wäre Meara zu keiner Intrige fähig. Es war erbärmlich, wie schwach ihn dieser Blick machte, wie offensichtlich er darauf hereinfiel und doch nichts dagegen tun konnte.

»Du hast ihr nichts von mir erzählt«, brach er das Schweigen und konnte den Vorwurf nicht ganz aus seiner Stimme heraushalten. »Nichts Konkretes zumindest.«

»Konkret wie deinen Namen, meinst du? Nein, den habe ich ihr nicht genannt. Sie lebte auch ohne ganz gut, Eamon. Sie braucht dich nicht.«

Der Hieb saß. Eamon nickte langsam. »Du hast dann ja bestimmt nichts dagegen, wenn ich ihr die Wahrheit sage.«

Meara hob die Schultern kurz an. »Es ist mir gleichgültig. Das Kind ist ohnehin verloren, du kannst mit ihr machen, was du willst.«

»Tu nicht so, als bedeute sie dir nichts.«

»Sie ist *deine* Tochter, Eamon. Ich wusste, das würde Folgen haben.«

»In dem Moment, als du in meinen Traum kamst?«

Meara sah durch ihre dichten Wimpern zu ihm hoch. »War es denn ein Traum?«, fragte sie honigsüß. »Vinae würde wohl etwas anderes dazu sagen.«

»Sag du es mir. Ich wachte auf, und nichts wies darauf hin, auf das, was … passiert ist.«

»Nun.« Meara trat einen Schritt auf ihn zu, und Eamon konnte nur schwer dem Drang widerstehen, vor ihr zurückzuweichen, um seinem Impuls, ihr näher zu kommen, nicht nachzugeben. »Ich bin eine Magierin, Eamon. So mancher sagt, die mächtigste Elvions. Was glaubst du denn?«

»Aber was ist mit Vinae? Ist sie durch Magie …«

Meara schnaubte ungeduldig. »Ach, was du für eine farbenfrohe Phantasie hast! Das zwischen uns war echt, Eamon, Vinae ist echt, genauso wie ihr absonderliches Wesen. Der Mistelzweig war doch ebenso real, oder etwa nicht?« Sie lachte auf. »Nevliin trägt ihn immer noch mit sich herum, nicht wahr?«

»Und wenn es so wäre?«

»Was, wenn ich ihm sagen würde, der Zweig ist einfach nur ein Zweig, und ich habe euch alle an der Nase herumgeführt?«

Eamon zuckte mit den Schultern. »Und?«, fragte er bemüht gleichmütig. »Hast du?«

»Wer weiß?«

Er hatte sie an den Schultern gepackt, noch ehe ihm bewusst war, sich überhaupt von der Stelle gerührt zu haben. Mit aller verbliebenen Kraft hielt er sie fest und beugte sich über sie. »Hör zu, Meara«, knurrte er, »denn ich sage es nur einmal: Hör auf mit deinen Spielchen mit Nevliin, mit Vinae und mit … mir. Geh zu deinen Fürsten! Hier bist du nicht von Nutzen.

Du bist zu schwach, um es mit der Nebelpriesterin aufzunehmen, also geh mir aus den Augen, bevor ich mich vergesse.«

Unter Aufbringung aller Willenskraft löste er seine Finger von ihren Armen und richtete sich auf. Das spöttische Lächeln in ihrem Gesicht hätte ihn beinahe die Beherrschung verlieren lassen, doch noch hielt er sich zurück.

»Autsch«, sagte sie und zog einen Schmollmund. »Das tat weh. Schön, zu sehen, dass du immer noch so leicht entflammbar bist.« Sie tätschelte seine Wange und sah ihm in die Augen. »Vielleicht komme ich noch einmal auf dich zurück.«

Mit diesen Worten drehte Meara sich um und ließ ihn zitternd vor Anspannung stehen. Der Anblick des Drachen oder des Nebels hätte ihn nicht verwirrter zurücklassen können. Es war einfach nicht möglich, gegen sie zu gewinnen. Sie konnte mit ihm spielen, wie sie wollte, und er ließ es sich auch noch gefallen. So konnte es nicht weitergehen.

Sein Blick glitt über den Tempelplatz und folgte der weißen Erscheinung. Meara ging direkt auf Vinae zu und flüsterte ihr etwas ins Ohr. Daraufhin erhob sich Ardemir, verbeugte sich kurz vor Meara, wobei der Spott in dieser Geste selbst aus dieser Entfernung zu erkennen war, und ging schließlich zu seinen Rittern. Die beiden Magierinnen schienen eine Zeitlang zu diskutieren. Schließlich verschränkte Vinae die Arme vor der Brust und reckte das Kinn in die Höhe. Eamon wartete, bis Meara sich am Fuß der Treppe auf ihr Pferd geschwungen hatte und in Richtung Norden zum Weltentor davongesprengt war, ehe er den Platz überquerte und Vinae auf ihrem Weg in den Tempel einholte. Sein Entschluss stand fest. Er hatte viel zu lange gewartet – beinahe zu lange –, doch jetzt musste er ihr endlich die Wahrheit sagen. In diesen Zeiten wusste niemand von ihnen, wie lange sie noch zu leben hatten, und Vinae sollte zumindest wissen, wer ihr Vater – ihr Erzeuger – war. Ein richtiger Vater war er ihr leider niemals gewesen.

»Deine Mutter geht zurück nach Acre?«, versuchte Eamon ein Gespräch in Gang zu bringen.

Vinae blieb nicht stehen, wandte sich ihm jedoch zu. »Sie meint, hier nichts mehr verloren zu haben, jetzt, da die Mission gescheitert ist.«

»Und du? Gehst du nicht zurück?«

»Noch nicht. Ich habe hier noch etwas zu erledigen. Die Fürsten kommen auch einmal ohne mich aus.«

Eamon betrachtete Vinae von der Seite, als sie in die verlassene Vorhalle des Tempels traten. Bitterkeit hatte er aus ihrer Stimme gehört. Bisher war sie ihm stets unerschütterlich erschienen. Dem Tod nur so knapp entronnen zu sein hatte doch seine Spuren hinterlassen.

Gewiss passte es Meara nicht, ihre Tochter hier zurückzulassen – unter seinem und daher auch Liadans Einfluss –, doch sie hatte anscheinend nicht vor, etwas dagegen zu unternehmen. Ob ihr die eigene Tochter tatsächlich gleichgültig war? Er selbst war sich im Moment nicht so ganz sicher, ob er sein Geständnis ausgerechnet jetzt hervorbringen sollte. Vinae hatte an diesem Tag genug gelitten. Die Wahrheit konnte vielleicht noch warten.

»Wollt Ihr mich begleiten, Herr?« Vinae deutete zum Tor des Quellsaals, dem Ort der verheerenden Geschehnisse, und auch wenn Eamon beim Gedanken, dorthin zurückzugehen, ein Schauer überfiel, folgte er seiner Tochter.

Sofort fiel sein Blick auf das Blut am hellen Stein des Bodens. Vinaes Blut. Auch am See waren immer noch die Spuren des Orakels zu sehen; der Körper selbst war mit den anderen verbrannt worden.

Ohne sich die geringste Anspannung über all die Schrecken

ansehen zu lassen, schritt Vinae zielstrebig zum See und kniete dort neben der roten Pfütze nieder. Eamon tat es ihr gleich und beobachtete, wie sie ihre Hände in das schimmernde Wasser tauchte und ihr Gesicht damit benetzte. Sie hielt die Augen geschlossen, die Finger auf die Stirn gelegt. Leicht nach vorn zum See gebeugt, verharrte sie. Es war ein harmonisches, ruhiges Bild, und wie Eamon sie so betrachtete, konnte er selbst die Grauen der letzten Stunden vergessen. Er wusste nicht, was sie tat, doch als sie plötzlich eine Melodie zu summen begann, schien ihm dies vollkommen normal zu sein. Ihre Stimme war hell und passte zum Glitzern des Wassers. Das Lied war ihm fremd, doch es war von unbeschreiblich trauriger, wenngleich auch schöner Natur.

Eamon wusste nicht, wie lange sie so verharrten, und er vergaß völlig, dass da draußen Freunde, Fremde und Probleme auf ihn warteten. Es war ihm, als spüre er den letzten Energiehauch des Orakels, der hier in diesem Saal zurückgeblieben war. Es war keine bewusste Entscheidung, dieselbe Haltung wie Vinae einzunehmen. Genauso wenig hatte er noch an das Orakel denken wollen, doch plötzlich kreisten all seine Gedanken darum. Er sah goldenes Glühen vor seinem inneren Auge, pure Kraft, Magie. Und in ihm entstand der Wunsch, diese Energie des Orakels möge zu den Sternen gehen. Es hatte dem Schicksal gut gedient und sich seinen Platz verdient.

»Da habt Ihr recht.«

Eamon fuhr aus seiner gebeugten Haltung hoch und sah zu Vinae, die ihn mit einem leisen Lächeln um die Lippen betrachtete.

»Ihr habt gesprochen«, erklärte sie auf seinen verdutzten Blick hin. »Gebetet – für das Orakel. Ihr habt das Schicksal gebeten, es den Weg zu den Sternen zu geleiten.«

»Habe ich das?« Eamon versuchte sich daran zu erinnern.

An Worte, die seinen Mund verlassen hatten, doch da war nichts als dieses goldene Glühen in seinem Gedächtnis.

»Ich konnte nicht gehen, ehe ich mich richtig vom Orakel verabschiedet habe«, fuhr Vinae fort und blickte auf den See. »Ich kannte es nicht gut, doch hätte ich mein Leben seinem Dienst verschrieben.«

»Vielleicht hat das Schicksal andere Pläne mit dir?«

Vinae wandte sich ihm wieder zu. »Welche sollten das sein?«, fragte sie. »Daerons Frau zu werden?«

Bei diesen Worten verzog sich sein Gesicht zu einer Grimasse. »Ich hoffe nicht, dass das Schicksal tatsächlich so grausam ist.«

Vinae lachte kurz auf, wurde jedoch sofort wieder ernst. »Die Nebelpriesterin würde Euch da wohl widersprechen«, meinte sie seufzend. »Und auch ... Vanora.«

Eamon nickte. »Die auch, ja.« Und Nevliin. Vielleicht sogar er selbst.

Was hatte ihn so lange in der Menschenwelt gehalten, wo er doch hier gebraucht worden wäre? Nun, dafür konnte er wohl kaum das Schicksal beschuldigen. Es war seine eigene Feigheit gewesen, die ihn an seinem ruhigen Rückzugsort hatte bleiben lassen. Viel zu lange hatte er sich versteckt, während ihn seine Tochter gebraucht hätte. Das musste sich ändern.

»Deine Mutter ist eine sehr begabte Heilerin«, versuchte er sich vorsichtig heranzutasten und deutete dabei auf die weiße Linie an ihrem Hals. Sie würde bestimmt bald vollkommen verblasst sein. »Du weißt ja sicher, ich kenne sie schon von früher.«

Vinae blickte auf. »Das waren keine besonders schönen Umstände«, meinte sie mit solch schuldbewusster Miene, als wäre sie für die Gräueltaten ihrer Mutter verantwortlich.

»Nein, das nicht.« Eamon fuhr sich mit der Hand durchs

Haar und holte tief Atem. Er wagte es nicht, sie anzusehen, und blickte auf das stille Wasser. »Damals nach der Schlacht von Edora«, begann er schließlich stockend wie ein Kind, »da kam deine Mutter zu mir.«

Stille.

Eamon wusste nicht, ob er einfach fortfahren oder auf eine Reaktion warten sollte.

Da Vinae jedoch nach einer gefühlten Ewigkeit immer noch schwieg und er sie einfach nicht ansehen konnte, sprach er schließlich weiter. »Die Lichtelfen verloren die Schlacht. Der seelenfressende Würfel deiner Mutter hat ihnen nicht, wie erhofft, den Sieg verschafft.«

»Ich weiß.« Skepsis klang aus Vinaes Stimme, doch jetzt durfte er nicht mehr zögern.

»Die Drachenelfen haben uns damals gerettet und die Königin … Alkariel – du kanntest sie nicht –, sie und deine Mutter mussten fliehen.«

Wieder hielt er inne, um ihr die Möglichkeit zu einer Frage zu geben, doch Vinae hörte nur zu. Sie schien nicht wissen zu wollen, wie Meara damals hatte fliehen und dann doch nach der Schlacht zu ihm hatte gelangen können – in feindliches Gebiet.

»Ich hielt es für einen Traum«, erzählte Eamon weiter. »Auch wenn ich wusste, dass es kein *richtiger* war und ich tatsächlich mit ihr sprach. Deine Mutter ist schließlich eine Magierin, und sie war schon zuvor auf diese Weise zu mir gekommen.« Noch einmal holte er tief Atem. »Für sie und die Lichtelfen war nach dieser Schlacht alles verloren. Doch natürlich dachten sie nicht daran aufzugeben. Deine Mutter versuchte mich dazu zu bringen, Vanora auszuliefern.«

»Wie?« Eisblaue Augen blickten ihn an, ohne jedes Gefühl, aufmerksam und doch kalt. Es würde sehr schwer werden.

»Sie gab mir einen Mistelzweig«, fuhr er fort. »Sie meinte, er stünde für Nevliins und Vanoras Verbundenheit – *Faelnuìr*. Ich müsste ihn nur brechen, und Vanora wäre frei von ihm ... für mich.« Es war erstaunlich, wie schwer es ihm fiel, darüber zu sprechen. Vinaes gleichmütiger Ausdruck machte es ihm auch nicht leichter. Wenn sie doch wenigstens irgendein Gefühl zeigen würde. »Deine Mutter versprach mir Vanora. Um den Preis, dass ich sie ihr und Alkariel zur Zerstörung der Barriere ausliefere. Und auf die Gefahr hin, dass sie dabei umkommt.« Ein gequältes Lachen entwich ihm bei der Erinnerung an diese Farce. »Natürlich lehnte ich ab, doch deine Mutter kann sehr hartnäckig sein. Sie ... nutzte andere Argumente.«

Einen Moment lang verengten sich Vinaes Augen, und dann weiteten sie sich plötzlich. Eamon fiel es schwer, sie weiterhin anzusehen und nicht den Blick abzuwenden.

»Ich weiß nicht, warum ich das getan habe, Vinae«, brachte er aus trockener Kehle hervor. »Die Schlacht war eben erst vorüber, deine Mutter war meine ärgste Feindin, und mein Herz gehörte Vanora ... und doch tat ich es.«

Immer noch ließ Vinae sich keine Reaktion anmerken. Er hatte mit Wutausbrüchen und Geschrei gerechnet. Vorwürfen und Schmerz. Mit all dem konnte er umgehen. Er erinnerte sich noch gut an seine leidenschaftlichen Auseinandersetzungen mit Vanora und wie schnell sie hatte explodieren können, doch Vinae sah ihn einfach nur an.

Dieser Blick machte es ihm unmöglich, ruhig zu bleiben. Er war beredter als jeder ausgesprochene Vorwurf, und so sprudelten die einstudierten Worte der Verteidigung immer schneller aus seinem Mund.

»Niemals hätte ich damit gerechnet, dass diese Begegnung hätte Wirklichkeit sein können, Vinae. Es war ja im Grunde doch nur ein Traum. Ich wäre auch niemals auf den Gedanken gekommen, dass … Leben daraus entstehen könnte. Vinae, du musst mir glauben, hätte ich auch nur etwas geahnt, hätte ich gewusst, dass es dich gibt, ich wäre bei dir gewesen. Ich hätte mich um dich gekümmert. Diese ganze Sache damals war so verrückt … unwirklich. Ich …«

»Danke.«

Eamon hielt verblüfft inne und sah sie an, doch noch immer kam kein Zorn in ihr zum Vorschein. Wie war das möglich? Schließlich hatte er ihr eben offenbart, dass er ihr Vater war und sie seit mehr als achtzig Jahren im Stich gelassen hatte! Er hatte ihr offenbart, dass er sich auf seine Feindin eingelassen hatte, während seine Krieger in den Totenfeuern gebrannt hatten und die Verwundeten gestorben waren. Wie konnte sie ihn nur so ruhig ansehen?

»Ich danke Euch für Eure Offenheit.«

Eamon blinzelte verwirrt, doch als sich Vinae plötzlich erhob, sprang er ebenfalls auf die Beine.

»Wo willst du hin?«, fragte er sie, wobei er sich nur mit Mühe zurückhalten konnte, um sie nicht zu packen und durchzuschütteln.

Vinae blieb stehen und sah ihn über die Schulter hinweg an.

»Meine Mutter ist bestimmt bereits in Acre«, sagte sie, als hätte dieses Gespräch gar nicht stattgefunden. »Ich muss auch zurück, ehe Fürst Daeron nach mir suchen lässt.«

»Nach dir …?«

»Auf Wiedersehen, Herr Eamon.«

Vinäe

Vinae sah weder nach rechts noch nach links, als sie den in Flammen stehenden Tempelplatz überschritt. Sie reagierte nicht auf die vereinzelten Grüße der Ritter und auch nicht auf den Gestank der brennenden Körper. Ihr einziger Gedanke war, von hier zu verschwinden, so schnell wie nur möglich. Sie war viel zu lange geblieben, und da sie ohnehin nichts erreicht hatten, konnte sie genauso gut zurückgehen.

Am anderen Ende der Stadt, dort, wo der Drache nicht gewütet hatte, holte sie ihr Pferd ab und machte sich auf den Weg nach Norden. Da ihre Mutter mit dem Schlüssel zum Weltentor vorausgeritten war, musste sie die gesamte Strecke auf herkömmliche Weise zurücklegen, doch Averdun lag nicht sehr weit von Acre entfernt.

Das Licht der Flammen erhellte hinter ihr immer noch den Horizont, als sie in die Dunkelheit des Waldes kam. Nur hin und wieder gelangte ein Silberstreifen des Vollmondes zwischen dem Geäst der Baumkronen hindurch und zeigte ihr den Weg.

Der Hengst flog wie der Wind den schmalen Pfad entlang, ohne ein Geräusch zu verursachen. Er schien es genauso eilig wie sie zu haben, endlich von dem Grauen fortzukommen und den frischen Duft des Waldes zu genießen. Die Leere und Kälte des Todes schienen jedoch an ihr haften zu bleiben, sich in sie eingeschlichen zu haben in jenen Momenten, da er sie zu sich hatte holen wollen. Zudem wurde sie Eamons Gesicht nicht los. Dieses von Schuld gepeinigte Gesicht. Seine Stimme, die um jedes Wort gekämpft hatte, sein Ausdruck, wie er sich gewunden hatte.

Die Wahrheit erschien ihr logisch, ja sogar offensichtlich. Hatte er nicht dieselben Augen wie sie? War sie nicht immer wieder wegen ihrer Ähnlichkeit zur Königin Liadan angesprochen worden?

Und doch wäre sie nicht im Entferntesten auf solch eine Idee gekommen. Nicht nur, weil Eamon die letzten vierundachtzig Jahre in einer anderen Welt verbracht hatte, sondern wegen der Ereignisse davor. Wegen des Krieges. Der Feindschaft zwischen ihm und Meara. Eamon hatte es ihr zu erklären versucht, doch Vinae verstand es nicht. Sie verstand überhaupt nichts mehr.

Das Geräusch von Hufschlag hinter ihr ließ sie aufhorchen. Sofort begann ihr Herz schneller zu schlagen. Waren ihr die Nebelgestalten gefolgt? Wollten sie zu Ende bringen, was sie angefangen hatten? Doch wieso wollten sie dann gehört werden? Außerdem war es offenkundig nur ein Pferd. Oder war es Eamon, um sie zu einer Aussprache zu zwingen?

Vinae kniff einen Moment lang die Augen zusammen und atmete tief durch. Sie wollte sich eben umdrehen, dem Feind entgegenblicken, da rief Ardemir nach ihr. Die Erleichterung, seine Stimme zu hören, tröstete sie über die Störung ihrer Einsamkeit hinweg.

»Du reitest, als würdest du verfolgt«, meinte Ardemir lachend, als er sein Pferd neben ihres lenkte. »Fürchtest du, die Nebelpriesterin könnte es immer noch auf dich abgesehen haben?«

»Unter anderem.« Vinae versuchte, all ihre düsteren Gedanken aus ihrem Gesicht zu bannen, doch es war zu spät. Ardemirs Augen verengten sich sofort bei ihrem Anblick, er seufzte laut auf.

»Ja, ich dachte es mir schon. Er hat es dir also endlich gesagt.«

Beinahe wäre Vinae aus dem Sattel gekippt, so schnell fuhr sie zu ihm herum. »Du weißt es?«, keuchte sie. »Du hast es gewusst?!«

»Seit ich euch beide zum ersten Mal zusammen gesehen habe.«

Die Luft entwich zischend ihren Lungen. Sie wusste nicht, was sie sagen sollte, und starrte nur auf die fahle Mähne des Pferdes. »Ach so«, brachte sie schließlich heraus und fragte sich gleichzeitig, wer noch alles davon gewusst hatte. War sie denn die Einzige, die nichts begriffen hatte? Ob auch Daeron die Wahrheit kannte? Schließlich hatte er nicht nur einmal über ihren Vater gesprochen, auf eine Weise, als wäre ihm bekannt, um wen es sich handelte. Bestimmt hatte ihre Mutter den beiden Fürsten schon damals alles erzählt. Allen, nur ihr nicht. Hatte Meara gefürchtet, Vinae würde sich auf und davon machen, um ihren Vater zu suchen? In dieser fremden Welt?

Beinahe hätte sie Ardemirs Anwesenheit vergessen, hätte er nicht plötzlich in ihre Zügel gegriffen.

»Wir müssen uns unterhalten.«

»Was? Nein.« Mit einem Ruck versuchte Vinae, sich zu befreien, doch Ardemir schwang sich bereits aus dem Sattel und hielt ihr Pferd fest.

»Komm«, meinte er und hielt ihr seine Hand entgegen. »Du kannst nicht einfach davonlaufen. Vor Eamon vielleicht, aber nicht vor mir.«

»Was tust du überhaupt hier?« Sie deutete zurück in Richtung Averdun. »Wieso bist du mir nach?«

»Na, genau aus dem Grund, um mit dir zu reden. Über Eamon.«

»Da gibt es nichts zu reden, Ardemir.«

»Jetzt steig schon ab. Schenk mir ein bisschen von deiner Zeit, bevor du zurück zur Giftschlange gehst, ja? Wir sind doch Freunde.«

Vinae seufzte. Sie hatte nach dem Angriff erst mit ihm gesprochen, lange und ausführlich, doch sie wusste, sie würde mit diesem Argument nicht weit kommen. Zudem verspürte sie plötzlich selbst den unheimlichen Drang, noch bei ihm zu bleiben.

Ardemir hatte recht. Sie waren Freunde, immer schon gewesen, und er war der Einzige, dem sie alles sagen konnte. Vielleicht sollte sie die Situation nutzen. Er war ohnehin viel zu selten da, und jetzt bot er sein Ohr von sich aus an. So oft war sie wegen seiner ständigen Abwesenheit und schweren Erreichbarkeit gekränkt gewesen, und hier waren sie endlich allein und ungestört. Weder Nevliin noch andere Ritter oder Daerons Schatten schwirrten um sie. Erstaunlich, dass es solch einen Moment tatsächlich geben konnte.

»Also gut.« Mit einem nun viel besseren Gefühl im Bauch ergriff sie seine Hand und stieg vom Pferd. Der Wunsch, ihre Gedanken in Einsamkeit zu sortieren, hatte sich verflüchtigt. Sie wunderte sich nicht darüber. Ardemir fiel es immer leicht, ihre Gefühle von einem Extrem ins nächste zu lenken. Das war das Besondere an ihm.

Immer noch ihre Hand haltend, als wolle er sichergehen, dass sie es sich nicht anders überlegte, führte er Vinae vom Pfad weg hinein ins Dickicht, wo sie sich auf einem vom Sturm querliegenden Baumstamm niederließen. Die Pferde folgten ihnen in einigem Abstand und suchten den Waldboden nach Nahrung ab. Es war ein nettes, kleines Fleckchen, so abgeschieden, fern von allen Problemen. Das dichte Geäst gab Vinae das Gefühl, dahinter verborgen zu sein und als könne niemand sie hier finden, solange sie es nicht wollte.

»Also.« Ardemir ließ ihre Hand los und grub die Stiefelspitze ins Laub zu seinen Füßen. »Wie hat er es dir gesagt, hm?«

Vinae schüttelte nur den Kopf und sah ihn an. Sie wollte den Frieden durch Gedanken an Vergangenes nicht zerstören.

Die silbernen Schulter- und Brustplatten von Ardemirs Rüstung wurden von einem Strahl Mondlicht beschienen, während der dunkle Umhang mit der Nacht verschmolz. Er wirkte prächtig, in dieser Atmosphäre fast schon unwirklich – wäre da nicht auf dem Metall noch der eine oder andere Blutspritzer gewesen. Ja, selbst hier war die Illusion nicht vollkommen. Da war es gleichgültig, wie nahe Ardemir ihrer Meinung nach der Verkörperung des Guten kam. Auch er war in gewisser Weise nur einer von vielen Kriegern. Jemand, der Liadans Befehle befolgte und sofort sprang, wenn sie ihn rief. Gab es denn wirklich keine Freiheit in diesem Land?

»Du machst mir schon Angst, Vin. Ist es so schlimm?«

Vinae blickte auf und strich sich das Haar aus dem Gesicht. »Nein«, seufzte sie. »Er hat mir alles erklärt, die … Umstände. Es fiel ihm wohl nicht leicht.«

»Nein, das bestimmt nicht.«

»Aber jetzt weiß ich es – so wie du.«

»Versteh mich! Er musste es dir selbst sagen.«

»Ja, natürlich. Es kam einfach sehr … ich war nicht darauf vorbereitet.«

Ardemir lachte auf, jedoch ohne jeden Frohsinn darin. »Kann man denn darauf vorbereitet sein?«, fragte er und fing ihren Blick mit seinen dunklen Augen ein. »Ich bin ein Dunkelelf, egal, ob Liadan uns nicht mehr in diese Sparten gliedern will, aber für mich ist immer noch Eamon der Gute und Meara die Böse.«

»Ich bin eine Lichtelfe und denke genauso. Deshalb ist es ja so schwer zu verstehen, weshalb … es dazu gekommen ist.«

»So schwer auch wieder nicht, kennt man die Umstände von damals.«

Vinae horchte auf. »Was meinst du damit?«, fragte sie, begierig darauf, alles über die Zeit von vor ihrer Geburt zu erfahren. »Eamon sagte, es geschah am Abend nach der Schlacht von Edora. Welche Umstände könnten ihn dazu bewogen haben?«

»Verletzte Eitelkeit?« Ardemir fuhr sich seufzend durch das ungleich geschnittene Haar, das ihm kaum bis zum Nacken reichte. Anders als bei Eamon fiel es glatt wie schwarze Seide hinab und stand nicht wirr vom Kopf ab. Die vorderen Strähnen waren mit dünnen Zöpfchen zurückgebunden, so dass sie ihm nicht in die Augen fallen konnten. Im Grunde hatten die beiden Vettern kaum etwas gemein. »Hör zu«, fuhr er ernster fort. »Eamon hat Vanora vergöttert, genauso wie Nevliin. Ausgerechnet die beiden dann ständig zusammen zu sehen war bestimmt nicht leicht. Es fällt ihm schwer, die Vergangenheit ruhen zu lassen – immer noch. Damals trauerte er Vanoras Menschlichkeit hinterher. Seiner Zeit mit ihr in ihrer Welt. Aber er konnte auch nicht mit Nevliin abschließen und der Zeit, die sie damals gemeinsam in Lurness lebten – als beste Freunde. In ihm hat sich wohl alles angestaut. Sein Vater starb, er wurde König über ein Land, das sich im Krieg befand, Hunderte Elfen wurden unter seinem Befehl in den Tod geschickt, dann der magische Angriff der Lichtelfen auf unsere Seelen …«

»Aber der Angriff wurde von meiner Mutter geführt. *Sie* erschuf den Würfel. Wie konnte er dann ausgerechnet mit *ihr* …?

»Darüber habe ich lange nachgedacht.« Ardemir breitete die Hände aus. »Ich komme auf keine andere Antwort, als dass er die Bestätigung brauchte. Endlich keine Ablehnung, kein Versagen … Ich kenne Eamon mein ganzes Leben lang. Er ist eine sensiblere Seele, als die meisten meinen, und nimmt sich jede Abweisung sehr zu Herzen. Vanora hat ihn schlimmer verletzt, als du ahnst.«

»Vanora.« Vinae versuchte, in Gedanken das Bild der Nebelpriesterin mit der Schilderung der Chroniken des Wiedervereinigungskrieges zu vergleichen, doch sie fand keine Gemeinsamkeit. Wie konnte ein und dieselbe Seele zwei solch völlig verschiedene Persönlichkeiten entwickeln? »Wie war Vanora?«, fragte sie schließlich, als ihr die Erkenntnis kam, nicht mehr über diese Halbelfe zu wissen als das, was in Büchern über sie stand. Nevliin hatte nie über sie gesprochen. »Du kanntest sie doch?«

Ardemir nickte langsam und blickte ins Leere. »Wir standen Seite an Seite«, erzählte er gedankenversunken, »am obersten Mauerring von Lurness, sie war unter meinen Bogenschützen. Wir standen nebeneinander, als der Würfel seine Macht entfaltete.« Er schüttelte den Kopf und kniff einen Moment lang die Augen zusammen. »Sie war nicht so anders«, sagte er dann plötzlich zu ihrer Überraschung. »Als die Nebelpriesterin, meine ich. Natürlich nicht so extrem, aber wer weiß, in welche Richtung sie sich entwickelt hätte, wäre sie nicht gestorben. Sie hatte diese enorme Macht, dieses gewaltige Ausmaß an Magie, und ich hatte bei ihr immer das Gefühl, sie wäre ein filigranes Gefäß kurz vorm Zerbersten. Schon damals fürchtete ich, was dies für Folgen haben könnte.«

»Also meinst du, es ist gut, dass sie gestorben ist?«

Ardemir sah Vinae lange an, ohne eine Reaktion, dann hob er schließlich die Schultern. »Was weiß ich schon?«, fragte er müde. »Ist es gut, dass Nevliin so sehr leidet? Dass er ausgerechnet mit ihr durch *Faelnuìr* verbunden ist? Er ist mein Freund, auch wenn ich ihn manchmal nicht verstehen kann.«

»Ich glaube, das kann niemand.«

»Da hast du wohl recht. Ich will es auch gar nicht. Ich will nicht in diese Dunkelheit blicken.« Er ruckte an der Schulterplatte, als wäre sie ihm zu eng. »Dieser Krieg, Vin«, meinte er dann und blickte zu Boden. »Er war kurz und heftig. Wir alle haben in ihm jemanden verloren, der uns etwas bedeutete. Im Moment mache ich mir eher Gedanken um das, was uns noch bevorsteht.«

Vinae sah ihn aus verengten Augen an. Sie betrachtete sein vom Mond beschienenes Profil, die silbern scheinende Haut, die spitzen Enden der Ohren, die zwischen dem pechschwarzen Haar hervorlugten. Ardemir hatte nur selten über den Krieg gesprochen. Er war eine Frohnatur, und solch trostlose Themen waren nicht seine Art. Genauso war er nur selten ernst zu nehmen. Vinae kannte auch seinen Ruf bei den Elfen, egal, in welcher Stadt. Er nahm weder das Leben noch die Liebe allzu schwer, und doch fragte sich Vinae, ob es da wohl jemanden gegeben hatte – im Schattenreich, vor dem Krieg. Vielleicht eine Frau? Hatte Ardemir sein Herz damals verschenkt und trauerte im tiefsten Inneren genauso um eine Liebe wie Nevliin?

Es war eine Vorstellung, die ihr Unbehagen, ja sogar Übelkeit bereitete. Sie liebte Ardemirs offenes Herz, doch der Gedanke, es könne vergeben sein, entfachte in ihr das Gefühl von Verzweiflung.

»Wen hast du verloren?«, fragte sie in die Stille. »Eine … eine … Frau?«

Ardemir wandte sich ihr zu. Seine Augen weiteten sich, dann begann er zu lachen. »Eine Frau?«, brachte er schließlich kopfschüttelnd heraus. »Nun, lass mich nachdenken. Ich würde sagen nicht nur eine. Da waren viele gute Kriegerinnen, die es nicht nach Hause schafften.« Er wurde wieder ernst. »Bogenschützen, die in den unteren Bereichen von Lurness positioniert waren und dem Würfel nicht entkommen konnten.« Seine Lippen wurden eine schmale Linie. »Aber nein, Vin. Ich weiß, was du meinst. Es gab keine Frau, die sich an Besonderheit von anderen abhob.«

Vinae konnte sich ein erleichtertes Aufatmen nicht verkneifen, versuchte jedoch, beim Thema zu bleiben. »Gab es denn einen Verlust, der dich besonders stark traf?«, fragte sie daher, nicht nur, um von sich abzulenken, sondern ehrlich an der Antwort interessiert. Seit Jahrzenten waren Ardemir und sie befreundet, und doch kannte sie ihn eigentlich gar nicht. Niemals zeigte er irgendetwas anderes als Fröhlichkeit, die Abgründe seiner Seele hielt er verborgen, und bisher hatte Vinae gemeint, in ihm gäbe es solche gar nicht.

»Ja.« Ardemirs Blick schweifte zu den grasenden Pferden. »Einen Freund. Meinen ältesten Freund.«

»Du hast nie von ihm erzählt.«

»Du hast nicht gefragt.« Ein schelmisches Lächeln hob seine Mundwinkel. »Glitnir ist bei mir geblieben«, sagte er mit einem Nicken in Richtung des schwarzen Pferdes. »Er war lange Zeit Glendorfils Gefährte, und jetzt ist er meiner.«

»Glendorfil? Der Schattenritter?«

»Ja, für seine Ritter und Auszubildenden war er der furchteinflößende Befehlshaber, dem niemals ein Lachen zu viel entkam, aber in Wirklichkeit war er mir gar nicht so unähnlich.«

»Tatsächlich?«

Ardemir schob seine Hand unter die Brustplatte und zerrte daran herum. »Ja, wirklich«, keuchte er, ohne aufzublicken. »Wir verstanden uns gut, aber wie gesagt, jeder hat im letzten Krieg jemanden verloren, und …« Er zog an der Schulterplatte. »… das Leben geht weiter.«

»Willst du die Rüstung nicht abnehmen?«, fragte Vinae, da sie nun lange genug seinem Gezappel zugesehen hatte.

Ardemir sah auf und ließ sofort die Hände sinken. »Nein«, schoss es aus ihm heraus. »Sie ist wohl nur etwas verbeult.«

»Umso mehr ein Grund, sie loszuwerden.«

»Ach was, das mach ich später.«

»Aber …« Vinae streckte die Hand nach ihm aus, doch da sprang Ardemir plötzlich auf. Taumelnd wich er zwei Schritte vor ihr zurück.

»Ich sagte, ich mach das schon«, knurrte er in ihre Richtung. Einen Moment lang schien es ihr, als wären seine Augen in grünem Licht erstrahlt.

»Ich reite jetzt zurück«, meinte er dann plötzlich und ging schnellen Schrittes auf die Pferde zu. »Die anderen warten bestimmt schon. Ich habe bereits mehr als genug Zeit vertrödelt.«

»Ardemir!« Vinae lief ihm hinterher und legte ihre Hand auf seine, als er nach den Zügeln griff. Sein Körper erstarrte. Auffällig langsam drehte er sich zu ihr um, den Blick abgewandt.

»Ardemir, bist du verletzt?« Sie fasste an den Schulterriemen seiner Rüstung, um ihn zu lockern, da packte er plötzlich ihr Handgelenk und drückte zu.

»Wieso«, stieß er zwischen zusammengebissenen Zähnen hervor, jede Silbe betonend und immer lauter werdend, »musst du mich ständig *anfassen*?« Er schob sie von sich. Vinae stolperte zwei Schritte zurück und starrte ihn einen Moment lang nur an. Als er sich jedoch wieder abwenden wollte, war sie sofort wieder bei ihm.

»Meine Güte, Ardemir, jetzt sag mir, was los ist.« Er versuchte sich ihr zu entwinden, doch Vinae hielt ihn an den Armen fest. »Ist etwas beim Angriff passiert? Bist du verletzt? Ich kann dich hei…«

»Sag, begreifst du denn nicht, Vin?« Er befreite sich mit einem Ruck aus ihrem Griff und wollte nun seinerseits ihre

Hände fassen, die immer noch seine Rüstung zu lösen versuchten, um eine mögliche Verletzung aufzuspüren. Sie rangelten eine Zeitlang herum, jeder darauf bedacht, den anderen zu überlisten, doch Vinae ließ sich nicht mehr so leicht fassen. Sie tat, womit er nicht rechnete, und packte sein Gesicht mit beiden Händen.

»Was?«, stieß sie hervor und zwang ihn, sie anzusehen. »Was begreife ich nicht, hm? Was?«

Seine Hände, welche die ihren von seinen Wangen hatten lösen wollen, sanken kraftlos herab. Die dunklen Augen wirkten mit einem Mal so ungewohnt traurig, dass sie einem Fremden zu gehören schienen.

Mit unruhiger Hand strich Ardemir eine Strähne aus ihrem Gesicht. Sein Kinn zitterte unter der Anspannung, während sein Blick der Bewegung folgte. Er betrachtete ihr Haar, ihre Lippen und sah ihr schließlich wieder in die Augen. »Du tust mir weh«, antwortete er ihr dann plötzlich aus rauer Kehle, was das Letzte war, womit sie gerechnet hätte.

Sie verstand nicht, was er damit meinte. Sie wusste nicht, wie sie in der Lage sein konnte, ihm weh zu tun, so sehr, dass er sich wie unter entsetzlichen Qualen wand. Doch der Grund erschien ihr im Moment auch unwichtig. Der gesamte Tag, all die Ereignisse und Erkenntnisse erschienen ihr plötzlich bedeutungslos. Da war nur noch das Gefühl in ihr, mit einem Mal zu wissen, was sie zu tun hatte, was sie immer schon hatte tun wollen. Etwas anderes zählte nicht, als sie ihm in die leeren Augen blickte.

Daher reckte Vinae sich nach vorn und legte ihre Lippen auf seine.

Seit sie ein Kind war, hatte sie davon insgeheim geträumt, doch die Vorstellungen kamen nicht an die Realität heran. Wie ein warmer Ball zog sich das Kribbeln in ihrem Bauch zusammen, brachte ihr Herz zum Stottern, ihren Atem aus dem Rhythmus. Es war die richtige Entscheidung gewesen, das wusste sie spätestens, als Ardemir seine Arme um sie legte und sie an das kühle Metall seiner Brust zog. Er reagierte mit Hitze und einem Keuchen, das ihr durch und durch ging, als er ihre Lippen öffnete und sie in seiner plötzlich auflodernden Leidenschaft geradezu verschlang. Ihre Hände glitten von seinen Wangen zurück in sein Haar, hielten sich an ihm fest, um von diesem plötzlichen Gefühlsrausch nicht niedergerissen zu werden.

Seine Arme pressten sie an sich, und gleichzeitig drängte sein Körper so stark gegen sie, dass sie beide fast zu Fall kamen. Niemals hätte sie mit solch einer Antwort auf ihren Kuss gerechnet, und es vernebelte ihr den Verstand, trieb sie fort in die Schwerelosigkeit – und traf sie als harter Schlag gegen die Schultern.

Vinae riss die Augen auf, doch sie konnte ihr Gleichgewicht nicht mehr halten. Ardemir stieß sie mit solcher Wucht von sich, dass ihr der Boden unter den Füßen fortgerissen wurde und sie gegen den nächsten Baum krachte.

»Mach das nie wieder!«, brüllte er sie an und vergrub beide Hände in sein Haar, als wolle er es sich ausreißen. »Kapierst du denn nicht? Du sollst mich nicht anfassen! Du sollst mich endlich in Ruhe lassen!«

Vinae sah ihn durch die wild ins Gesicht gefallenen Strähnen hindurch an und brachte kein Wort heraus. Sie konnte sich noch nicht einmal rühren, als sich Ardemir nun endgültig in den Sattel schwang und, ohne sie noch einmal anzusehen, an ihr vorbei in Richtung Averdun sprengte.

Vinae wusste schon, dass er da war, als sie die Nacht darauf in ihr Gemach trat, bevor sie es wirklich betreten hatte. Die Energie seiner Anwesenheit strahlte selbst durch Wände, und sie musste sich zusammennehmen, um nicht auf der Stelle umzudrehen und sich irgendwo zu verkriechen. Drei Stunden hatte sie Daeron ertragen, der sich wohl verpflichtet gefühlt hatte, sie nach dem langen Ritt zu umsorgen. Genauso hatte sie sich Vorwürfe über ihren verspäteten Aufbruch anhören müssen und endlose Tiraden über ihren Beinahetod. Sie war nicht bester Laune, nachdem sie viele Stunden lang allein auf ihrem Heimweg über Ardemirs Verhalten, Eamons Worte und die Nebelpriesterin nachgedacht hatte. Und nun musste sie sich auch noch mit einem Dämon auseinandersetzen. Einzig das Wissen, dass er sie immer und überall finden würde, ließ sie doch eintreten.

Vielleicht war es besser, dieses Problem gleich hinter sich zu bringen, als später in ihrer Ruhe gestört zu werden. Er würde ja ohnehin nicht lockerlassen, ehe er hatte, was er wollte – was auch immer das sein mochte, was auch immer der Grund war, weshalb er jetzt hier wartete.

Gregoran saß auf ihrem Bett und blickte ihr entgegen – natürlich, schließlich hatte er mit Sicherheit ebenso ihr Kommen gespürt. Bis auf ein einziges schwaches Miranlicht über dem Bett war der Raum dunkel, und Vinae wollte auch kein zusätzliches Licht machen.

Sein kurzes, struppiges Haar wirkte wie angesengt und ließ sein Gesicht länger und schmaler erscheinen. Die schmutzig blonde Farbe, als wäre Ruß darin, sah im schwachen silbernen Schein noch fahler aus.

Im Allgemeinen sah er nicht besonders gesund aus, ausgemergelt und verbraucht – so wie damals im Kerker. Sein überdurchschnittlich hoher Wuchs verstärkte diesen schlaksigen Eindruck noch, als er sich erhob und auf sie zutrat.

Jetzt erst, viel zu spät, meldete sich die naturgegebene Vorsicht in ihr und überlagerte die Erschöpfung. Sie wusste nicht, ob es seine über das übliche Maß hinaus kränkliche Erscheinung war, der unstete Blick, der sich immer wieder auf sie richtete, oder das ständige Aneinanderreiben seiner Finger. Doch irgendetwas in ihr ließ sie an der Tür verharren und beschleunigte ihren Herzschlag. Vielleicht wurde ihr auch in diesem Moment bewusst, dass sie ihre Kette nicht trug.

Hatte sie nicht gesagt, dass sie ihm vertraute? Was hätte sich in den letzten Tagen ändern sollen? Er war hier, genauso wie schon so oft zuvor, nichts war anders.

»Du bist nicht sehr erfreut, mich zu sehen, schöne Seele.«

»Es waren anstrengende Tage.«

»Ich weiß.«

Vinae blickte auf und schob nun doch mit einer Hand den Riegel vor die Tür, wie sie es immer tat. Hätte er ihr etwas antun wollen, wäre sie schon längst tot.

»Ihr wisst immer alles«, meinte sie und ging in einem Bogen an ihm vorbei zur Kommode. »Damit erspart Ihr mir lange Erzählungen.«

»Ich weiß, was in Averdun geschehen ist.«

Die Haarbürste in ihrer Hand wurde plötzlich ungewöhnlich schwer. »Ihr wart nicht dort«, sagte sie, um sich selbst zu beruhigen, und drehte sich zu ihm um. »Oder?«

»Du meinst, weil deine Mutter sonst tot wäre?«

»Ja.«

Gregoran zuckte mit den knochigen Schultern, über die sein dunkles Hemd wie ein Zelt fiel, und zeigte ein unheimliches Lächeln. »Vielleicht ist meine Selbstbeherrschung größer, als ich dachte«, meinte er mit provozierend funkelnden Augen. »Vielleicht war es mir wichtiger, auf dich zu achten, als Rache an deiner Mutter zu üben?«

»War es so?«

»Die Nebelpriesterin wäre jetzt tot, hätte sie Erfolg gehabt. Und auch deine Mutter.«

»Das ist Antwort genug.« Vinae wandte sich wieder dem Spiegel zu und atmete langsam tief durch. Nur mit Mühe konnte sie ihre Hand heben und die Bürste durch ihr Haar führen. Sie konnte sich nicht erinnern, Gregorans Anwesenheit während ihres Kampfes gespürt zu haben, doch ihr wäre in ihrer Aufgabe, zu überleben, wohl noch anderes entgangen. Vielleicht hatte er sich auch im Hintergrund gehalten. Aber wieso war er gekommen? Er musste doch gewusst haben, dass er sich damit nur selbst quälte.

»Diese Priesterin ist stark«, holte Gregoran sie wieder aus ihren Gedanken, und nach der Hitze in ihrem Rücken zu schließen, war er näher gekommen, auch wenn sie ihn im Spiegel noch nicht sehen konnte. »Was wollt ihr als Nächstes gegen sie tun, schöne Seele? Sie mit Blümchen bewerfen?«

Vinae fuhr zu ihm herum und stellte erleichtert fest, dass er sich doch noch zwei Schritte von ihr entfernt befand. »Ich weiß nicht, was wir tun sollen«, fuhr sie ihn an und war gleichzeitig über sich selbst überrascht. »Diese Priester können tun und lassen, was sie wollen, und keiner von uns ist in der Lage, etwas dagegen zu unternehmen.«

»Das …«, Gregoran hob einen Finger, »ist so nicht ganz richtig.«

»Ich diskutiere nicht wieder mit Euch darüber – nicht heute.«

»In Ordnung. Die Priester sind ohnehin nicht das, was dich so aufregt, schöne Seele.« Er breitete seine Arme aus und fuhr mit verstellter Stimme fort: »Begreifst du es denn nicht? Fass mich nicht an. Lass mich in Ruhe …«

Vinae schnappte nach Luft, und hätte es nicht ihr Leben gefährdet, wäre sie wohl wirklich auf ihn losgegangen.

»Lasst Ihr mich denn keinen Augenblick allein?«, kreischte sie, nun völlig von allen Gedanken verlassen, die sie stets ruhig bleiben ließen und ihren Kopf über das Herz stellten. »Bewacht Ihr jeden meiner Schritte?«

»Ich gebe auf dich acht.«

»Ich brauche keinen Aufpasser!«

»Sagte das Mädchen mit der durchgeschnittenen Kehle.«

Unwillkürlich berührte Vinae ihren Hals, und als ihr diese Tat bewusst wurde, ließ sie die Hand mit einem wütenden Aufschrei sinken.

»Ihr wisst nichts«, zischte sie schließlich, um Fassung ringend. »Gar nichts.«

»Ich weiß mehr, als mir lieb ist, schöne Seele, mehr, als dir lieb ist, und mehr, als du hören willst.«

»Ach ja?« Vinae wusste, dass sie sich wie ein trotziges Kind benahm, und das machte ihr Angst. Gleichzeitig wusste sie aber auch, dass sie an Gregoran lediglich ihre angestaute Angst und Wut ausließ, und doch konnte sie nicht an sich halten. Er war ein Dämon. Welch besseres Opfer hätte sie sich für ihren Zorn suchen können? Dämonen fühlten doch ohnehin nichts, hatten keine Seele, kein Herz, fühlten keinen Schmerz. Nicht wie sie.

»Ich *weiß*«, sagte Gregoran schließlich sanft, ohne sich ihr zu nähern, »wie du dich fühlst.«

»Durch Dämonenkraft.«

»Unter anderem.« Er verschränkte die Arme vor der Brust und betrachtete sie mit schiefgelegtem Kopf. »Ich weiß, wie allein du bist. Wie einsam.«

Vinae horchte auf. Sie erwiderte nichts.

»Du bist ständig von allen möglichen Leuten umgeben«, fuhr er fort und bewegte sich langsam auf die Kommode zu, von der sie sich unauffällig entfernte. Es schien ihn nicht zu kümmern. »Von *Freunden,* die alle etwas von dir wollen, aber nicht *dich* sehen. Niemand von denen, die du in dein Herz lässt, denen du vertraust, kennt dein Innerstes. Deinen Kampf. Du flehst sie an, hinzusehen, die Augen aufzumachen, dir zu helfen, aber sie sehen durch dich hindurch, meine schöne Seele. Sie alle sehen durch dich hindurch.« Mit einer beiläufigen Bewegung öffnete er die Schublade der Spiegelkommode und blickte hinein. »Leg die Kette um«, sagte er und wandte sich ihr wieder zu. »Bitte.«

»Die Kette?« Das Gefühl der Bedrohung kehrte zurück. »Wieso?«

»Glaubst du, dass Daeron dich liebt, wie er behauptet?«, fragte er zu ihrer Verblüffung. »Dass er dich wirklich liebt? Du kennst die Antwort. Sie lautet nein. Würde er dich lieben, würde er *alles* für dich tun. Er würde auf dich hören, dein Leid verstehen, dir nicht immerzu weh tun. Er würde keine Unschuldigen ermorden.«

Ein Schauer überlief ihren Rücken, heiß und kalt zugleich. Jedes seiner Worte traf sie wie glühende Nadeln ins Herz, denn er hatte recht. Er sprach ihre geheimsten Gedanken aus, die sie nicht einmal sich selbst hatte eingestehen wollen.

»Daeron braucht dich, schöne Seele«, sagte Gregoran. »Er will deine Macht. Du sollst sie mit ihm verbinden, weitergeben, an ein Kind, das er formen kann. Sie alle wollen das.« Er deutete wieder zur Schublade. »Leg bitte die Kette an.«

Vinae schüttelte den Kopf, um wieder klar zu denken. »Ich brauche die Kette nicht. Ich vertraue Euch.«

»Du glaubst, Ardemir liebt dich – so, wie du ihn liebst, aber du täuschst dich.«

Wie unter einem Schlag in den Magen taumelte sie einen Schritt zurück, doch Gregoran fuhr ungeachtet ihrer Bestürzung fort.

»Ich blickte in sein Innerstes, meine schöne Seele, und er empfindet nicht dasselbe für dich. Du bedeutest ihm viel, ja, das ist wahr. Als Kampfgefährtin, Kumpanin, nicht als Geliebte. Er hat versucht, mehr in dir zu sehen, aber sein Herz kann nicht auf solch eine Weise lieben. Er liebt alle Frauen, oberflächlich und für den Moment. Du bist ihm etwas Besonderes, weil du ihm eine Freundin bist, aber mehr nicht. Bevor er zu dir ginge, ginge er zu jeder anderen.«

»Ihr lügt.« Ihre Lippen bebten, und die Hände kribbelten, als würden sie jeden Moment taub werden.

Gregoran sah sie lange an, blickte ihr direkt in die Augen. »Glaubst du das?«, fragte er sie vollkommen ruhig. »Glaubst du wirklich, ich lüge? Habe ich dich jemals belogen? Wie du schon richtig erkanntest, bin ich ein Dämon. Wieso sollte ich mich bemühen, zu lügen?« Er nickte langsam, als er den schwindenden Zweifel in ihrem Herzen spürte. »Du weißt, würde Ardemir dich richtig lieben, täte er *alles* für dich. Er würde an deiner Seite kämpfen, für deine Sache. Er würde dich nicht im Stich lassen, immer allein, deinem eigenen Schicksal überlassen. Ist eure Freundschaft nicht durchaus bequem für ihn? Bist du es nicht leid?« Er zog die Schublade weiter heraus, ohne hineinzufassen. »Leg jetzt bitte die Kette an.«

»Bin ich in Gefahr?«

Gregoran blickte auf und kam dann langsam auf sie zu. Es fiel ihr schwer, nicht zurückzuweichen. »Nein«, sagte er und blieb einen Schritt vor ihr stehen. »In meiner Gegenwart droht dir niemals Gefahr, schöne Seele. Vergiss das nicht. Hätte ich nicht gespürt, dass deine Mutter deinen Tod um jeden Preis verhindern würde, wäre ich eingeschritten. Egal, was die Konsequenzen gewesen wären. Ich sagte doch, ich gebe auf dich acht.«

»Wieso dann die Kette?«

»Ich will dir etwas … zeigen.«

Vinae bewegte sich nicht und blickte in seine goldenen Augen. Sie glänzten nicht so sehr wie sonst, sie wirkten trüber, und doch vermochten diese sie noch genauso zu fesseln wie damals im Verlies.

»Die Kette«, erinnerte er sie plötzlich in ihrer Starre, und diesmal setzte sie sich in Bewegung. Sie wusste nicht, was das alles sollte. Seine Worte wühlten immer noch durch ihr Herz, die Nadeln waren nun mit Widerhaken versehen und zerrten daran, doch sie wollte seine Geduld nicht auf die Probe stellen. Sagte ein Seelenfresser, sie solle die lebensrettende Kette umlegen, tat sie wohl gut daran, dieser Aufforderung zu folgen.

Um Haltung und Ruhe bemüht, trat Vinae an die Kommode und holte die Kette mit dem Schattenkristall heraus. Sie war schwer und verströmte ein schwaches Licht, das sich wie ein Tuch auf ihrer Haut niederlegte. Eigentlich hätte sie gut darauf verzichten können, auch weil der Kristall ihre eigene Magie blockierte, doch da Gregoran es nun einmal so wollte, blieb ihr nichts anderes übrig.

Vinae hatte die Kette kaum umgelegt, da stand Gregoran auch schon neben ihr. Sie bemühte sich, ihre Beunruhigung zu verbergen, auch wenn sie wusste, dass er sie ohnehin spürte.

»Ich will, dass du alle vergisst«, sagte er schließlich und fing ihren Blick mit seinen Wolfsaugen. »Alle, die etwas von dir wollen, die dich verletzen. Lass sie hinter dir. Du bist so mächtig, schöne Seele, du brauchst sie nicht.«

»Niemand ist gerne allein, Gregoran.«

»Das bist du nicht.«

»Nein?« Es fiel ihr schwer, das Misstrauen aus ihrer Stimme herauszuhalten und nicht vor ihm zurückzuweichen. Der Kristall nahm zwar einen Großteil seiner Hitze in sich auf, aber doch ließ seine Gegenwart ihre Knie zittern.

»Nein.« Er bewegte sich nicht von der Stelle, verringerte weder den Abstand, noch wich er zurück. »Denn du hast noch mich.«

»Was?« Ihre Hand suchte an der Kommode neben sich Halt. Sie sprach hier mit einem Dämon, einem Seelenfresser.

»Ich tue *alles* für dich«, fuhr er fort, ohne sich um ihren Schrecken zu kümmern, »anders als die anderen. Du bittest mich, keine Elfen mehr zu töten, und ich tue es nicht, egal, wie sehr es an mir zehrt, egal, wie erfroren ich mich dadurch fühle, denn es würde dir weh tun. Du bittest mich, dich allein kämpfen zu lassen, deine Mutter zu verschonen. Ich tue es, auch wenn sich jede Faser meines Seins dagegen sträubt. Du bittest mich, die Nebelpriester nicht zu vernichten, obwohl ich meine Seele an deren Göttin verlor, und sie alle leben noch. Bitte mich, schöne Seele, um was auch immer du willst. Ich sagte dir, *ich* helfe dir gegen Daeron, helfe dir, dieses Land zum Erblühen zu bringen, gegen die Ungerechtigkeit vorzugehen. Sag nur ein Wort. Ardemir wird immer nur seiner Königin gehorchen. Anders als ich.«

»Aber …« Vinae lehnte sich an das Möbelstück. Sie hatte das Gefühl, die Hitze raube ihr den Atem. Nie zuvor hatte sie seine Hilfe so gesehen, verstanden, was er alles für sie tat, opferte. Sie blickte wieder zu ihm auf. »Wieso?«, fragte sie. »Wieso tut Ihr das für mich?«

Gregoran ging einen Schritt auf sie zu, obwohl sie sich sofort anspannte. Sie konnte sich nicht erinnern, ihm jemals so nahe gewesen zu sein, und doch ging sie nicht weg. Sie war gefangen in dieser Hitze, in diesen Augen, die sie so mühelos lähmen konnten.

»Weil ich …«, er hob langsam seine Hand, bedächtig, als erfordere es größte Konzentration, als gehöre sie nicht richtig zu ihm, »weil *ich* nicht durch dich hindurchsehe, Vinae.«

Ihre Augen weiteten sich, ihre Lippen öffneten sich, doch sie konnte nichts sagen. Mit angehaltenem Atem verfolgte sie seine Hand, die sich ihrem Gesicht näherte. Die Berührung eines Grogons tötet – immer wieder hörte sie diese Worte in ihrem Kopf, obwohl sie doch den Kristall trug. Das Blut rauschte in ihren Ohren, pochte in den Schläfen. Seine Finger berührten beinahe ihre Haut. Vinae kniff die Augen zusammen.

Und da spürte sie den warmen Strahl über ihre Wange streichen. Sie hatte mit Feuer gerechnet, versengender Hitze, doch es fühlte sich an, als habe das Licht der Sonne sie gestreift. Als streckte sie ihr Gesicht an einem Sommertag aus dem Fenster und sauge ihre Energie auf.

Die angehaltene Luft strömte gleichmäßig aus ihren Lungen, ihre Anspannung löste sich, und doch waren ihre Augen immer noch geschlossen. Ihre Sinne schienen sich zu weiten, sie hörte, wie er noch einen Schritt näher kam, spürte seine Kleidung auf ihrer Haut, als er dicht vor ihr stehen blieb, spürte einen warmen Hauch auf ihren Lippen.

Verblüfft riss sie die Augen auf und sah direkt in das Gold der seinen. Auch darin sah sie Wärme, dasselbe Erstaunen wie in ihren, und anstatt zurückzuweichen, lehnte sie sich weiter vor, ließ die Berührung zu, nahm sie an und gab sie zurück.

Nach all der Kälte und Trauer der letzten Tage suchte sie plötzlich die Wärme wie eine junge Pflanze das Licht. Sacht, als könne er sie tatsächlich verbrennen, küsste er sie, der Grogon, der Schrecken eines jeden Elfen, der Schatten. Gregoran küsste sie, zurückhaltend und nervös. Er berührte ihr Herz.

Der Kristall an ihrer Brust vibrierte, doch Gregoran wich nicht davor zurück. Der Stein schien seine Macht zu unterdrücken, doch er konnte ihn berühren. Er konnte *sie* berühren, er konnte berührt werden.

Vinae löste sich langsam von ihm und sah ihn an. Worte lagen ihr auf der Zunge, magische Worte, doch sie sprach keine aus. Es war ihr, als stünde sie unter einem Zauber. Sie beobachtete seine Hände, welche die ihren zart wie eine Feder ergriffen und an seine Brust führten.

»Berühre mich«, flüsterte er und schob sein Hemd auseinander, das sofort von seinen Schultern zu Boden glitt. »Ich bin so erfroren.«

Seine Haut war weiß wie die eines Elfen, trotzdem schien es Vinae, als ginge ein schwaches Glühen davon aus, als wäre sie transparent und zeigte ein Feuer in seinem Inneren. Die langen, geraden Knochen und Muskeln zeichneten sich darunter ab, und doch hatte sie jetzt nicht mehr den Eindruck, er sei ausgemergelt. Er hatte den schlanken Körper eines Elfen, graziös und zugleich stark.

Vorsichtig legte sie ihre Handflächen auf seine Brust und konzentrierte sich auf die erstaunliche Hitze unter ihren Händen. Gregoran seufzte leise auf, als sie ihn berührte, und schloss einen Moment lang die Augen. Sein Körper erinnerte Vinae an die Felsen im Vulkangebiet Devido nahe Riniel. Auch von ihnen ging Wärme aus, und sie weckten die Sehnsucht, den Stein zu berühren, sich an ihn zu schmiegen und die Wärme in den eigenen Körper aufzunehmen.

Ein heißes Kribbeln zog durch ihre Fingerspitzen in die Hände, weiter in die Arme und breitete sich in ihrem gesamten Körper aus. Ihr wurde schwindelig, jedoch auf eine angenehme Weise. Gregoran verfolgte nun jede ihrer Bewegungen mit wachsamem Blick, atmete ruhig und wirkte gleichzeitig angespannt.

»Ich erinnere mich«, hörte sie ihn dann plötzlich flüstern, und sie nahm ihre Hände von ihm.

Vinae sah zu ihm auf, und als sich seine Lippen erneut auf

ihre senkten, stellte sie sich auf die Zehenspitzen, schmiegte sich an ihn, tröstend für ihn und sich selbst, und sie ließ ihre Hände über die Wärme seines Körpers gleiten.

»Darf ich dich auch berühren, schöne Seele?«, flüsterte er gegen ihren Mund, scheu und flehend.

Vinae legte ihre Hand an seine Wange und sah ihm in die plötzlich heller, klarer wirkenden Augen.

»Ja«, antwortete sie mit bebender Stimme und ließ zu, dass er die Verschnürung ihres Kleides löste und es von ihren Schultern schob. Sanft legte er eine Hand an ihre Taille und schob sie näher an sich. Seine Hände waren nicht mehr als ein warmer Hauch, der sie streichelte und umspielte. Geduldig, um nicht durch Eile auch nur einen winzigen Moment dieses Ereignisses zu versäumen, bewunderte er ihren Körper mit beinahe schon so etwas wie Ehrfurcht im Blick.

Der Schwindel wurde immer schlimmer, die Konturen um sie herum verschwammen, und als Gregoran sie wieder küsste, spürte sie, wie er jeden ihrer Atemzüge aufsog. Es war ihr, als atmete sie in ihn, als ließe er sich nicht einen Hauch ihrer Lebensenergie entgehen, doch das leise Gefühl der Angst gelangte nicht mehr in ihren betäubten Kopf. Alles um sie herum drehte sich, sie fühlte ihre Beine nicht mehr und wunderte sich, als sie plötzlich die Kühle ihrer Bettdecke unter sich spürte. Ihre Augen wurden von einem trüben Schleier bedeckt, ihre Ohren pochten, ansonsten waren da nur noch Empfindungen. Die wundersamsten Empfindungen, voller Magie, obwohl der Kristall doch jede Form dieser Macht unterdrücken müsste. Sie spürte die Wärme über sich, in sich, ihre Hände tasteten danach, hielten sich an ihr fest. Die Wirklichkeit schien ihr zu entrinnen mit jedem Atemzug, den er auffing und in sich aufnahm, mit jedem Moment dieser zärtlichen Berührungen. Irgendwann war da nichts mehr als eine dunkle, wohlige Wärme, in die sie hineinfiel, geborgen und beschützt, und aus der sie nie wieder herauskommen wollte.

Ardemir

Anfangs traute Ardemir seinen Augen nicht, als der kohlrabenschwarze Hengst durch den Morgennebel auf ihn zukam. Schon gar nicht, als er die Reiterin erkannte.

Vinae trug ihr Haar zu seinem Erstaunen wieder am Hinterkopf zusammengebunden, so wie er es an ihr kannte. Das silberne Kleid war mit der vertrauten Waldkleidung vertauscht, enganliegende Hosen, kniehohe Stiefel, eine Bluse und ein Wams. So anziehend Vinae als Prinzessin auch war, er hatte doch ein viel besseres Gefühl, wenn er sie in dieser Aufmachung sah – die Braun- und Olivtöne drohten ihn nicht zu blenden. Einzig der Grund ihres Erscheinens warf ihm Fragen auf, doch es schien nicht so, als hätte sie Begleiter, auch von ihrer Mutter war nichts zu sehen. Was also machte sie hier in Averdun?

Unschlüssig, ob er ihr entgegengehen sollte, verharrte Ardemir an Ort und Stelle. Der Tempelplatz war so gut wie verlassen, nur vereinzelt waren ein paar seiner Ritter zugegen. Einen von ihnen schickte er in den Tempel, um Eamon von Vinaes Erscheinen zu berichten. Lieber wäre er selbst gegangen, um Vinae aus dem Weg zu gehen, doch er wusste, er konnte sich nicht verstecken. Er musste ihre Anwesenheit irgendwie ertragen und ihre Wirkung auf ihn verbergen. Das brodelnde Feuer in seinem Inneren schien immer häufiger kurz vorm Überkochen, die Muskelschmerzen waren nicht mehr leicht auszuhalten, und doch durfte er sich in keiner seiner Bewegungen etwas ansehen lassen. Natürlich hatte er in besonders schlimmen Momenten mit dem Gedanken gespielt, sich jemandem anzuvertrauen. Immer dann, wenn sich die Knochen bis zum Zerbersten seines Körpers zu verschieben drohten, sein Blut vor Hitze kochte und der Schmerz ihm den Verstand raubte, doch nach diesen Anfällen hatte er dieses Vorhaben meist sogleich wieder verworfen. Was auch immer mit ihm los war, er musste es für sich behalten, ehe er wie Nevliin in irgendeinem Verlies endete – zu seiner eigenen Sicherheit. Das Rätsel um seine Veränderungen würde sicher bald gelöst werden, doch vorher hatten sie andere aufzuklären. Vermutlich hatte das eine ohnehin etwas mit dem anderen zu tun, schließlich verspürte er die Veränderungen seines Körpers seit dem Angriff auf Derial, seit dieser mysteriösen Begegnung mit einer Nebelpriesterin.

Mittlerweile waren die Beweise einfach zu deutlich, als dass er sich noch einreden konnte, er hätte sich dieses Ereignis nur eingebildet. Was auch immer mit ihm geschehen war, die Nebelpriester waren die Einzigen, die ihm Antworten geben konnten.

»Hallo, Ardemir.« Die Kälte in Vinaes Stimme ließ ihn schaudern, doch schlimmer noch war ihr eisiger Blick, als sie ihr Pferd neben ihm anhielt und sich aus dem Sattel schwang. Flüchtig sah sie sich auf dem Platz um und wandte sich ihm schließlich wieder zu. Dabei fiel ihm nicht nur der unterdrückte Zorn in ihrem Gesicht auf, sondern auch ihre erschreckende Blässe. Ihre Haut hatte nicht mehr dieses reine, strahlende Weiß, sondern wirkte matt und gräulich. Die immerzu strahlenden blauen Augen waren glanzlos, und unter den Augen zeichneten sich lila Ringe ab. Nie zuvor hatte er sie so gesehen, so völlig entkräftet und energielos. Vielmehr hatte er noch keinen lebendigen Elfen so gesehen. Vinae sah aus, als wäre sie … krank, dem Tode näher als dem Leben.

»Hat es dir die Sprache verschlagen?«

Ardemir hob die Schultern. Er hatte diese Haltung wohl verdient, bedachte man seinen ungewöhnlichen Rückzug neulich, doch was hätte er tun sollen? Jede Form der Erregung machte den Schmerz in seinem Inneren nur noch schlimmer, schien die Veränderung voranzutreiben, und da war es egal, ob nun Wut der Grund war oder anderes. Vinae hatte ihn ja schon vorher geradezu in den Wahnsinn getrieben, was hatte er ihr jetzt noch entgegenzusetzen? Es schien ihm, als zerspringe er in ihrer Gegenwart in tausend Teile. Sie musste ihn nur ansehen, und das unheimliche Feuer in seinem Inneren loderte sofort auf. Da spielte es auch keine Rolle, dass sie im Moment nicht unbedingt auf der Höhe zu sein schien, auch wenn die Sorge das Brennen zumindest etwas im Zaum hielt.

Es war furchteinflößend, dem eigenen Körper nicht zu trauen, nicht zu wissen, was er als Nächstes machte, wie er reagierte, welche Kraft in ihm steckte und woher diese plötzlich kam.

Ja, Ardemir hatte Angst, und Vinae jetzt gegenüberzustehen machte es nicht besser.

»Ist Eamon hier?«, fragte sie ihn von oben herab, obwohl sie doch kleiner als er war, und blickte an ihm vorüber zum Tempel.

»Du willst also zu Eamon?«

»Unter anderem. Was macht ihr überhaupt noch hier?«

»Wieder.« Ardemir trat von einem Bein auf das andere. »Averdun ist jetzt unser Stützpunkt, sozusagen. In der Mission ›Tötet die Nebelpriester‹. Eigentlich sollte das nicht in die Welt hinausposaunt werden.«

»Ich kann den Mund halten.« Vinae wich immer noch seinem Blick aus, was vielleicht auch besser war.

Wie gern würde er sich entschuldigen, ihr alles erklären,

doch er konnte nicht. Noch nicht. Genauso wollte er sie fragen, was ihr fehlte, doch auch das erschien ihm im Moment unpassend.

»Wenn du nicht wusstest, dass wir hier sind …«, begann er schließlich, aber Vinae schnitt ihm mit einer ungeduldigen Geste das Wort ab.

»Ich dachte mir, ich suche euch da, wo ich euch das letzte Mal gesehen habe. Ich bin froh, euch hier gefunden zu haben, denn bis Lurness wäre es ohne Weltentor doch etwas weit.«

»Und was führt dich zu uns?«

»Die Lösung für unser Problem.« Sie hob ihren Kopf, trat an ihm vorüber, und als Ardemir sich nach ihr umdrehte, sah er Eamon, der gemeinsam mit Aurün aus dem Tempel kam.

Dies war die Besatzung. Drei Verzweifelte von königlichem Geblüt und eine gute Handvoll Ritter, um Wache zu halten. Hier sollten sie die Truppen sammeln, um gegen die Nebelpriester vorzugehen – vorher sollte jedoch ein Plan entwickelt werden.

»Eamon, Aurün.« Vinae senkte ihren Kopf und winkte Ardemir zu sich heran. »Wo ist Nevliin?«, fragte sie niemand Bestimmten, doch es war Eamon, der antwortete.

»Nicht hier«, meinte er kurz, was Vinae mit einem Nicken hinnahm.

»Können wir uns irgendwo ungestört unterhalten?«, fragte sie dann mit einem kurzen Blick zu den wachehaltenden Silberrittern.

Ardemir deutete zum Tempel. »Da drin haben wir unsere Ruhe. Willst du uns nicht sagen, was …«

»Später.« Mit weitausholenden Schritten marschierte Vinae an der Gruppe vorbei und bestieg die Treppe zum Tempel.

Aurün stieß derweilen zischend die Luft aus, Eamon hob eine Augenbraue, und Ardemir schüttelte nur den Kopf. »Ich kann nicht behaupten, dass mir diese neue Vin gefällt«, sagte er in die Stille, »aber sie sagt, sie hätte eine Lösung für unser Problem.«

»Da bin ich aber gespannt.« Aurün sah Vinae hinterher und folgte ihr schließlich. »Mir scheint eher, sie hätte da ein nicht geringes eigenes Problem.«

»Sie sieht furchtbar aus«, ließ sich auch Eamon vernehmen. »Hat sie etwas zu dir gesagt?«

»Nichts.« Ardemir versuchte sich vorzustellen, was einen Elfen so zurichten konnte – vielleicht eines von Daerons Giften? Hatte er ihr das angetan?

Das heiße Pochen in seiner Brust wurde heftiger; sein Herz polterte und drohte ihm aus der Brust zu springen. Schnell versuchte er an etwas anderes zu denken, sich zu beruhigen, und schließlich blieb ihm nichts anderes übrig, als die Treppenstufen zum Tempel zu zählen.

Oben angekommen, hatte sich sein Gemütszustand wieder so weit normalisiert, dass er Vinae im Tempel entgegentreten konnte, auch wenn sein Körper durch den Aufstieg noch mehr schmerzte. Seine Muskeln spannten und dehnten sich, die Sehnen drohten zu zerreißen. Wie lange sollte er das noch aushalten? Wie konnte er so tun, als wäre nichts?

»Bist du allein hier?«, fragte Eamon, nachdem er das Tor geschlossen hatte und sie sich alle in der Vorhalle zusammengefunden hatten.

Etwas verloren standen sie in dem leeren Saal beieinander, die Stimmen hallten hier stets nach, und obwohl der Raum riesig war, fühlte sich Ardemir eingesperrt. Kein Lichtschein gelangte von draußen herein, einzig die Miranleuchten spendeten fahles Licht, zeigten die schweren, stuckverzierten Säulen als gespenstische Schatten.

»Ja«, war Vinaes knappe Antwort auf Eamons Frage, dann

trat sie ein paar Schritte zurück, so dass sie alle drei ansehen konnte, und verschränkte die Hände ineinander.

Sie schien einen gefassten und ruhigen Eindruck machen zu wollen, doch Ardemir sah ihr an, wie nervös sie war. Irgendetwas war hier nicht in Ordnung, das Grummeln in seinem Bauch wurde immer lauter.

»Bevor ich euch den Grund sage, weshalb ich hierhergekommen bin«, begann sie schließlich feierlich und sah einmal jedem von ihnen in die Augen, wobei ihr Blick bei Ardemir nur flüchtig war, »möchte ich euch bitten, alle Vorurteile abzulegen. Ich bitte euch, anzuhören, was ich zu sagen habe, und darüber nachzudenken, ehe ihr entscheidet.«

»Das klingt aber spannend«, murmelte Aurün lächelnd, was ihr von Vinae jedoch nur einen ungeduldigen Blick einbrachte. Ein weiteres Zeichen für ihre Nervosität. Die letzten Ereignisse mit den Nebelpriestern schienen sie alle verändert zu haben, und das nicht unbedingt zum Positiven.

»Nicht, dass ich nicht neugierig wäre«, meinte dann noch Eamon, ehe Vinae fortfahren konnte, »du hast uns bestimmt Wichtiges mitzuteilen, wenn du den weiten Weg hierher auf dich nimmst, doch vielleicht solltest du dich vorher etwas ausruhen. Von Acre sind es eineinhalb Tage, und du …«

»Danke, Eamon.« Was auch immer ihr auf der Zunge lag, Vinae schluckte es hinunter, auch wenn sie sich nicht die Mühe machte, ein falsches Lächeln aufzusetzen. »Ich fühle mich ganz ausgeruht und möchte gern loswerden, weshalb ich hier bin. Es gibt vielleicht eine Möglichkeit, die Nebelpriester zu vernichten, die Drachen zu befreien, und das alles ohne Blutvergießen. Ihr versteht, ich möchte keine Zeit verschwenden.«

»Bitte. Dann fang mal an.« Eamon verschränkte die Arme vor der Brust. Vinae war sich nach diesen Worten der Aufmerksamkeit aller sicher. Selbst Ardemir vergaß für einen Moment seine Beschwerden und war begierig darauf, zu hören, welche Ideen sie in ihrem hübschen Kopf zusammengesponnen hatte.

Mit nun deutlich größerer Anspannung richtete sich Vinae auf, holte Atem und sah in die Runde. »Um die Lösung zu verstehen«, sagte sie schließlich ruhig, »müssen wir in der Geschichte Elvions weit zurückgehen – in jene Zeit, als die Göttin noch Macht hatte und das Schicksal sie allmählich verdrängte. Damals rächte sich die Göttin an treuen Dienern des Schicksals und der erschienenen Orakel und machte sie zu Dämonen, zu Seelenfressern, so dass sie die ungläubigen und treulosen Seelen des Schicksals vernichteten.«

»Woher ...?«

»Bitte unterbrecht mich nicht, Aurün.« Vinae schloss einen Moment lang die Augen, ehe sie fortfuhr. »Ihr wisst, die Seelenfresser wurden so gut wie ausgerottet. Nachdem die Elfen herausgefunden hatten, wie sie zu besiegen waren, haben sie Jagd auf sie gemacht, und heute hört man kaum noch von ihnen. Sie sind Legende.«

»Da würden dir Hunderte vernichtete Seelen von vor vierundachtzig Jahren widersprechen.«

»Darauf komme ich jetzt.« Vinae wandte sich nun direkt Eamon zu. »Im Wiedervereinigungskrieg gelang es meiner Mutter einen von ihnen – einen Grogon – zu finden und einzusperren.«

»Das wissen wir alles«, warf Ardemir ein, da es ihm schwerfiel, ruhig zu stehen, und sie offensichtlich immer noch nicht vorhatte, zur Sache zu kommen. »Wir waren damals dabei.«

»Sie sperrte ihn ein«, fuhr Vinae, an Eamon gerichtet, fort, ohne sich um Ardemirs Worte zu kümmern, »und nahm ihm seine Kraft – die Kraft, Seelen zu vernichten, von denen sich ein Grogon normalerweise ernährt. Diese Kraft sperrte sie in magische Würfel, die sie gegen Euer Volk einsetzte.« Sie hielt inne und schien nach Reaktionen in ihren Gesichtern zu suchen, doch sie alle warteten auf etwas, das sie nicht schon wussten.

Es war deutlich zu sehen, wie Vinae sich für die nächsten Worte wappnete, die Hände aneinanderrieb und sich Mut zusprach. Kein gutes Zeichen.

»Dieser Grogon«, nahm sie den Faden schließlich wieder auf, »war vierundachtzig Jahre lang in Acre eingesperrt, von Schattenkristallen an der Einsetzung seiner Kraft gehindert.«

»Was sind Schattenkristalle?«, fragte Aurün, doch Ardemir brannte eine völlig andere Frage unter den Nägeln.

»*War* eingesperrt?«, fragte er, und als Vinae seinem Blick auswich, ahnte er Böses.

»Ein Schattenkristall«, antwortete sie Aurün, »blockiert jede Form der Magie, ob nun die eines Elfen oder Grogons. Jede magische Kraft wird dadurch außer Gefecht gesetzt oder zumindest geschwächt.« Sie sah nun niemandem mehr ins Gesicht. »Ich fand den Grogon am selben Tag, als ich die Drachen in den Verliesen unter Acre entdeckte. Er hat die Gestalt eines Elfen – wie jeder Grogon, wie er mir erzählte.«

»Dir erzählte?« Ardemir konnte nicht mehr ruhig stehen bleiben und begann, auf und ab zu laufen. »Du hast mit dieser Bestie gesprochen? Es *kann* sprechen?«

Einen Moment lang flackerte Zorn in Vinaes Augen auf, doch sie hatte sich schnell wieder im Griff. »Ehe die Göttin ihm das Leben raubte, war er ein Elf wie du und ich«, gab sie mit bebender Stimme zurück. »Er ist immer noch ein Elf, hat seine Gestalt, kann jedoch auch zu einem Schatten werden, unsichtbar für unser Auge, ungreifbar.« Sie hob ihre Hand, als Ardemir sie unterbrechen wollte. »Von ihm weiß ich alles über die Göttin«, sagte sie mit einer deutlichen Herausforderung in der Stimme. »Von ihm wisst dadurch auch ihr alles. Er will sie genauso an einer Rückkehr hindern wie wir. Sie hat ihm diese Existenz einst angetan … und deswegen habe ich ihn befreit.«

Stille. Einzig Aurüns schnelles Luftholen antwortete auf diese absurden Worte, ansonsten war niemand zu einer Reaktion fähig. Vinae hatte einen Grogon befreit.

»Weißt du …«, brach Eamon schließlich das Schweigen, »was du da getan hast? Was dieser Grogon getan hat? Was er tun wird?«

»Er war es nicht, der euch angriff!«, fauchte sie zurück. »Er ist kein aggressives Wesen, anders als so mancher Elf. Er will nur in Freiheit leben, in Frieden, ohne gejagt zu werden, misshandelt und eingesperrt. Ich bat euch doch: Legt eure Vorurteile ab. Meine Mutter hat ihm Furchtbares angetan, ihn gefoltert und ihm seine Macht geraubt. Sie …«

»Warte.« Eamon ging einen Schritt auf sie zu. »Was heißt das, seine Macht geraubt? Was ist mit seiner Kraft, Seelen zu vernichten?«

Vinaes Miene nahm einen bitteren Zug an. »Sie starb mit den Würfeln.«

»Also ist er harmlos?«, fragte Ardemir, und als Vinae den Kopf schüttelte, lachte er humorlos auf. »Großartig. Was soll das heißen?«

»Ein Grogon«, erklärte sie, »ernährt sich von Seelen. So wurden sie von der Göttin geschaffen, es ist nicht ihre Schuld. Sie wollen auch nur leben, Ardemir. Genauso wie wir Elfen. Doch meine Mutter nahm ihm diese Kraft, und so nimmt er … er ernährt sich von … Er ist nicht bösartig, er muss überleben, er tut es nicht aus Grausamkeit, aber er ernährt sich von … Leben. Der Energie des Lebens, um genau zu sein. Er tötet.«

»Ha!« Ardemir wusste nicht, ob sein Körper jeden Moment in tausend Fetzen zerreißen würde oder ob er lachen sollte.

»Das ist ja sehr beruhigend. Er raubt uns nicht die Seelen, er bringt uns nur um.«

»Nein!« Vinae warf einen flehenden Blick durch die Runde. »Das tut er nicht, glaubt mir. Er tut keiner Fliege etwas zuleide. Ich verstehe euch ja, ich reagierte ganz genauso, ehe er mir alles erklärte und ...«

»Meine Güte, Vin, hör dir mal zu!«

»Er kann doch nichts für das, was ihm angetan wurde!«

»Aber ein Dämon, Vin!«

»Wie«, unterbrach Eamons ruhige Stimme schließlich ihr Geschrei, »kann er überleben, wenn er niemanden tötet?«

Vinaes Miene hellte sich auf, offensichtlich dankbar für die Sachlichkeit ihres Vaters. »Wenn er einen Elf berührt«, erklärte sie ihm, »stirbt dieser auf der Stelle, seine Energie geht auf den Grogon über, es sei denn, der Grogon ist stark genug, seine Macht unter Kontrolle zu halten. Ist er ausgehungert, ist die kleinste Berührung tödlich; ist er stark, kann er das Leben langsam nehmen. Er muss noch nicht einmal alles aufnehmen. Der Elf kann weiterleben, muss sich nur etwas ausschlafen ...«

»O bei den Sternen!« Ardemir presste sich die Daumen an die Schläfen. Er sah in Vinaes müdes Gesicht, die lila Ringe unter ihren Augen, und meinte, sich übergeben zu müssen. »Du ...« Das flaue Gefühl drohte ihn zu übermannen. »Du ... du fütterst ihn?«, brachte er schließlich heraus, und der Schreck in Vinaes Augen bestätigte seine Ahnung.

»Vinae?«, fragte Eamon, da sie nicht antwortete, doch im nächsten Moment wurde ihre Miene sofort wieder hart, und sie straffte ihre Schultern.

»Die Energie einer mächtigen Magierin hält ihn über eine lange Zeitspanne bei Kräften. Er muss nicht töten – er will es doch auch gar nicht. Versteht ihr denn nicht? Wenn ich ihm etwas von meiner Lebensenergie gebe, kann er leben und alle anderen auch.«

»Und wenn er sich einmal nicht so gut unter Kontrolle hat?«

»Das hat er.«

»Und wenn nicht?«

»Was hat das alles mit den Nebelpriestern zu tun?«, fragte plötzlich Aurün, die sich in den letzten Minuten erstaunlich ruhig verhalten hatte. »Wieso erzählst du uns das alles?«

»Weil er unsere Rettung ist.«

Ardemir schnaubte. »Du willst ihn auf die Nebelpriesterin loslassen? Einen Grogon? Himmel, so grausam hätte ich dich nicht eingeschätzt.«

»Aber er ist doch nicht …!«

»Wenn er sie tötet«, kam es wieder von Aurün, »werden wir niemals wissen, wo die Drachen sind, wo das Drachenherz.«

»Ich weiß.« Vinae wandte sich nun an Aurün. »Wir werden den Nebelpriestern eine Falle stellen. Wir gehen zum nächstgelegenen Tempel, wir alle und ein paar Dutzend Ritter, Ardemir. Nein, lass mich ausreden. Wir werden auf sie warten, vorgeben, wir wollten mit ihnen sprechen. Das ist es doch, was sie wollen, oder? Uns bekehren? Wir sagen, wir bieten ihnen einen Kompromiss an. Die Anführerin wird darauf eingehen. Sie wird mit uns sprechen.«

»Nicht allein.« Eamon schien immer noch skeptisch, was Ardemir zumindest ein geringer Trost war. »Sie werden ahnen, dass wir etwas planen.«

»*Damit* rechnen sie nicht.« Vinaes Augen wurden wieder lebendiger, leuchteten auf. »Sobald die Nebelpriesterin vortritt wird Grego … der Grogon neben ihr erscheinen, eine Berührung, und sie ist wehrlos. Der plötzliche Energieverlust wird sie lähmen. Er wird seine Macht kontrollieren, um sie nicht zu töten, und wir legen ihr diese Kette hier um.« Sie zog etwas Blitzendes aus ihrem Wams und hielt es in die Höhe. »Dieser Halsring kann, einmal angelegt, nur noch mit dem passenden Schlüssel abgenommen werden. Vom Schmied in der Siedlung südlich von Acre habe ich den Schattenkristall darin einarbeiten lassen. Der Grogon hält die Priesterin in Zaum, und einer von uns wird ihr diesen Ring umlegen. Von da an ist sie machtlos. Ohne Magie kann sie nichts tun. Sie ist diejenige, die den Nebel schafft, sie ist die Mächtigste. Die anderen müssen abziehen. Wir müssen schnell sein, ja, aber es kann funktionieren.«

»Wir greifen uns also die Anführerin«, gab Ardemir seinen Unglauben kund, »und die anderen nehmen das einfach so hin und verschwinden?«

»Sie können nichts tun«, erwiderte Vinae zufrieden. »Vielleicht unternehmen sie wirklich einen Versuch, die Nebelpriesterin wieder aus unseren Händen zu befreien, aber dann sind unsere Ritter zur Stelle. Ohne Nebel können sie sich nicht verstecken, im einfachen Kampf können sie nicht siegen. Und wir nehmen die Anführerin mit uns, halten sie mit dem Kristall unter Kontrolle und finden heraus, wo das Drachenherz ist.« Sie lachte auf. »Aber das Beste kommt erst.« Plötzlich grinsend sah sie in die Runde. »Ihr wisst doch, die Nebelpriester sichern ihr Vorhaben doppelt ab. Einerseits schicken sie die Drachen aus, um den Schicksalsbaum zu finden und zu vernichten, für den Fall jedoch, dass dies nicht funktioniert, versuchen sie, die Elfen zu bekehren, und töten die Orakel, um den Glauben an das Schicksal zu schwächen und damit den Baum verdorren zu lassen. Wir machen es genauso. Die Nebelpriesterin wird nicht leicht zum Reden zu bringen sein, und deshalb wird der Grogon den anderen Priestern folgen. Wohin auch immer sie sich zurückziehen, wir haben einen Spion dort. Gehen sie zum

Drachenherzen, dann wissen wir, wo es ist, planen sie einen Befreiungsversuch, werden wir zuvor gewarnt. Seht ihr, das ist die Lösung für all unsere Probleme. Wir besiegen die Nebelpriester, hindern die Göttin an einer Rückkehr und befreien die Drachen, ohne einen einzigen Tropfen weiteres Blut zu vergießen.«

»Das ist ja alles schön und gut«, ließ sich Eamon mit rauer Stimme vernehmen. »Aber, Vinae, dieser Plan hängt einzig von einem ab: dem Grogon, einem Seelenfresser.«

»*Lebens*fresser«, konnte sich Ardemir nicht verkneifen einzuwerfen, was ihm von Vinae einen vernichtenden Blick einbrachte. Zumindest ignorierte sie ihn nicht mehr, obwohl das für seinen Zustand auch nicht unbedingt förderlich war.

»Meinst du wirklich, wir können ihm vertrauen?«, fragte Eamon. »Einem Dämon?«

Vinae sah ihrem Vater direkt in die Augen. »Ja«, sagte sie, ohne zu zögern. »Er hasst die Thesalis nach allem, was er meiner Mutter zu verdanken hat, und doch hat er mir nichts angetan. Ich habe meinen einzigen Schutz, meinen Kristall, vor ihm niedergelegt, und er hat mich nicht angerührt.«

»So, wie du aussiehst …«, begann Ardemir, doch Vinae fuhr sofort zu ihm herum.

»Das war freiwillig«, zischte sie, und ihre Augen schienen Funken zu sprühen, die sich direkt mit dem sengenden Feuer in seinem Inneren verbanden und es auflodern ließen.

»Und wieso sollte er uns helfen?«, fragte diesmal Aurün. »Was hat er davon? Wieso vernichtet er die Nebelpriester nicht einfach, ohne Rücksicht auf die Drachen?«

»Weil …« Vinae blickte einen Moment lang zu Boden, ehe sie Aurün wieder ins Gesicht sehen konnte. »Weil er mir etwas schuldet«, brachte sie schließlich etwas stockend heraus. »Ich habe ihn nach vierundachtzig Jahren aus diesem dunklen Loch geholt, wo er gehungert und gefroren hat. Er ist mir dankbar.«

Ardemir konnte sein verächtliches Schnauben nicht unterdrücken, doch bevor er etwas sagen konnte, ergriff Eamon das Wort.

»Und die Fürsten?«, fragte er. »Wissen sie, was du getan hast?«

»Natürlich nicht.«

»Und was glauben sie, wo du jetzt bist?«

Vinae schob ihr Kinn vor. »Ich hinterließ eine Nachricht, die Königin hätte mich nach Lurness gerufen wegen der Nebelpriesterin. Ich trage keinen Armreif mehr, Daeron hat ihn mir abgenommen, er kann mich nicht verfolgen.« Sie sah in die starren Gesichter. »Ich bitte euch. Denkt doch darüber nach. Welche bessere Lösung könnte es geben? Die Nebelpriesterin hat bewiesen, dass sie mächtiger ist als wir alle zusammen. Wie könnt ihr die Hilfe von jemandem abschlagen, der sie endlich übertrifft? Dem sie nichts entgegensetzen kann?«

»Und wenn das alles ein Trick von ihm ist?« Eamon schüttelte den Kopf. »Du redest von einem Dämon, von keinem *Mann*. Es ist nichts Neues, dass du in allem etwas Gutes siehst und …«

»Ach ja?« Vinae schob ihr Kinn vor. »Woher wollt *Ihr* das wissen?«

»Was Eamon sagen will«, mischte sich Ardemir ein, bevor sie gänzlich vom Thema abkamen und das alles in einen Familienstreit ausartete, »ist, dass wir deine Eigenschaften schätzen, aber in einem Dämon ist nichts Gutes. Wir können ihm nicht trauen.«

»Das könnt ihr.«

Wie ein Mann wichen sie alle drei zurück, als aus den Schatten der Säulen plötzlich eine Gestalt hervortrat. Es war ein Elf, und vorhin war da noch … *nichts* gewesen, ein Schatten höchstens, unsichtbar, lauernd.

Ardemir starrte dem merkwürdigen Neuankömmling entgegen, der einen Schritt neben Vinae stehen blieb und sich mit einem leisen Lächeln auf den Lippen umsah.

»Angst«, sagte er dann plötzlich in die knisternde Stille und lachte kurz auf, »völlig unnötig. Ihr wärt längst tot, hätte ich vorgehabt, euch umzubringen.« Er verneigte sich in Eamons Richtung. »Ihr wart König, als ich gefangen wurde, kurze Zeit, aber doch weise und gerecht. Ihr regiertet über Euer Volk mit starker Hand und hättet es in eine Blütezeit führen können. Was meine Macht Eurem Volk angetan hat, tut mir aufrichtig leid.«

Beinahe hätte sich Ardemir an der eigenen Spucke verschluckt. Immer noch lähmte ihn diese lästige Angst, und gleichzeitig wollte er mit den Fäusten auf diesen zu groß geratenen Zaunpfahl losgehen und ihn aus Vinaes Nähe vertreiben.

»Königin Aurün.« Der Grogon machte tatsächlich noch eine Verbeugung.

Dachte er wirklich, sie damit einlullen zu können?

»Ich bedaure, was Eurem Volk widerfahren ist«, fuhr er, an die Drachenelfe gewandt, fort, »Ich biete Euch meine Hilfe an, Loyalität und Treue als Euer Verbündeter.« Sein Blick schweifte weiter zu Ardemir, ein Mundwinkel zuckte, dann wandte er sich wieder an Eamon.

Ardemir konnte es nicht fassen. Der Grogon ignorierte ihn einfach!

»Ich verstehe eure Skepsis«, fuhr der Dämon dann, an alle – oder auch nur an Eamon und Aurün gewandt, fort. »Es ist nicht leicht, in meiner Nähe zu sein. Ich bin, was ich bin, und kann daran nichts ändern. Die Göttin hat mich dazu gemacht.

Ich hatte keinen Einfluss darauf, doch meine Taten bestimme ich allein. Sie mag aus mir einen Dämon gemacht haben, aber ich bestimme, ob ich ein Monster werde.«

»Und?«, fragte Ardemir, nur ein ganz klein wenig spöttisch. »Seid Ihr ein Monster, Grogon?«

»Vinae gab mir den Namen Gregoran, Ihr könnt mich gerne ebenfalls so nennen, Ardemir. Und nein: Ich bin kein Monster. Ich werde euch helfen, so wie Vinae es euch bereits beschrieben hat. Wir verfolgen alle dasselbe Ziel. Wir alle wollen die Rückkehr der Göttin verhindern. Das macht uns zu Brüdern.«

Ein Würgen kam in Ardemirs Kehle hoch, das in einem Hustenanfall endete, der ihn beinahe die Kontrolle verlieren ließ.

»Könnt Ihr das alles so machen, wie Vinae gesagt hat?«, kam es dann plötzlich beunruhigend sanft von Aurün. »Ihr könnt die Nebelpriesterin unschädlich machen, ohne sie zu töten?«

»Ich werde es versuchen und mein Bestes geben.«

Aurün nickte und streckte ihre Hand nach dem Grogon aus. »Dann nehmt meine Kraft.«

Ardemir und Eamon fuhren beide gleichzeitig zu ihr herum. »Was?«

Eamon packte sie am Arm und zog sie zurück. »Bist du wahnsinnig? Er könnte dich umbringen!«

»Er könnte die Anführerin umbringen!« Sie riss sich von ihm los. »Je stärker er ist, umso eher hat er seine Kraft unter Kontrolle. Das ist doch so oder etwa nicht?«

Ein kurzes Nicken des Dämons.

Eamon schnaubte gefährlich durch die Nase. »Das lasse ich nicht zu, Aurün.«

»Du musst nichts zulassen. Es ist mein Volk. Vom Leben der Anführerin hängt alles ab. Wir können keine x-beliebige

Priesterin holen, denn die Anführerin könnte sie sofort befreien. Sie ist zu mächtig. Wir müssen es so machen, wie der Grog … wie Gregoran gesagt hat. Und ich werde alles dafür tun, damit es auch funktioniert.«

Zwei Stunden später – Ardemir wusste gar nicht, wie er das geschafft hatte – fand er sich im Wald außerhalb des Tempelplatzes wieder, um endlich wieder ruhig zu werden.

Es war beschlossene Sache. Sie waren die Verbündeten eines Grogons. Die *Brüder*.

Ein Schauer des Ekels überzog seinen Rücken. Egal, wie sehr er sich auch dagegen gesträubt hatte, letztendlich hatte sogar Eamon dem Gerede des Grogons nachgegeben, und Ardemir war überstimmt worden. Natürlich klang die Idee ganz gut, ja, geradezu hervorragend, würde es sich bei ihrem Mitspieler nicht um einen Grogon handeln!

Wieso waren die anderen denn so blind? Wieso konnten sie das Gesicht hinter der höflichen Maske nicht erkennen? Die Fratze? Jedes Kind hätte das Böse an ihm wahrgenommen, jedes Kind hatte bessere Instinkte als der einstige König der Dunkelelfen und die Königin der Drachenelfen. Und Vinae.

Wie der Grogon ständig um Vinae herumschlich, sie mit seinen Wolfsaugen verfolgte und wie sie lächelte, wenn sich ihre Blicke trafen! Ein Keuchen entfuhr seiner Kehle, und es hätte Ardemir nicht gewundert, wäre Rauch daraus hervorgeschossen.

Vinae benahm sich ja geradezu, als wäre sie mit diesem Monstrum befreundet, als wäre er ein ganz normaler Elf. Sie war ja immer schon sehr liberal gewesen, aber jetzt ging sie zu weit, ganz entschieden zu weit.

»So grüblerisch, Ritter?«

Ardemir zuckte beim Klang dieser Stimme zusammen und schloss einen Moment lang die Augen, um nicht zu explodieren. Als er sie wieder öffnete, stand der Dämon vor ihm. Ardemir musste auch noch zu ihm aufblicken! Gut, das war bei den meisten Elfen der Fall, aber dieser Dämon überragte ihn um weit mehr als eine Haupteslänge. Bestimmt genoss er es, auf alle herabzusehen.

»Was für düstere Gedanken, mein Freund!«

»Könnt Ihr jetzt auch noch Gedanken lesen?«

»So gut wie.«

Ardemir schnaubte und wollte sich abwenden, da kam ihm noch etwas äußerst Wichtiges in den Sinn. »Ihr werdet uns betrügen, nicht wahr?«, fragte er ganz ruhig. »Uns ans Messer liefern.«

»Nein.«

»Warum nicht?«

Ein Lächeln, widerwärtig und unpassend, erschien im Gesicht des Dämons. »Ich habe so meine Gründe.«

»*Sie* ist es.« Ardemir musste sich auf seine Atmung konzentrieren. »Der Grund heißt Vinae.«

»Womöglich. Habt Ihr etwas dagegen?«

»Allerdings. Ich sehe, wie Ihr ihr nachschleicht, sie anseht. Sie ist eine Elfe, keine von euch. Haltet Euch fern von ihr.«

»Sollte das eine Drohung sein?«

»Nehmt es, wie Ihr wollt.«

»Haltet Ihr es für klug, einem Grogon zu drohen?«

»Ihr sagt es selbst. Ihr sprecht selbst aus, was Ihr seid. Dann seht ein, dass Ihr nicht gut für sie seid. Seht sie Euch an, was Ihr aus ihr gemacht habt.«

»Sie wird sich erholen.«

Ardemir fuhr sich mit beiden Händen durchs Haar. Er

durfte sich nicht so sehr aufregen. Das war es doch, was der Dämon wollte. Er musste kühl und gelassen bleiben. »Nehmt Euch Eure Energie von woanders«, sagte er schließlich – wie er hoffte – ganz freundlich. »Vinae ist zu wertvoll.«

»Da gebe ich Euch recht.«

Einen Moment lang war Ardemir viel zu verblüfft für eine Antwort. Es dauerte etwas, bis er seine Gedanken so weit sortiert hatte, um wieder sprechen zu können. »Aber … aber wieso nährt Ihr Euch dann von ihr?«

»Das tue ich nicht.«

»Aber seht sie Euch an!«

Das Lächeln wurde breiter, widerwärtiger. »Das ist nur ein Nebeneffekt«, meinte er und sah Ardemir direkt in die Augen. »Der Schattenkristall hält meine Macht nur zurück, aber nicht völlig auf. Berühre ich jemanden ohne Kristall, geht es schnell. Mit dem Kristall, wie ihn Vinae trug, muss die Berührung …«, ein Zwinkern, das Ardemir nach Luft schnappen ließ, »… lange dauern, um solche Wirkung zu haben. Sehr lange, intensiv und … immer wieder. Diese Berührungen – ich weiß, ein Mann wie Ihr versteht, was ich meine – haben nichts mit der *Ernährung* zu tun.«

Seine Sicht färbte sich rot. Ein tosendes Rauschen wie die Wellen in Tantollon tobte durch seine Ohren. Seine Haut wurde heißer, spannte, als passe sie nicht mehr auf seinen Körper. »Ich sehe …«, keuchte er und hielt mit Mühe seinen mordlustigen Blick auf den Dämon gerichtet, »… ich sehe, was Ihr seid. Ihr seid ein Monster. Die anderen mögt Ihr täuschen. Mich … nicht. Was habt Ihr … Vinae erzählt, welche Lügen? Wie habt Ihr ihr unschuldiges … Herz getäuscht?«

Der Schmerz zwang Ardemir in die Knie. Sein Atem ging stoßweise, und diesmal war sich Ardemir sicher, dass die Hitze seines Körpers tatsächlich in Dampfwolken vor seinem Gesicht stand. Er brannte, in seinem Inneren brannte er lichterloh, und vor seinem geistigen Auge sah er immer nur ein Bild: Vinae und den Grogon. Seine Vinae!

»Du hast sie verloren«, hörte er plötzlich die Stimme des Dämons knapp neben sich, hämisch und bösartig. Ardemir stöhnte bei diesem Klang auf.

»Aber weißt du was, Ardemir?« Die Stimme wurde zu einem Flüstern, jedes Wort betonend, langsam und wie Gift einflößend. »Ich sehe dich auch, Ardemir. Ich sehe dich. *MONSTER.*«

Ardemir riss die Augen auf und schrie. Sein Körper krümmte sich zusammen, nur um sich sofort wieder zu dehnen, zu drehen und zu winden. Ein Knacken in seinem Rücken war zu hören. Ardemir schrie nur noch lauter. Doch es war niemand mehr hier. Er war allein.

Aurün

Es regnete. Natürlich, bei solchen Ereignissen musste es immer regnen. Schließlich gab es der Atmosphäre die nötige Düsternis und Verzweiflung. Auch das Blut wurde weggewaschen, was ja durchaus von Vorteil sein konnte. Ein wenig positiver Gedanke, bedachte man, dass heute eigentlich kein Blut vergossen werden sollte. Zumindest war es so geplant.

Aurün blickte zum dunkel verhangenen Himmel hoch und seufzte. Warum hieß dieses Land eigentlich Sonnental? Warum musste es in einer Gegend mit vielleicht zwanzig Regentagen im Jahr ausgerechnet an diesem entscheidenden wie aus Kübeln schütten?

»Hoffentlich kommen sie auch«, knurrte Ardemir in seiner in letzter Zeit ständig üblen Laune neben ihr. Es war ein Wunder, dass er überhaupt rechtzeitig erschienen war, nachdem er drei Tage lang verschwunden gewesen war. Natürlich sagte er niemandem, wo er gesteckt oder was er getrieben hatte, doch Eamon nahm an, es handelte sich wieder um irgendeine Liebschaft. Ein denkbar unpassender Augenblick, fand Aurün. Noch dazu hätte er in solch einem Fall wohl etwas glücklicher gewirkt als jetzt mit seiner grimmigen Miene. Seinem Anblick konnte man leicht die Schuld am Regen zuschreiben. Es war nur verständlich, dass da auch der Himmel zu weinen begann. Und das an einem Tag, wo die Rettung ihres Volkes zum Greifen nahe war.

Alle vier, Eamon, Aurün, Ardemir und Vinae, hatten hier

vor dem kleinen Tempel, ganz in der Nähe von Averdun, Stellung bezogen. Hier gab es gerade mal ein halbes Dutzend Tempelwachen für vielleicht zehn Priesterinnen, und das Orakel war schon lange fort. Der Tempel existierte einzig als Zufluchts- und Heilstätte für die Sonnentaler Bürger, sozusagen als Tochterstadt. Wer den Rat eines Orakels suchte, hatte früher weiter nach Averdun gehen müssen. Jetzt gab es dort jedoch auch keines mehr, dank der Nebelpriester.

»Sie kommen bestimmt«, antwortete schließlich Eamon, den Blick ebenso auf den schlammigen Pfad zum Wald gerichtet, von wo aus sie mit den Nebelpriestern rechneten. »Wir haben die Nachricht zu jedem Tempel gebracht. Sie werden wissen, dass wir mit ihnen reden wollen. Sie werden kommen.«

»Und wo ist unsere Geheimwaffe?«, blaffte Ardemir. »Wartet er im Trockenen, bis er zum Einsatz kommt?«

»Er ist hier«, meinte Vinae ruhig, ohne sich darum zu kümmern, dass zumeist sie die Zielscheibe seiner untypischen Angriffe war.

Liadans Ritter, die sich zwischen ihnen und dem Tempel aufhielten, wirkten äußerlich ruhig, auch wenn Aurün die Anspannung und Angst an ihnen deutlich wahrnahm. Sie waren die Besten Elvions, die Besten aus den einstigen Licht- und Schattenrittern, kampferprobt und abgebrüht, doch die letzten Wochen hatte ihnen allen eine Lehre erteilt.

Auch Aurün fürchtete sich, besonders wenn sie daran dachte, wie knapp es beim letzten Mal für Vinae ausgegangen war. Aus diesem Grund trug sie auch einen Bogen und den Köcher Pfeile auf ihrem Rücken. Sie wusste: Konnten sie die Nebelpriesterin nicht ausschalten, half ihr diese Waffe auch nicht mehr, doch sollte es zum Kampf kommen, wollte sie nicht wehrlos sein. Und mit Pfeil und Bogen konnte sie wahrlich umgehen. Besser als Ardemir, hatte sie zu sagen gewagt, denn schließlich verschoss sie ihre Pfeile üblicherweise aus schwindelerregenden Höhen oder im Sturzflug von einem Drachen aus. Doch Ardemir hatte ihr nur einen Blick aus seinen düsteren Augen zugeworfen und war weitergegangen. Der alte Ardemir hätte sie zu einem Wettschießen aufgefordert, und so lange keine Ruhe gegeben, bis er sie in Grund und Boden geschossen hatte. Sie sollte noch einmal mit Eamon über ihn sprechen. In dieser Situation konnten sie sich keine labilen Gemüter leisten.

Eine Bewegung zwischen den Bäumen erregte ihre Aufmerksamkeit. Sofort zog sich ihr Magen zusammen.

»Sie sind es.«

Tatsächlich, wie Nebel zwischen den Regentropfen schwebten sie aus dem Wald heraus in die Ebene, die sie vom Tempel trennte. Früher hatten hier Pferde gegrast, doch jetzt war freie Sicht geschaffen worden, und alle starrten sie zum schmalen Pfad neben den Koppeln, auf dem die Nebelpriester zu ihnen kamen. Im Gegensatz zu früher wurde ihr Auftritt nicht durch Nebel unterstützt, doch die grauen Gewänder der Frauen sorgten auch für eine gewisse Wirkung.

Sie waren wenige, vielleicht zehn verschleierte Gestalten und genauso viele maskierte Krieger, die mit etwas Abstand folgten. Zwei Schritte voraus ging die Anführerin. Das goldene Haar wirkte wie ein Lichtblitz in dieser grauen Umgebung, und diesmal verdeckte der Schleier auch nicht ihr Gesicht. Der kühle Blick der Saphiraugen haftete einen Moment lang auf jedem von ihnen, und als Aurün davon getroffen wurde, spürte sie eisige Kälte ihren Nacken hinabrieseln.

Gleich, musste sie sich immer wieder sagen, gleich ist es vorbei, und dieses Miststück würde für alles bezahlen, was sie ihrem Volk, ihrem Vater angetan hatte. Sie würde für jeden Tropfen Blut bezahlen, den sie Aurünliig und damit auch ihr selbst gestohlen hatte, auch wenn in diesem Punkt schon längere Zeit Ruhe herrschte.

Vielleicht hatte die Priesterin genug, um das Herz zu kontrollieren, doch Aurün wollte es auch nicht auf einen Versuch ankommen lassen, wie es wäre, wenn doch noch mehr gebraucht werden würde.

Zwei Schritte vor dieser ersten Linie aus vier bangen Gesichtern blieb die Anführerin stehen. Aurün spürte bei ihrem Anblick denselben Unwillen wie damals bei Vanora. Ein heißes Stechen in ihrer Brust, ein Nebel, der sich um ihren Kopf hüllte und sie nicht mehr klar denken ließ. Diese Frau verursachte nur Leid, und doch lag ihr jedermann zu Füßen. Sie verzauberte mit ihrer Schönheit und diesen Augen und hinterließ nichts als Wracks, die einst Elfen gewesen waren. Nevliin war doch der beste Beweis dafür.

Aurün atmete tief durch. Es war nicht Vanora, die hier vor ihr stand, nicht die Frau, die Eamons Herz herausgerissen und darauf herumgetrampelt hatte. Es war eine andere, wenn diese auch nicht besser war. Im Gegenteil. Sie war noch hundertmal schlimmer, und trotzdem wurde sie wie eine heilige Erscheinung angestarrt.

»Alle vollzählig«, meinte die Anführerin, wobei ihr belustigter Blick auf Vinae fiel. »Wie erfreulich.«

Von Vinae ging in diesem Moment eine solch deutliche Angst aus, dass sie bestimmt jeder und nicht nur Aurün gespürt hatte. Durchaus verständlich, dachte Aurün. Bestimmt juckte beim Anblick dieser Frau die alte Wunde an Vinaes Hals, obwohl sie längst verheilt war.

»Und wer …«, fuhr die Nebelpriesterin nach kurzem Schweigen fort, »ist befugt, für die Königin zu sprechen? Was hat sie mir Wichtiges mitzuteilen?«

»Averdun war genug«, antwortete Eamon so gefühlskalt, als

wäre es ihm tatsächlich egal, seiner einstigen Liebe gegenüberzustehen. Und wirklich konnte Aurün an ihm nichts als Entschlossenheit und Kraft spüren. »Ihr habt bewiesen, welche Macht Ihr habt. Dem haben wir nichts entgegenzusetzen.«

Die Nebelpriesterin legte den Kopf schief und sah ihm in die Augen. Ein leises Lächeln spielte um ihre Lippen, hatte jedoch nichts Freudiges an sich. Nein, es war voller Misstrauen, es war ein Blick, der besagte: Hältst du mich für dumm? Es war ein siegessicherer Blick, eine Drohung.

Eamon ließ sich dadurch nicht beeindrucken. Er kannte die geheime Waffe, wusste um ihre tödliche Kraft, genauso wie Aurün.

Sie vertraute ihm, dem Grogon. Sie wusste, er würde ihr Volk durch seine Tat befreien. Sie vertraute ihm, denn sie war noch am Leben. Er hatte sie berührt, vorsichtig und kaum merklich. Ein Finger, der sich auf ihre Handfläche gelegt hatte, doch sie war noch am Leben. Mit Leichtigkeit hätte er die Königin dieses versklavten Volkes auslöschen können, die letzte freie Drachenelfe, doch er hatte es nicht getan. Sie vertraute ihm.

Ihre Beine waren unter ihr weggeknickt, sie war in einen Wirbelsturm geraten, der alles um sie herum fortgerissen hatte, bis nur noch Schwärze geblieben war, doch sie war noch am Leben, und sie würde ihm seine Hilfe niemals vergessen.

»Was soll dieses Theater hier?«, holte die Nebelpriesterin sie wieder aus ihren Gedanken. Die maskierten Krieger kamen wie auf ein unsichtbares Zeichen hin näher. »Was wollt ihr wirklich von mir? Ohne die ältere Thesalis? Ohne das Wissen der Sonnentaler Fürsten? Was heckt ihr aus, hm? Was mag es sein, das euch den Mut gibt, euch mir entgegenzustellen?«

»Wir haben Euch nichts entgegenzusetzen«, wiederholte

Eamon ruhig, obwohl er vor Anspannung beinahe bersten musste. »Bis auf … ihn hier.«

Es war der Bruchteil einer Sekunde, in dem sich Gregoran direkt neben der Nebelpriesterin materialisierte. Sie hatte noch nicht einmal Zeit, zu ihm herumzufahren, da packte er schon ihren Arm. Die Edelsteinaugen weiteten sich. Ihr Mund öffnete sich, und sie rang nach Atem, keuchte in einem solch herzzerreißend hohen Ton, dass sich bei Aurün die feinen Härchen im Nacken aufstellten. Die anderen Nebelpriesterinnen hatten plötzlich wieder diese langen Messer in der Hand, auch die Krieger rissen ihre aus den Scheiden am Rücken, genauso wie Liadans Ritter. Im nächsten Augenblick war jedoch schon Vinae vor der Priesterin. Ein Klicken war in der fassungslosen Stille zu hören. Dann begann das Geschrei.

»Keiner rührt sich, oder sie ist tot!«, rief Eamon über das plötzliche Kampfgeschrei der Nebelpriester. Auch er hatte plötzlich seine beiden Kurzschwerter in Händen.

Die Anführerin war bereits bewusstlos und sank zu Boden. Vinae packte sie an den Armen, nachdem Gregoran sie losgelassen hatte, und mit Ardemirs Hilfe schleifte sie die wertvolle Fracht in die eigenen Reihen.

»Wir haben einen Grogon auf unserer Seite!«, brüllte Eamon, als die anderen Anstalten machten, näher zu kommen. »Ein Schritt, und ihr sterbt gemeinsam mit eurer Anführerin.«

Gregoran, der sich an Vinaes Seite hielt, lächelte und winkte den Nebelpriestern zu. »Sie ist mächtig!«, rief er dann in ihre Reihen. »Aber ich habe immer noch Hunger.«

»Verschwindet, ehe er ihre Seele zerstört«, fügte Eamon hinzu, was die gesamte Schar, wie sie dort stand, einen Schritt zurückweichen ließ.

»Was wollt ihr?«, fragte ein Mutiger von den Kriegern. »Ihr wisst, ihr könnt nicht gegen uns bestehen.«

»Das sehe ich anders«, gab Gregoran zurück und löste sich plötzlich auf. Im nächsten Moment stand er vor dem Sprecher und streckte seine Hand nach ihm aus. Einen Fingerbreit, bevor er ihn berührte, hielt er inne. »Kusch«, zischte er lachend und schnipste nach ihm, als wollte er eine Fliege fortscheuchen, gerade noch so, ohne ihn anzufassen.

Die Augen hinter der Maske wurden riesig, die anderen sahen sich hektisch untereinander um, als suchten sie nach jemandem, der die Lösung präsentierte. Auf Eamon hätten sie da wohl verzichten können.

»Ihr habt bis Vollmond Zeit«, sagte dieser in das aufgeregte Gemurmel, »bringt uns das Drachenherz und lasst die Drachen frei. Eine Stunde nach Sonnenuntergang stirbt eure Anführerin. Bei Vollmond, wie in Averdun.«

Aurün riss den Kopf herum und starrte Eamon an. So war das nicht ausgemacht gewesen, und doch war sein Einfall brillant. Gregoran würde die Nebelpriester verfolgen, aber wenn diese so unter Druck standen, gaben sie vielleicht von selbst auf. Sie würden die Drachen freilassen! Die Anführerin musste vielleicht gar nicht reden.

»Die Göttin wird sich rächen. Sie wird ihre Dienerin befreien.«

»Soll sie es versuchen.« Eamon packte die bewusstlose Nebelpriesterin am Haar und zog sie ein Stück hoch. »Seht ihr dieses Halsband? Es verhindert jede Art der Magie. Eure Anführerin ist machtlos, und spuckt einer von euch in eine Richtung, die mir nicht gefällt, lasse ich den Grogon auf sie los.«

Diese Worte taten ihre Wirkung. Aurün konnte es nicht glauben, doch die Nebelpriester ließen tatsächlich ihre Schwerter zurück in die Scheiden gleiten und machten sich eiligst auf den Rückweg.

»Das werdet ihr bereuen«, zischte noch der eine oder andere

auf diesem schmachvollen Rückzug und warf ihnen tödliche Blicke über die Schulter zu. Vermutlich überprüften sie aber auch, dass sie nicht verfolgt wurden. Vielleicht von einem Grogon?

Es war vorbei. Sie hatten gewonnen. Bald wäre ihr Volk wieder frei, auch wenn Aurün insgeheim gehofft hatte, mit der Ausschaltung der Anführerin zumindest wieder eine Verbindung zu ihren Leuten zu haben. Die gedankliche Abschottung musste jedoch über das Herz vonstattengegangen sein und nicht über die Nebelpriesterin. Denn sie war ja im Moment von jeder Magie befreit.

Ein Schlag gegen ihre Schulter riss sie herum. Aurün sah sich verblüfft um und erkannte gerade noch die Tempelkrieger, die sich nach vorn drängelten und plötzlich auf die bewusstlose Anführerin losgingen. Eamon war einen Moment lang so überrascht, dass er nicht verhindern konnte, wie ihm die Frau aus den Händen gerissen wurde.

Mit einem schweren Schlag fiel die Priesterin zu Boden, und ein Krieger nach dem anderen trat nach ihr.

»Plötzlich nicht mehr so stark, was?«, blaffte einer von ihnen. »In Averdun lebten meine Geschwister, du Schlampe, jetzt siehst du, was mit solchen wie dir passiert.«

Aurün blickte auf das Geschehen hinab, sah die blutige Schramme im hübschen Gesicht dieser Frau, die ihr so bekannt vorkam, sah, wie sie unter den Tritten wehrlos von einer Seite zur anderen geschleudert wurde … und trat einen Schritt zurück, um den Kriegern mehr Platz zu lassen.

Eamon hatte sich zwischenzeitlich wieder gefangen und packte einen der Krieger, um ihn fortzuzerren, doch allein konnte er nichts ausrichten. Aurün müsste ihm helfen, sie aber war nicht dazu in der Lage, diese Frau zu verteidigen.

Auch Vinae warf sich nun in das Getümmel und – wagemutig, wie sie war – direkt auf die Nebelpriesterin.

Aurün schüttelte den Kopf. Sie hätte einen Schlag der jungen Thesalis erwartet, schließlich hatte die Nebelpriesterin sie beinahe umgebracht. Aurün selbst konnte sich kaum beherrschen, sich den Kriegern nicht anzuschließen, doch Vinae lag da und schirmte die Feindin mit ihrem Körper ab. Auch Ardemir war sofort eingeschritten. Er schleuderte einen der Tempelkrieger weg, und obwohl die Angreifer so wenige waren, gelang es ihnen erst mit Hilfe der Silberritter, sie in Zaum zu halten.

»Sie hat Averdun zerstört!«, brüllten sie in ihrer Raserei. »Sie hat mehrere Orakel auf dem Gewissen. Bringt das Miststück um!«

Diese Worte holten Aurün in die Realität zurück. Die Priesterin durfte nicht sterben, sonst wäre alles verloren.

Mit zugeschnürter Kehle warf sie einen Blick auf den blutigen Leib der Frau.

»Atmet sie noch?«, brachte sie mühsam hervor.

Eamon warf ihr einen nicht zu deutenden Blick zu und wandte sich an Vinae.

»Geht es dir gut?« Er half ihr auf die Beine und betrachtete nun seinerseits das durchnässte Schleierbündel auf dem Pflaster. Es war ihm nicht anzusehen, was er von diesem Anblick hielt.

»Sie lebt«, antwortete Vinae ausweichend. Auch sie sah ausdruckslos zu der Frau hinab, und trotz der deutlichen Anspannung zwischen ihr und Ardemir in letzter Zeit ließ sie es geschehen, dass er einen Arm um sie legte. Mehr noch, sie lehnte ihren Kopf an seine Brust und wirkte unsagbar müde. Die Silberritter hielten die Tempeldiener in Schach und beruhigten sie so weit, dass sie keine Gefahr mehr für die Priesterin darstellten. Es war also tatsächlich vorbei, und bei Vinaes und Ardemirs Anblick ertappte Aurün sich einen Moment lang bei einem Anflug von Neid und Bitterkeit. Wie gerne hätte sie sich jetzt an Eamon gelehnt, sich in seine schützenden Arme geworfen und sich halten lassen! Wie gerne hätte sie ihre Freude über den Sieg, aber auch die Sorgen mit ihm geteilt. Doch Eamon kam nicht einmal in ihre Nähe, sah sie noch nicht einmal an. Stattdessen nahm er die Priesterin auf den Arm und trug sie zu einem Pferd.

»Es wird Zeit, sie nach Lurness zu bringen«, sagte er knapp und ging, ohne sich umzusehen, weiter zu den Pferden.

»Liadan wird sich freuen«, war Ardemirs Antwort darauf, und so machten sie sich alle abreisefertig.

❧

Ihr Aufenthalt in Lurness war nur sehr kurz gewesen, denn obwohl es wohl keine sicherere Festung in ganz Elvion gab, wollte Liadan die Nebelpriesterin dort nicht haben. Aurün nahm an, sie fürchtete Verrat aus den eigenen Reihen, vielleicht auch, weil Nevliin in Lurness eingesperrt war.

So falsch lag sie mit dieser Annahme nicht, wie sie bald herausfinden sollten.

In der Hoffnung, ein sicheres Versteck für sie gefunden zu haben, hatten sie die Nebelpriesterin in die zerstörte Stadt Derial gebracht, wo sich Vinae nun in einer dieser alten Holzhütten um sie kümmerte. In diesem Teil der Stadt, so nahe am Tempel, stand kaum noch einer der runden Bauten aus Balken und Astgeflecht aufrecht, doch Vinae hatte die Priesterin nicht in den Tempel bringen wollen.

In dem überschaubaren Raum, der kaum mehr als ein Bett, ein paar Regale, einen Tisch und ein paar Stühle zu seiner Ausstattung zählte, hatte sie alles, was sie brauchte, wie sie immer wieder betonte. Rittern wurde befohlen, Wasser vom Brunnen zu holen oder Suppen zu kochen, und sie wurden von Vinae überallhin herumgeschickt.

Es gab hier keine Mägde, und auch die einstigen Bewohner waren alle fort. Die Anwesenheit der Nebelpriesterin sollte so geheim wie möglich gehalten werden, und deswegen waren bis auf Eamon, Ardemir, Aurün und Vinae nur noch ein paar vertrauenswürdige Ritter zum Schutz hier.

Der Regen hatte inzwischen aufgehört, doch die Priesterin war seit ihrer Gefangennahme vor drei Tagen noch nicht aufgewacht. Vinae wurde zunehmend unruhig, und das spürten auch die anderen. Sie meinte, mit dem magischen Halsband könne sie die Priesterin nicht heilen, und alle Versuche, der Verletzten auf herkömmliche Weise zu helfen, hatten bisher zu nichts geführt.

Das Halsband abzunehmen war jedoch zu gefährlich, denn in dem Moment, in dem Vinae die Priesterin heilte, würde diese wieder zu Kräften kommen und könnte sie alle sofort vernichten. Sie mussten einfach versuchen, die Feindin ohne Zuhilfenahme von Magie wieder auf die Beine zu bekommen. Die Schläge der Tempelkrieger waren dafür nicht besonders hilfreich gewesen, musste Aurün sich eingestehen, doch auch schon der Grogon hatte sie über die Maßen geschwächt, und niemand von ihnen wusste, wie viel Leben noch in diesem Körper steckte.

Auch Fürst Daeron bereitete Vinae Sorgen, wie Aurün wusste. Sie fürchtete, er könnte nach ihrem überstürzten Aufbruch nach ihr suchen lassen, und auch wenn ihr Aurün immer wieder versicherte, dass Liadan ihren Dienst für die Königin bestätigen würde, war der jungen Magierin die Unruhe anzusehen. Sie wünschte sich zurück nach Acre, und je länger ihr Aufenthalt in Derial dauerte, desto größer wurde Vinaes Angst, von den Fürsten oder ihrer Mutter entdeckt zu werden.

Es war ein sonniger Nachmittag in dieser Geisterstadt. Aurün entdeckte Eamon bei einigen Rittern in der Nähe des

Tempels. Unsicher, ob sie zu ihm gehen sollte, warf sie noch einen Blick zurück zur Hütte, wo sich Vinae und die Priesterin befanden. In ihrer Sorge, die Priesterin könnte doch noch sterben und das Geheimnis der Drachen mit ins Grab nehmen, hatte sie Vinae, so gut es ging, unterstützt. Doch jetzt musste sie endlich mit Eamon sprechen.

»Ich habe Ardemir gesucht«, sprach sie ihn an, woraufhin sich die Ritter diskret zurückzogen. »Ich wollte ihn zum Wettschießen herausfordern.«

Eamon hob seine Schultern. »Der treibt sich irgendwo herum. Wird noch ein richtiger Einzelgänger.«

»Eamon …«

Mit einem tiefen Seufzen fuhr er zu ihr herum. »Hör zu, Aurün. Was immer du sagen willst, lass es. Ich will es nicht hören.«

»Ist das dein Ernst?«

»Würde ich es sonst sagen?«

Wut stieg in ihr auf. »Bedeute ich dir denn so wenig?« Ihre Kehle schnürte sich zu. »So wenig, dass ich mich noch nicht einmal rechtfertigen darf? Du weißt, was die Priesterin getan …«

»Das ist kein Grund, auf Wehrlose loszugehen.«

»Ich bin nicht …«

»Aurün, bitte. Ich will nicht streiten. Lass es einfach gut sein. Du hast danebengestanden. Du hast eine Entscheidung getroffen, die für dich in diesem Moment richtig war, obwohl *du* doch diejenige bist, für die am meisten vom Leben der Priesterin abhängt. Niemanden von uns schert es, ob sie stirbt oder nicht. Nur wegen der Drachen haben wir das alles auf uns genommen.«

»Ach ja?« Ihre Stimme begann zu zittern. »Dich schert es also nicht, wenn sie stirbt? *Vanora?*«

Seine Hand ballte sich zur Faust, und eine Welle des Zorns fuhr über sie hinweg. »Vanora *ist* tot«, knurrte er. »Ich habe mich von ihr verabschiedet, sie aufs Meer hinausgeschickt, sie brennen sehen. Das da drin ist sie nicht, und doch habe ich noch einen Funken Anstand in mir, Aurün. Der Krieg nimmt uns alles, lässt Begriffe wie Ehre und Aufrichtigkeit im Blut ertrinken. Wenn du diesen Weg gehen willst, dann geh ihn, aber allein.«

Seine Worte trafen sie wie ein Faustschlag mitten ins Gesicht. Scham und Schuld erfüllten sie gleichermaßen, und dafür hasste sie ihn in diesem Moment. Dafür, dass er ihr das Gefühl gab, genauso schlimm zu sein wie jene, die sie verachtete. Am schlimmsten war jedoch, dass *er* sie in diesem Moment verachtete. War sie denn schon so weit, dass sie so abhängig von seiner Meinung war? Davon, ihm zu gefallen? Sie war eine Königin!

»Du redest, als würdest du mich nicht kennen«, brachte sie schließlich heraus. »Nach allem, was zwischen uns war.«

Eamon schüttelte den Kopf und fuhr sich mit beiden Händen über die Augen. »Was war«, wiederholte er und blickte zur Sonne, die sich langsam den Bergwipfeln in der Ferne zuneigte, »das ist hundert Leben her, Aurün«, sagte er verletzend sanft, entschuldigend. Auf eine Weise, die sie nicht hören wollte, denn für sie waren diese Gefühle keine Vergangenheit. Sie gehörten immer zu ihr. »Und ja, im Moment kenne ich dich nicht.«

Aurün schluckte und sah ihn an, während er sie keines Blicks würdigte. »Diese Priesterin vergiftet dich«, presste sie, um Beherrschung ringend, hervor. »Du bist mir gram, weil ich sie in meinem ersten Impuls nicht retten wollte, weil ich sie genauso leiden sehen wollte, wie sie mich und mein Volk leiden lässt.«

»Damit stellst du dich mit ihr auf eine Stufe.«

»Du meine Güte, Eamon! Auch ich habe ein Herz und Gefühle. Auch ich handle nicht immer nach der Stimme meines Kopfes. Ich weiß, es war ein Fehler, der böse hätte enden können. Doch dieser winzige Moment kann doch nicht alles zwischen uns ändern.«

Eamon sah sie an, jedoch nur einen flüchtigen Moment lang. »Das ganze Land hier geht vor die Hunde«, sagte er wieder mit Blick zu den Bergen, »also bitte Aurün, verstehe, wenn ich jetzt keinen Nerv für ... solche Angelegenheiten habe.«

»Solche Angelegenheiten? Eamon ...« Sie verstummte abrupt, als zwischen den verkohlten Hüttenskeletten plötzlich Unruhe in die dort positionierten Ritter kam. Immer mehr liefen hinzu, und alle ihre Gesichter wurden zu Grimassen des Schreckens.

»Was ist da los?« Eamon ging mit weit ausholenden Schritten auf die versammelten Elfen zu, da kam einer von ihnen auch schon mit seinem Pferd auf ihn zugesprengt. Das Tier blieb so abrupt vor ihm stehen, dass der Kies nur so hochspritzte.

»Ich muss zum Befehlshaber«, brachte die Reiterin atemlos hervor und sah sich von ihrer erhöhten Position aus um. »Wo ist Ardemir?«

Eamon griff der Frau in die Zügel. »Er ist nicht da. Was ist los? Du kommst von Lurness?«

»Der Fürst wird jeden Moment hier sein«, stieß die Elfe mit überschlagender Stimme hervor. »Ich war ihm nicht weit voraus.«

»Der Fürst?« Aurün blickte zur Hütte, wo Vinae die Kranke pflegte. »Daeron?«

Die Elfe sah sie einen Moment lang verständnislos an und schüttelte schließlich den Kopf. »Nevliin«, antwortete sie, und

Aurün fasste sich unwillkürlich an ihr Herz, das einen so heftigen Sprung gemacht hatte, dass sie es bis in den Hals gespürt hatte.

Auch Eamon war plötzlich erstarrt und blickte die Elfe in der Silberrüstung mit leerem Blick an. »Wie?«, fragte er schließlich rau. »Wer? Wer hat ihn befreit?«

Die Elfe schwang sich aus dem Sattel und warf immer wieder einen bangen Blick zurück zur Straße. »Das Koboldgesinde«, antwortete sie, »der Koch ist gleich in der Zelle geblieben, hat sich dort selber eingesperrt anstatt Nevliin, weil er wusste, dass er gegen Liadans Befehl verstoßen hat.«

»Aber wieso hat er es dann getan?«

»Er fürchtet Nevliins Zorn mehr als den der Königin.«

Eamon fluchte und stieß den Stiefel in den Schotter. »Ausgerechnet jetzt.« Er sah zur Straße und dann zur Hütte. Offensichtlich überlegte er, ob ihnen noch genügend Zeit blieb, die Nebelpriesterin fortzuschaffen, doch da stoben die zusammenstehenden Ritter auf der Straße auch schon auseinander. Ein schneeweißes Pferd sprengte zwischen ihnen hindurch, und ein Silberritter mit blondem, im Nacken zusammengebundenem Haar sprang aus dem Sattel, kaum dass der Schimmel zum Stehen gekommen war. Auf ein kurzes Wort hin zeigte einer der Ritter in Richtung Hütte, und Nevliin schlug sofort diese Richtung ein.

Jetzt ist alles vorbei, dachte Aurün und meinte vor Schreck, bewegungsunfähig zu sein. Entweder würde Nevliin sie jetzt alle töten, oder er würde die Nebelpriesterin befreien, damit sie es tat. Alles schien ihr im Moment vernünftig, nur nicht, sich diesem Abbild der grimmigen Entschlossenheit in den Weg zu stellen.

Eamon schien da anderer Ansicht zu sein, denn er machte plötzlich einen Schritt in Nevliins Richtung.

»Nevliin …«, sagte er, doch da fuhr das Schwert des Ritters auch schon zischend wie eine Schlange aus der Scheide. Eamon blieb stehen, als die Spitze auf ihn zeigte, wenn auch ein paar Schritte Entfernung zwischen ihnen lagen.

Aurün schaffte es nun endlich wieder, sich zu bewegen, und legte eine Hand auf Eamons Arm. »Bleib hier«, sagte sie und konnte nicht verhindern, es wie ein Flehen klingen zu lassen. »Du kannst ihn ja doch nicht aufhalten.«

Nevliin würdigte die beiden keines Blickes, als er auf die Hütte zuging, das blanke Schwert in der Hand. Nein, er würde sich durch nichts aufhalten lassen, denn auch er war mächtig. Zwei mächtige Liebende vereint, dachte Aurün, als sie Nevliin in der Hütte verschwinden sah, und es war ihr, als hätte der Tod persönlich sie mit kalten Fingern gestreift.

Vinae

So friedlich sah sie aus, während sie schlief. Gleich einer verwunschenen Prinzessin aus Märchen und Sagen – dieses Bild konnten die vielen Blessuren nicht beeinträchtigen. Wer sie hier so sah, käme niemals auf die Idee, dass etwas Grausames von ihrem Geist Besitz ergriffen hatte. So vollkommen der Körper auch war, so furchtbar war das Innere.

Vinae schüttelte den Kopf und tauchte ein Leintuch in das Wasser mit den heilenden Kräutern. Vorsichtig tupfte sie damit die verkrustete Schramme an der Schläfe der Priesterin ab und kühlte das geschwollene Jochbein. Es hatte keinen Sinn, sich über den Seelenzustand von anderen Gedanken zu machen. Ihre Aufgabe war es, alles Nötige zur Genesung der Priesterin beizutragen. Zu viel hing von dieser einen Person ab, und Vinaes Wesen als Heilerin verbot ihr ohnehin, nicht alles für eine Bedürftige zu tun. Da spielte es keine Rolle, was vorher war oder später kommen würde. Im Moment brauchte die Priesterin Hilfe, und Vinae konnte sie ihr geben. Wer wäre sie, diese zu verweigern oder nicht ihr Bestes zu geben?

Die grauen, hauchdünnen Schleier hatte sie der Frau Lage für Lage abgenommen und einen von zahlreichen Blutergüssen und Schürfwunden übersäten Körper entblößt. Ihre Lotionen und Kräuterwickel wirkten gut. Trotzdem erwachte die Priesterin nicht.

Vinae nahm an, dass es nicht an den Verletzungen des Körpers, sondern an Gregorans Kraft lag. Er hatte alles versucht, und allein ihm verdankten sie das Gelingen ihres Vorhabens, doch da war etwas, was die Priesterin nicht zurückließ, zurück zu den Lebenden. Vielleicht war es ein Fehler, die Magie völlig von ihr fernzuhalten, sie war ein Teil von ihr, doch war es das Risiko wert?

Die Halskette verhinderte wohl, dass die Priesterin wieder zu sich kam, sich selbst heilte und sich aus der Dunkelheit herausführte. Die paar Schrammen hatten mit ihrem Zustand nur wenig zu tun. Einzig die Verletzungen des Kopfes bereiteten Vinae Sorgen, doch auch da konnte sie nicht mehr tun, als kühle Umschläge aufzulegen und die heilende Kraft der Kräuter zu nutzen.

Dabei versuchte sie, sich an jedes von Daerons Worten zu erinnern, der ihr schließlich am meisten über Heilung und Elixiere beigebracht hatte. Einst hatte er von einem Trank gesprochen, der half, wieder zu Kräften zu kommen, und das war genau, was die Priesterin brauchte. Der Trank war etwas kompliziert zuzubereiten, doch Vinae glaubte, sich an alles erinnern zu können.

Hinter ihr öffnete sich die Tür, doch Vinae drehte sich nicht um. Sie rückte das Tuch zurecht, mit dem der geschundene Körper der Frau bedeckt war, und tauchte das mittlerweile warme Leinen wieder in die Schüssel. Dabei fiel ein Schatten auf sie.

Zuerst dachte sie, ihre Intuition spiele ihr einen Streich, schließlich konnte er unmöglich hier sein, doch sie kannte ihn zu gut, um nicht zu spüren, dass er es war. Sie hätte gleich wissen müssen, dass er einen Weg finden würde, und sie war froh darüber. Hier war sein Platz; endlich war er gekommen.

»Wer hat dich befreit?«, fragte sie in der Hoffnung, Eamon wäre vielleicht doch zur Vernunft gekommen, als sie das Tuch erneut auf die bläulichen Stellen im Gesicht der Priesterin legte.

»Der Freund eines Freundes.«

»Hm.« Vinae übte sanften Druck auf die Wunde aus und strich der Frau eine Haarsträhne zurück. »Wirst du sie mitnehmen?«, fragte sie, und als Nevliin nicht antwortete, wandte sie sich zu ihm um.

Der Kerker schien ihm nicht geschadet zu haben – äußerlich zumindest; offenbar hatten die Wärter und die Königin auf seinen Stand Rücksicht genommen und ihn gut versorgt. Er sah aus wie immer, und doch wusste Vinae, dass sich für ihn alles verändert hatte. Mit nur einem Blick auf diese Frau wurde entweder etwas in ihm zerstört oder geheilt. Entweder entfernte er sich von allen, denen er etwas bedeutete, oder er kam ihnen näher. Sie war nicht sicher, und ihm schien es ebenso zu ergehen, als er verloren neben ihr stand. Vinae wusste nicht, was er auf sich genommen hatte, um hierherzugelangen, doch jetzt war er hier und sah ins Antlitz seiner einstigen Liebe, die erneut unendlich weit weg war. Was auch immer er ihr vielleicht hätte sagen wollen, musste nun warten, all seine Fragen, Ängste und Gefühle mussten wieder verschlossen werden, denn im Moment konnte niemand etwas tun. Noch nicht einmal Nevliin.

»Wer hat ihr das angetan?«, fragte er schließlich.

Seine Arme hingen schlaff an seiner Seite herunter, als wüsste er nichts mit ihnen anzufangen, doch seine Hände waren zu Fäusten geballt. War es der Zorn über seine Gefangenschaft, die Sorge um die Priesterin oder das Bedürfnis, seine einzige Liebe zu berühren, um sicherzugehen, dass sie es wirklich war? War sie es denn? Was dachte Nevliin im Moment? Es war ihm nichts anzumerken.

Vinae sah ihm in die Augen. »Ist das denn wichtig?«

Sein kühler Blick blieb auf ihr haften, sollte sie vielleicht zermürben, doch Vinae konnten Nevliins schwarze Augen schon lange keine Angst mehr machen. Nach all den Unterrichtsstunden in der Magie war sie seine ernste Miene gewohnt. Stumm sah sie ihn daher an, ohne mit der Wimper zu zucken, und schließlich schüttelte er den Kopf. »Nein«, sagte er. »Ist es nicht, im Moment.«

»Du weißt, wie wir sie gefangen nehmen konnten?«

Nevliin nickte. »Der Grogon.« Er sah sie wieder an. »Wird sie denn wieder … gesund?«

Um Nevliin nicht anlügen und eine beruhigende Prognose geben zu müssen, erhob sie sich von ihrem Platz und trat an den Tisch an der gegenüberliegenden Wandseite.

Hier hatte sie schon einige Kräuter vorbereitet, und ein paar der Ritter würden wohl bald mit den restlichen erscheinen. Dann konnte sie mit dem Stärkungstrank beginnen und, wenn dieser tatsächlich wirkte, endlich zurück nach Acre gehen. Sie wollte verhindern, dass Daeron sie hier fand, denn dann wäre auch das Geheimnis um den Aufenthaltsort der Priesterin gelüftet, und Vinae wusste nicht, ob dies in Händen der Brüder und ihrer Mutter nicht eine sehr gefährliche Wendung herbeirufen konnte. Niemand tat gut daran, den Sonnentaler Machthabern zu vertrauen.

Vinae warf einen vorsichtigen Blick über die Schulter zurück und sah, dass Nevliin sich auf ihrem Platz niedergelassen hatte. Schweigend und regungslos betrachtete er das Gesicht der Priesterin, als gäbe es um ihn herum nichts anderes mehr auf der Welt.

Es war nicht vorstellbar, was in diesem Moment in ihm vorging, doch Vinae meinte, einen Teil seines Schmerzes zu spüren. Sie musste die beiden nur ansehen, um das Band zwischen ihnen zu verstehen, die Sehnsucht und die Qual.

Niemals zuvor hatte sie etwas Schöneres und zugleich so Grausames gesehen. Die Situation erschien ihr wie ein Bild, eingefroren. Ein Gemälde, das dem Betrachter unter die Haut fuhr und den Schmerz auf ihn übertrug. Feuer und Eis, Liebe und Hass, Vertrauen und Verrat.

Vielleicht gelang es ihm ja, die Priesterin wieder zurückzuführen, egal, wo sie sich im Moment befand. Er war hier, und das konnte nicht ohne Folgen bleiben. War es in Märchen denn nicht immer so, dass der Prinz die Prinzessin wachküsste? Nur leider hatte Vinae in letzter Zeit endgültig den Glauben an Märchen verloren. Oder war es der Moment für ein Wunder?

Mit angehaltenem Atem beobachtete sie, wie Nevliin seine Hand hob. Er schien vergessen zu haben, dass sie ebenfalls im Raum war, als er die Hand nach der Priesterin ausstreckte, als wolle er das Leintuch heben, das ihren Körper bedeckte. Kurz bevor er es jedoch tatsächlich auf Höhe ihres Bauches berührte, ließ er die Hand in der Luft hängen und dann schließlich wieder in seinen Schoß sinken.

»Vinae?«, fragte er in die Stille hinein. Er drehte sich nicht zu ihr um, betrachtete immer noch die Priesterin, doch er war sich ihrer Anwesenheit offenbar bewusst.

»Ja?«, fragte sie, darum bemüht, ein Zittern aus ihrer Stimme zu halten.

Einen Moment lang schwieg Nevliin noch, ehe er hörbar einatmete und sich auf dem Stuhl aufrichtete.

»Als du sie …« Er strich sich mit der Hand über die Stirn, »als du sie versorgt hast, hast du da … hast du eine Narbe gesehen? Sie müsste an ihrer Seite sein, irgendwo … hast du irgendetwas …«

»Nein.« Vinae trat hinter ihn und legte ihre Hand auf seine Schulter. »Vielleicht ist sie mir durch die vielen Blessuren auch nicht aufgefallen, aber, Nevliin, … sie kann auch so dieselbe sein wie damals in Derial. Sie ist mächtig, und vermutlich blieb von der Wunde keine Narbe.«

Nevliin nickte. »Ja, natürlich, du hast recht.«

Er stützte beide Ellbogen auf das Bett und legte seinen Kopf hinein. So verharrte er einige Augenblicke, ehe er sich ihr plötzlich zuwandte. »Und eine Tätowierung?«, fragte er. »Sie ist nicht groß, höchstens wie eine Münze, über ihrem Herzen, sie …«

»Nevliin …« Vinaes Kehle schnürte sich zu, es fiel ihr immer schwerer zu sprechen. »Ihr Körper wurde damals verbrannt. Das ist nicht Vanora.«

Nevliin sah sie an, dann lächelte er plötzlich, fast schon nachsichtig, wie früher, wenn sie eine Lektion nicht verstanden hatte. »Du musst noch viel lernen«, sagte er und blickte wieder in das Gesicht der Priesterin. »Vor allem, dass nicht immer alles so ist, wie es auf den ersten Blick erscheint.«

Vinae blickte ebenfalls auf die Priesterin hinab, und da sie seine Worte nicht verstand, beschloss sie, nach den kräutersammelnden Rittern zu sehen, um Nevliin etwas Zeit zu geben. Nach vierundachtzig Jahren konnte ihm wohl etwas Ruhe mit seiner Liebe gegönnt werden.

Sollte er tatsächlich vorhaben, sie zu befreien, würde er das ohnehin tun, und Vinae wusste nicht, ob sie sich ihm in den Weg stellen wollte. Nevliin würde niemals solch grausame Taten begehen wie die Nebelpriesterin, noch nicht einmal für Vanora, da war sie sich sicher. Vielleicht war er der Einzige, der diese Frau wieder zur Vernunft bringen konnte, und auch wenn sie im Moment nicht bei Bewusstsein war, spürte sie doch bestimmt seine Anwesenheit.

Nein, es konnte nichts Falsches daran sein, Nevliin in Ruhe zu lassen.

Von dieser Meinung überzeugt, trat Vinae schließlich hinaus in die Nachmittagssonne und blinzelte, um ihre Augen an das grelle Licht zu gewöhnen.

Sie hatte kaum die Tür hinter sich geschlossen, als sie plötzlich am Arm berührt wurde.

Vinae blickte auf und sah in Ardemirs Gesicht. Alles an ihm bereitete ihr in letzter Zeit Sorgen, nicht nur sein Aussehen, vor allem sein Verhalten, sein ständiges Verschwinden. Er verheimlichte ihr etwas.

»Ist Nevliin da drin?«, fragte er und blickte über ihre Schulter.

Vinae stellte sich vor die Tür. »Ja«, gab sie mit vor der Brust verschränkten Armen zurück. »Und er wird auch da drin bleiben. Lass ihn in Ruhe.«

Ardemir hob beide Hände entwaffnend hoch, dann lächelte er – endlich wieder. »Komm«, sagte er und legte seine Hand auf ihre Schulter, »lass uns ein Stück gehen.«

Zuerst zögerte Vinae noch, doch dann ließ sie sich von ihm fortführen. »Wo hast du gesteckt?«, fragte sie, als sie in den am schlimmsten verwüsteten Teil der Stadt kamen, wo sich niemand aufhielt. »Eamon hat vorhin nach dir gesucht und auch Aurün.«

»Das tun sie doch immer.« Er warf ihr einen kurzen Blick zu. »Und was ist mit deinem neuen Freund? Meinst du, er wird uns hier finden, sollten die Nebelleute einen Angriff planen? Er denkt doch, wir sind in Lurness.«

Vinae hob die Schultern. »Gregoran findet mich überall«, meinte sie und musste sich umdrehen, da Ardemir plötzlich stehen geblieben war. »Was ist?«, fragte sie. »Noch ein Vortrag?«

Ardemirs Miene verhärtete sich. »Du musst wissen, was du tust«, sagte er, »egal, ob ich es für verrückt oder widerwärtig halte.«

»Widerwärtig?« Vinae riss die Augen auf. Hitze stieg von ihrem Magen hoch in die Brust bis in den Hals. Was wusste er? Wie konnte er etwas wissen? Das war unmöglich. Er dachte, sie hätte Gregoran von ihrer Energie gegeben, genauso wie Aurün, nichts sonst. Es konnte gar nicht anders sein. Niemals durfte er wissen, auf welche Weise Gregoran an ihre Kraft gekommen war. Sie selbst wollte noch nicht einmal mehr daran denken.

Am Tag danach war sie von Enras wahnsinnigem Klopfen an der Tür aufgeweckt worden, denn sie hatte beinahe bis zum Abend geschlafen. Das war der erste Moment des Erschreckens gewesen. Nicht nur die Erkenntnis, was sie getan hatte, sondern auch, was es mit ihrem Körper gemacht, wie sehr es sie mitgenommen hatte. Panische Angst hatte sie befallen, ihre Erinnerung war immer noch verschwommen, doch dann war Gregoran auch schon wieder da gewesen. Er hatte ihr seinen großartigen Plan erklärt, sie mit seinen goldenen Augen angesehen, und die Wärme und der Schwindel hatten sie erneut von den Beinen gerissen, sie davontreiben lassen, so leicht und unbeschwert. Verloren in seiner Umarmung, aufgelöst.

Aus diesem Grund hatte Vinae auch ihren eigenen Schattenkristall in den Halsring für die Priesterin einarbeiten lassen. Ohne die Kette konnte er sie nicht mehr berühren, und so wunderschön die Zeit mit ihm auch gewesen war – sie machte ihr furchtbare Angst. Keine Kontrolle zu haben, nicht zu wissen, was mit ihr geschah, sich nicht wehren zu können, sollte wirklich etwas mit ihr geschehen. Sie hatte es beenden müssen, nicht nur wegen des Gefühls, in einen gefährlichen Sog geraten zu sein, sondern auch weil ihr Herz nicht dabei war. Ihr Herz war verschenkt, und dagegen konnte niemand etwas unternehmen. Das hatte auch Gregoran erkannt.

Nachdem sie vom Schmied zurückgekehrt war, ohne Kristall und mit dem Halsring für die Priesterin, hatte er sie nur angesehen, lange und eindringlich, und war schließlich wortlos davongegangen.

Dieses Zeichen hatte ihm wohl alles gesagt, doch eigentlich

hatte er die Wahrheit immer schon spüren müssen. Er konnte doch in ihre Seele blicken und wusste, dass ihr Herz immer nur den einen sah.

Trotzdem würde sie nie vergessen, was ihr Gregoran gegeben hatte, und auch nicht, wie verletzt er ausgesehen hatte. Ein Dämon mit gebrochenem Herzen? Vermutlich bildete sie sich das auch nur ein, denn schließlich hatte er weiterhin zu ihr gestanden und seinen Plan mit ihr gemeinsam durchgeführt, ohne sie wegen ihrer Entscheidung anzusprechen oder zu behelligen. Er war einfach weitergegangen, als wäre niemals etwas geschehen. Vinae war, um ehrlich zu sein, auch froh, dass er sich im Moment nicht in ihrer Nähe aufhielt. Die Idee mit der Verfolgung der Nebelpriester hätte nicht besser sein können, denn so konnte sie etwas Abstand von ihm gewinnen.

»Vinae?«

Verblüfft, ihren Namen zu hören, blickte sie auf und erinnerte sich daran, nicht allein zu sein.

»Es tut mir leid«, sagte Ardemir plötzlich und erstaunte sie damit nur noch weiter. »Ich wollte dich nicht verletzen. Du weißt, was du tust.«

Beinahe hätte sie aufgeschrien. Wie konnte er sie nur so ansehen? So müde und völlig am Ende und zugleich so zuversichtlich, so vertraut. Wie hatte sie nur diesen Fehler begehen können? Egal, was mit ihm war, er war doch immer noch *ihr* Ardemir. Hatte sie es denn nicht gespürt, als sich ihre Lippen gefunden hatten? Als alles von ihm abgefallen war, jede Grenze, die ihn in letzter Zeit so zerstörte? Was machte es dann so schwer zwischen ihnen, wo es doch so einfach sein konnte? Waren sie nicht immer schon Freunde gewesen, völlig unkompliziert und ohne begleitenden Schmerz? Woher kam dieser Schmerz dann plötzlich? Wie kam er in seine Augen?

»*Du tust mir weh*«, hatte er damals zu ihr gesagt, und noch immer verstand sie diese Worte nicht. In einem war sie jedoch sicher: Er hatte unrecht.

»Ardemir«, sagte sie, und ihre Stimme brach, als er ihr in die Augen sah. »Ich weiß eben *nicht,* was ich tue. Ich habe einen furchtbaren Fehler begangen.«

Sein Gesicht blieb ausdruckslos, doch dann nickte er nur und nahm sie in den Arm.

Dankbar für diese Geste schmiegte sich Vinae an ihn, doch er war angespannt, stand da wie eine Säule und atmete noch nicht einmal. Was war hier nur los? Das musste endlich aufhören.

»Ardemir«, begann Vinae von neuem und richtete sich wieder auf. »Bitte sag mir, was dich bedrückt. Wir konnten doch immer über alles sprechen.« Verzweifelt warf sie die Hände in die Luft. »Sieh dich doch mal um. Das alles hier ist doch das reinste Theater. Es ist alles so furchtbar, dass es schon wieder komisch wird.«

»Nein, Vinae.« Ardemir trat einen Schritt zurück. »Nichts ist komisch, aber alles ist furchtbar.«

»Und was genau? Was quält dich so sehr?«

»Ich weiß es nicht.«

»Aber ...«

»Vin.« Er fing ihren Blick ein, hob jedoch die Hand, als sie wieder auf ihn zugehen wollte. »Mach es nicht noch schwerer, bitte. Wir sind Freunde, nicht wahr? Wenn irgendetwas hier noch heil ist, dann sag mir, dass es unsere Freundschaft ist. Mehr zählt im Moment nicht, alles andere ist egal. All der Dreck und das Blut. Sag einfach nur, dass sich zwischen uns nichts geändert hat.«

Vinae spürte ihre Beine schwächer werden, doch sie brachte ein abgehacktes Nicken zustande. »Ja«, krächzte sie schließlich. »Nichts hat sich geändert.«

»Danke.«

Ardemir versuchte sich noch einmal an einem Lächeln und ging davon, ohne sich dann noch einmal nach ihr umzusehen.

Vinae wusste nicht, ob sie erleichtert sein sollte, da ihre Freundschaft wiederhergestellt war, oder erschüttert, da er ihren Kuss so einfach ignorierte. Genauso wenig wusste sie im Moment, wohin sie gehen sollte, denn Nevliin wollte sie noch nicht stören. In dieser verlassenen Stadt gab es nicht viel, um die Zeit totzuschlagen, und außer sich um die Priesterin zu kümmern, wusste sie nichts mit sich anzufangen. In Acre hätte sie immer eine Aufgabe gefunden. Sie konnte nur hoffen, dass die Leute dort sie nicht allzu dringend brauchten und während ihrer Abwesenheit nichts Gravierendes geschah.

Ziellos schlenderte Vinae zur Hauptstraße zurück, um vielleicht ein paar Ritter mit ihren Kräutern zu erwischen, und blieb dort abrupt stehen.

Das weiße Kleid war das Erste, was sie wahrnahm, dann die weißen Bänder in den dunklen Zöpfen der kleingewachsenen Frau.

Die Frau stand bei Eamon, und als hätte sie Vinaes Blick gespürt, wandte sie sich plötzlich zu ihr um. Das Lächeln auf dem schmalen Gesicht gefror, und ohne sich weiter um Eamon zu kümmern, kam sie auch schon eiligen Schrittes auf Vinae zu.

Vinae unterdrückte den Drang, sich aus dem Staub zu machen, und sah sich stattdessen nach Begleitern ihrer Mutter um, doch zu ihrem Glück schien es so, als wäre Meara allein gekommen.

»Was fällt dir ein?« Meara packte sie an der Schulter und schüttelte sie einmal heftig. »Du einfältiges Ding, glaubst, du kannst einfach wegrennen, hier die Heldin spielen?« Sie zerrte Vinae von der Straße weg in den Schatten eines steinernen Gebäudes.

Erst da besaß Vinae die Geistesgegenwart, sich loszureißen, so tief saß der Schrecken über das Erscheinen ihrer Mutter. »Wie hast du mich gefunden?«, fragte sie in einer Mischung aus Wut und Angst. »Wissen die Fürsten …?«

»Natürlich.« Die braunen Augen schienen Blitze zu schleudern. »Denkt ihr etwa, ihr könntet euch im Sonnental rumtreiben, die Priesterin hierherbringen, und wir würden das allen Ernstes nicht bemerken? Die Königin ist naiver, als ich dachte.«

»Wie habt ihr es herausgefunden?«

»Stell dich nicht dumm, Kind. Die Fürsten wissen, was in ihrem Land vor sich geht.«

»Also ein Verräter.«

Meara lachte auf. »Welch bösartige Unterstellung ausgerechnet von dir. Was ist los? Hast du das Vertrauen in die Elfen verloren?«

Genau das, dachte Vinae bitter, doch um nichts auf der Welt hätte sie diese Wahrheit ihrer Mutter gegenüber zugegeben. »Wenn nicht Verrat, was dann?«, fragte sie.

Meara schmunzelte. »Wir haben einen der Ritter von Lurness abgefangen«, sagte sie und breitete die Hände aus. »Was denn sonst?«

»Niemals.« Vinae sah sich nach Eamon um, der die beiden beobachtete wie ein Schafshirte, der kurz davor war, einen Wolf davonzujagen. »Ein Silberritter hätte niemals geredet«, sagte sie, wieder an ihre Mutter gewandt. »Egal, was ihr mit ihm anstellt, ihr grausamen …«

»Er hat geredet«, gab Meara einfach zurück. »Bei Daeron reden sie alle, oder weißt du das etwa immer noch nicht?«

»Und jetzt? Was habt ihr vor?«

»Was schon? Ich will eine alte Freundin besuchen.«

Vinae schnaubte. »Wenn die Königin davon erfährt, was ihr mit ihrem Ritter …«

»Dann tut sie was? Sie hat das Sonnental ausgeschlossen, den Fürsten verheimlicht, was sie in ihrem Land treibt, obwohl die Bekämpfung der Nebelpriester eine nationale Sache ist. Es geht uns alle etwas an. Nein, Kind. Sie wird nichts tun.«

»Und du und die Fürsten genauso nicht, haltet euch raus.«

Das helle Lachen ihrer Mutter jagte ihr einen kalten Schauer über den Rücken. »Wieso so misstrauisch? Hältst du dich immer noch für so viel besser?«

»Ich traue euch einfach nicht.«

»Na schön. Das kannst du Daeron gleich mitteilen, wenn du nach Hause gehst. Du kannst dir vorstellen, er ist nicht sehr gut auf dich zu sprechen.«

»Es gibt Schlimmeres.«

Meara schüttelte lächelnd den Kopf. »Da täusch dich mal nicht, Kind.«

Eämon

»Wieso bist du hergekommen?« Eamon schloss die Tür seiner Hütte hinter sich und lehnte sich mit verschränkten Armen dagegen. Er hatte sich eine der besser erhaltenen Holzbauten nahe dem Tempelplatz als vorübergehende Unterkunft ausgesucht, auch wenn er sich kaum darin aufhielt.

Meara sah sich im Zwielicht der wenigen hereinfallenden Sonnenstrahlen um und strich mit der Hand über das, was wohl einmal eine Kommode gewesen war.

»Darf eine besorgte Mutter nicht nach ihrer Tochter sehen?«, fragte sie schließlich, ohne sich zu ihm umzudrehen. »Oder ist das nicht mehr nötig, jetzt, da sie einen Aufpasser hat?« Sie warf ihm über die Schulter einen Blick zu, doch Eamon antwortete nicht sofort.

Diese Frau war das Letzte, was er im Moment gebrauchen konnte. Nicht nur, da die Nebelpriesterin, Vanoras Seele, ein paar Straßen weiter in Bewusstlosigkeit lag, nein, jetzt war auch noch Nevliin zurück. Der unberechenbare Liebesnarr, der sie alle ins Verderben führen konnte. Und als wäre all das nicht genug, wurde Ardemir immer seltsamer, Aurün war beleidigt, und Vinae behandelte ihn immer noch wie einen Fremden, obwohl sie nun wusste, dass er ihr Vater war.

Nein, Mearas Anblick war im Moment nicht sehr erfreulich, denn allein ihr Erscheinen brachte sie alle in Gefahr.

»Was wollen die Sonnentaler Fürsten?«, fragte er schließlich, auch wenn er nicht die geringste Lust auf dieses Gespräch hatte.

Meara drehte sich zu ihm um. »Fragt hier Eamon, der Möchtegernretter seiner lieblichen Vanora, oder Eamon, der Bruder der Königin?«

»Es sind wohl beide an einer Antwort interessiert.«

»Dann muss ich dich enttäuschen.« Sie ließ sich auf das einfache Strohbett nieder und lehnte sich zurück auf die Ellbogen. »Unsere Pläne sind unsere Pläne. Die Königin schließt uns doch auch nur allzu gern aus ihren Machenschaften aus.« Sie lachte auf. »Aber weißt du, was *mich* hingegen wirklich interessiert?«

»Was das wohl sein mag?«

»Wie kommt es, dass ein alter Freund von mir plötzlich mit euch Bruderschaft trinkt? Oder soll ich eher sagen: saugt? Wie ist die richtige Bezeichnung für das Ausschlürfen von Leben?«

Es fiel ihm nicht leicht, die gelassene Miene aufrechtzuerhalten, und doch gelang ihm ein nichtssagendes Lächeln. »Du meinst den Grogon«, stellte er nicht sehr überrascht fest. »Ich hätte mir denken können, dass die Fürsten ausgerechnet an ihm interessiert sind, da er ihnen abhandengekommen ist.«

»Was hast du mit ihm zu schaffen? Wie kommt es, dass ihr plötzlich zusammenarbeitet?«

Eamon hob die Schultern und ließ sich auf dem dreibeinigen Hocker am Tisch nieder. »Was soll ich sagen? Sein Wunsch, mit dir und den Fürsten zusammenzuarbeiten, wird vermutlich nicht sehr groß sein.«

»Mich wundert, dass er überhaupt mit Elfen zusammenarbeitet, Eamon. Und noch mehr, dass du auf die Hilfe eines Grogons vertraust. Oder ist es meine leichtgläubige Tochter, die für diese Liaison verantwortlich ist?«

Eamon hoffte, seine ausdruckslose Miene würde halten, auch wenn er fürchtete, dass ihm der Schreck einen Moment lang in den Augen abzulesen gewesen war.

Niemals dürften Meara und die Fürsten erfahren, dass es Vinae gewesen war, die den Grogon gebracht hatte. Diese Wahrheit würde sie nur in noch größere Gefahr bringen.

»Der Grogon kam zu mir«, antwortete Eamon schließlich in gelangweiltem Ton. »Er meinte, wir hätten gemeinsame Feinde. Nun, ich musste ihm recht geben.« Er sah Meara in die Augen und ließ es absichtlich offen, ob diese Feinde nun die Nebelpriester oder die Sonnentaler Machthaber waren.

Mearas Lächeln ließ darauf schließen, dass sie diesen Wink durchaus verstanden hatte. »Und Vinae?«, fragte sie dann. »Wieso ist sie hier?«

»Meine Schwester ließ nach ihr schicken, um …«

»Ohne mein Wissen und meine Erlaubnis?«

»Vinae ist alt genug und nicht dein Eigentum. Meine Schwester ließ nach ihr schicken, um die Priesterin medizinisch zu versorgen. Vinae wusste anfangs nichts vom Grogon und war genauso wenig begeistert von dieser Zusammenarbeit wie du.« Die Lüge ging ihm verblüffend leicht über die Lippen.

Eine Zeitlang sagte keiner von ihnen etwas. Stattdessen legte sich Meara zurück und rekelte sich auf der zerschlissenen Decke wie eine zufriedene Katze kurz vorm Einschlafen. Ein aberwitziges Bild! Eamon wusste nicht, ob er einfach gehen oder bleiben sollte.

»Sie scheint diesem Plan … und dem Grogon ja zu trauen«, sagte Meara dann plötzlich, während sie zu den Holzbalken über sich blickte. »Wenn man bedenkt, dass sie ihren Kristall einfach hergegeben hat. Sie – als eine Thesalis.«

»Als ihre Mutter müsstest du sie eigentlich kennen oder etwa nicht? Vinae sah einen Weg, die Priesterin ohne Blutvergießen gefangen zu nehmen, und du weißt selbst, dass ihr das wichtiger ist als alles andere. Wichtiger als ihr eigenes Leben, wenn es denn das von anderen rettet.«

Meara richtete sich im Bett auf und sah ihm in die Augen. »Du hast dir diese Geschichte gut zurechtgelegt«, sagte sie mit einem Lächeln, das ihre Überlegenheit zum Ausdruck brachte. »Aber, Eamon, ich finde heraus, wenn du mich anlügst.«

»Das bestreite ich nicht.« Es fiel ihm immer schwerer, Ruhe zu bewahren und sich nicht im Netz dieser hinterhältigen Spinne zu verfangen. Das war es, was sie wollte. Dass er in Panik geriet wie ein Insekt, das sich immer mehr verhedderte.

Seine Geschichte klang plausibel, fand er, und doch wusste er genauso wie Meara, dass sie einfach an den Haaren herbeigezogen war. Solange es dafür jedoch keine Beweise gab, konnte Vinae nichts geschehen – zumindest hoffte Eamon das.

»Was soll dieser kalte Blick, Eamon?«, riss ihn Mearas süße Stimme wieder aus den Gedanken. »Bist du mir wegen der alten Geschichten immer noch böse?« Sie breitete die Arme aus. »Es war Krieg. Da gibt es keine Regeln, und jeder tut das, was einem den Sieg erbringen kann.«

»Wolltest du noch irgendetwas, oder war's das?«

Meara schob ihre Unterlippe vor. »Wohin denn so eilig? Man könnte fast glauben, du läufst mir davon.«

»Ich kann mir bessere Gesellschaft als dich vorstellen.«

»Ach ja?« Geschwind sprang sie vom Bett auf und trat auf ihn zu. »Das heißt also, wir gehen zur Priesterin?«

Eamon verharrte mit der Hand auf der Klinke. »Wir?«, fragte er und konnte nur schwer ein Seufzen unterdrücken. Er hatte keineswegs vorgehabt, zur Priesterin zu gehen. Seit sie hierhergebracht worden war, war er noch kein einziges Mal zu ihr gegangen. Er fühlte sich weder dazu verpflichtet, noch spürte er das geringste Bedürfnis danach, an ihrem Krankenbett zu sitzen und ihr Händchen zu halten. Diese Frau war eine Mörderin. Er musste sich zwar hin und wieder an diese Tatsache erinnern und so schmerzhaft es auch war, das Bild der toten Vanora heraufbeschwören, auf diese Weise konnte er jedoch zumindest in der Realität bleiben. Anders als vermutlich Nevliin.

»Was willst du bei ihr?«, fragte er, ohne Anstalten zu machen, die Tür zu öffnen. »Einen Bericht für die Fürsten?«

Meara hob lächelnd die Schultern. »Vielleicht kann ich ihr helfen, wo es unsere Tochter nicht kann?« Sie legte ihre Hand auf seine. »Vielleicht kann ich in ihren Geist eindringen und sie zurückführen, wo auch immer sie im Moment ist. Das wäre doch einen Versuch wert, meinst du nicht?«

Sein Griff um die Türklinke verstärkte sich. Er wusste nicht, welch grausamer Scherz seines Körpers es war, dass er ständig mit jeder Faser seines Seins auf sie reagierte. Er hasste sie, und doch wanderte sein Blick immer wieder zu ihren vollen Lippen, die so voller Sinnlichkeit waren und eine direkte Einladung darzustellen schienen. In ihren Augen stand das triumphierende Wissen über seinen inneren Aufruhr, und es ließ ihn nur noch heißer brennen. Er wusste immer noch, wie ihr Mund geschmeckt hatte, ihre Haut. Er wusste, wie sich ihr Körper angefühlt hatte, welche Gefühle sie in ihm hervorgerufen hatte und immer noch hervorrief. Und er sehnte sich nach ihrer Berührung. Himmel, wie sehr sehnte er sich danach, während all dieser Zeit des Irrsinns um ihn herum. Da passten diese verworrenen Bedürfnisse wohl ausgezeichnet dazu.

Mit vielleicht etwas zu viel Schwung riss er die Tür auf und trat hinaus in die Sonne.

»Komm«, sagte er und trat beiseite. »Geh zu ihr und versuch dein Glück, aber danach verschwindest du. Nimm Vinae von mir aus mit, wenn den Fürsten so sehr nach ihr verlangt, aber Hauptsache, du gehst mir aus den Augen.«

Mearas Rehaugen verengten sich, als sie aus der Hütte in die Sonne trat. »Du verletzt mich, Eamon, weißt du das eigentlich?« Sie hob ihre Hand, als wolle sie seine Wange berühren, ließ sie dann jedoch wieder sinken. »Wir könnten Freunde sein«, sagte sie so verblüffend aufrichtig, dass er sie nur anstarren konnte. Gütige Seelen, befreit mich von ihr! »Wir beide, wir passen gut zusammen. Du weißt das, du hast es gespürt.«

»Unfug.« Eamon wollte sich umdrehen, doch die sachte Berührung seines Arms ließ ihn innehalten. Langsam blickte er wieder hinab in ihr Gesicht, dieses wunderschöne, zarte Gesicht, das zugleich solch verführerische Kraft ausdrückte.

»Wir beide«, fuhr sie ihre zermürbende Beschwörung fort, »wir tragen dieselbe Magie in uns, dasselbe Element, egal, ob dir deine Macht als Dunkelelf verlorenging. Das Band ist noch immer da. Gemeinsam könnten wir Großes vollbringen.«

»Das wäre?« Seine Stimme klang heiser. »Die Weltherrschaft an uns reißen? Nur über Elvion, oder denkst du dabei weiter? Meine Schwester vom Thron stürzen?« Er lachte auf, jedoch klang es nicht so unbeschwert, wie er beabsichtigt hatte. »Willst du Königin werden, Meara?«, sprach er schließlich die Frage aus, die er sich schon lange Zeit stellte.

Schon damals im Wiedervereinigungskrieg hatte er oftmals das Gefühl gehabt, dass es eigentlich Meara und nicht die damalige Königin Alkariel gewesen war, die in Wirklichkeit die Fäden gezogen hatte. Und je besser er Meara kennenlernte, umso stärker wurde auch dieser Eindruck.

»Willst du wieder König sein?«, fragte Meara zurück, was Eamon mit einem einfachen und schnellen »Nein« beantworten konnte. Diese Position stand für ihn nicht mehr zur Debatte. Er war ein lausiger König gewesen und zum Glück für sein Volk nur für sehr kurze Zeit. Mit größter Erleichterung und Dankbarkeit hatte er diese Aufgabe seiner Schwester übergeben, denn sie konnte mit der Verantwortung umgehen. Vielleicht wäre Meara nicht einmal eine schlechte Königin. Sie könnte ein Land bestimmt regieren und würde es zu Wohlstand bringen, doch um welchen Preis?

»Lass uns zur Priesterin gehen«, brach er schließlich das Schweigen zwischen ihnen, da ihm diese Möglichkeit im Moment immer noch besser erschien, als hier weiter zu verharren und sich ihrem stechenden Blick ausgesetzt zu sehen.

Sie traten eben um die Ecke auf die Straße zur Krankenhütte, da öffnete sich dort auch schon die Tür, und eine helle Gestalt erschien im Licht der Sonne.

Die grellen Strahlen reflektierten auf dem silbernen Metall der Rüstung und ließen Nevliin im ersten Moment wie eine göttliche Erscheinung wirken. Als er jedoch den Blick hob und in Eamons Richtung sah, erinnerte er eher an dämonische als an göttliche Gestalten dieser Welt.

»Was will *sie* hier?«, rief Nevliin die beiden an und stellte sich vor die geschlossene Tür. Seine rechte Hand ruhte auf dem blitzenden Schwertknauf an seiner linken Seite, was bei vielen Rittern vielleicht eine bedrohliche Gebärde war, bei Nevliin aber tödlich enden konnte.

»Meara will die Priesterin sehen«, gab Eamon zurück. »Geh aus dem Weg, Nevliin.«

Zischend wie eine Schlange glitt die Klinge aus der Scheide und blitzte im Sonnenlicht auf. Die Spitze auf Meara gerichtet, versperrte er ihnen weiterhin den Weg.

»Lass uns zu ihr«, versuchte es Eamon noch einmal in ruhigem Ton.

»*Du* kannst gehen«, antwortete Nevliin mit einem kurzen Nicken in Eamons Richtung. »Ich halte dich nicht auf.« Es lag kein Vorwurf in seiner Stimme, und doch verstand Eamon sofort, auf was Nevliin mit diesen Worten anspielte, und auch, dass Nevliin seine Gefangenschaft nicht einfach auf sich beruhen lassen würde. Im Moment schien ihn Eamon jedoch weniger zu interessieren als die Magierin, auf die er immer noch sein Schwert richtete. »Dieses Miststück hier«, fuhr er auch sogleich fort, »kommt nicht in ihre Nähe.«

»Nevliin …«, versuchte es Eamon noch einmal, doch Mearas Lachen unterbrach ihn.

»Ihr glaubt doch nicht wirklich, Ihr könntet mich aufhalten, Fürst?«, fragte sie mit einer flüchtigen Handbewegung auf das Schwert. »Dazu gehört schon mehr, als mit einem spitzen Ding vor mir herumzufuchteln.«

Sie hatte kaum ausgesprochen, da breitete sich das Schwarz in Nevliins Augen plötzlich über das Weiß aus, und ein silberner Schein flackerte darin auf. Im nächsten Moment nahm die Klinge ein blaues Glühen an, das Eamon und Meara unwillkürlich einen Schritt zurückweichen ließ.

»Was soll das werden?«, fragte Meara, ohne sich eine Beunruhigung anhören zu lassen. »Meint Ihr tatsächlich, es mit Eurer geringen Magie mit meiner Macht aufnehmen zu können?«

Nevliin blickte ihr ungerührt in die Augen. »Lasst es darauf ankommen, welche Macht stärker ist. Die *Eurer* Magie oder die *meiner* Verzweiflung.«

Meara holte Atem zu einer Erwiderung, brachte dann jedoch kein Wort heraus, genauso wenig wie Eamon. Beide sahen sie in Nevliins magisch veränderte Augen, und auch wenn Eamon niemals damit gerechnet hätte, kuschte Meara tatsächlich vor einem minder begabten Magier.

Irgendetwas an Nevliin ließ Meara an Ort und Stelle verharren, als hätte er eine magische Barriere um sich und die Hütte errichtet, die noch nicht einmal sie einzureißen vermochte. Er sah nicht anders aus als sonst, von der Magie einmal abgesehen, und auch von Verzweiflung war ihm nichts anzusehen, und doch wusste Eamon, dass diese von Nevliin

Besitz ergriffen hatte und sowohl sein Urteilsvermögen als auch seine Macht bestimmte.

Hier würden sie nichts erreichen. Meara schien das ebenso zu sehen. Wortlos drehte sie sich um und ging davon.

Vinae

Obwohl Vinae immer wieder über Acre geklagt hatte – über den von Vanille übertünchten Todesgeruch, die fast greifbare Präsenz der Bosheit und die vielen neugierigen Augen –, so war sie doch überglücklich, nun endlich wieder zurück zu sein und ihren Alltag aufzunehmen. Acre war mit den weißen Gebäuden, die sich hier an die einzige Erhöhung der Landschaft klammerten, ihr Zuhause. Um nichts auf der Welt wollte Vinae dies missen. Der Lärm in den schattigen Straßen und am Marktplatz, der fröhliche Gesang draußen bei den Siedlungen und den Feldern, welcher der Grausamkeit und Härte zum Trotz bis zu den Stadtmauern klang, all das gab ihr die Wärme und Geborgenheit einer Zuflucht, auch wenn sie wusste, wie verblendet dieser Eindruck war.

Vielleicht lag dies auch nur an ihrer Abwesenheit. Ein längerer Aufenthalt würde ihr zweifelsohne erneut die Schattenseiten dieses auf den ersten Blick idyllischen Bildes der rosa Felder in der Ferne vor Augen führen.

Im Moment genoss sie es jedoch einfach, bei Enra in der Küche zu sitzen, die süße Beerencreme zu naschen und den neuesten Tratsch auszutauschen.

Dabei hüllten sie die vertrauten Geräusche der scheppernden Töpfe, das Summen der vielen Gespräche, die vereinzelten Rufe und Befehle und das Zischen und Brodeln in den Pfannen ein genauso wie der duftende Dampf der Küche. Am liebsten wäre Vinae überhaupt nicht mehr nach oben gegangen, auch weil sie wusste, dass sich die Fürsten und ihre Mutter dort bald zum Abendessen zusammenfinden würden.

Sie selbst erzählte nichts von ihrer Reise oder der Priesterin, und Enra fragte auch nicht weiter nach. Sie wusste, Vinae würde ihr alles erzählen, wäre es ihr erlaubt oder brächte es niemanden in Gefahr, doch so berichtete nun Enra von den Geschehnissen in Acre.

Ascunsela hatte immer noch nicht entbunden, weshalb sich Vinae vornahm, bald nach ihr zu sehen. Zudem hatte es ein paar kleinere Verletzungen unter den Arbeitern gegeben, die sie sich noch ansehen wollte.

»Was ist eigentlich mit Nefgáld los?«, flüsterte sie schließlich, nachdem sich der Junge mit einem Teller Suppe etwas abseits niedergelassen hatte. »Ist etwas passiert, während ich weg war?«

Enra wandte sich nicht zu ihrem Pflegesohn um, sondern rührte weiterhin die Beeren. Sie schien zu wissen, was Vinae meinte, denn ihre Miene verdüsterte sich schlagartig. »Das geht schon seit Tagen so«, raunte sie, ohne von ihrer Schüssel aufzusehen. »Er ist kaum ansprechbar. Wenn er etwas sagt, ist er gereizt, oder er scheint in Gedanken versunken.«

»Hast du eine Ahnung, warum er sich plötzlich so verhält? Es ging ihm doch schon besser.«

»Nein. Ich habe auch Elrohir gefragt, aber der sagt, sie hätten sich vor Tagen zerstritten und redeten kein Wort mehr miteinander.«

Vinae beobachtete den Waisen verstohlen aus den Augenwinkeln, wie er über den Teller gebeugt seine Suppe in sich hineinschaufelte. Er schien nichts um sich herum wahrzunehmen und hatte Vinae bei ihrer Ankunft kaum ein »Hallo« zur Begrüßung geschenkt. Eigentlich war sie davon ausgegangen, dass er sich gut in sein neues Leben eingefügt hatte. Er mochte

Enra und seinen neuen Bruder Elrohir, und auch wenn er immer noch um seine Eltern trauerte, war er doch nicht so reserviert gewesen wie jetzt.

Irgendetwas musste dieses seltsame Verhalten ausgelöst haben, oder kam es plötzlich lediglich an die Oberfläche, was seit dem Tod seiner Eltern in ihm gegärt hatte? Vorhin war er schon wie ein Geist zwischen den Küchenzeilen umhergeschlendert, hatte mal hier, mal da verharrt, mit niemandem gesprochen und sich nur hin und wieder im Raum umgesehen. Erst als sich das Treiben in der Küche langsam gelegt hatte und sich die Bediensteten mit den Tellern und Schüsseln für das fürstliche Mahl davongemacht hatten, war er zu seinem Platz gegangen, um selbst etwas zu essen.

Vielleicht sollte Vinae mit ihm sprechen, später, wenn sie ihre Krankenbesuche hinter sich hatte. Dann konnte sie sich Zeit für ihn nehmen, und vielleicht begleitete er sie auf einen Ausritt. Elrohir war stets von Pferden begeistert, vielleicht hatte diese Freude ja etwas auf Nefgáld abgefärbt.

Möglichst um Unauffälligkeit bemüht, blickte Vinae ihm schließlich hinterher, als er sich vom Tisch erhob und aus der Küche schlenderte. Sie wollte sich eben abwenden und das Gespräch mit Enra in fröhlichere Bahnen lenken, da sah sie einen schmalen, ovalen Abdruck an Nefgálds enganliegender Hose, ehe die Tür hinter ihm zufiel. Einen Moment lang saß sie wie erstarrt da und blickte auf das schäbige Holz der Küchentür. Sie kannte das Gefäß, welches Nefgáld in seiner Hosentasche eingesteckt hatte. Es war eine Phiole, gleich jenen, in die sie ihre Elixiere füllte. In Daerons Giftkämmerchen standen Hunderte davon herum.

Erst mit ihrem japsenden Keuchen wurde ihr bewusst, dass sie die Luft angehalten hatte. Enra wandte sich verblüfft zu ihr um, doch da sprang Vinae schon vom Tresen und stürmte wie von tausend Toden verfolgt durch die Küche hinaus in den Gang. Ihre Kehle war wie zugeschnürt, als sie sich in dem von hohen Bogenfenstern beleuchteten Korridor umsah und gerade noch erkannte, wie Nefgáld um die Ecke verschwand.

Mit gerafften Röcken stürzte sie ihm hinterher. Die beiden Wachen, welche ihren Weg kreuzten, warfen ihr verwunderte Blicke zu, machten jedoch keine Anstalten, sie aufzuhalten, und im nächsten Gang holte sie Nefgáld endlich ein.

»Hiergeblieben«, keuchte sie, als sie den Jungen am Arm zu fassen bekam.

Nefgáld drehte sich überrascht zu ihr um. Einen Moment lang huschte der Schrecken eines Ertappten über sein Gesicht, doch die Maske des Gleichgültigen ergriff sofort wieder von seiner Miene Besitz.

»Vinae«, meinte er völlig gelassen. Nichts an ihm deutete noch auf ein Kind hin. Vor ihr stand ein junger Mann, doch was sie in seinen Augen sah, gefiel ihr ganz und gar nicht. »Ist irgendwas?«

Vinae fackelte nicht lange, drehte ihm den Arm auf den Rücken, fasste in seine Hosentasche und zog die Phiole hervor. Zu überrascht über ihren plötzlichen Angriff, wehrte er sich dabei nicht und taumelte zwei Schritte nach vorn, als Vinae ihn heftig von sich stieß. Noch ehe er sie erreichen konnte, schraubte sie den Verschluss des Fläschchens ab und schnupperte daran.

Beinahe wäre ihr die Phiole beim beißenden Gestank des Inhalts aus der Hand gefallen. Nicht jedoch vor Benommenheit, sondern vor Schreck. Mit weit aufgerissenen Augen blickte sie wieder zu Nefgáld auf.

»Was hast du getan?«, krächzte sie aus ihrer rauen Kehle und hielt das Gefäß so fest, dass es eigentlich hätte zerspringen müssen. Die Bilder des herumschleichenden Jungen in der

Küche blitzten vor ihrem geistigen Auge auf. Dem Jungen, der immer wieder mal bei den Töpfen stehen blieb. Das Bild der Bediensteten, die das Essen für die Fürsten wegbrachten, den seelenruhigen Jungen, der sich daraufhin niederließ, als wäre nichts.

»Ich …« Mit einem Mal kehrte das verängstigte Kind in seinen Zügen zurück. Hektisch blickte er sich im Korridor um und suchte offenbar nach einem Fluchtweg, doch Vinae packte ihn sofort wieder am Arm.

»Hast du es von Daeron gestohlen?«, fragte sie, benommen vor Angst. »Aus seinen Räumen?«

Ein zaghaftes Nicken war seine Antwort, was ihren Griff um seinen Arm nur noch verstärkte.

»Bist du denn wahnsinnig?« Schnell sah sie sich nach Wachen oder anderen Lauschenden um, doch sie waren allein – noch. »Wem?«, fragte sie schließlich, darum bemüht, einen kühlen Kopf zu bewahren. »Wem hast du es ins Essen gemischt?«

Nefgáld wich ihrem Blick aus. »Allen«, antwortete er ihr, was Vinaes Hand kraftlos herabsinken ließ.

»Du Narr!«, zischte sie und schlug ihm gegen die Brust. »Was hast du dir dabei gedacht?«

»Warum?« Die Panik seiner Stimme schlug in Zorn um. »Was kümmert es dich? Sei froh, dass ich Daeron für dich loswerde. Du hättest niemals Ruhe vor ihm, und …«

»Das hat dich nicht zu interessieren.« Vinae strich sich seufzend eine Strähne aus dem Gesicht. »Los«, sagte sie schließlich. »Geh in mein Gemach und warte dort. Rühr dich nicht vom Fleck, hast du verstanden?«

»Was hast du vor?«

»Verschwinde, Nefgáld! Geh und warte auf mich.« Sie gab ihm keine Möglichkeit mehr zur Widerrede und rannte sofort den Korridor hinab in Richtung Speisesaal. Die Bediensteten waren noch nicht allzu lange weg, vielleicht konnte sie sie noch einholen, ehe sie den Speisesaal erreichten. Vinae wollte gar nicht daran denken, was geschah, wenn die vergifteten Suppen serviert wurden. Weniger fürchtete sie eine Vergiftung der Fürsten – das war eher unwahrscheinlich. Vielmehr lag die Gefahr darin, dass das Gift sofort entdeckt und die gesamte Küchenmannschaft hingerichtet wurde. Was hatte sich dieser dumme Bengel nur dabei gedacht? Auf solche Weise Rache zu üben! Jeder in der Küche wusste doch, dass ein Giftanschlag niemals zum Ziel führen würde. Wie konnte Nefgáld nur denken, den Meister der Gifte auf solch eine Weise zu töten?

Immer wieder über den Rocksaum stolpernd, rannte Vinae die Treppen hoch in das nächste Geschoss, stürmte um die Ecke und sah das offene Tor zum Saal. Sie wusste, es gab dort noch einen Vorraum, wo die Speisen von ihren Warmhaltebehältern befreit wurden. Ihre letzte Möglichkeit bestand darin, die Bediensteten dort im Vorraum aufzuhalten, doch es war zu spät.

Mit den Händen am Tor Halt suchend, taumelte sie in den Raum und blickte durch die weit offenen Türen in den Speisesaal. Die Fürsten und ihre Mutter, welche da drin von Wachen flankiert zusammenstanden und heftig diskutierten, fuhren sofort zu der hereinstürzenden Elfe herum.

Eine Ewigkeit schien zu vergehen, ehe sich Fürst Menavor rührte und auf Vinae zukam.

»Na, wenn das nicht eine Überraschung ist«, gurrte er voller Triumph. »Hast du befürchtet, zu spät zum Abendessen zu kommen, meine Liebe?«

Vinae brachte kein Wort heraus und sah lediglich an ihm vorbei zur Tafel, wo die Suppenteller bereits auf ihren Plätzen standen. Der Vorkoster lag reglos daneben, unbeachtet von dieser Versammlung.

»Du hast die ganze Aufregung versäumt«, meinte Menavor weiter. »Freu dich über deine Unpünktlichkeit. Sie hat dich vor …«, er wandte sich um und deutete mit einer fast schon angewiderten Handbewegung zu dem Vorkoster, »… dem da bewahrt.«

»Vinae?«, mischte sich nun auch noch Daeron ein. »Erklärst du mir, was du hier willst?«

»Ich …« Noch einmal sah sie zu den Suppentellern und zurück zu den Bediensteten, welche von Wachen in eine Ecke gedrängt worden waren. »Ich …«

»Ist das denn nicht offensichtlich?«, ließ sich Menavor lachend vernehmen. »Sie ist hungrig, unsere Vinae, und wollte uns Gesellschaft leisten.« Er winkte den Wachen. »Sperrt das Gesinde hier ein und schickt nach einem dieser dummen Richter der Königin. Wir haben hier einige Hinrichtungen zu vollziehen.«

»Nein!« Endlich kam wieder Regung in Vinae. »Sie können nichts dafür!«

Menavor wandte sich ihr mit nachsichtigem Lächeln zu. »Natürlich wird der eine oder andere dabei sein, der an diesem schändlichen Attentat nicht beteiligt war, aber Vinae, du kennst das Gesinde doch. Keiner wird den anderen verraten. Die halten zusammen, und so sollen sie auch zusammen sterben.«

»Denk an den armen Elfen, der da liegt«, fügte ihre Mutter hinzu. »Ein Unschuldiger wurde von seinesgleichen ermordet. Greifen wir jetzt nicht hart durch, wird so etwas immer wieder geschehen.«

»Aber …« Panik verdrehte ihre Sinne, ließ ihren Kopf rauschen. »Sie waren es nicht«, brachte sie schließlich heraus. »Ich … ich war es.«

Alle, wie sie so dastanden, starrten sie an, einzig Menavor lächelte.

»Ach«, sagte er, doch er konnte nicht fortfahren, denn sein Bruder schob sich unsanft an ihm vorbei und baute sich vor Vinae auf.

»Was sagst du da?«, keuchte er. »Vinae, bist du des Wahnsinns?«

»Nein.« Das Zittern verschwand mit dem Gefühl, zu wissen, was zu tun war. Mit festem Blick sah sie Daeron in die bernsteinfarbenen Augen und schob ihr Kinn etwas vor. »Ich habe das Gift aus Euren Kammern gestohlen, Fürst Daeron«, gestand sie frei heraus. »Wie schon oft zuvor, und ich habe es in euer aller Essen gemischt.«

»Lasst sie alle gehen.« Menavor winkte den Wachen, die sofort die Waffen von den Küchenleuten nahmen und zurücktraten. Die plötzlich Befreiten warfen sich bestürzte Blicke zu, waren jedoch klug genug, nicht mehr länger hier zu verweilen.

»Wartet«, sagte Daeron, ob nun zu den Wachen oder zu den Bediensteten, wusste niemand, und so wurde sein Befehl ignoriert.

»Aber wieso?«, meinte Menavor. »Die anderen sind unschuldig. Hier haben wir unsere Täterin.« Er lachte auf. »Glaube nicht, dass dich deine Stellung schützen wird, Vinae. Dein Kopf wird fallen.«

Vinae war es, als kühlte das Blut in ihren Adern bis zum Gefrieren ab, doch sie nickte entschlossen und, wie sie hoffte, auch tapfer. Vielleicht hatte sie auf Gnade gehofft, auf Daerons Einfluss, doch es spielte keine Rolle. Die Fürsten würden sie nicht mehr schützen, Daeron würde sie nicht mehr schützen, genauso wenig wie ihre Mutter. Meara stand daneben und sagte nichts, doch Vinae hatte auch keinen Gefühlsausbruch ihrerseits erwartet.

»Das ist doch Unsinn!«, mischte sich dann jedoch Daeron ein. Er packte Vinae an den Schultern und beugte sich dicht über sie. »Vinae«, beschwor er sie mit eindringlichem Blick, »sag die Wahrheit. Ich weiß, du willst die anderen schützen, aber das ist es doch nicht wert. Für solch eine Tat kann dir niemand mehr helfen, verstehst du das denn nicht?«

»Ich habe sehr gut verstanden«, erwiderte sie und versuchte zurückzutreten, doch sein Griff war unbarmherzig. »Ich habe Euch zu vergiften versucht und werde meine Strafe entgegennehmen.« Seine Hände sanken von ihr herab, und er richtete sich auf.

»Ach ja?«, sagte er. »Wieso? Wieso solltest du uns alle vernichten? Deine Mutter, *mich*?«

Plötzlich fielen ihr sofort tausend Gründe ein, und sie sah Daeron an, dass er ihr glaubte und all die Verachtung spürte, die sie stets so perfekt verborgen hatte.

»Na, das hätten wir«, kam es von Menavor, während Daeron sie immer noch anstarrte. »Den Weg zum Kerker kennst du ja.« Er deutete auf eine der Wachen. »Aber diesmal bitte in eine Todeszelle, mein Freund.«

Der Fürst hatte kaum ausgesprochen, da kam wieder Leben in Daeron. »Nein«, fuhr er dazwischen, was die Wache unschlüssig stehen bleiben ließ. »Das lasse ich nicht zu. Nicht, ehe ich die Wahrheit kenne.« Erneut packte er Vinae an den Schultern, doch dieses Mal schüttelte er sie heftig. »Du schützt jemanden!«, fuhr er sie an. »Ich weiß es genau. Du würdest so etwas niemals tun. Wen? Wen schützt du?« Sein Griff wurde immer härter. »Rede endlich! Wen schützt du?«

»Niemanden.« Ihre ruhige Antwort ließ ihn aufschreien, so dass selbst die Wachen zusammenzuckten. Seine Faust donnerte auf den Servierwagen.

»Ich kann dich zum Reden bringen«, drohte er ihr unverblümt. »Sag mir, wer es war, und dir wird nichts geschehen. Glaube nicht, dass ich dich einfach aufs Schafott gehen lasse. Vorher wirst du reden!«

Angst schlich sich langsam in ihr Innerstes, doch sie durfte es sich nicht anmerken lassen. Es war nicht die Angst vor dem Tod, sondern vor der Folter. Die Angst, ihr Geheimnis preiszugeben, doch sie würde Kraft finden und durchhalten. Sie würde nichts verraten. Niemals.

»Ich schütze niemanden«, brachte Vinae aus enger Kehle hervor.

»Lass sie doch«, sagte Menavor zu Daeron. »Sie hat gestanden. Die Sache ist erledigt.«

»Nein.« Daeron winkte in eine der dunklen Ecken der Säulengänge. »Veresil!«, rief er, und sofort trat der Anführer seiner Mördergruppe mit zwei seiner Schlangenschilde aus den Schatten. »Bring sie hinunter! Du weißt, wohin.« Er wandte sich an Vinae. Seine Augen blitzten. »Du wirst reden«, sagte er und stürmte an ihr vorbei hinaus aus dem Saal.

Vinae hörte noch das entnervte Seufzen Menavors, das beruhigende Murmeln ihrer Mutter, dann wurde sie auch schon gepackt und weggezerrt.

Unsanft schleiften die Schlangenschilde sie unter Veresils Führung in Richtung Verliese. Mittlerweile hatte sich die Angst in Vinae so weit ausgebreitet, dass sie Besitz von ihr zu ergreifen drohte.

Was, wenn sie nicht stark genug war, um die Folter zu überstehen? Was, wenn sie Nefgáld verriet? Bei Daeron redeten alle; ihre Mutter hatte es neulich erst betont. Und wenn die Befragung weiterging und sie auch nach den Umständen der Zusammenarbeit mit dem Grogon fragten? Wenn sie herausfanden, dass Vinae es gewesen war, die ihn einst befreit hatte? Die Fürsten hatten sie bisher nicht auf ihre heimliche Abreise in Diensten der Königin angesprochen, doch es war durchaus möglich, dass sie dies nun nachholten. Andererseits konnten sie Vinae ohnehin nur einmal umbringen, da spielte die Wahrheit über den Grogon auch keine Rolle mehr. Für Nefgáld war es jedoch noch nicht zu spät. Sie durfte seinen Namen nicht preisgeben, egal, was sie mit ihr anstellten.

Nur ein paar Schritte voraus erkannte Vinae Daeron, der mit eiligen Schritten in Richtung Verlies ging. Sie konnte sich nicht mehr zurückhalten, denn die Verzweiflung umspülte sie wie eisiges Wasser, das sie untergehen und nicht mehr hochkommen ließ.

»Ich war es!«, schrie sie durch die Gänge, in der Hoffnung Menavor könnte sie hören und seinen Bruder aufhalten. Eine schnelle Hinrichtung war das Beste, was ihr jetzt passieren konnte. Nur Menavor könnte diese herbeiführen. Sie wusste, er folgte ihr mit ihrer Mutter, doch noch konnte sie ihn nicht sehen. »Ich habe Euch zu vergiften versucht! Ich! Ich schütze niemanden! Lasst mich gehen! Ich werde Euch nichts anderes sagen als diese Wahrheit! Ich war es!«

Daeron wandte sich nicht zu ihr um und verließ das Schloss durch den Haupteingang. Nur wenige Augenblicke später wurde auch Vinae nach draußen in die Abendsonne gezerrt und in den Schatten des Bogengangs, von wo aus sie in die Verliese hinabgingen. Als sie an Vinaes üblicher Zelle vorbeikamen, verhielt sie sich absichtlich ruhig, damit der blinde Aden nichts von ihrer Lage mitbekam, doch zumindest konnte sie einen Blick auf ihn erhaschen und feststellen, dass er noch lebte, auch wenn er wie immer furchtbar aussah.

Es ging weit in die Tiefen dieser unterirdischen Welt. Mit jedem Schritt in die dichter werdende Schwärze wuchs Vinaes Angst. Anders als bei ihren früheren Besuchen bei Gregoran erschien ihr das Tunnelsystem plötzlich beengend, und sie hatte das Gefühl von der Gesteinsmasse über ihr erdrückt zu werden.

Beinahe war sie schon erleichtert, als die Wachen sie in einen von Fackeln hell erleuchteten Raum führten, in dem Daeron bereits auf sie wartete. Die Erleichterung hielt jedoch nur so lange an, bis sie einen bedrohlich aussehenden Stuhl an der gegenüberliegenden Wandseite sah, der mit zahlreichen Lederriemen und Fesseln versehen war. Er war ein altes Holzstück mit einer hohen Rückenlehne und Armlehnen, an die überall Halterungen angebracht waren. Davor stand ein Tisch mit noch bedrohlicheren Instrumenten darauf.

Unwillkürlich wich sie zurück und bemerkte dadurch Menavor und ihre Mutter, die sich zu ihnen gesellten. Die Tür wurde geschlossen; der dumpfe Laut pochte in ihrer Brust, als wäre er ihr Herzschlag. Ihr Blick flog über all die glänzenden und vollkommen rostfreien Folterinstrumente – Zangen, Skalpelle, Sägen, Nadeln, Brandeisen, ein Ofen, der noch nicht entzündet war, sowie eine Streckbank.

»Noch hast du die Möglichkeit zur Wahrheit, Vinae«, sagte Daeron, als er auf sie zukam. Auf seinen Wink hin ließen die Schlangenschilde ihre Arme los. »Ich bitte dich.« Er blieb vor ihr stehen, ein stummes Flehen lag in seinem Blick. Einen Moment lang tat er ihr leid. »Du würdest so etwas niemals tun, Vinae. Ich weiß es. Bitte sag mir, wen du schützt, und ich werde alles in meiner Macht Stehende tun, um …«

»Ich schütze niemanden«, beharrte Vinae weiterhin, auch wenn sie das Zittern in ihrer Stimme nicht mehr verbergen konnte. »Ich war es, also erspart uns diese Prozedur und bringt es zu Ende. Ich bin bereit, zu sterben.« Das war sie ganz und gar nicht, aber Nefgáld war doch noch ein Junge. Er hatte nicht gewusst, was er tat. Und was war schon dabei? Es konnte wohl kaum ihr Schicksal sein, auf so dumme Weise zu sterben, und daher würde sie ohnehin wiedergeboren werden. Vielleicht sogar weit fort von diesem kranken Ort, in eine liebende Familie.

Ardemir kam ihr in den Sinn. Ihr Herz schmerzte, als wäre es von einer Folterzange erdrückt worden. An ihn durfte sie nicht denken, denn sonst konnte sie nicht tapfer sein. Womöglich würde er sie in ihrem neuen Leben finden und ihr von dieser Existenz erzählen. Vielleicht würde auch Eamon nach ihr suchen.

»Vinae, ich bitte dich.«

»Ich sage die Wahrheit, Fürst Daeron! Ich wollte Euch vergiften! Tötet mich und lasst es ein Ende nehmen.«

»Nein.« Seine Hand umfasste ihren Arm wie ein Schraubstock. Er zog sie in Richtung des Stuhls. Vinae blickte noch einmal auf die Fesseln, die Nadeln und Zangen und versuchte, sich zu befreien. Würde sie standhalten? Würde sie tatsächlich nichts verraten?

Mit aller Kraft versuchte sie, sich Daerons Griff zu entwinden, doch er zerrte sie gnadenlos durch den Raum.

»Ich bitte Euch«, kam es mit überschlagender Stimme aus ihrer Kehle. Sie würde nicht genügend Kraft haben. Sie würde nicht durchhalten. »Ich sage die Wahrheit, Fürst Daeron, bitte! Wenn Euch etwas an mir liegt, tut mir das nicht an.«

»Sag mir, wen du schützt.«

»Niemanden! Bitte, Fürst Daeron, ich flehe Euch an, beschert mir einen schnellen Tod, tut das nicht.«

Doch er drückte sie bereits auf den Stuhl nieder. All ihre Versuche, sich zu wehren, wurden von ihm und Veresil erstickt. Vinaes Atem ging rasend schnell und zischte, als ließe jemand die Luft aus einem Ballon. Aus ihren aufgerissenen Augen sah sie all das schwarze Blut auf dem Holz des Stuhls kleben, die Kerben der Fingernägel, die sich darin eingegraben hatten.

»Fürst Daeron, bitte!« Ihr Körper begann zu zittern, ihre Zähne klapperten, als die Wachen die Gurte der Armlehnen um ihre Handgelenke schnallten und so festzogen, dass es ihr das Blut abschnürte. Immer noch versuchte sie, den vielen Griffen zu entkommen, warf sich hin und her, doch da packte jemand ihren Kopf, und im nächsten Moment wurden auch Gurte um ihre Stirn und ihr Kinn geführt, die sie absolut bewegungsunfähig machten. Ein weiterer Gurt um ihren Hals und einer um ihren Brustkorb verhinderten die kleinste Regung.

Bei Daeron reden sie alle ... Immer wieder hörte sie die Stimme ihrer Mutter in ihrem Kopf. Als sie zu Meara hinüberspähte, traf sie nichts als Kälte. Mit ausdruckslosem Gesicht sah ihre Mutter zu, wie Vinae gefesselt wurde. Menavor stand daneben mit seinem ewigen Lächeln der Genugtuung, das sie ihm am liebsten aus dem Gesicht geschlagen hätte, doch noch gab sie nicht auf. »Fürst Menavor«, versuchte sie es weiterhin. »Ihr wisst, ich spreche die Wahrheit. Haltet Euren Bruder auf, ich habe gestanden, mehr braucht Ihr nicht.«

»Lass ihm die Freude«, meinte der silberhaarige Fürst lakonisch. »Er würde sich ewig grämen, wäre er nicht sicher, ob du ihn wirklich hast töten wollen. Was wirklich abscheulich wäre.«

Vinae wollte zu einer Erwiderung ansetzen, doch da wurde sie plötzlich mit einem schmutzigen, nach Metall und Salz schmeckenden Tuch geknebelt. Ihre Augen drohten aus den Höhlen zu springen, als sich Daeron ihr gegenüber auf einem Hocker niederließ, eine schmale Phiole in der Hand, aus der eine Nadel ragte.

Bei Daeron reden sie alle.

Langsam näherte sich die Nadel ihrem Gesicht, ihren Augen. Mit aller Kraft und der Macht der Verzweiflung versuchte Vinae, sich wegzudrehen, ihm zu entgehen, doch die Gurte saßen zu fest.

»Halte still, sonst wird es noch schlimmer.«

Ein Wimmern entrang sich ihrer Kehle, doch dieses mündete in einem schrillen Schrei, der sonderbar fremd klang und nicht von ihr stammen konnte. Und doch wusste Vinae irgendwoher, dass sie für diese fürchterlichen Laute verantwortlich war.

Die Nadel schob sich an ihrem Augapfel vorbei, neben der Schläfe, immer tiefer in ihren Kopf und schien ihr den Verstand zu rauben. Sie hörte wie aus weiter Ferne Daerons murmelnde Worte, die wohl beruhigend wirken sollten, doch der Schmerz drohte sie besinnungslos werden zu lassen.

Deutlich spürte sie das kalte Metall der Nadel in ihrem Kopf, und eine brennende Flüssigkeit, die sich davon ausbreitete, ihr Gehirn befiel wie ein Parasit und es zu zerstören versuchte. Ihr Körper zuckte, soweit es ihm durch die Fesseln möglich war, der Knebel verhinderte, dass sie sich auf die Zunge biss, doch jeder Muskel ihres Körpers schien kurz vorm Zerreißen.

Bei Daeron reden sie alle, kam ihr erneut in den Sinn, und als Vinae dachte, es würde nicht mehr schlimmer kommen können, folgte die nächste Nadel am anderen Auge, und auch von dort breitete sich die ätzende Flüssigkeit in ihrem Kopf aus.

Ein seifiger Geschmack breitete sich in ihrem Mund aus. Vinae hatte das Gefühl, am Knebel zu ersticken. Das verschwommene Bild von Daerons Gesicht verschwand, und Schwärze breitete sich über sie wie ein Leichentuch.

Die Geräusche um sie herum verstummten. Noch nicht einmal ihren zischenden Atem oder das wilde Poltern ihres Herzens konnte sie noch hören, da war nur noch ein angenehmer

Klang. Eine bekannte Stimme, so vertraut und tröstend. Sie nahm ihr den Schmerz, schmeichelte sich ein, umfing sie mit wohltuender Sicherheit.

Nichts sonst war noch da. Ihr Name? Sie wusste ihn nicht. Wo sie war? Was spielte das für eine Rolle? Wenn nur diese Stimme nie aufhören würde, mit ihr zu sprechen.

»Ich führe dich«, sagte die Stimme mit solcher Zuversicht, dass Vinae sich ihr nur allzu gern anvertraute.

Sie wanderte durch Finsternis und Stille, doch irgendetwas war da, das sie suchte. Es versuchte, sie zu finden, und die Stimme geleitete sie immer weiter. Es war etwas Wichtiges, die Stimme wollte es haben, denn dadurch würde alles gut werden. Sie würde keine Schmerzen mehr haben. Sie musste es nur finden. Es versuchte, zu ihr zu gelangen, doch sie wich aus. Das durfte sie nicht. Sie musste darauf zugehen, es ergreifen, nicht zurückschrecken. Die Stimme führte sie weiter. Sie musste es entdecken, packen …

Eine unglaubliche Leichtigkeit umfing sie, als sie es endlich fand. Nefgáld.

Der Name hallte durch ihren Kopf und war das Einzige, was existierte. Nefgáld, Nefgáld, Nefgáld.

Der Schmerz brach erneut über sie herein, gemeinsam mit dem Lärm ihres Blutes, das durch die Adern rauschte, dem wilden Donnern ihres Herzens und dem Röcheln in ihrer Kehle.

Nur allzu deutlich spürte Vinae das Herausziehen der Nadeln aus ihrem Kopf und erneut entrang sich ihr dabei ein Schrei. Der Knebel wurde entfernt, und auch die einschneidenden Fesseln wurden gelöst.

»Mein Bruder ist gut«, hörte Vinae Menavors Stimme und auch die zustimmenden Worte ihrer Mutter.

»Einfältiges Ding«, fügte Meara noch hinzu.

Allmählich kehrte das Licht vor Vinaes Augen zurück.

Stechend, als hätte sie immer noch Nadeln in ihrem Kopf, drang der Schein der Fackeln zu ihr. Vinae blieb nichts anderes übrig, als die Augen wieder fest zusammenzukneifen.

Selbst in der Dunkelheit ihrer geschlossenen Lider schien sich alles zu drehen. Was auch immer Daeron für ein Gift in ihren Kopf injiziert hatte, es hatte sich dort wie Watte ausgebreitet und jeden klaren Gedanken unmöglich gemacht.

Oder war da nicht etwas gewesen?

Nefgáld!

Mit einem leisen Aufschrei riss Vinae die Augen wieder auf und sah sich in dem Raum um. Daeron war fort, die Wachen waren gleichfalls gegangen. Nur noch der hämisch grinsende Menavor und ihre Mutter waren anwesend. Nefgáld!

Wie von einer unsichtbaren Macht hochgerissen, sprang Vinae vom Stuhl auf und taumelte gegen den Tisch mit den Folterinstrumenten. Scheppernd flog das eine oder andere Stück zu Boden, doch das war unwichtig. Sie musste zu Daeron.

Ihre Füße kribbelten, ihre Knie fühlten sich taub an, doch irgendwie schaffte sie es, aus dem Raum zu torkeln und dem Tunnel zurück an die Oberfläche zu folgen. An den Wänden entlanghangelnd kämpfte sie sich Schritt für Schritt vorwärts, und als sie endlich das schummrige Dämmerlicht des Abends erreichte, kehrte allmählich so etwas wie Klarheit zurück in ihren Kopf.

Vinae wusste nicht, ob Daeron auch erfahren hatte, wo sich Nefgáld aufhielt, doch als sie das Schloss betrat, sah sie den Fürsten bereits einige Schritte voraus mit seinen Schlangenschilden in Richtung ihres Gemachs gehen.

Die letzte Kraft aus sich herausholend stürzte sie ihm hinterher.

»Fürst Daeron!«, rief sie und klammerte sich an seinen

Arm. »Ich bitte Euch, tut das nicht. Er wusste nicht, was er tut. Er ist doch noch ein Kind. Bitte!«

Der Fürst versuchte, sie abzuschütteln, doch Vinae stellte sich ihm in den Weg, legte ihre Hände auf seine Brust und versuchte alles, um ihn aufzuhalten. Vergebens. Er marschierte weiter, als wäre sie nichts als ein Hindernis, das er leicht überwinden konnte.

Vinae meinte zu ersticken. Übelkeit waberte in ihr hoch, und der Drang, sich übergeben zu müssen, wurde beinahe übermächtig. Natürlich konnte dies auch an dem seltsamen Gift liegen oder an den Nadeln, doch Vinae war sicher, die Angst allein reichte auch schon aus, um ihren Magen verrücktspielen zu lassen.

»Mein Fürst! Ich flehe Euch an.« Sie zog und zerrte an seinem Gewand, stemmte sich mit all ihrem Gewicht gegen ihn, doch er würdigte sie noch nicht einmal eines Blickes. Auch die Schlangenschilde ignorierten sie. Alle setzten sie ihren unheilvollen Weg zu ihrem Gemach fort.

Vinae musste etwas unternehmen, irgendetwas. Sie durfte Nefgáld nicht einfach sterben lassen und mit ihm vermutlich auch noch Enra und Elrohir. Es musste einen Weg geben.

Erneut klammerte sie sich an seinen Mantel, ließ sich von ihm mitzerren und überlegte fieberhaft.

»Fürst Daeron. Bitte! Verschont ihn! Ich weiß, Ihr könnt das, es ist Gnade in Euch.« Sie stellte sich ihm wieder mit ihrem gesamten Körper in den Weg, presste ihre Hände gegen ihn. »Begnadigt Nefgáld. Ich flehe Euch an … als … als … Hochzeitsgeschenk!«

Daeron blieb so abrupt stehen, dass Vinae beinahe nach vorn gefallen wäre. Eine flüchtige Geste seinerseits, und die Wachen hielten ebenso inne, zogen sich ein paar Schritte zurück, um sie allein zu lassen.

Die Maske der Gleichgültigkeit war von ihm abgefallen, bloßes Erstaunen lag in seinem Gesicht. Vinae sah im Moment wohl nicht viel anders aus. Waren es tatsächlich ihre Worte gewesen? Sie hatte nicht darüber nachgedacht, der Gedanke hatte sich noch nicht einmal in ihrem Kopf geformt, die Worte waren einfach so über ihre Lippen gekommen.

Und jetzt? Was sollte sie jetzt tun?

»Vinae?« Daeron fing ihren unsteten Blick ein. Er schien zu schwanken, oder war sie es, die nicht stillstand? »Meinst du …« Er nahm ihre eiskalte Hand in seine. »Meinst du das ernst?«

Meinte sie das ernst? Hatte sie es ernstgemeint, für Nefgáld und die anderen zu sterben? Ja, natürlich. Also konnte sie auch Daerons Frau für sie werden?

Der Tod wäre ihr leichtergefallen.

»Ich …« Der Boden schien sie verschlingen zu wollen, schwankte und rüttelte, in dem Versuch, sie von den Beinen zu reißen. Ihr Kopf dröhnte, hinter ihren Schläfen pochte es, und ihre Augen brannten, doch all die Schmerzen waren lächerlich im Vergleich zu ihren Gedanken.

Langsam blickte sie auf und erwiderte den Raubvogelblick. Mit einem Mal sah sie alles ganz klar vor sich. Es war so leicht, die Lösung lag auf der Hand. Wieso hatte sie diese Möglichkeit vorher nie in Betracht gezogen? Es war die Antwort auf all ihre Fragen.

»Ja.« Sie klang selbst überrascht und doch gleichzeitig entschlossen. Ungerührt erwiderte sie seinen Blick. »Ja«, wiederholte sie noch einmal, und noch ehe sie sich versah, hatte Daeron sie an der Taille gepackt. Die verwunderten Blicke der Wachen ignorierend, riss er sie in die Höhe und drehte sich mit ihr im Kreis. Der Schwindel in ihr wurde noch schlimmer, die Unwirklichkeit der letzten Momente war beinahe schon komisch, und als wäre Daeron ihrer Meinung, lachte er. Er lachte. Daeron lachte. Auf solch unbeschwerte Weise, als wäre er ein fröhliches Kind. Nie zuvor hatte sie solch ein glückliches Lachen aus seiner Kehle gehört, und als er sie endlich wieder auf die Beine stellte, musste sie sich an der Wand festhalten.

Sie hatte soeben zugestimmt, Daerons Frau zu werden. Eine Ewigkeit mit diesem Elfen. Sie hatte einem Bund zugestimmt, den kaum ein Elf einging, doch das war nicht alles. Sie hatte zugestimmt, Fürstin des Sonnentals zu werden.

Aus dieser Wahrheit Kraft schöpfend, konnte Vinae ihm ins Gesicht blicken. Die Freude seiner Augen berührte sie wider Willen, auch wenn sie wusste, dass sie – wollte sie diese Tat wirklich überstehen – keine Gefühle zulassen durfte.

»Ich werde Eure Frau«, sagte sie. Immer noch musste sie um jedes Wort kämpfen, als wehrten sich ihre Zunge, ihr Körper gegen das, was ihr Verstand längst beschlossen hatte. »Und Ihr werdet Nefgáld im Gegenzug verschonen.«

Ein Schatten huschte über sein Gesicht, doch dann lächelte er sofort wieder – jedoch nicht mehr so ungezwungen wie zuvor.

»Ist dies deine Bedingung?«, fragte er. »Um mir deine Hand zu reichen?«

»Ja.« Sie erwiderte seinen Blick und versuchte immerzu, an Nefgáld zu denken, der weiterleben durfte.

Daeron nickte. »Ist das alles?«, fragte er vollkommen ernst und ohne jede Belustigung in der Stimme. »Oder stellst du noch weitere Bedingungen?«

Im ersten Moment hätte Vinae beinahe verneint, nur um dieses Gespräch so schnell wie möglich hinter sich zu bringen, doch dann wurde ihr die Tragweite dieses Angebots bewusst. »Mitspracherecht«, forderte sie daher geradeheraus. »In *allen* Belangen. Als Fürstin gehen mich die Leute ebenso etwas an, und Ihr werdet nicht über meinen Kopf hinweg entscheiden.

Und bessere Arbeitsbedingungen der Feldarbeiter«, fügte sie noch schnell hinzu, was Daeron ein Schmunzeln entlockte. »Ich werde als vollwertige Herrscherin über dieses Fürstentum anerkannt, und meine Stimme zählt genauso wie Eure oder Menavors.«

»Ist das alles?«

War das alles? War das alles? Vinae wusste es nicht. Seit sie denken konnte, hatte sie nach Möglichkeiten gesucht, um an der Gestaltung dieses Landes mitwirken zu können, nicht nur heimlich aus dem Hintergrund. Endlich hatte sie einen Weg gefunden, und nun wusste sie nicht mehr weiter. Was, wenn das eine Falle war? Wenn sie einen entscheidenden Punkt vergaß? Was, wenn …

»Also gut.« Daeron riss sie aus ihren Gedanken. Mit vor der Brust verschränkten Armen stand er vor ihr. »Ich akzeptiere deine Bedingungen«, sagte er, »und nun werde ich dir meine nennen.«

»Eure?« Der Strudel der Hilflosigkeit und Panik schien Vinae erneut zu erfassen. Welche Bedingungen wollte er stellen, sie hatte sich doch schon aufgegeben. Was wollte er mehr?

»Halte mich nicht für dumm«, sagte er beinahe schon drohend. »Du wolltest mir weismachen, mich zu hassen, mich ermorden zu wollen, und irgendetwas ist da in dir …« Er schüttelte den Kopf. »Als meine Frau«, erklärte er ihr schließlich nicht weniger unheilvoll, »erwarte ich, dass du nicht nur an meiner Seite regierst und deine Privilegien nutzt. Ich erwarte auch, dass du wirklich meine *Frau* bist. In allen Belangen, verstehst du mich? Du wirst dein Schlafgemach mit mir teilen und … das Bett.«

Hätte sich Vinae nicht ohnehin schon an der Wand festgehalten, wäre sie nun endgültig umgefallen. Das Bett.

Sie sah Daeron in die Augen. Die feinen Härchen in ihrem

Nacken stellten sich auf. Allein der Gedanke daran ließ die Übelkeit unerträglich werden. Doch war der Preis nicht gering, betrachtete man, was sie dafür gewann? Sie hatte schließlich auch bei einem Dämon gelegen.

Beinahe hätte sie aufgelacht. Natürlich stellte Daeron ihren Körper als Bedingung. Er wollte ein Kind. Oh, wie recht Gregoran gehabt hatte! Er wollte ein Kind der Thesalis, das er formen konnte, und wenn es so weit war … nun, dann würde er sie wohl nicht mehr brauchen.

Konnte das denn Liebe sein? War es Liebe in Daerons Augen gewesen, als sie ihm ihre Hand geboten hatte? Oder lediglich die Freude über die Gewinnung einer langersehnten Macht? War es überhaupt von Belang? Er musste sie nicht lieben. Sie liebte ihn genauso wenig. Nein, sie verabscheute ihn.

Daeron hielt ihrem bohrenden Blick stand, schien in sie zu dringen, so wie er es vorhin unter dem Einfluss des Giftes getan hatte. Jeder Gedanke stand wie auf Pergament geschrieben in ihren Augen – Vinae wusste das und sah auch keine Notwendigkeit, diese zu verbergen.

Ein Lächeln zog seine Mundwinkel nach oben. Er las in ihren Augen die Antwort.

»Ja«, sprach Vinae das verhängnisvolle Wort schließlich aus und unterdrückte ein Schaudern. »Ich akzeptiere.«

In diesem Augenblick wurde die Ähnlichkeit zu seinem Bruder erkennbar. Im Ausdruck des Triumphs.

»Ich freue mich, das zu hören.« Er nahm ihr Gesicht in beide Hände und küsste sie sanft auf die Stirn. »Nächsten Vollmond«, sagte er. »Ich werde alles Notwendige veranlassen.«

Nächsten Vollmond. So bald.

Vinae blickte dem schwarzen Mantel hinterher, der gemeinsam mit den Schlangenschilden die Treppe nach unten verschwand.

Ihre Beine konnten sie nicht mehr tragen. Ihr Herz schien keine Kraft mehr zu haben, um Blut durch ihre Adern zu pumpen, ihre Lungen konnten dem Körper keinen Sauerstoff mehr zuführen.

Langsam sank sie entlang der Wand zu Boden. Sie starrte immer noch dorthin, wo Daeron verschwunden war, und ihr war, als hätte das Gift sie erneut betäubt. Sie hatte sich verloren, und auch wenn sie ihren Namen immer noch wusste, wünschte sie sich, sie könnte ihn vergessen.

Ardemir

Ardemir hatte nicht mit solch einem Trubel in der Stadt gerechnet. Es war kein Markttag, und doch waren Acres Straßen bis zum Schloss hinauf verstopft. Die Leute bahnten sich einen Weg zum großen Sonnenplatz hindurch und machten ein Fortkommen zu Pferde beinahe unmöglich – und das, obwohl noch nicht einmal die Verkaufsstände aufgebaut waren.

Der Vorteil lag zumindest darin, dass Ardemir dadurch mit Aurün in der Menge verschwinden konnte, ohne allzu große Aufmerksamkeit auf sich zu ziehen, auch wenn allein ihre prächtigen Pferde schon auffallen müssten, die sie notgedrungen am Zügel führten. Die Leute schienen sich nicht um sie zu kümmern und waren aus irgendeinem Grund besonders angespannt und nervös. Immer wieder deuteten die einen oder anderen hinauf zum Schloss und fragten sich, was wohl los war, doch Ardemir konnte von seiner Position aus nichts als die in der Sonne schimmernden weißen Türme erkennen.

»Da haben wir uns den richtigen Tag ausgesucht«, keuchte Aurün, nachdem sie wieder einmal durch einen unsanften Stoß eines Passanten zwei Schritte zur Seite gestolpert war.

Ardemir nickte und konzentrierte sich auf ein Weiterkommen. Eigentlich hatte er allein hierherkommen wollen, um Vinae zu holen, doch Aurün hatte sich angeboten, ihn zu begleiten. Sie ging Eamon aus dem Weg, so schien es Ardemir, und sie fühlte sich auch in Gegenwart der Priesterin und Nevliins nicht wohl, was Ardemir nur zu gut verstehen konnte. Da spielte es auch keine Rolle, dass die Priesterin immer noch nicht aus ihrem todesähnlichen Schlaf erwacht war. Ihre Gegenwart war eine ständige Gefahr, und da sie für sein Leiden verantwortlich war, fürchtete er noch dazu, ihre Nähe könnte seinen labilen Zustand verschlimmern.

Nach Vinaes und Mearas Abreise hatten sie die Priesterin sofort aus Derial fortgebracht und sich ein sicheres Versteck gesucht. Dort waren jetzt nur noch Eamon, Nevliin, die Priesterin, Ardemir und Aurün. Niemand sonst wusste davon, um das Risiko einer neuerlichen Entdeckung zu vermindern. Die Fürsten durften nicht wissen, wo sich die Priesterin aufhielt, genauso wenig wie Meara, und doch hatte Ardemir das Risiko eingehen müssen, hierherzukommen.

Eamon und auch die anderen fürchteten, der Priesterin mit diesem magieabweisenden Halsband großen Schaden zuzufügen, und daher sollte Vinae nach ihr sehen und sie gegebenenfalls mit Magie heilen. Sie alle wussten, wie hoch das Risiko war, doch niemandem war geholfen, wenn die Priesterin starb oder überhaupt nicht mehr erwachte. Sie hatten lange genug gewartet. Nun mussten sie endlich handeln.

Aus diesem Grund war er hier, um sich heimlich mit Vinae zu treffen, sie noch heimlicher von hier fortzuschaffen und sie zu der Priesterin zu bringen, damit sie etwas gegen deren Zustand unternahm.

Er hatte vorsichtig reisen müssen, um von keinem von Menavors und Daerons Spitzeln entdeckt zu werden, doch um die Priesterin machte er sich im Moment nur wenig Sorgen. Die Priesterin brauchte keine Wachen, denn sie wurde von Nevliin geschützt, und wehe dem Eindringling, der versuchte, sie zu entführen! Kaum einen Moment wich der Ritter von ihrer Seite, wachte Tag und Nacht über sie, und auch wenn er schweigsam wie ein Stein war, konnte ihm jeder den inneren

Konflikt ansehen. Eamons Aufgabe, allein in diesem Pulverfass zurückzubleiben, war bestimmt nicht die dankbarste, doch sie hatten keine andere Wahl gehabt. Irgendjemand musste bei Nevliin bleiben, denn ganz allein mit der Priesterin wollte ihn auch niemand lassen. Der Gedanke, er könnte endgültig seinen Verstand verlieren, war nicht sehr weit hergeholt, denn niemand konnte ewig solch ein Chaos in seinem Inneren unbeschadet überstehen.

Ardemir wusste, wovon er sprach, denn er selbst meinte ebenfalls immer häufiger, dem Wahnsinn zu verfallen. Innere Zerrissenheit war wohl das treffendste Wort, und auch wenn er manchmal meinte, alles unter Kontrolle zu haben, traf ihn die Wucht des fremden Zaubers immer wieder in den ungünstigsten Momenten.

Genauso jetzt in dieser zusammengepferchten Meute unter der glühenden Mittagssonne, die nirgendwo heißer als in Acre schien. Ardemir hatte von Menschen gehört und es auch schon einmal gesehen, die in extremer Hitze zu schwitzen begannen, doch von Elfen kannte er dieses Phänomen nicht. Umso beunruhigender waren die winzigen Tröpfchen, die sich für alle sichtbar auf seiner Stirn bildeten und die er ständig so schnell wie möglich wieder abwischen musste, ohne dabei allzu auffällig zu sein.

Auch die ständigen Stöße und Hiebe der umstehenden Elfen taten seinem Gemüt nicht unbedingt gut. Umso froher war er, als sie endlich die Hauptstraße verließen und an den Sonnenplatz kamen. Hier stand die Menge zwar noch dichter beisammen, und bald würden die Elfen auf die Straßen ausweichen müssen, doch Ardemir hatte im Moment ohnehin nur Augen für Vinae, die dort oben auf dem Balkon des Schlosses stand und auf die versammelten Elfen herabblickte. Sie trug wieder eines dieser silberfarbenen Kleider, das in der Sonne wie

Kristalle funkelte, und auch in ihrem dunklen Haar blitzte es überall von Edelsteinen. Ein Tand, für den Vinae nie viel übrig hatte, weshalb Ardemir davon ausging, dass die Fürsten dahintersteckten. Diese standen gleich neben Vinae in ebenso festlicher Kleidung, und zu ihrer anderen Seite befand sich ihre Mutter, die Bestie Meara, königlich wie immer.

Vinae wirkte trotz des vielen Schmucks farblos, sie schien irgendeinen Punkt zwischen den Häusern zu fixieren, regte sich nicht, zeigte kein Lächeln und kam Ardemir seltsam entrückt vor. Eher sah sie aus, als stünde sie anstatt auf dem prächtigen Balkon auf dem darunterliegenden Schafott. Hätte Ardemirs ungutes Gefühl nicht ohnehin schon durch seinen Bauch rumort, wäre ihm spätestens bei ihrem Anblick klar gewesen, dass etwas ganz und gar nicht in Ordnung war.

Das ständige Surren wie aus einem Bienennest war hier auf dem Platz leiser im Vergleich zum Lärm in den Straßen, doch Ardemir konnte sich aus dem gesamten Geschehen keinen Reim machen.

»Was ist hier los?«, fragte er den nächstbesten Elfen, einen Feldarbeiter in zerschlissener Kleidung.

»Wir wissen es nicht«, antwortete der Mann zu Ardemirs Enttäuschung. »Der Gong hat geläutet, und wir sind alle her, aber es sieht nicht nach einer Hinrichtung aus.«

»Welche Gründe könnte es sonst geben?«

»Da fragt Ihr mich zu viel, Herr. Für uns heißt der Gong, dass jemand seinen Kopf verliert und wir gefälligst dabei zuschauen sollen, damit wir sehen, wie locker der unsere auf unseren Schultern sitzt.«

»Und könnte es nicht doch eine Hinrichtung sein?« Ardemir stellte sich auf die Zehenspitzen, um über die hochgewachsenen Elfen vor ihm zum Schafott zu blicken. »Der Verurteilte könnte ja noch kommen.«

»Nein, Herr. Das sicher nicht. Die Hinrichtungen laufen immer gleich ab, und da liegt ja kein Stroh fürs Blut, kein Korb, der Henker ist auch nicht da. Nein, die Fürsten wollen uns nur ein bisschen schmoren sehen.«

»Pst. Es geht los«, kam es plötzlich von einer anderen Elfe, und das allgemeine Gesumme verstummte tatsächlich beinahe vollkommen.

»Hast du Vinae gesehen?«, zischte Aurün, die ihren Bick stets gesenkt halten musste und die Kapuze tief ins Gesicht gezogen hatte. »Was will sie da nur in diesem Aufzug?«

»Nichts Gutes«, knurrte Ardemir und blickte wie alle anderen hoch zum Balkon. Es war mühsam, Daerons Worten zu folgen, da Ardemir den Sinn dahinter nicht Begriff.

Ohne, dass es irgendjemanden wirklich interessierte, erzählte Daeron den in der Sonne schmorenden Elfen die Geschichte eines jungen Pärchens, das noch vor der Drachenzeit im Sonnental gelebt haben sollte. Es wurde eine Liebesgeschichte, wie sie immer wieder gerne an Abenden erzählt wurde, doch als Daeron plötzlich die Wörter »Ritual« und danach »ewige Verbundenheit« benutzte, wurde Ardemir hellhörig.

Fassungslos blickte er zwischen Vinae und Daeron hin und her, und als der Fürst plötzlich Vinaes Hand ergriff, schnappte er unwillkürlich nach Luft. Es nützte nicht viel, denn er meinte, in der Menge zu ersticken. Alle anderen Elfen schienen ihm die Luft wegzunehmen. Zu keiner Regung war er fähig; ihm blieb lediglich, die emotionslose Vinae zu betrachten, die sich von Daeron zwei Schritte vorziehen und ihre Hand heben ließ. Ein unnatürliches Bild, eine Farce. Mit allem hätte er gerechnet, selbst mit ihrer Hinrichtung, aber ehe er auf solch einen Gedanken gekommen wäre, hätte er Meara bei der Aufnahme von Armen und Kranken vermutet. Das konnte doch nicht stimmen.

»… so wird mir dieses Juwel beim nächsten Vollmond seine Hand reichen, so dass das Geschlecht der Thesalis mit dem des Fürstenhauses vereint sei und nicht nur euer Fürst eine der gütigsten und wunderbarsten Frauen zu seiner Gefährtin bekommt, sondern auch Ihr, das geliebte Volk des Sonnentals, eine Fürstin Eures Herzens.«

Ein paar Mirin flatterten gleich Schmetterlingen vom Dachsims hoch in die Luft, in der Ferne krächzte ein Rabe, eine Bö ließ das Banner der Fürsten am Turm flattern, und doch herrschte über diesem riesigen Platz Stille.

Alle blickten starr und mit offenen Mündern zum Balkon hoch. Die Bestürzung wurde von jedem einzelnen Elfen so stark ausgestrahlt, dass sie wie eine Wolke über ihnen zu schweben schien.

Eine Fürstin des Herzens. Daerons Gemahlin. Auf Ewigkeit.

Ardemirs Herz klopfte einmal hart gegen seine Brust; es war ihm, als wäre dies der erste Schlag seit Minuten. Der Balkon schien über ihm zu tanzen, sich zu bewegen und herumzufliegen. Das Einzige, was still hielt, waren Daeron und Vinae, die sich an den Händen hielten – für die Ewigkeit vereint, beim nächsten Vollmond.

Einer der Schlangenschilde, wohl der Anführer, begann zu applaudieren, andere Schlangenschilde und Wachen fielen ein, und schließlich klatschten auch die einfachen Leute, wenn auch ohne jede Begeisterung. So entstand doch noch so etwas wie Freudenjubel, wenn auch äußerst zurückhaltend, denn niemand konnte verstehen, wie die junge Thesalis plötzlich zur Fürstin des Sonnentals wurde. Am wenigsten Ardemir. Er verstand gar nichts mehr, und die fremde Macht in ihm nutzte dies aus, um Besitz von seinem Körper zu ergreifen.

Ardemir taumelte, spürte eine kräftige Hand, die ihn am

Arm packte, doch seine Beine wollten ihn nicht mehr tragen. Sie schienen zu Feuer geworden zu sein, er verbrannte, seine Lungen glühten, er keuchte und bekam keine Luft mehr.

Eine zweite Hand packte ihn am anderen Arm. Er hörte seinen Namen, immer wieder klang er in seinen Ohren, zischend, mahnend. Es war Aurün. Sie schüttelte ihn, zerrte ihn durch die Menge.

Schatten, kühler Boden unter ihm, eine Wand in seinem Rücken, Wasser in seiner Kehle, kühl, angenehm, es breitete sich aus.

»Ardemir, geht es wieder? Ardemir, sieh mich an!«

Aurüns stechend grüne Augen nahmen vor ihm Gestalt an. Ihr rotes Haar schien ihr Gesicht wie ein Feuerball zu umrahmen, es wirkte so hell, dass es beinahe schon in den Augen schmerzte. Doch es war zumindest real, etwas, an das er sich klammern konnte. Er durfte dem Drängen der Magie jetzt nicht nachgeben, nicht hier, mitten unter so vielen Zeugen. Aurün war echt, alles andere konnte nicht wahr sein, es war ein Spiel, ein Traum.

»Geht es deinem Freund nicht gut?«, hörte Ardemir eine fremde Stimme.

Aurün wandte sich nicht um, damit ihr Gesicht weiterhin bedeckt war, und winkte nur kurz. »Alles in Ordnung. Es geht schon wieder«, sagte sie und warf Ardemir gleichzeitig einen fragenden Blick zu.

Gezwungenermaßen brachte er so etwas wie ein Nicken zustande, dann mühte er sich, auf die Beine zu kommen. »Verfluchte Hitze«, knurrte er und versuchte, den eindringlichen Blick der Drachenelfe zu ignorieren. Sich am Sattel festhaltend, gelang es ihm schließlich, aufrecht zu stehen, auch wenn er es nicht wagte, zurück zum Balkon zu blicken. Die beiden noch einmal zusammen zu sehen wäre wohl zu viel für ihn; er wollte sein Glück wahrlich nicht herausfordern. Immerhin würde die Nebelpriesterin bald erwachen, und dann hätte das Rätsel um seine Veränderung, und vielleicht sogar die Veränderung selbst, endlich ein Ende. Er musste nur noch etwas durchhalten, sich nicht ablenken lassen …

»Was willst du jetzt machen?«, fragte Aurün plötzlich die schlimmste aller Fragen. »Willst du trotzdem versuchen, mit Vinae zu sprechen?«

Ardemir atmete einmal ruhig ein und wieder aus, dann trank er noch etwas Wasser aus dem Schlauch an seinem Sattel und vermied es weiterhin, sich zum Balkon umzudrehen. Nur die Ruhe, sagte er sich immer wieder. Noch war nichts verloren, er musste nur ruhig bleiben.

»Ja«, antwortete er schließlich, wieder einigermaßen Herr seiner Sinne. »Lass uns zu dieser Ascunsela gehen. Sie wird wissen, wie wir Vinae erreichen können.«

Aurün

Obwohl das neue Versteck der Priesterin ja fast schon um die Ecke von Acre lag, meinte Aurün nach ihrer Ankunft, einmal durch ganz Elvion gereist zu sein.

Auf Ardemirs Vorschlag hin hatten sie die Priesterin einfach dorthin gebracht, wo sie niemand erwarten würde: vor Menavors und Daerons Haustüre. Nun, vielleicht nicht ganz genau dahin, doch ihr neuer Unterschlupf lag nicht weit von den letzten rosa Feldern der Giftplantagen entfernt, in den bewaldeten Ausläufern des Silbergebirges, nahe dem Weltentor. Hier hatten sich Vinae und Ardemir früher stets getroffen, um ungestört Neuigkeiten auszutauschen. In den Tiefen dieser Wildnis aus Birken, Linden und Eschen gab es eine Höhle, die nun zum provisorischen Schlafgemach der Priesterin und ihrer Bewacher geworden war. Genügend Wasser bekamen sie von den vielen Bächen, welche den Hang hinab in den sanften Silberstreif und dann in den Strom Rivendel mündeten, und Nahrung erhielten sie von den wild verwachsenen Beerensträuchern, den Wurzeln und Kräutern. Ihr Weg von der Flussbrücke hinauf zur Höhle war zwar unwegsam und beinahe unmöglich zu passieren, doch Ardemir schien sich hier mit einer Art sechstem Sinn orientieren zu können und jedes Farnblatt wiederzuerkennen. Den Pfad, der im Norden zum Weltentor führte, hatten sie schon früh verlassen, und so waren sie eingeschlossen in dieser friedlichen Idylle des rauschenden Laubs, der zwitschernden Vögel … und zweier schreiender Elfen.

Nachdem Vinae Daerons Erlaubnis eingeholt hatte, sich vor der Vermählung noch um einige private Dinge zu kümmern und Acre für eine Weile zu verlassen – unbeaufsichtigt, mit der strengen Auflage, pünktlich zur Hochzeit zurück zu sein –, war Ardemir nicht mehr zu bremsen gewesen. Sie hatten kaum die Stadttore hinter sich gelassen, da explodierte er, wie Aurün es noch nie zuvor bei einem Elfen gesehen hatte.

Zuallererst hatte er natürlich nicht geglaubt, dass Daeron Vinae einfach so gehen ließ, ohne sie beschatten zu lassen, und ihr bereits die Schuld für die neuerliche Enthüllung des Versteckes gegeben. Als Vinae ihm daraufhin versicherte, dass Daeron sein Wort halten würde, war jede Form der Vernunft von ihm gewichen.

Aurün übertrug er die Aufgabe, nach Verfolgern Ausschau zu halten, während er Vinae als einfältig, naiv und bodenlos dumm beschimpfte. Das arme Mädchen hatte kaum Gelegenheit, zu erklären, wie es zu dieser sonderbaren Verlobung gekommen war, und nachdem sie es doch irgendwie geschafft hatte, erreichte Ardemir ein neues Stadium des Zorns, obwohl Aurün geschworen hätte, schlimmer könnte es nicht werden.

Ihr eigenes Leben für einen dummen Bengel hinzugeben, der doch ohnehin immer wieder Schwierigkeiten mache, sei so himmelschreiend dämlich, dass Vinae allein dafür schon ein Leben lang eingesperrt werden müsse. Von ihrer freiwilligen Hochzeit mit Daeron ganz zu schweigen. Vinaes Ausführungen, welche Vorteile ihr diese Verbindung bringen würde und wie sie und das Volk davon profitieren könnten, läuteten eine neuerliche Wendung in diesem Streit ein.

Denn mit einem Mal war Ardemir still, er sah Vinae einfach nur lang aus verengten Augen an, ehe er wieder zu Worten fand. »Du willst ihn also heiraten?«, fragte er sie, und seit dem Moment, da Vinae, die mittlerweile ebenso wütend wie Ardemir war, als Antwort nickte, hatte Ardemir kein Wort mehr gesagt bis auf: »Schön, dann heirate ihn.«

Diese brodelnde Stille war beinahe noch schlimmer als das Geschrei und hielt bereits seit dem Verlassen des Waldpfades an. Aurüns klägliche Versuche, ein Gespräch mit harmlosen Themen zu beginnen, wurde von beiden ignoriert. Daher ließ sie sich auf der kleinen Lichtung vor der Höhle nur zu erleichtert aus dem Sattel gleiten.

Lieber hätte sie stundenlang Wache vor dem Krankenbett der Priesterin gehalten, als noch einen einzigen weiteren Moment in Gegenwart dieser beiden Verrückten zu verbringen. Und das mochte etwas heißen, wo ihr der Anblick der Priesterin jedes Mal vor Augen führte, was sie verloren hatte – nicht nur die Verbindung zu ihrem Volk, die Freiheit und den Frieden, sondern auch einen Mann, der niemals sein gebrochenes Herz würde heilen können.

Dieser Mann trat nun auch schon aus dem schmalen Spalt im Gestein und sah sich mit hochgezogenen Augenbrauen in der Runde grimmiger Gesichter um. Genauso wie Ardemir hatte Eamon die Silberrüstung, die ihn als Ritter der Königin auszeichnete, längst abgelegt und trug einfache Waldkleidung. Doch selbst in diesem simplen Aufzug konnte seine noble Geburt nicht verhüllt werden. Sein pechschwarzes Haar, das sich von der weißen Haut wie die Nacht vom Tag abhob, und auch die eisblauen Augen in dem weich gezeichneten Gesicht machten ihn immer noch zu einem König der Dunkelelfen.

»Vinae«, begrüßte Eamon die junge Magierin, »ich bin froh, dass du kommen konntest.«

»Sie wird nicht lange bleiben«, knurrte Ardemir und zog sein Pferd hinter sich her in den Wald.

Eamon warf Vinae einen fragenden Blick zu, doch statt einer Antwort stapfte sie ebenso einfach an ihm vorbei und verschwand im schwarzen Schlund der Höhle, um sich dem Grund ihrer Anwesenheit zu widmen.

»Angenehme Reise gehabt?« Eamon ging mit schiefem Lächeln auf Aurün zu, die soeben den Sattel von ihrem Pferd genommen hatte. »Oder sprichst du auch nicht mehr mit mir?«

Seufzend wandte sie sich ihm zu. »Wenn du nur wüsstest …«, begann sie, und dann erzählte sie ihm die ganze Tragödie von Vinaes bevorstehender Hochzeit und Ardemirs Wutausbruch. Sie ließen sich vor der Höhle im Moos nieder und lehnten sich an den kühlen Stein in ihrem Rücken. Zu Aurüns Überraschung war Eamon nach dieser Enthüllung kaum weniger aufgebracht als Ardemir zuvor. Aurün hatte alle Mühe, ihn davon abzuhalten, selbst in die Höhle zu stürmen und das Theater zu wiederholen. Mit einer ungewöhnlich heftigen Schimpftirade über die Fürsten und Meara Thesalis ließ er sich schließlich nur widerwillig zurück auf seinen Platz nieder.

»Vinae hat ja nicht ganz unrecht«, versuchte Aurün, an seinen Verstand zu appellieren. »Als Fürstin des Sonnentals hat sie Macht und kann weitaus mehr erreichen als bisher. Sie kann endlich das tun, was sie will, und noch dazu ist sie eine starke Verbündete. Endlich hat deine Schwester jemanden im Sonnental, dem sie vertrauen kann.«

Eamon schnaubte. »Du hörst dich ja schon genauso naiv an wie das Kind«, meinte er mit noch einem wütenden Blick zur Höhle. »Glaubt ihr etwa wirklich, Vinae kann als Fürstin auch nur den geringsten Einfluss ausüben? Gegen beide Fürsten und ihre Mutter? Allein gegen drei Ungeheuer? Das ist Irrsinn.«

»Aber sie hat sich nun einmal so entschieden, und weder Ardemir noch du könnt ihr da reinreden.«

»Das werden wir ja noch sehen.«

Nur schwer konnte sich Aurün einen wütenden Aufschrei

verkneifen, stattdessen verdrehte sie nur die Augen und nahm Eamons Hände. Langsam versuchte sie, seine Fäuste zu öffnen und die verkrampften Finger zu lösen. Irgendwie musste sie zu ihm durchdringen und endlich diese massive Mauer zum Einsturz bringen, die er in ihrer Gegenwart um sich herum aufgebaut hielt. »Beruhige dich wieder«, sagte sie mit sanfter Stimme. »Das Mädchen ist kein Kind mehr.« Eamon wollte protestieren, doch sie ließ ihn nicht zu Wort kommen. »Nein, das ist sie nicht«, wiederholte sie bestimmt. »Sieh dir an, was sie bisher alles geleistet hat, welche Verantwortung sie trägt. Sie weiß, was sie tut, Eamon, und du beleidigst sie, indem du das nicht anerkennst.«

»Ich weiß, was sie alles leistet«, knurrte er. Sofort wurden seine Hände wieder starr. »Aber das hat nichts mit dieser Entscheidung zu tun – es war ja noch nicht einmal ihre. Sie wurde dazu gezwungen.«

»Nein, das wurde sie nicht, und wenn Vinae diesen Weg gehen will, musst du sie auch gehen lassen.«

Mit blitzenden Augen fuhr er zu ihr herum. »Weißt du denn nicht, was das bedeutet? Eine Verbindung bis zum Tod? Vinae ist jung, sie kann noch ewig leben und Daeron genauso. Elfen heiraten nicht, Aurün, du weißt das genauso gut wie ich. Handelte es sich um jemand anderen als Daeron, wäre ich genauso dagegen.«

»Aber wieso?« So langsam steckte er sie mit seinem Zorn an. Ständig den Abfalleimer für seine Sorgen spielen zu müssen – für die Sorgen über diverse Frauen in seinem Leben – wurde allmählich zermürbend. Konnten sie nicht einfach nur zusammen sein? Ein einziges Mal in Harmonie Zeit miteinander verbringen? Was war es nur, dass für ihn ständig alle anderen wichtiger waren? Vielleicht meinte Eamon, Aurün sei stark genug, um jede Hürde allein zu bestehen, und dass sie ihn nicht brauche, aber da täuschte er sich. »Du kennst dieses Mädchen erst seit kurzem«, versuchte sie es noch einmal. »Lass Ardemir sich darum kümmern, er hat mehr Grund zur …«

»Grund?« Eamon fuhr sich mit beiden Händen durchs Haar. Erst schien es, als wollte er noch etwas sagen, doch dann ließ er sich zurück an den Felsen sinken und lehnte den Kopf dagegen. »Ich habe dieses Land so satt«, brach es aus ihm heraus. »Hier scheint es niemals Frieden zu geben.« Er lachte voller Verbitterung auf. »Wie könnte es auch anders sein? Wir Elfen sind Künstler, und das Töten ist ebenso eine Kunst, in der wir Perfektion zu erreichen versuchen. Was würden wir tun, müssten wir unsere Schwerter weglegen? Kannst du mir das sagen? Die Menschen sind mit so viel weniger zufrieden, streben nach einem Dach über dem Kopf und Essen auf dem Tisch, nach einer Familie und Einigkeit. Und wir? Wir sind so viel mächtiger, mit unserer Magie, unserem Geschick … Was bliebe uns noch, müssten wir all das ruhen lassen? Wären wir mit einem Leben wie dem der Menschen zufrieden? Wozu sind wir dann, was wir sind?«

Im ersten Moment wusste Aurün nicht, was sie darauf antworten sollte. Seine Worte erschütterten sie bis tief ins Herz, denn er klang plötzlich wie der schwarzsehende Nevliin. Wie ein Mann, den nichts mehr im Leben hielt und der nur noch den Regen, nicht aber die winzigen Lichtpunkte zwischen den Wolken sah. Da sie jedoch immer an das Positive in den Dingen glaubte, wusste sie auch die Antwort auf seine Frage.

Sie packte ihn an den Schultern und drehte ihn zu sich herum, so dass er gezwungen war, sie anzusehen. »Was uns bleibt?«, fragte sie ihn beinahe schon flüsternd, als wären ihre Worte heilig, ein Geheimnis, das der Wind hoch oben in den Ästen der Bäume verbarg. »Um das zu wissen, Eamon, musst du nur deine Augen öffnen. Wir alle kämpfen unsere eigenen Kämpfe, tragen unsere eigenen Wunden, wir sind in unserem Schmerz allein, aber genau dadurch sind wir doch eine Gemeinschaft, oder etwa nicht? Es gibt immer noch ein Band, das uns alle zusammenhält, sei es die Familie, die Freundschaft …« Sie lehnte sich weiter vor, bis sie seinen Atem auf ihren Lippen spüren konnte.

Wachsam erwiderte er ihren Blick mit seinen winterblauen Augen, in denen sie ertrinken konnte wie in einem kalten Meer.

»Egal, wie kalt es ist«, fuhr sie daher fort, ohne ihren sehnsuchtsvollen Blick von ihm zu nehmen. »Wir können die Wärme immer noch beieinander finden, in der Liebe, der Leidenschaft …«

»Ach, Aurün«, seufzte er und legte seine Hand an ihre Wange, leicht, als hielte er einen zerbrechlichen Kristall. »Ich weiß nicht, was du von mir willst. Was ich selbst von mir erwarte, was ich will. Diese Welt bringt mich aus dem Gleichgewicht.«

»Dann halte dich an jemandem fest.« Sie zögerte nur einen winzigen Moment lang, fürchtete die Zurückweisung, doch dann überbrückte sie das letzte Stück, welches sie noch von Durst und Ertrinken gleichermaßen trennte, und Eamon kam ihr entgegen.

Seine Lippen berührten kaum die ihren, da strömte das Eiswasser gleichzeitig mit Feuer durch ihren Körper und entlockte ihr ein tiefes Seufzen der Erleichterung. In dem Drang, endlich mehr von ihm zu spüren, ihr schmerzhaftes Sehnen zu stillen, öffnete sie ihren Mund und schloss ihre Hände um sein Hemd, als fürchtete sie schon jetzt, er könnte ihr wieder entgleiten. Sie wollte ihn festhalten, niemals wieder hergeben so wie damals vor so unbeschreibbar langer Zeit. Er schien ihr so fremd, der Kuss so neu, und doch war da dieses leise Erkennen einer längst vergangenen Flamme, die langsam wiederbelebt wurde. Und als auch er den Kuss vertiefte und sie an sich zog, wusste sie instinktiv, dass er jetzt ihr gehörte. Seine Hände gruben sich in ihr dichtes Haar, pressten sie an sich, während die wenigen Sonnenstrahlen, welche zwischen dem Geäst ihres Baldachins drangen, ihr Gesicht und ihren Körper wärmten.

Sacht wie die Berührung eines Mirins legten sich seine Hände auf ihre Wangen und schoben sie plötzlich zurück. Aurün brauchte einige Herzschläge lang, bis sie ihre Augen öffnen konnte, und als sich ihre Lider schließlich schwerfällig hoben, hätte sie sie am liebsten wieder geschlossen.

Er musste nichts sagen, seine Augen sprachen Bände. Eine Entschuldigung lag darin, Bedauern, und das leise Kopfschütteln, als er seine Hände von ihr nahm, ließ den warmen Ball in ihrem Bauch zu einem Eisklotz werden.

»Aurün«, begann er voller Reue. Sie fiel aus ihrer knienden Position zurück auf ihre Fersen und konnte ihn nur anstarren. Sie war sich doch so sicher gewesen, er war bei ihr gewesen, oder etwa nicht? Was hielt ihn nur von ihr fern? Wo war er? Sein Herz, seine Seele? Wer hatte sie ihm geraubt?

Eamon öffnete noch einmal seinen Mund und holte Atem, er setzte zu einer Entschuldigung an, schüttelte dann jedoch nur den Kopf, erhob sich und verschwand in die Höhle.

Aurün blickte hoch in das Gitternetz aus Licht und Schatten, das sich warm auf ihr Gesicht legte. Der Himmel schien so unendlich weit weg, während sie hier auf der kalten Erde saß, die Freiheit und der Frieden schienen unerreichbar.

❧

»Versteckst du dich vor Ardemir?«, fragte Aurün, als sie Vinae verlassen und allein auf einem umgestürzten Baumstamm sitzen sah. Die Nacht war längst hereingebrochen und wurde von den Stimmen der Jäger und Gejagten erfüllt, die sich zu diesen Stunden aus ihren Höhlen wagten. Der zunehmende Mond zeigte zwischen den schwarzen Silhouetten der Bäume unbarmherzig die verstreichende Zeit bis zu Vinaes Rückkehr nach Acre. »Oder versteckst du dich vor Eamon?«

Ein halbes Lächeln erschien im schmalen Gesicht der Magierin, als sich Aurün neben ihr niederließ und ihren Umhang zurechtrückte.

»Wohl vor beiden«, antwortete die junge Frau und blickte wieder in den Wald, von wo hier und da ein Rascheln oder Knacken zu vernehmen war. »Sie sind nicht sonderlich begeistert von meiner Entscheidung.«

»Sie werden es hinnehmen müssen«, meinte Aurün mit einem leisen Stich der Eifersucht in ihrer Brust, für den sie sich sogleich verabscheute. Sie mochte diese neue Freundin, und Vinae konnte nun wirklich nichts für Eamons seltsame Neigungen. »Eamon meint, dich beschützen zu müssen. So ist er immer schon gewesen.«

»Ich brauche keinen Beschützer. Ich habe lange genug auf mich allein gestellt in Acre überlebt, und das werde ich auch weiterhin.«

»Das musst du mir nicht sagen.«

Vinae warf ihr einen Blick von der Seite zu. »Nein, denn du weißt, was es heißt zu kämpfen – sich für eine Sache einzusetzen, egal, was es kostet. Du bist eine Königin.«

Beinahe hätte Aurün aufgelacht. »Eine Königin, ja. Über ein versklavtes Volk.«

»Wir werden sie finden. Die Priesterin wird erwachen, ich weiß es.«

»Ihr habt ihr das Halsband abgenommen?«

Vinae nickte. »Eamon und Nevliin waren dabei, für den Fall, dass sie aufwacht und uns … nun ja, töten will, aber selbst nachdem ich sie geheilt hatte, kam sie nicht zu sich. Jetzt trägt sie das Halsband wieder, um die Magie abzuschirmen, aber sie ist gesund.«

»Dann gibt es vielleicht tatsächlich Hoffnung für mein Volk.«

Eine zarte Hand legte sich auf ihre. »Die gibt es«, sagte Vinae mit solcher Überzeugung, als gäbe es wirklich keinen Zweifel daran. »Wir werden alles dafür tun, wir kämpfen auf derselben Seite, du bist nicht allein.«

Aurün lächelte dankbar und zugleich erstaunt. »Du siehst viel für dein Alter«, sagte sie nicht ohne jeden Zweifel. Es war ihr unangenehm, sollten ihr die Gefühle tatsächlich so leicht anzusehen sein, und Vinae bestätigte ihren Verdacht.

»Du liebst Eamon«, sprach sie frei heraus. »Ich sehe es dir an, in jeder Sekunde, in der du bei ihm bist – doch keine Angst. Niemand sonst weiß es. Ich … kenne einfach nur, sagen wir, die Symptome.«

»Weil du Ardemir liebst?«

Der eben noch so zuversichtliche Blick schweifte wieder in die Ferne. »Er liebt mich nicht – nicht so wie ich ihn.«

»Das glaube ich nicht, auch ich erkenne die Symptome.«

Vinae lachte etwas verzweifelt. »Glaube mir, Freundin. Ich habe zuverlässige Quellen. Ardemir will mich einfach nicht an Daeron hergeben, das ist alles. Das hat nichts mit Liebe zu tun.« Sie blickte auf ihre Hände. »Er sagt, er akzeptiert meine Entscheidung und wird sich von Acre fernhalten.«

»Glaubst du das etwa nicht?«

»Ich hoffe es. Und auch wieder nicht. Ich weiß nicht.« Plötzlich war Vinae ihre Jugend noch deutlich anzusehen, ihre verborgenen Träume, die stets von der Verantwortung überschattet wurden, ihr Sehnen, das Aurün nur zu gut verstehen konnte.

»Auch Eamon liebt mich nicht«, sagte sie schließlich, was Vinae wieder aufblicken ließ. »Ich weiß nicht, wieso er sich mir nicht hingeben kann, er …« Frustriert von all den letzten Wochen schlug sie die Faust auf ihr Knie. »Ich bin keines dieser zarten, hilfsbedürftigen Wesen«, sagte sie und ignorierte die amüsiert hochgezogene Augenbraue ihrer Zuhörerin. »Sieh mich an! Ich bin eine Drachenelfe und Eamon ebenbürtig, und damit kann er nichts anfangen. Mit ihm ist es immer dasselbe. Er wird von diesen kleinen, zerbrechlichen Elflein angezogen, wie Vanora es damals war, wie es deine Mutter ist …« Sie schluckte. »Wie du es bist.«

»Wie ich …« Vinaes Augen wurden riesig und schienen wie schwarze Höhlen in der Dunkelheit. Sie sah in Richtung Höhle, wo die anderen die Priesterin bewachten und wieder zurück zu Aurün. »Du weißt es nicht«, hauchte sie schließlich voller Schrecken.

Aurün horchte auf. »Was weiß ich nicht?«

Vinae

Sosehr sich Vinae vorhin noch nach frischer Luft und der Kühle der Nacht gesehnt hatte, so freudig ging sie zurück in die von einem Feuer verrauchte Höhle. Sie wusste nicht, ob es ein Fehler gewesen war, Aurün von ihrer Beziehung zu Eamon zu erzählen, doch andererseits hatte sie die Elfe, welche ihr eine Freundin geworden war, auch nicht anlügen können. Es war ihr schleierhaft, wie Aurün in all dem Trubel hatte entgehen können, dass Vinae Eamons Tochter war, denn eigentlich war Vinae davon ausgegangen, dass es jeder außer ihr selbst gewusst hatte. Dem war offensichtlich nicht so, denn Aurün war der Schrecken ins Gesicht geschrieben gewesen. Schweigend hatte sie Vinaes Erklärungen gelauscht und war dabei immer blasser geworden. Der leise Schimmer ihrer Haut schien verlorengegangen zu sein, und doch hatte sie sich weder aufgeregt noch sonst irgendwie ihren Gefühlen Ausdruck verliehen.

»Ich verstehe«, war das Einzige gewesen, das sie auf diese Enthüllung gesagt hatte, und Vinae schien es so, als verstünde die Drachenelfe nun tatsächlich irgendetwas, das ihr vorher ein Rätsel gewesen war. Die einzige Frage, welche Aurün Vinae gestellt hatte, nämlich, ob Eamon Meara geliebt hatte, hatte Vinae ihr nicht beantworten können, auch wenn sie nicht glaubte, dass Eamon irgendwelche romantischen Gefühle für ihre Mutter hegte.

Nun ließ sie der Drachenelfe etwas Luft für sich und Zeit,

allein in der Dunkelheit nachzudenken oder sich auch mit Eamon auszusprechen. Sie selbst wollte ohnehin nach der Priesterin sehen, und außerdem war sie froh, Nevliin endlich allein anzutreffen. Sie hatte etwas Wichtiges mit ihrem Freund zu besprechen. Ardemir oder Eamon konnte sie dabei nicht brauchen.

Auf einem natürlichen Vorsprung des Felsens hatten sie der Priesterin aus Moos, Laub und Farn ein Bett bereitet, auf dem die Frau nun immer noch ihren friedlichen Schlaf hielt. Das goldene Haar war wie ein See aus Licht um ihren Kopf und die Schultern gebettet, während die zuckenden Flammen des nahen Feuers ihren Schein über die weiße Haut warfen wie ein innerliches Glühen. Nur mit dem Leinen aus Derial bedeckt, erinnerte diese Gestalt an die exotischen Orakel, welche der Priesterin zum Opfer gefallen waren, einzig, dass von ihrer Haut nun kein grünlicher, sondern ein roter Schimmer ausging.

Anfangs war Vinae überhaupt nicht davon begeistert gewesen, die Priesterin zu heilen. Sie hatte gefürchtet, die mächtigste Magierin würde dabei erwachen, die Situation sofort ergreifen und sie alle vernichten, noch ehe sie ihr wieder das Halsband umlegen konnten. Doch all diese Sorgen waren unbegründet gewesen, denn die Priesterin hatte nicht vor, zu ihnen zurückzukehren.

So wachte Nevliin über ihren Schlaf wie der Hüter einer Göttin aus alten Menschensagen und verließ die Höhle nur äußerst selten. Am Rande dieses provisorischen Krankenlagers saß er auf dem Felsen und blickte ins Gesicht der Priesterin, als hätten sich seine Augen bereits darin eingebrannt.

Das schwache Licht des Feuers warf Schatten unter seine markanten Wangenknochen und ließ sein Gesicht dadurch noch schärfer wirken. Das orange Farbenspiel tanzte über seine Eiskristallhaut und verlieh den tiefschwarzen Augen einen unheimlichen Glimmer.

Immer noch verschaffte es der Anblick dieser beiden Seelenverwandten, Vinae zu berühren und sie zugleich zu erschüttern. Alle beide waren sie so unsagbar schön, dass sie nicht in diese Welt zu gehören schienen, da konnten noch nicht einmal Nevliins Narben etwas dagegen ausrichten. Sie gehörten zusammen, und jeder, der etwas anderes behauptete, konnte nur blind sein.

Ein Stein knirschte unter Vinaes Sohlen, doch Nevliin regte sich nicht. Er schien nur die Priesterin zu sehen, doch Vinae wusste, dass dies nicht der Fall war. Nevliin bekam sehr wohl alles mit, was um ihn herum geschah.

»Keine Änderung?«, fragte Vinae, als sie an den Felsen trat und der Priesterin die Hand auf die Stirn legte – sie war warm, aber nicht heiß.

Nevliin antwortete nicht, was bedeutete, dass keine Antwort vonnöten war. Hätte sich in der Zeit ihrer Abwesenheit irgendetwas getan, hätte er es ihr erzählt, aber so hielt er es für unnötig, zu sprechen.

Manchmal beneidete Vinae Nevliin darum, allen Regeln und Geboten der Höflichkeit und der guten Manieren zu entsagen und einfach nur noch auf sich selbst zu hören. All das unnötige Geschwätz hinter sich zu lassen und sich nur noch auf das Wesentliche zu konzentrieren erschien ihr als verlockend befreiend. Deshalb hielt sie sich auch gerne in Nevliins Gegenwart auf. Bei ihm hatte sie niemals das Gefühl, ein Gespräch erzwingen, verzweifelt nach Worten suchen zu müssen. Sie konnten auch einfach schweigend nebeneinandersitzen, ohne dass es unangenehm wurde.

Vinae flößte der Priesterin wortlos die Stärkungstinktur Tropfen für Tropfen ein, ehe sie sich neben dem Felsen auf den

Boden kniete und das Thema anzusprechen versuchte, das ihr auf dem Herzen lag.

»Du hast den Grund für all die Aufregung da draußen wohl mitbekommen«, sagte sie, ohne eine Antwort zu erwarten. »Es spielt auch gar keine Rolle, was ihr alle davon haltet, denn ich lasse mich nicht davon abbringen. Meine Entscheidung hat einer ganzen Familie das Leben gerettet und wird auch zukünftig die Geschicke des Landes in eine bessere Zukunft führen.« Sie atmete tief durch. »Nevliin, ich muss dich um einen Gefallen bitten.«

Langsam löste er seinen Blick von der Priesterin, von der er jeden einzelnen Atemzug wahrzunehmen schien, und wandte sich ihr zu. Seine schwarzen Augen begegneten ihr ohne jede Emotion, doch Vinae wusste, sie konnte sich auf ihn verlassen. Er war der Einzige, den sie bitten konnte.

»Eamon hat sich wieder einigermaßen beruhigt«, fuhr sie schließlich fort. »Tief im Inneren versteht er mich und lässt mich meine Entscheidungen treffen, aber Ardemir ...« Sie überlegte, wie sie diese verkorkste Situation einfach beschreiben konnte. »Er sagt, es macht ihm nichts aus, wenn ich Daeron heirate. Vielleicht ist es auch die Wahrheit, aber er hat sich so furchtbar aufgeregt. Du hast ihn nicht gesehen, Nevliin und ich fürchte ...« Seufzend strich sie sich das Haar zurück. »Ich fürchte, er könnte seine Meinung ändern und versuchen, mich aufzuhalten.«

Die Finger aneinanderreibend wartete sie auf eine Reaktion, doch da Nevliin offenbar auf die genaue Erwähnung des Gefallens wartete und nicht vorhatte, irgendetwas einzuwerfen, blieb ihr nichts anderes übrig, als sich weiterhin in dumme Reden zu verstricken.

»Er sagt, er wird nicht nach Acre kommen«, erklärte sie daher weiter, »es sei ihm egal, aber ich habe in seine Augen geblickt, da ist irgendetwas ... er könnte eine Dummheit begehen, Nevliin, und Ardemir ist doch dein Freund.« Keine Regung. »Er bedeutet dir etwas und mir ... mir bedeutet er auch etwas, also ... Ich werde Daeron heiraten, nichts wird mich davon abbringen können, aber du kennst die Fürsten. Wenn Ardemir dort auftaucht und versucht ... Er könnte sich in Gefahr bringen, Nevliin, deshalb ... deshalb brauche ich dich. Nur du kannst ihn ... Vielleicht macht er ja auch gar nichts und bleibt hier, vielleicht ist es ihm wirklich egal, aber sollte er seine Meinung ändern und nach Acre gehen ...« Sie sah ihm tief in die Augen, mit all ihrem Flehen und ihrer Angst um das Leben ihres Lichtpunkts in dieser Welt. »Sollte Ardemir nach Acre gehen, um mich an der Hochzeit zu hindern«, sprach sie schließlich ihre Bitte aus, »dann musst du ihn aufhalten, Nevliin. Ich flehe dich an, lass nicht zu, dass er am Tag der Hochzeit auch nur in die Nähe von Acre kommt. Du bist der Einzige, der dies vermag. Du würdest ihn doch nicht ins Unglück rennen lassen, er ist dein Freund.«

Seine Augen verengten sich, was ihre Nervosität nur noch schlimmer machte. »Nevliin«, sagte sie so eindringlich wie möglich, um die Wichtigkeit ihrer Bitte begreiflich zu machen. »Du wirst ihn doch aufhalten, nicht wahr? Du wirst das für mich tun.«

Ausdruckslos erwiderte er ihren Blick, zuckte noch nicht einmal mit der Wimper. »Nein«, antwortete er ihr schließlich ungerührt, was ihr einen Moment lang die Sprache verschlug.

Erst dachte sie, sich verhört zu haben. Mit solch einer Antwort hatte sie nicht gerechnet, denn Nevliin war doch der Kämpfer. Er war am besten dafür geeignet, und er würde ihr niemals einen Gefallen abschlagen. Er würde auch alles für seinen Freund tun, wieso ...

»Nein?«, keuchte Vinae schließlich mit dem Gefühl, im

Rauch des Feuers zu ersticken. »Aber … aber wieso? Ich dachte, ich kann mich auf dich verlassen. Du kannst Ardemir doch nicht …«

»Nein«, unterbrach Nevliin sie völlig ruhig und durchdrang sie mit seinem Blick, wie er es so oft in ihren Unterrichtsstunden getan hatte. »Sollte Ardemir sich dazu entschließen, für seine Liebe zu kämpfen, werde ich ihn nicht davon abhalten«, erklärte er ihr mit seiner sanften Stimme, woraufhin Vinae ihn nur aus großen Augen anstarren konnte. Ein lähmendes Gefühl der Hilflosigkeit breitete sich in ihr aus, doch sie konnte nichts dagegen machen.

»Ich kann ihn nach Acre begleiten«, fuhr Nevliin in seiner fürchterliche Antwort fort, »und ihm helfen, sein Ziel zu erreichen, lebend, aber erwarte nicht von mir, dass ich ihn von … seiner Liebe fernhalte.«

Vinae musste sich an dem Felsen neben ihr festhalten und sank doch kraftlos dagegen. Sie hatte verstanden, nicht nur, dass Nevliin sie tatsächlich im Stich ließ, sondern auch die Anspielung auf seine Gefangenschaft. Auf Eamon, der Nevliin in Gegenwart all seiner Freunde, all jener, denen er vertraut hatte, niedergeschlagen und eingesperrt hatte wie ein wildes Tier. Niemand hatte etwas dagegen unternommen, sie alle hatten weggesehen und ihn einfach von allen Entscheidungen ausgeschlossen. Nur Nevliins blinden Vertrauens wegen hatte dies gelingen können, und es war nur zu offensichtlich, dass er nicht vorhatte, diesen Fehler jemals zu wiederholen – er würde niemandem mehr vertrauen. Er hatte keine Freunde mehr.

Die dunklen Abgründe seiner Augen sahen sie noch einen Moment lang an, dann wandte Nevliin seinen Blick ab und richtete ihn wieder auf die Priesterin, als wäre Vinae niemals hier gewesen und er nie aus dieser Haltung erwacht.

Sie hatte verstanden.

Vanora

Es war kein Anfang und kein Ende zu sehen, alles um sie herum war Licht, nichts als weiße Leere, endlos in dieser Schönheit.

Aus ihrem Leben kannte sie solche Orte als Weiße Hallen, von denen das Reisen in verschiedene Welten möglich war. Auch innerhalb einer Welt konnte durch diese Sprünge der Dimensionen gewandelt werden, und das in nur wenigen Augenblicken.

Doch mit den Weißen Hallen Elvions hatte dieser Ort hier nichts gemein, denn von hier führten keine bunten Bilder, keine Wassergemälde, an andere Orte in die Ferne. Hier empfing einen nicht die Freiheit, hingehen zu können, wohin man wollte, denn von hier gab es kein Zurück. Wer einmal bei den Sternen war, konnte nirgends anders mehr hin, und Vanora kannte niemanden außer sich selbst, der damit nicht glücklich war.

Es war ein Ort des Friedens und der Harmonie. Die pure Essenz der Freude und Ausgeglichenheit war deutlich spürbar, und doch konnte nichts davon Vanora erreichen. Sie nahm andere Seelen in ihrer Nähe wahr, konnte sie jedoch nicht sehen. Kaum jemand behielt seine Gestalt, in der er als Elf gelebt hatte, vielmehr löste sich die Seele mit dem Tod des Körpers und dem Einzug bei den Sternen in die pure Essenz ihres Seins auf, zufrieden damit, die Ewigkeit im Einklang mit sich selbst zu verbringen. Die Erinnerungen aller Leben erschlossen sich der

Seele in jenem Moment, in dem sie zu den Sternen ging, und doch spielten sie keine Rolle mehr. Nichts spielte hier irgendeine Rolle, für niemanden, bis auf Vanora.

Denn sie war immer noch Vanora. *Sie hatte diese Existenz nicht losgelassen, sich mit aller Macht daran geklammert und wandelte nun zwischen den Seelen der Befreiten umher wie ein Mensch in einer Geisterwelt. Sie erinnerte sich auch an ihr früheres Leben als Daralee, doch es schien ihr, als sähe sie eine Fremde, als wären es nichts als Erzählungen über eine andere. Für sie zählte nur die eine Existenz, die kurze, aber intensive Existenz ihres letzten Lebens, denn in dieser Zeit hatte sie sich selbst gefunden, wie es andere erst bei den Sternen erfuhren. Sie hatte den Sinn ihres Seins gesehen, und doch war er ihr wieder entrissen worden, durch das Schicksal, das sie erst zusammengeführt und dann getrennt hatte.*

So war es ihre Strafe für Daralees Fehler, in der Einsamkeit und Leere zu verharren, bis der eine zu ihr gelangte und auch sie endlich loslassen konnte. Gemeinsam mit ihm, verbunden und unzertrennlich. Auch sie beide würden übergehen in das bloße Sein und sich mit Wärme an das Leben erinnern, in der Gewissheit, dass es keine Macht gab, die sie jemals wieder trennen konnte.

Es gab keinen Anfang und kein Ende, das Licht war überall, doch Vanora wusste trotzdem, wohin sie gehen musste. Sie kannte die Orte, wo sich kaum Seelen aufhielten und wo sie ungestört von deren Glück warten konnte, auch wenn hier alles gleich aussah. Sie wusste nicht, wie oft sie hierherkam, wie lange sie einfach nur herumschlenderte. Hier gab es keinen Tag, keine Nacht, keinen Schlaf, der sie für wenige gnädige Augenblicke vom Schmerz befreit hätte.

Es gab lediglich das brennende Sehnen in ihrer Brust, das die anderen Seelen mieden, weshalb sie ohnehin zumeist un-

behelligt war. In solchen Momenten des Alleinseins kniete sie sich auf dem Boden nieder, der nicht zu existieren schien, und beschwor die Bilder des Weißen Ritters herauf.

Beide Handflächen auf das Licht zu ihren Füßen gelegt, gelang es ihr, zu jenen zu blicken, die sie zurückgelassen hatte, genauso, wie auch die anderen Seelen in jene Welt des Lebens sehen konnten, um ihre Lieben in Sicherheit zu wissen.

Vanora hatte keine Vorstellung davon, wie oft und wie lange sie ihn stets ansah, da es hier keine Zeit gab, doch auch wenn sein Anblick für sie jedes Mal schmerzvoller wurde, konnte sie nicht anders, als zumindest auf diese Weise zu ihm zurückzukehren. Das weinerliche Gefühl in ihrem Inneren war kaum auszuhalten – ihn in der Rüstung eines Silberritters mit dem Schwert in der Hand zu sehen, so bar jedes Lebens und lediglich funktionierend wie eine Marionette, doch sie konnte ihren Blick nicht abwenden.

»Ich sehe dich«, wollte sie ihm sagen, jedes Mal, wenn sie die Hand nach ihm ausstreckte, ohne ihn berühren zu können. »Ich bin ganz nah.«

Doch er spürte sie nicht, verzehrte sich genauso wie sie selbst nach dem Gegenstück, das ihnen durch Gewalt genommen worden war. Faelnuìr, *die Seelenverwandtschaft allein, hätte es ihnen vielleicht nicht so schwergemacht, getrennt voneinander zu sein. Natürlich hätten sie die andere Seite ihres Seins vermisst, doch zwischen ihnen war so viel mehr gewesen. Sie hatten sich ineinander verliebt, ohne dass* Faelnuìr *irgendetwas damit zu tun gehabt hätte. Und diese Liebe ließ sie nun in den Flammen der Sehnsucht verbrennen, bis sie endlich wieder zueinander fanden oder sich endgültig selbst verloren.*

»Und wenn es einen Weg zurück gäbe?«

Vanora blickte auf. Hatte sie eben selbst gesprochen? Oder gedacht? Oder war es jemand Fremdes gewesen?

Nur selten führte sie Gespräche mit anderen Seelen, gedanklich oder real – einzig mit jenem Sein, das einst als Glendorfil gelebt hatte, mochte sie sich hin und wieder unterhalten. Zwar war seit ihrer Ankunft bei den Sternen auch der eine oder andere gedankliche Austausch mit der Schwester ihres einstigen Lebens Daralee vonstattengegangen, doch Vanora bevorzugte die Einsamkeit.

Die anderen wussten das, spürten ihre ablehnende Energie, und niemand kam auf die Idee, sie anzusprechen. Bis jetzt.

»Wer ist da?«, fragte sie und sah sich in diesem Nichts des Weiß um. Die Seelen konnten auch die Gestalt eines früheren Lebens annehmen, doch die meisten bevorzugten es, einfach nur zu existieren und sich nicht wieder in Formen zu pressen. Daher war es nicht sehr verwunderlich, dass Vanoras Augen niemanden erblickten, und doch spürte sie eine mächtige Gegenwart. Anders als alle anderen Seelen, die sie je in ihrer Nähe vernommen hatte.

»Zeigt Euch!«

»Du wandelst in Gestalt«, hörte sie plötzlich wieder diese singende Frauenstimme überall um sich herum, »trägst immer noch einen Namen und blickst so oft in die Welt der Lebenden wie niemand sonst. Dein Sehnen zurück ins Leben hebt dich von allen anderen hier ab. Niemals zuvor ist mir eine Seele begegnet, die unzufrieden mit ihrem Los bei den Sternen ist. Noch dazu eine solch mächtige.«

»Was meint Ihr damit, es gäbe einen Weg zurück?« Obwohl sie wusste, wie sinnlos ihre Frage war, regte sich doch eine trügerische Hoffnung in ihr. Sie konnte noch nicht lange bei den Sternen sein, und doch war es ihr bereits unerträglich.

Der Gedanke daran, möglicherweise tausend Jahre oder länger in dieser Einsamkeit ausharren zu müssen, brachte sie zum Verzweifeln. So war es wohl nur verständlich, dass sie sich an den kleinsten Funken Licht in ihrer persönlichen Dunkelheit klammerte. »Von den Sternen führt kein Weg zurück.«

»Und wenn ich dir eine Möglichkeit biete?«

Vanora richtete sich auf, die plötzliche Aufregung war ebenso ungewohnt wie unpassend. Dies musste ein Trick sein, der Scherz einer grausamen Seele.

»Weißt du, wie Elvion einst entstand?«, fragte die fremde Stimme schließlich weiter, und als Vanora verneinte, lauschte sie sogleich mit immer größerem Staunen der Geschichte einer Göttin und ihrer Entmachtung.

»Und Ihr wollt jetzt wirklich behaupten, Ihr seid diese Göttin?«, fragte sie, nachdem die Fremde geendet hatte.

»Ich habe einst Elvion erschaffen, ich kann auch dich zurückschicken.«

»Wieso solltet Ihr das tun?« Sie versuchte, sich nichts anmerken zu lassen, um sich auch selbst die Enttäuschung zu ersparen, doch sie konnte kaum noch ruhig stehen. Gab es tatsächlich eine Möglichkeit? Um zu Nevliin zurückzukehren? In ihr altes Leben, das sie viel zu kurz hatte führen dürfen? Wäre es ihr möglich, mit Nevliin nach Valdoreen zu gehen, in das Land des Schnees und dort mit ihm glücklich zu werden?

»Nun«, erklang die Stimme in ihre erregten Gedanken. Offenbar wusste diese Göttin, dass Vanora bereits äußerst interessiert war. Sie war nicht gut darin, sich zu verstellen. »Ich biete dir an, zurück zu deinem Liebsten zu gehen als Vanora, das ist es doch, was du willst, oder etwa nicht?«

»Und was wollt Ihr im Gegenzug?« Es war ihr egal, sie würde alles tun, nur um endlich wieder bei ihm zu sein. Immer noch konnte sie nicht glauben, dass sich ihr tatsächlich solch eine Möglichkeit bot, doch sie war bereits gefangen, von der Vorstellung wieder zu leben, wieder zu lieben.

»Ach, nur einen winzigen Gefallen.« Von einem Moment

auf den anderen materialisierte sich vor ihr eine hochgewachsene Frauengestalt. Sie trug ein durchschimmerndes weißes Gewand, das sich wie Mondlicht um ihren Körper wand. Das goldene Haar fiel in Flechten bis hinab zu den Hüften und hätte Vanora vorhin noch an den Worten dieser Fremden gezweifelt, genügte jetzt ein Blick in dieses Gesicht, denn es war das wunderschöne Abbild einer Göttin.

»Du, meine liebe Vanora«, sagte die Frau schließlich, nachdem sie vor ihr Gestalt angenommen hatte, »du wirst das Schicksal für mich vernichten.«

Darauf wusste sie nichts zu sagen. Das Schicksal? Wie konnte das Schicksal vernichtet werden? Ja, sie wusste, dass es die Form eines Baums hatte, welcher durch den Glauben der Elfen geschaffen worden war, doch sie konnte sich nicht vorstellen, wie sie eine Macht wie das Schicksal allein bezwingen sollte. Nicht, dass ihr diese Vorstellung nicht gefiel, nach allem, was sie der Vorherbestimmung zu verdanken hatte. Einzig, da ihre Existenz Daralee sich gegen das Schicksal aufgelehnt und ihre Bestimmung nicht erfüllt hatte, war sie als Vanora dafür bestraft worden. Sollte es solch einer Macht wirklich erlaubt sein, über die Leben der Elfen zu bestimmen? Die Seelen an sich zu fesseln und sie mit dieser Grausamkeit zu zerstören?

»Was muss ich tun?«

Und die Göttin erklärte es ihr. Sie sprachen lange Zeit miteinander, die Göttin beantwortete ihr all die vielen Fragen, was Vanora ein Bild über die Welt erschuf, wie sie es sich niemals hätte erträumen lassen. Sie fühlte sich erleuchtet und mit unermesslicher Macht gesegnet, die ihr all dieses Wissen verschaffte. Und doch war da ein Punkt, der sie zurückhielt, der sie nicht zu Nevliin ließ.

»Ich soll all diese Elfen töten?«, fragte sie dann, abgestoßen von dieser Vorstellung. Was konnten diese Unschuldigen für

ihre Sehnsucht? Die Göttin verlangte Hunderte, Tausende von Opfern von ihr, Elfen, Orakel, Drachen, sie alle würden sterben. Wozu? Um das Schicksal zu vernichten? Diese widerwärtige Vorherbestimmung? Um ein Zeitalter des Lichts zu beginnen? War es das wert? Sollte es tatsächlich sie sein, welche die Welt auf solche Weise änderte? Andererseits hatte sie schon einmal – oder wohl besser zweimal – zu einer maßgeblichen Änderung der Welt beigetragen. Konnte sie dies noch einmal tun?

All diese Morde – wie könnte sie Nevliin unter die Augen treten? Wie konnte er selbst damit leben, ohne sich die Schuld daran zu geben? Würden sie tatsächlich jemals Frieden im Leben finden, wenn dieses Leben mit unschuldigem Blut erkauft wurde?

Nein – das war nicht möglich. Sie musste hierbleiben und warten. Irgendwann würde auch Nevliin sein Schicksal erfüllen und zu ihr gelangen. Alles andere waren Träume, die sie wunderschön und quälend befielen. Sie konnte nicht zurück.

»Überleg es dir noch einmal gut«, meinte die Göttin, nicht im Geringsten von Vanoras Zweifeln verunsichert. »Solch eine Möglichkeit wird sich dir nicht mehr bieten.«

Vanora schüttelte den Kopf. »Ich mache es nicht«, sagte sie und meinte gleichzeitig an diesen Worten zu ersticken. »Sucht Euch jemand anderes dafür. Hier sind genügend Seelen.«

»Keine einzige von deiner Macht und schon gar keine einzige mit dem Willen, zurückzugehen. Ich kann nicht jeden zurück ins Leben bringen, Vanora. Einst erschuf ich euch alle, doch hier bei den Sternen ist meine Macht begrenzt.«

»Dann tut es mir leid.« Vanora wollte sich abwenden und dieses schmerzende Gespräch endlich beenden, als Nevliins Bild vor ihr erschien. Es entstand mitten im Licht wie eines der Gemälde der Weltentore.

»Ja«, sagte die Göttin, welche daneben stand und darauf

zeigte. »Dies wird sein Ende sein. Hier wird er sterben, ohne sein Schicksal erfüllt zu haben. Er wird wiedergeboren werden, und eure Trennung wird sich noch vertiefen – und verlängern.«

Vanora konnte nichts sagen und starrte auf dieses Bild. Es war eine ihr fremde Stadt, zumindest erinnerte sie sich nicht an sie. Sie war, vollkommen aus weißem Stein, an einer Hügelflanke erbaut. Doch jetzt brannte sie. Überall war Feuer, und inmitten dieses Infernos kämpfte Nevliin. Zu Vanoras Überraschung trug er wieder seine weiße Rüstung, die sie schon lange nicht mehr an ihm gesehen hatte. Eine Schlacht tobte, und Vanora erkannte auch Eamon, welcher an Nevliins Seite kämpfte. Sie waren in der Unterzahl, überall um sie herum waren Elfen in schwarzen Waffenröcken mit dem Wappen einer blutroten Schlange auf der Brust. Sie kämpften verzweifelt, doch es waren zu viele. Eamon kämpfte sich zu Nevliin durch. Sie besprachen etwas. Nevliin nickte, drehte sich um und lief direkt in eine Klinge.

Ein Schrei entrang sich Vanoras Kehle. Nein! Das konnte doch nicht sein. Welch sinnloser Tod!

Zitternd betrachtete sie all das Blut auf Nevliins und Eamons Händen, welche die Wunde zuzuhalten versuchten. Doch es war zu spät. Das Bild verschwamm, und die Göttin trat davor.

»Dies ist keine ferne Zukunft«, sagte die Frau, auch wenn Vanora sie kaum hörte. Nevliin sterben zu sehen war mehr, als sie verkraften konnte, auch wenn sie eigentlich auf solch ein Ende hoffen musste, damit er zu ihr gelangte. Doch ihn sterben zu sehen, ohne dass dies sein Schicksal war, ließ sie beinahe die Beherrschung verlieren. Er würde wiedergeboren werden, als jemand anderer leben, ohne Erinnerung an sie. Er würde nicht zu ihr finden und noch eine Ewigkeit als Fremder verbringen, ehe er sein Schicksal erfüllen konnte.

»Wenn du zurückgehst, kannst du ihn retten«, drang die Göttin weiter in sie. »Viel Zeit bleibt dir nicht mehr. Es sind bereits dreißig Jahre seit deinem Tod vergangen. Nevliin wird sterben, bald.«

»Wann genau?«

»Vierundachtzig Jahre nach deinem Tod.«

»So bald?« Vanora sank in die Knie. Dieser Zeitraum war ein Wimpernschlag im Leben eines Elfen. Er würde verlorengehen, weg von ihr. Konnte sie das zulassen?

»Und wenn ich zustimme«, krächzte sie, auch wenn sie immer noch zu verwirrt war, um eine Entscheidung zu treffen. »Was dann?«

»Es gibt ein Volk jenseits des Kontinents, welches mir treu ergeben ist. Mit deren Hilfe wirst du zurückfinden. Sie kennen das Ritual, und sie werden eine Botschaft von mir erhalten. Du wirst zu ihnen gehen und mit ihnen gemeinsam deine Aufgabe erfüllen. Du wirst sie führen und in ihnen treue Verbündete finden. Dann kannst du deinen Liebsten retten.«

»Woher wisst Ihr, dass ich Euch nicht betrüge? Dass ich nicht einfach mein Leben lebe, ohne Eure Forderung zu erfüllen?«

Die Göttin lachte auf, es war ein heller, melodischer Klang und doch für Vanora unsagbar schrecklich. Sie beging einen Fehler, sie spürte es, und doch konnte sie nicht anders.

»Ich bin die Göttin«, sagte die Frau und breitete die Arme aus, um ihre Erscheinung in all ihrer Pracht zu präsentieren. »Du wirst keine Möglichkeit haben, mich zu betrügen.« Sie streckte ihre Hand nach Vanora aus. »Nun, was sagst du? Möchtest du zurück zu den Lebenden?«

Die Nebelpriesterin

Als hätte sie tagelang nicht geatmet, schnappte die Nebelpriesterin nach Luft und fuhr von einer weichen Oberfläche hoch. Irgendetwas hielt sie gefangen, Decken, die sie zur Seite schleuderte, um endlich wieder atmen zu können. Grelles Licht stach in ihre Augen, so dass sie ihre Lider sofort wieder zusammenkniff. Zwei Hände packten ihre Arme, während sie immer noch um Luft rang und sich an ihren Traum zu erinnern versuchte. Doch es war alles fort. Einzig das Entsetzen, welches sie zuletzt im Traum gespürt hatte, war geblieben. Das Entsetzen, einen Fehler begangen zu haben und nicht mehr zurückzukönnen. Das Entsetzen, betrogen worden zu sein.

Jegliche Kraft wich aus ihrem Körper, und ihre Stirn sank gegen die Brust eines Fremden, während die Hände sie immer noch festhielten. Es war ein tröstendes Gefühl, nicht mehr in dieser Leere des Schreckens zu schweben und den Beweis der Realität auf ihrer Haut zu spüren.

Nur langsam beruhigte sich ihr rasender Herzschlag, und sie konnte endlich wieder einen Atemzug nach dem anderen tun, ohne dabei japsende Geräusche von sich zu geben und in die Angst, zu ersticken, zu verfallen. Irgendetwas hatte sie aus einer Welt in die nächste gerissen und sie orientierungslos sich selbst überlassen. Doch langsam konnte sie ihre Sinne wieder sortieren.

Erst dann bemerkte sie die Schraubstöcke, die ihre Oberarme zu zerquetschen drohten. Sie spürte den Schmerz dieses heftigen Griffs und die Härte der Brust, gegen die sie lehnte. Sie hörte den kräftigen, aber gleichmäßigen Herzschlag, welcher mit ungewöhnlicher Heftigkeit dagegen schlug, nahm die reißende Anspannung eines jeden Muskels in dem Körper ihres Gegenübers wahr, und doch war da etwas, das alles andere überschattete.

Ein ihr vertrauter Geruch. Ein Geruch, der, noch mehr als dieses ungewöhnliche Kribbeln in ihren Adern, in ihre Sinne drang und ein ihr längst vergessenes Gefühl in den Tiefen ihres Bauches hervorrief. Es war der Geruch des Winters, der dieser Haut anhaftete und auch der von Metall. Frost, der sich über eine blanke Klinge legte und ihr den Glanz nahm.

Mit immer noch geschlossenen Augen schmiegte sie ihren Kopf tiefer in das dünne Hemd, das ihre Haut von der des Fremden trennte, um diese Wärme in ihrem Herzen noch deutlicher zu spüren, der Ursache auf die Spur zu kommen.

Gierig sog sie den Geruch in sich ein und meinte, das erste Mal in ihrem Leben wieder richtig atmen zu können. Sie kannte diesen Geruch, hatte sich schon unzählige Male in ihn geflüchtet, doch wann und wo?

Sie spürte das kaum merkliche Vibrieren der Brust, während der Fremde zitternd den Atem ausstieß, als hätte er zu lange die Luft angehalten. Es war eine Regung, die ihr hätte entgehen sollen, doch ihre Wahrnehmung war ungewöhnlich geweitet. Es war eine Regung, die ihr allmählich klarmachte, was sie da eigentlich tat.

Langsam öffnete sie die Augen und blickte auf den hellen Stoff eines einfach gearbeiteten Hemdes. Ihr Blick glitt weiter nach oben über schneeweiße Haut, welche ihr noch einmal den Duft des Winters ins Gedächtnis rief, und weiter über den Ansatz gerader Schlüsselbeine und einen sehnigen Hals, der die Anspannung des Fremden verriet. Sie sah weißblondes Haar, das im Nacken zu einem kurzen Pferdeschwanz gebunden war, und erblickte schließlich ein scharf geschnittenes Gesicht mit angespanntem Kiefer und hervortretenden Wangenknochen. Auch hier war die Haut wie Eis und bis auf eine Narbe auf der linken Gesichtshälfte vollkommen makellos.

Schwarze Augen wie die seelenlosen Abgründe einer Bestie starrten sie an, und doch fand sie nichts Abscheuliches darin. Nie zuvor hatte sie solch tiefe Spiegel einer Seele gesehen, welchen ein bereits unheimlicher Sog anhaftete. Sie zogen sie an sich, ließen sie wehrlos werden und nahmen sie in sich auf.

Nein, es stimmte nicht, dass sie diese Augen nicht kannte. Sie hatte sie bereits gesehen. Genauso wie jetzt hatten sie sie angestarrt – in dem Moment, in dem sein Schwert in ihren Körper gefahren war.

Mit brennender Heftigkeit wurde ihr der zerstörerische Ring um ihren Hals bewusst, und die letzten Ereignisse ihres Bewusstseins kehrten mit einer Woge des Zorns zurück in ihr Gedächtnis.

»Ich weiß, wer Ihr seid«, krächzte sie durch die ausgetrocknete Kehle und wich langsam von ihm zurück.

Um sich die immer noch währende Schwäche ihrer Glieder nicht anmerken zu lassen, bewegte sie sich mit besonderer Anmut, welche die Kraftlosigkeit ihres Körpers überspielte. So erschöpft ihre äußere Hülle vielleicht auch sein mochte, ihr Geist war inzwischen wieder hellwach, und diesem entging nichts. Sofort hatte sie erkannt, dass sie sich in einer Höhle befand, von der es nur einen Ausgang gab. Sie selbst lag auf Umhängen und Decken, die wiederum auf Moos und Laub gebreitet waren, um die Härte des Felsen unter ihr zu mindern.

Am Rande dieses Lagers saß ein blonder Ritter in einfachen Gewändern, wie sie unter einer Rüstung getragen wurden. Doch sie brauchte seine Rüstung nicht, um ihn zu erkennen.

»Ihr seid Fürst Nevliin von Valdoreen«, stellte sie fest und betrachtete ihn noch einmal von oben bis unten.

Er war ein schöner Mann, schon recht alt, wie sie wusste, was seinen Augen auch deutlich anzusehen war. Um seinen Mund lag ein harter Zug, welchen ihm die Jahre ins Gesicht geschrieben hatten, genauso wie die Narbe. Diese Narbe …

Aus verengten Augen verfolgte sie die Linie von der Stirn durch die linke Augenbraue hinab bis unter den Wangenknochen. Es hatte damals wohl nicht viel gefehlt, und er hätte ein Auge verloren oder auch sein Leben durch …

Eiseskälte schoss durch ihre Adern. Ein Blitz krachte durch ihren Kopf und mit ihm das Bild dieses Ritters, der einen Hieb abzuwehren versuchte und dann doch von einer führerlosen Klinge im Gesicht getroffen wurde. Sie hörte einen schrillen Schrei – war dies ihre eigene Stimme? –, das Splittern von Glas und sah nur noch das Blut, das über das einst so schöne Gesicht floss.

So schnell wie das Bild in sie gefahren war, so schnell verschwand es auch wieder, und jener Nevliin in der Höhle nahm erneut Gestalt vor ihr an.

»Geht es Euch gut?«, fragte er mit einer für seine Erscheinung ungewöhnlich sanften Stimme. Er streckte seine Hand aus und nahm einen Wasserschlauch vom Fuße der Schlafstätte, welchen er ihr reichte, ohne sie wirklich anzusehen.

Zuallererst wollte sie ablehnen, sich ihre Bedürftigkeit nicht eingestehen, doch der Durst war zu drängend, das Brennen ihrer Kehle zu heftig. Daher schraubte sie den Verschluss des Schlauchs ab und trank das eiskalte Nass mit solchem Genuss, als stamme es aus dem Quell des Lebens selbst.

Als sie die Augen schließlich wieder öffnete und den Ritter über den Rand des Gefäßes hin ansah, erkannte sie, dass er ihr eine Decke entgegenhielt. Zuallererst wusste sie nicht, was das sollte, doch als sie die kühlen Tropfen des Wassers ihren Hals hinab über die Brust laufen spürte, bemerkte sie plötzlich, dass sie vollkommen nackt in ihrem Bett aus Moos saß.

Ein Lächeln hob ihre Mundwinkel an, und sie lehnte sich auf einen Ellbogen zurück.

»Nun«, sagte sie, bereits gestärkt und deutlich zufriedener als noch vor wenigen Augenblicken. »Es wundert mich, Euch hier anzutreffen, Fürst, wo der Bruder der Königin Euch doch in ein dunkles Verlies hat sperren lassen.«

Nevliin ließ die Decke sinken und erwiderte ihren Blick ohne eine Antwort. Er gefiel ihr. Er war anders als die üblichen Elfen, die sie getroffen hatte. Er könnte sich noch als nützlich erweisen. Genau aus diesem Grund lebte er auch noch, obwohl er gegen sie ins Feld gezogen war und sie noch dazu aufgespießt hatte.

Jeder Elf kannte die Geschichte des Fürsten Nevliin und seiner verlorenen Liebe. Jedermann wusste, welch Hass im Herzen des Fürsten loderte. Hass auf das Schicksal. Ja, sie könnte ihn noch gut gebrauchen.

Als sie damals vor gut fünfzig Jahren bei den Nebelleuten auf den Inseln erwacht war, verwirrt und ohne Erinnerung, waren es diese Leute gewesen, die sich ihrer angenommen und ihr ihre Bestimmung erklärt hatten. Doch da war auch das Wissen in ihr, der Göttin dienen zu müssen, da sie es selbst so entschieden hatte. Denn die Göttin wohnte in ihr wie in jedem treuen Anhänger, und sie wachte über ihre Kinder.

Doch selbst bis zu diesen entfernten Inseln, auf denen sie sich für ihren Krieg vorbereitet hatte, waren die Sagen und Märchen der Elfen gedrungen, und so war ihr der furchteinflößende Fürst bei der Ankunft auf dem Kontinent kein Fremder mehr gewesen. Sie hatte schon damals gewusst, dass sie in ihm eines Tages einen Verbündeten finden würde, und hatte ihn daher mit seinen Rittern verschont. Er war ein Führer, und er könnte viele fähige Kämpfer auf ihre Seite bringen und bekehren.

Es brauchte nur etwas Zeit, bis er bereit war, ihren Weg zu gehen. Den wahren Weg. Er brauchte Zeit und Überredung, vielleicht den nötigen Reiz.

»Seht Ihr diese Linie?«, fragte sie und zog die blasse Narbe knapp neben ihrem Hüftknochen nach, während er ihr weiterhin ins Gesicht blickte. »Dort habt Ihr mich erwischt, erinnert Ihr Euch? In Derial? Es war eine scheußliche Wunde.«

Sie ergriff seine warme Hand und legte sie auf ihren Unterleib. Das merkwürdige Zittern ihres Blutes verstärkte sich, als wirkte er einen Zauber auf sie. Doch das war unmöglich, wo sie doch das Halsband trug. »Genau dort habt Ihr mich getroffen«, flüsterte sie und lehnte sich zu ihm vor, während sie seine Hand immer noch an sich presste. »So tief, dass selbst die Magie diese Narbe nicht verhindern konnte. Ihr seht also – ich trage Euch auf meinem Körper.«

Gemächlich, fast schon behutsam zog er seine Hand weg und erhob sich.

»Ich werde Vinae berichten, dass Ihr erwacht seid«, sagte er, anscheinend nicht im Geringsten beunruhigt – doch sie erkannte das kaum merkliche Zittern seiner Hand. Als auch er ihren Blick wahrnahm, krümmte er die Finger sofort zur Faust. »Sie wird Euch einen Stärkungstrank geben, der Euch wieder zu Kräften bringen wird. In der Zwischenzeit könnt Ihr Euch ankleiden.« Er deutete mit einer knappen Geste auf den Boden neben ihrer Schlafstätte und wollte sich abwenden, doch sie war noch nicht fertig mit ihm.

»Vinae Thesalis?«, fragte sie, um ihn zu reizen, ihn irgendwie aus der Reserve zu locken. »Sie ist hier? Welch Freude, sie wieder zu treffen.« Die Drohung ihrer Stimme war nicht zu überhören, und doch ignorierte er sie völlig.

Stattdessen legte er seine Hand an die Brust und verbeugte sich vor ihr. »Kann ich Euch irgendetwas bringen, um Euch den Aufenthalt hier angenehmer zu machen?«, fragte er so eiskalt, dass die Zorneshitze in ihr aufstieg.

Was musste eine Frau tun, um diesen Mann die Kontrolle verlieren zu lassen? Solch eine großartige Liebesgeschichte konnte es nicht gewesen sein, bei solch einem Herzen aus Stein. Schließlich lag sie hier in all ihrer göttlichen Pracht vor ihm – nackt wie bei der Geburt, und doch schien sie ihn nicht im Geringsten zu reizen. Ein grober Fehler!

»Angenehmer?«, fragte sie, sich nur schwer beherrschend. »Ihr haltet mich hier gefangen, in einer verrauchten und zugleich feuchten Höhle. Was sollte ich brauchen?« Sie streckte sich auf dem Bett aus und setzte ihren verführerischen Blick auf, welchem kein Mann widerstehen konnte. Er würde sich auf ihre Seite schlagen, niemand konnte diesem Angebot ständig ausweichen. »Sagt mir, Fürst Nevliin«, gurrte sie. »Jeder kennt Eure Geschichte, doch ich frage mich – wie lange ist es her, seit Ihr zuletzt bei einer Frau gelegen habt?«

Sie hatte es geschafft. Die schwarzen Augen nahmen einen winzigen Moment lang ein tödliches Blitzen an – Mordlust, das, was sie brauchte. Vielleicht nicht gerade im Moment, doch es war gut, zu wissen, dass diese Eigenschaft in ihm steckte.

»Vinae wird nach Euch sehen«, wiederholte der Ritter knapp, verneigte sich noch einmal und ging mit weitgreifenden Schritten auf den Höhlenausgang zu.

Die Priesterin fuhr hoch. »Und der Grogon?«, rief sie und verfluchte sich gleichzeitig für diese Frage, in der ihre Angst viel zu deutlich hörbar gewesen war. Irgendetwas stimmte nicht mit ihr, seit sie aus ihrer Bewusstlosigkeit erwacht war. Seit sie diesem Ritter … nahe gewesen war – ja, mit diesem Ritter stimmte etwas nicht.

Lass ihn nicht an dich heran, töte ihn, du brauchst ihn nicht, hörte sie ihre innere Stimme, doch auch wenn sie ansonsten stets auf sie hörte, hatte sie ihr in diesem Punkt noch nie nachgegeben. Der Weiße Ritter würde nützlich für sie sein. Sie konnte ihn nicht töten.

Dieser Ritter drehte sich noch einmal nach ihr um und sah ihr in die Augen, viel zu lange für ihren Geschmack. Viel zu tiefblickend, viel zu vertraut.

»Der Grogon ist weg«, sagte er mit seiner sanften Stimme, die ihr eine Gänsehaut über den gesamten Körper zog, was ihm hoffentlich entging. »Er wird Euch nichts tun – nie mehr.« Er nickte ihr noch einmal zu und verließ nun endgültig die Höhle.

Die Priesterin ließ sich zurückfallen und zog doch noch die Decke über sich. Sie fröstelte, und das, obwohl es in der Höhle angenehm warm war. Dass der Grogon fort war, konnte sie nur wenig beruhigen, denn immer noch spürte sie das lähmende Entsetzen, als der Dämon sie berührt hatte. Sie spürte, wie das Leben aus ihr gewichen war. Sie selbst war mächtiger als jeder Elf, doch ein Grogon lachte darüber nur. Er könnte sie vernichten. Darüber allerdings musste sie sich jetzt keine Gedanken mehr machen, denn der Dämon war fort.

Als Erstes musste sie herausfinden, wie sie diesen magischen Ring von ihrem Hals bekam, und verschwinden. Und dann musste sie herausfinden, weshalb das Kribbeln in ihren Adern aufgehört hatte, in jenem Moment, in dem der Ritter fortgegangen war. Sie musste wissen, woher die Bilder von ihm beim Anblick seiner Narbe gekommen waren. Sie musste wissen, weshalb ihr die innere Stimme plötzlich fremd erschien, als gehörte sie gar nicht zu ihr und wäre ein kleiner Geist, der ihr einzuflüstern versuchte. Ein Gift, das ihren Verstand befallen hatte.

Das ist Unsinn, sagte die Stimme ihr, *töte den Ritter und alle anderen und dann verschwinde von hier. Sie sind es, die dich vergiften.*

Die Priesterin legte ihren Arm über die Augen und versuchte, das angenehme Kribbeln in ihrem Körper noch einmal heraufzubeschwören, den Geruch wahrzunehmen … ihn zu sehen.

Es dauerte nicht lange, bis sich alle um die Priesterin herum versammelten und sie mit Fragen zu löchern versuchten. Allen voran diese Drachenelfe, die damals von der Insel hatte entkommen können – wie sie das geschafft hatte, war ihr zwar immer noch ein Rätsel, doch es war auch unwichtig, denn diese Königin wurde für das Gelingen ihres Vorhabens nicht gebraucht.

Blieb nur zu hoffen, dass ihre Leute während ihrer Abwesenheit nicht alles verdarben.

Auch der Bruder der Elfenkönigin hatte sich an ihrem Lager eingefunden und versuchte, sich ihr gegenüber besonders kühl und distanziert zu verhalten. Doch er war weit leichter zu reizen als der sture Nevliin, und so hatte sie zumindest etwas Spaß an diesem ganzen Gefrage. Die kleine Magierin Thesalis hielt sich hingegen im Hintergrund und hatte ihr lediglich Fragen zu ihrem Wohlergehen gestellt. Es war erstaunlich, wie tapfer sie sich hielt, denn ihre Angst war deutlich spürbar. Äußerlich ließ sie sich jedoch nichts davon anmerken.

Es mussten wohl Stunden vergangen sein, in denen Eamon und Aurün sie nach den Drachen und dem Herz befragt hatten, doch die Priesterin war nicht dumm. Kein Wort würde diesbezüglich über ihre Lippen kommen. Diese kleine Bande von Möchtegernhelden hatte ihr vielleicht die Magie genommen, doch ihr Ziel und ihren Willen konnten sie ihr nicht nehmen.

Noch war dieses Spiel nicht vorbei, das würden sie sehr bald herausfinden.

Einer dieser eingeschworenen Gefährten ließ sich jedoch nicht bei ihr blicken. Der kleine Bogenschütze, dem es wohl im wahrsten Sinne des Wortes zu heiß war, sich in ihre Nähe zu begeben. Lange konnte es nicht mehr dauern, dann würde auch er auf ihrer Seite stehen. Die Macht musste sich längst entfaltet haben.

Nevliin kehrte erst wieder zu ihr zurück, nachdem die anderen alle weg waren. Wie die Priesterin schon bald feststellte, verließ er die Höhle nur äußerst selten.

Eigentlich war sie froh darüber, da sie in den vielen Stunden ihres Genesungsschlafes immer wieder von fürchterlichen Träumen heimgesucht wurde, an die sie sich danach nicht erinnern konnte. Doch wenn sie schreiend hochfuhr und er sie festhielt, meinte sie immer stärker, sich selbst zu verlieren. Oder zumindest einen Teil von sich selbst, während ein anderer deutlicher zum Vorschein kam. Ein Teil, der nicht wollte, dass Nevliin sie wieder losließ, egal, wie laut ihre innere Stimme auch dagegen protestierte. Ein Teil, der sich an Dinge erinnerte, die ihr Verstand nicht begreifen konnte. Ein Teil, der sie mit Visionen heimsuchte, die sie schlimmer ängstigten als der Grogon.

Es war nicht wichtig, dass er kaum sprach – im Gegenteil, es machte seine Gegenwart intensiver, zugleich aber auch unerträglicher. Jeden Augenblick, in dem er in ihrer Nähe war, spürte sie das Kribbeln unter ihrer Haut, als verzauberte er sie, jeden Herzschlag schien sie doppelt wahrzunehmen, als wäre auch sein Herz in ihrer Brust. Irgendetwas war in ihr, das bei seinem Anblick sofort in Zorn verfiel, ihn fortjagen wollte, da er alles bedrohte, was sie ausmachte, und der andere Teil in ihr wollte ihn nicht gehen lassen, schrie verzweifelt, um sich Gehör zu verschaffen, doch es war zu undeutlich. Es waren lediglich verschwommene Bilder, verzerrte Worte.

Doch er blieb ohnehin, wich nicht von ihrer Seite und schien einfach nur zu warten – worauf? Sie war doch diejenige, die den richtigen Zeitpunkt abwartete, um ihn auf ihre Seite zu bringen. Doch er schien sein eigenes Spiel zu spielen, was ihr ganz und gar nicht gefiel. Normalerweise konnte sie solche Dinge stets leicht durchschauen, doch in seinen schwarzen Augen las es sich wie in einem versiegelten Buch.

»Wo ist die Thesalis hin?«, fragte die Priesterin ein paar Tage nach ihrem ersten Erwachen. Ansonsten war die junge Magierin alle paar Stunden bei ihr erschienen, um sich nach ihrem Gesundheitszustand zu erkundigen und ihr Stärkungselixiere zu verabreichen, doch seit diesem Morgen hatte sie Vinae nicht mehr gesehen. Sie wünschte sich, sie könnte das auch von den anderen sagen, denn die versuchten immer noch, das Versteck der Drachen aus ihr herauszubekommen.

Nevliin sah von seinen Händen auf und blickte ihr ins Gesicht. »Sie ist nach Hause gegangen«, antwortete er ihr. »Sie heiratet in zwei Tagen.«

»Heiraten?« Es gelang der Priesterin nicht, ein Lachen zu unterdrücken. »Eine Elfe, die heiratet.« Sie schüttelte ihren Kopf und sah Nevliin in die Augen. »Und Ihr?«, fragte sie nun wieder vollkommen ernst. »Habt Ihr schon einmal daran gedacht, zu heiraten?«

»Früher einmal, ja.« Er antwortete ihr so ungerührt und erwiderte ihren Blick scheinbar ohne jegliche Mühe, so dass sie zuerst wegsehen musste, da sie es nicht aushielt, ihn so anzusehen.

Ihr Blick fiel auf seine Hände, sehnige Hände mit langen, schmalen Fingern. Mittlerweile wusste sie, dass sie sich rau anfühlten, doch nicht erst seit kurzem. Da war wieder dieses Gefühl des Erinnerns. Nur woran?

Winzige blasse Linien zogen sich über seinen Handrücken

wie ein filigranes Muster, das absichtlich mit einem Messer hineingeritzt worden war. Doch es war keine Absicht gewesen, diese Linien waren überall auf seinem Körper, und wenn man genau hinsah, zogen sich auch ein paar durch sein Gesicht. Sie waren entstanden, als …

Grelles Licht blitzte vor ihren Augen auf und stach in ihren Kopf. Die Priesterin sah eine weiße Gestalt durch eine Glasskulptur krachen. Das Klirren vermischte sich mit ihrem eigenen Schrei und war so ohrenbetäubend, dass sie meinte, ihr Kopf müsse ebenso in tausend Stücke zerspringen. Sie sah noch, wie die Gestalt durch die Splitter über den Boden rutschte und sich alles um ihn herum langsam rot färbte, ehe seine Hände wieder in ihren Geist zurückkehrten.

Das Zwielicht der Höhle beruhigte ihre Augen, und doch war in ihrem Inneren von Ruhe keine Rede. Waren diese winzigen Glassplitter für seine Narben verantwortlich? Wie war so etwas möglich, wo bei einer magischen Heilung doch nur selten Narben zurückblieben? Oder war er nicht geheilt worden?

Atemlos ließ sie sich zurück auf die Decken sinken und versuchte, ihren Herzschlag wieder unter Kontrolle zu bringen.

Nevliin regte sich nicht und sah sie nur an. Einen Moment lang schien es ihr, als hätte ein winziges Lächeln um seine Lippen gespielt, doch es war so schnell wieder weg, dass es auch Einbildung sein konnte.

Wie sollte sie noch wissen, was Wirklichkeit war und was Traum? Wo sie selbst aufhörte und jemand anderes begann? Sie musste von hier weg und endlich ihren Auftrag erfüllen, ehe alles zu spät war.

Vinae

Die schwarzhaarige Elfe, welche ihr hier aus dem Spiegel entgegenblickte, schien eine Fremde zu sein. Oder wünschte sie sich das nur, damit eine andere an ihrer Stelle dort hinausging und Daeron heiratete? Fürst Daeron! Vor einem Jahr hätte Vinae über diese Möglichkeit noch gelacht, doch jetzt stand sie hier, mit so viel Gold im Haar, dass sie einen jeden in ihrer Umgebung damit blenden musste. Filigrane Ketten verliefen über ihre Stirn zurück ins Haar, verflochten sich darin mit einzelnen Strähnen, waren zu kunstvollen Mustern arrangiert und funkelten mit ihrem Kleid um die Wette.

Ein Kleid, das Daeron eigens für diesen Anlass hatte anfertigen lassen, als wäre es Vinae nicht völlig gleichgültig, in welchem Aufzug sie zu ihrer Hinrichtung – Hochzeit – ging. Ihre einfache Waldkleidung hätte es auch getan, doch Daeron legte Wert auf diesen Pomp, und so blieb ihr kaum etwas anderes übrig, als mitzuspielen.

Immer noch fingerten unzählige aufgeregte Elfen an ihrem Haar, zupften am Kleid oder zeichneten mit silbernem Miranlicht magische Symbole auf ihre Handflächen. Diese Zeichen hoben sich kaum von ihrer Haut ab, doch je nach Lichteinfall ließen sie sich an ihrem Glitzern erkennen.

Eine andere Elfe legte Vinae noch eine goldbestickte Borte um die Taille und schnürte diese eng um sie. Das Funkeln der Steine hob sich vom milchigen Weiß ihres Kleides ab, das ebenso reich mit Goldperlen bestickt war.

Vinae störte sich nicht an den vielen Händen, die sich an ihr zu schaffen machten, denn solange diese am Werk waren, musste sie nicht hinaus. Natürlich hätte sie lieber Enra bei sich gehabt, doch die Köchin war sofort nach dem Vorfall mit Nefgáld mit ihm und ihrem Sohn verschwunden. Sie hielt es hier nicht mehr für sicher, solange Nefgáld nicht zu kontrollieren war. Woanders könnten sie ein besseres Leben führen, zumindest hatte ihr Daeron dies so ausgerichtet, kaum dass Vinae vom Lager bei der Priesterin zurückgekehrt war. Sie selbst hatte Enra nicht mehr zu Gesicht bekommen, was ihr im ersten Moment das lähmende Gefühl der Einsamkeit beschert hatte, verbunden mit jenem seltsamen Brennen von Heimweh. Doch immerhin ging es den dreien gut, und bald würde es vielen anderen auch bessergehen.

Genau das versuchte Vinae sich immer wieder zu sagen. Dies war nicht das Ende, sondern ein Anfang. Sie würde an diesem Abend nicht nur Daerons Frau, sondern auch die Fürstin des Sonnentals werden. Und niemals würde sie sich diese Position streitig machen lassen, mit aller Macht würde sie ihre Rechte und damit jene des Volkes durchsetzen. Sie würde endlich machen können, wovon sie so lange geträumt hatte. Alles andere spielte keine Rolle – auch Ardemir nicht.

Sie war jetzt kein Kind mehr, und es war Zeit für sie, endlich erwachsen zu werden und aufzuhören, von ihrem Ritter zu träumen, der sie aus der Burg errettete. Ardemir hatte ohnehin kein Wort mehr mit ihr gesprochen, obwohl sie zweimal versucht hatte, ein vernünftiges Gespräch mit ihm zu führen. Sie solle Daeron heiraten und ihn in Ruhe lassen, war das Einzige gewesen, wozu er sich hatte hinreißen lassen, und so würde sie dies auch tun. Aurün hatte gemeint, Ardemir verhalte sich so, um ihr zu beweisen, dass er sie nicht liebe – eben weil er sie liebe, doch Vinae hielt dies für den größten Unsinn, den sie jemals gehört hatte. Erstens wusste sie von Gregoran, dass Ardemir sie keineswegs liebte, und zweitens: Würde er sie tatsächlich lieben, hätte er doch nur ein Wort sagen müssen. Sie selbst hatte ihm ihre Gefühle ja schon deutlich gezeigt, indem sie ihn geküsst hatte, doch diesen Moment verdrängte Ardemir geflissentlich.

Vinae wünschte nur, sie könnte das ebenso tun, doch egal, wie sehr sie es auch versuchte, sie konnte seinen Mund immer noch auf ihrem spüren, die Hitze seiner Haut auf der ihren. Sie nahm immer noch das Verlangen und die Hingabe seines Kusses wahr, welche echt gewesen war, gleichgültig, was er sagte. Ihr Herz irrte sich nicht, durfte es nicht, oder war es besser, sich tatsächlich immer wieder einzureden, dass da nichts zwischen ihnen war? In wenigen Augenblicken war Ardemir für sie so unerreichbar wie der Mond und die Sterne. Vielleicht sollte sie ihn wirklich vergessen. Ihre neue Aufgabe beanspruchte ohnehin ihre ganze Aufmerksamkeit.

Als hätte Vinae mit diesem Gedanken einen bösen Geist beschworen, ging plötzlich die Tür auf, und ihre Mutter kam herein. An Meara war keine äußerliche Veränderung wahrzunehmen, wie immer trug sie das weiße Kleid einer Magierin höchsten Ranges und hatte weiße Bänder in das dunkle Haar geflochten, doch ihr Ausdruck war besorgt. Fürchtete sie vielleicht die Schwächung ihrer eigenen Position, wenn Vinae als Thesalis erst einmal Fürstin war? Wieso hätte sie dann stets darauf beharren sollen, dass Vinae Daeron nachgab? Oder war vielleicht doch ein Funken Mitleid in ihr, für ihre Tochter, die zu dieser unglückseligen Hochzeit getrieben worden war?

»Es ist so weit«, kündigte ihre Mutter auch schon ohne jede Begrüßung an und verließ sogleich wieder den Raum. Sie schien keinen Moment länger als notwendig verweilen zu wollen. Vinae war es nur recht.

Sie warf sich im Spiegel noch einen letzten Blick zu und stellte fest, dass sie tatsächlich wie eine Fürstin aussah – prunkvoll und erhaben, doch ihre Augen schienen jede Farbe verloren zu haben. Sie waren grau wie der Himmel bei Regen; nichts würde ihnen wohl jemals den Glanz zurückgeben können.

Zwei mit Blumenkränzen geschmückte Elfen ergriffen die lange Schleppe ihres Kleides, und Vinae wandte sich schließlich vom Spiegel ab. Einen Fuß vor den anderen setzend, schritt sie durch die Tür hinaus in den Korridor, wo Fürst Menavor bereits auf sie wartete.

Wortlos legte sie ihre Hand auf seinen dargebotenen Arm und ließ sich von ihm weiterführen.

»Hinreißend«, ließ sich der Fürst nach einer Weile vernehmen, auch wenn es weniger wie ein Kompliment denn wie Spott klang. »Mein Bruder wird überglücklich sein.«

»So ist es zumindest einer von uns«, konnte sich Vinae nicht verkneifen zu sagen, auch wenn sie meinte, so leise gesprochen zu haben, dass Menavor sie nicht gehört hatte.

Es war ein Weg, der wie im Traum an ihr vorbeizog – als hätte sie ihren Körper verlassen und beobachtete sich selbst, wie sie in dieser prächtigen Prozession durch den Gang schritt. Vielleicht war es nicht das Schlechteste, das Tun ihres Körpers nicht mit ihrem Geist zu verbinden. Sie wusste nicht, wie sie diesen Abend sonst durchhalten sollte.

Die beiden Flügel des Tores zur Terrasse wurden geöffnet, und grelles Sonnenlicht flutete durch die zwielichtigen Hallen. Vinae musste ihre Augen etwas zusammenkneifen, als sie hinaus auf den Balkon der Schlossmauer traten, wo die Trauung stattfinden sollte und von wo sie auf die versammelte Bevölkerung Acres blicken konnte, die vom Marktplatz aus das Spektakel verfolgte.

Doch weder für den wartenden Daeron noch für die plötzlich verstummte Menge hatte Vinae einen Blick übrig.

Stattdessen hielt der Anblick der untergehenden Sonne sie gefangen, die langsam hinter die fernen Gipfel des Schneegebirges sank und diese Berge magisch erleuchtete. Vinae sah die weiten Felder draußen vor der Stadt und den beinahe schon smaragden wirkenden Wald. Alles wurde in dieses goldene Licht getaucht, selbst die weißen Mauern der Stadt schienen darunter zu glühen.

Erst als Menavor seine Hand auf ihre legte und sie weiterschob, bemerkte Vinae, dass sie im Tor stehen geblieben war. Verzaubert von dieser märchenhaften Atmosphäre, die ihr wie ihr eigenes Abschiedsspiel vorkam, ging sie schließlich weiter, und dann wagte sie auch zu Daeron zu blicken – ihrem Bräutigam.

Er stand zusammen mit einer grün gewandeten Tempelpriesterin nahe an der Brüstung und blickte ihr entgegen. Das honigfarbene Haar fiel ihm wie gesponnenes Gold auf die ebenso weiße, mit Goldfäden durchzogene Tunika, die ihn ihr fremd erscheinen ließ. Sie war es gewohnt, ihn in seinem schwarzen Mantel zu sehen, doch in diesem Aufzug sah er weit weniger furchteinflößend aus, beinahe schon wie ein ehrenwerter Mann. Er schien nervös, verfolgte jeden Schritt, den sie auf ihn zumachte, und ließ ihren Blick nicht mehr los, als wolle er sie hypnotisieren und ihre Meinung festigen.

Doch das musste er gar nicht. Vinae kannte die Konsequenzen, würde sie ihr Wort nicht halten.

Genauso wenig wie sie selbst ließ er sich zu einem Lächeln hinreißen, doch schien es bei ihm eher an der Anspannung zu liegen, nicht am Unglück.

Die Elfen unten auf dem Platz oder gegenüber in den Häusern – wo sie sich alle an die Fenster drängten, um gute Sicht zu haben – flüsterten und raunten, so dass selbst durch die geringe Lautstärke der einzelnen Gespräche ein furchtbarer Lärm entstand.

Vinae vermied einen zu genauen Blick in die Menge, um keine bekannten Gesichter auszumachen. Sie wollte in ihnen nicht lesen, was sie von diesem Bündnis hielten. Es konnte sie ohnehin nichts mehr von ihrer Entscheidung abbringen, und so ließ sie sich widerstandslos von Menavor an Daeron übergeben. Ihre Hände wurden auf einem provisorischen, aber reichgeschmückten Altar übereinandergelegt, und eine Priesterin begann mit dem Ritual, während Vinae zurück zur untergehenden Sonne blickte. Mit anzusehen, wie sich die goldene Scheibe gemächlich immer weiter dem Land entgegenneigte, fesselte sie weit mehr als die Worte der Priesterin.

Zuerst sprach diese Priesterin über den Ursprung der elfischen Hochzeiten und was dies für jene bedeutete, die diesen Bund eingingen: Zusammengehörigkeit bis in die Ewigkeit.

Dann folgte der eigentliche, unwiderrufliche Part, der Vinaes Aufmerksamkeit nun doch forderte.

Erst warf die Priesterin einen Blick hoch in den Himmel und stellte fest, dass der Vollmond bereits aufgegangen war. Die Welt im Osten hinter dem Schloss lag dunkel wie Vinaes Seele da, während im Westen noch ein schmaler Streifen den Horizont über dem Schneegebirge erhellte.

Als Nächstes nahm die Frau mit feierlicher Miene den Kelch vom Altar und stellte ihn vor Daeron ab. Dieser ergriff den speziell für diesen Zweck bereitgelegten Dolch, und obwohl Vinae wusste, was auf sie zukam, überkam sie nun zum ersten Mal das Gefühl, weglaufen zu wollen. Denn jetzt begann die Unendlichkeit – der Schwur.

Unwillkürlich blickte sie zu ihrer Mutter, die sie jedoch nicht ansah und gespannt verfolgte, wie Daeron die Klinge über seine Handfläche zog und anschließend die geballte Faust über den Kelch hielt.

Tropfen für Tropfen ergoss sich sein Blut in das Gefäß, und Vinae meinte, selbst davonfließen zu müssen. Ihre Hand zitterte, als Daeron ihr den Dolch reichte und die Priesterin den Kelch nun vor ihr abstellte.

Ihr Blick fiel in die Menge, sie wusste nicht, wieso sie ausgerechnet dorthin sah, wieso sie meinte, dort in der Menge eine Antwort zu finden, doch sie sah über den Rand der Brüstung und wollte sich sogleich hinabstürzen. Natürlich gab es dort unten in dem bunten Haufen keine Antwort. Noch nicht einmal Gesichter konnte sie in diesem Gedränge erkennen.

Tief einatmend sah Vinae schließlich zurück auf den Dolch in ihrer Hand und auf das Blut, das bereits daran klebte. Sie wusste nicht, wie sie es trotz des unerbittlichen Zitterns schaffte, doch mit einer schnellen und entschlossenen Bewegung zog sie die Klinge einmal schnell über ihre Handfläche und hieß den Schmerz als etwas Reales willkommen. Körperlicher Schmerz war immer leichter zu ertragen als dieses Brennen im Inneren, und so ließ sie nun ihrerseits das Blut in das Gefäß fließen.

Die Priesterin murmelte altmagische Worte, denen Vinae keine Aufmerksamkeit schenkte, denn sie wollte nicht hören, wie sie für die Ewigkeit mit Daeron verbunden wurde. Das Schicksal wurde angerufen und eine Verbindung von Daerons und Vinaes Geschicke von dieser Macht erfleht. Als Nächstes wurden magische Elixiere mit dem Blut vermischt, ehe die Priesterin den Kelch an Daeron übergab.

Vinae meinte zuerst, nicht hinsehen zu können, doch ihr Blick hing an Daerons Lippen. Sie konnte sich nicht davon losreißen und beobachtete starr vor Entsetzen, wie Daeron den Kelch an seine Lippen hob und von diesem blutigen Gemisch trank.

Ein roter Film blieb an seinem Mund zurück, als er das Gefäß schließlich sinken ließ und es ihr überreichte.

Vinae starrte auf den Kelch und sah zurück in seine Augen. Honigfarbene Augen, die jedoch nicht an die Süße des Lebens erinnerten. Sie schienen durch sie dringen zu wollen, so eindringlich starrte er sie an.

Ich kann das nicht tun, schrie eine Stimme in ihr, immer wieder und immer lauter. Egal, welche Vorteile ihr diese Hochzeit auch brachte, sie konnte es nicht tun. Sie könnte niemals mit Daeron zusammen sein.

Der Lärm unten in der Menge schwoll noch an, alle warteten darauf, was jetzt geschah. Würde sie davonlaufen oder trinken? Zu ihrem Wort stehen oder fliehen? Was sollte sie tun?

»Vinae«, sagte Daeron beinahe schon sanft, auch wenn es ihr wie eine Drohung erschien. »Nimm.« Er nickte ihr zu und drückte den kalten Kristall an ihre Haut.

Der Puls pochte in ihrem Hals, Schwindel machte sich in ihr breit, und eine kaum zu ertragende Hitze stieg in ihr auf. Mit beiden Händen umschloss sie den kühlen Kelch des Schreckens und blickte in den dunklen Inhalt. Das Zittern wurde immer schlimmer und ließ kleine Wellen darin entstehen. Es fiel ihr schwer, den Fingern genügend Kraft zu geben und sich darauf zu konzentrieren, das Gefäß zu heben.

Alles schien unglaublich langsam vonstattenzugehen, die Zeit sich zu dehnen, als wollte auch sie Vinae davon abhalten, diesen Schritt zu tun. Mit nur einem Schluck dieses Trankes gehörte sie Daeron – solange sie lebte.

Ihre Arme fühlten sich taub an, als sie den Kelch an ihre Lippen hob. Sie hörte einen Aufruhr von den Leuten unten, welche Zeuge dieser Farce wurden, doch jetzt durfte sie nicht mehr hinabsehen. Sie durfte sich nicht mehr ablenken lassen.

Mit geschlossenen Augen kippte sie den Kelch und öffnete die Lippen. Das Blut ergoss sich in ihren Mund, benetzte ihre Zunge, ließ Übelkeit in ihr aufsteigen – und in diesem Moment ertönte ein Brüllen, wie sie es von keinem ihr bekannten Tier jemals zuvor gehört hatte. Einzig, als sie damals mit ihrer Mutter in Averdun auf den Angriff der Priesterin gewartet hatte, war ein ähnlicher Laut erklungen. Damals war es ein Drache gewesen.

Schreie ertönten, ein Krachen und Reißen war zu hören. Die Fürsten brüllten Befehle.

Vinae drehte langsam ihren Kopf zur Seite und sah hinab in die Tiefe.

Der Kelch entglitt ihren gefühllosen Fingern, und das Blut ergoss sich über das weiße Kleid …

Ardemir

Er würde zu spät kommen, dessen war er sicher. Er konnte überhaupt nicht mehr rechtzeitig ankommen, da er viel zu spät losgeritten war. Zu lange war er durch den Wald gestiefelt, hatte geflucht, hin und her überlegt und sich vor allem einzureden versucht, es interessiere ihn nicht, was an diesem Abend in Acre vonstattenging. Natürlich ständig im vollen Bewusstsein, dass er sich selbst belog. Er hatte auf Vinaes Urteilsvermögen zu vertrauen versucht, auf die Richtigkeit ihrer Entscheidungen, doch auch das hatte nirgendwohin geführt.

Sein Kopf war das reinste Durcheinander gewesen, bis es ihm endlich gelungen war, die widersprüchlichen Gedanken zu ignorieren und sein Herz sprechen zu lassen.

Er konnte Vinae nicht heiraten lassen! Dies war die einzige Wahrheit, die für ihn noch existierte. Diese Wahrheit hatte ihn auf den Weg zurück zum Lager begleitet, wo er sich auf Glitnirs Rücken geschwungen hatte und losgeprescht war, ohne sich um die zum Teil fragenden, zum Teil wissenden Blicke der anderen zu scheren. Die Wahrheit hatte ihn auf dem mörderischen Ritt nach Osten begleitet und auch durch das Gewühl in Acre. Zu wissen, was zu tun war, was er wollte und wie er fühlte, hatte ihm zum ersten Mal seit unendlich langer Zeit das Gefühl gegeben, wahrhaftig lebendig zu sein, frei, doch dieses Gefühl hatte nur so lange angehalten, bis er in den verfluchten Straßen Acres festsaß und es kein Weiterkommen mehr gab.

Es war Ardemir unverständlich, woher so viele Leute kommen konnten.

Die Leichtigkeit, endlich herausgefunden zu haben, was er tun musste, war längst verflogen. Verzweiflung und vor allem Zorn überschatteten jedes andere Gefühl. Zorn über Vinae, die ihn einfach so verließ, als gäbe es nichts zwischen ihnen, das sie verband. Zorn über sich selbst, da er nicht längst im Morgengrauen vor ihrer Tür gestanden hatte, um sie von da wegzuholen – wenn nötig hätte er sie auch bewusstlos schlagen, sie sich über die Schulter werfen und irgendwo so lange anketten können, bis sie verstanden hatte, zu wem sie wirklich gehörte. Zorn über diese schaulustigen Elfen, die trotz der Tragik hinter diesem Ereignis ein Volksfest veranstalteten und überall Getränke und Brezeln verkauften.

Ardemir wusste genau, wohin ihn diese Wut führte, er spürte es deutlich in seinem Körper, und mit jedem Elfen, den er von sich stieß, und mit jedem neuen, der ihm den Weg verstellte, wurde er sich der Gefahr bewusster.

Was auch immer da in seinem Inneren seit so langer Zeit brodelte – es war kurz davor, aus ihm hervorzubrechen. Der sengende Schmerz, als fließe kochendes Wasser durch seine Adern, beherrschte bereits seinen ganzen Körper, und doch lief er unentwegt weiter in Richtung Marktplatz. Ungeachtet der Beschimpfungen und Stöße bahnte er sich mit fremder Kraft seinen Weg durch die Menge. Sein Körper schien nicht mehr ihm zu gehören, schien eine Stärke in sich zu führen, die er nicht kannte, doch sie kam ihm gerade recht. Genauso wie der Schmerz, der es ihm ermöglichte, weiterzulaufen und nicht verzweifelnd zu verharren.

»Sie trinkt es«, hörte Ardemir dann plötzlich die aufgeregten Stimmen um sich herum. »Seht nur, sie tut es tatsächlich.«

Ardemir keuchte auf und wurde noch schneller. Er holte

den Rest aus sich heraus, nutzte jedes bisschen Kraft, das er von dieser neuen Macht schöpfen konnte – ungeachtet, welche Folgen dies für ihn haben würde. Er hörte auf, sich auf die Kontrolle dieses Brennens zu konzentrieren, und sah nur noch sein Ziel, auch wenn er meinte, jeden Moment zusammenbrechen zu müssen.

Schreiend kämpfte er sich seinen Weg die letzten Schritte bis zum Marktplatz und blickte schließlich zum Balkon hoch.

Sein Körper blieb stehen – im wahrsten Sinne des Wortes. Sein Herz hörte auf zu schlagen, das Blut verharrte in den Adern, jede Kraft verließ ihn, und selbst der Schmerz erlosch. Der Lärm um ihn herum verstummte, das ständige Voranschieben der anderen Elfen spürte er nicht mehr. Einzig seine Augen konnten noch sehen, wie Vinae den blitzenden Kelch an ihre Lippen hielt und von ihrem Untergang trank. Seine Augen sahen, wie er sie verlor, doch es war sein Herz, das es begriff.

»Nein!«, brüllte er, doch es war nicht der Laut eines Mannes, der seine Kehle verließ, sondern das Brüllen eines Ungeheuers.

Im nächsten Moment kehrte das Gefühl für seinen Körper mit solcher Wucht zu ihm zurück, dass es ihn auf die Knie warf. Er nahm weder die plötzliche Panik um sich herum wahr noch was oben auf dem Balkon vor sich ging, denn sein Körper wurde zerrissen.

Seine Knochen, Sehnen und Muskeln dehnten sich, wie er es schon oft zuvor gespürt hatte, doch diesmal nahm es kein Ende. Er spürte, wie seine Haut in Fetzen flog, und schlimmer noch als der Schmerz war das Geräusch seiner knackenden Knochen.

Immer noch schrie er die Qual hinaus, doch es war nicht seine Stimme, es war nicht er … er starb.

Vinae

Jemand packte ihren Arm und zog sie von der Brüstung zurück. Vinae versuchte, sich zu befreien, doch der Griff war unbarmherzig. Mit aller Kraft klammerte sie ihre Hand an den Stein des Geländers und versuchte weiterhin, zu erkennen, was dort unten vor sich ging. Sie ignorierte das Gezerre an sich und starrte hinab zur wild durcheinanderlaufenden Menge. In alle Seitengassen versuchten die Elfen, sich in Sicherheit zu bringen, stießen sich in ihrer Panik um und schrien so verzweifelt, dass es Vinae direkt unter die Haut fuhr.

Doch weder der Anblick dieses Durcheinanders noch der Lärm konnten sie so sehr entsetzen wie der Drache, der plötzlich dort stand, wo eben noch ein sich vor Schmerzen windender Ardemir gewesen war. Es war Ardemir gewesen – sie hatte ihn genau gesehen. Er war zu ihr gekommen, und nun … war er fort.

»Ein Drache!«, erklang der Schrei immer wieder und auch neben Vinae auf der Terrasse konnte es niemand fassen. »Wie ist das möglich? Seht nur, ein Drache!«

Die fremde Hand versuchte, Vinae immer noch zurückzuziehen, doch da spreizte der Drache plötzlich seine durchschimmernden Schwingen. Die Menge schrie um noch einiges lauter, und als das Ungetüm seinen stachelbesetzten Kopf erhob, reichte er beinahe bis zur Terrasse.

Stechend grüne Augen blickten sich dort oben bei den Nobelsten Acres um, schienen die Fürsten, Meara, die Priesterin und alle anderen wahrzunehmen, ehe sie bei Vinae verharrten und sie fixierten.

Bis auf jene Exemplare in den Kerkern unter dem Schloss hatte Vinae niemals zuvor Drachen gesehen, doch ihr schien dieser hier etwas kleiner. Natürlich, denn er war ja auch kein wirklicher.

»Ardemir«, flüsterte sie und konnte immer noch nicht glauben, was sie da sah. Wie konnte so etwas möglich sein? Wieso ausgerechnet er?

Gebannt von seinem Anblick, von seinen Augen, die trotz aller Fremdheit immer noch warm und gütig wirkten, streckte sie ihre Hand nach ihm aus.

»Vinae, komm, du musst von hier weg.«

»Herrin Thesalis, schnell, kommt ...«

Der Drache hob seine transparent grünen Schwingen und schlug damit durch die Luft. Dann erhob er sich plötzlich vom Boden.

Alle, wie sie dort standen, schrien auf und wichen zurück, manche liefen sogar ins sichere Innere des Schlosses, einzig Vinae blieb stehen und starrte auf dieses riesige Tier, das sich vor ihr erhob. Sie war nicht fähig, sich zu bewegen und irgendetwas zu unternehmen, denn immer noch versuchte sie, Ardemir in diesem Wesen zu erkennen. Sie wusste nicht, ob er es noch war, was ihn im Moment leitete und ob er sie im nächsten Moment töten würde. Es war ihr auch gleichgültig, sie fürchtete sich nicht, weder vom Feuer, das er speien konnte, noch vor seinen messerscharfen Krallen.

Am Rande hörte sie noch das Zischen von Schwertern, die aus den Scheiden gerissen wurden, doch im nächsten Moment schlang sich bereits eine der Klauen um sie, die ihr einen Augenblick lang den Atem nahm.

»Vinae!«, hörte sie Daeron wie aus einer anderen Welt

schreien, und als sie ihren Kopf langsam zu ihm wandte, sah sie ihren Bräutigam in seinem festlichen Gewand, wie er hilflos dastand und sie anstarrte. Sie erwiderte seinen Blick, ruhig und voller Gleichgültigkeit darüber, was mit ihr geschehen würde.

Dann wurde sie auch schon von den Füßen gerissen, und der Drache trug sie davon, immer höher und weiter fort von Acre und all ihren Bewohnern.

Wie gelähmt starrte Vinae hinunter zu den immer kleiner werdenden weißen Gebäuden, die bald nur noch Punkte in einer grünen und rosa Landschaft waren. Sie spürte die harten Klauen an ihren Rippen, doch es störte sie nicht.

All die Geschehnisse der letzten Minuten waren so unwirklich und seltsam, dass Vinae plötzlich nicht anders konnte, als oben am Himmel laut loszulachen. Sie hörte das Schlagen der Schwingen über und neben sich, sah die messerscharfen Klauen, von denen jede zweimal so lang war wie sie selbst, und blickte in die Tiefe, wo die Wiesen und Wälder unter ihr wie in einem Traum vorbeizogen.

Das alles war wirklich zu komisch, und vermutlich würde sie bald in ihrem Bett aufwachen und feststellen, dass die Hochzeit vor ihr lag.

Doch dann kehrte Ardemirs Gesicht in ihren Geist zurück, und sie hörte auf zu lachen. Einen Moment lang hatte er ihr direkt in die Augen geblickt, ehe er zu dem geworden war, was er jetzt war. Ein Drache.

War dies der Grund für sein merkwürdiges Verhalten gewesen? Wie lange wusste er bereits davon? Was würde mit ihm geschehen? War Ardemir, der Elf, für immer verloren?

So wie vorhin das Lachen über sie hergefallen war, überkamen Vinae nun Angst und Verzweiflung.

»Ardemir?«, krächzte sie und musste feststellen, dass der

harte Griff um ihre Brust ihr die Stimme nahm. »Ardemir, was ist nur passiert?«

Von jedem klaren Gedanken und jeglicher Kraft verlassen, ließ sie sich resignierend in die Klauen sinken. Ihr war klar gewesen, Ardemir durch ihre Hochzeit zu verlieren, doch niemals hätte sie damit gerechnet, dass dies auf eine solche Weise geschehen würde.

Zeit und Orten schenkte sie keine Beachtung mehr. Vinae wusste nicht, wie weit sie geflogen waren oder wie lange sie bereits unterwegs waren, doch es war noch mitten in der Nacht, als der Drache – Ardemir – plötzlich an Höhe verlor und in einem finsteren Erlenbruchwald, durch Äste krachend, zu Boden ging.

Gut zwei Schritte ehe sie die Erde erreichte, öffneten sich die Klauen, und Vinae fiel schreiend vor Schreck in einen wild überwucherten Sumpf. Der Aufschlag ins nasse, eisig kalte Dickicht war härter als angenommen, und nur noch am Rande bekam sie mit, wie der Drache ein gutes Stück weiter mit einer hochspritzenden Wasserfontäne ebenfalls am Boden aufkam. Einen Moment lang schien die Erde zu beben, doch dann war alles still, und der Drache regte sich nicht mehr.

Sofort war Vinae wieder auf den Beinen und stürzte auf ihn zu. Der Vollmond erleuchtete ihren Weg durch Ampfer, Hahnenfuß und Schlangenwurz, die sich zwischen den Erlen auf dem feuchten Boden ausgebreitet hatten. Beinahe jeder Schritt ließ sie stolpern, und irgendwann büßte sie im Sumpf ihre Schuhe ein. Fluchend bahnte sie sich ihren Weg durch das Moor, in der Hoffnung, nicht plötzlich einen falschen Schritt zu begehen und zu versinken. Sie schob die ihr ins Gesicht hängenden Zweige beiseite, und obwohl der Drache nicht sehr weit von ihr entfernt aufgeschlagen war, meinte sie eine unüberwindbare Distanz zurückzulegen.

Keuchend und über und über mit Schlamm bespritzt kam Vinae schließlich bei ihm an, hielt jedoch sofort wieder inne, da der haushohe Körper plötzlich wie wild zu zucken begann. Als krabbelten Tausende kleine Tiere unter dem Panzer, begann der Drache sich zu verformen, bis er nicht mehr zu erkennen war. Dabei entwich ihm kein einziger Laut, immer noch befand er sich in tiefer Bewusstlosigkeit.

Einen Moment später war der Drache verschwunden.

Vinae blinzelte erschrocken und konnte einen Aufschrei nicht mehr unterdrücken.

»Ardemir!« Das Kleid bis zu den Oberschenkeln gerafft, stapfte sie die letzten Schritte auf ihn zu und fiel neben dem zusammengekrümmten Elfenkörper auf die Knie. »Ardemir!«, schrie sie immer wieder und drehte unter Aufbringung all ihrer verbliebenen Kraft den reglosen Körper um.

Bis auf den dunklen Schlamm, der seine weiße Haut bedeckte, war er unbekleidet und so kalt wie nach einem Bad im Schnee. Jede Wärme schien seinen Körper verlassen zu haben. Einen Moment lang schöpfte Vinae Hoffnung, dies könnte das Ende seiner Tortur sein, doch kaum hatte sie den Kopf ihres Freundes auf ihren Schoß gezogen, spürte sie die bedenkliche Hitze unter seiner Haut zurückkehren.

»Ardemir«, flüsterte sie und strich ihm die nassen Strähnen aus dem Gesicht. »Kannst du mich hören?« Sie ließ ihren Blick über seinen Körper wandern, doch das Licht des Mondes reichte nicht aus, um Verletzungen auszumachen. Auf den ersten Blick schien er unversehrt zu sein.

Ihr war ohnehin schleierhaft, wie ein elfischer Körper solch eine Wandlung, ohne Schaden zu nehmen, vollziehen konnte. Im Moment konnte sie nichts weiter tun, als ihn festzuhalten und zu warten. Sie wusste nicht, wo sie war. Hier gab es nichts als Bäume und Moor, und die nächste Siedlung könnte eine

Ewigkeit weit entfernt sein. Sie war auf sich allein gestellt, doch immerhin blieb ihr noch die Magie. Sie könnte versuchen, Ardemir zu heilen, auch wenn sie nicht wusste, ob es für so etwas wie ihn eine Heilung gab.

Immer noch zitternd vor Angst, legte Vinae die Hände auf seine mittlerweile glühende Brust und wollte den Zauber beginnen, als Ardemir plötzlich die Augen aufschlug.

Er sah sie direkt an, mit den ihr so vertrauten dunklen Augen, ohne jedes Grün darin. Sie hatte ihn nicht verloren!

»Ardemir«, flüsterte sie und legte ihre Hand auf seine Wange. »Kannst du mich hören? Ich bin es, Vinae.«

Ardemir blinzelte, und damit kehrte das Leben in seine Augen zurück.

»Vinae«, krächzte er und verzog das Gesicht, als bereitete ihm das Sprechen Schmerzen. »Ich musste … dich wegbringen … von ihm.«

Sie spürte, wie sich ihr der Hals zuschnürte.

»Bist du verletzt?«, stellte sie die dringendste Frage. Im Moment zählte nur, dass Ardemir wieder gesund wurde. »Hast du Schmerzen?«

Du bist gekommen, wollte sie eigentlich sagen, du bist gekommen, um mich aufzuhalten. Wie ist das nur möglich?

Ardemir schien etwas sagen zu wollen, jedoch nicht die richtigen Worte zu finden.

Vinae wusste nicht, was das alles zu bedeuten hatte, wohin das alles noch führen sollte, und die Ungewissheit war schlimmer als alles, was bisher geschehen war. Sie wusste nicht, ob sich Ardemir jeden Moment wieder verwandeln würde, ob er danach denn jemals wieder ein Elf werden würde.

Schließlich schüttelte Ardemir den Kopf und wandte den Blick ab. »Es ist zu spät«, sagte er. »Es ist zu spät.«

Vinae sah ihn noch einen Moment lang an, ohne zu wissen,

was genau er meinte, dann riss sie die Schleppe ihres Kleides ab und deckte ihn damit zu. »Ja«, sagte sie und legte ihren Kopf auf seine Brust. »Ich weiß.«

Aurün

Das hämische Grinsen der Priesterin war noch schlimmer als der Schrecken über das stetig aus ihren Adern schwindende Blut. Eigentlich war Aurün davon ausgegangen, dass jetzt, wo die Nebelleute ohne Anführer waren, die Blutabnahmen bei Aurünliig aufhören würden. Besonders, da es doch auch vor der Gefangennahme der Nebelpriesterin kaum noch dazu gekommen war, doch mit einem Mal hatten sich ihre alten Wunden erneut geöffnet, und entlang ihrem Unterarm floss das Blut unaufhörlich aus ihrem Körper. Der Höhlenboden, auf dem sie saß, färbte sich um sie herum bereits schwarz. Auch Eamons Tücher, die er auf die Einstiche presste, konnten den Blutfluss nicht aufhalten.

Aus welchem Grund auch immer – die Nebelleute waren zu Aurüns Seelenschwester gegangen und bedienten sich nun an ihrem Blut, dem Blut der Nachfahrin des letzten Drachenkönigs, dem Schlüssel zu seinem Herzen.

Eigentlich müsste Aurün die Eingriffe an ihrem Drachen schon gewohnt sein, doch dieses Mal gaben sich die Nebelleute nicht mit ein paar Tropfen zufrieden. Sie nahmen immer mehr, bis Aurün kaum noch ihren Kopf heben konnte und sich das flackernde Licht des Feuers an den kargen Höhlenwänden zu gespenstischen Gestalten formte.

Tropfen für Tropfen wich das Leben aus ihr. Eamons Stimme wurde mehr und mehr von einem Rauschen in ihren Ohren übertönt. Selbst Nevliin hatte sich neben ihr niedergelassen und verband den einen Arm, während sich Eamon um den anderen kümmerte. Immer wieder wechselten sie das zerrissene Leinen, das sich viel zu schnell vollsog, unermüdlich in diesem sinnlosen Kampf.

»Hört auf«, konnte Aurün nur noch krächzen. Oder dachte sie die Worte vielleicht auch nur? Schon vorhin hatte sie den beiden erklärt, dass sie so lange Blut verlieren würde, wie es Aurünliig tat, doch Eamon weigerte sich, tatenlos neben ihr zu stehen.

»Wir könnten ihr von unserem Blut geben«, hörte sie ihn dann plötzlich sagen, was sie eben noch mit einem Kopfschütteln beantworten konnte, doch Eamon ließ sich nicht so leicht von seiner Idee abbringen. »Bekommst du von unserem Blut«, erklärte er ihr, »dann wird auch der Drache wieder gestärkt. Es wäre euch beiden geholfen.«

»Nein.« Jede Silbe erforderte ein unglaubliches Ausmaß an Kraft. »Vertrage es nicht. Drachenblut. Kein Elfenblut.« Nevliin reichte ihr einen Becher Wasser, welches ihr Eamon langsam einflößte. »Wir können nur warten«, brachte Aurün schließlich heraus.

»Nein«, sagte Eamon und nahm ihr Gesicht in beide Hände. »Ich lasse dich nicht einfach sterben, hast du verstanden? Ich sitze nicht da und schaue zu, wie du gehst. Du bist meine Freundin, Aurün, und du wirst mir jetzt gefälligst sagen, was ich tun kann, um dich … hierzubehalten.«

Ein Lächeln entspannte ihr verkrampftes Gesicht, und auch ihr unterkühlter Körper fand bei diesen Worten zu etwas Wärme zurück. Nein, Eamon konnte nichts tun. Starb Aurünliig, so starb auch sie selbst, und anders wollte sie es auch gar nicht haben. Ohne ihre Seelenschwester wollte sie nicht weiterleben, und von daher war diese Verbindung umso vorteilhafter. Ihnen allen war klar gewesen, dass die Gefangenschaft Aurünliigs jeden Moment Aurüns Leben kosten könnte, doch mit der Gefangennahme der Priesterin hatten sie sich in trügerischer Sicherheit gewiegt. Sie wollte Eamon all dies erklären, als aus der anderen Ecke der Höhle plötzlich ein helles Lachen erklang.

Die Priesterin hatte bisher schweigend auf dem Bett aus Moos gesessen und die drei mit Vergnügen dabei beobachtet, wie sie gegen das Unvermeidbare ankämpften. Das Lachen war der erste Laut, den sie von sich gab. Aurün hätte ihr am liebsten den Hals umgedreht.

Ein Jammer, dass Nevliin sie stets so gut bewachte, ansonsten hätte sich Aurün diese verfluchte Mörderin längst vorgenommen und Mittel gefunden, um sie zum Reden zu bringen.

Diesen Gedanken schien auch Eamon zu verfolgen, denn plötzlich sprang er auf und durchmaß die Höhle mit wenigen Schritten. Ohne langsamer zu werden, packte er die Priesterin an der Kehle und drückte sie auf das Bett. Über sie gebeugt stand er da wie ein fleischgewordener Rachegeist.

Die Priesterin schien von seinem Auftritt jedoch gänzlich unbeeindruckt zu sein; sie lächelte immer noch.

Natürlich war auch Nevliin sofort zu der Priesterin geeilt, doch er mischte sich nicht ein, blickte auf die Frau hinab, bereit, jederzeit einzugreifen, ehe Eamon zu weit ging. Oder war er vielleicht doch zur Vernunft gekommen und würde dieses Miststück endlich zum Reden bringen?

»Was macht ihr mit dem Drachen?«, brüllte Eamon die Priesterin an. »Wozu weiteres Blut? Ihr seid es doch, die es in sich aufnahm und das Herz kontrollierte. Was wollen die anderen damit?«

Aurün blickte auf ihre Arme hinab und stieß einen zwar schwachen, aber doch unüberhörbaren Laut der Verwunderung aus. »Es ist vorbei«, krächzte sie. Sofort stürmte Eamon zurück zu ihr und untersuchte ihre Wunden.

»Tatsächlich«, murmelte er und strich sanft mit einem Finger über einen der Einstiche. »Was für ein Glück!«

Er lächelte sie an, doch seine Miene verdüsterte sich schlagartig, als er sich wieder zur Priesterin umwandte, die sich wieder auf dem Bett aufgerichtet hatte.

»Also?«, fragte er so drohend, wie Aurün ihn nur selten erlebt hatte, während Nevliin mit vor der Brust verschränkten Armen an der Wand lehnte und ebenso auf eine Antwort zu warten schien. »Was machen Eure Leute mit dem Blut?«

»Es trinken«, kam die überraschende Erwiderung der Priesterin, die höchst zufrieden mit sich selbst wirkte. »Was denn sonst?«

Eamon richtete sich auf und ging auf sie zu. »Es trinken?«, fragte er. »Wozu? Ihr seid es doch ...«

»O gnädige Göttin! Ist das denn wirklich so schwer zu verstehen? Natürlich kümmerte *ich* mich um das Herz – ich bin schließlich die Mächtigste.« Sie zwinkerte Aurün zu, die am liebsten aufgesprungen wäre und die Priesterin ins Gesicht geschlagen hätte. »Aber ich bin ja jetzt nicht da, oder?«, fragte die Priesterin mit einem Hinweis auf ihr Halsband. »Die Drachen müssen aber weiterhin kontrolliert werden.«

»Du widerliches ...«, brachte Aurün hervor.

Die Priesterin fuhr zu ihr herum. »Wollt Ihr jetzt wissen, was los ist, oder nicht?«

»Aurün«, tadelte Eamon sie, doch sie hatte ohnehin nicht mehr vor, etwas einzuwerfen. Es hatte ohnehin keinen Sinn. Eines Tages aber würde sie dieses Miststück erwischen, und dann würde ihr kein Nevliin oder sonst irgendeine Macht helfen können. Sie würde Rache nehmen – für die Ermordung ihres Vaters und die Gefangennahme und den Missbrauch ihres

Volkes. Und wenn sie mit der Priesterin fertig war, würde sie sich das Sonnental und dessen Fürsten vornehmen, die ebenso noch Drachen gefangen hielten. Dieser Kampf war noch nicht vorbei.

»Erklärt uns, was es mit dem Blut auf sich hat«, bat Eamon schließlich sanft, was die Priesterin mit hochgezogener Augenbraue quittierte.

»Wieso sollte ich?«, fragte sie. »Was hätte ich davon?«

»Euer Leben«, gab Eamon ungerührt zur Antwort. »Oder wie Ihr Eure Existenz auch bezeichnen mögt.«

»Leere Drohungen.« Die Priesterin lehnte sich an die Felswand in ihrem Rücken. »Ihr werdet mich nicht töten, denn dann erfahrt ihr niemals, wo das Drachenherz ist.«

»Seid Euch da nicht so sicher.« Eamon wies zum Höhlenausgang. »Wir haben noch andere Wege, Euer Versteck zu finden. Ihr erinnert Euch an unseren Freund, den Grogon? Wollt Ihr warten, bis er zurück ist, ehe Ihr mit uns kooperiert?«

Die saphirblauen Augen der Priesterin weiteten sich einen Moment lang. Die Angst stand ihr ins Gesicht geschrieben. Sie hatte sich allerdings sehr schnell wieder im Griff, doch Aurün entging nicht, wie sie Nevliin einen hilfesuchenden Blick zuwarf. Aber nein, hier würde ihr niemand helfen. Noch nicht einmal Nevliin, da war sich mittlerweile selbst Aurün sicher. Der Ritter hatte die Möglichkeit gehabt, sich auf die Seite der Nebelleute zu schlagen, und war der Königin treu geblieben. Aurün mochte ihn zwar nicht, doch immerhin konnte man ihm offenbar trauen.

»Also gut«, sagte die Priesterin schließlich. Vielleicht wusste sie, dass jetzt, wo Aurüns Leben in Gefahr gewesen war, niemand mehr Zeit verschwenden würde. Hier würde nun jeder Taten sprechen lassen.

»Die Drachen suchen den Schicksalsbaum«, bestätigte sie

schließlich ihre Ahnung. »Ich nahm das Drachenblut in mich auf und kontrollierte damit das Herz. Ich schickte sie aus, um den Schicksalsbaum zu finden.«

»Wie?«, fragte Aurün von ihrer dunklen Ecke aus, da sie sich immer noch nicht in der Lage fühlte, aufzustehen. »Das Drachenblut müsste Euch töten.«

»Einen weniger mächtigen Elfen würde es auch töten, ja, aber nicht mich. Und die Menge ist stets so gering …«

»Bis jetzt«, warf Eamon ein. »Ihr seid nicht da. Was machen die anderen mit so viel Blut?«

»Die Drachen müssen kontrolliert werden. Es muss Kontakt mit ihnen aufgenommen werden – regelmäßig, ansonsten würden sie bald ziellos umherirren.«

Aurün spürte, wie ihr ohnehin blasses Gesicht den letzten Glanz verlor. Sich vorzustellen, wie die Drachen orientierungslos über dem Meer herumirrten, war beinahe zu viel für ihren geschwächten Körper. Wäre sie nicht so begierig darauf gewesen, zu erfahren, was noch hinter den Plänen der Priester steckte, wäre sie sofort wieder in Zorn verfallen.

»Da ich nicht in der Nähe des Herzens bin«, fuhr die Priesterin fort, »müssen meine Leute diese Aufgabe übernehmen. Keiner von ihnen ist jedoch vorher mit Drachenblut in Berührung gekommen, und daher muss die Dosis sehr gering sein. Mit einer so geringen Dosis ist es aber auch deutlich schwieriger, das Herz zu kontrollieren. Deshalb nehme ich an, dass sie alle gemeinsam das Drachenblut zu sich nehmen und dann auch gemeinsam mit ihrer gebündelten Magie das Herz kontrollieren.« Sie sah zu Aurün. »Deshalb erneut das Blut. Wir brauchen mehr, da es nicht das reine Blut Ureliigs ist, sondern das verdünnte einer Nachfahrin, aber mit der Unterstützung der Göttin und unserer Magie reicht es aus, um das Herz zu kontrollieren« Sie lachte auf. »Und andere.«

»Andere?«, fragte Eamon. »Was meint Ihr damit?«

»Ardemir«, kam zu Aurüns Überraschung die Antwort von Nevliin, der sich von der Wand abstieß und zur Priesterin blickte. »Nicht wahr?«, fragte er. »Ihr habt etwas mit Ardemir gemacht, damals in Derial. Und vermutlich nicht nur mit ihm.«

»Wie scharfsichtig.« Die Priesterin sah ihm in die Augen. »Ihr hättet es sein sollen, Fürst Nevliin, wusstet Ihr das?«

Seine Züge blieben unverändert, und doch war es, als wäre einen Moment lang ein Schatten darübergehuscht. Niemandem schien es aufgefallen zu sein, und vielleicht hatte Aurün diesen Schatten auch nur auf seiner Seele wahrgenommen, nicht in seinem Gesicht. Doch sie wusste genau, dass er bei diesen Worten Entsetzen verspürt hatte. Was auch immer mit Ardemir geschehen war, eigentlich hätte es Nevliin treffen sollen.

»Ich sah eine große Zukunft für Euch«, fuhr die Priesterin fort, die allgemeine Bestürzung ignorierend. »An meiner Seite. Unser gemeinsamer Hass auf das Schicksal. Doch dann habt Ihr mich angegriffen. Beinahe getötet! Ihr! Der doch als Einziger die Fesseln des Schicksals versteht.« Sie senkte ihren Blick und atmete ruhig ein. Als sie schließlich wieder zu Nevliin aufblickte, waren Wut und Enttäuschung aus ihren Augen verschwunden. »Daher sollte es diesmal Euch treffen«, erklärte sie weiter und sah ihm ungerührt in die schwarzen Augen. »Es war eine Verwechslung. Dumme Gänse! Wenn man nicht alles selber macht …« Sie hob ihre Schultern. »Nun ja, ich kann nicht sagen, ich wäre nicht zufrieden damit, wie sich die Lage entwickelt hat. So kann ich meine Pläne mit Euch immer noch ausführen.«

»Welche Pläne?« Nevliins sonst so sanfte Stimme klang plötzlich rau wie Sandpapier, doch Eamon ließ die Priesterin nicht zu Wort kommen.

»Was spielt das jetzt noch für eine Rolle?«, fragte er, ohne Nevliins wütendes Herumfahren zu ihm zu beachten. »Es geht hier um Ardemir. Was habt Ihr mit ihm gemacht?«

»Habt Ihr es noch nicht bemerkt?« Die Priesterin blickte zum Höhlenausgang und lachte auf. »Ach ja, er ist ja weggelaufen. Nun, vermutlich ist er längst kein Elf mehr.«

»Kein Elf?« Eamon sah aus, als würde er jeden Moment in sich zusammenfallen. »Was soll das heißen? Er ging nach Acre, er …«

»Wenn er dort ankam …« Die Priesterin hob die Hände. »Es hat mich schon sehr erstaunt, dass er so lange durchhielt – muss einen enormen Willen haben, dieser kleine Schütze. Aber die Anzeichen sprachen für sich. Er hat sich längst verwandelt.«

Auf einmal herrschte Stille in der Höhle, Aurün meinte, ihren eigenen Herzschlag zu hören, ehe Nevliin das Schweigen brach.

»In was?«, fragte er ruhig.

Die Priesterin lachte auf. »Na, in einen Drachen natürlich«, stieß sie hervor. Der Schrecken hätte nicht größer sein können. Ardemir ein Drache? Das konnte nicht möglich sein. Kein Elf konnte in einen Drachen verwandelt werden. So etwas war wider die Natur. So etwas würde noch nicht einmal die größte Magie zustande bringen.

»Na, was glaubt ihr, wofür wir all das andere Blut nahmen?«, fragte die Priesterin. »Hätten wir das alles getrunken, wären wir längst tot.« Sie wandte sich an Aurün. »Das Blut ist nicht nur zur Kontrolle des Herzens gut. Vermischt mit ein bisschen Magie kann es Ritter in Drachen verwandeln.« Sie klatschte in die Hände wie ein kleines Kind. »Fantastisch, nicht wahr?«

»Ritter?« Eamon musste sich an der Wand festhalten, und

selbst Nevliin lehnte sich wieder dagegen. Aurün war froh, dass sie saß, denn niemals hätte sie sich noch auf den Beinen halten können.

»Natürlich Ritter«, antwortete die Priesterin. »Verzeiht, werte Königin der Drachenelfen, doch Euer Volk ist so gut wie ausgestorben. Es gibt nur noch wenige Drachen. Zu wenige – und dem haben wir Abhilfe verschafft. Die Königin – Eure Schwester, Eamon – ist stur und lässt nicht mit sich reden. Um ihre Leute ist es nicht besonders schade, andere können wir mit Worten bekehren, diese engstirnigen Ritter brauchen dazu schon etwas mehr.«

»Kaltherziges ...« Eamon machte einen Satz auf sie zu, doch Nevliin versperrte ihm den Weg.

»Was bedeutet das?«, fragte er die Priesterin, ohne die Hand von Eamons Brust zu nehmen und ihn weiterhin zurückzuhalten. »Kann Ardemir geheilt werden?«

»Geheilt?« Die Priesterin sah in die Runde. »Der Drache ist nun in ihm, in seinem Blut. Dafür gibt es keine Heilung. Nur den Tod.«

»Ihr lügt.« Nevliin ließ Eamon los und trat auf sie zu. »Welche Möglichkeit gibt es noch? Es muss eine geben.«

Mit einer Handbewegung wies die Priesterin zu Aurün. »Die wird ihr aber nicht gefallen«, meinte sie, doch Eamon winkte ab.

»Nennt uns die Möglichkeit. Um Ardemir zu retten ...«

»Ardemir verwandelt sich in einen Drachen«, unterbrach ihn die Priesterin ernst, »genauso wie die anderen Ritter. Anfangs halten sie ihre neue Gestalt nur kurz, kehren immer wieder zu ihrer elfischen Gestalt zurück, aber es wird nicht lange dauern, bis sie endgültig zu Drachen werden und der Elf in ihnen stirbt.«

»Es sei denn?«, fragte Nevliin.

»Es sei denn«, fuhr die Priesterin mit einem Blick zu Aurün fort, »das Drachenherz wird vernichtet.«

»Das ist unmöglich!« Jede Schwäche vergessend, sprang Aurün auf. Sie musste sich an der Wand festhalten, doch immerhin konnte sie aufrecht stehen. »Eine Zerstörung des Drachenherzens würde mein Volk auseinanderreißen! Die Drachen von den Elfen trennen! Das könnt ihr nicht machen. Noch dazu kann das Herz nur derjenige zerstören, der Ureliigs Blut in sich hat – das wahre Blut, und derjenige würde selbst daran sterben. Die Vernichtung des Herzens würde denjenigen umbringen, der es tut. Das ist Wahnsinn!«

»Wir müssen diese Möglichkeit in Erwägung ziehen«, meinte Eamon völlig ruhig, was Aurün zurück gegen die Wand fallen ließ.

»Was?«, keuchte sie. »In Erwägung ziehen, ein ganzes Volk zu ermorden? Uns zu einfachen Elfen zu machen und die Drachen von uns zu lösen?«

»Für Ardemir ...«

»Ardemir?« Das Blut pochte in ihren Schläfen. Sie konnte die drei Gestalten im Schein des Feuers nur noch verschwommen sehen. Alles um sie herum begann sich zu drehen. »Wieso Ardemir?«, brüllte sie. »Was ist mit mir, mit allen anderen Drachenelfen?«

»Und was ist mit allen anderen Rittern?« Eamon ging auf sie zu, doch Aurün hangelte sich an der Wand entlang in Richtung Ausgang.

»Nein!«, schrie sie und meinte, so viel Überzeugung und Befehlsgewalt in ihre Stimme zu legen, dass keine Widerrede mehr aufkommen konnte. »Ich bin die Königin der Drachenelfen, und das Herz ist *mein!* Keiner von euch wird es anrühren. Es war dieses Miststück hier, das Ardemir verhext hat. Wendet euch an sie!«

Sie konnte nicht zurücksehen, um irgendwelche Reaktionen abzuwarten, und stürmte, so schnell es ihr malträtierter Körper schaffte, hinaus in die frische Luft.

Das alles war nun endgültig zu viel. Nicht nur, dass die Nebelpriester die Drachen für ihre Zwecke benutzten, nein, sie vergingen sich auch noch an dem Blut und spielten Gott. Sie vergewaltigten ein ganzes Volk und riskierten dessen vollkommene Zerstörung – und die Einzige, die daran schuld war und etwas dagegen unternehmen konnte, wurde hier wie eine Königin behandelt!

Wohin war Aurün da nur geraten? Immer noch fraßen Nevliin und Eamon der Priesterin aus der Hand! Wie hatte sie auch nur anderes annehmen können? Sie versteckten ihre Gefühle vielleicht, und doch würden sie sich beide eher umbringen, ehe diesem Monster ein Haar gekrümmt werden würde. Selbst Eamon! Was brauchte es, um ihm die Augen zu öffnen? Wie konnte er auch nur daran denken, ihr Volk zu zerstören? Alles, was es ausmachte? Sie war die Königin! Wie konnte er glauben, sie würde dabei tatenlos zusehen? Hatte ihre Liebe zu ihm sie tatsächlich so lange geblendet, dass sie nicht mehr sah, was hier vor sich ging? Niemanden interessierte, was mit den Drachen war. Allen ging es nur um die Nebelpriester und die Königin Liadan. Es ging um Liadans Reich und wie es beschützt werden konnte, nicht um die Rettung der Drachen. Das hatte Aurün nun endlich begriffen.

Die Nacht war längst hereingebrochen, als sie schließlich wieder zurück zur Höhle ging, um sich dort auf ihrem provisorischen Deckenlager niederzulegen und ihren tosenden Gedanken im Schlaf etwas Ruhe zu gönnen. Sie würde eine Lösung finden – morgen. Und wenn sie dafür der Priesterin eigenhändig die Kehle durchschneiden musste. Sie würde das Herz selbst zurückbeschaffen.

Natürlich fand sie Ardemirs Schicksal schrecklich. Wie könnte sie nicht? Sie hatte Ardemir schon immer gemocht, doch er war nun einmal ein Opfer in diesem Krieg mit den Nebelleuten, genauso, wie es ihr Vater gewesen war. Für ihn und etwaige andere Ritter konnte sie nicht ihr Volk aufs Spiel setzen.

Gestärkt von dieser Überzeugung trat Aurün schließlich in den rauchgeschwängerten Hohlraum des Felsens und blieb verblüfft stehen.

Die Priesterin war fort, ebenso Eamon, einzig Nevliin war zurückgeblieben.

»Sie sind am Fluss«, erklärte Nevliin, ohne von seinen Händen aufzublicken, die er im Schoß gefaltet hatte. Er saß auf dem Lager der Priesterin und starrte ins Leere.

»Wieso begleitet Ihr sie nicht?«, fragte Aurün und trat näher. Es war nicht das erste Mal, dass die Priesterin zum Fluss am Fuß des Berges gebracht wurde, damit sie sich waschen konnte, doch es fiel Aurün schwer, zu glauben, dass Nevliin sie auch nur einen Moment lang aus den Augen ließ.

Als er sich ihr schließlich zuwandte, erkannte sie, dass auch er nicht begeistert darüber war. »Sie wollte es so«, sagte er knapp.

Aurün war schon aufgefallen, dass sich die Priesterin immer mehr von Nevliin zurückzog, ja manchmal kam es ihr sogar vor, als hätte diese unbesiegbare Magierin Angst vor ihm.

»Und hat sie noch etwas gesagt?«, fragte sie, immer noch unwillig, über diese Person zu sprechen. Doch sollte die Priesterin noch etwas über die Drachen preisgegeben haben, musste sie dies wissen.

Nevliin schüttelte den Kopf. Dann verharrte er jedoch plötzlich, blickte an ihr vorbei, und seine Augen verengten sich.

Langsam erhob er sich und ging auf die andere Höhlenseite zu, dorthin, wo Aurün vorhin zusammengebrochen war.

»Was ist?«, fragte Aurün. Es schien ihr immer noch abwegig, allein mit diesem Ritter zu sein, der so viele ihrer Leute auf dem Gewissen hatte. Doch sie hatte gelernt, sich mit ihm abzufinden, und mehr als das Nötigste sprach sie ohnehin nicht mit ihm.

Nevliin bückte sich und hob ein Kästchen auf. Noch ehe Aurün reagieren konnte, hatte er es schon geöffnet und nahm die Phiole mit Ureliigs Blut heraus.

Aurün schnappte nach Luft. Wie kam der Schlüssel dorthin? Sie musste ihn verloren haben, während Eamon und Nevliin sie verbunden hatten. Er musste aus ihrer Tasche gefallen sein! Wie hatte das nur passieren können, wo sie ihn doch besser hütete als ihren Augapfel! Ihn nun in Nevliins Händen zu sehen war beinahe schlimmer, als wäre die Phiole auf dem Boden zerschellt.

Nevliin schien ebenso wenig begeistert von dem zu sein, was er da in Händen hielt. Aurün wusste nicht, ob sie ihn jemals zuvor so gesehen hatte, doch er schien sie überhaupt nicht mehr zu bemerken. Entsetzt, als hätte er einen Geist vor sich, starrte er das Gefäß in seiner Hand an. Die Sehnen seines Unterarmes hoben sich deutlich hervor. Aurün fürchtete, er könnte die Phiole vielleicht zerbrechen.

»Nevliin?«, fragte sie vorsichtig, um ihn nicht zu erschrecken, doch der Ritter reagierte nicht. Seine Brust hob und senkte sich ungewöhnlich schnell. Seine Hand begann zu zittern. Jeden Moment würde er die Phiole fallen lassen.

»Nevliin!« Behutsam und doch bestimmt legte Aurün ihre Hand auf seine, in welcher er den Schlüssel hielt.

Nevliin zuckte zusammen und sah sie an. Niemals zuvor war er ihr so unheimlich erschienen. Noch schlimmer jedoch war, als sich plötzlich einer seiner Mundwinkel zu einem Lächeln hob, was sein Gesicht wie eine Fratze aussehen ließ. Plötzlich wirkte er irgendwie *erleuchtet*. Irgendein Rätsel, von welchem nur er etwas wusste, schien sich für ihn gelöst zu haben, doch dieser Ausdruck hielt nur für den Bruchteil einer Sekunde an. Denn sofort kehrte die Leere in seine schwarzen Augen zurück.

»Ist alles in Ordnung?«, fragte sie, während sie die Phiole sorgfältig im Schutz des Kästchens verstaute.

Nevliin sah an ihr vorbei zum Höhlenausgang. »Ja«, sagte er und schien selbst darüber überrascht. »Das ist es.«

Am nächsten Tag waren er und die Priesterin verschwunden.

Ardemir

Er musste wirklich einen großartigen Anblick bieten: bis zu den Knöcheln im Matsch steckend und eine weiße Hochzeitsschleppe um die Hüften gebunden. Hoffentlich beeilte sich Vinae bei ihrer Unternehmung, etwas für ihn zum Anziehen zu finden. Sie war bereits Ewigkeiten weg, und da er nun einmal ein ungeduldiger Elf war, stapfte er ihr seit einer Stunde hinterher – durch ein Moor, das einfach nicht enden wollte.

Die Kühle der Nacht tat seinem glühenden Körper zwar gut, doch Vinae konnte nichts gegen das Brennen in seinem Inneren ausrichten, den Wunsch, endlich mit ihr über die vergangenen Ereignisse zu sprechen.

Sie war ihm aus dem Weg gegangen mit der Begründung, sie könne nicht mit ihm sprechen, solange er nackt sei, und da er sie kaum hatte zwingen können, bei ihm zu bleiben, war ihm nichts anderes übriggeblieben, als sie gehen zu lassen.

Anfangs war Ardemir diese Idee gar nicht so schlecht erschienen. Er hatte gemeint, etwas Zeit für sich würde ihm helfen, seine Gedanken zu sortieren, doch da hatte er sich gehörig getäuscht. Er wollte sich überhaupt nicht mit seiner Veränderung beschäftigen, nicht, ehe er wusste, wie es in Vinae aussah, wie es um ihr Herz bestellt war. Sein Ausflug in die Welt der Drachen erschien ihm im Vergleich dazu weniger wichtig, auch wenn er noch hin und wieder meinte, eine fremde Stimme in seinem Kopf zu vernehmen – einen Befehl, der nicht richtig zu ihm durchkam.

Ardemir wollte gar nicht wissen, was ihm noch bevorstand, aber was auch immer es war, er würde Vinaes Hilfe brauchen. So viele Frauen waren in sein Leben getreten und wieder gegangen, er war von einer Liebschaft zur nächsten gezogen, doch keine von ihnen hatte ihm das Gefühl gegeben, nach Hause zu kommen. Vinae war seine beste Freundin, eine Gesprächspartnerin, bei ihr musste er sich nicht verstellen, und gleichzeitig gelang es ihr, sein Herz ins Stolpern zu bringen. Wieso hatte er es nicht schon früher verstanden? Hatte es an dieser unsäglichen Begegnung mit der Nebelpriesterin in Derial gelegen? Schließlich hatte er Vinae nur beschützen wollen, vor sich, seinen Gefühlen, seiner Unfähigkeit, die Kontrolle über sich selbst zu behalten. Daran hatte sich auch jetzt nichts geändert – er wollte sie immer noch vor dem bewahren, was da in seinem Inneren schlummerte, aber nicht um jeden Preis. Nicht um den Preis, sie zu verlieren – sie an Daeron zu verlieren.

Oder war es dafür bereits zu spät? Hatte sich vielleicht auch dieser Grogon längst zwischen sie gedrängt, während Ardemir zu beschäftigt gewesen war, sich nicht in einen Drachen zu verwandeln? Er musste endlich die Antworten kennen und konnte keinen weiteren Moment mehr warten.

Eine Art innerer Kompass musste ihn wohl geleitet haben, denn als Ardemir sich durch das Moor gekämpft hatte, gelangte er plötzlich an einen Fluss. Es war, um genau zu sein, ein nicht sehr breiter Wasserstreifen, der sich dunkel unter den herabhängenden Zweigen des Waldes hindurchschlängelte.

Mit wild klopfendem Herzen schob Ardemir die letzten Äste beiseite und trat aus dem Dickicht ans schlammige, leicht abfallende Ufer. Die Hochzeit, seine Zeit als Drache, das ständige Drängen in seinem Inneren, einer fremden Stimme zu gehorchen, all das verschwand beim Anblick von Vinaes weißem

Rücken, auf dem sich das pechschwarze Haar bis zu den Ansätzen des im Wasser verborgenen Pos wie Rabenfedern ausbreitete. Ihre Hände tauchten in das dunkle Nass und strichen über ihren in Mondlicht gehüllten Körper. Wie eine Decke umschmeichelte sie der schwarze Teppich des Flusses, auf dem das fahle Licht bei jeder ihrer Bewegungen tanzte, als wolle es ihre Schönheit betonen.

Aus den Augenwinkeln erkannte Ardemir das weiße Funkeln ihres Kleides auf einem der Beerensträucher zu seiner Seite, doch sein Blick blieb starr auf Vinae gerichtet.

Jeder Muskel seines Körpers war wie eine Bogensehne gespannt, seine Finger gruben sich in die Handflächen, und doch wagte er es nicht, sich bemerkbar zu machen.

Er fürchtete, sie zu erschrecken. Mit nur einem Wort könnte dieser Moment zu Ende gehen. Solange sie ihn nicht bemerkte, durfte er glauben, sie wären einfach Liebende. Doch wenn sie in seine Richtung blickte und zurückschrak, bräche die Realität über ihn herein.

Er durfte sie jetzt nicht verlieren, er *konnte* sie jetzt nicht wieder gehen lassen. Irgendwie musste es ihm gelingen, sie den Drachen, Daeron, den Dämon, Acre und alles andere vergessen zu lassen. Sie dürfte keinen Augenblick daran denken, keine Fragen stellen, denn sonst wäre alles verloren.

Die Schleppe, welche er um die Hüften geschlungen hatte, ließ er nun endgültig fallen. Mit angehaltenem Atem und sich auf jeden Schritt konzentrierend, trat er in den Fluss, sorgsam darauf bedacht, kein Geräusch zu verursachen. Die plötzliche Kälte des Wassers konnte das Glühen in seinem Inneren nicht einmal annähernd ersticken, und auch der in der Luft hängende Schwefelgeruch störte seine Sinne nicht.

Zu seinem Glück übertönte Vinaes Platschen der Hände das sanfte Wiegen des Wassers, welches er auf seinem Weg zu ihr verursachte, und so bemerkte sie ihn auch nicht, als er bereits hinter ihr stand.

Mit klammen Fingern hob er seine Hand aus dem hüfthohen Wasser und führte sie schließlich zitternd vor Angst hinauf zu ihrer Schulter. Er hatte kaum ihre Haut berührt, da zuckte sie zusammen, als hätte er ihr eine Klinge an die Kehle gesetzt. Sie wollte zu ihm herumfahren, doch da packte er mit beiden Händen ihre Schultern.

»Leise«, flüsterte er in ihr Ohr. »Ich bin es nur.«

Ihr Körper blieb genauso angespannt, sie ließ sich von seinen Worten nicht beruhigen, und als sie noch einmal versuchte, sich zu ihm herumzudrehen, drückte er erneut ihre Schultern.

Tausend witzige Bemerkungen über ihre Situation in diesem *Bad* lagen ihm auf der Zunge, er wusste, wie er sie zum Lachen bringen konnte, wusste, wie er all die anderen Frauen in seinen Händen hatte förmlich zerfließen lassen, doch im Moment war ihm so bang, als hätte er noch nie zuvor ein weibliches Wesen vor sich gesehen. Wenn sie nur nicht geht, dachte er immer wieder, und seine Finger verkrampften sich. Kein Scherz kam ihm über die Lippen, denn an seinen Gefühlen war nichts Komisches. Er versuchte hier, den Wind festzuhalten, verzweifelt darum, ihn nicht entwischen zu lassen. Noch nicht einmal zu seinen üblichen Komplimenten konnte er sich hinreißen lassen, denn für diese Elfe im Fluss schien ihm ein jedes Wort eine Beleidigung zu sein.

»Es ist alles in Ordnung«, flüsterte er. Er senkte seine Lippen auf die Mulde zwischen Schulter und Hals und gab sich einen Moment lang völlig dem Gefühl ihrer Haut auf seinem Mund hin.

Zu seiner Zufriedenheit stellte er fest, wie sich bei ihr eine Gänsehaut bildete, und als er seinen Griff lockerte und seine

Hände ihre Arme hinabfahren ließ, lehnte sie sich ganz leicht zurück an seine Brust.

Ihr Haar kitzelte seine Haut, ihr Körper lag nah an seinem, das sanfte Schaukeln der Wellen wiegte sie in einem betörenden Rhythmus – niemals zuvor hatte er die Intensität einer so leichten Berührung auf solch verzehrende Weise wahrgenommen.

»Ardemir …«, hauchte sie schließlich, doch er schlang sofort seinen Arm um ihre Taille, zog sie noch näher an sich und legte seine Lippen auf ihren Hals.

»Leise«, flüsterte er noch einmal, denn er wusste, sobald sie ihm etwas zu sagen versuchte, würde sie zu denken anfangen, und dann würde sie Begriffe wie »Hochzeit«, »Drachen« oder »Verantwortung« in sich hören.

»Ich bin es«, wiederholte er und schob mit der freien Hand ihr Haar zurück. Es war erstaunlich, dass ihr selbst nach einem Bad in diesem Moorfluss immer noch der Duft von Vanille anhing. »Nur Ardemir, mein Liebling. Nur ich.«

Er hörte sie tief einatmen, und als er ihren Hals mit zarten Küssen bedeckte, spürte er, wie ihr Körper in seinem Arm allmählich nachgiebiger wurde. Diesmal ließ er es auch zu, dass sie sich von ihm zu befreien versuchte und sich zu ihm umdrehte.

Einen Moment lang sah sie einfach nur geradeaus auf seine Brust, ehe sie den Kopf hob und ihm mit ihren Gletscheraugen ins Gesicht blickte. Sie öffnete ihren Mund, um etwas zu sagen, doch auch das wusste er zu verhindern – mit einer für ihn beinahe verhängnisvollen Wirkung.

War es ihm vorhin noch schwergefallen, jede Berührung ihres Körpers auszuhalten, ohne verrückt zu werden, so traf ihn dieser Kuss mit solch unerwarteter Wucht, dass er tatsächlich beinahe den Verstand und somit jede Vorsicht, Vinae nicht zu verschrecken, verloren hätte.

Ihren Mund mit derselben Hitze zu spüren, die in ihm brannte, erweckte in ihm ein Urverlangen, das er fast nicht mehr steuern konnte. Er wusste kaum noch, was er tat, konnte sie nur noch fühlen, schmecken, riechen … Er hörte, wie ihr und sein Atem schneller wurden, spürte ihre zart tastenden Finger auf seinen zum Zerreißen gespannten Muskeln, seine Hände auf ihrem beinahe zerbrechlich wirkenden Körper.

Ardemir selbst schien nur noch aus Hitze und Verlangen zu bestehen. Erst als Vinae sich mit Händen und Füßen aus seiner Umarmung befreite und keuchend und mit riesigen Augen zu ihm aufsah, merkte er, wie sehr er sich in ihrer Gegenwart selbst verlor.

»Ardemir«, stieß sie hervor und schüttelte immer wieder den Kopf, als versuchte sie dadurch wieder klarer zu werden. Doch sie konnte ihn nicht täuschen. Er sah das dunkle Brennen in ihren Augen, welches ihm bewies, dass es ihr genauso wie ihm erging.

»Wir können nicht …«, begann sie, doch Ardemir legte einen Finger auf ihre Lippen.

»Wir können«, betonte er, und um seine Worte zu unterstützen, küsste er sie erneut.

Mittlerweile jedoch hätte er wissen müssen, dass Vinae nicht so leicht von ihrem Verstand abzubringen war. Erneut stieß sie ihn von sich, diesmal mit einer Kraft, die er ihr niemals zugetraut hätte.

»Nein!«, schrie sie. »Das dürfen wir nicht!« Sie wollte an ihm vorbei, doch Ardemir versperrte ihr den Weg.

»Sag das nicht«, erwiderte er für seinen inneren Aufruhr erstaunlich ruhig. »Ich will das nie wieder hören.«

»Aber so ist es nun einmal! Ich muss zurück, ich …«

»Zurück?« Er packte ihren Arm, merkte kaum noch, welche Kraft plötzlich in seinem Körper lag. Jede Vorsicht war dahin. Da war nur noch die Wut in ihm und das nach wie vor schwelende Verlangen.

»Zurück zu ihm?«, schrie er Vinae an und zog sie mit einem Ruck näher an sich. »Zu Daeron? Oder zu deinem Dämon?«

Ihre Augen wurden tatsächlich noch größer, sie versuchte, sich zu befreien, doch er ließ nicht los. »Nein«, knurrte er und beugte sich zu ihr hinab. »Nein, Vinae. Sag das nie wieder. Wir beide …« Er küsste sie erneut.

Vinae versuchte wieder, ihn von sich zu stoßen, gleichzeitig erwiderte sie jedoch seinen Kuss.

»Hör auf«, keuchte sie dann, als sie ihren Kopf zur Seite drehte und nach Atem rang. »Sieh uns doch mal an. Hier, mitten im Fluss. Auf der Flucht vor, vor … Wir müssen zurück. Daeron wird mich suchen lassen, er hat gesehen, dass du es warst, er wird zur Königin …«

Sie wand sich an ihm vorbei, und er war tatsächlich einen Moment lang zu überrascht, um schnell genug zu reagieren. Sie entwischte ihm und watete mit einer Eile ans Ufer, als wäre der Tod hinter ihr her. Ardemir zögerte nur einen winzigen Augenblick, dann stürzte er ihr nach, und als sie den ersten Schritt an Land machte, gelang es ihm, sie zu ergreifen und zu sich herumzudrehen.

»Sag das nicht«, befahl er noch einmal. »Wir sind hier. Weg von Acre, weg von allen anderen. Wir beide. Wir gehören uns, und nichts anderes zählt.«

»Ich gehöre Daeron!«

Eine Ohrfeige hätte keine schlimmere Wirkung erzielen können. Vinae nutzte seinen Schrecken, um sich wieder von ihm abzuwenden.

»Daeron?«, brüllte er durch die Nacht und packte sie abermals. »Niemals gehörst du ihm, hast du verstanden? Niemals!«

»Ich habe sein Blut getrunken!«

»Du wurdest dazu gezwungen!«

»Das spielt keine Rolle.« Vinae versuchte, sich aus seinen Händen zu winden, doch es gelang ihr nicht. »Es ist zu spät«, wimmerte sie voller Verzweiflung. »Ardemir, es ist einfach zu spät.«

»Nein.« Er legte beide Arme um sie und zog sie zu sich heran. »Nein«, murmelte er. Er schob seine Hand unter ihr Kinn und hob ihren Kopf. »Nein.« Als er sie diesmal küsste, wehrte sie sich nicht, sondern ließ ihn ein paar Sekunden lang gewähren.

»Wir dürfen nicht ...« Sie drehte sich um und wollte tatsächlich weglaufen, doch er war schneller. Er riss sie zu sich herum – er *konnte* sie nicht gehen lassen –, doch der Boden unter ihnen war rutschig, und sie stürzten in den Schlick.

Als Vinae weiterhin zu fliehen versuchte, packte Ardemir ihre Handgelenke und drückte sie zu Boden.

»Hör auf«, flehte er. »Hör auf, Vinae. Vergiss die anderen.«

Sie bäumte sich auf, versuchte erneut, unter ihm wegzukriechen, ihre Arme zu befreien, doch glühte sie genauso wie er.

»Tu das nicht«, flehte sie, als er sie küsste, mit einer Hand ihre Handgelenke zusammenhielt und sie mit der anderen berührte. Doch gleichzeitig strafte ihr Körper ihre Worte Lügen. Sie küsste ihn voller Leidenschaft, reagierte auf jede seiner Berührungen.

Nie zuvor hatte er so etwas getan, jede Gegenwehr erstickte er durch schiere Kraft, ohne Rücksicht, ohne einen einzigen Gedanken an die Folgen. Sie hatte nicht die geringste Möglichkeit, ihm zu entkommen. Mit seinem gesamten Gewicht drückte er ihren Körper in den Schlamm.

»Ich brauche dich«, keuchte er in ihr Ohr, und als er endlich trotz ihrer Gegenwehr eins mit ihr wurde, hörte sie auf mit ihren Versuchen, zu entkommen. Es war, als wäre einen Moment lang die Zeit stehengeblieben. Sie starrte ihn an, voller Unglauben und doch mit demselben Fieber in den Augen, das in ihm wütete.

Endlich siegte ihr Herz über ihren Verstand. Vinae legte ihre Hand in seinen Nacken und zog ihn zu sich herunter.

Die Sonne war längst aufgegangen und stand bereits überraschend hoch, als Ardemir allmählich wieder zu sich kam.

»Du hast dich sehr verändert«, holte ihn Vinaes Stimme endgültig ins Leben zurück.

Ardemir blinzelte und wandte seinen Kopf zur Seite. Vinae lagen auf einen Ellbogen gestützt, neben ihm auf einer zerschlissenen Decke und sah ihn an. Zu seiner Überraschung war an ihr nicht mehr die geringste Spur ihres Abenteuers zu erkennen. Der Schlamm war von ihr abgewaschen, das Haar nun wieder genauso seidig, wie er es kannte, und sie trug sogar wieder ihr Brautkleid, das offensichtlich von den gröbsten Schmutz- und Blutspuren gereinigt worden war. Neben ihr lagen weitere Kleider, die wohl für ihn bestimmt sein sollten.

»Wo hast du die her?«, fragte er voller Misstrauen. Er selbst hätte nichts dagegen gehabt hier noch weiter zu liegen und sich erst in ein paar Tagen um Dinge wie Kleidung zu kümmern.

Vinae setzte ein schiefes Lächeln auf und deutete vage hinter sich. »Hab sie gestohlen«, erklärte sie ohne jeden Humor in der Stimme. »Zwei Stunden von hier gibt es einen kleinen Bauernhof. Die Sachen müssten dir passen.«

»Aha.« Ardemir sah ihr in die Augen und suchte darin nach Antworten auf seine Fragen, welche er nicht zu stellen wagte.

»Du bist stärker geworden«, brach sie schließlich ihr Schweigen. Ardemir war nicht sicher, ob er einen Vorwurf daraus zu hören glaubte. Dann hob sie jedoch ihre Hand und legte sie auf seine Brust. »Es ist dir deutlich anzusehen. Du bist breiter geworden, deine Muskeln …« Sie schüttelte den Kopf, doch er wusste ohnehin, was sie meinte. Kein Elf hatte einen Körper wie er. Kein Elf *war* wie er – ein Drache.

»Weißt du, wie das geschehen konnte?«, fragte sie weiter.

Ardemir nickte und überlegte, ob er ihr davon erzählen sollte. Da sie ihn jedoch ohnehin bereits als Drachen gesehen hatte, sah er keinen Grund mehr, die Wahrheit noch länger zu verbergen. »In Derial«, erklärte er ihr. »Es waren Nebelpriester.«

»Wie haben sie das gemacht?« Vinae sah auf und nahm zu seinem Bedauern ihre Hand weg. »Wie ist so etwas möglich?«

»Ich weiß es nicht.« Er seufzte. »Es war Magie im Spiel. Und Nadeln. Seither … Es begann langsam, ein Brennen, ein Verschieben der Knochen, Zerren an den Muskeln.« Er sah sie an. »Wut.«

Erneut war sie nicht in der Lage, ihm in die Augen zu sehen, und so fuhr er fort. »Die Anführerin der Nebelpriester weiß, was los ist. Im Lager hat sie Andeutungen gemacht, doch ich wagte nicht … Ich hielt mich von ihr fern, wollte es nicht wahrhaben, bis …«

»Bis dich die Wahrheit einholte.« Sie schüttelte ihren Kopf. »Die Priesterin hätte dir Antworten geben können, dir sagen, was du tun musst, dich heilen.«

»Vielleicht. Doch es gab anderes, das meine Gedanken damals beschäftigte.«

Vinae sah voller Schreck auf. Sie wusste, wovon er sprach – von ihrer Hochzeit. Sofort schalt er sich einen Narren, sie auf diesen Gedanken gebracht zu haben.

»Ich muss zurück«, sagte sie mit zitternder Stimme, und obwohl er damit gerechnet hatte, trafen ihn die Worte wie eine Klinge ins Herz.

»Nein«, erwiderte er ruhig.

Vinae seufzte. »Du weißt, ich habe keine Wahl. Du musst genauso zurück, Ardemir. Du musst mit der Priesterin sprechen, du musst herausfinden, was los ist, wie dir geholfen werden kann.«

»Das kümmert mich nicht.«

»Aber mich kümmert es!« Schneller, als er reagieren konnte, sprang sie auf und packte das Kleiderbündel, um es auf ihn zu werfen. »Wir müssen los, Ardemir. Sofort. Wer weiß, wann es … das nächste Mal passiert.«

Ein Lächeln erhellte sein Gesicht. »Was?«, fragte er. »Wann was als Nächstes passiert?«

Vinae riss die Augen auf und stolperte einen Schritt zurück, als er sich langsam erhob, ohne Anstalten zu machen, sich anzukleiden.

»Du weißt genau, was ich meine«, fauchte sie. »Du könntest jeden Moment wieder zu einem Drachen werden. Und was dann? Du musst zur Priesterin.«

»In Ordnung. Dann kommst du mit mir.« Ardemir streckte seine Hand nach ihr aus, doch sie wich zurück.

»Verstehst du denn nicht?«, schrie sie. »Ich habe keine Wahl, ich bin Daerons Frau! Gegen diese Bindung kann niemand etwas unternehmen.«

»Das ist mir gleich. Du gehst nicht zu ihm zurück.«

Vinae sah ihm direkt in die Augen. »Du wirst mich nicht aufhalten«, sagte sie kühl, als hätte er ihr in dieser Nacht nicht das Gegenteil bewiesen.

»Sei dir da nicht so sicher«, gab er zurück, auch wenn es nicht halb so überzeugt klang, wie es sollte.

»Es tut mir leid, Ardemir. Ich muss nach Acre. Die Leute dort brauchen mich.«

»*Ich* brauche dich!«

»Vielleicht in einem anderen Leben«, sagte sie und wandte sich ab.

Wutentbrannt stürzte er ihr hinterher und prallte sogleich mit voller Wucht gegen eine unsichtbare Wand.

Magie! Sie hielt ihn mit Magie zurück! Wie konnte sie ihm so etwas antun? Wieso hatte sie diese Kraft nicht schon in der Nacht gegen ihn eingesetzt?

»Geh zur Priesterin«, sagte Vinae, ohne sich umzudrehen, doch ihre Stimme klang erstickt. »Bevor es zu spät ist.«

Damit verschwand sie im Dunst des Moors wie eine geisterhafte Erscheinung, die lediglich in seinen Träumen existiert hatte.

Nevliin

Schon als sie Acre auf südlicher Route umgangen hatten und danach immer weiter nach Osten in Richtung Küste gestrebt waren, war Nevliin bereits klar gewesen, wohin die Priesterin ihn führte. Zu deutlich hatte er noch vor Augen, was sich dort an der Bucht vor vierundachtzig Jahren ereignet hatte. Er hätte noch nicht einmal überrascht darüber sein dürfen, dass sich ausgerechnet in Ueden der Kreis schließen sollte. An jenem Ort, an dem er Vanora verloren hatte und an dem er sie nun erneut gehen lassen musste.

Das Schicksal hatte tatsächlich Sinn für Humor, das musste er dieser Macht zusprechen, besonders, da er sich nun selbst als Kämpfer des Schicksals entpuppte. Vor einem Jahr hätte er solch eine Möglichkeit noch für einen Witz gehalten, doch mit dem Erscheinen der Nebelpriester hatte sich alles geändert.

Mit *ihrem* Erscheinen hatte sich alles geändert. Natürlich war ihm schon damals in Derial bewusst gewesen, wer ihm dort gegenüberstand. Wie hätte er ihre Seele und das Wesen ihres Seins nicht wahrnehmen können? Die anderen hatten ihn gern für verrückt gehalten, vielleicht war ihm diese Vorstellung einen Moment lang selbst nicht so abwegig erschienen, doch dann hatte sich das Bild langsam geschärft, die Konturen waren deutlicher geworden, und Vanora war zu ihm zurückgekehrt.

In einer anderen Hülle, ja, ohne diese menschliche Seite an ihr, welche ihr die Schönheit und Perfektion einer Elfe genommen hatte – die sie zu etwas Besonderem gemacht hatte. Diesmal war sie als göttliche Erscheinung zurückgekommen, und es war Nevliin unbegreiflich, dass diese Tatsache anderen wie Eamon entgehen konnte. Wie sie ihr in die Augen sehen konnten, ohne es zu erkennen, es zu spüren. Es war die Göttin selbst, welche sich hier unter sie gemischt hatte, verborgen in Vanoras alter Existenz, geborgen in ihrem Körper und ihrem Geist.

Natürlich hatte die Göttin Vanora gewählt. Welch mächtigere Magierin hätte sie sonst bei den Sternen finden können? In welcher Magierin hätte sie die Kraft des Hasses gefunden? Vanora war perfekt für ihr Vorhaben gewesen, zurück zu den Lebenden zu gelangen, um das Schicksal zu vernichten.

Nevliin wusste nicht, was Vanora dazu bewogen hatte, sich auf solch einen Handel einzulassen, oder ob sie dazu gezwungen worden war. Sicher war er sich jedoch darüber, dass sie dieser Art von Abmachung niemals zugestimmt hätte. Als stummes Werkzeug einer Göttin, ohne Möglichkeit, auszubrechen. Sie war betrogen worden, und jede Faser seines Seins sträubte sich dagegen, auch nur annähernd darüber nachzudenken, was sie seit ihrem Tod hatte durchmachen müssen.

Er hatte sie in Sicherheit geglaubt. Welch besseren Ort als die Sterne hätte es dafür geben können? Doch zu wissen, wie falsch er damit gelegen hatte, ließ ihn erstaunlicherweise nicht in dem ihm so bekannten Schmerz versinken. Im Gegenteil. Endlich konnte er etwas tun, und zwar das, was er am besten konnte: kämpfen. Endlich konnte er dafür kämpfen, Vanora zurückzubekommen, und musste nicht nur in seiner Agonie verharren. Das Ende war gekommen, und diese Gewissheit ließ ihn selbst die glühende Gegenwart Vanoras ertragen, die er ja doch nicht erreichen konnte. Die Gewissheit ließ ihn die niederträchtige Göttin ertragen, die es wagte, sich ihm in Vanoras

Körper zu nähern, ihn zu umgarnen mit ihren schmutzigen Worten bei dem Versuch, ihn für ihre Zwecke zu missbrauchen.

Er wusste nicht, wie naiv diese Göttin war – zu glauben, er würde sich auf ihre Seite schlagen, nur weil sie Vanora in sich eingesperrt hielt, zu glauben, das Band zwischen ihm und Vanora sei so schwach, dass er nichts davon bemerkte.

Zu gern hätte er gegen das Schicksal gekämpft, gegen jene Macht, die ihn von Vanora getrennt hatte. Wie leicht hätte die Göttin ihn für diesen Kampf gewinnen können – auf andere Weise. Doch mit ihrem Angriff auf Vanora hatte sie sich einen Feind geschaffen und das Schicksal somit einen Kämpfer. Das Ende war gekommen, und in der Ferne die Ruinen des Silberpalastes von Ueden zu sehen erfüllte ihn mit Genugtuung statt mit Schmerz über die Erinnerungen.

»Da vorn ist es«, brach die Priesterin nach einer Ewigkeit das Schweigen. »Dort sind meine Brüder und Schwestern.«

Nevliin nickte und blickte zur aufgehenden Sonne. Er führte das Pferd am Zügel, auf dem die Priesterin wie eine Königin saß, und näherte sich, ohne Müdigkeit zu kennen oder Erschöpfung zu spüren, seinem Ziel, seinem Ende. Er hatte es gesehen, gespürt – das Schicksal hatte ihm seinen letzten Weg offenbart, und er würde ihn gehen. Er wusste nicht, ob sich Vanora damals genauso gefühlt hatte, nachdem sie die Wahrheit über ihre Bestimmung erkannt hatte. Er wusste lediglich, dass es kein Zurück mehr gab. Damals hatte er sie nicht verstehen können, die letzten vierundachtzig Jahre hatte er sie nicht verstanden, doch jetzt war alles anders. Er hörte den Ruf der Sterne, der ihn zu sich lockte – mit der Aussicht auf Frieden und einer Ewigkeit mit ihr.

»Wollt Ihr noch eine Pause machen?«, fragte er die Priesterin mit einem weiteren Blick zur Sonne. Sie würden Ueden erst gegen Abend erreichen; die grasbewachsene Ebene täuschte das Auge für Entfernungen.

Die Priesterin schien einen Moment lang zu zögern, sie hatte seit ihrem Aufbruch aus dem Lager stets auf Eile bestanden, doch diesmal stimmte sie zu. »In Ordnung«, meinte sie und ließ sich von Nevliin vom Pferd helfen. »Aber nur kurz.« Sie deutete zu dem Bächlein, an dem Nevliin angehalten hatte, und da Nevliin nun lange genug mit ihr unterwegs war, wusste er auch, was sie wollte.

Er nahm den Wasserschlauch vom Sattel, ging neben dem Kiesbett in die Knie und füllte das Behältnis mit frischem Wasser auf. Aus den Augenwinkeln bemerkte er, wie die Priesterin sich neben ihm niederließ und die Augen mit der Hand vor der stärker werdenden Sonne abschirmte. Sie hätte wohl Wolken oder Nebel herbeigerufen, um sich gegen die aufkommende Hitze zu schützen, doch das war ihr genauso wenig möglich, wie einen Kältezauber zu wirken. Immer noch trug sie den Schattenkristall um den Hals, denn Vinae hatte den Schlüssel dafür mit nach Acre genommen. Mit einer Säge oder einem guten Schwert hätte Nevliin sie vielleicht davon befreien können, doch an solch empfindlicher Stelle war es wohl besser, kein Risiko einzugehen. Auf diese Weise war er auch selbst vor der Magie der Priesterin geschützt und konnte seinen Plan ausführen. Er wusste ohnehin, dass es auch so schwer genug sein würde – und das nicht wegen der Dutzende Nebelpriester, die in Ueden auf ihn warteten, noch nicht einmal wegen der Macht der Priesterin. Es war er selbst, von dem er Verrat fürchtete.

Die Entscheidung, mit der Priesterin fortzugehen, hatte er sehr schnell getroffen – in jenem Moment, in dem sich ihm das Schicksal offenbart hatte. Und die Priesterin hatte bei ihrer Befreiung nicht lange nach dem Grund gefragt, auch wenn Nevliin ihr das Misstrauen deutlich angesehen hatte. Sie wusste, dass er nicht so plötzlich die Seiten gewechselt hatte, und auch, dass er etwas im Schilde führte – schließlich machte sie häufig genug Andeutungen deswegen. Doch sie war immer noch arrogant genug, um ihn nicht zu fürchten. Vermutlich konnte sie sich sogar denken, dass sein Aufbruch etwas mit dem Drachenherzen zu tun hatte – wieso sonst sollte er sie zu dessen Aufenthaltsort begleiten wollen? Mit ihren Anhängern, die vermutlich auch sofort eine Möglichkeit finden würden, ihr den Halsring abzunehmen, sah sie sich jedoch keiner Gefahr ausgesetzt.

Ein schwerer Fehler der Göttin. Hätte sie Vanora nicht derart in den Hintergrund gedrängt und jegliches Handeln und Denken selbst übernommen, wüsste sie, zu was Nevliin fähig war, wenn es denn keinen anderen Ausweg gab. Sie wusste nicht, zu was er in seinem Kampf für Vanora bereit war – wie weit er gehen würde. Doch sie würde es sehr bald herausfinden, in jenem Moment, in dem er sich über den Aufenthaltsort des Herzens sicher sein konnte.

»Meine Brüder und Schwestern werden sehr erfreut über Eure Unterstützung in unserem Kampf sein«, meinte die Priesterin schließlich, als sie nach dem Wasserschlauch griff. Nevliin ließ sich neben ihr nieder und betrachtete das Glitzern des Wassers. Es war kaum mehr als ein schmales Rinnsal.

»Was habt Ihr als Nächstes vor?«, fragte er, ohne sie anzusehen.

Die Priesterin wandte sich ihm zu, er spürte es mehr, als dass er es sehen konnte. Ein weiterer Grund, weshalb er ein Ende dieser Reise herbeisehnte. Das Ziel vor Augen zu wissen verlieh ihm zwar die innere Stärke, die er zur Ausführung seines Plans brauchte, doch fiel es ihm von Minute zu Minute schwerer, Vanoras Präsenz zu ignorieren. Sie war ihm so nah. Mit jedem weiteren Moment in ihrer Nähe fürchtete er mehr um seine Willenskraft. Und dies könnte fatal enden. Die Göttin durfte nichts von seinem inneren Aufruhr bemerken, sie durfte nicht ahnen, was sie in Ueden von ihm erwartete. Sie würde jede Unsicherheit in ihm ausnützen, ihn zermürben, bis er nicht mehr dazu in der Lage war, es zu tun.

»Nach der letzten Blutabnahme des Drachens zu schließen«, antwortete die Priesterin auf seine Frage, »nehme ich an, dass meine Leute die Drachen wieder unter Kontrolle haben und sie weiterhin aussenden, um den Schicksalsbaum zu finden. Darum werde ich mich nun wieder persönlich kümmern.«

»Und die Orakel?«, fragte Nevliin. Wenn er erst fertig war, spielte all das keine Rolle mehr, doch die Priesterin sollte ruhig glauben, er horche sie nach ihren Plänen aus, um sie dann gegen sie zu benutzen.

»Wir werden natürlich weitermachen«, erklärte sie ihm. »Eines nach dem anderen. Vielleicht besuchen wir auch noch einmal die Königin.« Ihr Blick ruhte auf ihm, suchte nach einer Reaktion auf diese Eröffnung, diese Drohung, doch Nevliin fiel es nicht schwer, diese Aussage zu ignorieren. Es würde nicht dazu kommen.

»Und die Drachen?«, fragte er, während er Kiesel ins Wasser warf. »Was macht Ihr mit denen, wenn sie nicht mehr von Nutzen sind?«

»Wer weiß? Vielleicht behalte ich sie als Haustiere.« Sie wandte sich zu dem grasenden Pferd um. »Sag mal, willst du Schneeglöckchen nicht ans Wasser führen?«

Sein Körper reagierte ganz von selbst. Jeder Vorsatz, sich keine Gefühlsregung ansehen zu lassen, war dahin, ehe sein Handeln überhaupt bei seinem Verstand angekommen war.

Wie von einer unsichtbaren Hand herumgerissen, fuhr er zu der Stimme herum, welche in Ausdruck und Farbe völlig identisch mit jener verlorenen war. Niemals hätte er gedacht, sie in seinem Leben noch einmal zu hören, denn so ähnlich die Stimme der Priesterin auch zuweilen war, sie war nicht dieselbe. Bis jetzt.

Freude und Angst überfielen ihn gleichermaßen, als er in das Gesicht der Priesterin blickte, die den grauen Schleier zurückgeworfen über das Haar trug. »Was?«, keuchte er.

»Na, das Pferd«, gab die Priesterin gelassen zurück, auch wenn er an ihr einen winzigen Moment des Schreckens bemerkt hatte. »Wollt Ihr es nicht tränken?«

Er wollte schreien, sie durchschütteln, verfluchen und Vanora immer wieder anflehen, sie solle noch einen Versuch wagen. Sie solle noch einmal kämpfen und zu ihm durchdringen. Gleichzeitig wollte er sie jedoch auch warnen, ihr sagen, sie dürfe auf keinen Fall weiterhin gegen die Göttin vorgehen, egal, wie nahe er im Moment auch war, egal, wie dünn das Band war, das sie im Moment noch trennte. Sie durfte nicht zu ihm gelangen, denn sonst könnte er es nicht tun. Er musste die Priesterin, die Göttin vor sich haben. Anders ginge es nicht.

»Lasst uns aufbrechen.« Ohne sich nach der Priesterin umzusehen, erhob Nevliin sich und nahm Schneeglöckchen am Zügel, jenen vierbeinigen Freund, welchem Vanora einst diesen Namen gegeben hatte, unbeeindruckt von seinem Protest. Damals waren sie ebenfalls nur zu zweit durch die Lande gereist – auf ihrem Weg in den Krieg.

Sie sprachen kein Wort mehr auf ihrem weiteren Weg zur Küste, wo einzig die Ruinen des Silberpalastes von der einstigen Pracht des Königinnensitzes zeugten. Die Priesterin schien sich ebenso unwohl zu fühlen wie er selbst. Nevliin ließ keine Verzögerungen mehr zu. Er sehnte sich nach einem Kampf, konnte kaum erwarten, die Nebelpriester in sein Schwert laufen zu lassen, und als könne die Priesterin seine Absichten erahnen, fiel ihr Blick immer häufiger auf die Waffe an seiner Seite.

Es war ihm gleichgültig. Sollte sie doch ahnen, dass er einen Angriff vorhatte, sie würde niemals damit rechnen, dass er durchaus gedachte, diesen Angriff auch zu gewinnen. Er verfügte ebenso über ein großes Ausmaß an Magie, und dieses würde er zum Eiszauber in sein Schwert lenken. Mit jenem blutrünstigen Zauber seiner Heimat hatte er einst die Elfe Eliria aus Lurness befreit, in der Schlacht bei Edora gekämpft, und nun würde er damit gegen die Nebelpriester vorgehen. Es war ein Zauber, der erst endete, wenn alle seine Feinde getötet waren, egal, ob er selbst dabei tödlich verletzt wurde. Die Magie würde ihn so lange am Leben halten, bis das Schwert seinen Zweck erfüllt hatte. Nein, damit konnte die Priesterin nicht rechnen.

Der Wind trug das Rauschen des Meeres bereits bis zu ihnen auf den letzten Hügel. Doch noch etwas anderes lag in der Luft: der Tod, eine dunkle Präsenz.

Nevliin und die Priesterin tauschten einen flüchtigen Blick, dann schwang sich Nevliin auch schon hinter ihr in den Sattel und trieb das Pferd den Hügel hinab.

Wie vom Wind getragen, preschten sie an den ersten der weitverstreuten Trümmer des Palastes vorbei, die seit der Explosion vor vierundachtzig Jahren wie die Würfelsteine eines Riesen in der Gegend lagen, und strebten weiter Richtung Küste.

»Da runter!«, schrie die Priesterin, als sie zu den steiler werdenden Klippen kamen.

Nevliin konnte sich nur schwer ein Aufstöhnen verkneifen, doch er lenkte den Hengst ohne Zögern den schmalen Pfad hinab in den sanft umspülten Kies, wo sie zur einen Seite vom Meer, zur anderen Seite von einer Steilwand eingesperrt wurden. Es schien ihm wie gestern, als er mit dem Kobold Bienli diesen Weg gegangen war, doch als er den Hengst weiter ins seichte Meer hinaus lenkte und die Spitze der Klippe umging, bot sich ihm nicht das Bild eines von Felsen eingeschlossenen Strandes, von dem aus eine Höhle zum Orakel von Dahren führte.

Nein, die Klippen waren zum Teil eingestürzt. Trümmer des darüberliegenden Palastes waren auch hier herabgefallen; zwischen ihnen waren provisorische Hütten aus Palmwedeln erbaut worden.

Hier hatten sich die Nebelpriester also die ganze Zeit über versteckt gehalten. Der Höhleneingang war zwar verschüttet, doch oben in den Überresten des Palastes hätten sie sogar den einen oder anderen Drachen unterbringen können, ohne Gefahr zu laufen, entdeckt zu werden.

Niemand kam hierher. Seit Vanoras Tod und dem damit einhergehenden Untergang der letzten Königin war Ueden zu einer Geisterstadt geworden.

Wie von einer starken Bö umgeweht, lagen die Krieger und Nebelpriesterinnen auf dem Kies, ohne einen Hinweis auf die Ursache ihres plötzlichen Dahinscheidens zu geben. Es waren keine Verletzungen zu erkennen; sie schienen direkt dort umgefallen zu sein, wo sie eben noch beisammengestanden hatten.

Nevliin fiel auf, dass sie sich alle um eine spezielle Hütte versammelt hatten, die in der Mitte des Platzes mit einem großen Trümmerstück des Silberpalastes verbunden worden war. Es sah aus, als wäre dieses Palmengeflecht ein eigenes kleines Schloss mit Türmen und zum Teil weißer und silberner Fassade.

Nun hatte sich sein Plan mit dem Eiszauber wohl erübrigt. Die Nebelpriester waren bereits tot, und so musste er nur noch eines erledigen. Vorher musste er jedoch das Herz in Sicherheit wissen.

Um die Todesursache der Nebelleute machte Nevliin sich

indessen keine Gedanken, er meinte zu wissen, wer dies getan hatte, und wiegte sich im Moment in Sicherheit. Anders als die Nebelpriesterin.

Sie sprang vom Pferd, kaum dass der Hengst zum Stehen gekommen war, und stürzte auf den ersten leblosen Körper zu.

»Wer hat das getan?«, kreischte sie und tastete nach dem Puls der Elfe. »Wer war es?«

Nevliin ließ sich aus dem Sattel gleiten und trat zu ihr hin. Völlig emotionslos blickte er auf die weitaufgerissenen Augen der Toten hinab, während die Priesterin schon wieder aufsprang und zum nächsten ihrer Leute lief. Sie zerrte an den Leibern, schrie und tobte.

»Befreit mich von diesem Ding!«, fuhr sie ihn über die Schulter hinweg an und zerrte an ihrem Halsring. »Ich kann sie noch retten!«

»Sie sind bereits tot. Um sie zu erwecken, reicht noch nicht einmal Eure Macht aus.«

Ein weiterer Schrei zerriss die Stille. Nevliin hätte nicht damit gerechnet, doch er erkannte Trauer in der Klage der Priesterin und nicht nur Zorn über den Verlust einer wertvollen Macht.

Unwillkürlich wurde er an jenen Moment erinnert, als er Vanora in ihr zerstörtes Dorf gebracht hatte zu ihrem toten Vater, doch anders als damals verspürte er nicht das Bedürfnis, zu ihr zu gehen, um ihr beizustehen.

Eher erfüllte ihn das nagende Gefühl der Unruhe, da er wusste, dass es bald so weit sein würde. Er musste sich darauf vorbereiten, es zu tun. Er durfte später nicht zögern, und daher durfte er sich von dieser Trauer auch nicht erweichen lassen. Das Schicksal hatte ihm seinen Weg gezeigt, und er hatte eine Entscheidung getroffen. Jetzt gab es kein Zurück mehr.

Er wusste nicht, wie viel Zeit verging, in der die Priesterin jeden einzelnen Toten überprüfte, ehe sie plötzlich aufsprang und in die Hütte stürzte.

Sofort kam er ihr hinterher, denn er ahnte, was sich dort im Innern befand.

Es gelangten kaum Sonnenstrahlen durch das dichte Geflecht, einzig durch die offenstehende Tür fiel eine Lichtsäule in die Mitte des Raumes, wo auf einem Podest aus weißem Stein – vermutlich ebenfalls aus dem Palast – das Drachenherz unter einer Glashaube lag. Nein, der Schutz um diese rot leuchtende Kugel in Größe eines Elfenkopfes bestand keineswegs aus Glas. Es schien etwas anderes zu sein, wie Wasser oder etwas Lebendiges. Zumindest hielt es das rote Licht nicht auf, das den gesamten Raum von innen heraus zum Glühen brachte.

Nevliin registrierte kaum die weiteren Toten und auch nicht, dass die Priesterin um diese noch mitleidiger klagte, stattdessen hatte sich sein Blick auf das Herz gerichtet.

Er wusste nicht, wie er Eamon oder jemand anderem jemals hätte beschreiben können, wie es war, dem Schicksal ins Auge zu blicken. Genau wie in jenem Moment, in dem er den Schlüssel in Händen gehalten hatte, wurde seine Seele von der Gewissheit erfüllt, den Sternen nahe zu sein. So musste sich auch Vanora gefühlt haben, oder war ihre Liebe zum Leben stärker gewesen? Empfand nur er diese Erkenntnis als Befreiung, da er des Lebens müde war und er niemanden zurücklassen musste?

Sein Blick fiel auf die Priesterin, die immer noch am Boden neben einer ihrer toten Anhängerinnen kauerte.

Wäre Aurün nicht misstrauisch geworden und hätte mit Argusaugen über den Schlüssel zum Herzen gewacht, hätte er ihn längst an sich bringen können. Er hätte es jetzt zu Ende bringen können, doch stattdessen konnte er an diesem Tag nur den halben Weg gehen. Bei seinem Aufbruch hatte er es nicht riskieren können, Aurün den Schlüssel mit Gewalt abzunehmen, da ihn Eamon und die gesamte Ritterschaft der Königin verfolgt hätten. Sie hätten nach ihm gesucht, und mit der Priesterin an seiner Seite wäre der Plan dadurch gefährdet worden. Doch bald wäre die Priesterin fort, und er würde zurück zu Aurün gehen, mit dem Herzen, und dann hatte diese Farce, das Leben, endlich ein Ende.

Eine Regung der Priesterin holte Nevliin aus seinen Gedanken.

»Lasst uns von hier fortgehen«, sagte sie und erhob sich. »Das Herz ist hier nicht mehr sicher. Wir müssen zurück zu den Nebelinseln.« Sie sah ihn durch das rote Licht des Herzens hindurch an. Ihr goldenes Haar sah aus, als stünde es in Flammen. Die Nebelschleier, mit welchen sie bekleidet war, schienen ebenso zu brennen. Ihren blauen Augen entging nichts. Es müsste jetzt geschehen, sonst wäre er nicht mehr dazu in der Lage.

»Ihr kommt doch mit mir?«, fragte sie und musterte ihn durch das transparente Gefäß des Herzens hindurch. Die Trauer schien von ihr abgeperlt wie Wasser von elfischer Kleidung.

»Natürlich«, antwortete er ihr und ließ sie ebenso wenig aus den Augen. Gleichzeitig verschwand seine Hand jedoch ganz langsam im weiten Ärmel seines Hemdes. Er spürte das kleine Holzstück, das er dort eingenäht hatte, und auch der Priesterin entging seine Bewegung nicht.

»Was habt Ihr vor?«, fragte sie ihn scheinbar belustigt. Sie ging einen Schritt auf ihn zu, mit diesem Lächeln, das wohl verführerisch sein sollte. »Wollt Ihr mich hintergehen? Mich? Eure Seelenverwandte? Eure *Liebe*?«

Nevliin zog die Pfeilspitze aus dem Holz und hielt sie vorsichtig zwischen den mittlerweile zitternden Fingern. Unverwandt sah er ihr in die Augen, auch wenn der Zorn in seinem

Inneren einem Vulkan glich. Niemals zuvor hatte die Priesterin es gewagt, auf Vanora und seine Liebe anzuspielen, hatte stets vorgegeben, nichts davon zu wissen. Sie hatte versucht, ihn langsam zu ködern, ihn mürbe zu machen, doch nun schien sie die Gefahr zu wittern. Sie spürte, dass ihre Atemzüge gezählt waren und er nur aus einem einzigen Grund mit ihr gekommen war.

»Ihr seid doch mein Beschützer«, sagte sie und blieb einen Schritt von ihm entfernt stehen. »Oder wisst Ihr nicht, was die anderen über uns beide sagen? Über meine Seele und die Eure? Spürt Ihr nicht dieses Kribbeln? *Faelnuìr?*«

Doch, Nevliin spürte es. Er spürte es in jeder Sekunde ihrer Anwesenheit. Doch es fühlte sich anders an. Es fehlte etwas. Es war nicht nur *Faelnuìr* gewesen, was ihn mit Vanora verbunden hatte. Daher spielte es auch keine Rolle, ob die Priesterin seelenverwandt mit ihm war. Sie war nicht die Richtige.

Sein Griff um die Pfeilspitze wurde stärker. Er musste es jetzt tun. Mit jedem Moment, den er weiter zögerte, brachte er sein Vorhaben in Gefahr. Es war die Priesterin, die Göttin, die hier zu ihm sprach. Vanora war unerreichbar. Er musste es tun, um endlich wieder zu ihr zu gelangen, und doch sträubte sich alles in ihm dagegen. Es war nicht so leicht, wie er sich einzureden versucht hatte.

Ihr Blick fiel auf sein Schwert. Sie dachte, er würde sie damit angreifen, und in diesem Moment schoss seine linke Hand aus dem Ärmel hervor, ohne weiteres Zögern.

Die Priesterin wich zurück. »Ihr wagt es …«, zischte sie wie eine Schlange und starrte ihn aus riesigen Augen an. »Ihr greift mich an? Ihr? Wo wir beide doch gleich sind?«

Nevliin rührte sich nicht von der Stelle. Er hob lediglich langsam seine Hand und betrachtete den abgebrochenen Pfeil zwischen seinen Fingern, welchen er aus Ardemirs Köcher gestohlen und in seinem Ärmel versteckt hatte. Ein Tropfen Blut schimmerte auf dem dunklen Metall der Spitze. Ein einziger Tropfen Blut.

Die Priesterin lachte auf. »Wolltet Ihr mich erschrecken?«, fragte sie und deutete auf diese harmlos wirkende Waffe. »Mir zeigen, dass Ihr mir durchaus etwas antun könnt, solange ich diesen Halsring trage?« Sie kam wieder näher, diesmal ohne jede Angst. »Nun gut«, meinte sie schulterzuckend. »Das habt Ihr jetzt getan. Doch wir wissen ja beide, dass Ihr diesem Körper niemals etwas …« Ihre Augen weiteten sich, ihr Blick fiel zurück auf die Pfeilspitze mit ihrem Blut darauf, dann auf ihre Handfläche mit dem winzigen Kratzer und wieder in seine Augen. Ihr Atem beschleunigte sich, und ihr Körper begann zu schwanken.

Der Pfeil entglitt Nevliin durch seine tauben Finger und fiel zu Boden. Jemand schien ihn an der Kehle gepackt zu halten und zuzudrücken.

»Und ich …« Die Priesterin rang nach Atem und griff Halt suchend um sich. »Und ich dachte … ich kenne Euch, Fürst Nevliin.«

Nevliin fing sie auf, ließ sie gegen seine Brust sinken und ging mit ihr gemeinsam zu Boden. »Niemand kennt mich«, sagte er ruhig, während er die Priesterin in ihrem wütenden Kampf gegen ihn festhielt. Immer noch war es ihr unmöglich, sich geschlagen zu geben, obwohl das Gift in ihrem Körper sie unweigerlich töten würde. »Ihr am allerwenigsten.«

Die kraftlosen Schläge gegen seine Brust hörten auf. Die Priesterin hob ihren Kopf und sah ihn an, ohne Heuchelei und ohne sich weiter zu verstellen. Da war nur noch der Hass der Göttin. »Dann lebe mit dem, was du getan hast, Narr«, zischte sie, und im nächsten Moment nahm Nevliin mit Schrecken wahr, wie dieses fremde Leuchten, die Feindseligkeit und Erhabenheit – die Göttlichkeit – aus den blauen Augen schwanden. Die Göttin gab diesen Körper auf, und zurück blieb nur, was Nevliin kannte – und liebte. Das Schicksal war gerettet, die Nebelpriester besiegt, die Göttin zurückverbannt zu den Sternen, mit einer winzigen Pfeilspitze, doch das alles war geradezu unwichtig.

»Ich …« Es war *ihre* Stimme, die zu ihm sprach, ihre glockenhelle Stimme mit diesem immer noch menschlichen Akzent.

Von jeglicher Kraft verlassen, ließ Nevliin ihren Kopf auf seinen Schoß sinken und starrte sie an. Nie zuvor hatte er etwas Schöneres gesehen.

»Ich … habe … dich gefunden«, sagte sie atemlos und zugleich selbst darüber erstaunt. Sie versuchte, ihre Hand an sein Gesicht zu heben, doch Nevliin ergriff sie sofort und drückte sie an seine Lippen. Er kniff seine Augen zusammen und glaubte zu träumen. Dies konnte nicht echt sein. Dies durfte nicht echt sein, und doch spürte er es jetzt wieder mit aller Deutlichkeit. Jede Grenze, die sie vorhin noch getrennt hatte, war verschwunden. Ihm war klar gewesen, dass dies mit dem Tod der Priesterin, dem Schwinden der Göttin passieren könnte, doch er hatte diesen Gedanken verdrängt. Die Hoffnung, er könne sie noch ein letztes Mal sehen, und zugleich die Angst davor, sie daraufhin sofort zu verlieren, hatte diese Möglichkeit in seinem Kopf nicht zugelassen. Hätte er sich damit näher auseinandergesetzt, wäre er niemals in der Lage gewesen, die Göttin zu töten. Sie war in ihr gewesen, und nur der Tod des Körpers hatte sie vertreiben können.

»Nevliin«, flüsterte Vanora, und er spürte eine zarte Berührung an seiner Brust. »Was ist … mit mir?«

Er wollte seine Augen nicht öffnen, um sich dem Unvermeidbaren nicht stellen zu müssen, und doch gelang es ihm irgendwie, ihre Hand loszulassen und sie anzusehen. Voller

Angst und Unverständnis blickte sie zu ihm auf. Nevliin meinte zu zerbrechen, als ihm klar wurde, dass sie nicht wusste, was er getan hatte – dass er sie getötet hatte.

»Nichts«, flüsterte er unter Aufbringung all seiner verbliebenen Lebenskraft und zog sie an sich, während ihr Atem immer schwächer wurde. Mit beiden Händen hielt er sie umschlungen, den Kopf auf ihren Scheitel gebettet. »Schlaf nur, meine Liebe. Schlaf.« Er hauchte ihr einen Kuss auf die Stirn und ließ seine Lippen dort verharren. Was würde er dafür geben, jetzt mit ihr gehen zu können! Sie nicht schon wieder alleinlassen zu müssen, während er im Leben gefangen gehalten wurde. Das letzte Mal hatte er keine Gelegenheit gehabt, sich von ihr zu verabschieden, doch jetzt spürte er jeden ihrer verbliebenen Herzschläge an seiner Hand, hörte jeden einzelnen Atemzug.

»Warte auf mich«, flüsterte er und schloss seine Augen, da er es nicht mehr ertrug, das schwindende Leben in den ihren zu sehen. »Ich komme dir nach, sehr bald schon. Warte nur noch etwas länger.«

Tränen bahnten sich ihren Weg unter seinen geschlossenen Lidern hindurch. Er drückte Vanora so fest an sich, dass es ihr wohl jeden restlichen Atem nehmen musste. Doch er konnte sie nicht fortlassen. Noch nicht.

Wie viel leichter wäre es gewesen, die Priesterin auf ihrem letzten Weg zu begleiten. Er wusste nicht, ob er zornig oder dankbar für die Möglichkeit sein sollte, diesmal Abschied zu nehmen.

»Nevliin?«, hörte er seinen Namen schließlich noch einmal über ihre Lippen kommen.

Widerwillig öffnete er seine Augen und offenbarte seine Tränen. Elfen weinten nicht, und doch war es das zweite Mal in seinem Leben, dass er welche vergoss.

Ihre Hand umklammerte seinen Arm, ihre Finger gruben sich in seine Haut, und sie sah ihm mit solcher Klarheit in die Augen, als wäre der Tod nicht bereits in diesem Raum. Und doch schien sie sich ihres nahenden Endes nun plötzlich sehr bewusst.

»Weiße Stadt«, stöhnte sie und drückte noch einmal seinen Arm. »Feuer … Schwert. Gib … acht.« Sie nickte und klammerte sich an ihm fest. Panik überschattete ihr Gesicht. »Kein … Schicksal.«

Nevliin lächelte und küsste ihr die Tränen von den Wangen. »Sch«, flüsterte er und legte seine Stirn an ihre. »Ich bin bald wieder bei dir. Keine Sorge. Ich kenne mein Schicksal. Schlaf jetzt.«

Vanora versuchte, sich in seiner Umarmung aufzubäumen, doch er drückte sie zu fest an sich. »Weiße Stadt«, keuchte sie noch einmal, dann fielen ihr auch schon die Augen zu wie einem Kind, das seiner Müdigkeit endlich nachgab.

Nevliin wiegte sie in seinen Armen, während er ihrem schwindenden Atem lauschte. Die Abstände zwischen den einzelnen, mittlerweile wieder ruhigeren Zügen wurden immer länger. Ihr Körper wurde schlaffer, und doch fühlte sie sich immer noch unglaublich leicht an. Nur zu genau wusste er, wie er sie damals vor vierundachtzig Jahren in der Höhle gefunden hatte. Zu genau wusste er noch, wie das Unerträgliche über ihn hereingebrochen war. Diesmal war es anders, doch er konnte nicht behaupten, dass es weniger weh tat. Es war einfach nur anders.

Er hatte sie getötet, kam ihm immer wieder in den Sinn, doch dann bemerkte er das rote Leuchten in diesem Raum und erinnerte sich wieder an sein Schicksal. In diesem Leben war für ihn und Vanora kein Platz mehr. Sie beide würden zusammenfinden – bei den Sternen, und das sehr bald.

Die Nacht war draußen vor der offenen Tür längst hereingebrochen, Vanora hatte schon lange ihren letzten Atemzug getan, und doch klammerte er sich immer noch an sie. Nachdem er sich vierundachtzig Jahre nach ihr verzehrt hatte, war es ihm nun unmöglich, sie von sich zu lösen. Er wusste, dass seine Aufgabe auf ihn wartete, er wusste, dass er ihre Trennung durch sein Verharren nur verlängerte, denn Vanora war längst weg – und doch konnte er sich nicht bewegen.

Erst als sich das rote Licht des Herzens durch seine geschlossenen Lider einen Moment lang verdunkelte, kehrte Nevliin langsam wieder in die Realität zurück. Jetzt hörte er auch Schritte. Sie waren lautlos gekommen, doch seine Sinne waren nun wieder bei vollster Schärfe. Er konnte sie hören, draußen auf dem Kies und … hier drinnen.

Der leblose Körper Vanoras rutschte von seinen Knien, als er aufsprang und das Schwert aus der Scheide riss. Es war eine einzige fließende Bewegung, und doch waren die unbekannten Besucher längst schneller gewesen.

Das Herz war nicht mehr an seinem Ort. Ein uniformierter Elf trug es soeben an ihm vorbei zur Tür.

Mit einem Satz war Nevliin hinter ihm, doch da trat ihm plötzlich eine kleine Gestalt in den Weg. Sie schien aus dem Nichts gekommen zu sein, aus den Schatten vor der Hütte, die von den unzähligen Fackeln auf den Strand geworfen wurden.

Zuerst meinte Nevliin, das plötzlich grelle Licht draußen in der Nacht täusche seine Augen, doch dann erkannte er die zierliche Frau vor sich. Das weiße Kleid wurde zu deutlich im roten Schein des Herzens beleuchtet.

»Meara?«, fragte er fassungslos und sah an ihr vorbei zu der Ansammlung Sonnentaler Krieger, die sich auf dem kleinen Strandabschnitt zwischen den Trümmern versammelt hatten.

Einer von ihnen trug tatsächlich das Drachenherz. »Wie seid ihr hierhergekommen?«

Die Magierin verdrehte die Augen und lehnte sich an den Türrahmen. »Immer diese Fragen«, seufzte sie. »Dabei ist die Antwort doch immer dieselbe. Ihr und diese Anführerin der Priesterinnen seid durch das Sonnental gereist, Fürst. Einen Steinwurf von Acre entfernt. Glaubt Ihr etwa, das wäre uns entgangen? Zumal das halbe Land auf der Suche nach meiner Tochter ist?«

»Vinae?« Er schüttelte den Kopf. Das war im Moment nicht von Belang für ihn. »Also seid ihr uns gefolgt. Und weiter? Was wollt Ihr?«

Meara lachte auf. »Wie freundlich von Euch, danach zu fragen, Fürst, doch auch völlig unnötig. Ich habe bereits, was ich will.« Sie deutete mit einer fast schon beiläufigen Handbewegung zum leuchtenden Herzen, das soeben in der Satteltasche eines Pferdes verstaut wurde. »Leichter hättet Ihr es uns wirklich nicht mehr machen können. Da beseitigt Ihr all dieses Nebelpack, ja, sogar die Anführerin bringt Ihr für uns um. Also damit hätte ich wirklich nicht gerechnet, aber Ihr habt es tatsächlich getan!« Ihr Blick fiel an Nevliin vorbei in die Schwärze der Hütte, wo Vanoras Körper lag. »Nein, wirklich nicht«, wiederholte sie und sah wieder zurück zu Nevliin. »Vielen Dank dafür, Fürst. Ihr habt uns damit viel Arbeit erspart. Eigentlich hätten wir uns zwar mit den Nebelleuten verbünden wollen, um an das Herz zu gelangen, aber so ist es noch besser.«

»Einmal Verräter, immer Verräter.«

»Ach bitte, nicht so griesgrämig. Ich weiß, Ihr seid noch etwas bestürzt über …«, Meara deutete in die Hütte, »… das da drin. War ja wirklich ein rührender Anblick, fast so wie damals und …«

»Ihr bewegt Euch auf sehr dünnem Eis, Meara Thesalis.« Der Schmerz über Vanoras neuerlichen Tod und der Zorn über diese unerwartete Störung ließen ihn in einer merkwürdigen inneren Ruhe verharren, doch er wusste, dass diese sehr bald verfliegen würde. Sie musste es nur noch ein Stückchen weiter treiben ... Schließlich hatte er schon lange auf eine Gelegenheit gewartet, sich an Meara Thesalis für ihre Rolle im Wiedervereinigungskrieg zu rächen. Wie überaus praktisch, dass sie ihm vor seinem eigenen Tod geradezu in die Hände fiel. So konnte er auf dieser Welt noch aufräumen, ehe er in die nächste ging.

»Ach, seid doch froh, dass wir das Herz an uns nehmen«, redete Meara in seine Gedanken. »Ihr hättet doch ohnehin nichts damit anzufangen gewusst, oder womit hätte es Euch die Königin der Drachenelfen wohl gedankt? Glaubt Ihr etwa, Eamon damit zu beeindrucken, wenn Ihr der Königin das Herz bringt?«

»Was wollt Ihr mit dem Herzen?«, fragte Nevliin, ohne auf ihr Gerede einzugehen. Er hatte nicht vorgehabt, das Herz an Aurün zu übergeben, doch das ging Meara nichts an.

Die Magierin hob beide Hände. »Na, was wohl? Die Drachen kontrollieren natürlich. Die Nebelpriester haben es uns ja schon vorgemacht, wie es geht – auch ohne diesen mysteriösen Schlüssel.«

»Ihr wollt das Schicksal vernichten?«

Diesmal lachte sie laut auf, jedoch nicht auf diese übliche überhebliche Art, sondern tatsächlich ehrlich, sofern man dies bei einer Frau wie Meara sagen konnte. »Das Schicksal?«, brachte sie heraus. »Was interessiert uns das Schicksal? Sicher, wenn wir uns mit den Nebelpriestern verbündet hätten, wie anfangs geplant, hätten wir wohl eine Zeitlang mitgemacht, aber uns interessiert die Königin, Fürst. Wer denn sonst?«

»Ihr wollt Liadan?«

»Tot, ja.«

Seine Hand ballte sich zur Faust. Jetzt hatte er noch einen weiteren Grund, dieses Miststück aus diesem Leben zu schicken. Das Schwert in seiner Hand schien bereits nach ihrem Blut zu dürsten.

Meara war jedoch erstaunlich ruhig dafür, dass sie ihm gegenüberstand und er nicht gerade dafür berühmt war, einen Kampf zu verlieren. Diese paar Krieger in ihrer Begleitung könnten ihn nicht aufhalten. »Die Drachen ermöglichen uns, dieser Regierung endlich ein Ende zu bereiten«, erzählte sie ihm im Plauderton, als spräche sie hier nicht von Hochverrat – zu einem Fürsten der Königin, zu einem ihrer Ritter. Sie musste sich sehr sicher fühlen. »Es wird Zeit, dass dieses Land wieder von richtigen Führern regiert wird.«

»Wie den Sonnentaler Fürsten?« Ein verächtliches Lachen kam ihm über die Lippen. »Oder Euch? Welch hohe Ambitionen für jemanden, der bereits mit einem Bein auf dem Totenfeuer steht.« In gespielter Entrüstung riss sie die Augen auf. »Ach, Ihr glaubt, Ihr bekämt Gelegenheit dazu, Eure geliebte Königin zu retten?« Meara trat einen Schritt aus der Hütte heraus und winkte einem ihrer Kämpfer. Dieser überreichte ihr eine der Fackeln, und noch ehe Nevliin sich versah, hatte Meara sie an ihm vorbei in die Hütte geschleudert. Eine weitere landete auf dem Dach aus Palmwedeln, das sofort lichterloh aufflammte. »Brennt mit Eurer Hure«, hörte er Meara noch, doch das Tosen in seinen Ohren übertönte bereits alles andere, selbst das wütende Fauchen der Flammen, die auch schon hinter ihm die Wände entzündeten.

Das war zu viel.

Jetzt war es egal, dass Eamon vielleicht Gefühle für sie hegte, dass sie Vinaes Mutter war, es war alles egal, denn er würde sie töten. Er hatte Vanora getötet, sie in seinen Armen gehalten, bis ihre Seele aus dem Körper geschwunden war, er hatte sie für wenige Momente wiedergewonnen und dann zulassen müssen, dass er sie wieder verlor. Und das alles nur, weil er sein eigenes Ende vor Augen sah, weil er wusste, dass er Vanora bald folgen würde – durch das Herz. Doch Meara hatte ihm die Möglichkeit genommen, endlich sein Schicksal zu erfüllen und auf die richtige Weise zu sterben. Sie hatte es gewagt, ihm zu folgen und das Drachenherz – seinen Passierschein zu den Sternen – an sich zu nehmen. Sie wusste nicht, was sie da getan hatte.

Mit dem Schwert in der Hand stürmte er ihr hinterher – und prallte gegen eine unsichtbare Wand, welche die Tür verschloss und ihn in dieses Inferno sperrte.

Meara, die sich gerade in den Sattel schwang, drehte sich zu ihm um und lachte. »Hier kommt Ihr nicht mehr heraus!«, rief sie ihm zu und deutete auf den Boden vor der offen stehenden Tür der Hütte. Dort lag zu Nevliins Entsetzen ein Schattenkristall. Ein Kristall, wie ihn die Priesterin um den Hals trug und der jede Magie unmöglich machte. Er konnte Mearas magische Barriere nicht mit eigener Magie einreißen und auch nicht die Flammen damit ersticken. Er war eingesperrt!

Zum ersten Mal seit unendlich langer Zeit befiel ihn Panik, die selbst seine Wut überschattete. Er würde hier verbrennen! Er würde sein Schicksal nicht erfüllen und wiedergeboren werden. Meara hatte das Herz. Nein!

Mit aller Kraft schlug Nevliin gegen die Barriere, riss brennende Palmwedel aus den Wänden und versuchte, sich seinen Weg hinaus zu bahnen. Vermutlich hatte Meara lediglich die Tür versperrt. Er würde einen Ausweg finden. Er durfte hier nicht sterben, er brauchte das Herz.

Der Rauch kroch in seine Kehle, in seine Lungen. Brennende Teile des Daches fielen herab, die Hitze schien die Haut von ihm zu schälen, und er konnte keine Magie anwenden, um sich davor zu schützen.

Ein Zischen hinter ihm ließ ihn herumfahren. Vanoras Schleier hatten Feuer gefangen, und schon brannte ihre gesamte Gestalt lichterloh.

Nevliin ließ das Schwert sinken. Er hatte sie schon einmal brennen sehen, und jetzt würde er tatsächlich mit ihr gemeinsam gehen – wenn sein Weg auch nicht zu den Sternen, sondern in ein neues Leben führen würde.

Vinae

Das freilaufende Pferd war das Erste, was Vinae an Unheimlichkeiten auf ihrem Rückweg begegnete. Zumal es die Sonnentaler Blutschlange auf der Satteldecke trug und die Zügel nach hinten geschlagen waren, so, als wäre der Reiter heruntergefallen.

Eigentlich hätte ihr dies einen Hinweis darauf geben sollen, nicht mehr weit von ihrem Ziel Acre entfernt zu sein, doch mittlerweile war ihr Orientierungssinn ohnehin wieder halbwegs zurückgekehrt.

Vinae hätte nicht sagen können, wie lange sie bereits unterwegs war. Eine Ewigkeit hatte sie allein schon gebraucht, um aus dem Moor herauszufinden, und als der Wald endlich lichter und der Boden fester geworden war, hatte sie nicht weit entfernt im Südosten einen gigantischen Berg erblickt. Ein dunkles Ungetüm, das sich dem Himmel entgegengestreckt hatte, und da war ihr klar gewesen, dass sie Lurness in der Ferne sah – die Hauptstadt Elvions, die sich rund um den Drachenfelsen ausgebreitet hatte. Diese Erkenntnis hatte sie wiederum zu der Ansicht geführt, sich im Irrwischmoor zu befinden, und daher hatte sie sich stets nach Westen gehalten, um auf halbwegs gerader Linie zurück ins Sonnental zu gelangen. Die Elfen in den Dörfern und Städten auf ihrem Weg hatten ihr diese Annahme auch bestätigt und sie stets freundlich mit Essen, Trinken oder einem Schlafplatz versorgt. Selbst bei einer Koboldfamilie war Vinae eine Nacht lang untergekommen.

Es war eine ruhige Reise durch das einstige Schattenreich gewesen, das sie bisher nie zuvor besucht hatte, doch so friedlich ihre Umgebung auch gewirkt hatte, so zerstört fühlte sie sich in ihrem Inneren.

Sie konnte nicht begreifen, wie sie das hatte tun können. Wie sie Daeron, wie sie Ardemir hatte hintergehen können.

Die magische Barriere ermöglichte Ardemir einzig *einen* Weg, und der führte ihn direkt nach Lurness, denn Vinae nahm an, dort könne er sich einen Schlüssel für ein Weltentor beschaffen und sich auf die Suche nach Eamon, der Priesterin und den anderen begeben. Natürlich war der Zeitraum der Wirkung dieser Barriere begrenzt, doch immerhin hatte ihr die Magie einen genügend großen Vorsprung verschafft. Sie hätte unmöglich noch einen Augenblick länger bei Ardemir bleiben können, denn sonst wäre sie nie nach Acre zurückgegangen. Sie wäre an Ardemirs Seite geblieben und hätte sich der Liebe hingegeben, ohne auch nur einen weiteren Gedanken an Acre oder das Drachenproblem zu verschwenden. Doch es herrschte Krieg, wenn auch nicht so offen ausgetragen wie damals im Wiedervereinigungskampf. Sie konnte es sich nicht leisten, ihrem Herzen nachzugeben, und Ardemir genauso wenig. Er durfte ebenfalls keine Zeit verlieren, und hätte sie ihn sich nicht vom Leib gehalten, wäre es ihm zu leicht gelungen, sie wieder in seinen Bann zu locken und darin festzuhalten.

Im Moment spielten all diese Gedanken ohnehin keine Rolle, denn der Krieg schien Vinae eingeholt zu haben.

Ein weiteres reiterloses Pferd kam ihr aus dem nahen Wald entgegengelaufen, und obwohl dieser Weg von ihrer Route abwich, lief sie darauf zu und tauchte schon bald in die goldene Welt der Buchen und Eschen ein. Ein Trampelpfad führte in die Dunkelheit des Waldes. Bis auf das Rauschen der Blätter und das hin und wieder ertönende Gezwitscher eines Vogels war nichts zu hören, doch irgendetwas musste dort vor sich gehen.

Darauf bedacht, kein Geräusch zu verursachen und sich auf jede fremde Bewegung zu konzentrieren, drang Vinae tiefer in den Wald ein. Sie hielt sich nahe am Pfad, vermied es jedoch, direkt darauf zu laufen, um nicht sofort von einer Reitertruppe entdeckt zu werden. Vielleicht waren es ja auch Suchtrupps, die von Daeron nach ihr ausgesandt worden waren, doch genauso gut konnten hinter jedem Baum die Nebelpriester lauern.

Plötzlich durchschnitt das Wiehern eines Pferdes die Luft wie ein Pfeil. Beinahe hätte Vinae in ihrer Anspannung aufgeschrien, sie konnte jedoch gerade noch rechtzeitig die Hand auf den Mund pressen.

Das Tosen ihres Blutes in den Ohren, lauschte sie auf weitere Geräusche und vernahm das ungleichmäßige Rascheln von Hufen im Laub sowie ein Schnauben.

Schneller diesmal, aber immer noch auf der Hut, kämpfte sich Vinae weiter durch das Dickicht in Richtung der Geräusche, bis der Boden vor ihr plötzlich abrupt abfiel. Eben noch waren da die dornenbewachsenen Sträucher gewesen, und einen Schritt weiter tat sich ein Abgrund auf. Kiesel rollten unter ihren Füßen hinweg und polterten in die Tiefe, als Vinae sich gerade noch an einem Zweig festhalten konnte und um ihr Gleichgewicht rang. Auch dort unten war der Wald dicht. Die Kronen mancher Bäume reichten beinahe bis zu ihr hoch. Ein Stück weiter nordwärts sah sie dunkle Flecken in der Schlucht. Schwarze Gewänder mit der Blutschlange darauf. Manche der Leiber hatten sich sogar in den Bäumen verfangen und hingen dort wie Obst in den Ästen.

Es waren Sonnentaler Krieger und Schlangenschilde, die einfach in den Abgrund geworfen worden waren. Doch von wem?

Ein weiteres Geräusch ließ Vinae herumfahren. War dies eine Stimme gewesen? Gleich dort drüben hinter dem Hang?

Vinae warf noch einen Blick zurück auf das abscheuliche Bild der in den Bäumen hängenden Toten und bewegte sich dann entlang dem Abgrund auf die Geräusche zu. Es mussten die Nebelpriester sein, wer sonst hätte das Sonnental angreifen sollen?

Weitere freilaufende Pferde begegneten ihr, die ohne Aufsicht den Waldboden nach Nahrung absuchten. Sie warteten wohl auf ihre Reiter, doch die würden nicht zurückkommen.

Die Stimme wurde allmählich deutlicher. Sie gehörte einem Mann und kam Vinae unerklärlicherweise bekannt vor. Doch niemanden, den sie kannte, konnte sie mit diesem furchtbaren Verbrechen in Verbindung bringen. Dann waren da noch eine zweite männliche Stimme und das Lachen einer Frau.

Auf allen vieren kroch Vinae den flachen Hang hinauf, ihre Finger gruben sich in die weiche Erde. Ihr Kleid verfing sich immer wieder in den vielen Pflanzen, die hier wuchsen, und bei jedem Geräusch meinte sie, ihr müsse das Herz stehenbleiben.

Dann erreichte sie endlich den Kamm und kroch noch das letzte Stück weiter vor, um hinter einem Strauch in das Tal zu blicken.

Nun setzte der rasende Schlag in ihrer Brust tatsächlich einen Moment lang aus. Vinae wusste nicht, ob sie entsetzt sein sollte, denn ihr Verstand begriff nicht wirklich, was sie da vor sich sah.

Da war ihre Mutter – an einen Baum gefesselt. Dann entdeckte sie Nevliin in seiner Silberrüstung, der die Satteltaschen der übrigen Pferde durchsuchte, genauso wie die am Boden liegenden Beutel.

Zu ihrem größten Erstaunen schlich Gregoran um ihre

Mutter herum wie ein Raubtier um seine Beute. Er schien nichts anderes wahrzunehmen, noch nicht einmal Vinae, obwohl er ihre Seele doch sofort erkannte. Es war lange her, seit sie ihn zum letzten Mal gesehen hatte, doch er wirkte unverändert. Bis auf das rote Leuchten in den goldenen Augen.

Die drei zusammen zu sehen verblüffte sie über alle Maßen. Was war nur in den letzten Tagen passiert, in denen Vinae unterwegs gewesen war?

Nevliin jagte ein weiteres Pferd mit einem Klaps auf das Hinterteil davon. Nun bemerkte Vinae auch die Schleifspuren, die aus dem Tal zum Abgrund führten. Bestimmt hatte Gregoran die Krieger getötet und sie dann mit Nevliin beiseitegeschafft. Doch warum? Wie hatten sie so etwas Grausames nur tun können?

»Wo ist es?«, fragte Nevliin mit einem Blick zu ihrer Mutter. Seine Miene wirkte noch finsterer als sonst. »Ihr habt es vor zwei Tagen noch bei Euch gehabt. Wo ist es jetzt?«

Meara schüttelte nur den Kopf, was Nevliin abrupt von seinem letzten Beutel aufstehen ließ. »Ihr habt einen schweren Fehler begangen«, sagte er zu ihr, als er langsam auf sie zuging. »Meint Ihr wirklich, ich würde Euch die Kette nicht abnehmen und den Grogon hier auf Euch loslassen? Meint Ihr wirklich, ich würde Euer Leben schonen, nachdem ich eben erst die Anführerin der Nebelpriester getötet und Vanora sterbend in meinen Armen gehalten habe?«

Vinae öffnete den Mund, doch es war ihr nicht möglich, Atem zu holen. Was? Nevliin hatte die Priesterin getötet? Ausgerechnet Nevliin?

»Was interessiert Ihr Euch so sehr für das Herz?«, holte die Stimme ihrer Mutter Vinae aus ihrer Fassungslosigkeit. »Ihr betreibt diesen Aufwand doch nicht nur, um Aurüns Volk zu retten?«

»Das ist für Euch nicht von Interesse. Sagt mir nur, wo das Herz ist.«

Meara schob ihr Kinn vor. »In Acre«, gab sie ungerührt zurück, auch wenn ihr Blick immer wieder auf Gregoran fiel, den das ganze Gespräch kaum zu kümmern schien. Er streckte lediglich ein ums andere Mal die Hand nach der Magierin aus und zog sie mit vor Aufregung glühenden Augen wieder zurück. Vinae kannte diese Art der Erregung an ihm – und diese bedeutete niemals etwas Gutes.

»Ihr bemüht Euch umsonst, Fürst Nevliin«, sprach ihre Mutter weiter. »Oder glaubt Ihr etwa, ich wäre so dumm, das Herz bei mir zu tragen? Einer der Schlangenschilde ist vorausgeritten. Ihr werdet es hier nicht finden.«

»Wieso sollte ich Euch glauben?«

»Welchen Grund hätte ich jetzt noch zu lügen? Das Herz ist für Euch unerreichbar. Menavor und Daeron haben es längst bei sich, genauso wie ein paar Ampullen Drachenblut, die sie in Ueden an sich genommen haben. Die Priester hatten wohl einen Überschuss und keine Zeit, das Blut zu verstecken – was wohl Euer Verdienst ist, nehme ich an.«

Nevliin sah Meara einige Augenblicke lang schweigend in die Augen, dann drehte er sich plötzlich um und ergriff seinen Schimmel am Zügel. »Ich glaube Euch«, sagte er und wandte sich schließlich an Gregoran. »Ich gehe zurück zu Aurün und besorge, was ich brauche, ehe ich dann nach Acre gehe und es zu Ende bringe. Ihr solltet Euch dort wohl nicht mehr blicken lassen.«

»Wartet!« Gregoran trat einen Schritt von ihrer Mutter weg und auf Nevliin zu. »Wir hatten eine Abmachung. Vergesst das nicht!«

Nevliin hielt inne, sah zu Gregoran, zu Meara und dann wieder zu Gregoran. »Ihr habt recht«, sagte er und trat auf die

Magierin zu, in deren Augen nun das erste Mal Angst zu lesen war. »Ich habe Euch mein Wort gegeben.« Er sah Meara in die Augen. »Und ich halte mein Wort.« Mit einem Ruck riss er ihr die Kette mit dem Schattenkristall vom Hals, und dann geschah alles gleichzeitig. Meara kämpfte mit Panik im Blick gegen ihre Fesseln. Funken stoben auf, als ihre Magie, die nun nicht mehr vom Kristall verhindert wurde, die Seile zerstörte. Nevliin schwang sich auf sein Pferd und sprengte davon, Vinae sprang aus ihrem Versteck hoch und streckte ihre Hand aus, als könne sie noch irgendetwas verhindern … und Gregoran glitt beinahe unsichtbar, lediglich als Schatten, auf ihre Mutter zu.

»Nein!« Vinaes eigener Schrei gellte in ihren Ohren. Gregorans Gestalt nahm wieder Konturen und Farben an. Eine Handbreit von Meara entfernt hielt er inne und wandte sich ihr zu, mit rot leuchtenden Augen, in denen einen Moment lang purer Schrecken stand. Auch ihre Mutter hatte den Kopf in ihre Richtung herumgerissen und starrte sie voller Entsetzen an. »Lauf!«, schrie sie und breitete die Arme aus, als wolle sie Gregoran ein Ziel bieten.

Vinae wollte eben noch etwas sagen, Gregoran zur Vernunft bringen, da wandte der Grogon seinen Blick von ihr ab und trat einen Schritt nach vorn.

»Nein!« Vinae stolperte den Hang hinunter und sah noch, wie Gregoran durch ihre Mutter hindurchglitt, die daraufhin sofort in sich zusammensank.

Nein, nein, nein! Dieses eine Wort beherrschte all ihre Gedanken. Dies durfte einfach nicht wahr sein.

»Gregoran!« Vinae brüllte den Namen, den sie dem Dämon gegeben hatte, und sah, wie er neben dem Baum wieder zu einem Elfen wurde und sie anblickte. Das Glühen seiner Augen hatte ein wenig nachgelassen. Vielleicht hatte er beschlossen, sie als Nächste der Thesalis ebenso auszulöschen, doch darum konnte sie sich jetzt nicht kümmern. Für ihn hatte sie keinen weiteren Blick mehr; sie stürzte auf ihre Mutter zu. Ihr Körper handelte wie von selbst, und ihr Geist schien ganz weit weg zu sein, als sie neben der Gestalt im weißen Kleid zu Boden ging und sie zu sich herumdrehte.

»Mutter?« Sie nahm das schmale Gesicht dieser wunderschönen Elfe in beide Hände und beugte sich darüber. »Mutter!« Ihre Hände tasteten nach einem Puls, die Magie erwachte in ihrem Inneren, und sie suchte nach etwas, das sie heilen konnte, doch sie konnte keinen Herzschlag finden. Die braunen Augen starrten sie an, tot, leer, voller Angst.

»Mutter!« Alles Rütteln des immer noch warmen Körpers half nichts. Meara rührte sich einfach nicht. »Mutter.« Ihre Stimme klang fremd, hoch und abgehackt – hysterisch. »Bitte!« Unter Aufbringung all ihrer Kraft hob Vinae ihre Mutter auf und drückte sie an ihre Brust. »Bitte, bitte, wach auf!« Ihre Hände flogen über die weiße Haut an den schlaffen Armen, über den Hals, das Gesicht. Sie suchte nach Verletzungen, die sie heilen konnte, obwohl sie doch längst wusste, dass alles umsonst war. Und doch konnte sie nicht stillhalten. Immer wieder rüttelte sie ihre Mutter. Erst als ein Rascheln des Laubes neben ihr ertönte, wurde ihr bewusst, dass sie ja nicht allein war.

Am ganzen Körper zitternd, hob sie ihren Kopf und sah zu Gregoran auf, der neben ihr stand. Eigentlich hätte er zufrieden mit sich sein müssen, doch von ihm und seinen Augen ging ein tiefer Schmerz aus, der beinahe schon auf ihrer Haut spürbar war. Oder war es einzig ihr eigener Schmerz, der so unerwartet über sie hereingebrochen war?

Niemals hätte sie damit gerechnet, dass der Tod ihrer Mutter sie so tief treffen würde. Dass er ihr das Gefühl geben würde, plötzlich ein Loch in der Brust zu haben. Als hätte sie einen Teil ihres Selbst verloren. Mit einem Mal fühlte sie sich klein und unbeschützt. Allein der Gedanke, ohne ihre Mutter in Acre leben zu müssen, erweckte in ihr den Wunsch, sich irgendwo zu verkriechen. Doch da war noch etwas anderes. Die Hilflosigkeit wurde bei Gregorans Anblick Stück für Stück vertrieben. Stattdessen keimte Zorn in ihr auf. Vinae konnte nicht glauben, dass er sie so hatte hintergehen können, nach allem, was sie gehabt hatten …

»Das ist dein Werk«, brachte Vinae mit bebender Stimme hervor und erhob sich langsam, drohend. »Das hast du verbrochen.«

»Das ist mir bewusst.« Gregoran bewegte sich kein Stück, als Vinae sich vor ihm aufbaute und mit blitzenden Augen zu ihm aufsah.

Zu ihrem Entsetzen stellte Vinae fest, dass nicht nur der Tod ihrer Mutter sie schmerzte, auch Gregorans Verrat traf sie. Zu deutlich war die Erinnerung an seine Zärtlichkeit noch in ihrem Gedächtnis und in ihrem Herzen. Wie konnte jemand, der mit solcher Ergebenheit liebte, solch eine Tat begehen?

»Deine Mutter hat das Drachenherz gestohlen«, brach Gregoran unvermittelt das Schweigen. Vinae war im ersten Moment viel zu überrascht, um irgendetwas zu erwidern. »Sie und die Fürsten haben das immer schon geplant«, erklärte er weiter. »Sie wollten sich auf die Seite der Nebelpriester schlagen, deshalb schickten sie auch Botschafter zu den Orakeln, die den Priestern bei der Gelegenheit eines Angriffs einen Handel vorschlagen sollten – Deremir war so ein Botschafter.«

»Deremir?«, fragte sie verblüfft. Alles um sie herum begann sich zu drehen.

»Er hätte in Derial mit den Priestern sprechen sollen, einen geheimen Handel mit dem Sonnental arrangieren sollen – gegen die Königin, doch es gelang ihm nicht, und da er zu viel wusste, wurde er hingerichtet.«

»Nein!«, rief sie entsetzt.

»Die Sonnentaler Fürsten und deine Mutter planten längst den Sturz der Königin, und nachdem Nevliin die Priesterin befreit hatte, sahen sie ihre Chance, das Drachenherz an sich zu nehmen und auf eigene Faust zu handeln.«

»Nevliin? Die Priesterin befreit?«

»Deine Mutter folgte den beiden nach Ueden, wo ich Tage zuvor alle Nebelleute ausgeschaltet hatte.«

Vinae starrte ihn an. »Alle Nebelleute?«, keuchte sie. »Tot?« Das konnte doch nicht die Wirklichkeit sein! Ihre Mutter tot? Die Priesterin befreit? Und die Sonnentaler Fürsten Verräter? Nevliin ein Mörder? Gregoran ein Mörder? »Aber wie konntest du nur?« Sie musste sich am Stamm des Baumes festhalten, ihre Beine fühlten sich taub an. »Deine Aufgabe lautete, den anderen zu folgen, nicht sie zu töten. Du hast mir geschworen, Gregoran, keine Elfen mehr zu töten.« Aber er war doch ein Dämon! Wie hatte sie nur so dumm sein können, so naiv? Wer vertraute einem Dämon?

»Die Nebelleute«, fuhr Gregoran immer noch völlig ruhig fort, »waren dabei, dem Drachen jeden Tropfen Blut abzunehmen. Hätte ich wirklich noch länger zusehen und den Tod der Drachenelfenkönigin riskieren sollen? Ja, ich habe sie getötet, mich gestärkt, doch die Nebelleute wurden ohnehin nicht mehr gebraucht.«

»Aber sie waren Elfen! Lebendige Wesen!«

»Sie wurden nicht mehr gebraucht«, betonte Gregoran, als hätte er ein begriffsstutziges Kind vor sich, »da ich den Aufenthaltsort des Herzens kannte. Die Drachen flogen weg, aber sie werden nicht weit sein. Dann kam ohnehin Nevliin mit der Priesterin, und nachdem er sie getötet hatte …«

»Nevliin hat die Priesterin getötet?«

»Das hat er, weil er den höheren Sinn seines Handelns begreift. Er tötete die Priesterin, um das Herz in Sicherheit zu wissen, doch dann kam deine Mutter und stahl es.«

»Meine Mutter.« Ihr Blick fiel zurück auf die reglose Gestalt im weißen Kleid. Das dunkle Haar hob sich kaum vom Waldboden ab, und irgendwie schien es, als wäre Meara bereits Teil des Waldes, so wie es ihr Element war – die Erde.

»Deine Mutter nutzte einen Schattenkristall gegen Nevliin und ließ ihn zurück, damit er elendig verbrannte. Sie hätte Nevliin, den Fürsten von Valdoreen, *deinen Freund,* ohne zu zögern, getötet, Vinae. In eine brennende Hütte eingesperrt, blieb Nevliin nur noch der Tod, doch ich war noch da. Ich wusste, ich konnte gegen deine Mutter nichts tun, da sie den Kristall trug und andere die magische Barriere für Nevliins Gefängnis erstellen ließ, doch Nevliin konnte ihr sehr wohl etwas antun, und so schlossen wir einen Pakt.«

»Du und Nevliin? Einen Pakt?« Der Dämon und die verlorene Seele – Verbündete!

»Ja, denn Nevliin und ich verfolgen dieselben Ziele.«

»Ach?« Ihr Zorn kehrte zurück, stark und brennend, ein gutes Gefühl. »Was mag das wohl sein?«

»Frieden.«

Vinae schüttelte den Kopf. Sie verstand einfach nicht. »Also hast du Nevliin das Leben gerettet, und als Dank ermöglichte Nevliin dir die Ermordung meiner Mutter.«

»Unter anderem.« Gregoran wies mit einer ausholenden Bewegung durch das kleine Tal, in dem sie sich befanden und wo immer noch die Beutel der Toten lagen. »Für Nevliin bedeutete die Rettung seines Lebens mehr, als du vielleicht begreifst, und auch der Tod deiner Mutter bedeutet mehr, Vinae. Hätten wir das Herz bekommen, wäre alles vorbei, verstehst du das nicht? Doch so gelangte es in die Hände der Fürsten, wo es weiterhin missbraucht wird. Im Krieg sind Opfer nötig.«

»Ich will das nicht hören.«

»Aber du musst es hören, denn auch ich will endlich Frieden haben, aber genau wie Nevliin kriege ich meinen Frieden nur auf eine Art.«

»Mord?« Sie deutete auf ihre Mutter. Ihre tote Mutter! »Habt ihr beide jetzt nicht euren Frieden, nachdem ihr meine Mutter aus dem Weg geräumt habt?«

»Noch nicht ganz.«

Unwillkürlich trat Vinae einen Schritt zurück, auch wenn sie um nichts auf der Welt hatte Angst zeigen wollen. Doch so langsam begann sie zu begreifen. Eine Thesalis war tot, eine fehlte noch.

»Was hast du vor?«, fragte sie und verfluchte sich für das Zittern in ihrer Stimme. Sie wollte nicht sterben. Sie hatte noch so viel zu tun. Was würde aus Acre werden, wenn sie nicht mehr dort war?

Gregoran sah sie weiterhin unverwandt an. »Meiner Rache ist Genüge getan«, sagte er dann zu ihrer Überraschung. »Nevliin wird die Sache beenden – in Acre, denn das Herz ist jetzt dort, und dort liegt der Ursprung meiner Qualen. In Acre wird er sich selbst und mich damit genauso befreien. Daran habe ich keine Zweifel, denn ich sah auch seine Seele.«

»Was soll das bedeuten, Nevliin wird die Sache beenden? Was meinst du damit?«

»Dass es vorbei ist.«

Vinae kniff die Augen zusammen. Sie verstand nicht, kein Wort, nichts von dem, was hier gerade geschah.

»Weißt du, wie man einen Grogon tötet?«, fragte er unvermittelt, ohne jedoch auf eine Antwort zu warten. »Deine Mutter hat stets versucht, herauszufinden, wie ich umzubringen bin. Sie hat es nicht geschafft und mich stattdessen eingesperrt. Dabei ist es so einfach.« Er trat einen Schritt zurück in den einzelnen Sonnenstrahl, der sich durch das Blätterdach hindurch verirrt hatte, und breitete die Arme aus. »Was ist der größte Feind eines Schattens?«, fragte er sie.

Langsam begann Vinae zu begreifen. »Das Licht«, antwortete sie.

»Nicht ganz«, gab er zurück und sah mit seinen goldenen Augen zu ihr herab. »Ohne Licht kann kein Schatten entstehen, doch das Licht kann einen Schatten auch vertreiben. Um einen Grogon zu töten, muss also beides vorhanden sein. Licht und Dunkelheit.« Er deutete zurück auf den Sonnenstrahl. »Ist der Grogon in seiner elfischen Form aus Fleisch und Blut und wirft seine Gestalt durch das Licht einen Schatten, so kann er in diesem Moment getötet werden. Dazu muss derjenige nur in den Schatten des Grogons treten und die elfische Gestalt berühren. Ein Schattenkristall …« Er wies auf die abgerissene Kette im Laub, »verhindert die Kräfte des Dämons während der Berührung, und anstatt das Leben oder die Seele zu verlieren, ist es möglich, das Leben des Grogons zu nehmen – den Dämon, den Schatten verschwinden zu lassen. Wenn man davon weiß.«

Vinae sah ihn an, wie er da so vor ihr stand und mit seinen Worten in sie zu dringen versuchte, ernst und doch mit unverhohlener Aufregung. Ja, sie begann zu begreifen, doch sie wünschte, das alles würde nicht passieren.

»Wieso erzählst du mir das?«, fragte sie schließlich, auch wenn sie die Antwort bereits zu kennen meinte. Er suchte Frieden, und jetzt, wo ihre Mutter tot war und Nevliin irgendetwas für ihn zu Ende bringen würde, gab es für ihn nur noch eine Möglichkeit, Frieden zu finden.

»Du kennst die Antwort, schöne Seele«, sagte er mit einer

Spur von Traurigkeit in der Stimme, doch Vinae wollte nichts davon hören. Immer wieder schüttelte sie den Kopf, als könne sie dadurch die letzten Ereignisse ungeschehen machen. Sie wollte die Zeit zurückdrehen bis zu jenem Moment, da sie Daeron ihre Hand versprochen hatte. Sie wollte alles anders machen.

»Ich habe deine Mutter getötet«, erinnerte Gregoran sie und wies auf Mearas leblosen Körper. »Es ist Zeit für dich, zu tun, was du tun musst.«

»Nein.« Sie wich einen Schritt vor ihm zurück. Das war doch Unsinn! Vor kurzem hatten sie noch auf derselben Seite gestanden, sie waren sich nahe gewesen, egal, welche Rolle das Herz dabei gespielt hatte, und jetzt tötete er erst ihre Mutter und verlangte danach von ihr, ihn umzubringen?

»Wieso das alles plötzlich? Wieso hast du das getan? All die Elfen, meine Mutter! Du sagtest, ich könnte dir vertrauen, du wärst an meiner Seite und für mich da. Du sagtest, du würdest *alles* für mich tun. Weil du nicht durch mich *hindurchsiehst!* Bedeuten diese Worte denn nichts mehr? Was ist auf deiner Reise geschehen, dass du alles einfach so wegwirfst? Dein Leben!«

»Ich habe begriffen«, antwortete Gregoran völlig ruhig. Nichts schien ihn noch von seinem Entschluss abbringen zu können. Er hatte ihre Mutter getötet, und doch konnte sie ihn dafür nicht hassen, nicht so sehr, um seinen Wunsch zu erfüllen.

»Ich habe es immer gewusst, Vinae«, sagte er so sanft, dass es weh tat. »Doch ich wollte es anfangs nicht sehen, nicht wahrhaben, dass es schon damals vorbei war, mein Leben, meine Existenz. Denn du hast mich erinnert, meine schöne Seele. Daran, wie es ist, ein Elf zu sein, wie es ist, berührt zu werden und jemand anderen zu berühren, wie es ist … zu fühlen. Doch das alles waren nichts als Erinnerungen. Mein Leben war in jenem Moment vorbei, da die Göttin mich zu einem Dämon machte. Du hast mich dies nur eine Zeitlang vergessen lassen.«

»Nein.«

»Du wirst es tun.« Er sah ihr in die Augen. »Denn du hältst niemanden gefangen. Das letzte Jahrhundert in diesem Verlies sehnte ich mich stets nach der Freiheit, doch erst, als ich durch dich wieder die Außenwelt betreten konnte, wurde mir klar, dass ich die wahre Freiheit durch das Öffnen der Gitterstäbe nicht erlangt hatte. Du hast mich aus diesem dunklen Loch geholt, dann hol mich auch aus der Gefangenschaft dieser Existenz. Ich bitte dich darum.«

»Das ist Wahnsinn.« Vinae starrte ihn an. »Du lügst«, sagte sie entschlossen. »Es waren nicht nur Erinnerungen für dich. Es war echt, in jenen Momenten hast du *gelebt*. Es war echt!«

Er sah sie an, ausdruckslos und kalt. Ein flehentlicher Ausdruck stand in ihren Augen. Er sollte ihr sagen, dass sie sich nicht getäuscht hatte. Dass er nicht nur ein Dämon war und seine Worte und Taten der vollkommenen Hingabe, so voller Liebe und Zuwendung, Wirklichkeit gewesen waren.

Doch die emotionslose Stimme ließ jeden Glauben in ihr schwinden. »Nein«, sagte er, ohne mit der Wimper zu zucken. »Für mich war es das nicht.«

Vinae taumelte wie unter einem Schlag zurück und rang nach Atem. »Das glaube ich nicht«, hauchte sie, unfähig, ihrer Stimme noch Kraft zu verleihen. »Du sagst das nur, damit ich dich töte. Weil du weglaufen willst. Aber wovor denn nur? Wovor so plötzlich?«

»Dreh dir die Wahrheit, wie du willst, das ändert nichts an der Tatsache. Es ändert nichts daran, wer ich bin. Ich bin kein Elf, Vinae. Ich kann nicht gegen meine Natur ankämpfen, das weißt du doch spätestens jetzt, oder etwa nicht?« Er wies auf ihre tote Mutter. »Der Elf ist doch längst tot, in mir ist nur noch ein Dämon, und der schwindet seit jenem Moment, in dem du in den Kerker gekommen bist. Von mir ist nichts mehr übrig. In dieser Welt ist kein Platz für mich. Ja, ich bin weggelaufen, habe die Nebelpriester gern verfolgt, so weit und schnell ich konnte, um mich selbst zu retten, denn jeder Moment in dieser neugewonnenen Freiheit, einer Freiheit, die *du* mir gegeben hast, zerstört mich. Meine Zeit ist vertan. Es ist vorbei.«

»Ich verstehe kein Wort!« Vinae merkte kaum, dass sie schrie, denn sie fühlte sich wie unter Wasser getaucht. »Nichts, was du sagst, ergibt einen Sinn!«

»Irgendwann, wenn der Schmerz in deinem Herzen nachgelassen hat und du zur Ruhe gekommen bist, wirst du verstehen, was ich sage. Im Moment musst du mir nicht folgen können. Das Einzige, was du wissen musst, ist, dass ich hier keinen Platz mehr habe. Daher bitte ich dich noch einmal, die Gitterstäbe zu öffnen und mich zu befreien. Lass mich endlich gehen. Lass mich los und befreie mich.«

»Aber …« Vinae fuhr sich mit beiden Händen durch ihr Haar. Etwas in ihr sagte ihr, dass er recht hatte. Er würde immer wieder töten, er war ein Dämon, er hatte ihre Mutter ermordet.

»Und deine Seele?«, flüsterte sie schließlich voller Resignation.

Gregoran sah sie lange an, die Lippen nur noch eine schmale Linie. »Die vergeht«, sagte er.

Vinae musste schluchzen. Sie wollte etwas sagen, doch Gregoran schüttelte den Kopf. »Ich bin ein Grogon, Vinae«, sagte er. »Ich habe die Seele des Elfen längst … gefressen.« Er lachte auf, voller Bitterkeit. »Werde ich denn nicht so genannt? Seelenfresser? Im Moment ist die Seele noch in mir, da ich die Gestalt des Elfen trage, doch mit meinem Tod …«

»Du wirst niemals zu den Sternen gelangen?«

Er schüttelte den Kopf.

»Aber ...« Das Blut rauschte durch ihre Ohren. »Was wird *danach* kommen? Was wird mit dir geschehen?«

»Nichts.« Er ließ seinen Blick auf ihr ruhen. »Das Nichts wird folgen«, erklärte er, ihren entsetzten Blick ignorierend. »Eine freundlichere Alternative als jeder weitere Moment in dieser Gefangenschaft.«

»Ich kann nicht ...«

»Es warst nicht du, die meine Seele zerstörte, Vinae. Du wirst lediglich diejenige sein, die sie endlich vom Dämon befreit und gehen lässt.« Er streckte seine Hand nach ihr aus und trat zurück in den Lichtschein, der ihn schräg von hinten erfasste und seinen Schatten vor sich warf. »Komm«, sagte er. Seine goldenen Augen funkelten im Licht der Sonne. »Nimm den Kristall, lege ihn in meine Hand, und gib mir eine letzte Erinnerung.«

Eämon

Einen ganzen Tag lang hatten sie auf Ardemir gewartet, nachdem der Ritter aufgebrochen war, um Vinae von der Hochzeit abzuhalten. Als Befehlshaber der Silberritter war Ardemir der Einzige unter ihnen mit einem Schlüssel zum Weltentor gewesen, und so hatten sie nach Nevliins Flucht darauf gehofft, mit Ardemirs Hilfe schneller reisen zu können.

Da Ardemir jedoch nicht zurückgekommen war, ritten Eamon und Aurün bereits über eine Woche lang durch das Land zurück nach Lurness, um dort die Lage zu besprechen und eine Lösung zu finden. Eine andere Möglichkeit gab es nicht. Eamons Unruhe stieg von Tag zu Tag. Besonders, da sie auf ihrem Weg durch das Sonnental die wildesten Gerüchte über den Verlauf der fürstlichen Hochzeit gehört hatten.

Ein Drache sollte dort sein Unwesen getrieben und die Braut entführt haben. Manche sagten, er sei vom Himmel herabgestürzt, andere, er sei plötzlich mitten unter ihnen erschienen. Die für Eamon doch beunruhigendste Version lautete: Ein Ritter der Königin habe sich vor aller Augen in einen Drachen verwandelt. Niemals zuvor hatte es so etwas gegeben. Diese Geschichte ließ Eamon nicht mehr los.

Auch Aurün glaubte, nachdem sie den ersten Schock überwunden hatte, an diese Version und meinte, Ardemir habe sich in einen Drachen verwandelt. Schließlich kannten sie diese Wahrheit ja schon von der Priesterin, und doch erschien sie Eamon unvorstellbar.

Ein Grund mehr, so schnell wie möglich nach Lurness zu gelangen. Denn sollten die Worte der Priesterin tatsächlich der Wahrheit entsprechen, würden noch mehr Ritter von der Grausamkeit dieser Göttin befallen werden. Eamon mochte sich gar nicht vorstellen, was Nevliin und die Priesterin bereits mit dem Drachenherzen angestellt hatten.

Jeder Tag der Ungewissheit war ein Martyrium. Es erschien ihm beinahe lächerlich, wie er hier mit Aurün über die endlos weite Grünlandschaft ritt, während an anderer Stelle vermutlich das ganze Königreich vor die Hunde ging.

Die Priesterin war zurück bei ihren Leuten, und Nevliin hatte sich ihnen angeschlossen. Schlimmer konnte es nicht mehr kommen.

Eamon verfluchte diesen Gedanken bereits, als sie sich dem Drachenfelsen näherten und Gerüchte über einen Drachenangriff auf Lurness aufkamen. Die riesigen Wesen seien am Himmel über der Hauptstadt gesichtet worden, doch niemand konnte etwas Genaues sagen. Von da an eilte Eamon gemeinsam mit Aurün ohne Rast Richtung Osten. Sie holten alles aus den Pferden heraus. Aurün beklagte sich kein einziges Mal über ihr mörderisches Tempo, sie war es gewohnt, widrige Umstände auszuhalten; zudem fürchtete sie genauso wie Eamon eine schreckliche Wende in diesem Krieg.

Für diesen Verrat werde ich Nevliin umbringen, dachte er, während sie über die Heiden flogen und der Drachenfelsen einfach nicht näher zu kommen schien. Vierteilen werde ich ihn.

Nein, wirst du nicht, gab sein Pferd Antrax gedanklich zurück – wie immer meldete er sich genau dann, wenn Eamon nichts hören wollte. Nach der Zeit in der Menschenwelt war er es immer noch nicht gewohnt, wieder eine fremde Stimme in seinem Kopf zu hören, gleichgültig, welches Privileg es doch war, wenn ein Elfenpferd zu einem Elfen sprach.

Du weißt ja noch nicht einmal, wieso Nevliin weg ist. Vielleicht hat er einen Plan, meinte Antrax.

Auf dieses Pferd war immer Verlass, und auf Einmischungen musste man niemals lange warten.

Einen Plan?, fragte Eamon lautlos zurück, um Aurün nicht in sein Gespräch miteinzubeziehen. *Eine romantische Zeit mit seiner Nebelfrau? Ich wusste es ja von Anfang an. Ihm ist nicht zu trauen. Oder glaubst du etwa, ich habe ihn ohne Grund einsperren lassen? Ich kenne ihn schließlich fast sein ganzes Leben lang. Trotzdem habe ich versucht, ihm zu vertrauen, und er hat uns allen etwas vorgespielt. Hat sich tagelang harmlos gegeben, um uns in Sicherheit zu wiegen, und kaum sind wir einmal unachtsam, nimmt er mit der Priesterin Reißaus. Nein, Antrax, Nevliin hat uns verraten, da gibt es nichts zu beschönigen. Und dabei dachte ich, Ardemir wäre sein Freund und dessen Schicksal würde ihn zumindest* etwas *interessieren. Stattdessen geht er zu einer Frau, die Ardemirs Leben zerstört hat.*

Das weißt du nicht. Hohn klang aus der Stimme des Pferdes, weshalb Eamon beschloss, Antrax zu ignorieren.

»Spürst du noch etwas?«, fragte er Aurün, die ihn etwas überrascht ansah. Eamon wusste ja selbst, dass er sich nicht besonders galant verhielt, aber er war einfach zu beschäftigt mit seinen Gedanken gewesen, um sich um die Drachenelfe zu kümmern. »Kannst du sie noch irgendwie wahrnehmen?«

Aurün schüttelte den Kopf. »Nichts«, gab sie mit unverhohlener Enttäuschung zurück. »Es war beide Male nur ein sehr kurzer Moment, in dem ich meine Leute spüren konnte. Als wäre die Trennwand eingerissen worden, aber noch ehe ich etwas Genaues ausmachen konnte, herrschte wieder Stille.«

»Vielleicht hörst du sie noch einmal. Du musst aufmerksam sein.«

Ihre Augen verengten sich. »Es ist nicht nötig, aufmerksam

zu sein«, gab sie ruhig, aber doch voller Ungeduld zurück. »Ich bin mit meiner Seelenschwester verbunden und auch mit allen anderen Drachen und Drachenelfen. Wenn die Magie stirbt, die mich von ihnen fernhält, nehme ich sie wahr, ob ich *aufmerksam* bin oder nicht.«

»Aber was, meinst du, hat die Magie so kurz einbrechen lassen? Zweimal? Wir wissen, dass die Anführerin nicht allein dafür verantwortlich ist, sonst wäre die Magie schon zusammengebrochen, als wir ihr das Halsband umlegten. Es sind alle gemeinsam. Du hast gesagt, du hättest gespürt, wie die Trennung schwächer geworden und dann endgültig verschwunden sei. Sie wurde wieder aufgebaut und brach erneut zusammen. Woran kann das wohl liegen?«

»Wenn ich das wüsste, hätte ich es dir schon gesagt, Eamon. Ich weiß nur, dass ich meine Leute wieder nicht erreichen kann und dass etwas Furchtbares geschieht, in Ordnung? Darin sind wir uns ja wohl einig, also verkrieche dich wieder in dein Selbst und lass auch mir Zeit für mich.«

Eamon hob die Augenbrauen und sah Aurün an. Irgendetwas hatte sich da wohl in ihr aufgestaut. Er konnte sich nicht erinnern, jemals von ihr zum Schweigen aufgefordert worden zu sein.

»Also gut.« Er deutete mit dem Kopf nach vorn zum Drachenfelsen. »Dann lass uns mal sehen, was uns hier erwartet.«

Auf den ersten Blick schien alles in Ordnung zu sein. Keine Rauchsäulen, keine zerstörten Gebäude. Der Krieg war offenbar noch nicht hereingebrochen. Doch dieser Eindruck verflog, als sie in den Vorort Sincara einritten und ihnen eine Stille entgegenflog, die unheimlich wirkte. Die Straßen waren wie leergefegt, die Fensterläden der Häuser alle zugezogen. Einen

Moment lang überlegte Eamon, ob er an eines der Häuser klopfen sollte, um nachzufragen, was hier los war, dann entschied er sich jedoch dagegen. Er wollte keine weitere Zeit verlieren und in Lurness selbst nach dem Rechten sehen.

Auch der Drachenfelsen lag in gespenstischer Ruhe da, doch zumindest standen Wachen auf den Wehrmauern.

Hintereinander ritten Aurün und Eamon über die Zugbrücke, welche die Drachenschlucht überspannte, und stellten erstaunt fest, dass das Tor heruntergelassen war. Dies allein konnte nichts Gutes bedeuten, denn soweit sich Eamon erinnern konnte, stand dieses Tor stets offen – außer in Kriegszeiten.

»He!«, rief er zu den Türmen hinauf, die das Tor flankierten. »Macht auf, ich bin Eamon, der Bruder der Königin. Mit mir kommt Aurün, die Königin der Drachenelfen.«

»Verzeiht, Herr.« Der blonde Schopf einer Kriegerin erschien über der Balustrade. »Das Tor wurde beschädigt. Es lässt sich nicht mehr öffnen. Es wird bereits daran gearbeitet, aber …«

»Was soll das heißen, das Tor wurde beschädigt?«

Die Elfe tauschte einen kurzen Blick mit einem neben ihr stehenden Krieger. Eamon wusste, dass sein schroffer Ton ungerecht war. Doch so langsam musste sich seine Anspannung Luft verschaffen.

Leider gab es keinen anderen Weg nach Lurness als dieses Tor. Das Fallgitter vor dem schweren Eichentor war zu engmaschig, um dort hindurchzukommen, und so blieb Eamon nur noch eine Möglichkeit.

»In Ordnung!«, rief er nach oben, den Kopf in den Nacken gelegt. »Werft uns Seile herunter. Wir kommen auch so herauf.«

Die Wachen zögerten nicht, zwei Seile wurden zu ihnen heruntergelassen.

Eamon warf Aurün einen belustigten Blick zu. »Mit Klettern kennst du dich ja aus«, sagte er, was Aurün nur mit einem matten Lächeln quittierte. Sie hatte nach ihrem Aufstieg aus der Drachenschlucht keine besonders guten Erinnerungen ans Klettern, doch die Mauern von Lurness waren schnell überwunden.

Oben auf den Wehrgängen bot sich ihnen jedoch ein Bild, das sie nicht erwartet hatten. So ausgestorben Lurness gewirkt hatte, so überfüllt war es in Wahrheit.

Der gesamte äußere Hof war voll von Kriegern und Pferden, die alle kampfbereit waren.

Eamon hörte das Klopfen und Hämmern der Arbeiter an den Toren. Befehle wurden gebrüllt, Pferde wieherten und stampften.

»Herr Eamon.« Die blonde Elfe, welche vorhin vom Turm aus zu ihm gesprochen hatte, trat auf ihn zu, verbeugte sich knapp vor ihm, dann vor Aurün und deutete nach unten in den Hof. »Noch etwa drei Stunden«, sagte sie in einem Ton, der bewies, dass sie es gewohnt war, mit Höhergestellten zu sprechen. »Dann ist das Tor wieder intakt und das Heer bereit zum Aufbruch.«

»Das Heer?« Eamon wandte sich ihr nun ganz zu. »Was hat das alles zu bedeuten? Wo ist die Königin?«

Ein Schatten des Erschreckens huschte über das Gesicht der Elfe. »Die Königin ist fort«, antwortete sie, als wüsste jedes Kind darüber Bescheid.

»Fort?«, fragte Eamon. »Wohin?«

»Entführt.« Die Elfe bedeutete ihm, ihr zu folgen, und wandte sich an die steile Steintreppe, die von der Mauer in den Hof hinunterführte. »Es begann alles letzte Nacht«, erzählte sie ihm auf dem Weg nach unten. »Von einem Moment auf den anderen begann das Gebrüll. So was habt Ihr noch nicht gehört. Es waren die Silberritter. So viele von ihnen, die sich auf den Boden warfen und sich vor Schmerzen wanden. Wir holten Heiler und wollten sie in die Krankenzimmer bringen, aber dann fingen die Veränderungen an.«

»Sie wurden zu Drachen«, vermutete Aurün, die ihnen dicht auf den Fersen folgte.

Die Kriegerin hielt kurz inne und drehte sich zu der Drachenelfe um. »Ja«, sagte sie und setzte ihren Weg fort. »Nicht alle von ihnen, aber die meisten. Drei starben, gut zwanzig verwandelten sich nicht, wussten aber nicht mehr, wer sie waren, und handelten … auf fremden Willen hin. Noch einmal doppelt so viele wurden zu Drachen.« Sie blieb vor dem Tor stehen, wo neue Seile zum Hochziehen des Gitters eingespannt wurden. »Es ging alles so schnell. Wir wussten nicht, was wir machen sollten, denn wir konnten ja nicht gegen unsere eigenen Kameraden kämpfen. Also versuchten wir zuallererst, die Königin zu warnen, aber es war bereits zu spät. In ihrer Nähe hatten sich auch Silberritter verwandelt, die sie dann aus der Burg entführten. Es waren einfach zu viele, Herr. Die Drachen flankierten die Ritter, und wir kamen nicht an die Königin heran. Sicher kämpften wir nun gegen sie, aber von den gesunden Silberrittern gibt es nur noch wenige, und, Herr, gegen die anderen konnten wir nichts ausrichten.« Sie deutete nach oben, wo deutliche Schäden an den Mauern und Türmen zu erkennen waren, auch im Hof lagen noch vereinzelte Bruchstücke des Tores und der Fassade. »Sie trafen uns unvorbereitet. Außerdem befahl die gefangene Königin uns, in Lurness zu bleiben und die Burg zu schützen. Dann flogen die Drachen mit der Königin davon, und die … Ritter verhinderten die Verfolgung, indem sie das Tor beschädigten. Die Zugseile sind gekappt, die Scharniere zerstört. Zum Glück haben die Drachen die Brücke ganz gelassen, sonst säßen wir hier noch länger fest.«

»Wenn euch die Königin befahl, hierzubleiben, wieso macht ihr euch dann zum Aufbruch bereit?«

Die Kriegerin zog die Stirn in Falten. »Sollen wir etwa *nichts* tun?«, fragte sie. »Die Königin wurde entführt. Wir müssen sie befreien.«

»Wisst ihr denn, wer dahintersteckt? Oder wo ihr suchen sollt?«

»Natürlich nicht, aber …«

»Aber ihr könnt Lurness nicht ohne Verteidigung lassen. Wer weiß, vielleicht ist ja auch das der Plan der Nebelpriester.«

»Und was ist mit der Königin?«

Eamon rieb sich mit der Hand übers Kinn. »Darum kümmere ich mich«, antwortete er, auch wenn er nicht wusste, wo er zu suchen anfangen sollte.

»Wir«, warf Aurün dann noch ein und sicherte ihm damit die Unterstützung zu, auf die er gehofft hatte. »Ich schlage vor, wir holen uns alle erst mal Schlüssel zu den Weltentoren, damit wir schneller vorankommen, und dann suchen wir einen Tempel nach dem anderen ab.«

Eamon nickte. »Du hast recht. Wir müssen schnell sein und …«

»Verzeiht, Herr.« Die Kriegerin trat einen Schritt auf ihn zu. »Die Königin verwahrt die Schlüssel zu den Weltentoren in den Schatzkammern unter der Burg. Nur sie besitzt den Schlüssel dazu.«

»Die Schatzkammer kriegen wir schon auf.« Eamon sah sich im Hof um und versuchte abzuschätzen, wer von diesen zahlreichen Kriegern besonders mächtig mit der Gabe der Magie gesegnet war. Es musste ein einstiger Lichtelf sein, denn die magischen Schlösser waren bestimmt noch schwerer zu knacken als die anderen. »Aurün«, er wandte sich an die Drachenelfe, »finde heraus, wer in diesem Haufen der mächtigste

Magier ist. Du«, er wandte sich an die Kriegerin, »sieh zu, dass das Tor in Ordnung gebracht wird und die Wachen wieder alle auf ihre Posten gehen. Die Krieger sollen sich kampfbereit halten, aber niemand verlässt Lurness. Ich suche in Liadans Gemächern nach den Schlüsseln zum Weltentor oder denen zur Schatzkammer.« Seufzend fuhr er sich mit beiden Händen durch das Haar. »Und dann suchen wir diese verdammten Priester. Wer weiß, wohin Nevliin mit dieser Hexe verschwunden ist.«

»Nevliin ist hier«, kam plötzlich eine ihm wohlbekannte Stimme von der Wehrmauer, die ihm einen Moment vor Schreck durch alle Glieder fuhr.

Alle drei fuhren herum und blickten nach oben, wo soeben der Fürst von Valdoreen die Treppe herunterkam. Nevliin musste ebenfalls mit dem Seil über die Mauer gekommen sein, und obwohl es auf den ersten Blick so schien, als wäre er allein, zog Eamon sofort eines der Kurzschwerter hinter seiner Schulter hervor und richtete es auf den Verräter.

»Du wagst es«, knurrte er und trat ihm entgegen. »Nach allem, was du verbrochen hast …«

Nevliin blieb vor ihm stehen, gänzlich unbeeindruckt von der auf ihn gerichteten Schwertspitze. »Ich habe so einiges verbrochen«, sagte er und sah sich auf dem äußeren Hof um, wo die versammelten Krieger auf Befehle warteten, »aber mir scheint, mit dem, was hier vor sich geht, habe ich nichts zu tun.«

»Wo ist die Priesterin?«, fragte Aurün und schob sich an der Kriegerin vorbei zu Nevliin. »Ist sie bei Euch?«

»Sie ist tot.« Nevliin sah Eamon in die Augen und nicht Aurün, als er sprach. »Ich habe sie getötet.«

Eamons Arm verlor von einem Moment auf den anderen jegliche Kraft. Die Spitze des Schwertes sackte zu Boden. Mit jeder Nachricht hätte er gerechnet, selbst damit, dass das ganze Heer der Nebelpriester vor dem Tor stand, doch zu hören, dass Nevliin die Anführerin umgebracht hatte, raubte ihm buchstäblich den Verstand.

Nevliin schien einiges hinter sich zu haben. Sein blondes, stets perfekt zurückgekämmtes Haar wirkte angesengt. Auf seiner Haut waren rote Striemen zu erkennen, die Silberrüstung schien hingegen intakt.

»Ich habe die Priesterin nach Ueden begleitet«, fuhr er nüchtern fort und hielt seinen starren Blick auf Eamon gerichtet. »Um das Herz zu holen, und dort habe ich sie umgebracht. Die anderen Nebelpriester hat der Grogon erledigt.«

»Das Herz?«, fragte Aurün. Die Aufregung war ihr deutlich anzuhören. »Ihr habt es? Ihr habt das Herz geholt?«

Nevliin wandte sich ihr zu. »Nein«, sagte er knapp und blickte wieder zu Eamon. »Meara hat es an sich genommen.«

»Meara?« Endlich konnte er wieder Worte formen. »Sie hat das Herz? Wo ist sie jetzt?«

»Meara ist ebenfalls tot.«

Nun entglitt Eamon auch der Griff des Schwertes, es fiel scheppernd zu Boden.

»Tot?«, keuchte er und spürte, wie er wankte. Das Bedürfnis, sich irgendwo festzuhalten, ergriff Besitz von ihm und doch schaffte er es irgendwie, aufrecht stehen zu bleiben. Die Nachricht vom Tod der Priesterin hatte ihn kaum berührt. Er hatte sich schon vor langer Zeit von Vanora verabschiedet, doch Mearas Tod traf ihn unvorbereitet. Sie war seine Gegenspielerin gewesen. Er konnte sich eine Welt ohne sie nicht vorstellen.

»Und wo ist das Herz jetzt?«, fragte Aurün.

»Die Sonnentaler Fürsten haben es«, antwortete Nevliin.

»Was ist mit Meara passiert?« Eamon versuchte, einen kühlen Kopf zu bewahren, sosehr diese Nachrichten ihn auch entsetzten.

Nevliin sah ihn wieder mit seinen kalten Augen an. »*Ich* habe auch sie getötet«, sagte er, ohne mit der Wimper zu zucken. »Gemeinsam mit dem Grogon, der jetzt vermutlich auch schon tot ist.«

»Und Vinae?«, fragte Eamon voller Angst. »Was weißt du über sie? Und Ardemir?«

»Vinae ist wohl zurück nach Acre, von Ardemir weiß ich nichts.«

»Er wird wohl ebenso unter dem Bann des Herzens stehen«, meinte Aurün und sprach damit seine eigene Vermutung aus. »Ich wusste ja immer schon, dass die Sonnentaler Fürsten Verbrecher sind. Aber wenigstens wissen wir jetzt, wo wir suchen müssen, um das Herz zu bekommen.«

Nevliin nickte und maß Aurün einen Moment lang mit einem Blick, den Eamon nicht zu deuten vermochte. Er schien sie von oben bis unten zu mustern, was eine sehr ungewöhnliche Handlung für ihn war. Normalerweise interessierte er sich nicht für andere. »Deswegen bin ich hier«, sagte er, wieder an Eamon gerichtet. »Ich gehe nach Acre und weise die Fürsten in die Schranken. Vorher brauche ich aber einen Schlüssel zum Weltentor. Wo ist Liadan?«

Das Geschehen hier in Lurness war schnell erzählt, doch zu Eamons Überraschung schien Nevliin tatsächlich bestürzt über diese Nachricht zu sein. Sein scharf geschnittenes Gesicht wirkte noch härter, die Augen schimmerten noch dunkler, als Eamon und die Kriegerin schließlich mit der Erzählung geendet hatten.

»Sie haben also Liadan«, sagte er. »Das hätten sie nicht tun dürfen.« Er ging an Eamon, Aurün und der Kriegerin vorbei und mit weitgreifenden Schritten hinauf in den inneren Hof, von wo aus man die Burg betreten konnte. Eamon hatte Mühe, ihm zu folgen.

»Du kannst dich uns anschließen«, sagte er, als er ihn endlich eingeholt hatte. Aurün wollte nun an Eamons Statt in Liadans Gemächern nach Schlüsseln suchen, denn mit Nevliin hatten sie ohnehin einen mächtigen Magier, und die anderen Krieger würden bleiben, wo sie waren. »Aurün und ich gehen nach Acre und holen das Herz.«

Nevliin warf Eamon einen kurzen Blick zu, eilte jedoch weiter, ohne sein Tempo zu verringern. »*Ich* gehe nach Acre«, sagte er in einem Ton, der keine Widerrede duldete. »Die Fürsten sind zu weit gegangen. Genauso wie Meara. *Sie* hat ihre Rechnung bezahlt.«

»Du willst die Fürsten töten?« Eamon hatte bisher noch nicht darüber nachgedacht, schließlich waren die beiden Brüder Angehörige des Hochadels und konnten nicht einfach so gemeuchelt werden. Begingen sie Hochverrat, mussten sie vor Gericht gestellt werden. Doch wenn sie Widerstand leisteten? Wenn sie im Kampf fielen?

Wie sollten sie zu dritt gegen das ganze Sonnental und die Drachen bestehen? Oder lag darin ihr Vorteil? Sie könnten sich ungesehen ins Schloss schleichen und das Herz an sich nehmen. Die Drachen wären somit befreit und würden nicht mehr für die Fürsten kämpfen. Danach müssten sie nur noch Liadan befreien und, ob sie wollte oder nicht, auch Vinae. Ein einfacher Plan.

»Zuerst müssen wir Liadan befreien«, sagte Nevliin, als sie die Eingangshalle der Burg betraten. »Nichts ist wichtiger, denn solange sie Liadan in ihren Händen haben, halten sie ein Druckmittel.«

Eamon blieb verwundert stehen, holte jedoch sofort wieder auf, als Nevliin die Treppen hinaufstürmte. Niemals hätte er gedacht, dass Nevliin Liadans Leben auch nur einen Pfifferling wert war. Doch er hatte recht. Liadan hatte Vorrang.

»Ihr darf nichts geschehen«, sprach Nevliin schließlich zu Eamons Verblüffung weiter. »Wenn sie ihr Leben verliert, zählt nichts mehr. Bevor wir irgendetwas anderes unternehmen, müssen wir sie da rausholen, um jeden Preis.«

»Wieso?« Argwohn keimte in Eamon auf, schließlich war Nevliins Abneigung Liadan gegenüber kein Geheimnis, doch plötzlich wollte er sie retten? »Was kümmert dich Liadans Schicksal?«

Nevliin warf ihm noch einen kurzen Blick aus den dunklen Augen zu. »Bist du denn anderer Meinung?«, fragte er. »Sie ist deine Schwester. Du wirst wohl ebenso wenig zulassen wollen, dass ihr ein Haar gekrümmt wird, oder? Außerdem ist sie die Königin. Ich bin immer noch ein Silberritter.«

Eamon erwiderte nichts. Er wusste, wie ernst Nevliin seine Aufgabe als Ritter stets genommen hatte, wie loyal und ehrerbietig er den Königinnen gedient hatte, auch wenn er einmal nicht mit den Befehlen und Entscheidungen seiner Herrin einverstanden gewesen war. Nur eine hatte seine Königinnentreue auf die Probe gestellt und ihn einen anderen Weg gehen lassen: Vanora. Womöglich hatte der Tod der Priesterin ihn wieder zu seinem alten Ich als Ritter zurückgeführt, einem Mann, der für die Königin lebte und starb, doch Eamon zweifelte daran. Da steckte mehr dahinter, nur war es leider unmöglich, in Nevliins Augen irgendetwas zu lesen.

Gemeinsam schritten sie schließlich in Nevliins Gemach, das er bereits als Kind bewohnt hatte. Eamons Misstrauen wurde noch stärker. »Was willst du hier, Nevliin?«, fragte er und sah sich in dem großzügigen Raum um, welcher jedoch nur das Nötigste enthielt und ohne jeden Pomp auskam. »Wir müssen aufbrechen.«

»Die Wachen unten sollen Stellung halten«, sagte Nevliin, ohne auf Eamons Worte einzugehen. »Wer weiß, womöglich planen die Fürsten einen Angriff auf Lurness. Wer hier im Drachenfelsen sitzt, ist unangreifbar und regiert Elvion, das wissen sie, und dann wäre es für uns unmöglich, das Herz zurückzubekommen.« Er ging auf einen Rüstungsständer zu, auf welchem wie ein Ausstellungsstück Nevliins weiße Lichtritterrüstung hing, die er seit Vanoras Tod niemals wieder getragen hatte.

Die Licht- und Schattenritter hatten sich damals nach der Wiedervereinigung zu den ursprünglichen Silberrittern zusammengeschlossen; dies war der Tod der weißen Rüstungen gewesen – bis jetzt. »Wasser soll bereitgestellt werden«, fuhr Nevliin fort, während er mit der Hand über das weiße Metall strich. »Die Fürsten lassen gewiss die Drachen los. Alle Magier in den äußeren Hof und die Bogenschützen auf die oberen Wehrmauern.« Er drehte sich zu Eamon um und nickte ihm zu. »Richte dies Tiraniel aus. Ich komme nach.«

»Tiraniel?« Eamon wurde immer verwirrter, doch dann dämmerte ihm, dass die blonde Elfe unten an der Wehrmauer gemeint sein musste. Vermutlich hatte sie das Kommando.

Nevliin schien es nicht mehr für nötig zu halten, zu antworten, er war bereits damit beschäftigt, die alte Rüstung abzulegen und sich wieder in den Weißen Ritter zu verwandeln. Zuerst wollte Eamon hinausgehen und tatsächlich unten auf Nevliin warten, doch dann kam ihm irgendetwas merkwürdig vor. Weshalb legte Nevliin die weiße Rüstung an? Weshalb kümmerte er sich überhaupt um Liadan, das Königreich, die Fürsten, die Drachen? Sein konzentrierter Gesichtsausdruck ließ nichts vermuten, gab keinen Hinweis auf sein Vorhaben, doch das ungute Gefühl in Eamons Bauch wurde mit jedem Moment stärker.

Schnalle für Schnalle befestigte Nevliin die Brustplatte mit den verlängerten Schulterteilen, die Arm- und Beinschienen, und schließlich klickte er auch noch den weißen Umhang an den Broschen auf Höhe des Schlüsselbeins ein. Er hängte sich den passenden weißen Schwertgurt um die Hüften, den er auch zur Silberrüstung getragen hatte, und zog schließlich das Schwert aus der Scheide. Vermutlich hatte er Eamons Anwesenheit bereits vergessen, vielleicht kümmerte sie ihn auch nicht sonderlich, denn plötzlich ging er mitten im Raum auf die Knie und legte die Breitseite der Klinge gegen seine Stirn.

Ein kalter Schauer fuhr Eamons Nacken hinab, als Nevliin plötzlich alte, magische Worte murmelte, die tief dröhnend den Raum zu erfüllen schienen.

Der Mann, der hier kniete, kam ihm fremd vor, lange vergessen und wiedergeboren. Das silberne Miranlicht der wenigen Leuchten legte sich auf Nevliins Haut und das Metall. Eamon wusste nicht, ob es lediglich an der weißen Rüstung lag oder an den vibrierenden Worten, doch ein längst vergessener Nevliin schien sich von den Toten zu erheben. Die Narben in seinem Gesicht erinnerten zwar immer noch an die letzten Jahre, doch waren sie mit einem Mal nicht mehr so auffällig.

Zum Vorschein kam der Nevliin, mit dem Eamon vor vierundachtzig Jahren in den Krieg gezogen war, der Nevliin, dem Vanora verfallen war, und der Nevliin, der kein Erbarmen kannte.

Die Worte, die er sprach, waren an das Schicksal gerichtet. Jene Macht, die Nevliin und Vanora zusammengeführt und wieder getrennt hatte, jene Macht, auf die Nevliin alles setzte, um endlich frei zu sein, jene Macht, die Nevliin am meisten fürchtete.

Es war keine Magie, die ihn so sehr veränderte und zum Weißen Ritter machte, den alle Welt kannte. Die Wandlung schien aus seinem Inneren vonstattenzugehen. Als hätte er seinen Weg gefunden.

Eamon wünschte, er hätte diesen Mann nie wiedersehen müssen, denn er ahnte, dass dieser Kampf der letzte des Weißen Ritters sein würde.

Vinae

Vinae sah Daeron zu spät, als dass sie ihm noch hätte ausweichen können. Lieber wäre sie zwar einfach umgedreht und in die andere Richtung des Korridors verschwunden, doch es hatte ohnehin keinen Sinn. Wollte er zu ihr und etwas mit ihr besprechen, so würde er sie überall finden, und Vinae hatte keine Lust, sich den ganzen Tag vor ihm zu verstecken. Zumal sie sich seit ihrer Rückkehr ohnehin wie eine Gefangene in Acre fühlte.

Doch damit war sie nicht allein. Ein gigantischer Käfig, welcher den gesamten Marktplatz einnahm, war vor dem Schloss aufgestellt worden, und darin drängten sich drei Dutzend Drachen. Verwandelte Silberritter, welche die Königin Liadan mit sich gebracht hatten. Auch die Königin war eingesperrt worden, jedoch unten in den Verliesen, wo sie niemand sehen konnte. Es würden noch weitere Silberritter erwartet, hatte ihr Daeron mitgeteilt, die sich jedoch offenbar nicht in Drachen verwandelt hatten und länger für ihren Weg nach Acre benötigten.

Auch Fürst Menavor war kaum noch in der Außenwelt zu sehen, da er das Drachenblut zu sich genommen hatte. Irgendwo kontrollierte er in seinem Delirium des Blutes das Herz. Vinae hatte die neuerliche Gedankenabschottung der Drachen vorgenommen, was ihr nicht sehr leichtgefallen war. Nach ihrer Rückkehr und dem Bericht über Mearas Tod hatte ihr Daeron jedoch die Unterlagen ihrer Mutter überreicht, und sie hatte sich streng an die Anweisungen gehalten, um die Magie aufrechtzuerhalten, ohne sich damit selbst zu sehr zu schwächen.

Natürlich hatte sie sich anfangs geweigert, bei diesem Verbrechen mitzumachen, doch Daeron hatte sehr deutliche Worte gefunden, um sie zu überzeugen.

Sie war erst seit ein paar Tagen zurück, die sie wieder unter der Aufsicht von Schlangenschilden verbracht hatte. Sie war nun die einzige Thesalis und für die Magie hier in Acre verantwortlich. Eine Magie, welche der Königin schaden sollte, und doch konnte Vinae nichts dagegen unternehmen, wollte sie die Sicherheit der Siedlungen nicht gefährden.

Doch sie hatte auch nicht vor, diesen Zustand auf Dauer zu dulden. Nicht nur, dass sie die Königin, ihre Tante, zu treffen versucht hatte, sie streunte auch Tag und Nacht durch das Schloss auf der Suche nach dem Drachenherzen. Sobald sie auch nur einen Hinweis darauf hätte, wo sich Menavor damit verschanzte, würde sie sich das Herz holen. Dann würde sie damit verschwinden und es zurück zu Aurün bringen.

Ihre Angst war jedoch, dass sie dazu gar nicht wegmusste, dass Daerons Plan aufging und die Königin der Drachenelfen mit dem Bruder der Elfenkönigin ganz von selbst zu ihnen kam. Denn hier warteten die Drachen auf sie, die den letzten Widerstand wegfegen und sie vernichten würden. Einer Einnahme von Lurness stand danach nichts mehr im Weg, doch zumindest hatten sie Liadan als Köder für Eamon und Aurün noch am Leben gelassen. Vinae wollte sich gar nicht vorstellen, was gewesen wäre, hätte man die Königin bereits getötet.

Daeron versperrte ihr den Weg und sah sie mit seinen Raubvogelaugen an. Bisher hatte sie ihm und einer gemeinsamen Nacht entgehen können. Ihre Entführung durch einen Drachen und der Tod ihrer Mutter hatten sie arg mitgenommen, daher hatte Daeron sie auch nicht weiter bedrängt. Anscheinend meinte er, um Kinder in die Welt zu setzen, sei noch genügend Zeit, hatte er erst einmal die Weltherrschaft an sich gerissen. Um etwas anderes ging es ihm ja ohnehin nicht: Elvion zu regieren mit jemandem vom Blute der Thesalis, den er kontrollieren konnte. Es war lächerlich gewesen, anzunehmen, Daeron hätte sie jemals geliebt.

»Guten Abend.« Daeron verbeugte sich knapp vor ihr, was ihr lächerlich und verhöhnend erschien. Vinae hatte nicht viel zu seinem Verrat und den schändlichen Vergehen gesagt, denn seine Drohungen waren allzu deutlich gewesen, doch dafür ließ sie ihn ihre Abneigung bei jeder Gelegenheit spüren.

»Benötigt Ihr wieder meine Dienste?«, fragte sie mit einem übertrieben höflichen Lächeln. »Ich kann Euch versichern, die Abgrenzung der Drachen hält.«

Daeron winkte ab. »Das ist jetzt unwichtig«, sagte er. »Die wichtigsten Vorbereitungen sind getroffen. Von mir aus soll die Königin der Drachenelfen mit ihren Leuten kommunizieren. Sie wird sie ohnehin nicht mehr erkennen. Außerdem wissen sie und Eamon bestimmt ohnehin schon, wo die Drachen sind. Wir warten auf sie.«

»Also brauche ich den Zauber nicht mehr zu erneuern?«

»Nein.« Er schob sie etwas zur Seite, was ihr allein schon durch die flüchtige Berührung zuwider war. »Hast du Veresil gesehen?«, fragte er dann etwas leiser und warf einen Blick zu den beiden Schlangenschilden, die Vinae stets begleiteten. »Ich vermisse ihn seit zwei Tagen.«

Nun wurde Vinae doch noch hellhörig und schenkte ihrem Gatten die volle Aufmerksamkeit. »Veresil?«, fragte sie voller Unglauben, denn der Anführer der Schlangenschilde war stets verlässlich und dem Fürsten gegenüber loyal gewesen. Es musste etwas passiert sein, wenn er tatsächlich seit zwei Tagen verschwunden war. Vielleicht war das Heer der Königin bereits näher als vermutet. Auch Nevliin würde einen Angriff auf Acre wagen, entweder allein oder mit seinen verbliebenen Rittern, doch konnte das etwas mit Veresils Verschwinden zu tun haben?

»Seid Ihr sicher, dass er nicht bei der Bewachung der Drachen oder der Königin ist?«, fragte sie nun deutlich besorgt. Natürlich war sie für einen Sieg der Königin und hoffte auf ein Gelingen von Eamons und Aurüns Plan, egal, wie dieser auch aussehen mochte – sie würde auch alles dafür tun, Daerons Pläne zum Scheitern zu bringen, doch die Opfer auf Sonnentaler Seite würden sie trotzdem treffen. Schließlich kannte sie die Krieger hier ihr ganzes Leben lang; die meisten wurden in diesen unnötigen Krieg gezwungen. Vermutlich vertrauten die Fürstenbrüder daher auch auf die Drachen, denn ihren eigenen Kriegern konnten sie nicht allen trauen. Es würde bestimmt einige geben, die während einer Schlacht überlaufen würden. Daher wollte es Vinae auch gar nicht so weit kommen lassen, ihre letzte Hoffnung bestand in einem Ende ohne Blutvergießen. Dazu musste sie jedoch das Herz an sich bringen und Aurün übergeben.

Eine Schlacht – Vinae konnte sich nur wenig darunter vorstellen. Es durfte einfach nicht so weit kommen.

»Nein, er ist spurlos verschwunden«, antwortete ihr Daeron, der ebenso beunruhigt schien. »Ich will, dass du das Schloss heute nicht verlässt. Du kannst raus in den Hof, aber in die Stadt gehst du erst wieder, wenn ich es dir sage.«

Vinae machte einen Knicks. »Wie Ihr wünscht.« Sie wollte sich eben umdrehen, da schlossen sich Daerons Finger um ihren Arm.

»Ich bin froh, dass du wohlbehalten zurück bist«, raunte er voller Sanftheit und beugte sich zu ihrem Ohr hinab. »Vielleicht besuchst du mich heute nach dem Abendessen in meinen Gemächern und erzählst mir von deinen Plänen für das Land. Wir hatten seit deiner Rückkehr kaum Zeit füreinander.«

Vinae schluckte. Was spielten ihre Pläne noch für eine Rolle, wenn einer der Fürsten erst mal König war? Wie stellte Daeron sich das vor, oder würde er ihr diese Antworten heute Nacht geben? Wohl kaum.

»Wie Ihr wünscht«, wiederholte sie daher, in ihrem Bemühen, sich ihren Schreck nicht allzu sehr ansehen zu lassen, und wandte sich ab. Zu ihrem Glück ließ Daeron sie los, ohne seine Pläne für die Nacht weiter auszuschmücken.

Womöglich wollte er tatsächlich mit ihr über die Zukunft sprechen, jetzt, wo ein Kampf mit ziemlicher Sicherheit bevorstand und keiner wusste, was der nächste Tag brachte. Er hatte den Krieg gesucht, und jetzt würde er ihn bekommen, denn er zweifelte nicht an dessen Ausgang. Wegen der Drachen war er sich des Sieges sicher. Vinae fürchtete das Ende, egal, wie es ausgehen sollte. Sie hatte auf beide Weisen zu verlieren und wusste, dass sie den Fürstenbrüdern und ihrer Mutter niemals verzeihen würde, dass sie dieses Übel ausgelöst hatten. Schlimm genug, dass die Nebelpriester den Krieg zurück in dieses Land gebracht hatten, doch anstatt endlich wieder in Frieden zu leben, führte das Sonnental die Kämpfe weiter. Diese Tat würde sie niemals verstehen.

Im Moment war es jedoch weniger der nächste Tag, den sie fürchtete, sondern die kommende Nacht. Könnte sie sich Daeron hingeben, nach allem, was er getan hatte? Andererseits hatte auch sie bei einem Dämon gelegen, doch Gregoran war ihr niemals so bösartig erschienen wie ihr Gatte. Wie sollte sie Daerons Nähe aushalten, wo er der Inbegriff des Unglücks für dieses Land war?

Sie hatte Gregoran getötet – in einem langwierigen und

schmerzhaften Abschied, nicht einmal seine Seele lebte noch. Und was war mit Ardemir? Er war nun ein Drache. Als die Drachen Acre erreicht hatten, war sie zwischen ihnen hindurchgegangen und hatte jedem Einzelnen von ihnen in die Augen geblickt, doch sie hatte Ardemir nicht entdecken können.

Das Abendessen nahm Vinae allein in der Küche ein, um Daeron noch eine Weile zu entgehen, doch noch nicht einmal zwischen den dampfenden Töpfen fühlte sie sich wohl. Seit Enra fort war, erschien ihr Acre noch trostloser, daher zögerte sie ihren Besuch in den feindlichen Gemächern noch etwas hinaus und ging in den Schlosshof, der auf allen vier Seiten von Gemäuern und Arkadengängen eingeschlossen wurde.

Die Sonne war bereits untergegangen, doch noch war es nicht vollkommen dunkel.

Mit dem Wissen, dass ihre beiden Aufpasser am Tor bleiben würden, um sie zu beobachten, schlenderte Vinae auf den Springbrunnen zu, der sich im Schein der fernen Lampen von der Schwärze der Nacht abhob. Das Wasser plätscherte unermüdlich in das riesige Becken. Vinae konnte sich nicht ewig hier draußen verstecken, doch zumindest konnte sie sich einen Moment der Ruhe gönnen. Sich darauf vorbereiten, dass Daeron vielleicht nicht nur reden wollte, sondern auf die Einhaltung ihrer Abmachung bestand. Würde es sehr schlimm werden? Wie würde er sie behandeln? Spielte das überhaupt eine Rolle?

Kaum hatte Vinae sich auf dem Rand des Springbrunnens niedergelassen und ihre Hand in das laue Wasser getaucht, erschien ein Schatten neben ihr. Sie sprang auf und konnte eben noch einen Aufschrei unterdrücken. Es dauerte einige Augenblicke, bis ihr klar wurde, wer vor ihr stand

»Veresil!«, zischte sie und zog den Elfen in die dunkleren Schatten des Brunnens, damit die anderen Schlangenschilde ihn nicht sofort entdeckten. »Was macht Ihr hier? Wo wart Ihr?«

»Meine Herrin.« Der Anführer der Schlangenschilde schien nervös. Seine schwarze Uniform war geradezu zerfetzt, doch am auffälligsten war das Fehlen der Blutschlange an der Brust. Sie war herausgeschnitten worden.

»Nun sprecht doch.« Vinae hätte ihn am liebsten gepackt und geschüttelt. »Das ganze Schloss sucht bereits nach Euch.«

»Ich weiß.« Seine Stimme klang kalt und auf sonderbare Weise so bedrohlich, dass sie unwillkürlich einen Schritt zurückwich.

Veresil hielt ihr ein Papier hin. »Lest das«, sagte er knapp.

Vinae nahm das Papier entgegen. Einen Augenblick später blitzte eine Klinge vor ihrem Gesicht auf.

Zu überrascht, um richtig zu begreifen, was hier geschah, erstarrte sie. Würde er sie nun töten? Doch warum sollte sie zuvor noch einen Brief lesen?

Veresil drehte die Klinge in seiner Hand mit einer geübten Bewegung herum und stieß sie sich mit einem Ruck in die Brust, ohne seinen Blick von ihr zu nehmen. Er hatte unglaublich grüne Augen, klar und hell wie ein See, fiel ihr auf. Dann drang ein entsetzter Schrei aus ihrer Kehle, schrill und so laut, dass die Drachen draußen vor dem Tor ebenfalls zu brüllen anfingen.

Der leblose Körper des Kriegers fiel Vinae entgegen. Die ganze Welt schien über ihr zusammenzubrechen, die dunkle Decke der Nacht sie einzuhüllen und die Zeit zum Stillstand zu bringen. Eben noch hatte sie am Springbrunnen gesessen, Veresil hatte noch gesprochen und jetzt …

Da sie den toten Veresil nicht halten konnte, stürzten sie gemeinsam. Vinae wurde unter dem Leichnam begraben. Ihre Hände fanden den Dolch, der aus seiner Brust ragte. Trauer überkam sie.

Nicht schon wieder, dachte sie nur und starrte ihre blutbesudelten Finger an, in denen sie immer noch den Brief hielt. Wann hörte das auf? Wie viele mussten noch sinnlos sterben? Was war mit dieser Welt nur geschehen?

Hände umfassten ihre Arme und zogen sie etwas zurück, dunkle Gestalten knieten neben dem Toten nieder und suchten nach Lebenszeichen, doch für Vinae waren es nichts als Traumfiguren in einer anderen Dimension.

Feucht vom warmen Blut rutschten ihre Finger über den Brief. Fackeln waren entzündet worden, so dass sie die verschnörkelten Buchstaben lesen konnte. Es war eine Liste. Namen, drei Seiten lang.

Immer noch in ihrer Trance, blätterte sie Seite für Seite um, überflog die Namen und verharrte schließlich bei den letzten. *»Nefgáld, Elrohir, Enra.«*

Ein wimmernder Laut drang durch die Luft, der wohl von ihr selbst stammte, als sie zurück auf die Fersen sank und auf den zitternden Brief starrte. *»Es ist genug«*, stand unter den Namen ihrer Freunde, die ihr eine Familie gewesen waren. *»Sie alle fielen durch meine Hand. Jetzt ist es genug. Keine weiteren Toten mehr.«*

»Meine Herrin?« Immer mehr Schlangenschilde fanden sich ein, und der eine oder andere versuchte sie anzusprechen, doch Vinae konnte nicht antworten.

In ihrem Kopf begann sich alles zu drehen, der metallisch salzige Geschmack von Blut breitete sich in ihrem Mund aus, und sie fühlte, wie ihre schnellen und kurzen Atemzüge sie hyperventilieren ließen. Ihre Hand krallte sich um den Brief, und sie sah immer noch Enras Gesicht vor sich.

»Sie sind abgereist. Enra hielt es für das Beste, um den Jungen nicht noch weiter zu reizen. Sie wollte keine Zeit verlieren.«

»Nein!«

Die Schlangenschilde drehten sich verblüfft zu ihr um, als Vinae auf die Beine sprang und mit gerafften Röcken zurück zum Schloss lief. Das durfte nicht wahr sein. Die Orakel, die Tempeldiener, die Nebelpriester, ihre Mutter, Gregoran, Ardemir, die Silberritter, Veresil und jetzt auch noch Enra und die Jungen. Wofür? Wie krank musste jemand sein, um solches Leid zu verbreiten? Wie viele Tote musste sie noch hinnehmen? War die Königin die nächste? Oder ihr Vater? Nevliin? Aurün? Wen wollte Daeron noch aus dem Weg haben? Wie hatte sie nur glauben können, als Fürstin des Sonnentals irgendjemanden schützen zu können? Seit sie sich zu diesem Handel hatte hinreißen lassen, war alles nur noch schlimmer geworden!

Mit beiden Händen stieß sie das Tor zum Schloss auf. Sie musste nicht lange suchen. Daeron kam ihr mit weiteren Schlangenschilden die Treppe herab entgegen. Der Tumult war ihm nicht entgangen, doch schien er nicht im Geringsten beunruhigt zu sein.

Zum ersten Mal in ihrem Leben verlor Vinae jede Beherrschung.

»Mörder!«, kreischte sie durch die Halle. Daeron blieb, verblüfft über ihren Ausbruch, stehen. Sie musste auch wirklich furchteinflößend aussehen, von oben bis unten voller Blut und puren Hass in den Augen. »Ihr habt sie alle umgebracht!« Ohne sich um die anderen zu kümmern, drückte sie Daeron die verschmierten Papierbögen gegen die Brust. »Ihr habt sie umgebracht! Einfach so! Sie alle … sie sind tot!«

»Vinae …« Er versuchte sie festzuhalten, doch Vinae war nicht mehr zu bändigen. Jetzt war es genug. Sie war nicht mehr das kleine Mädchen. Die letzten Wochen hatten sie zu einer anderen gemacht, jeder Tote auf ihrem Weg hatte sie verändert. Mit all ihrer Kraft schlug sie auf ihn ein.

»Ich wurde Eure Frau!«, schrie sie so laut, dass ihre Kehle weh tat. »Um deren Leben zu schützen, doch Ihr habt sie genommen!«

»Vinae ...« Seine ruhige Stimme brachte sie beinahe um den Verstand. »Sag mir, was passiert ist.« Daeron entriss ihr die blutigen Papierfetzen und ließ sie zu Boden fallen. Dann packte er ihre Schultern und hielt sie eisern fest. »Was ist passiert?«, fragte er noch einmal.

»Veresil!«, spie sie ihm ins Gesicht. »Auch ihn habt Ihr auf dem Gewissen! Ihr habt ihn für Eure Morde benutzt, ihn zu einem Meuchler gemacht, bis er daran zerbrach. Er war einmal ein Mann, und Ihr habt ihn zerstört – wie so viele andere«

»Vinae, ich bitte dich ...«

»Nein! Schluss mit den süßen Worten!« Ihr Atem ging so schnell, dass sie um jedes Wort kämpfen musste. »Ihr, Daeron«, keuchte sie. »Ihr seid das Gift dieses Landes. Ihr tötet lautlos, und beinahe hättet Ihr mich ebenfalls gekriegt. Aber jetzt ist es genug. Meine Familie ist tot, aber für mich existiert Ihr gleichfalls nicht mehr.«

»Sag das nicht.« Sein Griff um ihre Arme wurde stärker. »Vinae, mir blieb keine andere Wahl. Dieser Junge hätte es immer wieder versucht, ich konnte ihn nicht straflos davonkommen lassen. Er hat einen Anschlag auf uns verübt.«

»Ihr gabt mir Euer Wort! Ich wurde Eure Frau!«

»Nur aus diesem Grund?« Daeron beugte sich zu ihr vor und schüttelte sie leicht. »Wirklich nur aus diesem Grund? Belüge dich nicht! Du weißt, du gehörst zu mir. Du magst andere Ansichten haben als ich, und doch fühlst du für mich.«

»Hass!«

»Liebe und Hass liegen nahe beieinander. Glaubst du etwa, ich ärgere mich niemals über dich? Glaubst du, ich hätte mir nicht schon oft gedacht, wie viel einfacher mein Leben ohne dich wäre? Manchmal wünschte ich mir, ich könnte dich aus mir herausschneiden, aber das macht doch unsere Liebe aus, Vinae. Du wirst dich wieder beruhigen …«

»Nein.« Seine Worte waren falsch und ohne jeden Sinn. Früher hatte er sie mit seinen Worten vielleicht noch berührt, sie überzeugen können, dass er es wert war, auf das Gute in ihm zu vertrauen, doch es war vorbei. Diese Erkenntnis fiel ihr wie eine Last von der Schulter.

Mit einem Ruck befreite Vinae sich aus seinem Griff. Sie würde sich nicht mehr von ihm in Fesseln legen lassen. »Ich habe Euch nie gehört, und dass ich Euer Blut getrunken habe, hat daran nichts geändert.«

Vinae drehte sich um und lief, als hätte sie plötzlich Flügel. Sie wollte nur noch heraus aus dem Schloss, heraus aus der Stadt, aus dem Sonnental. Daeron würde sie nicht mehr aufhalten. Vielleicht würde sie auf Eamon und die anderen treffen und sie warnen können. Auf jeden Fall würde sie sich nicht mehr in diesen Krieg ziehen lassen. Alles, was sie liebte, war gestorben oder zerstört. Sie würde in einen Tempel gehen, wie sie es immer vorgehabt hatte, und dort beim Wiederaufbau helfen, um danach nur noch als Heilerin tätig zu sein.

Dieser Plan ließ sie aufatmen, als sie das Schlosstor aufstieß und in den von Fackeln beschienenen Hof hinaustrat. Immer noch waren unzählige Schlangenschilde dort unten, Veresils Körper war zugedeckt worden, und man hatte das Tor zum Marktplatz geöffnet. Ein nicht besonders hochgewachsener Elf mit kurzem, zerzaustem Haar und zerschlissener Kleidung trat in den Hof. Seine blasse Haut schimmerte im Schein der Fackeln, und seine sonst dunklen Augen leuchteten in grellem Grün.

»Ardemir …« Der Drang, auf ihn zuzulaufen und sich in seine Arme zu werfen, war schier übermächtig, doch da fiel ihr Blick auf die anderen Elfen, die ihm folgten. Es war eine Gruppe Silberritter. Ihr Gang wirkte mechanisch, als hingen sie an Fäden.

Alle Gedanken an Flucht verschwanden genauso schnell, wie sie gekommen waren. Unfähig, sich zu bewegen, starrte Vinae zu Ardemir, der zwar kein Drache, aber doch fremd war und geradewegs auf sie zukam.

»Da kommen die restlichen«, hörte sie plötzlich Daerons Stimme neben sich. Als er seine Hand auf ihre Schulter legte, hatte sie nicht die Kraft, sich von dieser Berührung zu befreien.

»Ardemir«, flüsterte sie noch einmal und meinte, an seinem Anblick zu zerbrechen. Er war verloren, denn die Einzigen, die gewusst hatten, wie man ihm und den anderen Rittern helfen konnte, waren tot. Ardemir würde ein Drache werden, auch wenn er jetzt noch in seinem elfischen Körper war. Ein Elf, der von den Sonnentaler Fürsten kontrolliert wurde. »Was haben sie dir angetan?«

»Ah, genau«, meinte Daeron mit einem dunklen Unterton. »Der Vetter der Königin. Beim letzten Mal war er noch ein Drache.« Er wandte sich Vinae zu. »War er schon wieder zurückverwandelt, als du vor ihm geflohen bist?«

Vinae nickte geistesabwesend und sah Ardemir immer noch entgegen. Er war wieder ein Elf gewesen, er war alles gewesen, was sie sich jemals gewünscht hatte, so ehrlich in seiner Leidenschaft.

Die Schlangenschilde führten die neuangekommenen Krieger an Daeron und Vinae vorbei in den Durchgang zum Garten, von wo aus die Verliese zu erreichen waren. Als jedoch Ardemir an ihnen vorbeikam, hielt Daeron sie auf.

»Der nicht«, sagte er und bedeutete Ardemir, zu ihnen hochzukommen. »Mit ihm habe ich noch etwas zu besprechen.«

Vinae spürte, wie ihr alle Farbe aus dem Gesicht wich.

»Was habt Ihr mit ihm vor?«, fragte sie Daeron, doch der lächelte sie nur auf solch unverhohlen bösartige Weise an, dass es ihr beinahe den Boden unter den Füßen wegriss. Dann führte er Ardemir zurück ins Schloss.

Vinae eilte ihnen nach. Was konnte sie tun? Ardemir war der, den sie liebte. Am liebsten hätte sie ihn umarmt, ihrer Freude Ausdruck verliehen, ihn zu sehen, wenngleich Angst ihr Herz erfüllte.

»Also«, meinte Daeron an Ardemir gewandt. Er schien sich nicht an ihrer Anwesenheit zu stören. »Was sollte Euer Erscheinen bei unserer Hochzeit?«

»Ich wollte Vinae holen«, kam sofort die lakonische Antwort. Ardemir blickte an Daeron vorbei ins Leere. Er schien sich nicht gegen Daeron wehren zu können, und als Vinae klar wurde, dass er jede Frage wahrheitsgemäß beantworten würde, spürte sie Panik in sich aufsteigen.

»Wieso?«, fragte Daeron.

»Um sie von der Hochzeit abzuhalten.« Ardemir schien nicht zu sich zu finden. »Weil sie schon mein ist«, antwortete er ohne jedes Gefühl in der Stimme, und doch riss Vinae genauso wie Daeron die Augen auf. Unwillkürlich fasste sie ans Treppengeländer und hielt sich dort fest. Es war die Wahrheit. Sie war sein, war es immer schon gewesen.

Daeron schien sie überhaupt nicht wahrzunehmen, und der kurze Schock über diese Eröffnung schien wieder verflogen, als er fortfuhr. »Was habt Ihr mit ihr zu schaffen, um so etwas zu behaupten?«, fragte er, und da spürte Vinae das Unheil bereits wie eine Riesenwelle anrollen.

»Ich kenne sie ihr Leben lang«, antwortete Ardemir. »Wir sehen uns regelmäßig und sind seit jeher Freunde.«

»Regelmäßig?« Daeron warf Vinae einen flüchtigen Blick zu. »Aus welchem Grund?«

»Vinae übergibt mir Informationen über das Fürstentum für die Königin. Sie ...«

»Nein, Ardemir!« Vinae eilte auf ihn zu, doch da packte Daeron ihren Arm und schob sie hinter sich.

»Rede!«, forderte er Ardemir auf, und der begann zu erzählen, von jeder kleinen Information, die sie an Ardemir und damit an die Königin weitergegeben hatte. Er erzählte von ihren Bemühungen, die Fürsten zu hintergehen und den Leuten der Siedlungen zu helfen, von ihren Diebstählen der Gifte und den Befreiungen von Gefangenen. Und dann kam er zu dem Grogon. Vinae meinte, auf der Stelle tot umfallen zu müssen.

»Sie berichtete uns auch von den Drachen, welche in den Verliesen gefangen sind, und später auch von dem Grogon, der dort unten eingesperrt war. Nachdem sie ihn befreit hatte, kam sie mit ihm nach Averdun, um mit ihm gegen die Nebelpriester zu kämpfen. Es war ihre Idee.«

»Nachdem sie ihn befreit hatte«, wiederholte Daeron mit einer Ruhe, die nichts Gutes bedeuten konnte.

»Fürst Daeron«, begann Vinae, doch der hob nur seine Hand und ließ sie sofort wieder verstummen.

»Was meint Ihr, Ardemir«, fragte er. »Wieso hätte sie so etwas tun sollen? Wieso sollte sie beinahe hundert Elfenleben opfern, um diesen Dämon zu befreien?«

Ardemir sah immer noch geradeaus zwischen Daeron und Vinae hindurch. »Ich weiß es nicht«, antwortete er. »Doch es schien eine Liebschaft zwischen den beiden gegeben zu haben.«

Der Griff um Vinaes Hand zog sich zu wie ein Schraubstock. »Ardemir«, flüsterte sie atemlos und fragte sich, ob er tief in seinem Inneren wohl wusste, was er da eben angerichtet hatte.

»Und was ist mit Euch?«, stellte Daeron dann plötzlich eine

noch viel gefährlichere Frage. »Ihr sagtet, sie wäre Euer. War sie auch wirklich *Euer?* Gab es, oder gibt es auch zwischen euch beiden eine Liebschaft?«

»Daeron ...« Vinae versuchte, seine Finger von ihrem Arm zu lösen, versuchte, ihn zu sich umzudrehen, damit sie vernünftig mit ihm reden konnte, doch er ließ sich von ihr nicht beirren, durchbohrte Ardemir weiter mit seinem Blick.

»Ja«, antwortete Ardemir mit seiner eintönigen Stimme. »Sie war mein. Einmal.«

»Wann?« Daeron zerquetschte beinahe ihren Arm.

»Nach der Hochzeit«, erwiderte er.

Vinae hätte beinahe ihr Gleichgewicht verloren, als Daeron sie völlig unerwartet losließ, als hätte er sich an ihr verbrannt.

Einige Momente lang geschah gar nichts. Ardemir blickte immer noch seelenlos vor sich hin, Daeron starrte ihn an, und Vinae überlegte fieberhaft, wie sie sich und Ardemir aus dieser Situation retten konnte. Fliehen wäre wohl das Beste, doch Ardemir würde Daeron gehorchen, solange dieser Bann anhielt.

»Zuerst ein Dämon«, flüsterte Daeron gedankenvoll. »Und dann ein Drache.«

Sein Handrücken traf Vinae so unterwartet und mit solcher Wucht, dass sie von den Füßen gerissen wurde und auf die Treppe gegen das Geländer prallte. Helle Lichter tanzten einen Moment lang vor ihren Augen. Warmes Blut floss ihre Wange hinab.

»Ich bin Gift?«, schrie Daeron. Niemals zuvor hatte Vinae ihn wirklich brüllen gehört. »Du elende Schlange nennst mich einen Mörder?« Sein Fuß trat gegen die Treppe, nur eine Haaresbreite von ihr entfernt. »Du bist hier das Gift, so dass ich nicht gleich gesehen habe, was für eine Hure du bist! Du hast gute Krieger auf dem Gewissen, die der Dämon, dein Liebhaber, getötet hat. Du hast zerstört, was ich für *uns* aufgebaut hätte. Für dich und mich!« Ein weiterer Schlag, diesmal nahe an ihrem Kopf. »Ich habe dich zu meiner Frau gemacht, du seelenlose Natter, zur Fürstin! Ich hätte dir alles geben können. Und was machst du? Was für eine Heuchlerin du doch bist! Und ich habe dir mein Herz geschenkt! Ich verfluche dich, Vinae Thesalis.« Ruckartig richtete er sich wieder auf.

Einen Moment lang war es ruhig, nur Daerons schneller Atem war zu hören.

Langsam hob Vinae ihren Kopf und blickte ihn an. Das Gefühl, ihm endlich nichts mehr vormachen zu müssen, verlieh ihr eine gewisse Stärke. »Ich mag vieles sein«, sagte sie mit ungewohnt kalter Stimme, »aber zumindest werde ich niemals die Eure sein.«

Daeron starrte sie an, seine Hände ballten sich zu Fäusten, und Vinae war sicher, er würde gleich auf sie losgehen, doch stattdessen wandte er sich ab und winkte die Schlangenschilde zu sich.

»Die Fürstin geht ins Verlies zu den anderen«, sagte er knapp und ohne sich noch einmal zu ihr umzudrehen. »Sie wird noch vor der Königin hingerichtet.«

Ardemir

Er hörte sie erst jetzt, obwohl sie gewiss schon länger an der anderen Seite seines Verlieses kratzte. Es war ihm unmöglich, irgendetwas zu erkennen, die Dunkelheit war vollkommen, und doch wusste er, wo er sich befand. Er roch den feuchtmodrigen Geruch der Wände, den Schimmel des raschelnden Strohs unter ihm.

»Ardemir«, kam es wieder von der anderen Seite der Steinwand. »Bitte, kannst du mich hören? Ich weiß, du bist nicht verloren. Antworte.«

Unter grässlichen Schmerzen in den Schultern und Gelenken drehte er sich zur Seite und legte sein Gesicht an den Stein. Seine Hände waren auf den Rücken gekettet, doch es gelang ihm, den schmalen Sprung in der Wand zu erreichen.

»Vinae«, krächzte er. So oft hatte er sie in den letzten Wochen für verloren gehalten. So oft hatte er geglaubt, sie nie wieder sprechen zu hören oder selbst sein Wort an sie zu richten. Nach ihrer gemeinsamen Nacht war der Drache in ihm ständig stärker geworden, bis er sich nicht einmal mehr an Vinaes Antlitz hatte erinnern können. An jedem kleinsten Detail hatte er versucht, sich festzuklammern, ihrem Duft, ihrem Atem auf seiner Haut, ihrer Wärme, doch all das war ihm weggenommen worden, bis es ihm endlich gelungen war, sein Selbst zurückzuerobern. Jetzt war er wieder hier, und sie war ganz nah. »Es tut mir so leid«, brachte er aus seiner ausgetrockneten Kehle hervor, »du weißt ja gar nicht …«

»Doch, ich weiß.« Ein tiefes Seufzen war zu hören. »Du hast ja keine Ahnung, wie froh ich bin, dass du wieder du selbst bist. Du bist doch wieder du, oder?«

Das Lachen schmerzte in seiner Brust, und doch tat es ihm erstaunlich gut. »Ja«, antwortete er ihr. »Ich bin es. Zumindest noch. Vin, hör mir zu, ich …«

»Du musst mir nichts erklären. Sie kontrollieren dich durch das Herz. Genauso wie alle Drachen und Drachenelfen. Auch die Silberritter sind betroffen. Es waren die Nebelleute, sie …«

Ardemir schüttelte den Kopf. »Die Nebelleute? Aber wir sind doch in Acre. Es war Daeron, der mich hier einsperren ließ … und dich …«

»Die Nebelpriester sind tot«, antwortete Vinae. »Gregoran hat sie getötet, und Nevliin hat die Anführerin umgebracht.«

»Nevliin …«

»Unwichtig«, unterbrach Vinae ihn voller Ungeduld. »Meine Mutter hat das Herz für die Fürsten gestohlen, auch sie ist tot, genauso wie Gregoran und …«

»Jetzt warte mal.« Ardemir meinte, in einen Traum geraten zu sein. »Wovon sprichst du hier überhaupt? Was, bei den Sternen, ist passiert, nachdem du … weggegangen warst?«

»Das ist doch jetzt egal. Es zählt nur, dass Menavor und Daeron die Königin hier gefangen halten.«

»Liadan?«

»Ja, sie wollen den Thron Elvions, aber dazu muss auch Eamon aus dem Weg geräumt werden. Die Drachen sollen ihn töten und danach Lurness einnehmen.«

Stöhnend ließ sich Ardemir gegen die Wand sinken. Mit aller Kraft, die seiner Seele innewohnte, hatte er gegen diese fremde Macht in seinem Inneren angekämpft, um wieder die Oberhand über seinen Körper zu gewinnen, um nur noch einmal Vinae vor sich zu sehen – und dann musste er erfahren, dass das ganze Land vor die Hunde ging. Seine Cousine war genauso hier gefangen wie er selbst. Eamon sollte hier sterben, und die Fürsten sollten über ganz Elvion regieren. Das durfte niemals geschehen.

»Ich habe ihm alles gesagt«, flüsterte er zur anderen Seite der Wand. »Ich konnte nichts dagegen tun. Ich habe es versucht, wirklich, aber …«

»Das spielt keine Rolle mehr.« Die Dringlichkeit ihrer Stimme war verschwunden, und nun sprach nur noch die Müdigkeit aus ihr. »Ardemir, das ist alles nicht mehr wichtig. Wir müssen Eamon warnen. Die Königin soll hingerichtet werden.«

Daerons Worte hallten in seinem Kopf. »Aber zuerst bist du dran«, gab er zurück, wissend, dass die Chancen, aus den Fängen des Sonnentals zu entkommen, diesmal verschwindend gering waren. »Du musst versuchen, zu fliehen.«

»Das ist nicht möglich.«

»Unsinn.« Die Ketten klirrten, als er sich näher an den Spalt in der Wand zu schieben versuchte. »Du kennst dich hier aus. Du kannst entkommen, Eamon warnen und …«

»Nein, Ardemir.« Ihre Stimme war voller verzweifelter Ungeduld. »Und selbst wenn es einen Weg gäbe, ich lasse dich hier nicht zurück. Ist das Herz erst einmal bei Aurün, kann sie vielleicht etwas für dich tun.«

»Das wissen wir nicht.« Wie gern würde er daran glauben, doch das Fremde in ihm war jeden Augenblick präsent. Ardemir wusste nicht, ob er jemals wieder zurückfinden würde, wenn der Drache erneut über ihn siegte. Mit jedem Mal war es schwieriger geworden, und obwohl er immer noch bereit war, zu kämpfen, verfügte er längst nicht mehr über die notwendige Kraft.

Was auch immer die Priesterinnen mit ihm gemacht hatten,

es entfaltete seine volle Wirkung. Jeder Moment, den er hier noch mit Vinae sprach, konnte sein letzter sein.

»Vin«, versuchte er sie daher zu beschwören. »Du bist unsere einzige Hoffnung. Ich bin längst verloren, aber du nicht. *Noch* lebst du, und solange dein Herz schlägt, bist du eine Waffe gegen die Fürsten.«

»Noch lebst du genauso«, gab sie wütend zurück, was ihn unwillkürlich schmunzeln ließ. »Wir werden heil hier rauskommen, alle beide und …«

»Hör auf damit, Vin.«

»*Und* wir werden das Herz und die Drachen retten. Die Fürsten werden dafür bezahlen, Ardemir, und …«

»Und wie willst du das anstellen?« Er bewegte sich, so dass die Ketten laut klirrten. »Du bist genauso angekettet wie ich. Noch dazu ist meine Zeit längst abgelaufen. Ich werde schwächer, und sie werden mich erneut kriegen.«

»Nein. Ich werde dich nicht verlieren«, sagte sie mit bemühter Entschlossenheit. »Ich habe schon so viele verloren, dieser sinnlose Krieg hat zu viele Opfer gefordert, aber wir werden nicht dazugehören, hast du verstanden? Irgendwann in diesem verfluchten Land muss es doch auch einmal ein gutes Ende geben.«

Ardemir ließ seufzend seine Stirn an den kalten Stein sinken. »Ich fürchte nur, meine Liebe«, meinte er mit geschlossenen Augen, »wir beide sind nicht die Auserwählten, um solch ein Ende zu erleben.«

»Soll das heißen, du gibst auf?«

»Das soll heißen, dass ich begriffen habe, was hier vor sich geht.« Er lachte voller Bitterkeit auf. »Meine Güte, ich wünschte, der Dämon wäre nicht auch schon tot. Er wäre unser einziger Ausweg gewesen.«

»Gregoran starb, weil er in dieser Welt keinen Platz mehr

hatte«, sagte Vinae zu seiner Verblüffung völlig ernst. »Es ist jetzt unsere Aufgabe, alles dafür zu tun, dass die Fürsten nicht siegen. Und ob du es hören willst oder nicht – alles hängt von *dir* ab.«

»Was meinst du damit?«

»Du hast eine Stärke in dir, Ardemir, die uns retten kann. Du musst nur etwas länger durchhalten. Du darfst nicht zulassen, dass sie dich erneut kontrollieren. Nach meiner Hinrichtung musst du …«

»Nach deiner Hinrichtung?!« Ein stechender Schmerz fuhr durch seine Schulter, als er sich ruckartig nach vorn beugte. »Dazu wird es nicht kommen. Und wenn ich das ganze Schloss zerstören muss. Außerdem besteht noch Hoffnung, dass Daeron wieder zur Vernunft kommt.«

»Das wird er nicht. Er will mich büßen lassen, und in seiner Rage ist er niemals fähig, klar zu denken. Vielleicht bereut er seine Entscheidung eines Tages, aber dann wird es zu spät für mich sein.«

Ardemir atmete ruhig ein und versuchte, sich die Angst bei ihren Worten nicht anmerken zu lassen. Zumindest um ihretwillen durfte er jetzt nicht verzweifeln. »Ich würde ja sagen, ich hab es dir gleich gesagt«, erklärte er. »Die Bösen scheinen nun einmal von dir angezogen zu werden.«

»Und was ist mit den Guten?«, fragte Vinae. »Bin ich auch für die interessant?«

Ardemir kniff die Augen zusammen und atmete tief durch. »Ich weiß es nicht«, sagte er, als er sich wieder nach vorn an die winzige Felsöffnung lehnte. »Ich weiß nur, was du mir bedeutest, und ich gehöre nicht zu dieser Gruppe.«

»Das ist nicht wahr.«

»Ach nein?« Er wünschte, die Hände nach Vinae ausstrecken zu können. »Ich wollte dich immer nur beschützen. Und jetzt sieh uns an. *Ich* habe dich in diese Lage gebracht. Ich habe dir weh getan, konnte dich weder vor Daeron, den Intrigen und Machenschaften um die Krone und schon gar nicht vor mir selbst schützen.«

»Es ist nicht deine Aufgabe, mich zu beschützen. Ich kann selbst mit Intrigen fertigwerden. Du bist der Letzte, vor dem ich Schutz brauche. Du …«

Ein Quietschen war zu hören, erneut das Klirren der Kette, dann eine fremde Stimme, die gedämpft zu ihm drang, doch als Ardemir die schweren Schlüssel hörte, wusste er, was das alles zu bedeuten hatte.

»Vinae!« Mit aller Kraft zog er an den eisernen Fesseln.

Sie waren gekommen, um Vinae zu ihrer Hinrichtung zu holen. Daeron würde sie tatsächlich töten lassen.

»Vinae! Du musst dich wehren! Du kannst dich befreien! Lass das nicht zu! Vinae!«

Sie gab keine Antwort, keine Abschiedsworte, nichts. Das Schweigen von ihrer Seite der Zelle sagte ihm alles. Sie würde nichts tun. Sie würde darauf vertrauen, dass er und Eamon die Fürsten besiegten.

»Vinae!« Immer wieder stemmte Ardemir sich gegen die Fesseln. Er wusste, er müsste nur den Drachen befreien, und das ganze Verlies würde zusammenbrechen, doch dann wäre es noch schwerer für ihn, die fremde Kontrolle über seinen Geist zu verhindern.

Was soll ich tun? Immer wieder jagte diese Frage durch seinen Kopf, während Vinae womöglich schon aufs Schafott geführt wurde. Was soll ich tun?

Plötzlich wurde auch seine Zellentür geöffnet.

Ardemir konnte nicht erkennen, wer zu ihm eintrat, denn das Licht einer Fackel blendete ihn. Seine Ketten wurden geöffnet, fremde Hände packten ihn an den Schultern. Er wurde auf die Beine gezerrt und in einen Gang geschleift. Es dauerte eine Weile, bis der Schmerz in seinen Augen etwas nachließ und er einen Blick auf seine Umgebung werfen konnte, doch die Keller hier unter dem Schloss sahen alle gleich aus.

Wenig später gelangten er und seine Begleiter auf den Schlosshof von Acre und hielten auf den Ausgang zu. Zwei Schlangenschilde hielten ihn jeder an einem Arm fest, weitere flankierten sie oder folgten ihnen mit einigem Abstand. Von anderen Elfen, Bediensteten oder Bewohnern war nichts zu sehen.

Durch den Bogengang und das offen stehende Tor gingen sie schließlich hinaus und passierten den Käfig mit den vor sich hinblickenden Drachen auf dem Marktplatz. Zusammengepfercht zwischen den Gitterstäben war es ihnen kaum möglich, sich zu bewegen, geschweige denn irgendetwas gegen ihre Situation zu unternehmen, doch die fremde Kontrolle verhinderte solche Versuche ohnehin.

Begafft von den Stadtbewohnern schritt die kleine Prozession die Hauptstraße entlang, bis sie die Stadt durch das Haupttor verließen.

Vor dem Tor war ein mehrere Fuß hohes Schafott errichtet worden, inmitten einer kleinen Arena, an dessen Einzäunung sich die Schaulustigen drängten. Überall herrschte Gedränge, jeder wollte den besten Blick auf das Geschehen erhaschen.

Ein Metallgerüst ragte hinter dem Schafott aus der Erde. Vage konnte Ardemir sich daran erinnern, mit den anderen Silberrittern daran vorbeigegangen zu sein, doch er war nicht Herr seines Körpers gewesen und so hatte er diesem Ungetüm keine Aufmerksamkeit geschenkt. Von der Spitze dieses Gerüsts, das höher als die Stadtmauern war, ging eine solch enorme Kraft aus, dass Ardemir die fremde Stimme in seinem Inneren lauter als jeden eigenen Gedanken hörte.

Gern hätte er die Augen mit der Hand abgeschirmt, um nicht gegen die Sonne zu blicken; es war ihm, als sehe er auf dem Gerüst die Umrisse eines Elfen, dessen langes Haar im Wind flatterte.

Ohne Genaueres zu erkennen, wusste Ardemir, was sich auf dem Gerüst befand: das Drachenherz. Von dort oben kontrollierte Fürst Menavor alle Drachen, Drachenelfen und beinahe alle Silberritter. Ardemir kam einen flüchtigen Moment lang der Gedanke, er könnte den Drachen entfesseln, dort hochfliegen und Menavor töten.

Der plötzliche Trommelschlag, der in drohendem Rhythmus ertönte, riss seine Aufmerksamkeit wieder zum Schafott. Ardemir war mittlerweile in die Mitte der Arena gebracht worden, die Schlangenschilde positionierten sich um ihn.

Stille kehrte bei den Umstehenden ein, als zu seiner Rechten Fürst Daeron auf den Wehrgang der Stadtmauer trat. Es war ungewohnt, ihn so allein und ohne Begleitung seines Bruders oder Meara zu sehen.

Ardemir vermochte sich kaum zu beherrschen, als mit weiteren Trommelschlägen Vinae auf das Schafott geführt wurde. Die Menge raunte und verlieh ihrer Empörung Ausdruck.

Nein, dachte Ardemir. Das würde dieser Verrückte nicht tun. Er war nicht so krank, dass er sich so etwas ausgedacht hatte.

Mit stoischer Ruhe blickte Vinae über die Arena hinweg. Weder sah sie ein einziges Mal zu ihm hinab noch zu Daeron, der sie hierhergebracht hatte. Das silberfarbene Kleid schimmerte in der Sonne. Die Risse und Blutspuren darauf waren kaum zu sehen. Ihr rabenschwarzes Haar glänzte und nahm das goldene Farbenspiel des Lichts in sich auf, während die blauen Augen irgendeinen Punkt in der Ferne anvisierten.

Nicht Vinae, flehte Ardemir ständig in Gedanken und

konnte nicht glauben, dass sie jeden Moment von ihm gerissen werden würde. Welch schwarzes Herz musste in Daeron schlagen, um ihn dabei zusehen zu lassen?

»Vinae Thesalis«, ertönte Daerons eiskalte Stimme auch schon von der Stadtmauer und ließ die Menge verstummen, »wurde schuldig befunden der Befreiung eines Grogons und der Mitverantwortung an mindestens fünfundachtzig Toten, darunter ihrer eigenen Mutter Meara Thesalis.« Fassungsloses Gemurmel ertönte um Ardemir herum, doch Daeron ließ sich davon nicht unterbrechen. »Vinae Thesalis gestand ihre Tat und wird von ihrem eigenen Komplizen hingerichtet werden.«

Zuallererst verstand Ardemir nicht, was das alles zu bedeuten hatte. Er hatte sich nur auf die Worte Hinrichtung und Vinae konzentriert, doch im nächsten Moment traf ihn die Wahrheit, als wäre eine glühende Klinge in ihn gefahren. Hingerichtet von ihrem Komplizen!

Schreiend vor Schmerz warf er den Kopf in den Nacken und blickte hoch zum Gerüst, auf welchem das Herz so deutlich glühte, als befände es sich nur eine Armeslänge von ihm entfernt. Auch Menavors graue Augen schienen ganz nah, starrten ihn an und drangen in ihn.

»Töte sie«, befahl dieser mit einschmeichelnder Stimme. »Befreie dich von ihr, befreie dich und töte sie. Lass die Hure brennen.«

Ardemir taumelte zurück, hielt seine Schläfen mit beiden Händen, doch die kalten Augen im Silbergrau eines Eisbergs verschwanden nicht, die Stimme wurde nicht leiser. Jemand packte seine Schultern und richtete ihn wieder auf.

»Du gehorchst«, wiederholte Menavor immer wieder. »Du gehorchst deiner Familie, du dienst deiner Familie, du bist eins mit deiner Familie. *Ich* bin deine Familie.«

»Nein!« Der Tumult um ihn drang kaum noch zu ihm hindurch. Da war nur noch Menavor, das Einzige, was zählte, was ihm etwas bedeutete, was irgendwie wichtig war.

»Vinae!« Ardemir riss seinen Kopf zurück, doch der Fürst verfolgte ihn, ließ jeden seiner Knochen wachsen, jeden Muskel, jede Sehne. Er erhitzte sein Blut, bis es dem Gefühl nach den Siedepunkt erreichte.

»Das könnt ihr nicht machen«, stöhnte Ardemir und versuchte, an Menavors Anblick vorbei Vinae auszumachen. Er versuchte das Schafott zu erkennen, suchte sie, während er haltlos zwischen den um ihn herumstehenden Schlangenschilden taumelte, die ihn stets nur wieder aufrichteten, wenn er zu Boden zu gehen drohte.

»Ich werde sie nicht töten.« Ardemir erkannte einen der Holzpfosten des Podests und blickte zur Plattform empor. Das Funkeln des Kleides drang in seine Augen, und obwohl Menavor ihn mit allen Waffen, die ihm zur Verfügung standen – Schmerz, Verwirrung, Wahnsinn –, traktierte, gelang es Ardemir, einen Moment lang Vinaes Blick zu begegnen.

Die Tapferkeit in ihrer Miene war purem Entsetzen gewichen, als sie zu ihm hinabblickte. Sie war an einen Mast gefesselt, die Arme waren hoch oben festgebunden, so dass sie auf den Zehenspitzen stehen musste. Auch sie schien nichts von diesem grausamen Plan geahnt und auf eine kurze, schmerzlose Hinrichtung gehofft zu haben. Daeron war besessen von Vinae, von seiner Eifersucht, und jetzt, wo er wusste, wie sie und Ardemir zueinander standen, gab es für ihn nur ein Ende, um beide loszuwerden.

Ein sengender Schmerz drang Ardemir in die Seite und breitete sich in seinem gesamten Körper aus. Der Drache in ihm brüllte und spie Feuer, während Ardemir ungläubig erkannte, was ihn da eben getroffen hat.

Beinahe jeder von den Schlangenschilden hielt plötzlich ein

langes Stück Eisen mit glühender Spitze in der Hand. Damit stachen sie auf ihn ein.

»Komm schon«, hörte er eine Stimme nahe an seinem Gesicht. »Lass los, sonst machen wir mit ihr weiter.«

Ein ihm fremd klingendes Brüllen drang aus seiner Kehle. Halte durch, versuchte er sich zu sagen, wenn du jetzt aufgibst, kehrst du nie wieder zurück. Halte durch!

Es ging nicht.

Schluchzend wie ein Kind und zugleich tierische Laute ausstoßend, zwang er sich, den Kopf zu heben. Er durfte Vinae nicht vergessen. Er musste wieder spüren, wie sie ihn berührt hatte, musste ihr Lachen auf seine dummen Witze hören, er durfte das alles nicht geschehen lassen.

Erneut fing das silberne Glitzern des Kleides seinen Blick ein – so wie damals auf dem Markt, als er sie das erste Mal in solch einem gesehen hatte –, und als er Vinae durch den Schleier aus Feuer und Menavors Antlitz erkannte, brach er in die Knie. Zwei Schlangenschilde gingen auf sie zu. Beide hielten sie glühendes Eisen in der Hand.

Vinae sah voller Angst zu ihm hinab. Ihr Kopfschütteln, während sie ihn mit diesen blauen Gletscheraugen anstarrte, brach kaum noch durch das Tosen des Drachens zu ihm durch. Sie versuchte ihm zu sagen, dass er sich durch ihre Qualen nicht aufgeben durfte, dass sie auch die Brandeisen aushalten würde, aber es war zu spät. Der erste von den Schlangenschilden ließ ein rot leuchtendes Metall auf sie herabfahren, und mit Vinaes gellendem Schrei verlor Ardemir sich in der Raserei einer Bestie.

Aurün

»Wir können nicht warten.« Eamon kam die Steinstiege zum Balkon an der Schlossmauer hoch und kauerte sich neben Aurün und Nevliin in den Schatten einer Säule. Von hier aus überblickten sie die gesamte weiße Stadt und sahen auch den Drachenkäfig, der unter ihnen den Marktplatz einnahm. Einem ersten Impuls folgend wäre Aurün am liebsten sofort losgestürmt und hätte die Drachen befreit, doch Nevliin hatte ihr auf seine eigene, unverblümte Art klargemacht, wie dumm solch eine Idee sei. Die Drachen wurden von den Fürsten kontrolliert, und würden sie befreit, hätten sie eine gewaltige Macht gegen sich. Sie konnten von Glück reden, dass die Drachen eingesperrt waren und sie sich nicht auch noch mit ihnen herumschlagen mussten, nachdem sie bereits ein gutes Dutzend Wachen und Schlangenschilde aus dem Weg geräumt hatten.

Auf direktem Weg durch das Haupttor, unten am Fuße des Hügels hätten sie nicht unbemerkt eindringen können, denn dort hatten sich wohl die gesamte Stadt und ein Gutteil der Wachen versammelt. Daher waren sie von der anderen Seite den Hügel hinaufgelaufen, stets geschützt von Felsen oder Bäumen, und hatten die Mauer nahe dem Schloss erklommen. Ihr Ziel waren die Verliese unter dem Gebäude, auch wenn Aurün lieber vorher das Drachenherz geholt hätte. Einzelne Krieger, die ihren Weg kreuzten, hatten sie töten müssen und hinter Steinfiguren versteckt. Auf ihrem Weg über den verlassenen Schlosshof hatten sie den Tumult bemerkt, der unten vor der Stadtmauer herrschte, und dann hatte Aurün das Drachenherz auf dem Metallturm entdeckt.

Zwar hatten Nevliin und Eamon nicht ihre Pläne ändern wollen, aber sie beschlossen immerhin, sich genauer umzusehen. Daher waren sie auf den Balkon an der äußeren Schlossmauer getreten. Zwar war das entsetzliche Spektakel weit weg, trotzdem hatten sie begriffen, was vor sich ging. Vinae sollte getötet werden, und Ardemir würde von den Fürsten den Befehl erhalten, die Hinrichtung durchzuführen.

»Wir müssen etwas tun!«, flüsterte Eamon, um nicht die Aufmerksamkeit weiterer Wachen auf sie zu lenken. »Er wird sie umbringen.«

»Dafür haben wir keine Zeit«, kam es von Nevliin.

»Aber irgendetwas müssen wir tun!«

»Wir müssen Liadan holen, solange die dort unten beschäftigt sind.«

Eamon streckte die Hand nach dem Weißen Ritter aus und packte ihn am Arm. »Sie ist meine Tochter!«, zischte er.

»Ich weiß«, erwiderte Nevliin, und einen Moment lang schien tatsächlich Bedauern in seiner Stimme zu liegen.

Aurün beobachtete, wie Ardemir, der Drache, seine Schwingen hob, was die Menge mit lautem Geschrei quittierte. Dann richtete der Drache sich auf.

»Lasst uns erst das Herz holen«, erklärte Aurün. Solange sie nicht im Besitz dieses mächtigen Erbstücks war, könnte sie wohl niemals Ruhe finden. Das Schicksal ihres Volkes hing davon ab. Sie musste es zurückbekommen, denn sonst würde die Sklaverei ihrer Leute niemals enden. »Wir holen das Herz, und damit ist Ardemirs Geist frei. Er wird Vinae nicht mehr töten.«

»Dafür haben wir keine Zeit«, wiederholte Nevliin, und als der Drache die ersten Flammen in Richtung Schafott spie, begriff selbst Aurün, dass ihr verhasster Verbündeter recht hatte. Sie würden es nicht rechtzeitig schaffen. Vinae war so gut wie tot.

Ein lichterloher Feuerball raste knapp an der festgebundenen Elfe vorbei und setzte einen Baum hinter ihr in Flammen. Sie würden das Herz nicht rechtzeitig erreichen, um Ardemir aufzuhalten, doch der Drache musste aufgehalten werden, etwas anderes zählte im Moment nicht. Denn auch wenn ihr Wunsch, ihr Volk zu befreien, über allem stand, so konnte sie ihre Freunde doch nicht im Stich lassen.

Ohne weiter nachzudenken, nahm Aurün einen Pfeil aus dem Köcher, den sie auf ihrem Rücken trug, und spannte den Bogen. Diesmal hatte sie die beiden Ritter nicht unbewaffnet begleitet. Geschickt legte sie den Pfeil an, den sie noch von den letzten Drachenangriffen auf die Tempel hatte, und zielte hoch zur Sonne.

Der Pfeil zischte von der Sehne. Eamon und Nevliin folgten mit ihren Blicken der Flugbahn des Geschosses, das sich genau im richtigen Moment herabsenkte und vor der Stadt niederging.

Der Pfeil traf den Drachen in die Schulter; er brüllte auf, als wäre er tödlich verwundet worden.

»Er wird nun eine Zeitlang schlafen«, sagte Aurün und löste die Sehne wieder vom Bogen. »Der Pfeil ist noch mit Daerons Gift versehen. Also los! Lasst uns keine Zeit verlieren.«

Eamon riss seinen Blick von dem schwankenden Drachen los und starrte Aurün an. »Also gut.« Er deutete zum Gerüst vor der Stadt. »Wir holen das Herz und Vinae und danach erst Liadan.«

»Nein.« Nevliin trat einen Schritt vor. »Wir sind am Eingang zu den Verliesen und müssen unseren Vorsprung ausnutzen. Sie wissen von uns. Der Pfeil hat sie auf unsere Spur geführt. Wir müssen Liadan *jetzt* holen. Dem Kampf können wir uns danach immer noch stellen.«

»Aber Vinae ...«

Nevliin fuhr sich mit der Hand über die Augen. »Sie hat Zeit gewonnen, Zeit, die uns jetzt davonläuft, Eamon. Behalte sie hier im Auge, und handle, wenn du meinst. Aurün und ich holen Liadan, *deine Schwester*.«

Verblüfft über Nevliins Worte wandte sich Aurün ihm zu. Der Ritter ließ sie jedoch zu keiner Erwiderung ansetzen. »Es genügt, wenn einer hier Wache hält«, sagte er ungeduldig. »Eamon bleibt hier und hält die Stellung. Ihr kommt mit mir, Aurün.«

Auch Eamon schien überrascht über diese Änderung ihres Plans. Dann nickte er und wandte seinen Blick wieder zur Stadt, von wo sich bereits Schlangenschilde aufgemacht hatten.

Aurün hingegen folgte Nevliin in seinem weißen Umhang, der erstaunlich schnell die Treppen hinablief. Ihr wäre auch lieber gewesen, sie hätten sich zuerst um das Herz gekümmert, doch sie musste zugeben, dass Nevliins Argumente einleuchtend waren. Sie waren jetzt in der Nähe des Verlieses, und würden sie zuerst die ganze Stadt durchqueren und einen Kampf herausfordern, so würden sie es vermutlich nicht mehr schaffen, zurückzukehren. Vinae musste warten, anders ging es nicht.

»Weiter.« Nevliin schlüpfte durch den schattigen Bogengang hinaus auf den Marktplatz, der kaum genügend Platz bot, um zu gehen, da der Käfig ihn völlig einnahm. Unbehelligt gelangten sie zu der geheimen Einstiegsluke, die ihnen Vinae damals gezeigt hatte. Die Drachen boten ihnen genügend Deckung vor den Blicken der Wachen, und auch wenn Aurün die trüben Augen ihrer Gefährten kaum ertragen konnte, riss sie sich zusammen und schlüpfte in die Dunkelheit des Verlieses.

»Haltet Euch dicht hinter mir«, flüsterte Nevliin, während er auch schon die finsteren Korridore entlanglief.

Aurün hatte Mühe, den weißen Umhang nicht aus den Augen zu verlieren, doch auch sie wollte die Sache so schnell wie möglich zu Ende bringen. Es würde nicht lange dauern, bis die Wachen Alarm schlugen und es auch hier unten von Schlangenschilden wimmelte. Solange die Drachen eingesperrt waren und Liadan in Freiheit, hatten sie eine Chance, den Kampf zu gewinnen und als Sieger daraus hervorzugehen. Doch dazu mussten sie das richtige Verlies erst einmal finden.

»Wisst Ihr, wo Ihr suchen müsst?«, zischte sie.

Ohne zu antworten, lief Nevliin zielstrebig weiter, als wüsste er genau, wo Liadan gefangen gehalten wurde. Sie liefen an Zellen vorbei, deren Insassen kaum noch lebendig sein konnten, dann wieder an anderen, aus denen Hilferufe zu ihnen drangen.

Aurün bemühte sich, weder nach rechts noch links zu sehen, während sie ganze Hallen mit halbtoten Gefangenen durchquerten, und doch brannten sich ihr die starren Augen aus der Dunkelheit ins Gedächtnis. Nevliin hingegen tötete jeden, der ihm über den Weg lief. Er durchschnitt Kehlen, trennte Gliedmaßen ab und enthauptete mit einem einzigen Hieb seines Schwertes die Sonnentaler Wachen. Hätte Aurün es nicht besser gewusst, hätte sie geglaubt, er wäre von irgendeiner dunklen Macht besessen, doch sie konnte ohnehin nichts anderes tun, als ihm zu folgen. Nur selten bekam sie Gelegenheit, selbst einen Pfeil abzuschießen und Nevliin Deckung zu geben.

Eine schiere Ewigkeit folgten sie einem halbverfallenen Tunnel, der schließlich in einen gewölbeartigen Kellerraum führte.

Aurün meinte ihren Augen nicht trauen zu dürfen, als sie

die Königin Liadan hoch aufgerichtet hinter einer Wand aus Gitterstäben erkannte.

»Aurün! Nevliin!«, rief Liadan. Das Erstaunen stand ihr ins Gesicht geschrieben. Die Gitterstäbe mit den Händen umklammernd, blickte sie ihnen erwartungsvoll entgegen, doch nun standen einige Schlangenschilde zwischen ihnen.

Schon auf dem Weg hierher hatte Nevliin den einen oder anderen beseitigt; jetzt jedoch musste Aurün sich an dem Kampf beteiligen. Mit dem Schwert eines Toten warf Aurün sich ins Getümmel. Sie war eine Bogenschützin und konnte mit einer Klinge höchstens mittelmäßig umgehen, doch Nevliin entkam ohnehin niemand. Seine blau glühende Klinge erleuchtete den gesamten Raum und fuhr wie ein Silberblitz durch die Luft. Jeder Elf, auf den der Blick aus den magisch silbernen Augen des Ritters fiel, war dem Tod geweiht. Es war ein Kampf, wie ihn Aurün nie zuvor gesehen hatte. Nevliin tötete, als kämpfte er für seine Liebe, auch wenn Aurün wusste, dass diese längst bei den Sternen auf ihn wartete. War es die Erinnerung an seinen Kampf um Vanora? Sein Entschluss, nicht mehr zu spät zu kommen? Doch wieso für Liadan? Aurün wusste, er hatte die Königin schon als kleines Mädchen gekannt. War zwischen den beiden vielleicht einst mehr gewesen?

Als der letzte Gegner außer Gefecht war, schlug Nevliin mit einem Schwerthieb das Schloss der Zelle ab und reichte der Königin seine gepanzerte Hand, während Liadan ihn leicht entrückt ansah und sich über einen Toten hinweg aus ihrem Gefängnis führen ließ.

»Ich hätte mit Eamon gerechnet«, sagte sie. »Doch Euch hätte ich nicht erwartet.« Sie sah zu Aurün und nickte dankbar. »Ich stehe in Eurer Schuld.«

Aurün schüttelte den Kopf. »Ich bin glücklich über jede Gelegenheit, meine Schuld an Euch abtragen zu können«, gab sie zurück. Sie hatte Liadan in deren Kampf um die Befreiung ihres Volkes viel zu verdanken, denn ohne deren Ritter wäre sie völlig allein gewesen.

»Und Ihr Fürst Nevliin.« Liadan wandte sich Nevliin zu. Ihr Kleid war zerrissen, die Silberketten in ihrem Haar hatten sich darin verfangen, und doch wirkte sie immer noch durch und durch königlich. »Hat mein Bruder Euch gezwungen, hierherzukommen?«

»Ich bin immer noch ein Silberritter, meine Herrin«, gab Nevliin zurück und deutete eine Verbeugung an.

Liadan nickte langsam und musterte seine weiße Rüstung. »So scheint es«, meinte sie und sah ihm wieder in die Augen.

Ohne sich eine Regung ansehen zu lassen, erwiderte Nevliin ihren Blick, und einen Moment lang schien es, als führten die beiden ein stummes Gespräch. Aurün konnte lediglich die Stimmungen an den beiden wahrnehmen. War diese Befreiung vielleicht Nevliins Zeichen, um seiner Königin eine Versöhnung anzubieten? Ihr zu sagen, dass der Groll, den er seit vierundachtzig Jahren gegen sie hegte, nun endlich begraben war?

»Wir müssen gehen«, sagte Nevliin dann und deutete in den Tunnel, aus dem sie gekommen waren. »Eamon braucht Hilfe, und Ihr müsst an einen sicheren Ort, Majestät.«

Ohne weitere Zeit zu verschwenden, machten sie sich auf den Rückweg. Liadan fragte nicht nach all den toten Wachen und Schlangenschilden, die sie passierten. Nach dem Kampf im Verlies konnte sie sich denken, wie erbarmungslos Nevliin hier gewütet hatte. Aurün fragte sich nach wie vor, wie der Ritter vom Aufenthaltsort der Königin gewusst hatte. Die Zelle hatte sich nicht von den anderen unterschieden. Einzig schwach leuchtende Kristalle waren ihr auf dem Boden aufgefallen. Sie wusste jedoch weder, was das zu bedeuten hatte, noch *ob* es überhaupt etwas bedeutete.

Nahe der Einstiegsluke am Marktplatz wich Nevliin zu ihrer Überraschung vom Weg ab und führte sie in eine abgelegene Kammer, die offenbar eine Art Vorratslager für Elixiere war.

»Hier solltet Ihr vorerst sicher sein«, meinte Nevliin und sah sich in dem Raum um. »Aurün, habt Ihr den Schlüssel zum Drachenherzen immer noch bei Euch?«

Unwillkürlich griff Aurün an die Brusttasche ihres Kleides und nickte. Ihr entging nicht, dass er diese Geste aus den Augenwinkeln beobachtete. »Natürlich«, antwortete sie, ohne den Argwohn in ihrer Stimme zu verbergen. »Ich trage ihn immer bei mir. Wieso?«

»Er wird benötigt.«

Ehe sie sich versah, hatte Nevliin ihren Arm gepackt und gegen die Wand gedrückt. Mit der anderen Hand hob er einen Wasserkrug hoch und schüttete den Inhalt über ihre auf dem Rücken festgehaltene Hand.

»Nevliin!«, hörte sie noch Liadans entsetzten Aufschrei, doch da nahmen Nevliins Augen auch schon den magisch silbernen Schein an, und sofort wurde das Wasser um sie herum zu Eis und bannte sie an die Wand. Mit einer schnellen Bewegung hatte er ihr auch den zweiten Arm auf den Rücken gedreht und fror auch diesen fest.

»Was soll das?« Aurün versuchte vergeblich, sich zu befreien, während Nevliin in ihre Brusttasche fasste und das wertvolle Kästchen mit der Phiole Drachenblut herausnahm.

»Wagt es nicht«, fuhr sie ihn an, als Liadan auch schon zwischen sie trat.

»Nevliin!« Die Königin versuchte, ihn zu sich herumzudrehen, so dass er sie ansehen musste, doch da ließ Nevliin das Kästchen auch schon an seinem Gürtel neben der Schwertscheide verschwinden, dann wirbelte er herum und packte die Königin an beiden Armen.

Liadan war völlig überrumpelt. »Wie könnt Ihr es wagen!«, schrie sie ihn an, als sie sich zu befreien versuchte, doch Nevliin schob sie mit seinem Körper zurück und presste sie gegen die Wand. Seine Arme umschlangen sie, als er auch ihre Hände auf dem Rücken zusammenhielt.

»Lasst mich los!« Liadan wand sich und stemmte sich, so gut es ihr möglich war, gegen ihn, doch Nevliin hielt sie ohne Erbarmen umschlungen. Dann spürte Aurün, dass sich das Eis weiter ausbreitete und auch auf Liadan überging. Schließlich war auch die Königin gefangen.

»Es tut mir leid, Euch so behandeln zu müssen«, sagte Nevliin und ließ schließlich die Hände der Königin los, ohne jedoch von ihr zurückzutreten. Er hielt ihrem wütenden Blick stand. »Es wird Euch zu gegebener Zeit gelingen, Euch selbst zu befreien. Das Eis wird schmelzen.«

»Was habt Ihr vor?« Liadans Stimme klang nun nicht mehr zornig, sondern besorgt.

»Ihr wollt das Drachenherz vernichten«, keuchte Aurün, bevor Nevliin antworten konnte. »Ihr wollt mein Volk vernichten!«

»Ja«, antwortete Nevliin ohne Gefühl. »Es ist die einzige Möglichkeit, um einen weiteren Missbrauch dieser Macht zu verhindern und um die Silberritter zu retten.«

»Aber Ihr werdet dabei sterben«, erwiderte Liadan.

»Ich weiß.« Einen Moment schien es, als hätte Nevliin gelächelt. »Es soll so sein.«

»Nein!« Liadan und Aurün schrien beide gleichzeitig auf und versuchten, sich aus dem Eis zu befreien.

»Das könnt Ihr nicht machen!«, kreischte Aurün in unbändiger Wut.

So weit waren sie gekommen, und nun war es plötzlich Nevliin, der das Überleben ihres Volkes bedrohte? Wenn das

Drachenherz zerstört wurde, würde jeder Drache von seinem Seelenpartner getrennt werden, und die Drachenelfen wären nichts weiter als einfache Elfen. Ein ganzes Volk wäre tot.

»Nevliin«, flehte auch Liadan. »Lasst uns gehen. Wir finden eine Lösung für die Ritter, Ihr müsst nicht für sie sterben.« Niemals zuvor hatte Aurün die Königin so hilflos gesehen.

»Es ist Zeit für mich«, antwortete Nevliin sanft. »Ihr versteht, was das heißt. Es gibt keinen anderen Weg.«

»Doch!« Liadan riss am Eis. »Ihr dürft das nicht tun, ich befehle es Euch. Ihr sagtet selbst, Ihr seid mein Ritter, Ihr seid der Fürst von Valdoreen, ich erlaube Euch nicht, zu sterben. Habt ihr verstanden? Ich erlaube es nicht!«

Ein wahrhaftiges Lächeln spielte um Nevliins Mund und ließ ihn wie einen Fremden wirken. Niemals hätte Aurün gedacht, dass ein Lächeln in diesem Gesicht schön sein könnte.

»Liadan«, flüsterte er und hob seine Hand an ihr Gesicht, eine unwirklich zärtliche Geste von diesem stets so unnahbaren Mann. »Kleine Liadan, ich habe dich schon damals für deine Willenskraft bewundert, als du mir gerade mal bis zur Hüfte reichtest.«

»Nevliin, bitte. Ich weiß, ich bin die Letzte, die darum bitten darf. Ich weiß, wie du über mich denkst, aber …«

Nevliin schüttelte seinen Kopf und legte einen Finger auf ihre Lippen. »Nein«, sagte er ernst und voller Entschlossenheit, »ich habe niemals schlecht über dich gedacht, Liadan. Einzig über mich selbst. Du warst mir niemals gleichgültig«, fuhr er fort, ohne Aurün die geringste Beachtung zu schenken. Er schien nur noch die Königin zu sehen. »Das sollst du wissen, bevor ich …« Er schloss einen Moment lang die Augen und sah sie schließlich wieder an. »Die Aufgabe eines Ritters ist es, für seine Königin zu sterben.« Er nahm ihr Gesicht in beide Hände und sah ihr in die Augen. »Und du bist die Einzige, die solch einen Tod wert ist.« Er küsste die entsetzte Liadan voller Hingabe auf die Stirn. »Du bist eine große Königin«, sagte er, als er schließlich einen Schritt von ihr zurücktrat. »Du wirst dieses Land zurück ins Licht führen.«

»Nevliin ...!« Liadan warf sich, gefangen im Eis, hin und her, während Nevliin eine formvollendete Valdoreener Verbeugung vor ihr vollführte, sich abwandte und ohne einen weiteren Blick zurück aus der Kammer verschwand.

»Nevliin!« Aurün hatte gebannt zugeschaut. Nun versuchte auch sie wieder gegen das Eis zu kämpfen. »Nevliin! Kommt sofort zurück! Nevliin!« Doch nichts geschah; ihre Schreie hallten sinnlos durch die Kammer.

Vinae

Überall um sie herum herrschte ein wildes Durcheinander. Mit der ersten Flammensäule, die der Drache Ardemir ausgestoßen hatte, war das Chaos ausgebrochen. Von ihrer erhöhten Position aus und immer noch an den Mast gebunden, hatte Vinae das Geschehen ohnmächtig verfolgen müssen.

Anfangs hatte kaum jemand bemerkt, dass Ardemir von einem Pfeil getroffen worden war, doch als er plötzlich zu schwanken begonnen hatte und schließlich zusammenbrach, hatten auch Daeron und die Schlangenschilde begriffen, dass jemand Ardemir außer Gefecht gesetzt hatte. Vinae hatte den Pfeil schließlich erkannt, der genauso aussah wie jene der Silberritter bei den Angriffen auf die Tempel. Die Krieger der Königin mussten also gekommen sein, um Liadan zu befreien, und Ardemir war lediglich bewusstlos und nicht tot, wie sie befürchtet hatte.

Sofort hatten sich die Schlangenschilde und Wachen formiert, um zurück in die Stadt zu laufen und sich dem Kampf gegen das Heer der Königin zu stellen, doch plötzlich war die Umzäunung der Arena gebrochen, und die einfache Bevölkerung hatte den Kampf gegen die Sonnentaler Krieger eröffnet. Mit allem, was sie hatten, wehrten sie sich zum ersten Mal gegen die Führung des Landes.

»Verschont den Drachen!«, rief Vinae immer wieder, da sie fürchtete, die Stadtbewohner könnten dem bewusstlosen Ardemir etwas zuleide tun, doch die kümmerten sich ohnehin nur um die verhassten Schlangenschilde. Sie mussten wissen, dass die Drachen nicht aus eigenem Antrieb handelten, schließlich hatten sie Ardemirs Kampf beobachtet, und nun waren sie nicht mehr gewillt, die Grausamkeiten der Fürsten weiter zu erdulden. Sie wussten, wer für die Taten der Drachen verantwortlich war, und waren fest entschlossen, die Schuldigen büßen zu lassen.

»Tötet die Fürsten!«, erscholl es immer wieder aus der Menge. Mittlerweile hatten sich viele der einfachen Siedlungsarbeiter mit Schwertern gefallener Krieger bewaffnet, und doch würden sie am Ende unterliegen. Vinae wusste, sie würden bald, obschon sie in der Überzahl waren, zurückgedrängt werden, schließlich waren sie ungeübt, und die Schlangenschilde konnten selbst mit Silberrittern konkurrieren. Ihre einzige Chance bestand darin, dass Liadans Leute ihnen rechtzeitig zu Hilfe kamen.

»Schützt die Fürsten«, kam es wiederum von den Kriegern.

Vinae erkannte, dass Daeron sich inmitten von Schlangenschilden ins Getümmel gestürzt hatte.

»Formieren!« brüllte er immer wieder über das Getöse. »Zurück in die Stadt! Formieren!«

Die ersten Rebellen machten sich daran, zu Vinae auf das Schafott zu klettern, doch als Daeron dies bemerkte, kämpfte er sich sofort zu ihr durch. »Zur Fürstin!«, schrie er und bahnte sich einen Weg durch die Menge. »Lasst sie nicht an die Fürstin heran! Haltet sie auf!«

Die Schlangenschilde bei Vinae auf dem Podest schlossen den Kreis um sie herum enger, so dass sie beinahe nichts mehr erkennen konnte.

»Vinae!« Daeron hatte es bis zu ihr auf die Plattform geschafft und stellte sich vor sie. »Haltet die Plattform!«, wies er die vielen Schlangenschilde an, »und schneidet die Fürstin los! Sofort!«

Vinae vermied es, ihm in die Augen zu blicken, als einer der Schlangenschilde ihre Fesseln löste. Ihre schmerzenden Arme fielen schlaff an ihren Seiten herab, und beinahe hätte sie das Gleichgewicht verloren. Schwankend hielt sie sich am Mast fest, doch da war Daeron schon bei ihr und stützte sie. Mit aller Kraft, die sie aufbringen konnte, riss sie sich von ihm los und trat einen Schritt zurück.

»Fasst mich nicht an«, fauchte sie.

»Vinae…«, begann Daeron. »Du musst mich verstehen …«

»Nein.«

»Du hast mich hintergangen! Was sollte ich denn machen? Hast du eine Ahnung, wie sehr du mich verletzt hast?«

»Das interessiert mich nicht.«

»Du bist meine Frau!« Er machte einen Satz auf sie zu und packte sie mit beiden Händen an den Schultern. Mit einer Wucht, die ihr einen Moment lang den Atem nahm, schleuderte er sie gegen den Mast und drückte sich an sie. Eine Hand packte grob ihr Kinn und zwang sie, ihn anzusehen. »Du bist mein«, knurrte er. »Wir sind miteinander verbunden. Nur der Tod kann dieses Band trennen.«

»Ein Zeichen in meinem Gesicht macht mich nicht zu der Euren. Zeigt endlich Güte und tötet mich, denn lieber beginne ich ein neues Leben, fern von hier, als noch einen weiteren Tag Euer Antlitz sehen zu müssen.«

Daeron biss die Zähne zusammen, doch noch ehe er etwas erwidern konnte, kam plötzlich vom Gerüst ein schriller Ruf.

»Befreit die Drachen!«, brüllte Menavor und deutete zur Stadt hoch. »Los, ihr faulen Hunde, öffnet den Käfig!«

Vinae nutzte den Moment, da Daeron abgelenkt war, und riss sich von ihm los. Sie stürzte an ihm vorbei, um vom Schafott zu springen, doch da packte sie einer der Schlangenschilde und zog sie zurück.

»Lasst mich los!« Mit Händen und Füßen ging sie auf den Krieger los, der gänzlich unbeeindruckt von ihrem Angriff blieb und sie zurück zu Daeron schob.

»Verflucht sollt Ihr sein, Daeron!«, schrie sie und versuchte, nach ihm zu treten. »Verflucht sollt ihr alle sein! Kämpft für die richtige Sache und schließt euch der Königin an!«

Keiner der Krieger reagierte auf ihr Geschrei, weil sie durch einen Tumult an der Treppe zur Plattform abgelenkt wurden. Etwas Weißes blitzte zwischen den vielen Kriegern auf, welche die Plattform sicherten. Vinae meinte ihren Augen nicht trauen zu können, als sie eine Silberrüstung erkannte.

»Eamon«, keuchte sie. Ihr Vater war ein paar Feldarbeitern zur Hilfe geeilt und kämpfte mit zwei Kurzschwertern gegen die Sonnentaler Krieger.

Und dann sah sie den Weißen Ritter, der einen schwarzgewandeten Krieger nach dem anderen niedermachte und sich ihr näherte. Vinae blinzelte, doch das Bild vor ihren Augen veränderte sich nicht.

»Nevliin?«

»Vinae.« Der Ritter nickte ihr zu, duckte sich jedoch sofort unter einem der Hiebe der Schlangenschilde hinweg. Mit einer schnellen Drehung, die er beinahe in der Hocke ausführte, wirbelte er herum und stieß dem Angreifer sein Schwert in den Unterleib.

Vinae riss die Augen auf, als ein Krieger nach dem anderen durch Nevliins bluttriefende Klinge fiel. Er war kaum mehr als ein weißer Schemen, der über die Plattform tanzte und grausam verstümmelte Leiber hinterließ. Auch jene Krieger, die Vinae festgehalten hatten, fielen ihm zum Opfer. Bis schließlich nur noch Daeron übrigblieb.

In der Arena unten wurde immer noch gekämpft, doch Eamons Eingreifen hatte es vermocht, dass die meisten Schlangenschilde sich in die engen Gassen der Stadt zurückgezogen hatten.

»Fürst Daeron.« Nevliin hob das Schwert zum Gruß und machte mit der anderen Hand eine auffordernde Bewegung. »Ich gebe Euch Gelegenheit Euer Schwert zu ziehen, ehe Ihr diese Welt verlasst.«

»Nein!« Vinae riss sich von Daeron los. »Wir müssen hinauf zum Marktplatz, Nevliin. Die Drachen!«

»Später, Liebste.« Daeron schob sie einfach zur Seite und zog betont langsam sein Schwert aus der Scheide. »Fürst Nevliin von Valdoreen.« Auch er hob die Klinge an. »Der Weiße Ritter ist also zurückgekehrt. Ich werde Euch einen Gefallen tun und Euch zu Eurer Halbelfenschlampe schicken.«

Ein furchtbares Geräusch erscholl, als die Schwerter aufeinanderprallten. Vinae konnte sich mit einem Sprung in Sicherheit bringen, als die beiden Männer aufeinander losgingen.

»Hört auf!« Vinae suchte am Mast Deckung und verfolgte aus weit aufgerissenen Augen den Kampf. »Daeron gebt auf und stellt Euch! Es ist vorbei!«

Doch ihr Gatte kämpfte mit aller Verbissenheit und dem Zorn, der sich vorhin noch gegen sie gerichtet hatte. Vielleicht war er nicht so geübt und wendig wie Nevliin, doch in seinen Schlägen lag eine ungeheure Kraft.

Ein hoch gezielter Schlag gegen den Kopf brachte Daeron beinahe aus dem Gleichgewicht, doch er fing sich noch rechtzeitig und konnte sich aus der Bahn der Klinge drehen. Aus dieser Drehung heraus schlug er sofort wieder zu, Nevliin parierte jedoch und stieß den Fürsten von sich. Ruhe ging vom Weißen Ritter aus, während in Daerons Augen der Hass nur so Funken zu sprühen schien.

Nevliin parierte einen dieser harten Schläge von Daeron und ließ die Klinge nach unten abgleiten. In dem Moment, in dem Daeron der Bewegung folgte und halb gebückt dastand, traf ihn dann plötzlich Nevliins Ellbogen mitten ins Gesicht. Fassungslos taumelte Daeron zurück, doch er war zu langsam. Er kam nicht mehr dazu, sein Schwert zu heben. Nevliin trat es ihm mühelos aus der Hand. Ein weiterer Tritt in die Knie ließ Daeron schließlich zu Boden gehen.

Vinae stieß die Luft aus und beobachtete voller Entsetzen, wie Nevliin vor den Fürsten trat und auf ihn hinabblickte.

»Verabschiedet Euch von dieser Welt«, sagte der Weiße Ritter und hob sein Schwert.

»Nein!« Vinae stürzte auf ihn zu und stellte sich vor Daeron. »Das kannst du nicht tun, Nevliin!«

Nicht das geringste Gefühl zeigte sich in den Augen des Ritters, als er sie mit der Breitseite der Klinge zur Seite schob. »Geh aus dem Weg, Vinae.«

»Nein!« Sie meinte zu ersticken. »Das darfst du nicht!«

»Ich muss dir seine Verbrechen wohl kaum aufzählen«, gab Nevliin zurück, ohne seinen Blick vom unbewaffneten Daeron zu nehmen, der den Ritter genauso stoisch und kalt anblickte. »Er hat es verdient.«

»Du hast gewonnen, Nevliin«, versuchte Vinae ihn weiter von seinem Tun abzubringen. »Daeron wird vor ein Gericht gestellt. Dort wird ihm Gerechtigkeit widerfahren, aber *du* bist nicht diese Gerechtigkeit. Hör auf damit, zu viele sind bereits gestorben.«

Nun sah er sie endlich an, und auch Daeron richtete seinen Blick auf sie. Überraschung stand darin, ehrliches Erstaunen und eine Zärtlichkeit, welche die verborgene Wärme in seinem Herzen zum Vorschein brachte. Auf seine kranke und besessene Weise schien er sie tatsächlich zu lieben.

»Diese Welt wird keinen Frieden finden«, sagte dann jedoch Nevliin zu ihr, »solange dieser Elf und sein Bruder leben.« Er sah Vinae in die Augen. »Dieses Land braucht eine starke Königin. Dafür ist jetzt wieder gesorgt. Doch es muss reingewaschen werden von solchen wie ihm.« Er deutete auf Daeron.

»Es ist nicht deine Aufgabe, diese Welt reinzuwaschen!«, schrie Vinae ihn an und wusste selbst nicht, wieso sie der Gedanke an Daerons Tod so sehr traf. »Bitte, lass Daeron leben«, flehte sie dann, doch sie konnte Nevliins Antwort bereits in seinen schwarzen Augen lesen.

»Es tut mir leid«, sagte Nevliin und sah auf Daeron herab. »Gewisse Dinge müssen erledigt sein, ehe ich gehen kann. Außerdem gab ich mein Versprechen, dich zu befreien. Dieses kann ich nicht brechen.«

»Du hast mich doch befreit!« Vinae deutete auf den Mast hinter sich. »Ich bin frei, Daeron ist in deiner Gewalt.«

»So ist es nicht gemeint.« Nevliin hob erneut sein Schwert, und da fiel Vinae die Abmachung zwischen Gregoran und Nevliin wieder ein.

Nevliin wird die Sache beenden, hatte Gregoran ihr vor seinem Tod gesagt. Er würde die Sache beenden und sich selbst und Gregoran in Acre befreien.

Gregoran hatte seine Rache an ihrer Mutter genommen, doch die an den beiden Fürsten hatte er Nevliin aufgetragen, so dass er befreit sterben konnte.

Doch was hatte das mit ihr zu tun? War auch ihre eigene Befreiung Bestandteil dieser Abmachung gewesen? Damals hatte doch keiner der beiden gewusst, dass sie in Gefangenschaft geraten würde.

So war das nicht gemeint, hatte Nevliin ihr eben gesagt. Nein, so war das nicht gemeint, denn er hatte Gregoran ihre

Befreiung von Daeron versprochen. Die Lösung des Ehebandes, welches nur durch den Tod getrennt werden konnte.

»Nein!« Vinae machte einen Satz nach vorn. »Das darfst du nicht!«

Etwas schien sie zurückzuhalten, sie nicht von der Stelle kommen zu lassen. Nevliins Schwert bewegte sich viel schneller in diesem tödlichen Bogen hinab, als sie ihre Hand nach ihm ausstrecken konnte. Der Stahl blitzte in der Sonnentaler Mittagssonne auf. Vinae blickte zu Daeron, der sie mit seinen bernsteinfarbenen Augen ansah. Warm schien sich das Licht auf sein goldenes Haar zu legen. Er wirkte einen Moment lang so, wie er hätte sein können, wäre sein Herz nicht von dieser Schwärze befallen gewesen.

Die schmale, gebogene Klinge traf seinen Hals von der Seite.

Vinae kniff die Augen zusammen und kreischte auf, als Daerons Kopf von seinem Körper getrennt wurde. Der Boden schien sich unter ihr aufgelöst zu haben. Sie stürzte wie in eine abgrundtiefe Dunkelheit.

Ein Arm schlang sich fest um ihre Taille und fing sie auf, zog sie hoch und zerrte sie über den Boden, Treppen hinab, während sie ihre Augen immer noch nicht öffnen konnte und während sie immer noch schrie, als wäre sie von einem Dämon befallen. Das alles war ein böser Traum.

Sie wurde geschüttelt, an beiden Schultern gehalten.

»Vinae!«, zischte Nevliin ihr zu, erst da gelang es ihr, die Lider zu öffnen.

»Du hast ihn getötet«, keuchte sie. »Du hast ihn einfach getötet. So wie meine Mutter. Du …«

»Ich erwarte nicht von dir, dies zu verstehen.« Er packte ihr Gesicht mit den gepanzerten Händen und beugte sich zu ihr hinab. »Hör mir jetzt zu«, sagte er. »Es ist noch nicht vorbei.

Du musst zu den Drachen. Verstehst du mich? Du musst verhindern, dass sie freigelassen werden.«

»Was?« Alles um sie herum schien sich zu drehen, die immer noch kämpfenden und flüchtenden Krieger verschwammen zu undeutlichen Schemen.

»Vinae!« Nevliin schüttelte sie. »Reiß dich zusammen. Die Drachen, verstehst du? Du musst dich beeilen. Los!« Er stieß sie von sich. »Lauf!«

Vinae fuhr herum und stolperte zwischen den Kriegern und Rebellen hindurch in die Stadt. Weder sah sie noch einmal den bewusstlosen Drachen noch Eamon, der immer noch hier unten irgendwo kämpfte.

Jenseits der Tore waren bereits vereinzelt Feuer ausgebrochen, die Bewohner bewarfen die Krieger mit in Öl getränkten brennenden Kleidern, welche sie um Steine wickelten.

Vinae musste auf den Marktplatz zu den Drachen. Würde sie jetzt nicht funktionieren, dann gäbe es bald noch viel mehr Tote, und unter den Toten wären die Königin, Aurün, ihr Vater, Nevliin … Ardemir.

Wie in Trance wich sie den Kämpfern aus, kletterte irgendwann auf eines der Dächer und kam von dort unbehelligt bis zum Marktplatz. Vom letzten Dach stieß sie sich schließlich ab und landete auf dem Gitter des Drachenkäfigs. Ihr Körper schien zu wissen, was zu tun war, und als Vinae die Wachen an den Winden für die gigantische Käfigklappe sah, die bereits zur Hälfte geöffnet war, wusste sie auch, dass sie nun töten musste.

Sie wollte eben vom Käfig hinab zu den Kriegern springen und ihre Magie sammeln, da entdeckte sie feuerrotes Haar bei den Müllbehältern aufblitzen. Im nächsten Moment richtete sich dort Aurün, die Königin der Drachenelfen, auf, und als wäre dies noch nicht verrückt genug, folgte ihr auch noch Liadan, die Königin der Elfen – ihre Tante!

»Aurün!«, rief Vinae und winkte vom Käfig aus, der beinahe so hoch wie die Schlossmauern war. »Die Drachen!« Sie deutete zu den Winden. »Schnell!«

Aurün und Liadan warfen sich einen Blick zu, sie schienen abgehetzt, bei beiden waren die Handgelenke blutig. Vinae sah, wie beide zum Gerüst mit dem Drachenherzen blickten. Dann liefen sie jedoch auf den Käfig und Vinae zu. Was auch immer sie vorgehabt hatten, musste warten. Wären die Drachen erst mal frei, wäre alles verloren.

Mit nun neuem Mut über ihre unerwartete Unterstützung sprang Vinae vom Käfig und eilte den beiden Königinnen hinterher, die sich sofort in den Kampf stürzten.

Eämon

Wie ein leckes Boot auf stürmischer See wurden sie von der Menge in die Stadt gespült. Eamon kämpfte immer noch mit ihm völlig fremden Elfen gegen die Schlangenschilde.

Die Feuer in dieser einst so prächtigen weißen Stadt breiteten sich aus. Ställe gingen in Flammen auf, Pferde wieherten und preschten reiterlos durch die Menge. Der Lärm war ohrenbetäubend, das Tosen der Feuer, die Schreie der Krieger, das Klirren von Metall.

Aus den Wohn- und Wirtschaftsgebäuden schlugen die Flammen bereits hoch in den Himmel. Aus mancher der eng verwinkelten Gassen gab es kein Entkommen mehr. Unwissende flohen in Sackgassen und fielen entweder den Kriegern oder dem Feuer zum Opfer. Glühende Asche flog wie Schnee durch die Luft und bedeckte die Gesichter und das Haar der Kämpfenden.

Immer wieder drangen die angstvollen Schreie von Kindern an Eamons Ohren, und als er beinahe über den ersten entstellten Körper eines achtjährigen Mädchens gestolpert wäre, wurde ihm auf schmerzvolle Weise bewusst, worin der Unterschied zwischen einer Schlacht draußen auf weitem Feld und einem Angriff auf eine Stadt bestand, in der Kinder lebten.

Daerons Enthauptung hatte er noch gesehen, und sie hatte ihn nicht im Geringsten berührt. Der Mann hatte verdient, was Nevliin ihm angetan hatte, auch wenn Vinae weit heftiger darauf reagiert hatte, als Eamon angenommen hätte.

Seine Tochter konnte er im Moment jedoch nirgends sehen, genauso wenig konnte er Aurün und Liadan in diesem Getümmel ausmachen. Nevliin war alleine aus den Verliesen zurückgekehrt und hatte ihn sofort weitergezerrt, um Vinae zu befreien.

Die beiden Königinnen würden sich um die Gefangenen in den Verliesen kümmern, hatte Nevliin ihm mitgeteilt, und so kämpfte er jetzt erneut an der Seite des Weißen Ritters wie schon vor vierundachtzig Jahren. Und genauso wie vor vierundachtzig Jahren ließ er seinen Freund auch jetzt nicht aus den Augen. Er wusste, es gab keinen besseren Schwertkämpfer in ganz Elvion als Nevliin, und doch fürchtete Eamon einen winzigen Fehler, der ihm zum Verhängnis werden könnte.

Zuallererst jedoch mussten sie es aus der Stadt schaffen und sich wieder hinauskämpfen, um auch noch Fürst Menavor zu stellen. Solange der das Herz kontrollierte, konnten sie nicht siegen.

Nevliin kämpfte bereits nahe am Tor, und auch Eamon gelang es nach einer gefühlten Ewigkeit, sich dem Ausgang wieder zu nähern. Seine beiden Kurzschwerter waren vom Blut der Schlangenschilde getränkt, doch Eamon wusste, sie hätten keine Chance gehabt, hätten die Bürger der Stadt nicht plötzlich beschlossen, sich gegen die Fürsten aufzulehnen. Diese einfachen Leute ermöglichten es Eamon und Nevliin, zu kämpfen ohne von den Schlangenschilden eingekreist zu werden.

Mühsam kämpfte Eamon sich zu Nevliin vor. Der Weiße Ritter zog sein Schwert aus der Kehle eines der Torwachen und wirbelte zu ihm herum, da er vermutlich Eamons Schatten bemerkt hatte.

Eamon hob hingegen schnell seine rechte Hand und parierte den auf ihn zukommenden Hieb mit der Klinge.

»Nette Begrüßung«, sagte er und schob Nevliins Klinge von sich. »Schon eine Idee, was wir mit dem da machen?« Er deutete mit dem Schwert hoch zum Turm.

Nevliin folgte seiner Geste nicht, stattdessen schwang er sein Schwert und traf einen flüchtenden Wachmann in die Seite. Es waren bereits weniger Feinde, der Kampf wütete im Moment auch tiefer in der Stadt, doch das kam ihnen gerade nur recht.

»Lass uns da raufklettern«, meinte Eamon, da er keine andere Möglichkeit sah. »Wir müssen das Herz an uns bringen.«

»Ich kümmere mich darum.«

»Das kannst du nicht allein.«

Nevliin hob eine Augenbraue und deutete schließlich hoch zum Schloss. »Ich komme zurecht«, meinte er, »du solltest den anderen beim Drachenkäfig zu Hilfe kommen. Vinae wird es nicht ewig alleine schaffen.«

Alles in Eamon sträubte sich gegen die Vorstellung, Nevliin allein gegen Menavor kämpfen und den Krieg beenden zu lassen. Zu viel konnte schiefgehen, und dann wäre Eamon zu weit entfernt, um etwas ausrichten zu können.

»Wir machen das gemeinsam«, beschied er daher. »Ich bin sicher, Vinae wird Unterstützung finden.«

Nevliin verdrehte die Augen. »Das wird sich nie ändern, nicht wahr?« Er hatte sich halb herumgedreht, da erstarrte er plötzlich, während ein fürchterliches Knirschen zu hören war.

Eamon riss die Augen auf. Sein Herz schien seinen Schlag einzustellen, als er die blutige Spitze eines Schwertes an Nevliins Seite aus der weißen Rüstung herausragen sah. Als gäbe es nichts anderes mehr auf dieser Welt, starrte er darauf und begriff nicht, was das zu bedeuten hatte. Silbrig glänzend und von einem roten Film bedeckt, stach das Metall aus Nevliins Körper.

Das war nicht möglich! Es wäre so leicht zu verhindern gewesen. Ein wenig mehr Achtsamkeit …

Die Klinge wurde zurückgezogen, und nichts als ein Loch in der Rüstung blieb zurück, aus dem unaufhörlich Blut sprudelte.

Eamons Körper handelte von selbst, während sein Geist noch irgendwo weit weg beim Anblick der Wunde war. Seine rechte Hand hob sich, und das Schwert kam ihm ungewöhnlich leicht vor. Mit einer schnellen Bewegung stieß er es nach vorn und rammte es in die Kehle des Schlangenschildes, der neben Nevliin stand und zum tödlichen zweiten Schlag ausgeholt hatte.

Im nächsten Augenblick schwankte Nevliin auch schon, hob hilfesuchend seine Hand und ging schließlich halb auf die Knie, ehe Eamon ihn noch auffangen konnte.

Augenblicklich ließ er seine Schwerter fallen und packte seinen Freund unter den Achseln. Er wusste nicht, was er denken, was er machen sollte, während in seinem Kopf ein Getöse entstand, das selbst den Kampfeslärm übertönte. Eine unbändige Angst überfiel ihn, als er Nevliin durch das Tor hinaus in den Schatten des Bogengangs zerrte, wo er ihn an die Wand lehnte. Dieser Ort war nicht so leicht einzusehen. Eamon hatte vielleicht einen kurzen Moment lang Zeit, um zu überlegen, was er nun tun sollte. Es war eine grässliche Wunde, das wusste Eamon selbst, ohne durch die Rüstung allzu viel davon zu sehen.

»Verdammt«, keuchte Nevliin. »Wo kam der plötzlich her?« Er ließ sein Schwert, das er keinen Augenblick losgelassen hatte, neben sich gegen die Wand sinken und streifte seine Handschuhe ab. Dann presste er die Hände gegen die Wunde an seinem Bauch und drang mit zwei Fingern in den Riss der Rüstung ein. Ein zischender Laut entfuhr ihm, und als er das

Blut auf seinen Händen betrachtete, wurde sein Ausdruck starr.

»Kannst du laufen?«, fragte Eamon und überlegte, wie gut ihre Chancen waren, durch die brennende Stadt und zwischen Hunderten von Schlangenschilden hindurch bis zu einem Heiler zu gelangen.

»Das soll mich jetzt wohl umbringen«, meinte Nevliin und wischte seine Hände an den Hosen ab. Dann entfuhr ihm plötzlich ein Laut, der einem Lachen wohl am ähnlichsten war. »Sie hat es gewusst.« Er schüttelte den Kopf. »Natürlich. Sie wollte mich warnen. Großartig.« Er atmete tief durch und sah Eamon schließlich in die Augen, fest und voller Entschlossenheit. »So darf das nicht zu Ende gehen«, sagte er, wobei er sichtlich Mühe hatte, sich den Schmerz nicht anmerken zu lassen. »Nicht so, Eamon. Ich habe … eine Aufgabe.«

»Ich weiß.« Wie fatal diese Wunde war, wurde Eamon erst jetzt richtig klar. Nevliin durfte nicht sterben, denn er musste sein Schicksal erfüllen, um zu Vanora zu gelangen.

»Eamon.« Nevliin streckte seine Hand nach ihm aus und packte ihn am Arm. »Ich darf *daran* nicht sterben, verstehst du?« Ehrliche Angst stand ihm in den schwarzen Augen. »Nicht so nahe am Ziel. Bitte …« Ein Husten schüttelte ihn. »Lauf, Eamon. Bitte. Hol Vinae. Sie kann mich heilen. Schnell.«

Eamon sah Nevliin noch einen Moment lang in die Augen. In diesem Zustand könnte Nevliin sich unmöglich gegen die Schlangenschilde verteidigen. Doch noch länger hier zu verweilen hatte keinen Sinn. Ja, er musste Vinae holen.

»Ich bin sofort zurück«, versprach er und drückte Nevliin dessen Schwert wieder in die Hand. »Sieh zu, dass ich dann keine Leiche finde.«

Mit einem letzten Blick auf den Ritter, der ihm immer wie ein Bruder gewesen war, wandte er sich ab und sah sich um. Es war ruhig, und womöglich könnte er es tatsächlich schaffen. Doch kaum hatte er diesen Gedanken gedacht, traf ihn etwas mit einer Wucht am Hinterkopf, die ihn kerzengerade nach vorn fallen ließ.

Ohne sich mit den Händen aufstützen zu können, schlug Eamon mit dem Gesicht auf das Pflaster. In seinen Ohren klingelte es, schwarze Flecken tanzten vor seinen Augen.

Was, bei den Sternen, war geschehen?, fuhr ihm durch den Kopf, doch als er seinen Kopf drehte, sah er noch, wie ein weißer Umhang um die Ecke verschwand.

Die wildesten Flüche entrangen sich ihm. Eamon nahm sich fest vor, Nevliin nun eigenhändig umzubringen. Zu seinem Glück war Nevliins Schlag jedoch nicht annähernd so stark gewesen wie Ardemirs seinerzeit. Eamon hatte damals dafür gesorgt, dass Nevliin außer Gefecht gesetzt worden war, und Nevliin hatte nun Eamon beiseiteschaffen wollen. Nur wozu? Er konnte solch eine Wahnsinnstat doch unmöglich tatsächlich vorhaben?

Immer noch vor sich hin schimpfend stemmte Eamon sich hoch. Ein kurzer Blick in Richtung Gerüstturm ließ ihn nur noch lauter fluchen.

Mit einer Hand den Bauch halten, mit der anderen das Schwert, rannte Nevliin, wenn auch gebeugt und humpelnd, direkt auf den Turm zu. Der Weg stand ihm frei, doch das Gerüst hatte Zwischenpodeste, die von Schlangenschilden besetzt waren, um den Fürsten und das Herz zu schützen.

Verdammter Narr.

Endlich wieder Herr seiner Sinne holte Eamon seine Schwerter, schob eines davon zurück in die Scheide auf seinem Rücken und hielt das andere griffbereit. Seine Beine schienen ein Eigenleben entwickelt zu haben, als er über den Platz der Arena lief und Nevliin mit aller Kraft einzuholen versuchte.

Lass ihn nicht sterben, flehte er ständig, wenn er auch nicht wusste, an wen genau er seine Worte richtete. An das Schicksal? Diese Macht war es doch, die Nevliin in diesen Wahnsinn trieb. Hatte der Ritter nicht vorhin noch gesagt, er sei seinem Ziel nahe? Würde er tatsächlich seinen Weg heute beenden und zu den Sternen gelangen?

Mit einem Satz sprang Eamon auf die erste der Metallstangen, welche diesen Turm hielten, und rannte die diagonal liegenden Balken weiter hinauf, immer um dieses riesige Ungetüm herum. Der erste Hieb seines Schwertes, mit dem er einen der Feinde vom Gerüst beförderte, erfüllte ihn mit ungeheurer Genugtuung. Noch nicht einmal, als sich die Schlangenschilde zu ihm umdrehten und den Kampf eröffneten, erfasste ihn die Befürchtung, zu unterliegen. Er wusste, er würde jeden beseitigen, der sich zwischen ihn und Nevliin stellte.

Seine Füße standen sicher auf dem schmalen Stück Stahl. Mit ungeheurer Leichtigkeit duckte er sich unter dem Hieb gegen seinen Kopf hinweg, sprang auf die ihm gegenüberliegende Querstange und jagte sein Schwert direkt ins Herz eines Feindes. Ein anderer, der weniger Glück bei diesem Balanceakt hatte, fiel ohne jeden Schwertstreich in die Tiefe, und so kämpfte sich Eamon Krieger für Krieger weiter nach oben, bis er auf halber Höhe endlich Nevliin erreichte.

»Bleib stehen, du Narr!«, brüllte er und streckte seine Hand nach ihm aus. In diesem Moment wandte sich Nevliin jedoch zu ihm um und trat ihm mit solcher Kraft gegen die Brust, dass ihm einen Moment die Luft wegblieb. Gerade noch rechtzeitig konnte er nach der über ihm vorbeiführenden Stange greifen, um nicht vom Gerüst zu stürzen, während Nevliin seinen Aufstieg fortsetzte. Eine eigene Macht schien von dem Weißen Ritter Besitz ergriffen zu haben, doch Eamon setzte ihm sofort wieder nach, rannte die diagonalen Metallstäbe weiter hinauf.

Die Hände nach vorn ausgestreckt flog er auf Nevliin zu, schlang die Arme um ihn und riss ihn nieder, so dass sie beide hart auf eines der Podeste aufschlugen. .

»Muss ich dich wirklich umbringen?«, knurrte der Weiße Ritter und schob Eamon von sich. »Misch dich nicht in Dinge ein, die dich nichts angehen!«

»*Du* gehst mich etwas an.« Nach Schlangenschilden Ausschau haltend, kam Eamon wieder auf die Beine. Dann fiel sein Blick jedoch auf ein schmales Kästchen, das neben Nevliin zu Boden gefallen war, und seine Augen weiteten sich. »Also ist es wahr«, keuchte er und glaubte, der schwankende Boden unter seinen Füßen müsse sich auftun. »Du willst das Drachenherz vernichten.«

»Es ist mein Schicksal, Eamon.« Nevliin hatte weit größere Schwierigkeiten dabei, sich wieder aufzurichten, und musste sich am Gerüst hochziehen. Er vergaß jedoch nicht, den aus seinem Gürtel gefallenen Schlüssel zum Herzen wieder an seinem Platz zu verstauen. »Du wirst mich nicht davon abhalten, es zu erfüllen.«

»Bist du denn wahnsinnig?« Außer sich vor Zorn packte Eamon den Ritter an der Rüstung und zog ihn zu sich. »Das Blut wird dich töten! Es ist Gift für uns Elfen! Und wenn du das Drachenherz zerstörst, vernichtest du Aurüns Volk!«

»Das ist mir gleichgültig.«

Eamon schloss seine Finger noch fester um das Metall der Rüstung, ließ seine Hände dann jedoch sinken und stieß die Luft aus. Er sah Nevliin in die Augen, warf dann einen Blick auf die Wunde, die wegen der Rüstung jedoch nicht richtig zu erkennen war, sah weiter zum Schwert in Nevliins Hand und überlegte fieberhaft, wie lange Nevliin ohne Heiler noch durchhalten mochte. »Ich kann das nicht erlauben«, erklärte er schließlich.

»Das dachte ich mir«, erwiderte Nevliin mit einem leichten Lächeln.

Die Ruhe, die von Nevliin ausging, ließ ihn beinahe explodieren. Da stand er vor ihm, der Weiße Ritter, sein Gegenstück, und redete davon, zu sterben, und Eamon sollte einfach dastehen und dabei zusehen? Jahrhunderte, Jahr*tausende* der Freundschaft einfach vergessen? Niemals würde er das fertigbringen. Schicksal hin oder her. Vanora hin oder her. Er würde Nevliin nicht einfach in den Tod gehen lassen.

»Lass uns deine Wunde versorgen«, versuchte er es daher, »und diesen Kampf zu Ende bringen.«

»*Ich* werde den Kampf zu Ende bringen.«

»Woher willst du wissen, dass das dein Schicksal ist?!«

»Ich weiß es.«

Ein lauter Knall ertönte, als Eamon sein Schwert mit aller Kraft gegen das Gerüst schlug. »Du redest wie *sie*! Hör dir doch mal zu! Du fragtest mich, wieso sie das getan hat, und jetzt tust du dasselbe!«

»Weil ich sie jetzt verstehe.« Nevliin deutete mit einer weit ausholenden Bewegung über das Land. »Ich verstehe jetzt das Schicksal, Eamon. Elvion existierte auf bestimmte Weise, und wir Elfen haben es mit unserer Magie verändert, eingebildet, wie wir waren. Daralee hatte das Land gespalten, und Vanora musste diese Spaltung rückgängig machen. Der Drachenkönig hatte ein neues Volk erschaffen, und *ich* muss es jetzt rückgängig machen. Alles geht an den Anfang zurück.«

»Unsinn!«

»Dem Schicksal entgeht niemand.«

Eamon packte sein Schwert fester. »Das werden wir ja sehen.« Er ließ den Griff der Waffe in seiner Hand herumwirbeln und wollte diesen gegen Nevliins Kopf schlagen, doch plötzlich kamen einige Schlangenschilde auf das Podest gesprungen.

»Glaub nicht, dass du davonkommst«, stieß Eamon aus, als er den Hieb eines Schlangenschildes parierte. »Und wenn ich dich von diesem Turm hier werfen muss.«

»Du wirst zuerst fliegen lernen«, kam es von Nevliin, als er seine Klinge aus der Achsel eines der Feinde zurückzog. »Du kannst dich nicht ständig in das Leben anderer einmischen.«

»Du meinst, Leben zu retten?« Eamon zog sein zweites Schwert hinter der Schulter hervor und ließ es aus der Bewegung heraus auf den Schädel eines Schlangenschildes niederfahren. Mit einer schnellen Drehung schaffte er es dann, sich vor Nevliin zu stellen und ihn vor Angriffen abzuschirmen, was dieser mit einem Schnauben quittierte.

»Wen wirst du bemuttern, wenn ich nicht mehr da bin?«, fragte Nevliin und trat hinter Eamon hervor, um einem der Schlangenschilde den Bauch aufzuschlitzen.

»Du wirst immer da sein«, keuchte Eamon. »Vorher werde ich sterben.«

»Welch Egoismus eines so noblen Herrn.«

Die Feinde vorerst besiegt, wandte sich Eamon wieder Nevliin zu und ließ die Schwerter zurück in die Scheiden gleiten. »Du verlangst also tatsächlich von mir, dich in den Tod gehen zu lassen?«

Nevliin ließ den Blick seiner schwarzen Augen wirken. »Du weißt, wie lange ich schon darauf warte. Willst du mir dieses Ende wirklich verwehren?« Er deutete nach unten zur Arena. »Denk an die Silberritter. Mit der Zerstörung des Herzens werden sie frei sein, auch Ardemir. Denk an das Glück deiner Tochter.«

»Nevliin, das alles bedeutet mir nichts, wenn es heißt, dass du dafür …«

»… dein Glück findest? Frieden?« Nevliin ließ die Spitze seines Schwertes zu Boden sinken. »So grausam bist du nicht,

Eamon. Du warst schon immer einer der Guten.« Ein Schauer schüttelte seinen Körper, und er presste die Hand an den Bauch. Ein paarmal atmete er mit geschlossenen Augen tief durch, ehe er seinen Blick wieder hob und Eamon ansah. »Es geht zu Ende mit mir«, keuchte er und hielt Eamon seine blutige Hand entgegen. »Die Frage ist nur: Wirst du mir auf diesem letzten Weg helfen, Bruder?«

Eamon zuckte wie unter einem Schlag zusammen und spürte, wie seine Beine weich wurden. Er starrte Nevliin in die Augen, und alles in ihm schrie »Nein!«, obwohl er wusste, wie lange Nevliin auf diesen Moment gewartet hatte. Mit einem Mal wurde ihm klar, dass die alles entscheidende Frage nicht lautete: »Kann ich meinen Freund sterben lassen«, sondern: »Kann ich ihn ruhigen Gewissens in dieser Welt halten? Aus purem Egoismus heraus?«

Im Moment blieb ihm eine Antwort erspart, denn unter ihnen sammelte sich plötzlich ein erschreckender Haufen Sonnentaler Krieger am Stadttor, die zweifellos nur ein Ziel hatten: den Turm, um den Fürsten zu schützen.

»Eamon!« Nevliin packte seinen Arm. »Mir läuft die Zeit davon. Entscheide dich. Jetzt oder nie.«

Das Blut rauschte durch Eamons Ohren. Schon einmal hatten sie sich in einer ähnlichen Situation befunden: Einer von ihnen hatte Vanora in der letzten Schlacht, nach dem Drachenabsturz, in Sicherheit bringen müssen, der andere hatte zurückbleiben müssen, um gegen eine Überzahl zu kämpfen. Nur zu gerne hatte sich Eamon damals geopfert und Nevliin fortgeschickt. Genauso war es ihm leichtgefallen, Nevliin auf seinem Rücken über die Baumriesen zu tragen, um ihn vor dem seelenfressenden Würfel in Sicherheit zu bringen, auch wenn er sein eigenes Leben dadurch riskiert hatte. Auch bei ihrem Abstieg in die Drachenschlucht hatte er Nevliins Leben gerettet und ihn im letzten Moment vor dem Absturz bewahrt. Und alles nur, da er ohne diese dunkle Seite in seinem Leben nicht existieren konnte. Ohne Nevliin, seinem Gegenstück.

Sollte das alles wirklich umsonst gewesen sein? Konnte er Nevliin jetzt in den Tod schicken, anstatt ihn neuerlich aus der Gefahr zu bringen? Überallhin würde er ihn tragen, kein Gewicht wäre ihm zu schwer, kein Weg zu weit, und doch gab es nur noch einen Pfad für seinen Freund.

Jetzt zählte jeder Moment. Nevliin könnte diesen Krieg beenden, so wie ihn Vanora damals beendet hatte. Der Preis dafür wäre die Entzweiung eines Volkes, um zum Ursprung zurückzukehren, dem einstigen Elvion, wie es vor der Einmischung der Elfen existiert hatte. Und Nevliins Leben. Nevliins Tod. Nevliins einziger Wunsch. Es war Irrsinn, und doch konnte er Nevliin nicht beim alles zerstörenden Würfel zurücklassen und seine Seele riskieren. Er musste ihn erneut tragen.

»Komm.« Sein Herz raste, als er sich Nevliins Arm um die Schulter legte und ihn auf die Treppe zum Dach des Gerüstes führte. Er wusste nicht, was er da tat, und so war es auch am besten. Er durfte nicht darüber nachdenken. Genau wie damals.

Der Weg war nicht mehr weit, und es waren nur noch vereinzelte Krieger, die sich ihnen in den Weg stellten. Eamon sah sie kaum, als er sie vernichtete. Alles um ihn herum war von einem trüben Schleier bedeckt, während Nevliins Körper in seinem Arm schwerer wurde. Ein jeder Schritt wurde zur Qual, und doch wünschte Eamon, sie würden nie dort oben ankommen, er müsste niemals diese Entscheidung treffen.

Die Sonne brannte unbarmherzig auf den Turm, ein heftiger Wind tobte hier oben und zog an ihren Umhängen. Eamon musste seine Augen zusammenkneifen, um vom grellen Licht nicht geblendet zu werden, doch er erkannte Menavor trotzdem sofort. Der Fürst blickte ihnen entgegen, das silberfarbene

Haar wehte um sein Gesicht, das vom roten Schein des Drachenherzens beleuchtet wurde. Dieses wertvolle Erbstück lag auf einem kniehohen Podest. Menavor hatte die Hände darüber ausgestreckt, als würde er es jeden Moment berühren wollen.

»Da kommen sie, die beiden«, sagte er und sah sich auf der Plattform um. »Meinen Bruder habt Ihr bereits getötet, Fürst Nevliin, und ich nehme an, Ihr werdet auch vor einem weiteren Mord nicht zurückschrecken.« Er lachte auf und deutete auf das Loch in Nevliins Rüstung.

Das Gesicht des Weißen Ritters war bereits mehr grau als weiß, und die schwarzen Augen, die stets wie Edelsteine gefunkelt hatten, wirkten trübe.

»Mir scheint«, meinte dann auch schon Menavor, »auch Eure Zeit ist abgelaufen.«

»Genug der Worte.« Nevliin löste sich aus Eamons stützendem Griff und trat auf den unbewaffneten Menavor zu. Das Schwert in seiner Hand zitterte bereits, die blutverschmierten Finger konnten es kaum noch festhalten. Trotzdem gelang es ihm irgendwie, die Spitze auf den Fürsten zu richten. »Solange Ihr lebt, kann ich nicht gehen. Noch ein paar Augenblicke, und dieses Land wird in eine Blütezeit fallen.«

Menavor lachte auf und streckte seine Arme von sich. »Nur zu, Fürst Nevliin, *Weißer Ritter*«, sagte er voller Hohn in der Stimme. »Tötet einen unbewaffneten Mann, jagt mir Euer Schwert in die Brust. Möge Euch diese Tat zu den Sternen begleiten.«

»Mich kümmert Euer Tod nicht«, flüsterte Nevliin heiser und hielt weiterhin schwankend auf den Fürsten zu, doch Menavor lachte nur noch lauter.

»Ach nein? Der Weiße Ritter tötet einen wehrlosen Mann. Wo bleibt da die Ehre?«

Das Schwert in Nevliins Hand zitterte immer stärker, die

schmalen Lippen waren blutleer. Eamon verfluchte Menavor für seine Worte. Natürlich zielte er auf Nevliins Ehrgefühl, seine Ritterlichkeit, die ihm einst wichtiger als alles andere im Leben gewesen war. Ein Leben, in das er jetzt zurückzukehren versuchte. Er wollte als Weißer Ritter sterben, als derjenige, der damals vor mehr als achtzig Jahren mit Vanora gestorben war. Doch würde er es fertigbringen, Menavor völlig wehrlos zu erschlagen? Und selbst wenn? Würde es seiner Seele schaden? Seinem Frieden, um Vanora gegenüberzutreten? Daeron hatte er im Kampf besiegt, doch Menavor könnte gefangen genommen und vor Gericht gestellt werden. Seine Bosheit würde Nevliin begleiten und den Frieden zerstören, welchen er sich so sehr herbeisehnte, denn Nevliin war schon zu lange ein Ritter, um solch eine Tat ohne Skrupel zu begehen.

In einem hatte Nevliin jedoch recht. Solange einer der Sonnentaler Fürsten lebte, könnte dieses Land keinen Frieden finden. Daher musste Menavor sterben.

»Nun, worauf wartet Ihr?«, höhnte der Fürst weiter und entblößte seine Brust. »Habt Ihr es Euch anders überlegt? Wollt Ihr so lange warten, bis Ihr zuerst Euren letzten Atemzug getan habt?«

Nevliin öffnete den Mund, brachte jedoch kein Wort mehr heraus. Einzig durch einen taumelnden Seitenschritt konnte er noch auf den Beinen bleiben. Eamon kämpfte gegen den Impuls an, seinen Freund zu stützen. Dessen Leben hing im wahrsten Sinne des Wortes nur noch an einem dünnen Faden.

Doch Eamon war noch lebendig, er hatte noch Kraft. Er zog seine Kurzschwerter hinter den Schultern hervor, langsam, als hätte er alle Zeit der Welt – oder erschien ihm die Zeit nur so gedehnt?

Seine Beine bewegten sich schnell. Mit drei Sätzen hatte er auch schon Menavor erreicht.

»Eamon …«, hörte er noch Nevliin hinter sich, fassungslos, ohne jede Kraft. Menavors Augen weiteten sich, er wankte zurück, doch es war zu spät. Die beiden Klingen gruben sich beinahe ohne jeden Widerstand in die Brust des Fürsten.

Eamon tötete, mordete, was er bisher noch nie getan hatte. Stets waren es Schlachten oder faire Kämpfe gewesen, doch niemals zuvor hatte er einen Wehrlosen getötet. Die Frage, ob er zu so etwas fähig sei, hatte sich ihm gar nicht gestellt. Alles, was ihm noch klar war, als er seine Finger fester um die Schwerter schloss und sie mit einer Drehung zurückriss, war, dass er Nevliin diese Bürde nicht auferlegen konnte, dass Nevliin es nicht getan hätte, egal, wie skrupellos er manchen vielleicht erschienen war.

Es war ein geringer Dienst an einem Freund, den er hier vollbracht hatte, und als er in Menavors überrascht aufgerissene Augen blickte, fühlte er weder Schuld noch Trauer. Noch nicht einmal Genugtuung.

»Es ist vorbei«, sagte Eamon und blickte dem Leichnam des Fürsten hinterher, welcher in die Tiefe stürzte. »Es ist vorbei!«, brüllte er dann noch einmal, so laut er konnte, und errang sich somit die Aufmerksamkeit der kämpfenden Menge. »Die Fürsten sind tot! Legt eure Waffen nieder! Das Herz gehört uns!«

Alle, wie sie dort unten standen, starrten zu ihm hoch, auf Eamon, den Bruder der Königin mit den blutigen Schwertern in den Händen. Auf denjenigen, der den Krieg beendet hatte, und tatsächlich legte einer nach dem anderen die Waffe nieder. Die Schlangenschilde wurden von den Stadtbewohnern in die Arena getrieben, wo immer noch der bewusstlose Drache lag.

Als Eamon ein Keuchen hinter sich vernahm, fuhr er herum. Nevliin stand neben dem Drachenherzen und zog mit einiger Mühe das Kästchen aus seinem Gürtel.

Als er Eamons Blick auf sich spürte, sah er auf. »Mach jetzt keine Dummheiten mehr«, sagte er mit leiser Stimme, ohne jede Kraft. »Ich sterbe sowieso. Halte mich nicht davon ab, zu den Sternen zu gelangen.«

Eamon schüttelte kaum merklich den Kopf und rührte sich nicht von der Stelle. Tu etwas, schrie seine innere Stimme, halte ihn auf, lass ihn nicht sterben.

Er hatte Nevliin schon beschützt, als dessen brutaler Onkel auf ihn losgegangen war, er hatte schon damals seine Wunden versorgt, und jetzt sollte er einfach nichts tun? Keinen Elfen hatte er jemals so geliebt und gehasst wie den Weißen Ritter, und es wollte einfach nicht in seinen Kopf, dass dies das Ende sein sollte. Beste Freunde, Brüder, Kampfgefährten, Blutfeinde. Zwei Seiten einer Münze. Dunkelheit und Licht. Was würde noch bleiben, wenn ihm seine andere Hälfte entrissen wurde?

Was sollte er sagen, um ihn davon abzuhalten, was sollte er tun?

Nichts. Er brachte weder ein Wort heraus, noch konnte er sich bewegen.

Nevliin nahm die Phiole aus dem Behältnis und betrachtete sie einen Moment lang. Dann schraubte er schließlich den Verschluss ab und hielt das leuchtend rote Fläschchen in seinen zitternden Händen, seinen Tod, sein Leben, seine Freiheit.

Eamons Atem ging abgehackt, und sonderbarerweise spürte er etwas Nasses auf seinen Wangen. Regen? Es herrschte doch strahlender Sonnenschein.

Nevliin wandte seinen Kopf, langsam, und sah Eamon an, ausdruckslos, jedoch nicht kalt.

Eamon nickte, biss die Zähne zusammen, und Nevliin streckte ihm die Phiole entgegen, als prostete er ihm zu. Es gab keine letzten Worte, keinen Abschied, nur diesen letzten Blick der schwarzen Augen.

Dann hob Nevliin das Glas mit dem tödlichen Drachenblut

an seine Lippen und kippte es hinunter. Jetzt gab es kein Zurück mehr. Es war zu spät.

Eamon hielt die Luft an, und mittlerweile spürte er, dass ihm Tränen aus den Augen flossen.

Im nächsten Moment keuchte Nevliin auf, sein Mund öffnete sich zu einem stummen Schrei, die Phiole entglitt seinen Fingern und zersprang zu seinen Füßen. Ein Röcheln war zu hören, weißer Rauch stob aus seinem Rachen. Das Schwert, die Valdoreener Klinge des Weißen Ritters, fiel zu Boden, und auch Nevliin sank in die Knie. Die eine Hand an die Kehle gepresst, die andere an die Brust, rang er um Atem, während seine Augen vor Schmerz weit aufgerissen waren. Das Drachenblut ließ ihn verbrennen, vergiftete und versengte ihn, denn kein Elf konnte das wahre Blut, Ureliigs Blut, in sich aufnehmen, ohne zu sterben.

Eamon stand da wie festgefroren und starrte auf den sich krümmenden Nevliin, welcher vom Schlüssel des Herzens vernichtet wurde. Er sah das Schwert neben dem Weißen Ritter liegen und auch das Drachenherz.

Das Herz musste zerstört werden, und nur derjenige mit Ureliigs Blut in sich konnte dies vollbringen. Doch das Blut tötete und ließ die Zerstörung des Herzens unmöglich werden.

Er musste getragen werden.

Eamon machte einen Schritt nach vorn. Mechanisch ging er auf Nevliin zu, bückte sich und hob das Schwert auf. Dann ging er neben Nevliin in die Knie, die Hitze in seiner Nähe war kaum auszuhalten.

Einzig auf seinen eigenen Atem konzentriert, um nicht zu begreifen, was er da tat, nahm er Nevliins glühende Hände und legte sie um den Griff seines Schwertes. Seine eigenen Hände schloss Eamon darum und legte all seine Kraft in seine Finger, als er das Schwert schließlich anhob.

Etwas schien an seiner Brust zu reißen, doch führte er Nevliins Hände über das Drachenherz.

Der Weiße Ritter hielt sich nicht mehr aus eigener Kraft aufrecht, die Augen waren so verdreht, dass nur noch das Weiße zu sehen war.

Eamon schloss seine Finger noch fester um Nevliins und sah plötzlich all jene Momente vor sich, in denen er Nevliin die Hand gereicht hatte. Wie Blitze zuckten die gemeinsamen Erlebnisse in seinen Augen, und Eamon wusste, der Weiße Ritter hatte nun nach diesem ewigen Ringen von Licht und Dunkelheit, diesen Macht- und Konkurrenzkämpfen, dem Kampf um eine Liebe, dem Kampf um Freundschaft und schließlich um den Tod – nach all dieser Zeit hatte der Weiße Ritter nun endgültig gewonnen.

»Sag Vanora, ich bin der Nächste«, flüsterte Eamon ins Ohr seines Bruders und kniff die Augen fest zusammen.

Mit aller Kraft stieß er das Schwert hinab und jagte es direkt in das pulsierende Herz des letzten Drachenkönigs.

Aurün

Alle, Krieger wie einfache Leute, waren sie stehen geblieben und starrten zum Turm, wo nur noch Eamon und Nevliin übriggeblieben waren. Alle warteten auf das, was nun geschehen würde, doch Aurün hatte keine Zeit mehr.

Mit dem Bogen stieß sie die Leute von sich und kämpfte sich mit dem Gefühl, in einen Alptraum geraten zu sein, immer näher in Richtung Turm. Die ganze Welt schien sich gegen sie verschworen zu haben, sie an der Rettung ihres Volkes hindern zu wollen. Wieso sonst strömten ausgerechnet jetzt all die Leute in die Arena? Wieso sonst hatte Menavor in genau diesem Moment sterben und den Kampf beenden müssen? Wieso war sie nicht früher losgelaufen, schließlich ging es um das Schicksal der Drachenelfen. Welche Macht war es, die sie auf ihrem Weg durch das Getümmel verfluchte und über sie lachte? Wie konnte Eamon so seelenruhig da oben stehen und den Kampf für beendet erklären, wo Nevliin doch gleich hinter ihm war und jeden Moment das Drachenherz zerstören könnte?

Eamon würde solch eine Tat doch niemals zulassen! Nicht nur, weil Nevliin dadurch dem Tod geweiht wäre – vielmehr würde Eamon Aurün solch einen Ausgang des Krieges niemals antun. Er würde mit allen Mitteln die Entzweiung ihres Volkes verhindern, schließlich war er auch für den Kampf um die Drachen aus der Menschenwelt zurück nach Elvion gekommen. Als ihr Freund und Unterstützer! Er war *ihretwegen* nach Elvion gekommen!

Nein, er würde nicht tatenlos dabei zusehen, wie Nevliin alles zerstörte. Nur wieso tat er dann nichts, stand einfach nur da?

Aurün schob sich zwischen den letzten Elfen in der Arena hindurch, sprang auf die Absperrung und warf ihren Bogen fort. An ihrer Seite hielt sich Liadan, die sich genauso verbissen, um ein schnelleres Durchkommen bemüht hatte. Sie beide wollten nur eines: Nevliin aufhalten – und sie beide wussten, dass sie zu spät kommen würden. Alles hing von Eamon ab, der dort oben für wenige Momente die Macht über das ganze Land besaß, über das Schicksal so vieler Elfen und Drachen.

Nach Menavors Tod brach allmählich die magische Abschottung zu ihren Seelenbrüdern und -schwestern. Aurün konnte die alte Geborgenheit der Verbundenheit beinahe wieder spüren. Schon zuvor hatte sie immer mal wieder den Gedanken eines Drachen oder Drachenelfen erhaschen können, ein Gefühl oder auch körperlichen Schmerz, doch jetzt wurde all das intensiver. Die Freiheit ihrer Leute war so nah, die Rückkehr in die Einigkeit der Seelen beinahe schon wieder vollkommen. Es brauchte nur eine winzige Tat, um die Drachenelfen endlich aus der Sklaverei des Sonnentals zu bringen. Nur eine winzige Geste Eamons, der ihr damit das größte Geschenk machen würde. Er musste einfach nur Nevliin aufhalten – mit allen Mitteln.

Vinae war bei den Käfigen zurückgeblieben. Die Situation dort oben war so weit unter Kontrolle, und daher hatten es Liadan und Aurün auch gewagt, sie allein zu lassen und endlich zu tun, was sie seit Nevliins Angriff in den Verliesen hatten tun wollen. Und jetzt liefen sie. Sie liefen, als wäre eine ganze Horde Grogons hinter ihnen her.

Liadan gelangte als Erste auf das Gerüst und rannte mit gerafften Röcken die Treppe hinauf. In ihrem Gesicht spiegelte sich Verzweiflung. Von der stets beherrschten und unnahbaren Königin war kaum noch etwas übriggeblieben. Im Moment war sie einfach nur eine liebende Frau.

Stufe für Stufe flog sie weiter hinauf, dicht gefolgt von Aurün. Ihr Atem ging stoßweise und wurde mit jeder Runde um das Gerüst heftiger, doch das lag weniger an der Anstrengung als an der Angst. Von hier aus konnten sie nicht sehen, was oben vor sich ging. Aurün erwartete bereits Nevliin tot vor sich zu sehen, ermordet von Eamon, um ihn von einer Wahnsinnstat abzuhalten.

Beinahe waren sie oben angekommen, als sie plötzlich von unglaublich grellem Licht geblendet wurden. Aurün blieb nichts anderes übrig, als die Augen zusammenzukneifen und sie mit der Hand abzuschirmen.

Ein Windstoß fegte über sie hinweg, der so unerwartet stark war, dass Aurün von den Beinen gerissen wurde. Nach Halt suchend, tastete sie um sich, doch da verlor sie auch schon endgültig das Gleichgewicht und stürzte die Treppe hinab, während der ganze Turm erschüttert wurde. Ein hoher Schrei ließ annehmen, dass es Liadan auch von den Füßen gerissen hatte.

Den Schmerz des Aufpralles spürte Aurün kaum und auch nicht das Blut, das von ihrer Schläfe hinabfloss. Es war etwas anderes, das ihr ein großes Entsetzen einjagte: der Wind, welcher über das Land fegte und irgendetwas von ihr mitgenommen zu haben schien. Da war noch nicht einmal die leise Ahnung eines Gleichgestellten in ihrem Inneren, das Spüren einer anderen Seele. Da war einfach nichts mehr. Anders als bei der magischen Abschottung durch die Nebelpriester. Niemals zuvor hatte sie sich so gefühlt, so allein.

Das grelle Licht verschwand so schnell wieder, wie es gekommen war, doch Aurün starrte immer noch mit weit aufgerissenen Augen vor sich hin. Nein, fuhr es ihr immer wieder durch den Kopf, und diese Stimme war die Einzige, die sie hörte. Das darf einfach nicht sein. Die Drachenelfen waren ein fester Bestandteil Elvions, ein uraltes Volk – es konnte doch nicht einfach so von einem Moment auf den anderen zerstört werden, ausgelöscht, als hätte es niemals existiert. Sie war die Königin!

»Kommt, Aurün.« Liadan rappelte sich neben ihr auf.

Ohne noch weitere Zeit zu verlieren, kam nun auch Aurün endlich auf die Beine, auch wenn es sich anfühlte, als gehörte ihr dieser Körper nicht. Es war lediglich ein Elfenkörper, ohne die Kraft eines Drachen in sich zu spüren.

Dies musste ein Traum sein, unmöglich konnte so etwas in der Realität geschehen – immer wieder betete sie sich diese Worte vor, als sie hinter Liadan die Treppe weiter hinaufstürzte. Sie kannte die Wahrheit, spürte sie schließlich deutlich in sich, und doch war da immer noch dieser Funke Hoffnung, es könnte sich um einen Irrtum handeln.

Keuchend kamen sie schließlich oben auf dem wackeligen Plateau im Sturm an, und als Liadan ein ungewöhnlich herzzerreißender Laut, wie das Winseln eines jungen Hundes, entfuhr und sie so abrupt stehen blieb, dass Aurün beinahe gegen sie geprallt wäre, wusste sie auch, dass alles Wirklichkeit war.

Liadan presste eine Hand auf ihren Mund und streckte die andere nach dem Metallgitter neben sich aus. Den Blick starr zu Boden gerichtet, wankte sie zur Seite und sank schließlich nieder, kraftlos, jeglicher Energie beraubt.

Da saß sie nun, die Königin der Elfen, wie eine Statue des Schreckens, mit großen Augen, welche sich nicht mehr bewegten. Sie schien eingefroren zu sein, dieser Welt entrückt, in eine Dimension, in der es nur noch ein Bild gab.

Aurün wandte langsam ihren Blick von der Königin ab und sah in die Mitte der Plattform.

Ihr Atem beschleunigte sich, als sie das Drachenherz ohne jegliches Leuchten, ungeschützt am Boden liegen sah, daneben ein blutiges Schwert. Die Stille in ihr schien lauter zu schreien, als es jeder Schmerzenslaut hätte tun können. Die Leere füllte sie aus wie eisiges Wasser. Ihr Volk war vernichtet.

»Er hat es getan«, brachte sie atemlos hervor und blickte auf den Weißen Ritter hinab, der ausgestreckt am Boden lag und sich nicht mehr rührte. Die Augen im vernarbten, von Blutspritzern besudelten Gesicht waren geschlossen, die Lippen nur noch eine fahle Linie. Die weiße Rüstung war beschädigt, und um ihn herum hatte sich eine Lache Blut ausgebreitet – und in dieser Lache kniete Eamon.

Er schien die beiden Königinnen noch nicht einmal bemerkt zu haben, und sein Anblick traf Aurün weit mehr als der des toten Ritters.

Leicht nach vorne über Nevliins Körper gebeugt, kniete er neben ihm. Er hatte die Augen geschlossen und beide Hände an die Stirn gelegt, so dass die Finger waagerecht darüber verliefen und sich in der Mitte berührten. Aurün hatte solch eine Haltung schon einmal in einem Tempel bei den Totenfeuern gesehen, doch sie wusste nicht, was sie bedeutete.

Auch an seiner Haut klebte überall Blut, doch das Verstörende in seinem Gesicht waren die Tränen, die seine Wangen hinunterliefen.

Und als wäre das nicht genug, sang er auch noch. Es war ein Klagelied in einer uralten Sprache, welche nur in den Tempeln gesprochen wurde. Die Luft schien von seiner zitternden Stimme erfüllt zu werden und sie zum Weinen zu bringen. Es war ein magischer Moment, der keiner einzigen Seele bei den Sternen entgehen könnte, keiner Macht auf dieser Welt.

Die Zeit schien stillzustehen, der Wind zu versiegen.

Fassungslos starrte Aurün ihren Freund an, der hier um den

Zerstörer eines Volkes trauerte, wie sie noch niemals zuvor einen Elfen hatte trauern sehen. Sie blickte weiter zu Liadan, die immer noch in das Gesicht des Weißen Ritters starrte und stumm die Worte zu Eamons Lied formte.

Als wäre dieser Tod auch nur annähernd mit der Katastrophe zu vergleichen, welche dieser Verräter heraufbeschworen hatte. Niemanden kümmerte, was er getan hatte! Wie konnte das möglich sein?

»Seid ihr denn alle verrückt geworden?«, schrie Aurün all ihren Zorn hinaus über diese unpassende Trauer wegen eines Mannes! »Sein Tod bedeutet *nichts*!«

Da ließ Eamon plötzlich seine Hände sinken. Er blickte weiterhin hinab zu Nevliin, beugte sich plötzlich vor und legte einen Moment lang seine Stirn auf die Hände des Toten, die über dessen Bauch gefaltet waren. Er murmelte noch ein paar Worte, dann richtete er sich auf.

Langsam drehte er seinen Kopf in ihre Richtung und sah sie aus blauen Augen an, die sie doch stets zu kennen gemeint hatte. Die Tränen, welche darin standen, vertieften den Eindruck eines Gletschers, aber vor allem dachte Aurün jetzt an Winter, Schnee und Eis, da nichts Warmes mehr in seinem Blick war. Es war die reine Kälte, die ihr da entgegenblickte. Niemals zuvor hatte er sie so angesehen.

Es war nur ein flüchtiger Moment, in dem er ihr seine Aufmerksamkeit schenkte, ehe er auf seine Schwester zuging, sie an den Schultern ergriff und zu sich hochzog.

Wie nur ein Bruder es konnte, nahm er sie in den Arm und strich ihr über das Haar. Auch ihr flüsterte er Worte ins Ohr, während Aurün immer noch wie vom Blitz getroffen dastand.

Ohne sie dann auch nur noch ein einziges Mal anzusehen, ging Eamon schließlich wieder auf Nevliin zu und hob den Leichnam hoch. Liadan nahm das Schwert an sich, und so gingen sie an Aurün vorbei, als wäre sie nichts weiter als eine Spiegelung im Licht.

Sie war keine Königin mehr, keine Drachenelfe. Sie war nichts.

Vinaë

Die Geschehnisse auf dem Turm vor den Stadttoren waren zu weit weg gewesen, um zu erkennen, was genau dort oben vorgefallen war, doch als sich Vinae nach diesem ungeheuren Energiestoß wieder aus dem Staub aufrappelte, ahnte sie, was geschehen war.

Die Schlangenschilde hatten sich ergeben, die Bewohner Acres feierten ihren Sieg und den Tod der Fürsten, während offenbar die ganze Stadt nach unten zu den Toren und dem Gerüst strömte.

Auch Vinae wollte sich auf den Weg machen und nach den anderen sehen, doch da zogen die eingesperrten Drachen ihre Aufmerksamkeit erneut auf sich.

Ein Zittern lief durch diese riesigen Körper, ein vielfaches Stöhnen und Ächzen war zu hören, und Vinae traute ihren Augen nicht, als die grüne Farbe der Schuppen verblasste, die Glieder sich zusammenzogen, und plötzlich ein ganzer Haufen nackter Ritter vor ihr im Käfig lag. Von einem Moment auf den anderen waren sie wieder zu Elfen geworden.

Der Zauber war gebrochen!

»Bei den Sternen«, keuchte Vinae und blickte auf dieses Gewühl nackter Leiber, von denen einige verletzt waren. »Wie ist das nur …« Sie winkte einen der ziellos herumlaufenden Schlossbediensteten zu sich. »Öffnet den Käfig!«, rief sie und raffte die Röcke bis zum Knie. »Holt Heiler!« *Ich muss zur Arena.*

Der Krieg war vorbei, es war kaum zu glauben. Das Sonnental war befreit, Acre brannte, aber die Bewohner hatten es für sich gewonnen. Die Nebelpriester waren besiegt, die Fürsten und ihre Mutter ebenso. Sie hatten tatsächlich den Sieg errungen, doch nach all den vergangenen Ereignissen, all den Toten auf beiden Seiten, mit denen sie sich verbunden gefühlt hatte, wollte Vinae sich keine Gedanken mehr darüber machen. Weder über Sieg noch Niederlage, weder über die Zukunft, noch was diese dem Land bringen würde. Sie wollte nur noch laufen und ihrem Herzen folgen, genauso wie sie es schon vor so langer Zeit hätte tun sollen.

Jetzt war der Moment endlich gekommen. Durch den dichten Rauch, der wie ein Schleier über der Stadt lag, bahnte sie sich ihren Weg zwischen brennenden Häusern und feiernden Elfen hindurch. Kaum jemand kümmerte sich um die Flammen, niemand versuchte, sie zu löschen.

Sie schien Flügel bekommen zu haben, ihre Füße berührten kaum den von Scherben übersäten Boden. Die Menge wurde dichter, je weiter sie in Richtung Tor gelangte, doch Vinae kümmerte sich nicht darum. Rücksichtslos bahnte sie sich ihren Weg in die Arena.

Das Fehlen des Drachens war das Erste, was ihr dabei auffiel, und so kletterte sie mit rasendem Herzen über die Absperrung, drängte sich immer dichter in die Mitte, fort vom Schafott, auf welchem einige Schlangenschilde mit Speeren in Schach gehalten wurden.

Keiner hatte sich um den Drachen gekümmert, niemand hatte etwas anderes im Sinn, als die Freude auszukosten oder Rache zu nehmen. Niemand hatte den reglosen Körper am Boden bemerkt.

Vinaes Mund öffnete sich zu einem Schrei – der Überraschung, der Freude –, irgendetwas war da in ihrer Brust, das herauswollte, eine unbeschreibliche Glückseligkeit überlief ihren gesamten Körper, doch sie brachte keinen Ton heraus. Einzig ein heiseres Krächzen seines Namens gelangte aus ihrer Kehle, als sie auch schon neben ihm auf die Knie fiel und ihre Hände auf seine Wangen legte.

»Ardemir.«

Seine Augen waren geschlossen, die dichten Wimpern warfen Schatten auf die blasse Haut darunter. Sein schwarzes Haar hing ihm in die Stirn, war wild zerzaust und ließ ihn wie einen kleinen Jungen wirken, der friedlich vor sich hinträumte. Seine Brust hob und senkte sich deutlich, und allein dafür hätte sie die ganze Welt in die Arme schließen können. Seine Brust war breit, und an seinem Bauch zeichneten sich mehrere starke Muskelstränge ab, was für einen Elfen doch eher untypisch war. Doch er war kein Drache mehr!

Ohne ihren Blick von seinem wunderschönen Gesicht zu nehmen, riss Vinae den Stoff ihres Unterrockes aus ihrem Kleid und legte ihn über Ardemirs Hüften, um seinen nackten Körper zu bedecken. Man musste ihn für tot gehalten haben.

»Ardemir.« Sie hob seinen Kopf etwas zu sich hoch und schüttelte seinen Oberkörper sanft. »Ardemir, wach auf. Genug geschlafen.« Sie wusste, es war Aurüns Pfeil gewesen, der ihn hatte bewusstlos werden lassen, doch mit ein wenig Magie gelang es ihr, die Wirkung des Giftes zu vertreiben. »Komm schon, Ardemir. Ich bin's, Vinae.«

Das Flattern seiner Lider war für sie ein großartigeres Ereignis, als es jeder Erfolg in der Heilkunde jemals hätte sein können. Das tiefe Atemholen seiner Lungen schöner als jede Musik.

»Ardemir.« Sie strich mit einem Finger über seine Wange, und da schlug er plötzlich seine Augen auf, seine kastanienbraunen Augen, die tiefer zu sehen vermochten, als es jeder Grogon hätte tun können.

»Vinae«, brachte er heiser hervor und stützte sich mit den Händen ab, um sich aufzusetzen. »Ich hab dich nicht umgebracht.«

Ein Lachen, viel zu schrill, brach aus ihrem Körper, und sie schüttelte heftig den Kopf. »Nein, Ardemir, das hast du nicht.«

Er sah an sich hinab und fuhr sich mit der Hand über die Augen. »Ich bin auch kein Drache mehr«, stellte er fest und hob schließlich wieder seinen Blick, um sie anzusehen. »Du lebst, ich bin ein Elf und …«, er sah zum Podest mit den gefangengehaltenen Schlangenschilden und den feiernden Feldarbeitern, »… das ist gut, oder?«

»Ja!« Sie legte ihre Hände auf seine Schultern und drückte zu. »Ja, Ardemir. Das ist sehr gut. Es ist vorbei. Es ist endlich vorbei!«

»Kann das denn wahr sein?«

»Oh, es ist wahr! Du bist wieder hier. Ardemir …« Vinae schüttelte ihn leicht, was ihm ein Schmunzeln entlockte. »Wir sind endlich frei.«

Seine Augen lachten immer noch verschmitzt, doch sein Mund verzog sich nachdenklich. »Ich glaube«, sagte er schließlich und hob seine Hand an ihr Gesicht. »Wir beide sind doch die Auserwählten, um ein glückliches Ende zu erleben.«

Ein Seufzen drang über ihre Lippen, doch da schlang Ardemir seine Arme um sie, drückte sie an sich und küsste sie, als gäbe es außer ihnen beiden tatsächlich nichts mehr auf dieser Welt. Es war ein Moment, der das Ende des Krieges und den guten Ausgang zu besiegeln schien.

»Ich liebe dich«, flüsterte er dann plötzlich und ließ sie vor Erstaunen die Augen aufreißen. Er hielt seine Hände in ihrem Nacken verschränkt, so dass sie nicht zurückweichen konnte und die Wahrheit hinter diesen Worten in seinen Augen las. Worte, die er niemals zuvor ausgesprochen hatte. »Ich liebe dich seit sieben Jahrzehnten«, fuhr er fort und küsste sie noch einmal auf die Nasenspitze. »Und für jedes Jahr meiner Dummheit will ich dir ein Jahrtausend dienen, um meine Schuld abzutragen. Denn, Vinae – jetzt gebe ich dich nicht mehr her.« Der Stoß eines Elfen in der Menge hätte sie beide beinahe umgerissen. Ardemir senkte lachend seinen Blick. »Aber vorher, sollte ich mir etwas zum Anziehen besorgen.« Er deutete zum Schafott hoch und schüttelte den Kopf. »Da gibt es endlich Schlangenschilde zu verhauen, und ich verschlafe den ganzen Spaß. Wie das wohl in unserer Familienchronik ankommt? Ardemir, der Vetter der Königin, verschläft die Schlacht.«

Vinae richtete sich auf und streckte Ardemir ihre Hand entgegen. »Dann warst es doch nicht du, der uns alle erretten kann, wie ich zuerst annahm«, sagte sie, als er mühsam und mit einer Hand den Stofffetzen festhaltend auf die Beine kam.

»Nein«, gab er grinsend zurück und strich ihr eine Haarsträhne aus dem Gesicht. »Aber wer aus unserer verrückten Bande war es dann?«

Vinae wollte eben zu einer Antwort ansetzen, da fiel ihr Blick an Ardemir vorbei auf das Gerüst. Ihre Augen verloren jede Fröhlichkeit, als sie ihren Vater und ihre Tante auf der Treppe erblickte.

»Nevliin«, hauchte sie und musste sich an Ardemir festhalten, um nicht zusammenzubrechen. »Er war es.«

Eämon

Die Menschenwelt war so völlig anders als Elvion. Die Luft schien weniger klar und wirkte schwerer. Auch Elvions Geruch nach Blüten, Reinheit und Perfektion war hier nur eine leise Ahnung.

Die Farben waren weniger intensiv. Das Blau des Meeres war eher ein verwaschenes Grau, der Himmel wurde von einem weißen Schleier bedeckt, das Gras vor dem Haus der Gräfin Berill wirkte ausgebleicht.

Und doch war die Sonne hier genauso warm, der Wind fühlte sich genauso angenehm auf der Haut an und blies Eamon vereinzelte Haarsträhnen ins Gesicht, während er von den Klippen auf das Haus zuging. Sein Zuhause.

Bei seiner Rückkehr nach Elvion hatte er nicht dieses warme Ziehen im Bauch gespürt, wie er es jetzt vernahm. Seit der Wiedervereinigung Elvions und diesen elementaren Veränderungen des Schattenreiches hatte er nichts mehr im Reich der Elfen gehabt, das ihn hätte halten können – bis auf Nevliin, doch vor dem war er davongelaufen.

Und jetzt war auch Nevliin fort, und Eamon kehrte Elvion den Rücken zu, mit der festen Absicht, nie wieder dorthin zurückzukehren. Die Zeiten der Kriege, Kämpfe und Ritter waren für ihn vorbei. Alles, was er wollte, war, seine Schwerter aufzuhängen und jeder Generation von Menschenkindern die Geschichten Elvions zu erzählen. Ein tröstender Gedanke, an dem er sich festklammerte wie an einem Anker. Er wusste, ihm stand noch ein steiniger Weg bevor, ehe er seine Ruhe finden konnte.

Seine Hand schloss sich fester um diesen schmutzigen Papierfetzen, den er unter Nevliins Rüstung entdeckt hatte.

Der Weg durch den Garten, der verlassen in der Nachmittagssonne dalag, schien kein Ende zu nehmen. Seine Schritte waren schwer, und er fühlte sich wie ein Todesbote, der Überbringer von Unheil und Qual.

Mit klammen Fingern faltete er das Papier auseinander und blickte darauf.

»*Eamon*«, stand darauf in krakeliger Schrift, als hätte es Nevliin beim Verfassen des Briefes eilig gehabt. »*Jede Geschichte hat ein Ende, und ich habe meines wohl endlich gefunden. Ich verstehe nun, weshalb sie gehen musste und uns allein ließ. Eines Tages wirst auch Du verstehen, wieso ich keine andere Wahl hatte.*

Aber nun zum Wichtigen: Ich besitze nichts, das ich weitergeben könnte. Mein Vetter war immer schon ein besserer Fürst und wird es auch weiterhin sein. Mein einzig wertvoller Besitz ist mein Schwert, das mich mein Leben lang begleitete. Bitte, Eamon, sei nicht so sentimental, es mit mir auf den Grund des Meeres zu versenken. Es ist ein gutes Schwert und soll zurück nach Valdoreen. Mein Vetter wird Verwendung dafür finden.

Außerdem wünsche ich mir, dass Du Dir mit dem Sterben Zeit lässt. Lass uns hier bei den Sternen in Frieden, und finde Dein Schicksal nicht allzu schnell. Nevliin«

Eamon musste unwillkürlich lächeln. Nevliin hatte niemals besonders viel für Gefühlsduselei übriggehabt und war stets sofort auf den Punkt gekommen.

Und doch vermochte Eamon, die Zuneigung in diesen Worten zu erkennen. Es gelang ihm, zwischen den Zeilen zu lesen, schließlich kannte er Nevliin lange genug, und dieser Brief war ein Zeichen ihrer Verbundenheit.

Der Schatten des Hauses fiel auf ihn. Eamon atmete tief durch, ehe er die Hand auf die Türklinke legte und sie öffnete.

Die Kühle des Dienstbotenraumes hüllte ihn nach der brütenden Hitze der Sommersonne draußen ein. Doch auch hier war niemand, was Eamon überhaupt nicht gefiel. Eine fürchterliche Ahnung beschlich ihn, als die Stille des Hauses wie eine Flutwelle über ihn hereinbrach.

Was war hier nur los? Natürlich konnte hier kaum jemand bemerkt haben, dass er durch das Weltentor gekommen war, schließlich war das Licht bei Tage kaum zu sehen, doch irgendjemand musste da sein. Er müsste die Kinder bei ihren ewigen Streitereien hören, er müsste Rosas Versuche, diese zu schlichten vernehmen. Rosa …

Seine Beine fühlten sich noch schwächer an, als eben bei seinem Gang von den Klippen hierher.

Den Puls an seinem Hals spürend, trat er hinaus in die Eingangshalle und blickte zu den Galerien hoch. Alles leer und still. Oder doch nicht? Hatte er da nicht eben eine Stimme vernommen? Drüben auf der anderen Seite des Hauses, auf der Terrasse?

Sein Herz schlug immer schneller, als er die Halle mit weit ausholenden Schritten durchmaß und in Richtung Salon stürmte, von wo aus der vordere Garten zugänglich war. Der Raum war dunkel im Vergleich zum strahlenden Sonnenschein, doch Eamon hatte ohnehin keinen Blick dafür.

Mittlerweile wurden die Stimmen immer lauter. Lachen. Das Lachen der Mädchen und eine meckernde Frauenstimme.

»Du elender Taugenichts! Kannst du noch nicht einmal einen Ball treffen, der so groß ist wie dein Melonenkopf? Na warte, ich zeige dir, wofür dieser Schläger noch gut sein kann!«

»Das sind nicht die Spielregeln! He! Was soll das?! Haltet mir dieses verrückte Weibsbild vom Hals! Hilfe!«

Eamon trat durch die offene Glastür und traute seinen Augen nicht. Es schien das Bild eines Gemäldes der Freude zu sein. Ein Paradies.

Rosa saß im Schatten in einem Schaukelstuhl und klopfte sich lachend auf die Schenkel. Die Bediensteten waren allesamt mit langen Holzstäben auf dem Rasen verteilt, welcher mit Steinen zu einem Viereck eingegrenzt worden war. Auch Isla und Mairi waren unter ihnen und versuchten, einen wie irre durch die Blumen rasenden Kobold einzufangen, dicht gefolgt von einer wutschnaubenden Koboldfrau, die ihren Holzstab drohend über sich schwenkte.

»Du hast alles ruiniert!«, brüllte Finola ihrem Gatten hinterher. »All die Mühe umsonst! Was soll daran so schwer sein? Da ist ein Schläger, da ein Ball. Du sollst ihn nur treffen! Schläger auf Ball!«

»Dein Hinterteil war mir im Weg!« Bienli machte plötzlich einen Haken und kam direkt auf Eamon zugelaufen, vermutlich war sein Plan gewesen, ins Haus zu fliehen und seine Frau in den vielen Korridoren und Zimmern irgendwie abzuhängen. Zwei Schritte von Eamon entfernt, bemerkte er den schwarzgekleideten Elfen jedoch und blieb so abrupt stehen, dass die beiden Mädchen beinahe über ihn gestolpert wären.

Mit einem Mal herrschte absolute Stille, selbst die Vögel schienen erstaunt zu sein und hatten ihren Gesang eingestellt. Rosas Lachen war verstummt, Finolas Gezeter ebenso, und auch die Bediensteten hatten ihr fröhliches Geschnatter eingestellt. Alle starrten sie Eamon wie ein Trugbild der Sonne an.

Der Wind rauschte durch die Blätter der schattenspendenden Eichen, und als wäre dies der Schrei zum Angriff gewesen, redeten plötzlich alle drauflos. Finola und Bienli hüpften um ihn herum, zerrten an seinen Hosen und löcherten ihn mit Fragen, Mairi und Isla zupften an seinen Armen und redeten auf ihn ein.

Einzig Rosa rührte sich nicht. Sie saß in ihrem Schaukelstuhl und sah ihn aus ihren grünen Augen an. Sie hatte nicht mehr damit gerechnet, ihn jemals wiederzusehen, genauso wenig, wie er sich zu wünschen gewagt hatte, rechtzeitig wieder hier zu sein. Doch nun stand er da, in seinem Zuhause, und alles war so, wie es sein sollte.

Nach all den grausamen vergangenen Tagen erschien ihm solch ein Wunder kaum möglich. Das letzte Mal war er in die Menschenwelt gekommen, um neu anzufangen und seinen Frieden zu finden. Er war von zu Hause weggelaufen, doch dieses Mal war er nach Hause gekommen.

Ohne sich um die Bande Wilder zu seinen Füßen zu kümmern, schritt Eamon in den Garten und ging vor Rosa auf die Knie. Er nahm ihre faltigen Hände in seine und küsste sie. Dann blickte er zu ihr auf und wusste, sie sah ihm seinen Verlust sofort an, den Schmerz, aber auch die Freude über dieses Wiedersehen.

»Willkommen zu Hause«, sagte sie mit strahlenden Augen, und Eamon erhob sich, um sie auf die Stirn zu küssen.

»Danke«, flüsterte er. Er war dankbar für das blühende Leben, das ihn hier empfangen hatte. Er war dankbar dafür, dass sich seine Ängste nicht erfüllt hatten, dankbar dafür, einen Ort zu haben, an den er gehörte und wo er hingehen konnte, wenn es ihm schlechtging, aber auch, wenn er glücklich war. Er hatte Familie.

»Bist du allein zurückgekommen?«, fragte der Kobold Bienli neben ihm, und Eamon schloss einen Moment lang die Augen.

»Nein«, antwortete er schließlich und blickte in die Runde

der freudigen und hoffnungsvollen Gesichter. »Ardemir ist ebenfalls hier und …« Er holte Atem. »… seine Gefährtin, Vinae.«

»Die Thesalis?«, fragte Finola und rümpfte ihre kleine, spitze Nase. »Na großartig.«

Eamon ging nicht darauf ein. Genauso wenig wollte er jetzt von Vinae als seiner Tochter sprechen, denn dafür war noch genügend Zeit.

»Was ist mit dieser Drachenelfe?«, fragte dann Rosa. »Ist sie nicht hier?«

»Nein.« Eamon sah sie an. »Aurün ging zurück in ihre Heimat.« Gemeinsam mit jenen Elfen, die von ihrem Volk übriggeblieben waren, und auch die Drachen hatten sie begleitet, obwohl sie jetzt nicht mehr zusammengehörten. In ihren Herzen waren sie jedoch wohl immer noch *ein* Volk.

Aurün hatte kein Wort mehr mit ihm gesprochen, was ihm im Moment mehr oder minder gleich war. Er hatte Verständnis für ihren Zorn. Vielleicht würde sie ihn eines Tages hier besuchen kommen, wenn sie sich wieder etwas beruhigt hatte, dann konnten sie über alles sprechen, doch solange sie beide in so unterschiedlichen Welten, mit so unterschiedlichen Meinungen und Gefühlen lebten, war er froh, sich nicht mit ihr befassen zu müssen. Ob diese Einstellung purem Egoismus entsprang, kümmerte ihn nicht, denn im Moment schien in seinem Herzen außer für Nevliin einfach kein Platz zu sein.

»Also gibt es wohl keine guten Nachrichten zu verkünden«, schloss Rosa auf seine düstere Miene hin, und Eamon schüttelte leicht den Kopf. Er wusste, Ardemir und Vinae waren am Weltentor und bereiteten den Abschied vor, so wie damals bei Vanora, doch Eamon hatte zuerst allein mit seiner Familie sprechen wollen, ehe sie gemeinsam zur Bestattung gingen.

»Und wo ist unser Schneeflöckchen?«, drang dann wieder

Bienlis unverkennbare Stimme in seine Gedanken. »Habt ihr euch wieder mal die Köpfe eingeschlagen, und er sitzt beleidigt bei den Klippen?«

Eamon sah ihn an und wusste, es blieb ihm nichts anderes übrig, als zu antworten. Hunderte verschiedene Versionen hatte er sich zurechtgelegt, um dem einzig treuen Freund, den Nevliin seit dem Wiedervereinigungskrieg gehabt hatte, den Ausgang der Schlacht möglichst schonend beizubringen, doch es hatte keinen Sinn.

Sein Blick flog durch die Runde. Er sah in Rosas Gesicht und das der beiden Mädchen, er blickte zu Finola, den Dienstboten und ging schließlich in die Knie, um Bienli direkt in die Augen zu sehen.

»Nevliin ist tot«, sagte er und legte dem Kobold die Hand auf die Schulter. »Er ist jetzt bei den Sternen.«

Bienli wich von ihm zurück, als hätte er sich an Eamons Berührung verbrannt. Seine Augen wurden riesig in dem runden Gesicht und füllten sich mit Tränen. »Was sagt Ihr da, Herr Eamon?«, keuchte er und sah sich mit hektischem Blick um, als erwartete er, Nevliin würde jeden Moment hinter einem der Bäume hervortreten und die ganze Sache als dummen Scherz entlarven. »Das ist nicht wahr.«

»Eamon?« Mairi trat an ihn heran, ein Flehen lag in ihren glänzenden Augen. »Das stimmt doch nicht, oder? Du sagst das doch nur so. Du …«

»Er starb gestern.« Eamons Stimme zitterte. Die Worte wollten nicht heraus und die Bilder, welche bei der Erinnerung an Nevliins letzte Momente in seinem Kopf immer wieder auflebten, drohten ihn die Beherrschung verlieren zu lassen. »Ich werde euch alles darüber erzählen, doch jetzt …« Er strich sich mit der Hand über die Augen, »ist es erst mal Zeit, Abschied zu nehmen.«

Alle starrten ihn an, und der Schock in ihren Blicken wich langsam der Erkenntnis und dem Schmerz.

Einer nach dem anderen brach in Tränen aus. Zuerst war es Bienli, der in die Knie sank, heulte und Nevliin verfluchte, dann warf sich auch Finola neben ihm zu Boden und verfiel in Wehklagen, bis sich dann schließlich auch Isla und Mairi weinend in die Arme fielen und den Namen des Weißen Ritters schluchzten. Eamon stand da und beobachtete dieses Bild der Verzweiflung, während er erneut die stillen Tränen seine Wangen hinabfließen spürte. Schon während Nevliins Tod hatte er geweint, zum ersten Mal in seinem Leben, und nun spürte er den Beweis für das Herz der Elfen am eigenen Körper. Das Volk der Elfen konnte weinen, doch geschah es nur selten. Manche weinten niemals, und Eamon konnte für jene nur Mitleid empfinden. Der Schmerz war es wert, und niemals hätte er sterben wollen, ohne zu erfahren, wie es war, jemanden gehabt zu haben, der einem wirklich etwas bedeutete.

Er weinte. Er meinte an Nevliins Tod und dem damit entstandenen Loch in seiner Brust zerbrechen zu müssen, und doch war da dieser Lichtschimmer am Horizont. Er sah all die anderen in ihrer Trauer um den Weißen Ritter, und allein dieser Anblick spendete ihm Trost.

Nicht nur Aurün hatte mit so etwas wie Erleichterung auf Nevliins Tod reagiert. Der Ritter war vielen ein Dorn im Auge gewesen, und kaum jemanden hatte dieses Ende sonderlich interessiert. Sie waren Elfen, und Elfen trauerten nicht.

Vielleicht war dies der Grund, weshalb ihn der Anblick seiner weinenden Familie mit Freude statt mit tiefer Traurigkeit erfüllte. Nevliin war ihnen nicht gleichgültig gewesen, er hatte es tatsächlich in die Herzen mancher Menschen, Kobolde und Elfen geschafft, die ihn nun beweinten. Und das hatte er verdient. Er hatte es verdient, vermisst zu werden.

Sein Blick fiel auf Rosa, die ihn die ganze Zeit über beobachtete, und er bemerkte, dass ein Lächeln auf ihrem Gesicht lag.

Rosa sah ihm in die Augen und nickte. Die Geschichte des Weißen Ritters und seines Bruders war zu Ende. Doch bei den Sternen würde die Geschichte von Nevliin und Vanora weitergehen, und auch Eamons Lebensfaden führte noch weiter.

Ein jedes Ende war zugleich ein neuer Anfang.

Danksagung

Ohne meine Familie, die mich auf verschiedenste Weisen unterstützt hat, hätte dieses Buch nicht entstehen können. Ich danke als Erstes meinem Mann Binak: Du bist der beste Vater der Welt für unsere Kinder, und ohne dich würde ich weder die Zeit noch die Inspiration zum Schreiben finden.

Meinen Kindern danke ich dafür, dass sie so sind, wie sie sind, und mich jeden Tag mit unermesslicher Freude erfüllen.

Ich habe eine großartige Familie, und so möchte ich euch allen dafür danken, dass ihr mir stets geduldig zuhört, wenn ich wieder ohne Ende über meine Bücher rede und hundertmal dasselbe erzähle. Eure Ratschläge, eure Duldsamkeit und eure aufmunternden Worte geben mir den Halt, den ich brauche, um den Schritt in fremde Welten zu wagen.

Besonderer Dank gebührt natürlich auch meinem Agenten Peter Molden, der mir stets mit Rat und Tat zur Seite steht und sich für mich einsetzt.

Ich danke allen Lesern, die meine Geschichten mit solcher Begeisterung aufnehmen und sie dadurch zum Leben erwecken. Eure Rückmeldungen und die lieben Nachrichten bedeuten mir ungemein viel. Hört nicht auf, mir zu schreiben! Eure Meinung ist mir wichtig.

Und zum Schluss: Anna, du bist eine Wucht!